Randy Singer

Die Klientin

Randy Singer

DIE KLIENTIN

Thriller

Aus dem amerikanischen Englisch
von Lea Schirra

SCM

SCM

Stiftung Christliche Medien

Der SCM Verlag ist eine Gesellschaft der Stiftung Christliche Medien,
einer gemeinnützigen Stiftung, die sich für die Förderung und Verbreitung christlicher Bücher,
Zeitschriften, Filme und Musik einsetzt.

MIX
Papier aus verantwortungsvollen Quellen
FSC
www.fsc.org
FSC® C083411

Übersetzung: Lea Schirra (p.s. words)
Umschlaggestaltung: OHA Werbeagentur GmbH, Grabs, Schweiz
Titelbild: dollarphotoclub.com; istockphoto.com
Satz: Satz & Medien Wieser, Stolberg
Druck und Bindung: CPI books GmbH, Leck
Gedruckt in Deutschland
ISBN 978-3-7751-5692-9
Bestell-Nr. 395.692

Stimmen zu *Die Klientin*

»Mit diesem fesselnden Justizthriller beweist Christy-Award-Gewinner Singer, dass Glaube und Hochspannung ein hervorragendes Gespann abgeben können ... Singer steht John Grisham in nichts nach.«

Publishers Weekly über *Die Klientin*

»John Grisham trifft C. S. Lewis. In *Die Klientin* vermengt Singer juristische Finten mit biblischer Wahrheit und lässt diese Mixtur in das Leben seiner höchst unterhaltsamen Figuren einfließen. Das Ergebnis ist explosiv und liefert reichlich Denkanstöße - ein wahres Lesevergnügen.«

Brandilyn Collins, Bestsellerautorin von *Exposure*

»Randy Singer füllt seinen Roman mit realistischen Figuren, geistreichen Dialogen und moralischen Konflikten, um daraufhin die Handlung unter der juristischen Lupe mit biblischer Wahrheit anzufachen. Wenn Singer abliefert, dann aber richtig - und *Die Klientin* ist der beste Beweis!«

Eric Wilson, New York Times Bestsellerautor von *Fireproof*

»Mit seinem einzigartigen Gespür für Rechtsdramen einerseits und die menschliche Natur andererseits hat uns Singer mit *Die Klientin* erneut einen fesselnden Justizthriller beschert.«

Mark L. Earley, Präsident der Initiative *Prison Fellowship*

Stimmen zu anderen Romanen von Randy Singer

»Ein Buch, das den Leser unterhält und zum Nachdenken anregt - was will man mehr?«

Publishers Weekly über *Das Spiel*

»Im Mittelpunkt der rasanten Handlung liegen ethische Zwickmühlen, die zu Singers Markenzeichen geworden sind ... ein aufregender Thriller.«

Booklist über *Die Vision*

»Singers hervorragender Thriller packt den Leser von der ersten Gerichtsszene an und führt ihn durch eine rasante Erzählung, die stets neue Überraschungen bereithält.«

Publishers Weekly über *Die Vision*

»Hochspannung und Action sind garantiert, Realismus inklusive ... *Der Jurist* dürfte das bisher beste Buch von Singer sein.«

Booklist über *Der Jurist*

»Singer liefert eine Handlung, die den Vergleich mit Grisham nicht zu scheuen braucht. Singer schafft es, Konflikte in den Mittelpunkt zu stellen, denen wir täglich gegenüberstehen. Dieses Buch sollten Sie auf keinen Fall verpassen.«

Hugh Hewitt, Autor, Kolumnist und Moderator

»*Der Klon* ist ein absolut gelungener Roman. Randy Singer verbindet eine spannende Handlung mit einer eindringlichen Botschaft. Sehr zu empfehlen.«

T. Davis Bunn, Autor von *Gold of Kings*

»*Die Witwe* ist ein gut gemachter Justizthriller mit starken Charakteren, überraschenden Wendungen und einem packenden Thema.«

Randy Alcorn, Bestsellerautor von *Der Himmel*

»*Die Witwe* ist eine realistische und fesselnde Geschichte über die verfolgte Kirche und diejenigen, die für weltweite Religionsfreiheit kämpfen.«

Jay Sekulow, leitender Anwalt des *American Center for Law and Justice*

Prolog

Zehn Uhr abends. Trish Bannister war krank vor Sorge.

Es war Freitag, also ging sie gar nicht davon aus, dass er direkt nach der Arbeit nach Hause kam. Wenn er es bis sieben oder acht schaffte, würde der Abend erträglich verlaufen. Neun Uhr bedeutete, dass er sein Versprechen gebrochen und etwas getrunken hatte. Dann gäbe es Geschrei und Gefluche, aber keine Handgreiflichkeiten. Mittlerweile aber war es zehn Uhr. Es war zwei Monate her, dass James so spät an einem Freitagabend nach Hause gekommen war. Das verhieß nichts Gutes.

Einen Moment lang dachte sie über die Ironie der Situation nach. Ihr Mann suchte sich ausgerechnet Karfreitag aus, um betrunken nach Hause zu kommen. Der Tag der Kreuzigung, des Leidens Christi. Warum wurde dieser Tag im Englischen überhaupt »Good Friday«, der *gute* Freitag, genannt?

Das Abendessen war eiskalt. Sie würde es in die Mikrowelle stellen, sobald sie sein Auto hörte, aber das Steak wäre trotzdem trocken und die Brötchen zu heiß. Vor zwei Monaten hatte sie die Mikrowelle benutzt, woraufhin er den Teller quer durch das Esszimmer schleuderte. Eine halbe Stunde lang hatte sie den Teppich geschrubbt, während er über ihr stand und auf die dreckigen Stellen wies.

Am darauffolgenden Tag hätte sie fast ihre Sachen gepackt.

Sie blieb wegen der Kinder. Und sie blieb, weil sie seinen Versprechungen glauben wollte. Kein Alkohol mehr. Er würde sich professionelle Hilfe suchen. Alles würde sich ändern, sobald er es geschafft hatte, der Talfahrt der Firma endlich ein Ende zu bereiten.

Die Firma. Ihr kam das Bankett vor ein paar Wochen in den Sinn, bei dem der Alkohol in Strömen geflossen war, James jedoch keinen Tropfen angerührt hatte. Sie erinnerte sich, wie es sich angefühlt hatte, als er das Mikrofon ergriff. Er hatte sich einen Moment sammeln müssen, mit den Tränen gerungen und ihr dann für all die Kraft gedankt, die sie ihm schenkte.

Sie blieb, weil es Dinge gab, für die es sich zu kämpfen lohnte.

Nervös tigerte sie in der Eingangshalle auf und ab, während sie am Nagel ihres rechten Daumens nagte, ohne ein Auge für die luxuriöse Umgebung zu haben, die sie ihr Zuhause nannte. Sie stand auf einem Marmorboden, umringt von kunstvoll behauenen weißen Säulen. Von ihrer Position neben der Eingangstür aus konnte sie den größten Teil des Erdgeschosses überblicken. Die weitläufigen Räume gingen nahtlos ineinander über. Das Wohnzimmer bot direkten Zugang zu einer Natursteinterrasse und einem Pool mit olympischen Ausmaßen.

Wieder warf sie einen Blick durch die vorderen Fenster auf die kreisförmige Auffahrt hinaus. Keine Spur von James und seinem Lincoln Town Car. Keine Spur von der sechzehnjährigen Tara und ihrem Ford Explorer. Sie betete, dass Tara vor James zu Hause eintreffen würde. Schließlich hatte Tara eigentlich Hausarrest. Doch Tara war wenige Stunden zuvor eingeschnappt zur Tür hinausgestürmt, weil Trish wegen ihrer Zwischenbeurteilung gemeckert hatte, die sie aus der Schule mit nach Hause gebracht hatte. Trish war es nicht gelungen, das Mädchen aufzuhalten. Sie war sechzehn Jahre alt und starrköpfig. Trish würde sich morgen mit Tara auseinandersetzen.

»Jamie, dreh das leiser!«, rief Trish zum Zimmer ihres elfjährigen Sohnes. Es bestand nicht die geringste Chance, dass er sie gehört hatte. Wieder warf sie einen Blick durch das Fenster, dann eilte sie die Treppen hoch.

Sie hämmerte gegen seine abgeschlossene Tür. »Komm schon, Schätzchen! Dad wird bald zu Hause sein.«

Keine Antwort.

»Dreh das leiser! Sofort!«

Der Geräuschpegel wurde auf ein etwas gedämpfteres Getöse reduziert. Dennoch vibrierte der Flurteppich bei jedem Beat des Basses. Trish rieb sich die Stirn. Der Druck nahm zu, die Migräne kündigte sich an.

Jamies Zwischenbeurteilung war der einzige Lichtblick in dieser Woche gewesen. Vor weniger als zwei Jahren hatten die Ärzte bei dem Fünftklässler das Tourettesyndrom (eine neuropsychiatrische Erkrankung) und ADS diagnostiziert. Es gab Zeiten, in denen Jamie trotz hoher Dosen Ritalin, Clonidin und Haloperidol nicht in den Griff zu bekommen war. Doch er hatte eine verständnisvolle Lehrerin und wurde von der Mehrheit seiner Klassenkameraden akzeptiert. Anders als Tara bemühte sich Jamie zumindest.

Noch hörte sie kein Motorengeräusch. Trish eilte ins Elternschlafzimmer. Sie zog die oberste Schublade unter dem Waschbecken auf, fand ihre verschreibungspflichtigen Migränemedikamente und warf sich schnell zwei

Fiorinaltabletten und zwei Imitrex ein. Sie hielt inne und starrte ihr Spiegelbild an. Ihr Gesicht war von tiefen Furchen gezeichnet, die sich mit jedem Tag immer weiter aus den Winkeln ihrer hohlen Augen ausbreiteten.

Zu spät hörte sie das Geräusch von Reifen auf Asphalt. Sollte es James sein, würde sie es nicht schaffen, ihn an der Tür zu begrüßen. Dann bliebe keine Zeit mehr, seinen Teller in die Mikrowelle zu schieben, bevor er hereinkam.

Von der Veranda vor der Eingangstür drangen schwere Schritte an ihr Ohr. Die Schritte eines Mannes. James war zu Hause.

Und das Abendessen war eiskalt.

Sie schaffte es gerade noch an das obere Ende der Foyertreppe, als er das Haus betrat. Er schloss die Tür und blieb in der Eingangshalle stehen, schwankte und verlagerte das Gewicht von einem Bein auf das andere.

Blutunterlaufene Augen, ein unheilverkündender Blick, der seinem Gesicht einen finsteren Ausdruck verlieh. Noch bevor der Gestank abgestandenen Alkohols die Eingangshalle durchzogen hatte, wusste sie es.

»Hey, Süßer«, sagte sie bemüht leichtherzig und locker. Sie schritt die Treppe hinunter und begrüßte ihn mit einem flüchtigen Kuss. Er hatte die Fäuste nicht angespannt, dennoch konnte sie seine Wut spüren.

»Wo ist mein Abendessen?«, fragte er mit undeutlicher, doch bedrohlicher Stimme. Sein dichtes, schwarz gewelltes Haar, das voller Styling-Gel war, klebte in wilder Unordnung an seinem Kopf. Seine Krawatte hing ihm lose, nicht einmal zugeknotet, um den Hals. Abgesehen von dem maßgeschneiderten Anzug wirkte er eher wie ein Obdachloser als der Vorstandsvorsitzende eines Mobilfunkunternehmens.

»In der Küche«, antwortete Trish, die einen Schritt zurückwich. »Ich wärm es dir schnell auf.«

»Wo sind Tara und Jamie?«, fragte er, während er ihr in die Küche folgte.

»Jamie ist oben. Tara ist ausgegangen.«

»Ich dachte, sie hätte Hausarrest«, nuschelte James. »Gab's heute irgendwelche Anrufe, Patricia?«

Trish erstarrte. Es abzustreiten würde es nur noch schlimmer machen. *Geh einfach weiter*, sagte sie sich. *Verhalt dich ganz normal.* Sie stellte seinen Teller in die Mikrowelle.

Er lehnte sich gegen die Kücheninsel in der Mitte des Raumes und starrte sie an, taxierte sie ... machte sie nervös.

»Wie wars im Büro?«, fragte Trish, in dem Versuch, das Thema zu wechseln.

Er schnaubte verächtlich, als sei die Frage keiner Antwort würdig. »So wie immer.«

Sie zog den Teller aus der Mikrowelle und stellte ihn auf den Küchentisch. James warf seine Jacke auf das Sofa im Wohnzimmer und setzte sich an den Tisch. Pflichtgemäß ließ sich Trish auf ihrem Platz am anderen Ende nieder, während sie nur an Tara denken konnte. Käme sie jetzt nach Hause, wenn James in diesem Zustand war, würde es Krieg geben.

»Hast du schon gegessen?«, fragte er.

»Ich bin nicht hungrig.«

Einige Sekunden lang aß James in eisiger Stille. Wachsam behielt sie ihn im Auge, auf die Anzeichen eines Ausbruchs achtend. Zum Glück hatte er keinen Anstoß an seinem in der Mikrowelle aufgewärmten Abendessen genommen. Das war zumindest etwas. Vielleicht würde sie den Abend mit einem Mindestmaß an Schaden überstehen. Mit jedem Bissen, den er nahm, mit jeder Minute, die ohne weitere Zwischenfälle verstrich, nahm ihre Hoffnung ein wenig zu.

Warum führte sie dieses Leben? Warum verließ sie ihn nicht einfach? Wie viele Male hatte sie mit angesehen, wie er nachts betrunken nach Hause kam, nur um sie am nächsten Tag um Vergebung zu bitten und sie mit Zärtlichkeit und Geschenken zu überhäufen?

Uneins mit sich selbst saß sie da, hin- und hergerissen zwischen ihrem Überlebensinstinkt – *du musst einfach nur diese Nacht überstehen* – und ihrem Drang, James zur Rede zu stellen. Sie atmete einmal tief durch, dann stellte sie sich ihrer Verantwortung. Sie hatte es satt, die Rolle des Opfers zu übernehmen.

»Was ist aus deinem Versprechen geworden?«, fragte sie mit zitternder Stimme in die Stille hinein. »Ist dir deine Familie so wenig wert?«

James schaute voller Verachtung von seinem Essen auf. Sie erwiderte den Blick, ohne zusammenzuzucken, stolz auf ihre trotzige Haltung, doch voller Angst vor dem Preis, den sie vielleicht dafür zahlen musste. Als sich sein herausfordernder Blick wieder auf seinen Teller senkte und er schweigend weiteraß, ließ ihre Anspannung ein klein wenig nach.

Nicht mal eine Minute später klingelte das Telefon. Trish zuckte zusammen und erhob sich, um dranzugehen.

»Setz dich«, bellte James, der sie aus dunklen, feuchten Augen finster anstarrte.

Langsam stand er auf und warf einen Blick auf die Telefonnummer, die auf dem Display angezeigt wurde. Der Ausdruck auf seinem Gesicht verriet Trish, dass es wieder einmal eine unbekannte Nummer war.

Dennoch hob er den Hörer ab. »Wer ist da?«

Trish saß einfach nur da und wagte es nicht zu atmen. Sie betete, ihr Mann würde etwas hinzufügen, irgendetwas, das zu erkennen gab, dass die Person am anderen Ende der Leitung etwas gesagt hatte. Doch ihr Mann blieb stumm und hielt den Hörer ans Ohr gedrückt, während sein Gesicht rot anlief. Nach einer unerträglichen Pause legte er den Hörer übertrieben langsam wieder auf der Gabel ab. Trish spürte, wie sich ihr die Brust zuschnürte. Wie üblich hatte der Anrufer aufgelegt, ohne ein Wort zu sagen.

»Dein Romeo scheint geglaubt zu haben, ich würde heute etwas länger arbeiten«, flüsterte James.

Er stand neben dem Telefon und musterte sie. »Ach, ich weiß«, sagte er mit spöttischem Tonfall. »Es war nur ein Telefonstreich. Wahrscheinlich hat jemand unsere Nummer nur durch Zufall gewählt.«

Trish starrte auf die Tischplatte.

»Wer ist es?«

»Ich weiß es nicht! Ehrlich nicht!«

»Du lügst.«

Die Hände gegen den Rand des Tisches gelegt, schob Trish ihren Stuhl zurück, stand schnell auf und wandte sich von James ab. »Ich rede nicht mit dir, wenn du in diesem Zustand bist.«

Doch mit einem Satz war er bei ihr, packte sie am Arm und riss sie an sich. Er schlug ihr brutal mit der Hinterhand quer durchs Gesicht. Dann, wahrscheinlich selbst über die Brutalität seines Schlags erschrocken, ließ er sie los.

Trish schmeckte Blut und hob langsam die Hand an den Mund, um sich die Lippe zu reiben und den Schaden einzuschätzen. Dieses Mal schaute sie ihm direkt in die Augen.

»Du widerst mich an«, sagte sie.

Sie wandte sich ab und ging in Richtung des Wohnzimmers und der dahinterliegenden Treppe.

»Dreh mir nicht den Rücken zu«, schnappte er.

Doch Trish blieb nicht stehen.

Sie war gerade auf der vierten Stufe angelangt, als er sie wieder packte, ihren schlanken Bizeps in seiner Hand quetschte und sie herumriss. Wie eine Stoffpuppe warf er sie gegen die Wand, wobei er eine Lampe umstieß. Die Glühbirne zerbarst auf dem Teppich in tausend Teile.

»Wage es ja nicht, mir jemals etwas zu verheimlichen«, sagte er. »Glaubst du, dein Alter wäre ein Idiot?« Seine Hand schloss sich wie ein Schraubstock immer fester um ihren Arm, sodass Trish auf die Zehenspitzen ging. »Wer ruft da immer an? Wer schläft mit meiner Frau?«

»Niemand ... Ich ... ich weiß es nicht«, brachte sie wimmernd hervor. Dann sah Trish aus dem Augenwinkel wieder seine Hand auf sich zuschnellen. Der mit der Rückhand ausgeführte Schlag ließ ihr Blickfeld verschwimmen. Sie fiel auf die Knie; dann packte James sie am Arm und riss sie erneut hoch.

»Nein ... bitte ... nein ...« Sie hob den rechten Arm, um den nächsten Schlag abzuwehren.

Doch was folgte, war kein Schlag, sondern nur der eisenharte Griff von James' Daumen und Zeigefinger um ihren Hals. Er knallte sie so hart mit dem Kopf gegen die Wand zurück, dass ein Bild auf den Teppich krachte.

»Sag es mir!«, schrie er. Er schob sich gegen sie und grub seine Finger noch tiefer in ihren Hals.

Trish schlug mit den Armen um sich, versuchte irgendwo Halt zu finden, um ihn von sich wegzustoßen. Doch er drückte immer weiter zu, mittlerweile mit beiden Händen und schnürte ihr die Luft fünf Sekunden lang ab, dann zehn, dann zwanzig. Sie versuchte ihn anzuflehen, brachte aber keinen Laut raus. Er presste ihren Hals hart gegen die Wand, sein so bedrohlich lächelndes Gesicht nur Zentimeter von ihrem entfernt, während seine Augen sie unter diesen schweren Lidern hasserfüllt anstarrten. Sie spürte die Stöße seines übel riechenden Atems, seinen verschwitzten Körper, der sie einklemmte. Alles um sie herum begann sich zu drehen, und ihr wurde schwarz vor Augen. Gerade als ihr Körper schlaff wurde, ließ ihr Mann sie überraschend los, und sie rutschte nach Luft schnappend an der Wand runter.

Einen Moment lang blieb James drohend über ihr stehen und stieß seine Wut mit jedem keuchenden Atemzug aus. »Du widerst *mich* an«, schnaufte er, ihren letzten Satz verhöhnend. »Jetzt geh mir aus den Augen!« Damit wandte er sich ab und ging in die Küche zurück. Er nahm seinen Platz am Tisch ein und begann in aller Seelenruhe, sein Steak zu schneiden.

Trish blieb zitternd auf dem Boden hocken, bis der Raum aufgehört hatte, sich zu drehen. Sie fuhr mit der Zunge die Innenseite ihrer linken Wange entlang, spürte die Schwellung und zuckte zusammen. Langsam und bedächtig rappelte sie sich auf, warf einen Blick auf ihren Mann und ging erneut die Treppe zu ihrem Schlafzimmer hoch.

»Patricia.«

Sie erstarrte auf der obersten Stufe, mit einer zitternden Hand am Türgriff zu ihrem Schlafzimmer. James war noch immer in der Küche, aber der Unterton in seiner Stimme war unverkennbar.

»Zieh dir was Nettes an.«

Ohne zu antworten, durchquerte sie das Schlafzimmer und ging in das große Badezimmer, wo sie sich vorsichtig das Gesicht wusch. Schluchzend zog sie ihren Pyjama an. Sie knipste das Licht aus, kletterte ins Bett und wartete, die Decke bis zum Kinn hochgezogen, in angsterfüllter Stille ab. Sie starrte zur Decke hoch, die Sicht von der Schwellung und den Tränen verschwommen, während ihre Wange schmerzhaft pochte und ihr der Schädel zu zerspringen drohte. Sie betete, dass Tara spät nach Hause kommen würde. Sie betete, dass James einfach vor dem Fernseher einschlafen würde.

Zweimal glaubte sie, die Stufen knarren zu hören. Ihr blieb das Herz stehen, und sie hatte das Gefühl, sich übergeben zu müssen. Dieser Teil würde das Demütigendste an der ganzen Geschichte werden, weitaus schlimmer als die Prügel. Ihr Schlafzimmer war kein sicherer Ort für sie.

Sie wagte kaum zu atmen, während sie wartete. Doch James kam nicht.

Sie horchte nach Reifen in der Auffahrt, während Minute um Minute verstrich, langsam, *ganz* langsam. Zwanzig Minuten vergingen, dann dreißig, mit nichts weiter als den gedämpften Geräuschen aus Jamies Zimmer und dem leisen Dröhnen des Fernsehers aus dem Erdgeschoss.

Schließlich brachte sie den Mut auf, sich auf die Empore zu schleichen, von der aus man auf das Wohnzimmer blicken konnte. Sie sah, dass James vor dem voll aufgedrehten Fernseher in seinem Ledersessel eingeschlafen war, mit der Fernbedienung in der Hand. Zum ersten Mal an diesem Abend wurde ihr Körper von einer Welle der Erleichterung ergriffen. Sie hatte es überstanden. Morgen früh, wenn er wieder nüchtern war, würde sie ihn für sein Verhalten zur Rede stellen. Er würde sich entschuldigen und ihr versprechen, sich zu ändern. Sie würde ihn anflehen, endlich eine Therapie zu machen. Und dieses Mal würde sie ihn verlassen, wenn er die Sache nicht durchzog.

Sie nahm zehn Milligramm Ambien und legte sich wieder ins Bett. Tara war noch nicht zu Hause, aber sie würde sich leise reinschleichen. Man veranstaltet kein großes Theater, wenn man eigentlich Hausarrest hat.

Trish erklärte der Polizei später, dass das Ambien weniger als dreißig Minuten brauchte, um seine Wirkung zu entfalten und sie auszuknocken. Ihrer Aussage nach bescherte ihr das Medikament immer einen tiefen Schlaf, der ihre Sorgen bis zum Morgengrauen vertrieb.

So tief, dass sie nicht einmal die Schüsse hörte.

1

Drei Wochen später

»Ich bin froh, dass er tot ist«, sagt die missmutige Jugendliche, während sie sich auf der anderen Seite des Konferenztisches noch tiefer in den Lederstuhl mit der hohen Lehne rutschen lässt. Meine Visitenkarte liegt unangerührt vor ihr auf dem Tisch: *Leslie Connors, Rechtsanwältin.*

Das sind nicht die Worte, die man von einem neuen Mandanten hören will. Besonders dann nicht, wenn es sich um den ersten Mordfall handelt, den man vor Gericht verhandelt.

Ihr Name ist Tara Bannister. Und sie legt ein wenig entgegenkommendes Verhalten an den Tag. Sechzehn Jahre alt. Spindeldürr. Blondes Haar mit platinblonden Strähnchen. Vier Ohrringe auf jeder Seite. Dunkler Lidschatten, der schmale, leblos-braune Augen umrandet. Selbst ihre Klamotten scheinen »Mir doch egal!« zu schreien. Sie trägt ein Tanktop mit Spaghettiträgern und eine abgewetzte Jeans, die tief auf ihrer Hüfte sitzt. Sie zeigt so viel Bauch, dass ich anfangs nicht umhinkann, ihr Bauchnabelpiercing anzustarren. Wahrscheinlich ist das auch der Effekt, den das Ganze auf Jungs ihres Alters haben soll. Was eine fünfunddreißigjährige Anwältin wie ich, die sich gerade uralt vorkommt, davon hält, ist Tara mit Sicherheit ziemlich egal.

»Das würde ich einer Jury gegenüber nicht unbedingt erwähnen«, sage ich.

Sie zuckt mit den Schultern, was die von ihr am meisten dargebotene Reaktion ist.

»Tara, ich versuche nur zu helfen. Aber das kann ich nicht, wenn du mich nicht lässt.« Ich hasse es, wie meine Mutter zu klingen. Eins meiner Ziele im Leben lautet, nicht so zu werden wie sie.

Tara zuckt erneut mit den Schultern.

Zeit, sie ein wenig mit der Realität zu konfrontieren. Mit ihrer Mutter habe ich bereits gesprochen. Das Mädchen steckt in ernsten Schwierigkeiten.

»Du hast Glück, dass man dich auf Kaution freigelassen hat«, sage ich und kneife die Augen zusammen. »Wir haben es hier mit einer ernsten Anschuldigung zu tun – dem Mord an deinem Stiefvater.« Selbst als ich mich die Worte aussprechen höre, kommt mir die Situation unwirklich vor. Noch vor wenigen Monaten, im Februar, habe ich für die Anwaltsprüfung gebüffelt. Jetzt berate ich eine Mandantin, die wegen Mordes angeklagt ist. Ich weiß, dass ihre Mutter unsere Kanzlei in der Hoffnung aufgesucht hat, mein Seniorpartner Brad Carson würde den Fall übernehmen. Um sie zu beruhigen, habe ich ihr versichert, dass Brad sich persönlich um die Sache kümmern würde und ich ihn nur bei der Arbeit unterstütze. Doch gerade jetzt ist Brad, wie üblich, vor Gericht. Fürs Erste ist Tara also meine Mandantin.

»Momentan steht dein Fall aufgrund deines Alters noch zur Entscheidung vor dem Jugend- und Familiengericht aus. Doch die Staatsanwaltschaft hat beantragt, den Fall an das Bezirksgericht zu verweisen, wo du nach Erwachsenenrecht verurteilt wirst. Da es sich um eine Anklage wegen Mordes handelt, müssen sie nur einen hinreichenden Verdacht nachweisen, und schon wird der Fall automatisch weitergereicht.« Ich lehne mich vor, stütze die Ellenbogen auf und halte kurz inne, um meine Worte wirken zu lassen. »Wenn wir vor dem Bezirksgericht verlieren, kannst du mit einer Haftstrafe von zwanzig Jahren bis lebenslänglich rechnen ... und zwar nicht in irgendeiner Jugendstrafanstalt, sondern in einem richtigen Staatsgefängnis. Es könnte durchaus sein, dass du nie wieder auf freien Fuß kommst, Tara.«

Auch das ruft keine sichtbare Reaktion hervor, nicht einmal die kleinste Veränderung in ihrem Gesichtsausdruck. Sie starrt mich einfach geringschätzig an. Ich beschließe zu warten, bis sie den nächsten Schritt tut.

Endlich schüttelt sie den Kopf und spricht. »Jetzt habe ich aber Angst«, sagt sie sarkastisch. »Ich stehe kurz davor, mir in die Hose zu machen. Ist es das, was Sie von mir hören wollen? Versuchen Sie gerade, mich durch Abschreckung auf den rechten Weg zu bringen?«

Jetzt reicht es mir. Mein irisches Temperament und meine roten Haare gehen Hand in Hand. »Tara, das ist kein Spiel. Du bist sechzehn Jahre alt. Es geht hier um dein Leben. Weißt du, was die Frauen in diesem Hochsicherheitsladen mit dir anstellen würden?« Um meinen Standpunkt zu verdeutlichen, mustere ich sie scharf und schüttle den Kopf. »Du wärst ihr Spielzeug.« Ich bemerke, wie sie leicht zusammenzuckt, dann versteinert sich ihre Miene wieder. »Wenn du willst, dass ich dich vertrete, musst du mir vertrauen. Wenn du Spielchen spielen willst, besorg dir jemand anderen. Deine Mutter hat 'ne Menge Geld; sie kann dir jeden Anwalt besorgen, den du haben willst.«

Ich lege meinen Stift auf dem Tisch ab, lehne mich zurück und kreuze die Arme vor der Brust.

»Warum sollte ich *Ihnen* trauen?«, fragt Tara. »Wie viele Mordfälle haben *Sie* schon verhandelt?«

Eine berechtigte Frage. Aber eine, die ich nicht zu beantworten gedenke.

»Du vertraust mir, weil ich deine Anwältin bin«, erwidere ich. »Ich bin die Einzige, die zwischen dir und einem Leben hinter Gittern steht. Und ich kann dich nicht vertreten, wenn du nicht vollkommen ehrlich zu mir bist und mir alles erzählst. Darüber hinaus ist alles, was du mir erzählst - wirklich alles -, streng vertraulich, und das bleibt es auch. Ich werde mit niemandem darüber reden, nicht mal mit deiner eigenen Mutter.«

Tara schaut auf, in ihren Augen ist ein teuflisches Funkeln zu sehen. Sie grinst mich schief an und sagt dann: »Das ist Ihr erster Fall, nicht wahr?«

Aufgeflogen.

Ich nicke. Ganz professionell. Halte den Augenkontakt.

»Wie haben Sie im Studium abgeschnitten?«, fragt sie.

Na toll. Jetzt muss ich auch noch ein Bewerbungsgespräch mit einer sechzehnjährigen Mordverdächtigen über mich ergehen lassen. »Ich war die Zweitbeste meines Jahrgangs«, antworte ich mit grimmiger Miene.

»Wer war Klassenbester - ein Mann oder eine Frau?«

»Ein Mann.«

»Dann will ich Sie.«

Ich widerstehe dem Drang, eine Siegerfaust zu machen oder auch nur zu lächeln. Von einem Teenager interviewt zu werden, hat etwas Demütigendes, auch wenn man danach eingestellt wird. Zeit, wieder die Kontrolle zu übernehmen.

»Wirst du zu hundert Prozent ehrlich zu mir sein?«, frage ich.

Sie nickt.

»Ja?« Ich will, dass sie es sagt.

»Ja«, sagt sie widerwillig.

Ich bin nicht überzeugt. »Und wirst du meinen Anweisungen bis ins Letzte Folge leisten?«

Wieder nickt sie. Ich runzle die Stirn.

»Ja«, sagt sie durch zusammengebissene Zähne.

»Gut.« Ich nehme meinen Stift zur Hand und starre einen Moment lang an ihr vorbei. Ich bin kurz davor etwas zu tun, vor dem mich meine Dozenten immer gewarnt haben. Wenn Brad hier wäre, würde er ebenfalls versuchen, das Thema zu meiden. Aber das war noch nie meine Art. Ich will es wissen. Wenn meine Mandantin das Verbrechen begangen hat, muss ich es von Anfang an wissen. Mit den Auswirkungen kann ich mich später auseinandersetzen.

Idealerweise würde ich dem Mädchen jetzt alle rechtlichen Strategien, die ihr zur Verfügung stehen, erklären. Wenn ich meine Stimme an den richtigen Stellen hebe, ihr ab und an zuzwinkere oder unmerklich mit dem Kopf nicke, wird sie den Wink mit dem Zaunpfahl schon verstehen. Dann könnte ich sie bitten, mir die Ereignisse jenes Abends zu schildern, und sie würde ihre Geschichte, angepasst an die entsprechende Verteidigung, zum Besten geben.

Aber wie ich bereits erwähnte, entspricht das nicht meiner Art.

»Erzähl mir, was passiert ist. Schritt für Schritt. Fang ganz am Anfang an.«

Sie zögert kurz, schaut sich im Raum um, während sie sich die Frage durch den Kopf gehen lässt. Diese Angewohnheit werde ich ihr abgewöhnen müssen, bevor sie vor Gericht aussagt. »Vor etwa drei Wochen kam ich Freitagabend um circa 23 Uhr von einer Party nach Hause. Mein Stiefvater war sturzbetrunken.« Ihre Augen sind starr auf die Wand hinter mir gerichtet, während sie spricht. Ihre Stimme ist ganz sachlich, als würde sie das Wetter beschreiben. »Eigentlich hatte ich Hausarrest, also kam es in der Eingangshalle zu einem heftigen Streit. Ich war frech und er schlug zu.« Sie hebt eine Hand und berührt ihre Wange. »Fest. Mich hatte er vorher noch nie geschlagen, nur meine Mutter. Ich bin in mein Zimmer gestürmt. Ich hatte Angst, war aber auch echt angepisst ... ähm, Entschuldigung ... wütend. Und dann schau ich so in den Spiegel und sehe, dass mein Gesicht schon neben dem Auge anschwillt. Also beschließe ich, wieder nach unten zu gehen und etwas Eis draufzulegen. Ich holte mir ein Handtuch, in das ich das Eis reinlegen konnte, und hab meine Waffe unter dem Handtuch versteckt.«

»Deine Waffe?«, frage ich nach. »Wo hattest du die her?«

Sie zögert, senkt den Blick auf den Tisch. »Aus meinem Schlafzimmer.«

»Du hattest eine Waffe in deinem Schlafzimmer?«

»Mmm. Hab sie unter der Matratze versteckt. Hab sie mir ein paar Wochen vor jener Nacht besorgt. Sie hätten auch eine, wenn Sie mit *ihm* hätten zusammenleben müssen.«

»Wo hattest du sie her?«

»Von einem Freund.«

Ich lehne mich ein wenig vor. »Hat dein Freund auch einen Namen?«

Sie schiebt ein paar imaginäre Staubpartikel auf dem Tisch herum, während sie versucht zu entscheiden, ob sie mir trauen kann. »Kann ich nicht sagen.«

»Kannst du es nicht, oder willst du es nicht?«

»Will nicht.«

Ich beschließe, nicht weiter nachzubohren. Später vielleicht. Aber nicht jetzt. »Okay, was ist dann passiert?«

»Auf meinem Weg in die Küche laufe ich an James vorbei. Wahrscheinlich hätte ich einfach warten können, bis er ins Bett gegangen war oder so, aber ich wollte ihm zeigen, dass ich keine Angst vor ihm hatte.« Jetzt sieht Tara wieder auf - nicht zu mir, sondern fast durch mich hindurch, als würden sich die Ereignisse erneut vor ihrem geistigen Auge abspielen. »Ich hatte nicht vor, in ständiger Angst vor ihm zu leben, um ihn herumzuschleichen, wie es meine Mutter immer tut. Wie auch immer, als ich an ihm vorbeiging, sagte er: ›Was soll das werden?‹ oder so was in der Art. Ich ignorierte ihn; er hatte keine Antwort verdient. Dann sprang er einfach so von seinem Sessel auf, packte mich an der Schulter und riss mich herum. Ich sagte ihm, er solle mich loslassen, und hab ihm wahrscheinlich auch eine ganze Reihe von Schimpfwörtern an den Kopf geknallt. Da wurde er auf einmal voll aggressiv und schrie: ›So redet niemand mit mir.‹ Dann begann er mich mit beiden Händen zu würgen und rastete völlig aus. Ich meine, der hatte förmlich Schaum vorm Mund, seine Augen schienen ihm fast aus dem Kopf zu springen ...«

Tara atmet jetzt schwer, ihre Augen sind weit aufgerissen, als sie das Schreckensszenario erneut durchlebt. »Ich kann nicht atmen; er drückt mir die Luft ab. Ich sage: ›Lass mich los‹, bringe aber keinen Ton über die Lippen, weil ich kaum atmen kann. Die ganze Zeit über habe ich noch die Waffe unter dem Handtuch in der Hand. Er zerrt mich ins Wohnzimmer, drückt noch fester zu –«

Mitten im Satz bricht sie ab, und ihr Blick richtet sich wieder auf mich. Es ist, als sei sie aus ihrer Trance erwacht und habe den Sprung zurück in die Gegenwart geschafft. Sie atmet tief aus und lehnt sich in ihrem Stuhl zurück.

»Was ist dann passiert?«, bohre ich nach.

»Ich habe abgedrückt. Der erste Schuss traf ihn in die Brust. Er ließ los und fiel auf ein Knie. Dann rappelte er sich langsam wieder auf, wie in einem dieser Horrorstreifen, da bin ich durchgedreht. Ich hab wieder auf ihn geschossen - direkt in den Kopf. Dieses Mal ging er zu Boden und stand nicht mehr auf. Hat sich nicht mal mehr gerührt.« Sie starrt mich aus den kältesten braunen Augen an, die ich je bei einem Teenager gesehen habe. »Und ich bin froh darüber.«

Dann schenkt sie mir ein hämisches, halbes Lächeln, und auf einmal wirkt das Mädchen sehr viel älter als sechzehn Jahre. »Aber keine Sorge«, sagt sie. »Das werde ich der Jury gegenüber nicht erwähnen.«

2

Nachdem Tara und ihre Mutter gegangen sind, gebe ich meine Notizen und das Mandanten-Aufnahmeformular bei Bella an der Rezeption ab. Bella ist die strenge Empfangsdame, Buchhalterin und Sekretärin der Kanzlei. Sie ist alt, garstig, rundlich und loyal. Vom ersten Tag an hat sie für Brad gearbeitet. Ich bin eine der wenigen Personen auf diesem Planeten, mit der Bella klarkommt. Dafür bin ich dankbar.

Wir führen einen Dreimannladen. Brad hat schon viele Male versucht, einen Rechtsanwaltsgehilfen einzustellen, aber Bella vergrault sie alle. Seine letzte Angestellte, ein Feger namens Nikki Moreno, hätte Bella wahrscheinlich das Leben schwer machen können, entschied sich stattdessen aber, Jura zu studieren. Nikki war sowieso immer der Überzeugung gewesen, mehr Sachverstand als die Anwälte zu haben. In ein paar Jahren wird sie die Chance bekommen, das unter Beweis zu stellen.

Nur um Bella zu ärgern, ruft Nikki gelegentlich an und droht damit, bei uns als Anwältin einzusteigen. Diese Anrufe führen dazu, dass Bella für den Rest des Tages wirklich miese Laune hat.

»Hast du eine Anzahlung verlangt?«, fragt Bella mit ihrem ausgeprägten Brooklyn-Akzent. Sie schaut über den Rand ihrer Lesebrille zu mir hoch.

»Das Thema wollte ich beim nächsten Treffen ansprechen«, murmele ich.

Das Telefon klingelt. Ich muss wohl etwas bei jemandem da oben gut haben.

Bella nimmt den Anruf an, hält aber die Hand hoch, um mich davon abzuhalten, einfach zu verschwinden. Ihre Stimme wird zuckersüß - also handelt es sich wohl um eine Klage mit hohem Streitwert - und verspricht dem Anrufer, dass ich mich morgen früh als Erstes bei ihm melden werde. Sie legt auf und nimmt ihre Brille ab.

»Noch mal von vorn«, sagt sie. »Du hast dir eine Anzahlung geben lassen, nicht wahr?«

Ich zucke mit den Schultern und lächle sie schief an. »Ich verweigere die Aussage, um mich nicht selbst belasten zu müssen?«

Bella schüttelt den Kopf. »Weißt du überhaupt, wer dir da gegenübersaß? Wie reich sie ist?«

»Ich verweigere die Aussage aufgrund des Anwaltsgeheimnisses.«

»Leslie«, schimpft sie, »genau darauf will ich hinaus. Es gibt kein Anwaltsgeheimnis, bis du eine Anzahlung und einen unterschriebenen Vertrag in der Hand hältst. Mädchen, was hast du dir nur dabei gedacht?«

»Um ehrlich zu sein ... dass ich mich mit diesem Fall übernommen habe.« Ich merke, dass ihr diese Demutsbekundung gefällt, und sehe, wie ihre Züge sanfter werden. »Wie hoch wäre der Vorschuss überhaupt, den wir für einen solchen Fall üblicherweise verlangen?«

»Nun«, erwidert Bella, die sich gerade offensichtlich für das Thema erwärmt, »angesichts der Tatsache, dass du Ms Tara Bannister bei einer Klage wegen Mordes vertrittst und dass Ms Tara Bannister die Tochter von Mrs Patricia Bannister ist, Erbin des gesamten Vermögens und Begünstigte der Versicherungen ihres Mannes, die mit Sicherheit mehrere Millionen Dollar wert sind, und man außerdem bedenkt, dass du echte Knochenarbeit leisten wirst in einer Zeit, in der du eigentlich viel lieber Hochzeitspläne schmieden würdest ...« Wieder klingelt das Telefon. Bella drückt einen Knopf und stellt den Anrufer nach wer weiß wohin durch, »... würde ich sagen, nicht weniger als fünfundsiebzigtausend.«

Ich schlucke schwer. Bella gluckst. »Du solltest besser vorher üben, bevor du nach so großen Vorschüssen fragst, damit du nicht rot wirst, wenn du die Summe aussprichst«, rät sie. »Bei Strafsachen holt man sich sein Geld direkt, Süße, sonst kann man's gleich vergessen.«

»Ich werd's mir merken.« Ich bin schon ein paar Schritte den Flur runtergelaufen, als ich mich noch mal zur Empfangstheke umdrehe. Ich senke meine Stimme zu einem verschwörerischen Flüstern, auch wenn außer uns niemand im Büro ist.

»Wie läuft's mit Operation Kirchturm?«, erkundige ich mich. Das ist der Codename, den wir unseren gemeinsamen Bemühungen verliehen haben, Brad zu einer kirchlichen Trauung zu bewegen. Sowohl für Brad als auch für mich wird es die zweite Ehe sein. Brads Frau verließ ihn noch während des Studiums. Bill, mein erster Ehemann, starb vor fast vier Jahren, viel zu jung, an Krebs. Brad will die Zeremonie so schlicht wie möglich halten. Für ihn heißt das vor einem Friedensrichter, in einem Gerichtssaal ohne Gäste. Er meint, es wäre für zwei Anwälte nur angemessen, sich vor Gericht trauen zu lassen.

Doch Bella bearbeitet ihn schon seit Längerem. Zuweilen scheint sie sogar noch vehementer als ich darauf zu bestehen, dass die Hochzeit in einer Kirche stattfindet. Bella hat vor Kurzem eine radikale geistliche Verwandlung durchlaufen. Ich habe die Veränderung bemerkt. Von einer kettenrauchenden Zynikerin, die der ganzen Welt grollte, zu einer kettenrauchenden wiedergeborenen Christin (die schwört, dass sie versucht aufzuhören). Bella ist sich dessen nicht bewusst, aber ich behalte sie im Auge. Bisher ist sie der beste Grund, der mir begegnet ist, um der Religion eine zweite Chance zu geben.

»Ich nerve ihn schon die ganze Woche damit«, sagt sie stolz. »Ich lass immer wieder kleine Hinweise vom Stapel, was Frauen bei ihrer Hochzeit gerne haben.« Dann zwinkert sie mir zu. »Heute Abend musst du überrascht tun.«

Ich beuge mich nach unten und umarme sie. Sie tut so, als hielte sie nichts von dieser Geste, doch ich bemerke ein kleines Lächeln. Bella kann mir nichts vormachen.

»Danke«, sage ich. »Und würde es dir was ausmachen, Ms Bannister anzurufen und sie über die Anzahlung in Kenntnis zu setzen?«

»Dachte schon, du würdest nie fragen«, erwidert Bella, die bereits dabei ist, die Nummer zu wählen.

3

Erneut werfe ich einen Blick auf meine Uhr und lasse meinen Blick durch die Gastronomieebene des Einkaufzentrums schweifen. Wie üblich verspätet sich Brad. Ich hingegen lege großen Wert darauf, pünktlich zu sein. Ich stelle meine Uhr absichtlich fünf Minuten vor und versuche mir dann einzureden, dass sie nicht wirklich vorgeht. Warum also heirate ich einen Mann, der zeit seines Lebens niemals pünktlich war? Brad scheint außerhalb der Begrenzungen normaler Zeitzonen zu agieren, in der »Bradley Standard Time«, wie ich sie nenne. Wie auch immer man es bezeichnen will, es treibt mich in den Wahnsinn.

Ich habe extra mein Work-out im Fitnessstudio sausen lassen, um pünktlich zu sein. Eigentlich hatte ich einen Grund gesucht, dem StairMaster zu entkommen, und dieser war so gut wie jeder andere. Meine Work-outs sind in letzter Zeit zu einer echten Qual geworden. Ich schreibe das dem ganzen Stress zu. Ich bin mit langen Beinen und einer Körpergröße von 1,72 m gesegnet. Davon abgesehen trage ich Größe 36, bin aber wild entschlossen, in ein Hochzeitskleid in Größe 34 zu passen. Und ich bin keine geborene Sportlerin - ich lese lieber, als zu schwitzen. Trotzdem gebe ich jetzt Brad die Schuld dafür, dass ich meine Trainingseinheit verpasse. Ganz so, als wäre ich hoch motiviert ins Fitnessstudio gerannt, wenn ich nur gewusst hätte, dass er sich dermaßen verspäten würde.

Als ich Brad entdecke, wie er zwischen den Essensständen auf mich zuschlendert, zeichnet sich ein Lächeln auf meinem Gesicht ab. Dann erinnere ich mich daran, dass ich eigentlich sauer auf ihn bin.

Ich runzle die Stirn, als er näher kommt.

»Tut mir leid, dass ich zu spät bin«, sagt er.

Wieso kommt mir der Spruch nur so bekannt vor? Ich stehe auf und umarme ihn zurückhaltend.

Brad ist groß, etwa 1,87 Meter, mit dem drahtigen Körper eines Läufers. In den sechs Monaten, die wir uns kennen, habe ich versucht, ihn ein wenig zu mästen, aber nichts funktioniert. Er hat pechschwarzes Haar, einen Kiefer, der aussieht, als sei er aus Stein gemeißelt, und diese tief liegenden und durchdringenden, stahlblauen Augen, in die ich ganz vernarrt bin. Auch wenn nie wieder ein Wort über seine Lippen kommen würde, könnten diese Augen jedes seiner Gefühle zum Ausdruck bringen.

Die Leute sagen, wir würden perfekt zueinanderpassen. Ich sehe das nicht. Ich bin einfach nur froh, dass ich ihn habe.

Aber fürs Erste hat er sich eine unterkühlte Begrüßung verdient.

»Lass uns was essen«, sage ich. »Ich verhungere fast.«

»Okay, aber erst muss ich noch was loswerden.« Er fasst mich an beiden Armen und zieht mich sanft in den Stuhl neben sich. Er nimmt meine Hand und lässt seinen ganzen Charme spielen.

»Als Erstes möchte ich sagen, dass es mir leidtut, dass ich so spät dran bin. Die eidesstattlichen Vernehmungen haben bis 17 Uhr gedauert; dann musste ich für morgen eine Aussage mit einem Zeugen durchgehen, der echt viel Nachhilfe brauchte; dann noch der Verkehr –«

»Ich bin nicht sauer«, unterbreche ich ihn. »Es ist nur, dass es jedes Mal etwas anderes ist.«

»Ich weiß. Ich weiß.« Er lächelt. Er weiß, dass ich diesem Lächeln nicht widerstehen kann. »Aber das solltest du dir anhören«, sagt er, während er sich vorlehnt. Seine Begeisterung ist ansteckend, und meine Stirn glättet sich. »Ich habe über diese Sache mit der kirchlichen Trauung nachgedacht. Und ich habe eine Idee.«

Jetzt hat er meine volle Aufmerksamkeit. Ich bereite mich darauf vor, die Überraschte zu spielen.

»Ich will wirklich, dass diese Hochzeit etwas ganz Besonderes für dich wird«, fährt er fort. Er redet schnell, nicht in der Lage, seine Begeisterung zu verbergen. »Und ich weiß, dass du in einer Kirche getraut werden möchtest. Aber du bist erst vor ein paar Monaten nach Virginia Beach gezogen, und ich gehöre hier keiner Kirche an. Also war ich nicht besonders angetan von dem Gedanken, in irgendeiner fremden Kirche zu heiraten, die uns beiden nichts bedeutet.«

Ich nicke. Ich halte die Luft an.

»Aber all mein Gerede, von einem Friedensrichter getraut zu werden, war nur ein Bluff«, gesteht er. »Auch ich wollte unbedingt etwas ganz Besonderes machen, und daran habe ich die ganze Zeit gearbeitet. Ich habe nur nichts gesagt, weil ich nicht wollte, dass du enttäuscht bist, wenn es nicht klappt.« Er hält inne. Deswegen ist er so gut im Umgang mit den Geschworenen. Er schafft es, die Leute in seinen Bann zu ziehen, die Spannung hinauszuziehen. »Bist du bereit?«, fragt er.

»Nein, lass uns einfach was vom Chinesen holen; wir können später noch darüber reden«, ziehe ich ihn auf. Ich bin im Begriff aufzustehen, aber er drückt meine Hand und zieht mich wieder runter.

»Für unseren Hochzeitstermin am 5. August habe ich ein paar Beziehungen spielen lassen und die Bruton Parish in Williamsburg gemietet!«

Normalerweise rühme ich mich dafür, immer cool zu bleiben. Doch dieses Mal hat er es geschafft! Wow. Ich bin fassungslos. Sprachlos. Die Bruton Parish Church ist die wunderschön restaurierte alte Kirche im Herzen von Colonial Williamsburg, dem historischen Teil der Stadt, in dem Brad und ich uns kennengelernt haben. Ich wusste nicht einmal, dass die Gemeinde sie für Hochzeiten vermietet, geschweige denn so kurzfristig. Geschweige denn an uns.

Das ist der perfekte Ort.

»Du hast was?«, frage ich. Ich will es nur noch einmal hören.

»Ich habe die Bruton Parish für den 5. August reserviert und gemietet«, wiederholt er, über das ganze Gesicht grinsend.

»Wie?«, frage ich. Brad ist fünfunddreißig und seit elf Jahren als Anwalt tätig. Es scheint, als würde jeder, dem ich begegne, ihm einen Gefallen schulden.

»Ich habe ihnen einfach ein Foto von meiner zukünftigen Braut gezeigt. Da haben sie gesagt, dass jemand, der so schön ist wie du, es verdient, in der schönsten Kirche Virginias getraut zu werden.«

Ich rolle mit den Augen, lehne mich vor und gebe ihm einen Kuss. Wie soll ich so einem Kerl auch länger böse sein?

4

Als wir fast mit dem Abendessen fertig sind, wendet sich unser Gespräch dem neuen Fall zu.

»Also weißt du, wer James Bannister ist?«, fragt Brad.

»War«, korrigiere ich ihn, während ich das letzte bisschen Reis auf meinem Pappteller zusammenkratze. »Er *war* der Vorstandsvorsitzende von TalkNet.«

»Sehr gut«, erwidert er. Eine Pause, dann: »Wie sind wir an diesen Fall gekommen?«

Ich kaue meinen letzten Bissen zu Ende und wische mir schnell mit der Serviette über den Mund, bevor ich antworte. »Ein Anwalt für Familienrecht hat sie vor ein paar Wochen bei der Anklageverlesung vor dem Jugend- und Familiengericht vertreten. Er ist kein besonders guter Strafverteidiger, wollte sich aber anscheinend einen Namen machen. Der Bezirksstaatsanwalt von Virginia Beach, Harlan Fowler, hat den Kerl ganz schön in die Mangel genommen, sodass dieser schnell einen Rückzieher gemacht hat. Wie es scheint, waren Fowler und Bannister Kumpels.«

Brad zieht die Augenbrauen hoch.

»Mrs Bannister kam eigentlich in die Kanzlei, um dich zu engagieren, aber ich glaube, dass Tara gerne mich als Verteidigerin hätte. Sie hält mich für hipper. Traut keinem über dreißig.« Ich grinse hämisch, weil ich weiß, wie sehr es Brad ärgert, wenn ich ihn wegen seines Alters aufziehe. Außerdem weiß ich genau, dass er sofort die Führung in dem Fall übernehmen wird, sobald er diesen albernen Fall vor dem Bundesgericht hinter sich gebracht hat, der ihn momentan voll in Beschlag nimmt.

»Gut«, sagt er, »denn es ist dein Fall. Bis zur Hochzeit hab ich alle Hände voll zu tun. Wie du schon sagtest, hast du sowieso den besseren Stand bei ihr.«

»Das war doch nur Spaß, Brad. Ich kann diesen Fall nicht allein bewältigen. Trish Bannister ist in die Kanzlei gekommen, um dich zu engagieren. Ich hingegen versuche immer noch herauszufinden, warum der Richter immer diesen kleinen Hammer dabeihat. Das Leben dieses Mädchens steht auf dem Spiel, und ich bin nicht bereit, sie zu meinem persönlichen Versuchskaninchen zu machen.«

Ich neige den Kopf zur Seite und präsentiere ihm »den Blick«. Meinen traurigen und niedergeschlagenen, himmelblauen Augen kann er nicht widerstehen, vor allem nicht in Kombination mit den nervös zusammengepressten Lippen. Diese Nummer zaubere ich nur für die wirklich wichtigen Anliegen aus dem Hut. Wird sie zu oft eingesetzt, verliert sie ihre Wirkung.

»Nicht Trish Bannister ist die Mandantin, sondern ihre Tochter.«

Was? Verliert der Blick etwa seinen Zauber?

»Ich werde dich bei jedem Schritt unterstützen«, verspricht mein Verlobter, »aber du wirst der führende Rechtsbeistand sein.« Ich will gerade protestieren, doch er hält seine Hand hoch. »Du schaffst das, Leslie. Ich habe dich vor Gericht erlebt, als du mir während deines Studiums assistiert und mich in der Verhandlung des Sarah-Reed-Falls unterstützt hast. Als Jurastudentin warst du besser als die meisten Anwälte mit jahrelanger Erfahrung. Und vor allem sehr viel besser als du dir selbst zugestehst.«

Ein weiteres Talent von Brad, dem Strafverteidiger. Er kann dich zu allem überreden. »Ich weiß nicht«, erwidere ich, allerdings mit schwindender Überzeugung. Insgeheim würde ich mich sehr gerne dieser Herausforderung stellen.

»Schau mal«, meint Brad, »wenn du ein sechzehnjähriges Mädchen wärst, das wegen Mordes vor Gericht gestellt wird, und deine Verteidigung lauten würde, dass dein verrückter alter Herr versucht hat, dich zu töten, und du wüsstest, dass du alle Frauen in der Jury für dich gewinnen musst – würdest du da lieber eine wunderschöne und brillante junge Anwältin engagieren oder einen Mann mittleren Alters, der wahrscheinlich selbst seine Frau misshandelt, sobald er eine findet, die willens ist, ihn zu heiraten?«

Bevor ich ihm antworten kann, hat er sich schon in seine Rede hineingesteigert. »Du hast mitbekommen, wie man die Rassenkarte ausspielt, Leslie. Nun, wir werden die Geschlechtskarte ausspielen. Die Tochter rächt die misshandelte Mutter. Selbst wenn ich Zeit hätte, den Fall zu übernehmen, würde ich darauf bestehen, dass du es versuchst.«

Kein schlechtes Argument. Aber das muss ich ja nicht zugeben. »Wenn mein Leben vor Gericht auf dem Spiel stünde, würde ich von jemandem vertreten werden wollen, der weiß an welchen Tisch er sich im Gerichtssaal setzen muss«, erwidere ich.

Nachdenklich reibt er sich das Kinn, als wüsste er es auch nicht. Ich werfe ihm angesichts dieses albernen Verhaltens einen missbilligenden Blick zu, und er wird wieder ernst.

»Wie auch immer,«, sagt er, »der Fall landet wahrscheinlich sowieso nie vor einem Geschworenengericht. Wenn Harlan Fowler auch nur einen Funken Verstand besitzt, wird er ihn einem seiner Lakaien übertragen und den Fall mit einem Deal außergerichtlich klären lassen. Wenn er ein Freund der Familie ist, wird er sie nicht durch den Dreck ziehen wollen.«

Er hört auf zu reden, doch ich habe nichts zu erwidern. Meiner Meinung nach werden wir früh genug herausfinden, was Fowler vorhat. Ich habe genug von der Fachsimpelei. Mir geht noch immer die Bruton Parish durch den Kopf.

»Wie hast du das nur angestellt?«, frage ich erneut. »Ich meine, Bruton Parish!« Eigentlich erwarte ich gar keine ernst gemeinte Antwort, die ich auch nicht bekomme.

»Eine meiner vielen Exfreundinnen hat mir noch einen Gefallen geschuldet.«

* * *

Die folgende Stunde schlendern wir Händchen haltend durch das Einkaufszentrum und unterhalten uns. Mir fällt es schwer, mit den langen Schritten des Mannes mitzuhalten, der mir wortwörtlich den Atem raubt. Brad versucht mir ein paar Sachen zu kaufen, was ich ihm aber nicht gestatte.

Auf dem Parkplatz verabschieden wir uns mit einem langen Kuss. Wie fast jeden Abend fragt er mich, ob ich mit zu ihm kommen will. Wie fast jeden Abend lehne ich höflich ab.

Ich steige in meinen Wagen und fahre zu der kleinen, uralten Doppelhaushälfte, die ich in dem dicht besiedelten Viertel Green Run gemietet habe. Brad kennt den Vermieter, hat einen guten Preis bei der Miete rausgeschlagen und mich davon überzeugt, dass eine abgelegene Seitenstraße sicherer und ruhiger als eine Wohnanlage wäre. Ruhig? Anscheinend hat er noch nie Bekanntschaft mit der Familie nebenan gemacht, zu der auch zwei Kindergartenkinder gehören. Dennoch ist es nur eine vorübergehende Bleibe, bis wir verheiratet sind. Außerdem hat Brad mir angeboten, dass ich jederzeit in seinem riesigen Kolonialstil-Haus am Lynnhaven River unterkommen kann, wenn es mir hier zu laut wird.

Bisher habe ich ihn nur tagsüber dort besucht. Wir haben einander vor Monaten versprochen, dass wir bis zu unserer Hochzeitsnacht warten würden. Es ist ein Versprechen, das unsere Liebe auf seltsame Weise stärkt und demonstriert, wie ernst wir es miteinander meinen. Das ist auch der Grund, warum ich sein Haus nachts meide. Nicht, dass ich ihm nicht trauen würde. Eher ist es so, dass ich mir selbst nicht traue. Besonders nicht an einem Abend wie diesem. Schließlich hat dieser Mann gerade Bruton Parish für *unsere* Hochzeit requiriert.

Ich liege die halbe Nacht wach. Während der anderen Hälfte träume ich von einer altmodischen Hochzeit in Colonial Williamsburg in der Bruton Parish Church und habe Albträume von einem blassen blonden Mädchen.

das in Fußeisen die Straße hinunter zu dem alten Kolonialgefängnis gezerrt wird.

5

Es dauert nicht lange herauszufinden, welchen Standpunkt Harlan Fowler in diesem Fall vertritt. Zwei Tage später, am Donnerstagmorgen, erhalte ich einen Anruf von seiner Sekretärin, die mich in seinem Namen um ein Treffen noch am selben Nachmittag bittet. Ich lege den Termin für 17.30 Uhr fest, damit Brad nach der Aufnahme der eidesstattlichen Aussagen ebenfalls daran teilnehmen kann. Die Sekretärin scheint damit nicht sonderlich glücklich zu sein. Mir drängt sich der Verdacht auf, dass der Staatsanwalt um 17 Uhr normalerweise schon auf dem Weg nach Hause ist.

Ich stelle meinen alten Honda Accord auf dem fast verlassenen Parkplatz des städtischen Gebäudekomplexes ab und werfe schnell einen prüfenden Blick in den Spiegel, bevor ich aussteige. Ich habe mir die Haare hochgesteckt und bin außerdem sparsam mit Make-up, Lidschatten und Eyeliner umgegangen. Ein Look, der »seriöse Fachfrau« sagt. Zumindest soll er das.

Angeblich fällt es Leuten schwer zu glauben, dass ich schon dreißig bin. Und auch wenn ich mich nie selbst für Model-Material gehalten habe, scheine ich doch zu hübsch zu sein, um von den Männern in meinem Umfeld ernst genommen zu werden. Die meisten von ihnen scheinen eher daran interessiert zu sein, wie kurz mein Rock ist oder mit mir zu flirten, als daran, was ich zu rechtlichen Belangen zu sagen habe. Dementsprechend habe ich den studierten Look perfektioniert, komplett mit schwarz geranderter Lesebrille, die ich schon, etwa zwei Jahre bevor ich sie überhaupt brauchte, zu tragen begann. Heute habe ich mich für einen schlichten grauen Nadelstreifenanzug entschieden und bin damit die perfekte Verkörperung der Anwältin. Trotzdem werden Bauarbeiter mir hinterherpfeifen und -johlen, wenn ich an ihnen vorbeilaufe, und ältere Anwälte werden mich mit Sicherheit fragen, wie lange ich schon aus der Uni raus bin.

Als ich aus dem Wagen steige, schlägt mir eine erstickend heiße und schwüle Brise entgegen. Auch wenn es gerade erst Anfang Mai ist, scheint der Sommer in Tidewater früh Einzug zu halten. Echte Damen schwitzen nicht, dennoch klebt mir meine Bluse am Rücken, als ich das Gebäude erreicht habe, in dem das Büro des Staatsanwalts untergebracht ist. Ich bin außer Atem, was mir erneut auf unliebsame Weise in Erinnerung ruft, dass die Intensität meiner Trainingseinheiten einiges zu wünschen übrig lässt.

Ich frage mich, wie die Anwälte es in den Zeiten vor der Erfindung der Klimaanlage ausgehalten haben, als sie ihre Fälle den ganzen Sommer lang in stickigen Gerichtssälen verhandeln mussten.

Ich schleppe meine Carson & Associates-Aktentasche die Treppe in den zweiten Stock hoch. Ein Rucksack wäre mir um einiges lieber, mit dem ich allerdings meinen professionellen Look sabotieren würde. Ich drehe Brad immer die neue Firmen-Aktentasche an, damit ich seine alte nehmen kann; teils, weil ich glaube, sie würde mir Glück bringen, teils, weil ich nicht gerne zeige, wie neu ich im Geschäft bin.

Ich streife durch die Flure, bis ich auf das Büro des Bezirksanwalts stoße. Ich bin ein paar Minuten zu früh dran und sage der Dame an der Rezeption, dass ich noch auf meinen Partner warte.

Fast zwanzig Minuten lang stehe ich mir im Empfangsbereich die Beine in den Bauch. Auf Brad Carson wartet jetzt eine Menge Ärger. Das ist der Grund, warum mir jeder, den ich kenne – mit Ausnahme von Bella –, sagt, dass eine Ehe mit dem eigenen Kanzleipartner zum Scheitern verurteilt ist. Um 17.50 Uhr komme ich langsam zu dem Schluss, dass diese Leute wohl recht haben könnten.

Brad geht nicht an sein Handy, und ich gebe es schließlich auf, auf ihn zu warten. Die Empfangsdame führt mich zwei Flure hinunter zu einem großen Eckbüro. Ich erkenne den kleinen, untersetzten Mann, der hinter dem Schreibtisch in der hinteren Ecke des Raumes steht. Es ist Harlan Fowler. Er ist genauso groß wie ich und hat eine quadratische Statur – breite Schultern, eine breite Brust und einen gedrungenen Hals. Er hat eine flache, breite Römernase und einen so weit vorstehenden Kiefer, dass er aussieht, als wäre er entfernt mit Jay Leno verwandt. Sein größtes Erkennungsmerkmal ist jedoch der dichte graue (fast weiße) Haarschopf, der ihm eine Aura von Würde und Reife verleiht, die wahrscheinlich unverdient ist.

Er kommt hinter seinem Schreibtisch vor, um mich zu begrüßen.

»Schön, Sie kennenzulernen«, sagt er auf halbem Wege. »Ich bin Harlan Fowler. Vielen Dank, dass Sie es so kurzfristig einrichten konnten.«

»Leslie Conners«, erwidere ich und schaue ihm direkt in die Augen, während ich ihm die Hand schüttle. Seine Finger sind kurz, stark und gedrungen, und sehr zu meiner Überraschung fühlen sich seine Handflächen ein wenig feucht an. Und ich dachte, ich würde hier die Nervöse sein.

Ich drehe mich um und reiche dem anderen Mann im Raum die Hand. Sein Gesicht kommt mir vage bekannt vor, allerdings weiß ich nicht woher.

»Mitchell Taylor«, stellt er sich vor. »Schön, Sie kennenzulernen.« Er hat einen festen Händedruck, als wollte er damit beeindrucken.

Dann fällt es mir wie Schuppen von den Augen. Das ist der junge Anwalt, dessen Gesicht vor einiger Zeit auf allen Fernsehkanälen zu sehen war. Er hatte eine Leihmutter vor Gericht vertreten, die sich weigerte, einen mit Downsyndrom diagnostizierten Embryo abzutreiben. Im Zuge dessen hat er sich einen großen Namen gemacht, indem er einen hochkriminellen Ring von Ärzten und Wissenschaftlern hochgehen ließ, die Schindluder in der Embryonenforschung trieben. Er ist außerdem ein Anhänger der »Religious Right«-Bewegung, die Fowler mehr oder weniger erfolglos versucht, für sich als Wähler zu gewinnen. Wie es scheint, hat der Embryo-Fall dem guten Mitchell einen Job bei der Staatsanwaltschaft eingebracht.

Mitchells Haltung ist so kerzengerade wie die eines Marines. Er ist von durchschnittlicher Körpergröße und verfügt über schlanke Muskeln, die sein dunkelblauer Anzug nicht ganz kaschieren kann. Er hat blondes, kurz geschorenes Haar, zusammengewachsene Augenbrauen und ein kantiges, glatt rasiertes Gesicht - ein junger Spartakus im Business-Anzug. Die Strafverfolgung liegt ihm im Blut; das kann ich spüren. Er lächelt nicht.

»Nehmen Sie doch bitte Platz«, sagt Fowler, der sich wieder hinter seinen riesigen Mahagonischreibtisch zurückzieht. Der junge Mann scheint darauf zu warten, dass ich mich zuerst setze - ganz der Südstaaten-Gentleman. Ich lasse mich in einem der Besucherstühle vor Fowlers Schreibtisch nieder und schlage die Beine übereinander. Fowler lehnt sich in seinem Lederchefsessel zurück und gibt sich entspannt. Mitchell Taylor nimmt auf dem Stuhl neben mir Platz.

»Möchten Sie etwas trinken?«, fragt Fowler. Bevor ich antworten kann, spricht er weiter. »Ich dachte eigentlich, dass Brad Carson auch mit von der Partie wäre. Bradley und ich kennen uns schon sehr lange.«

Brad hasst es, wenn man ihn Bradley nennt. »Ich werde ihm Ihre Grüße ausrichten. Er musste im Gericht noch ein paar eidesstattliche Aussagen aufnehmen. Scheint etwas länger zu dauern.«

»Das kenne ich«, sagt er gedehnt, während er sich abwesend das Gesicht reibt. »Wir wissen es wirklich zu schätzen, dass Sie so kurzfristig kommen konnten. Je mehr Zeit vergeht, umso schlimmer wird dieser ganze Fall für alle Beteiligten werden.« Er hält inne, um zu sehen, ob ich nicke oder mit meiner Körpersprache irgendein anderes positives Signal gebe. Ich habe mein Pokergesicht aufgesetzt, also fährt er fort. »Ich möchte erst meine Rolle in diesem Fall unmissverständlich klarstellen; dann überlasse ich Mitchell das Wort.«

»Nein, danke«, sage ich.

»Wie bitte?«, fragt Fowler.

»Ich möchte nichts zu trinken.« Niemand lächelt. Ich fand die Bemerkung eigentlich ziemlich gewitzt.

»Oh«, sagt Fowler. »Entschuldigung.« Er sammelt sich kurz und fährt dann fort. »Hören Sie, ich möchte Sie nur darüber informieren, dass ich diesen Fall nicht persönlich verhandeln werde. Ich hatte mit der Sache bislang am Rande zu tun, aber ab heute übergebe ich den Fall in Mitchells Hände. Ich habe ihm die volle Entscheidungsgewalt übertragen, die Sache nach eigenem Gutdünken zu klären. Eine echte Familientragödie.«

Er hält inne, schluckt schwer und scheint mit den Tränen zu ringen. Doch seine Augen bleiben auffällig trocken, als er weiterredet. »James Bannister war einer meiner engsten Freunde.« Ich nehme an, das bedeutet, dass Bannister ein großzügiger Wahlkampfspender war. »Ich fühle mit der gesamten Familie mit und habe ein zu persönliches Verhältnis zu den Bannisters, um den Fall objektiv behandeln zu können. Einer meiner besten Freunde ist tot, und alle Beweise deuten darauf hin, dass seine Tochter des Mordes schuldig ist oder zumindest des Totschlags.«

Na bitte, er hat Totschlag erwähnt, die weit weniger schwerwiegende Anklage – ein erstes Zeichen, dass dieser Fall durch ein Schuldgeständnis außergerichtlich geklärt werden könnte.

»Es gibt in dieser Sache keine gute Lösung«, fährt Fowler fort, »aber sicher wäre es am schlimmsten, wenn der Fall sich ewig hinziehen würde. Ich habe Mitchell gefragt, ob es nicht irgendeine Möglichkeit gäbe, diese Angelegenheit so schnell und schmerzlos wie möglich zu klären.«

Fowler klingt für mich nicht gerade wie ein Mann, der sich aus dem Fall raushält. Aber ich werde mich nicht beschweren, wenn das eine »schnelle und schmerzlose« Klärung für meine Mandantin zur Folge hat.

»Ich möchte Ihnen nicht vorenthalten, dass ich dank dieses Falls eine Menge Kritik einstecken musste. Es gibt hier keine Gewinner. Die Liberalen schreien, weil wir das Mädchen wegen Mordes belangt haben. Die Recht-und-Ordnung-Fraktion beschwert sich, weil sie auf Kaution raus ist.« Fowler zuckt mit den Schultern und streckt die Hände mit den Handflächen nach oben gekehrt vor sich aus. Wenn er auf Mitleid aus ist, ist er bei mir an der falschen Adresse.

Vor zwei Tagen hat mich Trish Bannister in meinem Büro über die Hintergründe der Kaution aufgeklärt. Der stellvertretende Staatsanwalt, der die Kautionsanhörung verhandelte, sprach sich gegen eine Kaution aus, da es sich um einen Mordfall handelte. Der Kautionsantrag wurde abgewiesen.

Nach der Anhörung bat Trish um eine private Unterredung mit Fowler, die ihr auch gewährt wurde. Bei diesem Treffen flehte sie Harlan an, er möge zustimmen, Tara auf Kaution freizulassen. Trish versprach Harlan, dass sie ihn für den gesamten weiteren Verlauf des Verfahrens nie wieder um etwas bitten würde, aber Tara die Zeit im Gefängnis vor Prozessbeginn nicht überstehen würde. Schließlich einigten sich die beiden auf ein kreatives Kautionsangebot, das Harlan seinen Untergebenen verkaufen konnte und schlussendlich auch dem Richter.

Tara wurde dank der Zahlung einer Kaution in Höhe von einer halben Million Dollar freigelassen und in die Obhut ihrer Mutter übergeben. Gemäß den Bedingungen der Kautionsvereinbarung durfte sie das Haus nur in Begleitung ihrer Mutter verlassen. Genau genommen stand sie also unter Hausarrest. Tara wurde gestattet, das Schuljahr zu beenden, aber nur wenn Trish sie zur Schule fahren und nach Schulschluss wieder abholen würde. Ein vom Gericht beauftragter Bewährungshelfer war autorisiert, jederzeit bei ihnen zu Hause vorbeizuschauen, um sich zu vergewissern, dass sie sich an die Vereinbarung hielt. In den darauffolgenden Tagen war Harlan zur Zielscheibe vernichtender Angriffe seitens der Presse geworden, die ihn für die angeblich bevorzugte Behandlung eines reichen Kindes kritisierte.

»Es ist Ihr Job, eine Menge Kritik einzustecken«, bemerke ich mitleidslos. »Es ist Ihr Job, sich um Gerechtigkeit und nicht um gute Presse zu bemühen.«

»Halten Sie mir keine Vorträge!«, erwidert er scharf und lehnt sich vor. Jetzt gibt es keine Spur mehr von Tränen oder einem traurigen Gesicht. »Ich war Ihrer Mandantin gegenüber mehr als fair, wodurch mein Ansehen erheblich leiden musste. Morgen werde ich bekannt geben, dass ich den Fall Mitchell übertragen habe und nicht weiter daran beteiligt sein werde. Allerdings werden Sie vielleicht feststellen müssen, dass Mitchell, was die Kaution betrifft, nicht so entgegenkommend ist, wie ich es war.«

Die ganze Sache riecht nach der klassischen Nummer Guter-Bulle-böser-Bulle. Ich richte meine Aufmerksamkeit auf den guten Bullen – Fowler –, da er meine beste Chance darzustellen scheint, einen annehmbaren Deal auszuhandeln.

»Tara ist sechzehn«, erinnere ich ihn in sanfterem Tonfall als zuvor. »Wir sollten diese Angelegenheit vor dem Jugend- und Familiengericht klären können, ohne die ganze Geschichte unnötig in die Länge zu ziehen und der Familie weiteren Schmerz zu bereiten.«

»Ich habe gehofft, wir könnten den Fall noch vor der Vorverhandlung nächste Woche regeln«, bestätigt Fowler.

Aus dem Augenwinkel bemerke ich, dass Mitchell Taylor ein empörtes Gesicht macht.

Sofort werde ich misstrauisch. Mag sein, dass ich neu in diesem Spiel bin. Aber Fowler ist sehr darauf bedacht, einen Deal auszuhandeln. Zu bedacht. Mir entgeht hier etwas, allerdings weiß ich nicht, was das ist.

»Woran haben Sie gedacht?«, frage ich ihn.

Fowler nickt Mitchell zu.

»Sie bekennt sich des spontanen Totschlags für schuldig«, erklärt Mitchell. »Tara Bannister wird nach Erwachsenenstrafrecht gerichtet, und ihr Verbrechen wird und bleibt aktenkundig. Wir sind bereit, ein Strafmaß von zwei bis fünf Jahren zu akzeptieren. Es steht Ihnen frei, die Mindeststrafe zu beantragen; wir werden auf fünf Jahre plädieren. Darüber hinaus werden wir keine zusätzliche Anklage wegen der Verstöße gegen das Waffengesetz erheben. Laut der Rückverfolgung des Amts für Alkohol, Tabak, Schusswaffen und Sprengstoffe wurde die Waffe gestohlen. Die Waffenvergehen allein – Besitz von gestohlenem Eigentum und Besitz einer nicht registrierten Schusswaffe – könnten ihr zwei bis fünf Jahre einhandeln.«

Ich schnaube verächtlich, was mir die angebrachte Reaktion zu sein scheint. »Seine Einstellung hat mir besser gefallen«, sage ich und zeige dabei auf Fowler.

Mitchell verzieht keine Miene, sondern durchbohrt mich mit seinen durchdringenden grünen Augen. »Zwei bis fünf Jahre«, sagt er. »So lautet der Deal. Nehmen Sie's, oder lassen Sie's bleiben, aber noch vor der Voranhörung. Denn dann werden wir die ergänzte Klageanschrift einreichen.«

Der Typ ist ein Mistkerl. »Sie haben mir das Leben gerade sehr viel einfacher gemacht.« Ich stehe auf und greife nach meiner Aktentasche, während ich ihn hochnäsig von oben herab ansehe. Mitchell zeigt keinerlei Reaktion, und langsam werde ich ungehalten. Ich wende mich an Fowler.

»Bei allem Respekt, Sir, Ihr Freund war ein gewalttätiger Mann, der seine Frau auf übelste Weise verprügelt hat und damit auch bei seiner Stieftochter anfangen wollte. Schlecht für ihn war nur, dass sie nicht das duldsame und gefällige Wesen ihrer Mutter geerbt hat. James Bannister griff meine Mandantin an, als sie in jener Nacht nach Hause kam. Später versuchte er, sie zu erwürgen. Sie verteidigte sich auf die einzig mögliche Weise, mit tödlicher Gewalt. Wir haben es hier mit einem Paradebeispiel von Notwehr zu tun, meine Herren. Wenn Sie einmal einen Blick in Ihre Gesetzbücher werfen, bedeutet das, dass die Angeklagte, die in diesem Fall das wahre Opfer ist, freigesprochen wird. Und wenn Sie glauben, die Geschworenen würden sie wegen irgendwelcher Verstöße gegen das Waffengesetz festnageln, nachdem sie all diese Aussagen über die Misshandlungen gehört haben ... nun, dann wird es höchste Zeit für Sie, Ihre Traumwelt zu verlassen.«

Ich mache auf dem Absatz kehrt, um zu gehen. Ich will meiner Empörung Nachdruck verleihen, indem ich hocherhobenen Hauptes hinausstolziere.

»Eine nette Geschichte«, meint Mitchell, als ich auf die Tür zugehe. »Nur dass sie leider nicht stimmt.«

Ich bleibe stehen.

»Kein einziges Wort davon.«

Ich drehe mich um. Er sitzt immer noch auf seinem Platz. »Soweit ich informiert bin, waren Sie nicht dabei«, sage ich abfällig. »*Tara* hingegen war da, und ihre Aussage liegt Ihnen vor. Ein klassischer Fall von Notwehr. Und natürlich war auch James Bannister dort, in all seiner volltrunkenen

Pracht, nur hat er es leider zu weit getrieben und eine Frau zu viel an jenem Abend angegriffen, um heute davon berichten zu können.«

Ich bin aufgebracht und sage mehr, als ich sollte. Aber diese ganze Geschichte stinkt zum Himmel. Mitchell steht auf und wartet einen Moment. Ich merke, wie sehr er dieses kleine Spielchen genießt und dass er gleich eine Bombe platzen lassen wird.

»Die wissenschaftlichen Beweise lügen nicht.« Er weist mit dem Kinn auf mehrere Akten und Dokumente, die auf einem runden Tisch in einer Ecke des Büros liegen. »Und die wissenschaftlichen Beweise sagen, dass Ihre Mandantin einen Mord begangen hat.«

Ich drehe meine Handflächen nach oben – *na und?*

»Wollen Sie einen Blick darauf werfen?«, fragt er.

Ich versuche, mich gleichgültig zu geben. »Wie lange wird das dauern?«

»Nur ein paar Minuten.«

Verschnupft marschiere ich zu dem Tisch und setze mich, kreuze die Arme und spiele die Genervte. Doch in meinem Inneren breitet sich eine seltsam unheilvolle Vorahnung aus, während mir plötzlich die mahnenden Worte meines Professors für Strafrecht am College of William & Mary durch den Kopf gehen: *Nimm die Aussage deines Mandanten niemals für bare Münze.*

6

Zehn Minuten lang geht Mitchell Taylor Schritt für Schritt die Akte der Staatsanwaltschaft mit mir durch, während Fowler uns zusieht. Wir sehen uns grausige Tatortfotos an, die Berichte der Ballistik, die auf Video aufgezeichneten Aussagen der verbleibenden Familienmitglieder, die Waffe, ein paar Patronen, das Handtuch und einige andere Gegenstände in Beweismitteltüten, ein Diagramm des Tatorts und einen Obduktionsbericht mit dazugehörigen Fotos.

Es ist offensichtlich, dass Mitchell Tag und Nacht an dieser Akte gearbeitet und diese Ermittlung der letzten drei Wochen geleitet hat. Ich für meinen Teil versuche an den richtigen Stellen zu nicken und gebe kleine kehlige Laute von mir, als würde ich verstehen, von was zum Henker er da redet. In Wahrheit muss ich mich extrem zusammenreißen, um nicht erneut Bekanntschaft mit meinem Mittagessen zu machen.

Ich werde Brad Carson umbringen.

»Also« - Mitchell ist gerade dabei, alle Fakten zusammenzufassen, und zeigt auf ein Foto, das die Eintrittswunde in James Bannisters Brust zeigt, direkt über dem Herz, sowie ein weiteres Foto von Bannisters haarigem Rücken - »wissen wir mit Sicherheit, dass dies der erste Schuss war, der außerdem zum Tod des Opfers führte. Die Kugel hat die Lunge durchstoßen, einige Arterien getroffen und schwere Blutungen verursacht. Sie prallte am hinteren Teil von Mr Bannisters Brustkorb ab, was dazu führte, dass sie in seinem Körper stecken blieb. Daher gibt es auch keine Austrittswunde.«

Ich beuge mich vor und schaue mir die Fotos genauer an, als könnte mein fachmännischer Blick seine Ausführungen bestätigen oder widerlegen. Es gibt keine Austrittswunde; so weit gebe ich ihm recht.

»Wir wissen außerdem, dass diese Kugel aus mehr als dreieinhalb Meter Entfernung abgefeuert wurde. Diese Vergrößerung der Eintrittswunde und des Wundkranzes zeigt keine Verschmutzungen, Schmauchspuren oder Pulvereinsprenkelungen um die Eintrittswunde, die zu erwarten wären, wenn der Abstand zwischen der Verdächtigen und dem Opfer geringer als dreieinhalb Meter gewesen wäre.«

Mitchell blickt zu mir auf, offensichtlich um zu sehen, ob ich irgendwelche Fragen habe. Als dem nicht so ist, zeigt er auf ein Foto aus dem Obduktionsbericht, auf dem die Eintrittswunde zu sehen ist, in die ein Metallstab eingeführt wurde. »Wie man an dem Winkel dieses Stabes erkennen kann, scheint die Waffe von oben auf Mr Bannister abgefeuert worden zu sein. Ihre Mandantin ist um einiges kleiner als das Opfer. Doch der Einschusswinkel zeigt, dass der Schuss von oberhalb der Eintrittswunde abgegeben wurde, und zwar aus mehr als dreieinhalb Meter Entfernung.«

Mir wird klar, dass er damit nicht ganz unrecht hat. Was mir außerdem klar wird, ist, dass ich dringend meine Geometriekenntnisse auffrischen muss. Im Geiste versuche ich mir vorzustellen, wie Tara die Waffe hoch in die Luft hält und von oben auf ihren Stiefvater richtet. Weit hergeholt, gelinde gesagt. Trotz meiner zunehmenden Zweifel bringe ich ein halbherziges Schulterzucken zustande. *Na und?*

Mitchell nimmt das als Zeichen, um fortzufahren, und weist nun auf ein

Foto von Bannister, der auf dem Wohnzimmerboden in einer Blutlache auf der Seite liegt. Das Handtuch, das Tara mir gegenüber erwähnt hat, bedeckt Bannisters Gesicht. Nachdem sie ihn erschossen hatte, muss sie es ihm aufgelegt haben, während sie auf die Polizei wartete.

Mir wird immer mulmiger.

»Mr Bannister wurde hier gefunden, neben seinem Ledersessel im Wohnzimmer«, erklärt Mitchell. »Schauen Sie sich dieses Foto an.« Er zeigt auf eine vergrößerte Aufnahme des Sessels. »Wir haben Blutspritzer auf diesem Ledersessel gefunden, aber es gab kein Blut an Stellen, die von einem Mann mit Mr Bannisters Körpergröße bedeckt wären, wenn er darin gesessen hätte.«

Er hält inne, um die Bedeutung dieser Worte wirken zu lassen. Mit Erfolg. »Aus unserer Sicht ist das wahrscheinlichste Szenario, dass Mr Bannister aus etwa acht Metern Entfernung erschossen wurde, als er in seinem Sessel saß. Nachdem er das erste Mal getroffen wurde, erhob sich Bannister aus dem Sessel, entweder um sich zu verteidigen oder um seinen Angreifer zur Vernunft zu bringen. Doch er verlor sehr schnell viel Blut. Er brach neben dem Sessel zusammen und war innerhalb von Sekunden tot.«

»Reine Spekulation«, erwidere ich. »Es gibt Millionen von Gründen, die den Einschusswinkel und das Muster der Blutspritzer erklären können.« *Nur dass mir leider gerade kein einziger davon einfallen will.* »Tara war dort. Sie war bereits von diesem Mann verprügelt worden.« Ich werfe einen schnellen Blick auf die Fotos, die auf dem Tisch ausgebreitet liegen. Langsam wird mir klar, warum die Staatsanwaltschaft sie wegen Mordes belangen will, was Vorsatz voraussetzt. Da die Fakten gegen uns sprechen, versuche ich es mit der emotionalen Schiene. »Wie mir auffällt, haben Sie keine Fotos von den Blutergüssen im Gesicht meiner Mandantin oder von Trish Bannisters zu Brei geschlagenem Gesicht.« Meine Stimme wird rau. Der Gedanke daran, was Bannister diesen Frauen angetan hat, ist schlimm genug. Aber noch schlimmer ist die Tatsache, dass die Staatsanwälte Bannister verteidigen.

Mitchell betrachtet mich nur mit einem kalten Blick, also wende ich mich wieder an den Bezirksstaatsanwalt. »Entschuldigen Sie, Mr Fowler, aber Ihr Freund war außer Kontrolle. Niemand wird das bestreiten. Tara hatte Angst um ihr Leben. Direkt nach den Schüssen wählte sie den Notruf. Mag sein, dass sie später ein wenig durcheinandergebracht hat, wer genau wo gestanden hat, als die Schüsse abgegeben wurden, aber das arme Mädchen stand wahrscheinlich auch unter Schock. Sie war gezwungen, ihren eigenen Stiefvater in Notwehr zu erschießen. Und nun wollen Sie sie wegen Mordes anklagen, als hätte sie ihrem Stiefvater aufgelauert und ihn kaltblütig erschossen.«

Auch wenn meine Worte nicht an ihn gerichtet waren, antwortet Mitchell erstaunlich ruhig. »Es ist nicht so, als hätte ich kein Mitgefühl mit Ihrer Mandantin. Dennoch rechtfertigt das keine vorsätzliche Hinrichtung. Sie kann das Recht nicht einfach in die eigene Hand nehmen, Leslie.«

»Sparen Sie sich Ihre Tränen.« Ich gehe ein paar Fotos durch, während ich krampfhaft versuche, mir eine passende Erklärung einfallen zu lassen. Ich nehme mir vor, Tara morgen einen Besuch abzustatten. Fürs Erste werde ich es mit einem Bluff probieren. »Ist das alles, was Sie haben?«, frage ich. »Geometrie, Blutspritzer und dieser andere Kram mit der Eintrittswunde – wie nennen Sie das noch gleich?«

»Schmauchspuren und Pulvereinsprenkelungen.«

»Genau, Schmauchspuren und Pulvereinsprenkelungen. Das ist alles, worauf Sie sich stützen können, um ein misshandeltes sechzehnjähriges Mädchen lebenslänglich ins Gefängnis zu stecken? Wir beide wissen, dass die Muster von Blutspritzern höchst unterschiedlich ausfallen können. Und vielleicht hat sie die Waffe von weiter weg abgefeuert, als sie behauptet. Vielleicht wollte sie ihn aufhalten, bevor er ein zweites Mal Hand an sie legen konnte. Sie hatte noch immer Angst um ihr Leben, Mr Taylor. Es ist immer noch Notwehr.« Ich hebe die Stimme, um zu verdeutlichen, was ich von dieser absurden Erbsenzählerei halte. »Aus der Sicherheit eines Konferenzraumes betrachtet, mögen acht Meter vielleicht einen Unterschied machen. Aber wenn Sie ein sechzehnjähriges Mädchen sind, das gerade von einem durchgeknallten Verrückten angegriffen wird, haben Sie Angst, egal wie weit weg Sie stehen.«

»Dann wäre da noch das Problem mit der zweiten Kugel«, erklärt Mitchell, der damit alles, was ich gerade gesagt habe, komplett ignoriert. Offensichtlich hat er an diesen forensischen Beweisen einen Narren gefressen. »Der Schuss in Mr Bannisters Kopf.« Er zeigt auf eines der grässlicheren Fotos. »Diese Kugel trat direkt über dem linken Auge in die Stirn des Opfers ein.« Er tippt mit dem Finger auf ein Obduktionsfoto, das den Verlauf der Kugel im Schädel zeigt. »Auf diesem Foto sehen wir, dass der Gerichtsmediziner einen anderen kleinen Stab, eine Sonde, in das Gehirn eingeführt hat, um den Weg der Kugel zu verdeutlichen. An dieser Stelle blieb die Kugel stecken.« Wieder zeigt er auf eine Stelle. »Aufgrund der Pulvereinsprenkelungen, diesen kleinen Pünktchen rund um die Eintrittswunde, in denen verbranntes Pulver und Fragmente der Kugel in das Fleisch eingedrungen sind, und der Tatsache, dass es keine Verbrennung durch die Laufmündung der Waffe gab, wissen wir, dass der Schuss aus kurzer Distanz, nicht aber aus nächster Nähe abgegeben wurde.«

»Genau wie Tara gesagt hat«, füge ich hinzu.

Wieder ignoriert er mich. »Etwa aus der gleichen Distanz wie jemand, der über einer am Boden liegenden Person steht, zu dieser hat. Noch bemerkenswerter ist allerdings, dass es keine Blutungen um diese Wunde gab, was verdeutlicht, dass das Opfer bereits einige Zeit klinisch tot war, bevor diese Kugel in den Körper einschlug. Außerdem trat die Kugel eher von der Seite als direkt von vorn ein.«

Wieder hält Mitchell inne, und Stille breitet sich im Raum aus. Er schaut mich jetzt direkt an.

»Mit anderen Worten«, erklärt er, »stellt sich Ihre Mandantin, geraume Zeit nachdem das Opfer gestorben ist, über diesen toten Mann und schießt ihm aus nächster Nähe ins Gesicht. Dann bedeckt sie sein Gesicht mit diesem Handtuch.«

Wieder schmecke ich mein Mittagessen, doch dieses Mal nicht aufgrund der abscheulichen Fotos. Dann kommt mir ein Gedanke. »Das Handtuch«, sage ich. »Sie hatte ihre Waffe in das Handtuch gewickelt. Das würde erklären, warum keine Verbrennungen von dem Schießpulver auf Bannisters Körper gefunden wurden.«

Wie es aussieht, hat Mitchell diese Möglichkeit bereits in Erwägung gezogen. »Aber dann müsste man natürlich erwarten, dass das Handtuch ein Einschussloch und Blutspritzer aufweist. Zwar gibt es ein Einschussloch, doch das einzige Blut auf dem Handtuch sind Schmierspuren, die entstanden sind, als das Handtuch auf die Leiche gelegt wurde. Wir glauben, dass das Handtuch beim zweiten Schuss um die Waffe gewickelt war, nicht beim ersten, um die Notwehrgeschichte zu stützen, die Ihre Mandantin der Polizei erzählt hat. Es gibt keine Blutspritzer auf dem Handtuch, weil das Opfer bereits tot war, als der zweite Schuss abgefeuert wurde.«

Langsam wird mir die Sache eine Nummer zu groß. Ich beschließe, dass es Zeit wird, den Rückzug anzutreten, um mich neu zu formieren. Einen Moment lang sitze ich stumm da und versuche das alles zu verarbeiten. »Ich will mir das Handtuch ansehen«, sage ich. »Und es ein paar Experten vorlegen.«

»Natürlich«, erwidert Mitchell. Als ich mich erhebe, um zu gehen, reicht er mir außerdem Kopien der Fotos und ein Videoband. »Schicken Sie uns Ihren Forensik-Experten vorbei, um das Handtuch untersuchen zu lassen. Schauen Sie sich das Geständnis Ihrer Mandantin an und studieren Sie diese Fotos. Der Deal steht bis zur Vorverhandlung nächste Woche.«

In einem letzten Akt des Maulheldentums bringe ich ein sarkastisch gemeintes »Wie großzügig von Ihnen« zustande. Ich schüttle einem übertrieben selbstsicheren Mitchell Taylor und einem besorgten Harlan Fowler die Hand, in dessen Augen sich meine eigenen wachsenden Zweifel widerspiegeln. Wortlos flehen mich diese Augen an, auf den Deal einzugehen.

7

Auf dem Weg nach Hause klingelt mein Handy. Ich werfe einen Blick auf die Nummer im Display. Es ist Brad.

»Wo warst du?«, frage ich ihn.

Stille. »Oh, tut mir leid«, sagt er. »Ich muss wohl die falsche Nummer gewählt haben. Ich wollte eigentlich meine süße, liebevolle Verlobte erreichen.«

»Sehr witzig.«

»Tut mir leid, Leslie. Sie haben heute meinem Mandanten die eidesstattliche Aussage abgenommen und fanden einfach kein Ende. Er hat sich absolut lächerlich gemacht.«

»Das hat er schon im landesweiten Fernsehen geschafft«, erinnere ich ihn. »Zumindest ist er konsequent, was das angeht.«

Brad lacht nicht. Vielleicht empfindet er diesen Fall mittlerweile als genauso abstoßend wie ich an dem Tag, als dieser Mandant zum ersten Mal zur Tür hereinspaziert kam. Brads Mandant (ich weigere mich, irgendetwas mit diesem Fall zu tun zu haben) ist ein Fitness-Freak namens Brandon Matthews. Vor seinen fünfzehn Minuten Ruhm war Brandon Trainer im

Gold's Gym in Virginia Beach, dem gleichen Fitnessstudio, in dem auch Brad und ich gelegentlich trainieren. Brandon, ein blondhaariger Fabio-Lanzoni-Klon, hatte es irgendwie geschafft, sich in eine dieser Reality-Dating-Shows zu mogeln: *DMVN – Das Mädchen von nebenan*. Das sollte sein Leben für immer verändern.

Wie schon bei anderen Reality-Dating-Shows lautet die Frage in *Das Mädchen von nebenan*, ob jemand sich lieber für innere statt äußere Schönheit entscheidet. In der ersten Folge wurde ein ganzer Bus voll durchschnittlich aussehender Mädchen, die »Mädchen von nebenan«, zu einer Villa auf Maui gekarrt, auf der Brandon für die sechswöchigen Dreharbeiten residierte.

Während er mit den Mädchen flirtete, ließ er sich in Interviews wortgewandt darüber aus, wie viel Wert er auf die Persönlichkeit lege und dass Schönheit weiter als nur bis unter die Haut reichen sollte. In den darauffolgenden Wochen ging er auf Dates mit diesen reizenden Mädchen, die sich alle hoffnungslos in ihn verliebten. Brandon ließ eine nach der anderen ausscheiden, bis nur noch drei der Durchschnittsmädchen übrig waren, die alle beeindruckende Persönlichkeiten und ein passables Aussehen vorzuweisen hatten. Dann zogen die Produzenten der Sendung die übliche Nummer ab und brachten eine wahre Granate ins Spiel – eine Frau namens Jewel mit einer umwerfenden Figur und dem Verstand eines Regenwurms.

Wie vorherzusehen war, verliebte sich Brandon Hals über Kopf in Jewel und wählte die verbleibenden Kandidatinnen jede Woche eine nach der anderen raus. In der letzten spannungsgeladenen Folge brach Brandon fast in Tränen aus, als er das letzte Mädchen von nebenan nach Hause schickte, ein wahres Schätzchen namens Annie, um dann Jewel seine Liebe zu gestehen.

Doch es gab noch fünfzehn Minuten Sendezeit zu füllen, und das schockierende Ende sollte für niemanden so überraschend kommen wie für Brandon selbst. Ich hatte mir die Sendung nie angesehen, als sie noch ausgestrahlt wurde, aber Brad zwang mich eine Aufnahme des Finales anzusehen, als er den Fall übernahm.

Man stelle sich nur den erstaunten Ausdruck auf Brandons Gesicht vor, als ihm offenbart wurde, dass Jewel ein Transvestit war.

Er engagierte Brad Carson, um den Machern der Sendung eine Lektion zu erteilen. Brad reichte sofort eine dicke Klage wegen angeblichen Betrugs bei Gericht ein. Die Boulevardblätter waren begeistert.

»Ich hatte auf eine außergerichtliche Einigung gehofft«, murmelt Brad. »Wir treffen uns morgen mit einer Mediatorin, die versuchen wird, eine Lösung herbeizuführen. Aber nach dem heutigen Tag wären die Produzenten echte Dummköpfe, wenn sie uns auch nur einen einzigen Penny anbieten würden.«

Als ich höre, wie niedergeschlagen er klingt, schlucke ich mein »Ich hab's dir ja gleich gesagt« wieder runter. »Ich hätte heute wirklich deine Hilfe brauchen können«, erwidere ich stattdessen mit sanfterer Stimme.

»Ich weiß. Und es tut mir echt leid.« Eine Pause. Wahrscheinlich wartet er jetzt auf ein »Schon okay«.

Aber ich sage kein Wort.

»Hast du schon irgendwelche Pläne fürs Abendessen?«, fragt er mich.

»Ja klar, Abendessen und im Anschluss ein Film. Ich muss mir ein Video vom Geständnis unserer Mandantin anschauen.«

»Wie schlimm ist es?«

»Ich denke nicht, dass das Video uns schaden kann, aber die haben ein paar echt überzeugende forensische Beweise in der Hand.«

»Zum Beispiel?«

»Können wir später darüber reden?« Ich klinge beunruhigter als beabsichtigt. Aber wenn er so darauf aus ist, mehr über den Fall zu erfahren, hätte er einen Weg finden sollen, es zu unserem Treffen mit Fowler zu schaffen.

»Na klar«, lautet seine Antwort.

Es herrscht Stille in der Leitung.

»Hättest du gern etwas Gesellschaft?« Er klingt verzweifelt.

»Sehr gerne sogar, aber lass uns das lieber auf ein anderes Mal verschieben. Ich weiß, dass du dich auf diese Schlichtung morgen vorbereiten musst, und ich bin völlig erledigt. Es war ein echt langer Tag.«

»Na schön«, sagt er mit ausdrucksloser Stimme. »Aber morgen Abend ist Freitag. Und nichts wird uns im Weg stehen.«

Es sieht Brad gar nicht ähnlich, so niedergeschlagen zu sein. Die eidesstattliche Aussage muss eine absolute Katastrophe gewesen sein. Und morgen klingt ganz schön lang hin. Sosehr ich mich auch bemühe, ich kann einfach nicht widerstehen.

»Ich sag dir was. Wir treffen uns in dreißig Minuten im Büro. Du besorgst das Abendessen; ich bringe den Film mit.«

»Abgemacht«, meint er. Ich bemerke, wie seine Stimme wieder einen fröhlicheren Tonfall annimmt. »Pizza?«

»Bring mir einfach einen Salat mit.«

»Sicher?«

»Ja.«

Er weiß, was in den Salat gehört und welches Dressing er bestellen soll. Es ist fast beängstigend, wie gut wir einander kennen.

»Ich liebe dich.«

»Ich liebe dich auch«, erwidert er. Der Enthusiasmus ist zurück.

8

Brad hat fast eine ganze Pizza verdrückt. Dennoch wird er kein einziges Pfund zunehmen. Der Mann ist ständig in Bewegung, verbrennt ohne Unterlass Kalorien, geht morgens laufen und rennt den Rest des Tages hektisch herum, während er das Leben in Angriff nimmt. Ich habe kein Stück von der Pizza angerührt. Nach unserer Hochzeit - vielleicht. Aber bis dahin muss ich noch zweieinhalb Kilo verlieren. Ich weigere mich, auf meiner zweiten Hochzeit mehr als bei meiner ersten zu wiegen. Daher kaue ich auf meinem Salat herum und ertrage das fettarme italienische Dressing. Ich begnüge mich mit einem Wasser aus der Flasche.

Aus Rücksicht auf mich trinkt Brad eine Cola. Mir ist bewusst, dass ihm ein Bier lieber wäre, aber er weiß, wie viel ich in den zwei Jahren nach Bills Tod getrunken habe. Auch wenn ich mich nicht als trockene Alkoholikerin betrachte, weiß ich doch ganz genau, wo dieser erste Drink hinführen würde. Der Alkohol betäubte den Schmerz. Doch selbst zwei Jahre des ziemlich beachtlichen Konsums konnten den Schmerz nie ganz verschwinden lassen. Eines besonders verkaterten Morgens, nachdem ich einen Blick in den Spiegel geworfen hatte und mir missfiel, was ich sah, gewöhnte ich mir den Sprit ab und fand andere Wege, um klarzukommen.

»Bis du bereit?«, fragt Brad. Er hat die Fernbedienung in der Hand, sein Finger ruht auf der Abspieltaste. Wir sitzen nun schon seit mehr als einer

Stunde zusammen, haben über alles und jeden geredet. Und es hinausgezögert, uns das Geständnis anzusehen.

»Aber sicher.« Ich rutsche in meinem Stuhl zurück.

»Bevor wir uns *dein* Video ansehen«, fragt er vorsichtig, »kann ich dir kurz meins zeigen? Es dauert nur eine Minute. Ich will deine Meinung zu etwas hören.«

Ich werfe ihm einen misstrauischen Blick zu. »Hier geht es aber nicht um deinen DMVN-Fall, oder?«

Er stopft sich ein weiteres Stück Pizza in den Mund. »Vielleicht. Aber ich brauche wirklich deinen Rat.«

»Ich hasse diesen Fall, Brad. Ich will nichts damit zu tun haben.«

»Ganz genau«, meint er und spült die Pizza mit einem Schluck Cola hinunter. »Deswegen brauche ich auch deinen Input. Du bist vollkommen unvoreingenommen, genau wie es unsere Mediatorin sein wird. Schau es dir einfach kurz an.« Er drückt bereits auf Play.

Ich seufze und stütze das Kinn in die Hand. Er zeigt mir die Szene, in der Jewel das erste Mal in der Show auftritt. Die DMVN-Kandidatinnen haben sich alle mit wunderschönen Abendkleidern herausgeputzt und genießen den Abend mit Brad im großen Ballsaal. Da bittet sie der Moderator um ihre Aufmerksamkeit und verkündet, dass sich eine weitere Kandidatin der Gruppe anschließen wird.

Jewel stolziert in einem Kleid, das selbst Jennifer Lopez die Schamesröte ins Gesicht treiben würde, zur Tür herein, und Brandon verfolgt jeden ihrer Schritte. Ich meine, eine kleine Spur von Sabber sein Kinn hinunterlaufen zu sehen.

»Was fällt dir auf?«, fragt Brad.

»Dein Mandant – der wie ein läufiger Hund hechelt?«

»Nicht das. Konzentrier dich auf die Frauen. Schau dir ihre Gesichter an.«

»Die sind alle verschwommen.«

»Und sie lächeln«, fügt er hinzu. Er spult das Band zurück und spielt es nochmals in Zeitlupe ab.

Eine der Kandidatinnen hat die Hände vor den Mund geschlagen, doch die hochgezogenen Wangen und funkelnden Augen verraten das dahinter versteckte Lächeln. Eine andere dreht sich weg und blickt zu Boden, versteckt ihr Gesicht vor der Kamera. Die dritte in der Reihe grinst dämlich, während sie Brandon dabei beobachtet, wie er ihre kurvenreiche neue Konkurrentin angafft.

»Na schön, sie lächeln«, gebe ich zu. »Na und?«

»Also habe ich mir ähnliche Aufzeichnungen von anderen Realityshows angesehen, wenn die neuen Schönheiten vorgestellt werden«, erklärt Brad aufgeregt. »Die Durchschnittstypen sind immer schockiert. Sie sehen fassungslos oder wütend aus, alles außer belustigt.« Er verkündet das, als habe er ein Heilmittel für Krebs entdeckt.

Ich gebe mein Bestes, um unbeeindruckt zu wirken.

»Verstehst du es nicht?«, fragt er. »Ich glaube, dass all die anderen Kandidatinnen bei DMVN eingeweiht waren. Ich denke, dass die ganze Show ein abgekartetes Spiel war ... bei dem die anderen Kandidatinnen mitgespielt haben.« Er redet nun schneller. »Jetzt weiß ich auch, warum sie alle ihre Einstellung gegenüber Brad geändert haben, nachdem dieses neue Schätzchen in die Sendung kam. Eines der Mädchen von nebenan wurde auf einmal ganz abweisend und kalt. Eine andere war dem armen Brandon gegenüber einfach nur gemein. Die dritte, Annie, wirkte auf ihrem nächsten Date einfach nur überdreht, geradezu nervig.«

Im Moment ist dieser Fall einfach nur nervig! »Der *arme* Brandon?«, frage ich. »Der arme Kerl, der keine Augen für Persönlichkeit hat und die drei bezaubernden, normalen Mädchen abserviert hat, die die ganze Zeit über so nett zu ihm waren? Mir blutet das Herz.«

Doch mein Sarkasmus kann dem Eifer in Brads Augen nichts anhaben. »Ich werde dieses Band zu der Schlichtung morgen mitnehmen«, gelobt er. »Und wenn wir zu keiner Einigung kommen, werde ich jede einzelne Kandidatin unter Eid aussagen lassen, alle Unterlagen der Sendung gerichtlich anfordern und den ganz hässlichen Schwindel aufdecken.«

Ich stehe auf und werfe Brad meinen zurechtweisendsten Blick zu. »Und ich gehe zur Toilette. Wenn ich wiederkomme, können wir uns hoffentlich die Aufzeichnung von Taras Geständnis ansehen. *Dein Mandant* hat das bekommen, was er verdient.« Ich gehe auf die Tür zu. Es hat keinen Sinn, mit Brad zu diskutieren, wenn er sich so auf einen Fall eingeschossen hat. Aber ich hasse den Gedanken, dass dank ihm noch mehr Rummel um diesen bescheuerten Rechtsstreit gemacht werden wird, als es jetzt schon der Fall ist. Er ist so ein talentierter Anwalt; warum gibt er sich nur mit diesem Typ ab?

»Du kannst jetzt nicht gehen«, ruft er mir hinterher. »Das ist unser schlagender Beweis, unser O. J.-Simpson-Handschuh, der nicht passt, unser beflecktes blaues Monica-Lewinsky-Kleid ...«

Ich gehe einfach weiter. Er weiß, wie sehr mich dieser Fall auf die Palme bringt. Doch er hält sich gerade für witzig, und um ehrlich zu sein, wäre ich wahrscheinlich versucht über seine kindischen Mätzchen zu lachen, wenn ich mich jetzt umdrehe. Diese Genugtuung werde ich ihm nicht geben.

»Vielleicht verwechselst du mich mit jemandem, den das interessiert«, rufe ich über meine Schulter und lasse meinen Verlobten mit seinem nervigen Fall und seinen Verschwörungstheorien im Konferenzraum zurück.

9

Bei meiner Rückkehr ist die Pizza verschwunden. Brad drückt die Abspieltaste, und Tara Bannisters Bild erscheint auf dem Fernseher. Sie sitzt an einem Metalltisch in einem kahlen Verhörzimmer. Ein dünner Detective mit hängenden Schultern sitzt mit dem Rücken zu uns. Er trägt ein schlichtes weißes Hemd mit Krawatte. Das Bild ist ein wenig körnig, der Ton ein wenig blechern. Gerade belehrt er Tara über ihre Rechte.

»Das ist Detective Lawrence Anderson«, erklärt Brad. »Er ist skrupellos, aalglatt und widerlich.«

»Dann hätte er Anwalt werden sollen.«

Der Bildwinkel vergrößert sich und zeigt nun auch Trish Bannister, die links neben Tara am Kopfende des Tisches sitzt. Sofort richtet sich mein Blick auf Trish. Sie sieht schrecklich aus. Ihr rechtes Auge ist fast zugeschwollen. Direkt unter ihrer Augenbraue klebt ein Klammerpflaster am äußeren Rand der Augenhöhle. Ihre Lippe ist auf dieser Seite geschwollen, was ihr Gesicht verrutscht wirken lässt. Sie sieht aus wie der Verlierer eines Boxkampfes beim anschließenden Fernsehinterview.

Brad stößt einen leisen Pfiff aus.

»Er hat es verdient, erschossen zu werden«, höre ich mich sagen.

»Du glaubst wirklich, dass die so dumm sind, das hier den Geschworenen zu zeigen?«, fragt Brad.

Ich starre das körnige Bild von Trish Bannister an. Sie wirkt unterwürfig und verwirrt. Sofort empfinde ich Mitgefühl für sie, aber auch Wut darüber, dass sie dieses Monster nicht schon früher verlassen hat.

Der Ermittler beendet seine Rechtsbelehrung.

»Ich glaube, wir sollten uns einen Anwalt besorgen«, murmelt Trish, was ich sofort vermerke.

Der Ermittler richtet seine Aufmerksamkeit nur auf Tara und ignoriert den Kommentar ihrer Mutter. »Wir können dir nicht helfen, wenn du uns nicht sagst, was passiert ist«, erklärt er.

Tara bleibt stumm.

»Sollten wir nicht besser Peter anrufen?«, schlägt Trish vor. Peter Dickson ist der Anwalt der Familie Bannister, der den Fall abgegeben hat.

»Ist es das, was du willst?«, fragt der Detective Tara. »Willst du einen Anwalt einschalten, oder willst du uns sagen, was passiert ist, damit wir dir helfen können?«

Tara starrt einfach stur geradeaus.

»Ein schwerwiegender Verstoß gegen das Auskunftsverweigerungsrecht«, sagt Brad, als würde er ein Sportereignis kommentieren. »Ein sechzehnjähriges Mädchen. Die Mutter fragt nach einem Anwalt. Der Cop spult einfach weiter seine Fragen ab.«

»Psssst.«

Detective Anderson redet in ernstem Tonfall weiter. »Tara, deine Mutter hat im ersten Stock geschlafen, ausgeknockt von diesen Schlaftabletten. Jamie hat uns bereits erzählt, was passiert ist. Wir brauchen nur jemand, der bestätigen kann ...«

»Er weiß es nicht«, platzt es aus Tara heraus. »Woher sollte Jamie überhaupt irgendwas wissen? Er war nicht dabei.«

»Er sagt, er sei in seinem Zimmer gewesen und hätte Kopfhörer aufgehabt, als die Schüsse abgegeben wurden. Hat nichts mitbekommen. Meinte, du wärst hochgekommen und hättest ihm ganz genau erzählt, was sich zugetragen hat.« Die Stimme des Detectives klingt beruhigend, aber bestimmt.

»Tara«, sagt Trish, »wir müssen wirklich mit Peter reden. Er kann –«

»Halt den Mund!«, schnappt Tara ihre Mutter an. »Mom, lass es einfach gut sein.«

Trish fährt angesichts der Zurechtweisung zusammen. Dann lehnt sie sich zu ihrer Tochter vor. »Tara, wir brauchen einen Rechtsbeistand.«

Tara reibt sich die Stirn und steht kurz davor zu hyperventilieren. Den Tränen nahe, wendet sie sich ab und schaut dem Detective direkt ins Gesicht.

»Ich habe ihn erschossen«, sagt sie trotzig. »In Notwehr. Mir ist egal, was Jamie oder sonst jemand behauptet. Ich habe auf ihn geschossen, um mein Leben zu verteidigen. Und ich habe ihn getötet.«

Der Ermittler lehnt sich vor. »Erzähl mir ganz genau, was passiert ist.«

»Tara«, sagt Trish mit flehendem Tonfall.

Tara schneidet ihrer Mutter mit einem kalten Blick das Wort ab und wendet sich dann wieder dem Detective zu. Schließlich erzählt sie ihm ganz sachlich dieselbe Geschichte, die sie mir Anfang der Woche in meinem Büro erzählt hat.

»Wie weit standest du von deinem Stiefvater entfernt, als du den ersten Schuss abgegeben hast?«, will der Ermittler wissen. »Ich meine den Schuss, der ihn in der Brust traf, direkt über dem Herz.«

»Antworte nicht darauf«, rate ich dem Fernsehbildschirm.

»Er würgte mich«, erklärt Tara. »Er war direkt vor mir.«

»Weniger als einen Meter?«, drängt Anderson sie.

»Keine Ahnung.« Sie zuckt mit den Schultern. »Wahrscheinlich.«

»Und wie viel Zeit verging zwischen deinem ersten und dem zweiten Schuss?«

»Wie viel Zeit verging?«, fragt Tara mit gerunzelter Stirn.

»Ja, genau.«

»Eigentlich gar keine. Ich meine, er ging auf die Knie und versuchte, wieder aufzustehen. Vielleicht so fünf Sekunden.«

Der Detective nickt. »Hast du den Notruf getätigt, nachdem du deinen Stiefvater erschossen hast?«

»Ja.«

»Wann hast du deine Mom geweckt?«

Tara seufzt und reibt sich die Stirn, die Anspannung steht ihr deutlich ins Gesicht geschrieben. Trish beobachtet das Geschehen mit dem Ausdruck einer Mutter, die ihr Kind vor ein Auto laufen sieht, aber zu weit weg ist, um es zu retten. »Ich weiß es nicht«, antwortet Tara, »direkt nachdem ich den Krankenwagen gerufen habe, nehme ich an.«

»Bevor oder nachdem du Jamie geholt hast?«

»Danach.«

Anderson macht sich ein paar Notizen und lehnt sich vor. »Das ist jetzt wirklich wichtig, Tara.« Er hält inne und schaut ihr direkt in die Augen. Sie erwidert seinen Blick nicht. »Bist du zu irgendeinem Zeitpunkt, nachdem du deinen Stiefvater erschossen hattest, in dein eigenes Zimmers zurückgegangen?«

Tara sieht verwirrt aus. Sie starrt die Wand an, während sie angestrengt nachdenkt. Schließlich antwortet sie. »Nein. Nachdem ich ihn erschossen hatte, bin ich in Jamies Zimmer gegangen und habe ihm erzählt, was passiert ist. Dann habe ich Mom geweckt. Mom hat Jamie gesagt, dass er oben bleiben soll. Wir beide sind runtergegangen und haben gewartet.«

Detective Anderson nickt langsam. Mir wird klar, dass er soeben ein wertvolles Geständnis bekommen hat, ich verstehe nur nicht, worin es besteht. Der Detective verbirgt die Bedeutung der nächsten Frage hinter einem sachlichen Tonfall: »Irgendwann an diesem Abend hast du dich geschnitten, nicht wahr?«

Wieder denkt Tara einen Moment lang nach. Mir gefällt nicht, wie sie vor jeder Antwort zögert. »Ich war barfuß«, erklärt sie feindselig. »Ich habe mir die Ferse an irgendeinem zerbrochenen Glas im Wohnzimmer aufgeschnitten.«

»Das muss also passiert sein, als du mit deinem Stiefvater gerungen hast. Als du ihn erschossen hast.«

»Kann schon sein.«

»Bist du dir da sicher?«, fragt Anderson nach. »Bist du dir ganz sicher, dass du dich nicht geschnitten hast, bevor du hoch in dein Zimmer gegangen bist, um die Waffe zu holen?«

»Ja. Ich bin mir sicher«, erwidert Tara. Die Fragen fangen an, sie zu beunruhigen. »Ich habe das Wohnzimmer nicht mal betreten, bevor ich die Waffe geholt habe. Er hat mich in der vorderen Eingangshalle geschlagen; dann habe ich die Waffe geholt; dann bin ich wieder runtergekommen, und er hat mich im Wohnzimmer angegriffen. Da muss ich mir den Fuß aufgeschnitten haben.«

»In Ordnung«, meint Anderson und schreibt sich ein paar weitere Bemerkungen auf. »Also gäbe es keinen Grund, warum dein Blut von diesem Schnitt an deiner Ferse in deinem Zimmer sein sollte, richtig?«

»Verdammt«, sage ich. Jetzt sieht Tara wirklich verwirrt aus. *Wie werde ich das nur erklären?*

Mein Handy klingelt. Zuerst bemerke ich es nicht. Es klingelt ein zweites Mal. Brad drückt auf Pause.

»Leslie Connors.«

»Tara ist verschwunden«, sagt die verzweifelte Stimme von Trish Bannister. »Ich dachte, sie würde längst zurück sein. Ich weiß nicht, wo sie ist. Was mache ich bloß?«

»Ganz langsam«, rate ich ihr. »Was meinen Sie damit, sie ist verschwunden?«

»Sie ist heute Nachmittag abgehauen, als ich einkaufen gegangen bin. Ich glaube, sie ist weggelaufen«, sagt Trish fast hysterisch.

»Wie lang ist das her?«

»Ich weiß nicht. Eine Stunde. Vielleicht zwei.«

»Haben Sie irgendwem anders davon erzählt?«

»Ich wusste nicht, wen ich sonst anrufen sollte.« Trish weint jetzt; das höre ich ihrer Stimme an.

»Okay«, sage ich. »Nur keine Panik.« Mir geht auf, dass es bei ihr dafür schon zu spät ist. »Ich möchte, dass Sie ihre Freunde anrufen und herausfinden, ob die irgendwas wissen.«

Ich werfe einen Blick auf meine Uhr: 20.45. »Brad und ich werden die Flughäfen abklappern. Rufen Sie mich auf meinem Handy an, wenn Sie irgendwas in Erfahrung bringen, in Ordnung?«

»Okay.« Ihre Stimme klingt nun etwas gefasster. Zumindest haben wir einen Plan.

»Was auch immer Sie tun«, weise ich sie an, »rufen Sie auf keinen Fall die Polizei! Das ist ein Verstoß gegen ihre Kautionsauflagen. Wenn wir sie bald finden, ist alles in Ordnung. Wenn wir sie nicht innerhalb der nächsten Stunde finden, werden wir die Polizei einschalten. Wenn die Behörden herausfinden, dass sie weg ist, und die sie finden, wird sie die nächsten drei Monate im Gefängnis auf ihren Prozess warten.«

Brad wirft mir einen missbilligenden Blick zu.

»Okay«, sagt Trish.

Ich sage noch ein paar beruhigende Worte zu ihr, verabschiede mich und lege auf.

»Tara wird vermisst. Übernimmst du den Flughafen Newport News oder Norfolk?«, frage ich ihn.

Er schüttelt den Kopf. »Das hat mir gerade noch gefehlt«, grummelt er.

10

Den gesamten Weg zum Flughafen hänge ich am Telefon. Ich rufe jede Fluggesellschaft an, dann die Busgesellschaften, dann die Hotelketten. Genauso gut hätte ich Radio hören können. Niemand weiß irgendetwas über Tara Bannister.

Wenn ich das Mädchen jetzt in die Finger bekommen könnte, würde ich sie wahrscheinlich erwürgen. Ein Gerichtsverfahren wäre überflüssig. Sie ist einfach nur entschlossen, die Behörden bei jedem Schritt zu verhöhnen und sich das Leben noch schwerer zu machen. Vielleicht würden ihr ein paar Monate im Gefängnis vor Prozessbeginn den Kopf zurechtrücken. Sie ist gerade einmal seit zwei Tagen meine Mandantin, und ich habe jetzt schon die Nase voll von ihrer Einstellung. Ich kann mir vorstellen, was ihre Mutter empfindet.

Ich hatte eigentlich nie vor, nach meinem Studium Strafrecht zu praktizieren, und einer der Gründe lautet: Man kann seinen Mandanten nicht vertrauen. Außerdem gibt es bei Verbrechen und Verbrechern keine festen Arbeitszeiten. Der Mandant wird einen zu jeder Tages- und Nachtzeit anrufen. Das eigene Leben gehört einem nicht mehr.

Ich wollte Anwältin für internationales Wirtschaftsrecht werden, die Welt bereisen und Konzerne bei anspruchsvollen Verhandlungen an exotischen Orten vertreten. Dann verliebte ich mich in Brad, und alles veränderte sich. Auch wenn ich den Geschmack von Abenteuer im Strafrecht liebgewonnen habe, könnte ich gerade sehr gut darauf verzichten, Babysitterin für diese Sechzehnjährige zu spielen.

Ich fahre auf den Kurzzeitparkplatz vor dem Flughafen. Es hat angefangen zu nieseln, also laufe ich schnellen Schrittes auf das Gebäude zu. Brad und ich haben gemeinsam beschlossen, dass wir die Behörden informieren, falls wir Tara nicht in einem der Flughäfen finden. Für eine solche Situation gibt es keine Regeln. Man ist nicht verpflichtet zu melden, dass der eigene Mandant gerade die Kaution verfallen lässt. Andererseits werden die Behörden es früher oder später herausfinden, und dann steht man wie ein Idiot da, wenn man versucht hat, es zu vertuschen.

Ich trete durch die automatischen Türen ein und bin von meinem nicht einmal 800-Meter-Lauf jetzt schon aus der Puste. Ich bleibe einen Moment stehen, um tief durchzuatmen. Ich muss echt mehr Runden auf dem Laufband drehen! Ich komme zu Atem und lasse meinen Blick sofort über die Ticketschalter im Erdgeschoss schweifen. Es ist 21.15 Uhr, also ist nicht mehr viel los. Ich entdecke niemanden, der Tara auch nur im Entferntesten ähnlich sieht.

Ich habe keine Chance, am Sicherheitspersonal vor den Gates vorbeizukommen, also muss ich meine Suche auf die ungesicherten Bereiche des Flughafens beschränken. Ich steige die Rolltreppe hoch und renne einen Fahrsteig hinunter zu einer Rolltreppe, die nach unten führt, zur Gepäckausgabe und zu den Schaltern der Autovermietungen. Meine Lungen brennen wieder, und ich habe das Gefühl, gleich zusammenzubrechen. Das passiert, wenn ich versuche abzunehmen; ich habe keine Energie im Körper, also macht mich die kleinste Anstrengung fertig. Trotzdem jogge ich erst seit ein paar Minuten. Sollte ich wirklich dermaßen außer Form sein?

Schwer atmend, gehe ich von einem Mietwagenschalter zum nächsten, zeige meine Lizenz und meinen Ausweis der Anwaltskammer vor, als würde mir mein Beruf irgendwelche besonderen Privilegien verleihen. Ich beschreibe Taras Aussehen, aber niemand hat sie gesehen oder jemandem ein Auto vermietet, der in Begleitung einer blonden Sechzehnjährigen war.

Die nächste halbe Stunde überprüfe ich jeden Toilettenraum und Flur, jedes Gate, Geschäft und Restaurant am Norfolk International Airport. Zweimal. Sie ist nicht da. Kein Verkäufer oder Kellner hat sie gesehen. Zeit, die Suppe auszulöffeln.

Als Erstes rufe ich Brad an. Seine Suche am Newport News Flughafen war ebenfalls erfolglos. Er schlägt vor, dass ich Trish anrufe und dann die Polizei. Er meint, dass wir noch eine Stunde an den Flughäfen warten sollten, bis die letzten Flüge gestartet sind. Nur für den Fall.

Ich wähle Trishs Nummer. Mittlerweile kann ich sie auswendig. Allein in der letzten halben Stunde habe ich dreimal mit ihr telefoniert. Sie scheint sich ein wenig beruhigt zu haben.

»Gibt es irgendwas Neues?«, frage ich sie.

»Nein. Ich habe alle ihre Freunde angerufen. Entweder lügen sie mich an, oder sie haben sie nicht gesehen.«

»Ich habe mich am Flughafen Norfolk umgesehen. Niemand hier hat sie gesehen. Brad ist am Newport News. Auch da war sie nicht.«

In der Leitung herrscht Stille. Trish weiß, was das bedeutet.

»Wir müssen die Behörden verständigen«, sage ich.

»Ich weiß«, erwidert sie kaum hörbar.

»Ich werde die Polizei anrufen. Brad und ich werden an den Flughäfen warten, bis die letzten Flüge gestartet sind. Danach fahre ich auf dem Weg nach Hause bei Ihnen vorbei.«

Ich bekomme keine Antwort. Aber ich höre sie schluchzen.

»Alles okay, Trish?«

»Ja, mir geht's gut«, sagt sie zwischen den Schluchzern.

Ich lasse eine weitere Minute verstreichen, dann scheint sie sich wieder zu fangen.

»Leslie«, sagt sie, »wäre es in Ordnung, wenn ich zuerst Harlan anrufe statt der Polizei? Ich habe das Gefühl, als wäre ich ihm das zumindest schuldig. Er hat sich weit aus dem Fenster gelehnt, damit Tara überhaupt auf Kaution freikam.«

Ich lasse mir das einen Moment lang durch den Kopf gehen. Harlan zu informieren ist sicherlich genauso gut wie bei der Polizei anzurufen. Immerhin ist er der oberste Gesetzeshüter der Stadt Virginia Beach.

»Kein Problem. Nur muss er wissen, dass Sie ihn als Bezirksstaatsanwalt anrufen, nicht als Freund der Familie. Ich will mir später von niemandem nachsagen lassen, wir hätten es versäumt, diese Sache den Behörden zu melden.«

»Okay«, sagt Trish. Dann fängt sie wieder an zu schluchzen. Ich kann Jamie im Hintergrund hören. Ich fühle mit ihr.

»Ich bin in ein paar Minuten bei Ihnen, Trish«, verspreche ich ihr. »Rufen Sie mich an, wenn Sie noch irgendetwas brauchen.«

Es folgt eine Pause, während sie um Fassung ringt. »Danke, Leslie. Sie waren mir eine große Hilfe.«

Als ich auflege, fühle ich mich hilflos. Es gibt einiges, was sie einem im Strafrechtseminar nicht beibringen.

11

Tara ist zu Hause. Trishs Anruf erreicht mich ein paar Minuten vor elf, gerade als das letzte Flugzeug den Flughafen Norfolk verlässt. Sie sagt, sie hätte jemanden in ihrer Auffahrt hupen gehört und das Geräusch quietschender Reifen. Als sie zur Eingangstür lief, lag Tara ausgestreckt auf den Stufen vor dem Haus. Trish sagt, ihre Tochter sei sturzbetrunken und könne keine gute Entschuldigung vorbringen, warum sie sich verdrückt hat.

Laut Trish ist die gute Nachricht, dass Harlan Fowler versprochen hatte, etwa bis Mitternacht zu warten, bevor er Taras Verschwinden melden wollte. Und Trish hat ihn rechtzeitig zurückgerufen - bevor er die Polizei einschalten konnte. Das löst bei mir Erleichterung aus, aber auch Misstrauen. Wie es scheint, hängt sich Fowler sehr viel weiter aus dem Fenster, als er sollte, und ich frage mich, warum das wohl so ist.

Sofort rufe ich Brad an. Er ist von Tara enttäuscht und meint, dass ihr ein Kautionswiderruf wahrscheinlich recht geschehen wäre. Vor ihm liegen noch viele Stunden Arbeit, um sich auf die Mediation vor Gericht morgen früh vorzubereiten.

Ich steige in mein Auto und mache mich auf den Weg zum Haus der Bannisters. Ich bin hundemüde, aber Trish hat mich inständig gebeten zu kommen. Sie sagte, dass ich die Einzige sei, die Tara möglicherweise die Schwere ihres Fehltritts verständlich machen könne. Ich frage mich, ob sie in ihrem Zustand überhaupt etwas verstehen kann.

Die Bannisters wohnen in einem beeindruckenden Haus. Es wird von einem vier Hektar großen Grundstück umgeben und liegt in einer exklusiven Wohnsiedlung in der Gemeinde Bay Colony in Virginia Beach. Das Grundstück ist komplett umzäunt, und ich muss mehrere Hundert Meter die lange, elegante Auffahrt hinaufkurven, bis ich das Haus überhaupt sehen kann.

Das Vordach wird von imposanten weißen Säulen gestützt, die den Umfang von Mammutbäumen haben und zu beiden Seiten von weißen Löwen flankiert werden. Der Laden ist riesig. Es die Art von Haus, die Leute sich als Denkmal für ihre Egos errichten, nicht als Zuhause für ihre Familien. Es ist fast Mitternacht. Ich klingle an der Tür, halb in der Erwartung, gleich einem Butler gegenüberzustehen.

Stattdessen öffnet Trish die Tür. Sie sieht ausgezehrt aus. Ihre Augen sind rot und geschwollen. Ihr ganzes Gesicht ist aufgedunsen. Mit der linken Hand streicht sie sich in einer unbewussten Geste das Haar zurück. Dann umarmt sie mich kurz.

»Vielen Dank, dass Sie gekommen sind.« Sie seufzt. »Tara ist oben in ihrem Zimmer.« Trish weist mit dem Kopf über ihre Schulter in Richtung der Treppe.

Ich halte einen Moment inne, um meine Umgebung in Augenschein zu nehmen. Das Haus ist atemberaubend.

Ich stehe auf dem polierten Marmorboden einer gewaltigen Eingangshalle unter dem größten Kristallkronleuchter, den ich jemals außerhalb einer Hotellobby gesehen habe. Die Treppe, die nach oben führt, ist reich verziert und macht einen Bogen nach links. Sie wirkt wie eine Kulisse aus *Vom Winde verweht.* Zu meiner Rechten liegt ein wunderschönes Esszimmer mit einer Wand voller Spiegel und chinesischer Vitrinen. Ich nehme mir vor, Trish auf jeden Fall eine Einladung zur Hochzeit zukommen zu lassen.

Neben den Treppen sehe ich zu meiner Linken den Durchgang zum etwas niedriger gelegenen Wohnzimmer. Die Rückwand des Raumes scheint nur aus Panoramafenstern und Fenstertüren zu bestehen.

»Würde es Ihnen etwas ausmachen, wenn ich mich erst im Wohnzimmer umsehe?«, frage ich. Die forensischen Beweise, die Mitchell Taylor mir vorgelegt hat, sind mir noch frisch in Erinnerung. Ich muss die Fotos und Beweise im Kontext sehen können.

»Kein Problem«, meint Trish. Sie führt mich durch die Empfangshalle einen kurzen Flur hinunter. »Kann ich Ihnen eine Tasse Kaffee oder etwas anderes anbieten?«

»Nein, danke.«

Als wir den Eingang zum Wohnzimmer erreichen, sitzt Jamie nach vorne gelehnt auf der Couch und starrt gebannt auf den Fernseher. Er spielt irgendeines dieser Playstation-Spiele, *Tomb Raider* oder so etwas in der Art. Wie auch immer das Spiel heißt, es ist düster und laut, und die Zahl der Todesopfer eskaliert. Jamie murmelt seinem Spielcharakter etwas Unverständliches zu, einer umwerfenden, mit Maschinengewehr bewaffneten Brünetten in hautengem Outfit, die einen blutüberströmten Angreifer nach dem anderen abwehrt.

Jamie ist ein wenig moppelig und hat ein rundes Babygesicht, das ihn jünger aussehen lässt als den Elfjährigen, den Trish mir in meinem Büro beschrieben hat. Er trägt ein weites, gestreiftes T-Shirt und weite Dockers-Shorts, die ihm selbst im Sitzen unter den Knien hängen. Außerdem zeigt er zwischen dem Saum seines Oberteils und dem Bund seiner Shorts sehr viel von seinen gepunkteten Boxershorts. Ständig ruckt er mit dem Kopf und wirft sich seinen zotteligen braunen Pony aus den Augen.

»Wir haben dieses Zimmer direkt nach dem schrecklichen Ereignis renovieren lassen«, schreit Trish fast, während sie auf Jamie zugeht, um die Fernbedienung an sich zu nehmen. Ich bleibe im Eingang des Raumes stehen und nicke.

»Ich war mir nicht einmal sicher, ob wir es über uns bringen würden, hier wohnen zu bleiben«, fährt sie fort, als sie die Fernbedienung auf den Bildschirm richtet und die Lautstärke reduziert. »Aber es war klar, dass wir zumindest etwas mit diesem Raum machen mussten.«

Jetzt hat sie Jamies Aufmerksamkeit. Er dreht sich um und reißt ihr die Fernbedienung aus der Hand.

»Jamie, das ist Leslie Connors«, sagt Trish und ignoriert die Tatsache, dass der Junge gerade einfach die Fernsteuerung beschlagnahmt hat. »Taras Anwältin.«

Jamie wirft sein Haar nach hinten und starrt mich an. Er bleibt sitzen.

»Wie geht es dir, Jamie?«

»Ganz gut«, murmelt er. »Tara ist oben.«

»Ich weiß. Danke.«

»Kein Problem.« Er wendet sich ab und widmet sich wieder seinem Spiel. Wieder wirft er das Haar nach hinten. Er grunzt den Bildschirm an und äußert ein paar undefinierbare Worte. Dann, ohne überhaupt hinzusehen und mit einer Hand noch am Playstation-Controller, greift er sich mit der anderen die Fernbedienung und dreht die Lautstärke wieder bis an die Schmerzgrenze auf. Der Junge braucht einen schnellen, harten Tritt in die Boxershorts. Die Bilder flackern so schnell über den Bildschirm, dass meine Augen nicht mehr mitkommen. Ich fühle mich alt.

Trish ignoriert sein respektloses Verhalten. Sie sieht furchtbar müde aus.

»Können Sie mir sagen, wo der Leichnam Ihres Mannes gefunden wurde?«, frage ich laut genug, um über dem Getöse des Fernsehers gehört zu werden.

»Hier haben sie ihn gefunden«, sagt sie, ebenfalls die Stimme hebend. »Direkt neben einem Ledersessel, der genau dort stand.« Mir fällt auf, dass Trish den Ledersessel durch einen großen, bequemen Polstersessel mit Hocker ersetzt hat.

»Jamie, stell das leiser. *Bitte*«, sagt Trish streng.

Sie geht auf die andere Seite des Zimmers hinüber. »An dieser Stelle hatte er mich ein paar Stunden früher gewürgt.«

Der Ton des Fernsehers hallt noch immer lautstark durch den Raum. Jamie spielt unbeirrt weiter. Ich bekomme Kopfschmerzen.

»Was ist mit dem Sessel und dem Teppich passiert?«, frage ich.

»Soweit ich weiß, haben die Ermittler alle Teile des Teppichs rausgeschnitten, auf denen sich Blut oder andere Beweise befanden. Den Ledersessel haben sie ebenfalls als Beweisstück mitgenommen. Der Rest der Möbel und der Teppich sind auf dem Müll gelandet, als die Handwerker das Zimmer renoviert haben.«

Ich runzle die Stirn, was Trish bemerkt. »Hätten wir sie behalten sollen?«, fragt sie.

»Man weiß nie, was später noch wichtig sein könnte.«

Ich gehe im Raum umher und versuche mir das Bild einzuprägen. Es ist schwer sich zu konzentrieren, wenn der Fernseher bei voller Lautstärke läuft. Erneut werfe ich Jamie einen Blick zu, was mir eine Frage in Erinnerung ruft, die ich Trish stellen wollte.

»Hat Jamie vor Ihnen oder Tara mit der Polizei gesprochen?«

Trish zieht die Stirn kraus und denkt einen Augenblick nach. »Meinen Sie, bevor Tara ihr Geständnis gegenüber dem Ermittler abgelegt hat?«

Ich nicke.

»Ich glaube nicht.«

Sie geht zu Jamie hinüber, greift sich die Fernbedienung und stellt den Fernseher leiser. Zum zweiten Mal.

»Hey!«, schreit er. »Was *machst* du?«

»Jamie«, erwidert Trish scharf, »Ms Connors will dir ein paar Fragen stellen.«

»Gleich«, sagt er. »Lass mich erst dieses nächste –«

Trish drückt irgendeine Stopptaste auf dem Controller.

Jamie springt auf. »Du hast mir das Spiel versaut!«, schreit er. Seine Atmung geht in kurzen, abgehackten Stößen, als würde er gleich hyperventilieren.

Trish spricht in dem ruhigen Tonfall, den nur Mütter aufbringen können. »Jamie, du kannst dein Spiel zu Ende spielen, sobald du ein paar Fragen beantwortet hast. Das ist wirklich wichtig.«

»Für wen?! Für wen ist das wichtig?« Er zuckt mit dem Kopf und wirft sich das Haar aus den Augen. Zweimal. Dreimal. Sein anklagender Blick richtet sich erst auf Trish, dann auf mich und wieder zurück auf Trish.

»Du lässt mich nie zu Ende spielen. Du zwingst mich einfach immer nur, das zu tun, was *du* willst.« Er steht jetzt Auge in Auge seiner Mutter gegenüber. Es ist mir unangenehm, diesen Familienstreit mitzuerleben.

»Schon in Ordnung –«, setze ich an.

»Jamie, beruhige dich«, sagt Trish. Sie streckt die Hand aus, um seinen Arm zu nehmen, doch das scheint ihn nur noch wütender zu machen.

»Sag mir nicht, was ich zu tun habe!«, brüllt er. Dann spuckt er. Ich traue meinen Augen nicht. Der Junge spuckt auf den Teppich seines eigenen Wohnzimmers!

Trish bleibt ruhig. Sanft ergreift sie seine beiden Arme, doch er reißt sich los. Er beginnt zu reden, immer schneller und schneller. Ich kann nicht verstehen, was er sagt. Wie angewurzelt stehe ich da, würde mir am liebsten die Augen zuhalten und weiß nicht, wie ich mich verhalten soll.

Dann tut er es wieder. Er spuckt ein zweites Mal. Sein Kopf zuckt ein wenig, und er brabbelt vor sich hin. Er befreit sich aus dem Griff seiner Mutter und stakst aus dem Raum. Als er an mir vorbeikommt, spuckt er ein drittes Mal. Ich drehe mich weg. Zu spät. Die Spucke landet auf meinem rechten Arm.

»Igitt!« Ich widerstehe dem Drang, dem Jungen eine Ohrfeige zu verpassen. Gerade so. Schnell wische ich meinen Arm an meiner Jeans ab. Wie ekelhaft. Ich durchbohre ihn mit einem bitterbösen Blick, während er brabbelnd aus dem Zimmer schlurft.

Trish kommt an meine Seite geeilt. »Es tut mir so schrecklich leid, Leslie. Das ist das Letzte, was wir heute Abend gebrauchen können.« Ihre Augen füllen sich mit Tränen. »Ich weiß, dass es keine Entschuldigung für sein Verhalten gibt, aber das ADS und das Tourette sind manchmal einfach ...« Ihr versagt die Stimme.

Meiner Meinung nach braucht der Junge einfach nur ein bisschen Disziplin. Normalerweise halte ich nichts davon, einem Kind den Hintern zu versohlen, aber in diesem Fall würde ich definitiv eine Ausnahme machen.

»Schon in Ordnung«, lüge ich, als würde ich des Öfteren angespuckt werden. »Vergessen Sie's. Ich will nur noch schnell mit Tara reden.«

Trish hält die Tränen noch ein paar Sekunden länger zurück. »Ihr Zimmer liegt die Treppe hoch, die erste Tür links. Es tut mir so leid«, sagt sie wieder. »Ich werde mir Jamie zur Brust nehmen, während Sie mit Tara reden.«

»In Ordnung.« Ich schenke ihr ein kurzes, beruhigendes und falsches Lächeln. Dann gehe ich die Treppe hoch, um mit dem eigentlichen Problemkind der Bannister-Familie zu sprechen.

12

Taras Zimmer ist ein Katastrophengebiet, das von der Gesundheitsbehörde zum Abriss freigegeben werden sollte. Klamotten, Schuhe, Zeitungen, Magazine, Geschirr, Toilettenartikel und Haarpflegeprodukte liegen kreuz und quer auf dem Boden und auf allen flachen Oberflächen verstreut. Es sieht aus, als habe jemand den Inhalt ihrer Kommode, ihres Badezimmers und der Hälfte aller Küchenschränke in ihrem Zimmer ausgekippt, das Zimmer dann auf den Kopf gestellt und geschüttelt. Und zwar wild.

Tara liegt inmitten dieses Chaos mit geschlossenen Augen ausgestreckt auf ihrem Bett. Sie hat nicht auf mein Klopfen reagiert, also bin ich einfach reingekommen.

Sie ist nur mit ihrer Unterhose und einem Tanktop mit Spaghettiträgern bekleidet, das sie anscheinend heute Abend zum Ausgehen angezogen hat. Sie hat Ohrstöpsel im Ohr, die mit ihrem iPod verbunden sind. Ihr großer Flachbildfernseher, der an der Wand gegenüber von ihrem Bett hängt, dröhnt in voller Lautstärke.

Vorsichtig bahne ich mir den Weg zu ihrem Bett. Ich stoße auf eine Fernbedienung und stelle den Fernseher leiser. Dann beuge ich mich vor und ziehe ihr einen der Kopfhörer aus dem Ohr. Das lässt sie aufmerken, und so öffnet sie ein Auge und nimmt mich ins Visier. Oder versucht es zumindest.

Das Mädchen riecht nach Brandy.

»Tara, wir müssen reden«, sage ich laut und streng, wie meine Mutter es früher immer getan hat.

Wieder versucht sie, mich anzupeilen, aber ich habe das Gefühl, dass ich nur ein verschwommener Fleck für sie bin.

»Tara, ich bin's. Leslie Connor, deine Anwältin. Wir müssen uns unterhalten.«

Sie lächelt. Es ist das schiefe, neunmalkluge Grinsen einer Katze, die gerade den Kanarienvogel verspeist hat. »Ich kenne Sie«, verkündet sie laut und mit schwerer Zunge. »Sie sind diese *Richterin Barbara Salesch*-Tante ... Anwältin ... Laura ...« Sie zeigt auf mich und schnippt mit den Fingern bei dem Versuch, sich zu erinnern.

»Leslie. Leslie Conners.« Was für eine Zeitverschwendung.

»Ja, das isses. Anwältin Leslie!«, sagt sie so aufgeregt und selbstzufrieden, als habe sie gerade eines der großen Mysterien dieser Welt gelöst. »Anwältin Leslie«, ruft sie erneut mit Nachdruck.

Auf einmal wandelt sich der fröhlich-strahlende Ausdruck auf ihrem Gesicht zu einem skeptisch-beunruhigten. »Oh-oh. Ich fühl' mich nicht gut.« Sie greift sich an den Bauch und runzelt die Stirn.

Meine Augen schnellen auf der Suche nach einem Mülleimer durch den Raum. Wenn es hier tatsächlich einen geben sollte, dann ist er so gut unter dem ganzen Gerümpel versteckt, dass ich ihn nicht finden kann.

Sie setzt sich auf, und ich greife sie am Arm, um sie zu stützen. »Ich muss kotzen«, sagt sie.

Na toll! Genau das hat noch gefehlt, um den Abend perfekt zu machen.

Sie hat ein eigenes großes Badezimmer, das direkt an ihr Schlafzimmer anschließt. Zu meinem Erstaunen gelingt es ihr, aufzustehen und ins Badezimmer zu wanken, wobei sie sich schwer auf meinem Arm abstützt. Ich helfe ihr, sich auf dem Boden vor der Toilette niederzulassen.

»Danke«, sagt sie. Tara ist immer ziemlich blass, aber im Moment ist ihr Gesicht geradezu gespenstisch weiß.

Sie legt die Arme um den Toilettensitz, als würde sie das Ding umarmen, und lässt den Kopf in die Schüssel hängen. Ich beschließe, dass sie ein wenig Privatsphäre braucht, schließe die Badezimmertür und ziehe mich in ihr Zimmer zurück. In der Grundschule war ich immer das Kind, das sich schon übergeben musste, wenn es jemand anderem dabei zusah. Meine Lehrer bekamen immer zwei zum Preis von einem. Ich habe nicht vor, Tara zuzusehen.

Ich höre, wie sie zu würgen beginnt; das herzzerreißende Geräusch von jemandem, der gerade sein Innerstes nach außen kehrt. Ich hoffe, sie trifft die Schüssel. Zumindest klingt es so.

Ich beschließe, nicht lang genug zu bleiben, um es herauszufinden.

* * *

Auf meinem Weg nach draußen bringt Trish Jamie dazu, dass er sich bei mir entschuldigt. Ich versichere ihm, dass alles in Ordnung ist, auch wenn ich auf Abstand bleibe. Als ich das Anwesen der Bannisters verlasse und an den Steinsäulen und dem Eisentor vorbeifahre, fällt mir der Unterschied zwischen dem Äußeren und dem Inneren des Hauses auf. Außen wirkt alles so perfekt - der gepflegte Rasen und die elegante Fassade aus Ziegeln und Naturstein. Doch im Inneren lebt eine Familie, die von Gewalt, Suchtmitteln und Egoismus zerrissen ist. Ich frage mich, wie Trish das jeden Tag aufs Neue übersteht.

Außerdem frage ich mich, wie es so weit kommen konnte. Brad und ich werden bald unsere eigene Familie gründen. Eine zweiköpfige Familie. Eines Tages werden wir sie mit unseren Kindern erweitern. Wird es uns gelingen, eine Familie zu schaffen, die dank ihrer Liebe zusammenhält, selbst in schlechten Zeiten? Oder werden wir alle unsere eigenen, getrennten Wege gehen, wie Fremde und Feinde, die unter einem Dach leben?

Brad ist kein James Bannister. Brad ist alles, wovon ich geträumt habe. Lustig. Attraktiv. Einfühlsam. Verständnisvoll. Erfolgreich. Unsere Liebe reicht für zehn Ehen.

Aber mir ist klar, dass auch James und Trish nicht so angefangen haben. Irgendwann, wahrscheinlich unmerklich, wurde die Liebe schwächer und durch finsterere Gefühle abgelöst. Nun wird dieses Zuhause von Angst, Misstrauen und Selbstsucht regiert, auch wenn der Peiniger der Familie tot ist. Wie kann eine Ehe, die mit zwei sich liebenden Personen ihren Anfang nimmt, zu etwas so Schrecklichem mutieren?

Ich schaue zu den Sternen hoch und flüstere meinen Dank für Brad. Ich sage mir, dass er sich niemals ändern wird.

13

Es ist Freitagmorgen. Heute Abend ist unser Date-Abend. Ich habe noch so viel zu erledigen, dass ich nicht an heute Abend denken sollte, aber Brad Carson geht mir nicht aus dem Sinn. Auch wenn ich ihn diese Woche jeden Tag gesehen habe, kommt es mir vor, als hätten wir seit Monaten keine Zeit mehr miteinander verbracht. Wie bei jedem Fall, den er annimmt, hat er den DMVN-Fall in einen heiligen Krieg verwandelt. Die eidesstattlichen Aussagen und die Mediation fressen ihn bei lebendigem Leibe auf. Und jetzt lenkt mich Taras Fall ab. Heute Abend werden wir das alles beiseiteschieben und uns nur aufeinander konzentrieren.

Ich kann es kaum erwarten, ihn zu heiraten. Dann wird jeder Abend Freitagabend sein. Obwohl ich natürlich weiß, dass das nicht stimmt. Sosehr ich auch meinen ersten Ehemann Bill geliebt habe, musste ich feststellen, dass zusammen zu wohnen unsere Gefühle auf gewisse Weise abstumpfen ließ. Auch wenn man dagegen ankämpft, gewöhnt man sich an die Anwesenheit der Person, die man mehr als das eigene Leben liebt, und beginnt sie als Selbstverständlichkeit zu betrachten. Man weiß, dass man ohne diesen Menschen nicht leben kann, und dennoch ignoriert man ihn und geht davon aus, er würde einen nie verlassen.

Dieses Mal wird es anders sein, verspreche ich mir selbst. Ich werde an dieser Ehe arbeiten und mir Brad niemals zu sicher sein.

»Stell keine Anrufe durch«, weise ich Bella an, als ich auf mein Büro zugehe. Noch immer geht mir Brad durch den Kopf, daher nehme ich mir keine Zeit für unsere üblichen Geplänkel.

»Entschuldigung«, erwidert sie affektiert. »Da scheint heute wohl jemand leicht reizbar zu sein, was?«

»Komm schon, Bella. Du weißt, dass ich es nicht so gemeint habe. Aber wenn ich heute nicht ein wenig Recherche für den Bannister-Fall erledigt bekomme ...«

Bella schenkt mir einen dieser selbstgefälligen Blicke. »Ich weiß«, sagt sie, in herablassend-mütterlichem Tonfall. »Und ich weiß, dass du eine lange Nacht hinter dir hast, also habe ich schon mal den Kaffee aufgesetzt.«

Ich bleibe wie angewurzelt stehen. Bella scheint stets über alles informiert zu sein. Dennoch überrascht es mich immer noch, wie schnell sie immer auf dem Laufenden ist.

»Woher weißt du das?«

»Dein Verlobter hat mir heute um etwa sechs Uhr morgens aufs Band gesprochen.« Sie rollt mit den Augen. »Er meinte, du hättest gestern Abend lange arbeiten müssen, und dass ich heute sanft mit dir umspringen soll. Als würde ich das nicht jeden Tag tun. Er sagte, du würdest wahrscheinlich ein wenig Zeit für dich brauchen, um dich auf die Anhörung nächste Woche vorzubereiten. Wahrscheinlich hat er dir auch ein paar Nachrichten hinterlassen, die vielleicht etwas persönlicher sind.«

Unglaublich. Jetzt ist es nicht mehr Bella, über die ich staune, sondern Brad. Ich lasse den Kerl bis spät in die Nacht an *meinem* Fall mitarbeiten, obwohl er sich auf eine Mediation vor Gericht vorbereiten muss. Dann ist er heute Morgen so zuvorkommend, mitten in den chaotischen Mediations-Vorbereitungen in letzter Minute unsere Sekretärin anzurufen, damit sie mir den Rücken freihält. *Erstaunlich*. Was habe ich getan, um das zu verdienen? Was kann ich tun, um sicherzustellen, dass es niemals aufhört?

»Danke, Bella«, sage ich, überspringe den Kaffee und höre sofort meinen Anrufbeantworter ab. Nur zehn Stunden trennen mich noch von meiner Verabredung. Er hat Glück, dass er gerade nicht im Büro ist. Ich würde ihn wahrscheinlich anspringen.

Den ganzen Morgen zwinge ich mich, konzentriert zu arbeiten. Drei Stunden lang hänge ich vor meinem Computer und mache mir Notizen, während ich einen Fall nach dem anderen durchgehe. Ich versuche herauszufinden, welche Art Vorsatz gegeben sein muss, um eine Mordanklage zu rechtfertigen, und mich über die Beweisfragen in unserem Fall zu informieren. Langsam beginnen die Worte vor meinen Augen zu verschwimmen, aber ich beschwere mich nicht. Ich weiß, dass es streberhaft klingt, aber Recherchearbeit macht mir Spaß. Darin liegt etwas Reines und Edles - alte Fälle aufzuspüren und zu analysieren, die einem Mandanten im wahren Leben bei seinen ernsten Problemen helfen können. Es hat etwas Majestätisches und Bestimmtes - schwarze Tinte auf weißem Papier. Wir gehören einem Rechtsstaat an, in dem die Gesetze für alle Männer und Frauen gleichermaßen gelten, ungeachtet ihrer Rasse, Religion oder ihres sozialen Status.

Vielleicht werde ich das in zehn Jahren anders sehen, vielleicht auch schon in zwei. Vielleicht auch nächstes Jahr. Aber heute könnte ich den ganzen Tag vor dem Computer sitzen und diese alten Fälle durchsehen, auf der Suche nach genau dem richtigen Urteil, um einen Freispruch für Tara zu erwirken. Ich bin mir bewusst, dass ich einige Fälle verlieren werde, aber niemals aufgrund schlampiger Recherchearbeit. Ich bin es meinen Mandanten schuldig, das Gesetz zu kennen - jeden Ansatz, jede Vorschrift, jede Ausnahme und jede Ausnahme von jeder Ausnahme. Mag sein, dass mich ein gegnerischer Anwalt ausspielen kann, aber niemals weil ich meine Hausaufgaben nicht gemacht habe.

Ich stehe auf, laufe ein wenig im Büro herum und strecke meine Arme und den Rücken. Ich gehe in die kleine Küche, um mir eine Flasche Wasser zu holen. Dann kehre ich an meinen Schreibtisch zurück und läute die vierte Arbeitsstunde ein. Keine Anrufe, keine Pausen. Nur ich und die Geister der vergangenen Fälle. Ich wende meine Aufmerksamkeit dem Verhör meiner Mandantin zu.

Die Polizei hat Tara mithilfe einer Lüge ein Geständnis entlockt. Sie sagten ihr, ihr Bruder hätte ihnen alles erzählt, obwohl er in Wahrheit gar nichts gesagt hatte. Hier haben wir es mit einem sechzehnjährigen Mädchen zu tun, das vom Tod des Stiefvaters traumatisiert ist und nur ein Geständnis ablegt, weil die Polizei sie gezielt getäuscht hat. Das kann nicht legal sein. Ein klarer Fall, wie mir scheint.

Nicht so voreilig, sagen die Fälle, die auf meinem Bildschirm auftauchen.

Wie der des sechzehnjährigen Shawn Novak. Er wurde beschuldigt, zwei kleinere Jungs aus der Nachbarschaft ermordet zu haben. Erst als die Polizei ihn anlog und behauptete, seine Fingerabdrücke auf der Kleidung der Opfer gefunden zu haben, legte er ein Geständnis ab.

Dem Berufungsgericht von Virginia schienen lügende Polizeibeamte weniger Kopfschmerzen zu bereiten als die Frage, ob das Geständnis auf freiwilliger Basis abgelegt worden war. »Auch wenn eine Lüge, die ein Polizeibeamter in Ausübung seiner Pflichten vorbringt, den Respekt untergraben mag, den maßgebliche Gruppen der Bevölkerung der Polizei entgegenbringen« - ach nee -, »bietet eine Lüge seitens des verhörenden Ermittlers an sich keine Grundlage für die Annahme, das so gewonnene Geständnis sei erzwungen worden.«

»Ich bitte euch«, murmele ich meinem Computer entgegen. Es wird schwer werden zu behaupten, Taras Geständnis sei erzwungen worden. Unglücklicherweise haben sie es auf Band. Und darauf wirkt sie die meiste Zeit über ruhig, cool und gefasst. Die perfekte Eiskönigin.

Dennoch stellt sich immer noch die Frage, ob man ihr aufgrund von Trishs Kommentaren während des Verhörs einen Anwalt hätte besorgen sollen. Dazu sehe ich mir eine neue Reihe von Urteilen an, erneut voller Hoffnung und fest davon überzeugt, dass die Bitte einer Mutter, einen Anwalt konsultieren zu dürfen, doch etwas wert sein muss. Gerade bin ich dabei, die ersten dieser Fälle zu studieren, als das Telefon klingelt. Ein schneller Rufton, gefolgt von einem weiteren. Ein interner Anruf.

»Du hast eine komische Art, meine Anrufer abzuwimmeln«, sage ich zu Bella.

»Ich habe Tara auf der anderen Leitung«, kontert sie. »Ich dachte, dass du ihren Anruf vielleicht annehmen willst.«

»Stell sie durch.«

Einige Sekunden später spreche ich mit Tara. Sie klingt verkatert und gleichgültig. Sie macht deutlich, dass ihre Mutter sie zu dem Anruf *gezwungen* hat.

»Tut mir leid wegen gestern Abend«, sagt sie missmutig, als würde ihre Mutter im Hintergrund mithören und sie zwingen, diese Worte zu sagen.

»Woran erinnerst du dich überhaupt noch?«, frage ich sie kalt.

»Nicht viel. Aber Mom hat mir erzählt, was passiert ist.«

Ich nehme mir ein paar Minuten, um ihr die Leviten zu lesen. »Was du getan hast, war wirklich dämlich ... du hast alles aufs Spiel gesetzt ... deine Mutter hat sich für dich verbürgt, und so dankst du es ihr ... du kannst von Glück sagen, dass du die Zeit bis zur Verhandlung nicht im Gefängnis absitzen musst ... noch so eine Nummer, und du kannst dir einen neuen Anwalt suchen ...« So rede ich immer und immer weiter und lasse einige Minuten lang Dampf ab.

Ich höre keine Reaktion von Tara, nur eine Stille am anderen Ende der Leitung, die mich rasend macht.

»Verstehst du, was ich sage? Kannst du überhaupt begreifen, wie ernst diese Sache ist?« Ich spüre meinen Blutdruck in die Höhe schnellen.

Es folgen ein paar Sekunden der Stille, dann: »Okay, Leslie. Aber was wollen Sie von mir? Ich habe doch gesagt, dass es mir leidtut.«

»Versprich mir, dass so was nie wieder vorkommt.«

»Okay.«

»Okay, was?«

Sie stößt ein lautes Seufzen aus. »Es wird nicht wieder vorkommen.«

Ich atme einmal tief durch und fahre in sanfterem Tonfall fort. »Gut. Dann bin ich jetzt verpflichtet, dich über den Deal zu informieren, den die Staatsanwaltschaft dir angeboten hat. Ich würde dir nicht raten darauf einzugehen, aber es ist meine Pflicht, dich davon in Kenntnis zu setzen, damit du ihn in Erwägung ziehen kannst. Hast du das verstanden?«

»Ja.«

»Die Staatsanwaltschaft bietet dir eine Vereinbarung zur Herabsetzung des Strafmaßes an. Sie wollen, dass du dich des spontanen Totschlags für schuldig bekennst. Dafür müsstest du mit einer Haftstrafe von mindestens zwei bis höchstens fünf Jahren rechnen. Es obliegt dem Richter, das genaue Strafmaß zu bestimmen.«

»Wie bitte?«, sagt Tara verächtlich. »Die wollen, dass ich mich einfach schuldig bekenne, als hätte ich nichts zu meiner Verteidigung vorzubringen – ich soll mich einfach der Gnade von irgend so einem fiesen alten Richter ausliefern?« Sie schnaubt. »Ich denke nicht dran.«

»Tara«, erwidere ich gelassen, »sie verlangen nicht, dass du dich gemäß der Anklage des Mordes für schuldig bekennst. Sie wollen, dass du dich eines geringeren Verbrechens schuldig bekennst und eine Strafe akzeptierst, die nur einen Bruchteil der Zeit darstellt, die du absitzen müsstest, solltest du verurteilt werden. Wenn du zwei Jahre bekommst, könntest du bei guter Führung in weniger als einem wieder auf freiem Fuß sein.«

»Ja, und für den Rest meines Lebens eine verurteilte Straftäterin sein.«

Ihre Einstellung treibt mich in den Wahnsinn. Ich will selbst nicht, dass sie auf diesen Deal eingeht, aber die Art, wie sie ihn einfach so von der Hand weist – als gäbe es nicht die geringste Chance, dass sie jemals verurteilt werden könnte –, ist einfach nicht in Ordnung.

»Tara, du hast einen Mann erschossen – deinen Stiefvater. Und der Staatsanwaltschaft liegen einige sehr überzeugende wissenschaftliche Beweise vor, die belegen dass –«

»Sie glauben mir nicht, oder?«

»Ob ich dir glaube oder nicht, tut hier nichts zur Sache –«

»Ich wusste es«, fällt sie mir erneut ins Wort. »Ich konnte es in Ihrer Stimme hören.« Ihre eigene Stimme wird jetzt lauter. Die Worte purzeln aus ihrem Mund, unterbrochen von kurzen, hervorgestoßenen Atemzügen. »Ja, ich habe meinen Stiefvater erschossen. Er war dabei, mich zu erwürgen! Davor hat er mich geschlagen. Er hätte fast meine Mutter ermordet!

Sie verstehen es einfach nicht, oder? Was hätte ich denn tun sollen? Ich habe ihn getötet, weil er mich sonst getötet hätte.« Sie hält inne und sammelt sich wieder. »Wie können Sie auch nur vorschlagen, dass ich mich schuldig bekenne?«

Zum ersten Mal höre ich Emotionen in Taras Stimme, was ich auf gewisse Weise beruhigend finde. Ich lasse die wissenschaftlichen Beweise einen Moment lang außen vor und konzentriere mich auf die Angst und Wut in der Stimme meiner Mandantin.

»Ich verstehe dich«, erkläre ich, »und ich glaube dir, Tara. Wirklich.«

Sie erwidert nichts, aber ihre Atmung wird ruhiger. Ich kann spüren, wie sie sich entspannt, wieder runterkommt. Vor meinem geistigen Auge sehe ich ihren angespannten Kiefer wieder weich werden und wie ihr Blick seinen wütenden Ausdruck verliert.

»Die einzige Frage ist, ob wir das auch beweisen können.«

14

Regeln wurden gemacht, um gebrochen zu werden.

Also sitze ich am Freitagabend um 19 Uhr rittlings auf einem langen Liegesessel auf Brad Carsons Terrasse. Er ist damit beschäftigt, Schaschlikspieße auf dem Grill zuzubereiten. Ich lese und markiere einige Fälle, die ich Bella kopieren ließ, kurz bevor sie nach Hause ging. Ich trage kakifarbene Shorts, ein ärmelloses weißes Baumwolltop und eine Oakley-Sonnenbrille, die Brad mir vor einem Monat gekauft hat, als wir uns samstagmorgens zum Joggen auf der Promenade am Strand von Virginia Beach getroffen haben. Ich hatte mich jede Minute unseres Laufs beschwert, während die Inlineskater und Fahrradfahrer an uns vorbeiflogen. Seitdem hat er mich nicht mehr gefragt, ob ich mitkommen möchte, was mir nur recht ist.

Ich halte mich lieber an den Crosstrainer im klimatisierten Fitnessstudio.

»So um 15 Uhr, nachdem beide Parteien ihre zwei besten Zeugen haben aussagen lassen, nehme ich ihre Beweisführung innerhalb von fünfzehn Minuten mit einem Abschlussplädoyer auseinander, das zur Pflichtlektüre eines jeden Strafprozesskurses im Land werden sollte«, erklärt Brad bei seinem Bericht über die Mediationssitzung, die er vor einigen Stunden hinter sich gebracht hat. Es ist nicht ungewöhnlich, dass ein Mediator erst die Argumente beider Seiten hört - sozusagen in einem Mini-Prozess -, bevor er versucht, sie dazu zu bewegen, sich auf einen fairen Kompromiss zu einigen.

»Mmm«, biete ich ihm als Reaktion an. Ich bin gerade vollkommen in die Feinheiten des Aussageverweigerungsrechts in einem Fall vertieft, der Taras Situation genau zu treffen scheint. Die Worte verschwimmen langsam ein wenig, weil ich müde bin, aber auch weil ich eine Sonnenbrille statt meiner Lesebrille trage.

Aus dem Augenwinkel sehe ich, wie einer der Schaschlikspieße kurz von einer Stichflamme ergriffen wird, bevor Brad diese mit einem Spritzer aus seiner Wasserflasche löscht.

»Hattest du leicht angebraten gesagt?«, fragt er.

»Ja.« Bei diesem Fall, genau wie bei den letzten zehn, schien der Richter entschlossen zu sein, der Rechtsbelehrung über das Aussageverweigerungsrecht zuzustimmen, nur um dann alles daranzusetzen, das Geständnis dennoch als Beweismittel zuzulassen.

»Also wartet die Mediatorin ein paar Minuten ab, in denen sie ganz offensichtlich mit den Tränen ringt, und schaut dann über den Rand ihrer Brille zur Verteidigung und sagt einen einfachen Satz ...« Brad hält inne und wendet die Fleischspieße.

Ich streiche mir eine weitere Passage in dem Fall an, die meinen Vorwurf über die Missachtung von Taras Rechten komplett entkräftet.

»Schließen Sie einen Vergleich.«

»Wie nett.« Ich fange an, eine echte Abneigung gegenüber dem Richter zu entwickeln, der dieses spezielle Urteil gefällt hat. Ein Vater, der außerhalb des Verhörraums wartet, verlangt nach einem Anwalt für seine vierzehnjährige Tochter. Doch nach Meinung des Richters war das Mädchen alt genug, um auf ihren Anspruch auf einen Anwalt zu verzichten, und da sie nicht selbst einen gefordert hat ...

»Ja. Aber der Verteidiger hat ein Problem. Mittlerweile frisst mir die Mediatorin aus der Hand, was ich auch weiß. Also stocke ich die Abfindungssumme in Gedanken auf, und diese superheiße Mediatorin namens Roxanna fragt mich, was es braucht, damit wir in einen Vergleich einwilligen. Ich entscheide mich, es mit einer siebenstelligen Zahl zu versuchen, und nenne ihr eine Million Mäuse ...«

Wieder hält Brad inne, in dem Glauben, ich würde nicht zuhören. Ich beschließe mitzuspielen. Gestern war mit dem Fall nichts zu holen, und heute soll er eine Million wert sein? »Mmm«, murmele ich geistesabwesend.

»Und der Verteidiger sagt: *In Ordnung!* Also einigen wir uns, den Fall für eine Vergleichszahlung von einer Million Dollar außergerichtlich beizulegen, und dann nimmt Roxanna ihre Brille ab, winkt mich zu ihrer Seite des Konferenztisches herüber und flüstert mir etwas ins Ohr, das ich nicht glauben kann. Also bitte ich sie, es zu wiederholen. ›Heirate mich‹, sagt sie. Ist das zu fassen?«

Ich lege meine Fallakten vor mir auf der Liege ab – der Mann lechzt geradezu nach Aufmerksamkeit –, ziehe meine Sonnenbrille auf meine Nasenspitze hinunter und schaue zu meinem Verlobten hoch. »Nee«, meine ich, »viel zu unglaubwürdig. Nie im Leben würdest du es schaffen, ein Abschlussplädoyer in gerade mal fünfzehn Minuten vorzutragen.«

Ich schiebe die Sonnenbrille wieder hoch und widme mich erneut meinem Fall. Bevor ich mich versehe, steht Brad Carson plötzlich ohne ein weiteres Wort hinter mir und massiert meinen Rücken. Das ist so unfair!

Und *so* entspannend.

Der Fall vor mir verliert seinen Glanz – ich konnte diesen Richter sowieso nie leiden – und so lehne ich mich zurück, um den genussvollen Moment auszukosten. Zum ersten Mal an diesem Abend bemerke ich, wie die Sonne langsam auf der anderen Seite des trägen Lynnhaven River untergeht und den Horizont mit einer wunderschönen Collage aus Orange- und Rottönen überzieht. Die Marsch, der lange Holzsteg und die große Zypresse in Brads Garten haben eine unglaublich beruhigende Wirkung auf mich, die es mir unmöglich macht, irgendetwas anderes zu tun, als mich zu entspannen und mich gegen Brad zu lehnen. Ich nehme meine Sonnenbrille ab, schließe die Augen und atme die salzige Marschluft ein, die sich mit dem köstlichen Duft vermischt, der vom Grill herüberweht.

»Habt ihr wirklich einen Vergleich erzielt?«, frage ich mit so träger Stimme, als sei ich in Trance.

»Keine Chance«, erwidert er. »Sie haben uns gerade einmal fünfzigtausend Dollar angeboten. Der Einzige, der geweint hat, war mein Mandant.«

»Ein bisschen tiefer«, weise ich ihn an. »Perfekt ... wage es ja nicht aufzuhören.«

Der Mann weiß, wie er auch das letzte bisschen Anspannung aus mir herausmassieren kann. Starke Finger, durchdringende Hände. So gut es sich auch anfühlt - ich könnte ihn das die ganze Nacht lang weitermachen lassen -, kann ich nicht widerstehen, mich zu ihm umzudrehen und ihm einen langsamen Kuss zu geben. Dieser Moment ist perfekt - von der Art, die man am liebsten für immer in einem Standbild einfrieren würde. Alle Sinne werden auf angenehmste Weise angesprochen. Eine wunderschöne Sommernacht, der Rhythmus und die Geräusche des Flusses im Hintergrund, das prickelnde Gefühl der salzigen Luft auf der Haut, den Mann zu küssen, den man mehr als alles andere liebt und der aus jeder Pore nach ... *Rauch* duftet?

Ich löse mich von Brad und wende mich schnell dem Grill zu. Die Fleischspieße sind zu Brandopfern geworden. Sie flammen hell auf, als er nach der Wasserflasche greift, das Gas ausdreht und das Feuer löscht.

Er starrt die verkohlten Überreste von Paprika, Tomaten, Zwiebeln, Fleisch und einer weiteren undefinierbaren Substanz an. »Du sagtest doch gut durch, oder nicht?«

Ich springe auf und drücke ihm einen schnellen Kuss auf. »Gut, dass ich dich nicht wegen deiner Kochkünste heirate.«

Er packt mich und grinst. »Dafür habe ich andere Vorzüge«, sagt er.

»Lass uns essen gehen«, kontere ich. »Die Feuergötter haben uns ein Zeichen geschickt.«

Er sieht ein wenig enttäuscht aus, weiß aber sofort, was ich meine. Unser Gelübde, zu warten, das mit kühleren Köpfen abgegeben wurde, hat keine Chance, in der Hitze dieser Nacht zu bestehen. Er weiß es. Ich weiß es. Deswegen bin ich so darauf bedacht, uns gar nicht erst in solche Situationen zu bringen. Wahrscheinlich bin ich altmodisch. Aber ich will in meiner Hochzeitsnacht dieses besondere Gefühl von Romantik erleben, das sich nur durch das Warten erzielen lässt. Das Großartige daran ist, das er es genauso sieht.

»Du gewinnst«, stöhnt Brad. »Wir gehen aus.« Er fährt mit einem Finger die Konturen meines Gesichts entlang und gibt mir einen sanften, romantischen Kuss. »Aber dafür verlegen wir die Hochzeit auf morgen früh vor.«

Wie ich schon sagte. Auch er ist bereit zu warten. Ganze vierundzwanzig Stunden.

15

Anstatt Samstagmorgen zu heiraten, mache ich mich auf den Weg ins Fitnessstudio. Endlich. Ich mache Sit-ups, bis meine Bauchmuskeln brennen, und denke dabei nur daran, wie gut ich in meinem Hochzeitskleid aussehen werde. Als Nächstes steige ich für mein Kardiotraining auf den Crosstrainer. Ich schalte meinen MP3-Player an und laufe in gewohntem Tempo los – etwa anderthalb Kilometer in acht Minuten. Ich beschließe, dreißig Minuten zu absolvieren, zehn Minuten länger als üblich, als Strafe für die Ausreden und dafür, dass ich es diese Woche nicht schon früher hierhergeschafft habe.

Der Typ auf dem Fahrrad neben mir wirft mir immer wieder verstohlene Blicke zu, die ich nicht zu bemerken vorgebe. Er hat ungefähr zwanzig Kilo Übergewicht, den Ansatz einer Glatze und schwitzt stark. Wahrscheinlich ist das der Preis, den ich für das Tragen meines weißen Lycra-Oberteils zahlen muss. Auch wenn es sittsamer ist als das, was einige der anderen Frauen anziehen, sitzt es offensichtlich trotzdem eng genug, um von Schweinchen Dick beachtet zu werden. Falls ich morgen wiederkommen sollte, werde ich ein weites T-Shirt anziehen.

Aber zunächst muss ich das heutige Work-out überstehen, und bei Kilometer drei stellen sich, was das angeht, erste Zweifel bei mir ein. Ich habe die Geschwindigkeit bereits zum zweiten Mal reduziert, aber meine Beine werden schwer und meine Lungen brennen. Elf Minuten. Ich habe das Gefühl, in Springerstiefeln einen Berg hochzusprinten. Laut Anzeige brauche ich mittlerweile neun Minuten für die anderthalb Kilometer. Das kommt fast Kriechen gleich.

Ich rede mir jeden Gedanken ans Aufgeben aus. Es ist nicht das erste Mal, dass ich mich so mies fühle, aber bisher habe ich immer durchgehalten. Ich konzentriere mich auf den nächsten Schritt. Ich sage mir, dass ich mich entspannen muss, aber das Brennen in der Brust lässt sich nicht verdrängen. Mir kommt es so vor, als würde das Gerät mit mir durchgehen, als wären meine Arme und Beine in einem Teufelskreis gefangen, der mir auch das letzte bisschen Luft raubt. Ich strecke die Hand aus, hämmere mit dem Finger auf das Display ein und verringere die Geschwindigkeit, doch der Schmerz in meiner Brust nimmt weiter zu. Das ist doch lächerlich! Ich laufe gerade einmal zwölf jämmerliche Minuten auf diesem Ding. Wenn man bei dieser Geschwindigkeit überhaupt noch von »laufen« reden kann.

Der Typ neben mir starrt mich mittlerweile offen an, und mir wird klar, dass ich wie eine Lok schnaufe und ächze. Im Geist gehe ich mit meinem Trainingsziel einen Schritt zurück. Zwanzig Minuten. Ganz sicher schaffe ich zwanzig Minuten!

Ich lasse den Kopf hängen und konzentriere mich nur auf die Anzeige, halte immer noch weitere zehn Sekunden durch. Meine Augen fangen an, mir etwas vorzugaukeln, wie Hitzewellen, die die Atmosphäre verzerren. Mir kommt es vor, als würden meine Batterien immer schwächer werden und jemand alles um mich herum in Zeitlupe abspielen.

Erst verschwimmt, dann dreht sich alles. Auch wenn ich nicht mehr klar denken kann, weiß ich, dass ich von diesem Gerät runtermuss! Mir schnürt sich die Brust zusammen, während ich die Hand nach der Stopptaste ausstrecke. Schmerz durchfährt meine Lungen, und mir wird schwarz vor Augen, meine Batterien haben sich vollständig entladen.

* * *

Das muss ein Albtraum sein.

Als ich wieder zu mir komme, liege ich neben dem Crosstrainer und starre direkt in das ernste, kantige Gesicht von keinem anderen als Fabio Lanzoni! Er hilft mir, mich aufzurichten, und bietet mir eine Flasche Wasser an. Ich blinzle angestrengt in dem Versuch, wieder klar zu sehen. Als die Hitzewellen aufhören, alles vor meinen Augen verschwimmen zu lassen, erkenne ich, dass nicht Fabio neben mir sitzt, sondern Brads Mandant Brandon, einer der Trainer dieses Fitnessstudios.

Ich nehme einen Schluck Wasser, und langsam fällt mir alles wieder ein. Brandon sieht mich besorgt an. Ein paar andere Leute haben sich um uns herum versammelt; einige Mitglieder starren aus anderen Bereichen des Studios zu mir herüber.

»Geht es Ihnen gut?«, fragt Brandon.

»Ja. Ich glaube, ich bin nur einen Moment ohnmächtig geworden«, murmele ich.

»Das sind Sie«, bestätigt eine Stimme über mir. Ich spüre, wie ein Tropfen Schweiß meine Schulter trifft. Ich drehe mich um und sehe den dicken Kerl über mir stehen. Er scheint die Schweißtropfen nicht zu bemerken, die von seinem Doppelkinn tropfen. Ich rutsche ein wenig beiseite, während er fortfährt. »Eben noch rennen Sie wie ein Weltmeister drauflos, und bevor ich mich versehe ... Peng! Liegen Sie auf dem Boden und sind ohnmächtig.«

Brandon wirft Dicki einen genervten Blick zu. »Wie wär's, wenn wir ihr alle ein wenig Raum zum Atmen geben?«, schlägt er vor. Er starrt die Gruppe von Geiern an, die mich umkreisen, bis sie sich wieder zu ihren Trainingsstationen zurückziehen. »Ich habe jemandem aufgetragen, einen Krankenwagen zu rufen«, sagt er zu mir. »Wollen Sie im Aerobic-Raum warten, bis er eintrifft? Im Moment trainiert da niemand.«

Ich nicke zustimmend, dankbar für die Gelegenheit, den Blicken der anderen zu entkommen. Ich komme mir wie ein kompletter Idiot vor. Brandon hilft mir auf, und ich gehe langsam auf den abgelegenen Raum zu. Meine Brust fühlt sich besser an, aber es fällt mir immer noch schwer, tief durchzuatmen. Mir kommt es vor, als würde jedes meiner Beine hundert Kilo wiegen. Was ist nur los mit mir?

Brandon ist erstaunlich freundlich und voller beruhigender Worte, während wir auf die Sanitäter warten.

Ich habe so erfolgreich einen großen Bogen um seinen Fall gemacht, dass wir uns nicht einmal im Büro begegnet sind. Ab und zu haben wir uns einen Gruß zugebrummt, wenn wir uns im Fitnessstudio gesehen haben, aber das war's auch schon. Er fragt mich, ob ich daran gedacht habe, Isodrinks zu trinken, belehrt mich darüber, wie wichtig es ist, immer genug Elektrolyte zu mir zu nehmen, und versichert mir, dass sich die Leute hier in einer Tour übernehmen. »Normalerweise haben wir pro Monat ein bis zwei Leute, die ohnmächtig werden«, sagt er, während er mich von Kopf bis Fuß in Augenschein nimmt, so wie bei Jewel, als er sie das erste Mal sah. »Aber die meisten von ihnen sind nicht so gut in Form wie Sie.«

Als die Sanitäter eintreffen, geht es mir körperlich schon sehr viel besser. Jetzt besteht meine größte Sorge darin, wie ich hier rauskomme, ohne dass mich alle angaffen. Ich verneine alle Fragen über Schmerzen in meiner Brust und versichere mir selbst, dass zwischen brennenden Lungen und den Symptomen eines Herzinfarktes ein großer Unterschied besteht. Sie kontrollieren meinen Puls und andere Vitalzeichen und fragen mich endlos über das Auftreten von Herzerkrankungen in meiner Familie aus. Wie Brandon wirken sie nicht sonderlich besorgt, was mich ein wenig entspannen lässt.

»Ihre Vitalzeichen sind in Ordnung, aber Sie sollten trotzdem unbedingt ins Krankenhaus, um sich durchchecken zu lassen«, sagen sie mir.

Schlecht für sie, dass ich meine Rechte kenne, so auch das Recht, eine medizinische Behandlung abzulehnen. Ich unterschreibe alle Formulare und verspreche, Montagmorgen sofort meinen Hausarzt aufzusuchen. Das stimmt sie zwar nicht wirklich zufrieden, aber irgendwann sind sie bereit abzuziehen, nachdem ich ihnen immer wieder versichert habe, dass es mir gut geht und ich keine Schmerzen in der Brust, Taubheitsgefühle oder Schwindelanfälle habe.

»Sie haben aber nicht vor, noch Auto zu fahren, oder?«, fragt mich einer der Sanitäter.

»Ich fahre sie nach Hause«, erklärt Brandon.

Ich will protestieren, aber schnell wird mir klar, dass mir keine andere Wahl bleibt. Stattdessen schenke ich allen Anwesenden das freundlichste Lächeln, das ich aufbringen kann.

Die ganze Sache hat mir Angst eingejagt, und normalerweise würde ich auch ins Krankenhaus fahren, wenn ich mich nicht mit einem anderen großen Problem herumschlagen müsste, das in wenigen Stunden in der Stadt eintrifft. Am frühen Nachmittag wird meine Mutter, die nichts lieber tut, als sich ständig Sorgen zu machen, und zudem ein echter Kontroll-Freak ist, am Flughafen Norfolk landen. Zunächst hatte sie vorgehabt, etwa eine Woche zu bleiben, aber dank der anstehenden Bannister-Anhörung konnte ich sie überreden, schon Montagmorgen zurückzufliegen, damit ich mich auf die Arbeit konzentrieren kann. Der Gedanke, Brad anzurufen, damit er meine Mutter vom Flughafen abholt und zum Krankenhaus fährt, ist alles, was es braucht, um mich davon zu überzeugen, dass es mir wieder gut geht. Wenn meine Mutter denkt, ich hätte gesundheitliche Probleme, wird sie nie wieder abreisen. Von diesem Gedanken angetrieben, danke ich Brandon für sein Angebot und bereite mich mental darauf vor, den Spießrutenlauf durch das Fitnessstudio und die gaffende Menge in seiner Begleitung hinter mich zu bringen.

* * *

Die Fahrt nach Hause verläuft recht angenehm. Ich rede nicht viel, weil meine Gedanken noch immer um die Ereignisse im Fitnessstudio kreisen. Ohne mir dessen bewusst zu sein, starre ich Brandons Profil an. Er hat eine auffallend platte Nase, so als habe er zu viele Runden im Ring mit Mike Tyson verbracht und dabei seine Deckung vernachlässigt. So würde Fabio aussehen, wenn er es sich zur Gewohnheit machen würde, parkende Autos zu jagen.

»Hab sie mir das erste Mal in der neunten Klasse gebrochen«, sagt Brandon. »Beim Football.« Er lächelt in der Gewissheit, meine Gedanken erraten zu haben. »Hab sie mir seitdem noch dreimal gebrochen.«

»Was denn gebrochen?«

Das entlockt ihm ein Glucksen: »Netter Versuch. Wie auch immer, ich habe die Produzenten von DMVN gebeten, nicht zu viele Profilaufnahmen von mir zu machen. Von vorne fällt die Nase nicht so auf.«

»Ach so.« *Weiß er, dass ich mit Brad zusammenarbeite?*

»Wahrscheinlich hätte ich erwähnen sollen, dass sie auch auf die Transvestiten-Models in der Show verzichten sollen, was?«

Wie kommt er jetzt bloß darauf? »Ähm ... ja, wahrscheinlich.« Mir gelingt es nicht, mit ihm mitzuhalten. Vielleicht liegt es daran, dass ich umgekippt bin, aber meinem Verstand fällt es schwer, diese Unterhaltung zu verarbeiten. Brandon bringt mich aus dem Konzept und überrascht mich mit seiner bescheidenen und unbeschwerten Art.

»Vielleicht sollte ich beim nächsten Mal lieber bei einer extremen Vorher-Nachher-Show mitmachen«, verkündet er. »Dann könnte ich mir eine Nasenkorrektur à la Michael Jackson verpassen lassen.«

Ich muss lächeln. »So wie Sie jetzt aussehen, ist schon okay«, erwidere ich. Dann drehe ich mich zum Fenster, damit er nicht sieht, wie ich rot werde.

16

»Ich finde, es lässt deine Schultern etwas zu breit wirken«, sagt Mom. Niemand außer meiner Mutter hat mir je nachgesagt, breite Schultern zu haben.

Der wahre Grund, warum sie das Kleid nicht leiden kann, lautet vermutlich: Es ist schulterfrei und zeigt etwas mehr Dekolleté. Außerdem reicht es nur bis übers Knie. Das Einzige, was es zu einem Hochzeitskleid macht, sind die vielen Rüschen, die es bedecken, die Farbe und das Elfhundert-Dollar-Preisschild.

»Mir gefällt es irgendwie«, lüge ich. »Ich find's toll, wie es an der Taille enger wird – das lässt meinen Bauch flach aussehen.«

»Ich weiß nicht«, windet sich Mom. »Was war denn an dem Kleid in David's Brautmodeladen verkehrt?«

»Welches meinst du?« Ich drehe mich vor dem Spiegel.

Die Verkäuferin sagt mir, wie hinreißend ich aussehe.

»Das zweite, das du anprobiert hast«, sagt Mom – was zufälligerweise das war, das sie ausgesucht hatte. »In diesen klassischen Schnitten siehst du so elegant aus.«

Ich werfe einen letzten prüfenden Blick auf dieses Kleid – wer außer einem Bikini-Model kann so was überhaupt tragen? – und gehe wieder in die Umkleide zurück. »Mom, es ist meine zweite Hochzeit«, erkläre ich. »Es soll eine kleine Feier werden, zwanglos ... stylish ... dem 21. Jahrhundert entsprechend.«

»In der Burton-Parish-Kirche!«, ruft meine Mutter. »Bist du dir sicher, dass du Großmutters Hochzeitskleid nicht wenigstens mal anprobieren willst?«

Ich grummele vor mich hin. Das läuft alles andere als gut. Unser Kleidergeschmack ist so verschieden, dass ich keine Chance habe, ein Kleid zu finden, das uns beiden gefällt. Aber ich weiß, wie viel es meiner Mutter bedeutet, mit einbezogen zu werden. Ein paar abfällige Bemerkungen über meinen Körperbau sind insofern nur ein geringer Preis, den ich zu zahlen bereit bin.

Auch wenn der Vorfall im Fitnessstudio immer noch schwer auf mir lastet, haben mich die vergangenen drei Stunden davon überzeugt, dass es die richtige Entscheidung war, meiner Mutter nichts davon zu erzählen.

Ich liebe meine Mutter; nur erdrückt sie mich manchmal mit ihrer Liebe. Und sie tut *immer* so, als sei ich noch achtzehn. Ich toleriere das nur, weil ich weiß, dass sie sonst niemanden hat, und weil es manchmal einfach schön ist zu wissen, dass sich jemand um einen sorgt.

Bevor ich das Kleid ausziehe, werfe ich einen letzten prüfenden Blick in den kleinen Spiegel der Umkleidekabine. Ich straffe die Schultern; sie sehen tatsächlich ein wenig breiter aus, wahrscheinlich auch ein bisschen kräftiger als die der meisten anderen Frauen. »Das ist doch lächerlich«, murmele ich vor mich hin, während ich aus diesem bescheuerten Girlie-Fummel schlüpfe.

Weitere anderthalb Stunden diskutiere ich mit meiner Mutter über Kleider, während ich mir Sorgen um meine Gesundheit mache. Ich analysiere jeden einzelnen Atemzug. War das gerade ein Schmerz in meiner Brust? Ist meine Atmung eingeschränkt? Habe ich ein beengendes Gefühl in der Brust? Nein, ich denke, so fühlt sie sich immer an. Aber auf einmal weiß ich es nicht mehr. Habe ich ein Kribbeln in meinen Armen oder Beinen gespürt, bevor ich ohnmächtig wurde? Ich glaube nicht, aber es passierte auch alles so schnell.

Als er mich vom Fitnessstudio nach Hause fuhr, hatte Brandon erzählt, dass viele Leute aufgrund von Überanstrengung ohnmächtig werden, besonders wenn ihre Elektrolytwerte schlecht sind. »Der Blutzuckerspiegel im Gehirn sinkt, der Blutdruck fällt, weniger Sauerstoff gelangt ins Gehirn, und auf einmal dreht sich alles und wird schwarz.«

Ich war erstaunt, wie einfühlsam und intelligent Brandon klang. Er machte sich sogar die Mühe, jemand anderen mit seinem Auto hinter uns herfahren zu lassen, damit mein Wagen nicht auf dem Parkplatz des Studios zurückbleiben musste.

Irgendwie bot sich nicht die Gelegenheit, ihm zu sagen, dass ich Brad Carsons Kanzleipartnerin bin. Oder seine Verlobte.

Ich versuche mich auf Moms Meinung zu diesem Kleid zu konzentrieren, aber sie merkt, dass ich nicht bei der Sache bin. Mehrmals fragt sie nach, ob es mir gut geht.

»Aber sicher«, erwidere ich. »Ich kann es nur nicht fassen, dass ich mir gerade ein Hochzeitskleid aussuche.«

Der Nachmittag vergeht, und Brad trifft sich mit uns zum Abendessen. Er umarmt meine Mom höflich, sagt ihr, wie hübsch sie heute wieder aussieht, und rückt einen der Metallstühle des kleinen, aber feinen Straßencafés für sie zurecht.

»Steht die Hochzeit noch?«, fragt er.

»Fürs Erste ja«, erwidere ich. »Ich habe mich nicht getraut, Mom zu sagen, dass wir gestern Abend fast durchgebrannt wären.«

Ich bemerke das Funkeln in Brads Augen, der meine Anspielung sofort versteht. Einer der großen Vorzüge des Verliebtseins ist, jemanden so gut zu kennen, dass man sich inmitten einer Menschenmenge geheime Dinge sagen kann, ohne dass es jemand mitbekommt.

»Ja«, erwidert Brad mit einem Seufzen. »Wenn es nach deiner Tochter ginge, wären wir schon vor langer Zeit durchgebrannt.« Ich werfe ihm einen schiefen Blick zu. Er gibt vor, es nicht zu bemerken, lehnt sich zu meiner Mutter vor und senkt die Stimme. »Aber das werde ich nicht zulassen. Ich mache mich für eine dieser schönen, großen, feierlichen Hochzeiten stark. Du weißt schon, was einer Königin wie Leslie würdig ist.«

»Ganz meine Rede«, sagt Mom. »Vielleicht sollten wir beide einfach heiraten.«

Auf Brads Gesicht breitet sich ein breites Grinsen aus. Wir sind beide von ihm hingerissen, und das weiß er auch. Ich verpasse ihm unter dem Tisch einen Tritt.

Eins führt zum anderen, und so wendet sich das Thema bald der Gästeliste zu. Ich weiß, was jetzt kommt, und bin kampfbereit.

»Es soll eine Trauung in wirklich kleinem Kreis werden, Mom«, sage ich, so ernst ich nur kann. »Brad und ich wollen nur ein paar Freunde und die Familie einladen.«

Meine Mutter nimmt einen Bissen von ihrem Salat - wie sie dieses Zeug ohne Dressing runterkriegt, ist mir ein Rätsel - und macht ein besorgtes Gesicht. »Steht dein Vater auch auf der Liste der Familie?«

Das ist das Ironische an Mom. Sie ist die Erste, wenn es darum geht, über meinen Vater herzuziehen, was er auch mehr als verdient hat, und trotzdem will sie ihn immer zu allem einladen. »Mom, er ist nicht zu meiner Hochzeit mit Bill erschienen. In den letzten drei Jahren hat er weder angerufen noch geschrieben.« Ich halte inne - die Stille ist ohrenbetäubend. Brad sieht aus, als würde er am liebsten die Flucht ergreifen. »Und was, wenn er uns alle überrascht und tatsächlich aufkreuzt? Dann wäre die ganze Feier ruiniert.«

Mom schluckt einen Bissen und tupft sich den Mund ab. »Leslie, er hat uns in einer schweren Zeit verlassen –«

»Für eine jüngere Frau, mit der er bereits ins Bett ging«, füge ich hinzu, als wäre sich Mom dieser Tatsache nicht bewusst.

Sie ignoriert den Kommentar. »Aber er hat dir die Uni finanziert und immer pünktlich alle Unterhaltszahlungen geleistet. Nachdem du bei deiner Abschlussfeier seine neue Frau auf solche Weise angegriffen hast, muss man es ihm wohl nachsehen, dass er sich nicht mehr hat blicken lassen. Ich finde, er hat es zumindest verdient, eingeladen zu werden.«

Ich starre Mom an und bemerke zum ersten Mal, wie sehr sie in den vergangenen Monaten gealtert ist. Die Falten in ihrem Gesicht sind tiefer, länger und ausgeprägter als früher. Ich war den ganzen Tag so mit mir selbst beschäftigt, dass ich gar nicht daran gedacht habe, zu fragen, wie es *ihr* geht. Sie ist mittlerweile seit zwölf Jahren geschieden und scheint einfach nie wieder den richtigen Mann getroffen zu haben. In Momenten wie diesen tut sie mir leid. Und das macht es mir nicht gerade leichter, meinem Vater zu vergeben.

»Ich habe das bereits mit Brad diskutiert. Wir wissen, wie du dazu stehst. Und wir bewundern dich sehr dafür, wie du dich für Dad einsetzt, obwohl er dich so schlecht behandelt hat. Aber es ist unsere Hochzeit ... und wir möchten ihn nicht dabeihaben.«

Mom legt ihre Gabel ab, während sie unsere endgültige Antwort sacken lässt. Wie es scheint, ist ihr der Appetit vergangen.

Brad greift unter den Tisch und nimmt meine Hand. Zum Glück ist er ganz anders als mein Vater, sage ich mir zum hundertzehnten Mal.

17

Dienstagmorgen kommt sehr viel schneller, als mir lieb ist. So schnell, dass ich nicht mal ansatzweise mit meinen Vorbereitungen für die Vorverhandlung fertig bin. Ich habe den halben Montag damit zugebracht, in der Praxis meines Hausarztes herumzusitzen und darauf zu warten, dass ich drankomme. Er hat meine Vitalzeichen kontrolliert, mir einige Fragen gestellt, ein paar Blut- und Urinproben genommen und mir versichert, dass in seinen Augen alles okay ist. Als reine Vorsichtsmaßnahme hat er mir eine Überweisung für ein Belastungs-EKG beim Kardiologen mitgegeben und mir außerdem geraten, sportliche oder anders belastende Aktivitäten bis zu meinem Termin am Donnerstag zu vermeiden.

Und so laufe ich an diesem Dienstagmorgen vom Parkplatz zum Gebäude des Jugend- und Familiengerichts und bin total gestresst, weil ich nicht ausreichend auf eine der wohl wichtigsten Anhörungen meiner kurzen Karriere vorbereitet bin. Wenn ich diesen Tag überstehen sollte, wird mein morgiger Spaziergang auf dem Crosstrainer ein Kinderspiel werden.

Ich übertreibe es gerne mit der Vorbereitung. Auch wenn ich sechs Monate Zeit gehabt hätte, würde ich mich immer noch nicht wirklich bereit für diese Anhörung fühlen. Bei einem Jahr schon eher. Aber die reale Welt richtet sich leider nicht nach meinen Bedürfnissen. Ich lerne gerade, dass man in der stressigen Welt der Strafverteidigung eigentlich nie so bereit ist, wie man es gerne wäre, und schon gar nicht so bereit, wie der eigene Mandant es gern hätte.

Es sei denn, man hat es mit einem Mandanten wie Tara zu tun. Während eines dreistündigen Vorbereitungsgesprächs am Montagnachmittag stellte sie erneut ihre Ist-mir-doch-egal-Einstellung gegenüber der ganzen Angelegenheit zur Schau – als würde der Richter sie mit höchstens ein oder zwei Monaten Hausarrest bestrafen.

»Ist dir klar, dass du den Rest deines Lebens hinter Gittern verbringen könntest?«, fragte ich sie ein halbes Dutzend Mal.

Sie antwortete mit diesem Schulterzucken, das mich zur Weißglut treibt.

Ich hoffe, wir gewinnen, aber ich hoffe auch, dass der Richter ihr ordentlich den Marsch bläst.

Entgegen seines ursprünglichen Versprechens, mich bei jedem Schritt zu unterstützen, hängt Brad bei einer Anhörung vor dem Bundesgericht fest, die von gestern auf heute vertagt wurde. Also bin ich bei dieser Vorverhandlung ganz auf mich gestellt. Wenn ich mich nicht so über Tara ärgern würde, hätte ich Mitleid mit ihr.

Das Jugendgericht hat nichts mit den Gerichtssälen gemein, die man aus dem Fernsehen kennt. Dieser ist klein und dunkel, mit nur wenigen Sitzreihen für die Zuschauer – ich habe ihn mir bereits am späten Montagnachmittag angesehen. Als ich am Dienstagmorgen um neun Uhr eintreffe, wartet ein aufgeregter Pulk von Reportern im Gang, durch den ich mich mit Tara und Trish durchkämpfe. Ich schaue stur geradeaus und setze mein grimmigstes Kein-Kommentar-Gesicht auf - den Teil habe ich mir bei *Law & Order* abgeschaut - und trete in die relative Stille des Gerichtsaals ein.

Mitchell Taylor ist bereits da. Natürlich. Harlan Fowler plaudert mit einer kleinen Gruppe von Anwälten. Als ich reinkomme, senken sie die Stimmen, was nie ein gutes Zeichen ist. Ich bemerke, wie sie Tara anstarren. Man kann es ihnen kaum verübeln.

Sie ist keine Mandantin, die sich leicht herrichten lässt. Ich habe darauf bestanden, dass sie ein schwarzes Kleid anzieht, hätte meine Anweisung aber vielleicht etwas präziser formulieren sollen. Sie trägt einen hautengen schwarzen Lederminirock und ein bauchfreies Oberteil, das den Blick auf ihr traumhaftes kleines Bauchnabelpiercing freigibt. Wo war Trish, als das Mädchen sich angezogen hat?

Ich werde aus meinen Gedanken gerissen, als Richter William Overstreet mit wehender schwarzer Robe seinen Platz auf dem Richterstuhl einnimmt. Die Gerichtsdienerin setzt zu einer halbherzig vorgetragenen Version der traditionellen Einleitung an, doch Overstreet winkt ab, bevor sie zu Ende sprechen kann.

»Bleiben Sie sitzen«, brummt er. Soweit ich es überschauen kann, bin ich die einzige Person im Raum, die Anstalten gemacht hat, aufzustehen.

»Wir sind heute hier, um zu entscheiden, ob ein hinreichender Verdacht besteht, die Angeklagte wegen Mordes zu belangen«, setzt Overstreet an. Er hat ein spitzes Gesicht, eine Menge Falten und Runzeln und trägt eine kleine schwarze Lesebrille, die ihm ständig die Nase herunterrutscht. Sein dünnes schwarzes Haar ist streng zurückgekämmt und wirkt ein wenig sonderbar bei einem Kerl, der auf die sechzig zugeht. Wahrscheinlich benutzt er eine Menge Haartönung. Sein Aussehen erinnert an ein Frettchen, und er scheint der Typ zu sein, der als Kind den Spitznamen »Wiesel« verpasst bekommen hat.

»Da die Angeklagte älter als vierzehn Jahre ist, sieht es das Gesetz vor, dass ich den Fall an ein Bezirksgericht weiterleite, sollte sich ein hinreichender Verdacht feststellen lassen, damit die Angeklagte nach Erwachsenenstrafrecht verurteilt werden kann.« Sein Blick wandert zu Mitchell Taylor, danach zu mir. »Irgendwelche Fragen?«

»Nein, Sir«, antworte ich. Doch das ist gelogen. Tatsächlich habe ich eine

Frage: Wie zum Henker sind wir nur an Overstreet geraten? Am Jugend- und Familiengericht werden die Fälle nach Zufallsprinzip an die Richter vergeben. Und als Brad mich über die sechs möglichen Kandidaten aufgeklärt hat, hatte er kein gutes Wort für Overstreet übrig.

»Komm schon«, hatte ich gesagt. »Du kannst mir nicht erzählen, dass der Mann nicht eine einzige gute Eigenschaft besitzt.«

Brad dachte einen Moment nach. »Du hast recht«, gab er zu. »Zumindest ist er berechenbar. Was immer die Staatsanwaltschaft verlangt, das macht Overstreet.«

Damals hatte ich gelacht. Aber jetzt ist mir das Lachen vergangen.

Mitchell Taylor hingegen scheint außer sich vor Glück zu sein. Er erhebt sich zu voller Größe, stellt sich kerzengerade hin und ruft seinen ersten Zeugen auf.

In den folgenden zwei Stunden bombardiert er unseren Fall mit wasserdichten wissenschaftlichen Beweisen. Der Gerichtsmediziner, ein grauhaariger alter Hase namens Albert Fancher, attestiert die Todesursache und wiederholt dabei im Grunde, was Mitchell mir in Harlan Fowlers Büro erzählt hat.

Ich gebe mein Bestes, den komischen alten Kauz ins Kreuzverhör zu nehmen, indem ich immer wieder darauf zu sprechen komme, wie gewalttätig James Bannister gegenüber seiner Frau und seinen Kindern war. Aber Fancher tut meine Fragen mit monotonen Antworten ab, die deutlich machen, dass er mich für keinen würdigen Gegner hält. Er ist ein schwer zu kontrollierender Zeuge, dessen Antworten immer wieder in langatmige wissenschaftliche Erklärungen zu den Beweisen der Staatsanwaltschaft abdriften, die nichts mit meinen Fragen zu tun haben. Je länger seine Belehrungen dauern, umso mehr gerate ich ins Schwitzen, sodass meine Stimme gelegentlich mitten in der Frage die Tonlage wechselt. Als Overstreet mich zum dritten Mal fragt, wie lange ich noch brauche, habe ich ein Einsehen, und Fancher tritt unversehrt aus dem Zeugenstand.

Jetzt marschiert Mitchell noch selbstbewusster zum Zeugenstand vor – wenn das überhaupt möglich ist – und ruft seinen nächsten Zeugen auf, Detective Louis Gonzales. Der Ermittler ist jung und hat eine belebende Wirkung auf den Gerichtssaal, was einen schönen Kontrast zu der trockenen Aussage des Gerichtmediziners darstellt. Gonzales ist dunkelhäutig und attraktiv, hat strahlende, ausdrucksvolle blaue Augen und dichtes schwarzes Haar. Ich nehme mir vor, am besten keine alleinstehenden jungen weiblichen Geschworenen zu wählen, sollte es - Gott bewahre - dazu kommen, dass wir den Fall vor einer Jury verhandeln müssen. Dann lehne ich mich zur Seite und weise meine Mandantin an, sofort damit aufzuhören, den Kerl anzuhimmeln.

»Er ist heiß«, informiert mich Tara.

»Und er versucht dafür zu sorgen, dass du im Gefängnis alt wirst«, halte ich ihr vor Augen.

»Niemand ist perfekt«, murmelt sie.

18

Ich finde ein wenig Trost in der Tatsache, dass die Polizei den Hauptermittler für diesen Fall, Detective Anderson, diesen zwielichtigen Cop, der Tara ein Geständnis abgeluchst hat, durch den coolen und selbstsicheren Gonzales ausgetauscht hat. Als er seinen Zeugen bekannt gab, tischte mir Mitchell irgendeine lahme Ausrede auf, Anderson sei mit zu vielen Fällen belastet und müsse daher dringend einige abgeben. Ich wusste zu diesem Zeitpunkt, dass die Staatsanwaltschaft Anderson und seine fragwürdige Disziplinarakte nur von diesem medienwirksamen Fall fernhalten wollten. Sollte es zu einem richtigen Prozess kommen, werde ich diesen Sachverhalt zu einem zentralen Thema machen. Heute jedoch wird Anderson nicht mal in die Nähe des Gerichtssaals kommen.

Mitchell und Gonzales konzentrieren sich nur auf die Mordanklage, da Mitchell die Anklageschrift bisher noch nicht mit den Verstößen gegen das Waffengesetz erweitert hat. Wahrscheinlich hat er sich gedacht, dass er mir sonst eine Entschuldigung liefern würde, einen Aufschub zu beantragen. Er und Gonzales haben eine Reihe von farbenfrohen Schaubildern und viele grausige Tatortfotos vorbereitet und für Overstreet aufgestellt, der jetzt schon bereit zu sein scheint, das Urteil zu fällen, noch bevor er mein Kreuzverhör gehört hat. Sie bestätigen die Aussage des Gerichtsmediziners, was die Eintrittswunde, die Schmauchspuren und die Pulvereinsprenkelungen betrifft.

»Nur die Schussverletzung in der Brust weist Blutungen auf«, erklärt

Gonzales und zeigt dabei auf ein Foto, »was bedeutet, dass Mr Bannister bereits tot war, als die zweite Kugel, die ihn in den Kopf traf, abgefeuert wurde.«

Mitchell stellt nun ein vergrößertes Foto von der Brustverletzung auf eine Staffelei, und Gonzales bekundet die fehlenden Schmauchspuren, Verschmutzungen und Pulvereinsprenkelungen rund um die Eintrittswunde. »All das müsste man eigentlich vorfinden, wenn die Verdächtige weniger als dreieinhalb Meter Abstand zu dem Opfer gehabt hätte«, sagt Gonzales. Mitchell stellt einige Fotos von dem Ledersessel mit Großaufnahmen der darauf befindlichen Blutspritzer auf. Anhand des Musters dieser Spritzer spekuliert Gonzales, trotz meines Einspruchs, dass James Bannister in dem Sessel saß, als der erste Schuss abgegeben wurde.

»Wo befand sich die Angeklagte, als sie den ersten Schuss abfeuerte?«, fragt Mitchell.

»Einspruch.«

»Abgelehnt.«

»Danke, Euer Ehren«, sagt Mitchell mit der für ihn typischen Eindringlichkeit eines Marines. Fast hätte ich erwartet, er würde salutieren.

Ich für meinen Teil starre den Richter bloß an. Das ist reine Spekulation.

»Setzen sie sich, Ms Connors.«

Ich setze mich.

»Die Angeklagte befand sich mit höchster Wahrscheinlichkeit auf der anderen Seite des Zimmers«, antwortet Gonzales. Er hat sich mittlerweile erhoben und weist mit einem Zeigestock auf die vergrößerten Aufnahmen des Wohnzimmers. »Etwa acht Meter entfernt.«

Overstreet nimmt seine Brille ab und mustert Tara einen Moment lang mit seinen kleinen Wieselaugen. Dann wendet er sich wieder dem Zeugen zu. »Acht Meter?«, fragt er nach.

»Nur bei dem ersten Schuss, Euer Ehren«, betont Gonzales. »Bei dem zweiten Schuss stand sie höchstwahrscheinlich direkt über ihm. Aber zu diesem Zeitpunkt war Mr Bannister natürlich bereits tot.«

Overstreet schaut Tara wieder mit einem verurteilenden Ausdruck in den Augen an, den nur Richter so hinbekommen. Sie starrt zurück und scheint dabei fast die Zähne zu fletschen. Ich stoße sie unter dem Tisch an, und sie wirft mir einen dieser Was-hab-ich-denn-jetzt-schon-wieder-verbrochen?-Blicke zu.

Aber mir bleibt keine Zeit, mich weiter um das Minenspiel meiner unkooperativen Mandantin zu sorgen, da Gonzales gerade damit beschäftigt ist, mir noch mehr harte Fakten um die Ohren zu hauen.

»Hat man die Angeklagte noch am Abend des Angriffs auf Schießpulverrückstände untersucht?«, fragt Mitchell.

»Ja.«

»Mit welchem Ergebnis?«

»Die Angeklagte wies Rückstände von Schießpulver auf ihrer rechten Hand auf« - Gonzales legt eine Wirkungspause ein - »ihrer Schusshand.«

Mitchells Strategie ist offensichtlich. Er versucht einen hinreichenden Verdacht inklusive Vorsatz nachzuweisen, ohne Gebrauch von Taras Video-Geständnis zu machen. Wahrscheinlich haben ihm die Blutergüsse in ihrem Gesicht genauso wenig gefallen wie mir.

»Haben Sie kürzlich einen weiteren Durchsuchungsbeschluss erwirkt«, fragt Mitchell, der nun richtig in Fahrt kommt, »der Sie berechtigte, die Computerdateien der Angeklagten zu durchsuchen, wozu auch die E-Mails und Chatnachrichten an ihre Freunde gehören?«

»Ja.«

»Erzählen Sie dem Gericht, was Sie gefunden haben.«

Mit einer theatralischen Geste legt Gonzales einen Stapel Unterlagen auf der Brüstung vor der Zeugenbank ab. »Auf der Festplatte der Angeklagten stießen wir auf zahllose E-Mails und Chatnachrichten, in denen die Angeklagte davon spricht, ihren Stiefvater zu ermorden.«

Overstreet lehnt sich vor; ich kann sehen, wie sich der Ausdruck in seinen Augen verändert. Mein Mund wird trocken, und mir schnürt sich die Kehle zu. Wir haben verloren. Ich kann es spüren. Obwohl ich nicht mal dazu gekommen bin, dem Detective eine einzige Frage zu stellen, haben wir bereits verloren. Die Tatsache trifft mich wie ein Schlag, und mir wird schlecht.

Das soll Gerechtigkeit sein?

»Sind Sie auf irgendwelche Chatnachrichten gestoßen, die am Tag des Mordes verfasst wurden?«, fragt Mitchell.

»Nein, Sir.«

»Dann vielleicht welche, die vom Abend davor stammen?«

»Diese hier.« Gonzales wedelt mit der Seite herum, als würde er eine Trophäe präsentieren. »Soll ich sie vorlesen?«

Ich wusste, dass die Polizei den Computer aus Taras Haus, einen Tag bevor sie uns zum ersten Mal in der Kanzlei aufsuchte, beschlagnahmt hatte. Aber die Nachrichten habe ich nie zu sehen bekommen. Aufgebracht schnelle ich hoch.

»Euer Ehren, ich habe diese Dokumente noch nie gesehen«, sage ich und werfe Mitchell Taylor einen vorwurfsvollen Blick zu. »Was gegen mein Recht auf Akteneinsicht verstößt.«

Mitchell blickt den Richter ungerührt an. »Wir haben den Computer am 2. Mai beschlagnahmt, mussten allerdings eine externe Firma damit beauftragen, die Chatnachrichten von der Festplatte abzurufen. Und die haben wir erst gestern Abend erhalten. Ms Connors ist berechtigt, die Dokumente vor Prozessbeginn zu sehen, nicht aber zwingend vor dieser Anhörung.«

Overstreets Augen schnellen zu mir zurück. »Ms Connors?«

Ich habe keine Ahnung, ob Mitchell recht hat oder nicht. Das ist mein erstes Strafverfahren. »Grundsätzliche Fairness«, bringe ich gerade so stotternd hervor. »Wie soll ich mich auf diese Anhörung vorbereiten, wenn die Staatsanwaltschaft mir bestimmte Sachverhalte vorenthält, bis der Zeuge schon im Zeugenstand sitzt?«

»Euer Ehren, die Staatsanwaltschaft ist nicht verpflichtet –«

Overstreet schneidet Mitchell mit einer Geste seiner Hand das Wort ab. »Händigen Sie Ms Connors jetzt eine Kopie der Unterlagen aus«, ordnet er mit fester Stimme an. Dann wendet er sich mir zu. »Wenn Sie vor Ihrem Kreuzverhör eine Unterbrechung der Anhörung brauchen, werde ich sie Ihnen gewähren.«

»Danke, Euer Ehren«, sagt Mitchell.

Ich nehme wieder Platz, ohne mich bei Overstreet für seine unfaire Entscheidung zu bedanken. Einen Moment lang starrt er mich durchdringend an. Mitchell wartet ab, wahrscheinlich um meine trotzige Reaktion noch zu betonen. Soll er warten. Sturheit ist eine meiner ausgeprägtesten Charaktereigenschaften.

Mitchell reicht mir einen Stapel Dokumente und wendet sich dann an Gonzales. »Würde es Ihnen etwas ausmachen, dem Gericht die markierte Unterhaltung am Anfang der Seite vorzulesen?«

Langsam und laut liest Gonzales vor. »Es fängt mit einer Nachricht von Richbrat an, also ›reiche Göre‹; das ist Taras Chatname.« Er bemüht sich sehr, ein Lächeln zu unterdrücken. »›James benimmt sich wie ein 1-a-Arschloch, wie üblich ...‹« Er hält inne und schaut Mitchell an. »Die Angeklagte nennt ihren Stiefvater immer nur beim Vornamen ...«

»Fahren Sie fort«, drängt Mitchell.

»Es handelt sich um eine Chatnachricht, also antwortet ihre Freundin, ein Mädchen mit dem Chatnamen Wiccarules, also ›Hexen an die Macht‹, dass sie ›dem alten Knacker eine Menendez-Behandlung verpassen sollte‹. *Menendez* scheint ein Codewort zu sein, das die Angeklagte und diese spezielle Freundin sehr oft benutzten. Wie es scheint, nehmen sie damit Bezug auf die Menendez-Brüder, die ihren Vater erschossen –«

»Einspruch!«, sage ich, während ich mich dafür ohrfeige, nicht früher reagiert zu haben.

»Stattgegeben«, sagt Overstreet, der das Wesentliche aber natürlich längst mitbekommen hat.

»Was hat die Angeklagte darauf geantwortet?«, fragt Mitchell.

»Eine Kugel ginge ihr zu schnell«, antwortet Gonzales, der den Austausch weiter vorliest. »Sie sagt, sie würde ihn lieber foltern und dann nach Art von Laci Peterson enthaupten –«

»Einspruch!«, brülle ich. Dieses Mal bin ich sehr viel schneller aufgesprungen und klinge wie ein echter Anwalt.

»Mit welcher Begründung?«, erkundigt sich Overstreet.

Im Geiste gehe ich schnell die Liste der Einsprüche durch, die ich im Studium gelernt habe, und gerate in Panik, als ich merke, dass nichts Zutreffendes dabei ist. Die Aussage klang einfach so schrecklich, dass ich davon ausging, sie müsse unzulässig sein –

»Mit welcher Begründung?«, wiederholt Overstreet.

»Voreingenommenheit«, sage ich.

»Den Einspruch höre selbst ich zum ersten Mal«, meint Overstreet. »Ich nehme wohl an, dass es Ihrem Fall gegenüber voreingenommen sein muss, wenn es von Mr Taylor kommt. Das bedeutet nicht, dass es nicht zulässig wäre.«

Ich lasse mich wieder in meinen Stuhl plumpsen.

»Einspruch abgelehnt.« Er wendet sich Gonzales zu. »Bitte fahren Sie fort.«

»Das war's eigentlich schon«, erklärt Gonzales. »Sie redet davon, ihren Stiefvater zu enthaupten, dann wechseln sie das Thema.«

»Keine weiteren Fragen«, sagt Mitchell theatralisch. Damit kehrt er an seinen Platz zurück.

19

Ich erhebe mich auf wackeligen Knien in dem Wissen, wie viel jetzt an meinem Kreuzverhör hängt. Ich bin zwischen der Nervosität, die mir auf den Magen schlägt, und der Wut, die dank Mitchells überraschend präsentierten Beweisen in mir brennt, hin- und hergerissen. Mir muss es schnell gelingen, das Ruder herumzureißen. Ich beschließe, dass es nicht ratsam wäre, eine Unterbrechung der Anhörung zu verlangen und zu riskieren, dass sich der erste Eindruck des Wiesels wie Beton erhärtet.

»Möchten Sie sich ein paar Minuten Zeit nehmen, um sich die Chatnachrichten genauer anzusehen?«, fragt Richter Overstreet.

»Nein, vielen Dank, Euer Ehren.« Ich schlucke schwer. »Ich bin bereit.«

»Wie Sie wollen«, erwidert das Wiesel.

»Acht Meter«, sage ich zu Gonzales, als ich mich neben dem Tisch der Verteidigung aufstelle. »Ist das ungefähr der Abstand zwischen Ihnen und mir?«

Er wägt die Frage kurz ab. »Ungefähr.«

»Nicht gerade weit, nicht wahr?«

»Ansichtssache.«

Ich lege die Hand ans Kinn und nicke. Dann nehme ich drei Fotos von meinem Tisch, lasse sie als Beweisstücke vermerken und zeige sie dem Zeugen. »Erkennen Sie die Frau auf den Fotos?«

»Ja.«

»Gar nicht so einfach, was?«

Gonzales zögert. »Ich verstehe die Frage nicht.«

»Es ist gar nicht so einfach, Trish Bannister trotz all der Blutergüsse und Schwellungen in ihrem Gesicht zu erkennen, nicht wahr?«

In seinen Augen sehe ich einen ersten Anflug von Vorsicht aufblitzen. »Ich habe keine Probleme, sie zu erkennen. Aber sie wurde offensichtlich geschlagen.«

»Haben Sie sich das Video von dem angeblichen Geständnis meiner Mandantin angesehen, das noch in der Mordnacht aufgenommen wurde?«

»Ja.«

»Und sehen diese Fotos von Trish Bannister wie Standaufnahmen aus jenem Video für Sie aus?«

Gonzales findet zu seinem alten, vor Selbstsicherheit strotzenden Ausdruck zurück. »Wenn Sie es sagen.«

Als Nächstes zeige ich ihm ein Bild von Tara, auf deren Wangenknochen ein deutlicher Abdruck zu sehen ist. »Und ist das ein Standfoto, das derselben Aufzeichnung entnommen wurde und den Bluterguss auf dem Gesicht meiner Mandantin zeigt?«

»Scheint so.«

»Nun, Detective Gonzales« – ich weiche dem Zeugen nicht von der Seite, während meine Nervosität von meiner Wut verdrängt wird – »wollen Sie also behaupten, meine Mandantin und ihre Mutter hätten die brutalen Schläge, denen sie zum Opfer fielen, in dieser Nacht, in der James Bannister starb, irgendwie vorgetäuscht, um einen Vorwand zu haben, damit Tara ihren Stiefvater ermorden konnte?«

»Nein«, antwortet er schnell, »das habe ich nie behauptet.«

»Diese Blutergüsse sind echt, nicht wahr?«

Er nickt.

»Sind das echte Würgemale an Trish Bannisters Hals?«

»Natürlich.« Sein dunkles Gesicht läuft rot an.

»Und die Schwellungen um ihr Auge und an ihren Wangenknochen sind auch echt, nicht wahr?«

»Offensichtlich.«

»Und wir sehen auch eine echte Schwellung in Taras Gesicht.«

»Ja, nur nicht ganz so ausgeprägt. Und ich möchte außerdem bemerken, dass es keine Würgemale an ihrem Hals gab.«

»Hinterlassen Gewalttäter Ihrer Erfahrung nach in jedem Fall Spuren, wenn sie jemanden würgen?«

»Nein.«

»Detective Gonzales, würden Sie zustimmen, dass Menschen in Notwehr handeln, wenn sie die begründete Befürchtung hegen, ihr Leben könne in Gefahr sein?«

»Einspruch«, ruft Mitchell dazwischen. »Notwehr setzt eine unmittelbare Bedrohung durch Körperverletzung oder Tod voraus.«

»Stattgegeben«, sagt Overstreet, bevor ich etwas erwidern kann.

»Na schön.« Ich rücke jetzt sogar noch näher an Gonzales heran. Vielleicht versuche ich nur positiv zu denken, aber ich könnte schwören, dass sich gerade winzige Schweißtropfen auf seiner Stirn bilden. »Lassen Sie uns bei dieser Definition bleiben, ›eine unmittelbare Bedrohung durch Körperverletzung oder Tod‹.« Ich nehme ihm das Foto von Tara aus der Hand und nagele ihn mit meinem Blick fest.

»Wollen Sie sagen, dass ein sechzehnjähriges Mädchen, das sich mit ihrem betrunkenen Stiefvater konfrontiert sieht, der etwa ... wie schwer war Mr Bannister, Detective?«

Er denkt kurz nach. »Vielleicht knapp hundert Kilo?«

»Etwa hundert Kilo. Und wie groß?«

»Eins fünfundachtzig, eins neunzig.«

»In Ordnung«, sage ich und nehme wieder Fahrt auf. »Würden Sie sagen, dass ein sechzehnjähriges Mädchen mit der Statur meiner Mandantin, die sich mit ihrem betrunkenen Stiefvater konfrontiert sieht, der etwa hundert Kilo wiegt und fast ein Meter neunzig groß ist und sie bereits wenigstens einmal angegriffen hat« – ich wedele ihm mit dem Foto vor der Nase herum –, »würden Sie also sagen, dass dieses Mädchen einer unmittelbaren Bedrohung durch Körperverletzung oder Tod ausgesetzt sein könnte?«

Ich bin stolz auf die Frage und froh, dass Gonzales sie einen Moment im Raum stehen lässt, bevor er antwortet.

»Nicht wenn ihr Stiefvater sich auf der anderen Seite des Zimmers befindet«, erwidert er tapfer. »Und vielleicht sogar in seinem Sessel schläft.«

Ich starre ihn einen Moment lang an, als sei das die absurdeste Antwort, die ich je gehört hätte. Er windet sich, hält aber Augenkontakt.

»Detective«, frage ich ihn mit sarkastisch-scheltender Stimme, »haben Sie irgendwelche Beweise, die nahelegen, Mr Bannister könne geschlafen haben?«

Er zögert. »Der Winkel der Eintrittswunde legt nahe, dass er in dem Sessel lag.«

Zeit, auf einen netten kleinen Trick zurückzugreifen, den ich an der Uni gelernt habe. Wenn ein Zeuge nicht auf die Frage eingeht, wiederholt man sie in demselben Wortlaut, um so dessen ausweichendes Verhalten aufzuzeigen und zu verdeutlichen, worauf man hinauswill.

»Meine Frage, Detective, lautete, ob Sie irgendwelche Beweise haben, die nahelegen, Mr Bannister könne *geschlafen haben*.«

»Abgesehen von der Tatsache, dass er in dem Sessel lag ... nein.«

Ich beschließe, dass dies die beste Antwort ist, die ich zu diesem Punkt bekommen werde. *Dranbleiben.* »Nun, Ihre Annahme, Mr Bannister hätte in dem Sessel gesessen, basiert zum Teil auf dem Eintrittswinkel der Kugel, ist das korrekt?«

»Ja.«

»Doch der Eintrittswinkel könnte auch durch ein Gerangel um die Waffe beeinträchtigt worden sein, nicht wahr? Ich meine, wenn Taras Stiefvater sie würgte und sie versuchte, ihn zu erschießen, er sie aber am Handgelenk packte und die Waffe so hochgerissen wurde, dass sie über seiner Brust war.« Ich spiele diese Möglichkeit mit einer imaginären Waffe in meiner Hand durch. »Vielleicht gelang es ihr, den Lauf der Waffe nach unten in Richtung ihres Stiefvaters zu drehen und abzudrücken. Oder vielleicht hat er sich in letzter Sekunde auch fallen gelassen, um dem Schuss auszuweichen. Gibt es nicht genügend Möglichkeiten, die den Einschusswinkel erklären könnten?«

»Nein«, erwidert Gonzales selbstsicher. »All diese Szenarien setzen voraus, dass die Angeklagte und ihr Stiefvater weniger als eine Armeslänge voneinander entfernt waren. Da es aber keine Schmauchspuren oder Läsionen um die Eintrittswunde gab, kann der Schuss nicht aus nächster Nähe abgegeben worden sein. Meiner Einschätzung nach war die Angeklagte etwa acht Meter entfernt.«

»Und konnte daher keinesfalls um ihr Leben fürchten.«

Er wirft mir einen verwunderten Blick zu und fragt sich offensichtlich, warum ich ihn dabei unterstütze, seinen Gedanken zu Ende zu bringen. »Ganz genau«, sagt er vorsichtig.

Perfekt. Ich reiche ihm das Foto und kehre an den Tisch der Verteidigung zurück.

Mir fällt auf, dass Gonzales nun die Bilder von Trish Bannister auf der Brüstung vor der Zeugenbank aufgestellt hat. Ich frage mich, ob ich den nächsten Schachzug wirklich ausführen soll. Er war eigentlich Brads Idee und entspricht seinem Verhandlungsstil, nicht meinem. In meinen Augen ist er viel zu dramatisch. Ich bin mir nicht mal sicher, dass ich ihn richtig hinkriege.

Sollte die Sache nach hinten losgehen, werde ich wie der größte Trottel dastehen, der je einen Mordfall verhandelt hat.

Doch ich bin verzweifelt. Und ich habe mich schließlich extra passend dafür angezogen als reine Vorsichtsmaßnahme: Ich trage flache Schuhe und einen Anzug statt einem Kleid. Ich atme tief durch und verziehe mein Gesicht zu einer finsteren Fratze.

Los geht's.

»Mr Gonzales«, ätze ich mit giftiger Stimme, »heben Sie das oberste Bild von Trish Bannister auf, und schauen Sie es sich an.«

Mitchell steht auf, erhebt Einspruch und schafft damit die besten Voraussetzungen für das, was nun folgen soll. Besser hätte ich es nicht planen können. Er behauptet, ich würde den Zeugen bedrängen.

Ich ignoriere ihn. »Heben Sie es auf«, befehle ich, mit lauter werdender Stimme.

»Euer Ehren«, beschwört Mitchell den Richter mit ausgestreckten Armen.

Doch meine heftige Reaktion scheint Overstreet für den Moment zu lähmen.

Ich zeige auf Gonzales und beobachte, wie sich sein Körper versteift. »Heben Sie es auf«, verlange ich. Meine Stimme zittert dabei ein wenig. Leslie, die Schauspielerin.

Er hebt es auf.

Mitchell steht immer noch. »Euer Ehren, Ms Connors sollte den Zeugen mit etwas mehr Respekt behandeln –«

»Respekt«, unterbreche ich ihn, fast brüllend. Ich bin wie eine Anwältin, der die Sicherung durchgebrannt ist. »Er fordert Respekt!« Ich grinse Mitchell höhnisch an; meine Nerven sind bis zum Zerreißen gespannt. Gonzales und Overstreet starren mich mit großen Augen an.

Bin ich tatsächlich verrückt? Vollkommen außer Kontrolle? Mit einer heraufbeschworenen Wut, die so echt ist, dass ich sie mir selbst abnehme ... tue ich es. Ich wirble von Mitchell zum Zeugen herum und stürme wie eine besessene Frau auf Gonzales los, wobei mir der Zorn ins hochrote Gesicht geschrieben steht. »Geben Sie mir das Foto«, fahre ich Gonzales an. »Geben Sie es mir!«

Mit einem Satz bin ich bei ihm. Er versteift sich und fährt fast aus seinem Stuhl hoch, hält mit einer Hand zaghaft das Foto fest, während er sich mit der anderen instinktiv an der Brüstung abstützt. Sein Kopf ruckt von mir zurück; jeder Muskel in seinem Körper ist angespannt, bereit zu explodieren. Unterdessen hämmert Overstreet mit seinem Hammer auf den Tisch ein und schreit dabei meinen Namen.

Alles passiert so schnell - mein Angriff, Gonzales' Reaktion, Overstreets Gebrüll. In einer Sekunde stehe ich noch am Tisch der Verteidigung, in der nächsten habe ich mich schon mit wilden Augen vor Gonzales aufgebaut. Mittlerweile hat er sich halb von seinem Platz erhoben - bereit, auszuweichen, sich auf mich zu stürzen oder auf sonstige Weise die Irre vor sich abzuwehren.

Und dann, ohne das Foto auch nur anzurühren, atme ich langsam aus und entspanne jeden einzelnen Muskel.

Und lächle.

»Ms Connors«, sagt Richter Overstreet. Jetzt ist es *seine* Stimme, die zittert. »Ich weiß nicht, was Sie versuchen zu beweisen. Aber noch so ein Ausbruch, und ich verurteile Sie wegen Missachtung des Gerichts.«

»Ja, Euer Ehren.« Ich schaue zum Richter, dem der Schock noch ins Gesicht geschrieben steht, dann zu Mitchell Taylor, der weiß, dass er reingelegt wurde, und dann zurück zum Zeugen. Brad hat mir genau erklärt, was ich als Nächstes zu tun habe, wie ich den nächsten Teil gestalten muss, damit Gonzales keine Gelegenheit bleibt, seine Reaktion zu verleugnen.

Ich wende mich der fassungslosen Gerichtsschreiberin zu und diktiere ihr mit der Gelassenheit einer Stewardess, die ihre Sicherheitshinweise vor dem Abflug abspult, was soeben passiert ist. »Bitte nehmen Sie zu Protokoll«, sage ich, »dass ich gerade vom Tisch der Verteidigung aus auf den Zeugen losgegangen bin, aus einer Entfernung, die der Zeuge zuvor als acht Meter eingeschätzt hat.« Ich hole Luft, meine Mätzchen haben mir ein wenig den Atem geraubt. »Nehmen Sie außerdem zu Protokoll, dass der Zeuge sich verspannte, sich kerzengerade auf seinem Stuhl aufrichtete und mich mit großen Augen anstarrte, als ich mich das erste Mal umwandte und ihn verbal attackierte. All das, noch bevor ich überhaupt einen Schritt auf ihn zugemacht hatte. Als ich mich noch immer schreiend auf ihn zubewegte, fuhr Detective Gonzales halb aus seinem Stuhl hoch und stützte sich gegen die Brüstung der Zeugenbank vor sich ab.«

Ich lehne mich zu Gonzales vor und frage in höchst umgänglichem Tonfall: »Ist das eine treffende Beschreibung von dem, was sich hier soeben zugetragen hat, Detective?« *Er weiß, dass es so ist, Mitchell Taylor weiß, dass es so ist, Richter Overstreet weiß es.*

Gonzales erwägt einen Moment lang seine missliche Lage und scheint zu dem Schluss zu kommen, dass es keinen Sinn hat, das Offensichtliche zu leugnen. »Wahrscheinlich schon.«

Ich nicke anerkennend und jetzt bin ich es, die selbstgefällig grinst. »Acht Meter scheinen auf einmal doch nicht mehr so eine große Entfernung zu sein, wenn plötzlich eine verrückte rothaarige Frau auf einen losgeht, nicht wahr?«

»Nein«, erwidert Gonzales verdrießlich. »Aber ich habe Sie auch nicht erschossen.«

Wundervoll. Ich liebe es, wenn Zeugen versuchen, sich gegen etwas, das so offensichtlich ist, zur Wehr zu setzen.

»Zum Glück für mich«, erinnere ich ihn, »hatten Sie keine Waffe.«

»Einspruch«, ruft Mitchell, aber ich habe mich bereits umgedreht und gehe zu meinem Platz zurück.

»Stattgegeben«, sagt Overstreet, obwohl ich die Belustigung in seiner Stimme höre. Und aus dem Augenwinkel kann ich das Wiesel lächeln sehen.

20

»Das war abgefahren!«, flüstert Tara, als ich mich auf meinem Platz niederlasse.

»Danke.«

Ich versuche, mich gleichgültig zu geben – ein ganz normaler Arbeitstag im Leben der Leslie Connors –, aber innerlich jubiliere ich, und mein Herz pocht wie wild in meiner Brust. Das ist der Adrenalinrausch des Kreuzverhörs, das Gefühl, das die Arbeit vor Gericht zur Sucht werden lässt.

Doch dieses Gefühl und der Sieg sollen nur von kurzer Dauer sein.

Mitchell, der Marine, erhebt sich zu einer nachträglichen Vernehmung und stellt sich so kerzengerade auf, als mache er sich bereit, den Angriff auf

Iwojima zu befehlen. Seine Stimme ist noch genauso sicher und durchdringend wie vor meinem Kreuzverhör.

»Bitte erklären Sie dem Gericht«, sagt er, »ob die Beweise darauf hindeuten, dass Mr Bannister gerade auf die Angeklagte losging oder in seinem Sessel lag, als er erschossen wurde.«

»Er lag in seinem Sessel.«

»Welche Beweise stützen diese Behauptung?«

Ich springe auf. »Einspruch. Diese Frage wurde bereits gestellt und beantwortet.«

»Nun, anscheinend hat die Verteidigung die Antwort beim ersten Mal nicht verstanden«, erwidert Mitchell.

Ich werfe ihm einen Blick zu, den er ignoriert.

»Abgewiesen«, sagt Overstreet. Natürlich.

Gonzales rutscht auf seinem Platz herum, und die Anspannung in seinem Gesicht lässt ein wenig nach. »Es gab ein Muster von Blutspritzern auf dem Sessel – winzige Blutstropfen, die von der Schussverletzung stammen –, aber keiner dieser Tropfen befand sich auf Teilen des Sessels, die von einer Person von Mr Bannisters Größe verdeckt wären, wenn er darin läge. Außerdem stießen wir auf eine kleine Blutlache in der Falte zwischen Rückenlehne und Sitzfläche – wo man sie erwarten würde, wenn jemand darin erschossen wurde.«

Mitchell wartet einen Augenblick ab, während sich Overstreet etwas aufschreibt.

»Also«, fährt Mitchell dann fort, »nun möchte ich Ihre Aufmerksamkeit wieder auf den Stapel von Chatnachrichten lenken, den Sie auf dem Boden neben sich abgelegt haben – den Stapel, den Ms Connors ignoriert hat.«

Ich bin im Begriff, Einspruch zu erheben, besinne mich dann aber eines Besseren. Wozu sich überhaupt die Mühe machen?

»Ist unter diesen Unterlagen auch ein Ausdruck der Chatnachrichten vom Freitag, dem 28. April?«, will Mitchell wissen.

Oh-oh. Während Gonzales durch seinen Stapel blättert, überfliege ich fieberhaft meine eigenen Kopien. Ich spüre, wie mir das Herz maschinengewehrartig in der Brust hämmert, während ich darüber nachdenke, was das zu bedeuten haben könnte.

Ich stupse Tara an und ziehe die Augenbrauen hoch, während ich weiter mit den Seiten herumhantiere.

»Keine Ahnung«, flüstert sie laut. »Ich schreib 'ne Menge Zeug.«

»Hier sind die Seiten vom 28. April«, verkündet Gonzales. Als er auf Mitchells nächste Frage wartet, finde auch ich die entsprechenden Seiten. »Sie unterhält sich mit ihrer Freundin Wiccarules.«

»Würden Sie die markierten Abschnitte vorlesen?«, bittet Mitchell ihn.

Ich bin bereits dabei, sie zu lesen, und mir dreht sich der Kopf. Ich wurde reingelegt! Mitchell hat diese Beweise zurückgehalten, denn er wollte Gonzales' Aussage mit ihnen beenden, um so alles zu entschärfen, was ich mit meinem Kreuzverhör erreicht haben könnte. Während ich lese, wird mir speiübel. Ich bin wütend auf mich selbst, weil ich keine Pause verlangt habe, um mir vor meinem Kreuzverhör die Zeit zu nehmen, diesen Müll zu lesen. Und ich bin stinkwütend auf Tara, weil sie diesen Mist geschrieben hat.

Ich bin so auf die Worte vor mir konzentriert, dass die Stimmen von Gonzales und Mitchell zu Hintergrundgeräuschen werden, als würden sie sich am anderen Ende eines langen Tunnels unterhalten.

Wiccarules: Strand am Sa.?
Richbrat: Kann nich. Mom lässt mich nicht.
Wiccarules: Warum?
Richbrat: Lass uns lieber nach Kanada abhauen – da gibt's lauter heiße Typen mit coolen Akzenten!!!
Wiccarules: Kanada???
Richbrat: Und enge Badehosen. Bist du dabei?
Wiccarules: Enge Badehosen. Eklig. Was ist mit Nags Head?
Richbrat: Wird langsam langweilig.
Wiccarules: Ernst jetzt?
Richbrat: Wegen Kanada?
Wiccarules: Ja.
Richbrat: ABSOLUT!!!
Wiccarules: Weil du denkst, dass du in Knast musst, weil du deinen Stiefvater erschossen hast?
Richbrat: Nö. Meine Anwältin lässt mich mit Notwehr davonkommen. ☺
Wiccarules: Cool. Dein Dad war n Arsch.
Wiccarules: War's das denn?

Richbrat: Hä?
Wiccarules: Notwehr.
Richbrat: Was glaubst du?
Wiccarules: Keine Ahnung.
Richbrat: Eher Vergeltung. Eine Kugel hab ich ihm verpasst, weil er Mom verprügelt hat, und eine, weil er mir gegenüber die Klappe aufgerissen hat.
Wiccarules: Cool. Ich wünschte, ich könnte das irgendwann mit meinem Dad machen.
Richbrat: Du hättest sehen sollen, wie er mich angebettelt hat.
Wiccarules: Jetzt weiß er, wie sich deine Mom gefühlt hat.
Richbrat: Ich hoffe, er schmort in der Hölle. Ich hätte ihm noch eine für meinen Bruder verpassen sollen, aber hab ich vergessen. ☹
Wiccarules: Egal.
Wiccarules: Aber Kanada?
Richbrat: Muss los, da is jemand an der Tür.
Wiccarules: Bis später.
Richbrat: Bis später.

Mein Blut kocht, während ich darüber nachdenke, wie dämlich meine Mandantin ist - wie ungeniert sie über den Mord an ihrem Stiefvater redet. Ich werfe einen verstohlenen Blick zum Richter, als der Austausch vorgelesen wird - Overstreet ist außer sich. Ich lege meinen Stift hin und höre auf, mir Notizen zu machen. Ich bin so wütend auf Tara, dass ich meinen Block sowieso kaum noch sehen kann. Jede kleine Chance, die ich hatte, diese Anhörung zu gewinnen, wurde von diesem hirnlosen, herzlosen Strom jugendlichen Maulheldentums hinweggefegt. Der Deal, den wir so empört abgewiesen haben, wirkt auf einmal wie ein gutes Geschäft.

Ich werfe einen Blick zur Seite, zum Tisch der Anklage, und bemerke den gequälten Ausdruck auf Harlan Fowlers Gesicht. Ihm scheint die Sache auch nicht viel besser als mir zu gefallen. Dann wende ich mich Tara zu, die auf einem Blatt herumkritzelt und versucht, sich unbeeindruckt zu geben, auch wenn sie das leichte Zittern ihrer Hand nicht verbergen kann. Ihr ist alle Farbe aus dem Gesicht gewichen, und sie lässt die Schultern hängen, während der gesamte Gerichtssaal ihrer Instant-Messenger-Unterhaltung lauscht. Im Laufe meines Studiums wurde ich immer wieder von Freunden, die keine Juristen waren, gefragt: »Wie kannst du jemanden verteidigen, von dem du weißt, dass er schuldig ist?« Vielleicht sollte mir das mehr Kopfschmerzen bereiten, aber im Moment ist nicht das mein Problem. Ich bin wütend auf meine Mandantin, die schuldig wie die Sünde selbst ist, wobei ich mir keine Sorgen darüber mache, wie ich jemanden, der so *schuldig* ist, vertreten kann. Meine Sorge, meine einzige Sorge, gilt gerade jetzt der Frage, wie ich jemanden vertreten kann, der so unfassbar *dämlich* ist.

21

Zehn Minuten nachdem Overstreet sein Urteil gegen uns gefällt und Tara, vor rechtschaffener Empörung stotternd, eine Standpauke gehalten hat, marschiere ich mit Tara und Trish im Schlepptau die Treppen des Gerichtsgebäudes hinunter. Dabei ignoriere ich die Mikrofone und Kameras, die uns entgegengestreckt werden. Als sich auf dem Parkplatz unsere Wege trennen, weise ich sie ein letztes Mal streng zurecht.

»Sprich nie wieder mit irgendwem über diesen Fall«, sage ich zu Tara, zum dritten Mal, seitdem sich das Gericht vertagt hat, und meine Stimme ist noch immer rau vor Zorn. »Damit meine ich Telefongespräche, E-Mails, Chatnachrichten, Briefe, Rauchzeichen und alles andere auch. Hast du das verstanden?«

Tara nickt kurz, ohne hochzusehen. Auch wenn sie ihren Blick stur auf den Boden gerichtet hält, sehe ich, dass ihre Augen vor Tränen glitzern und ihr dunkler Lidschatten anfängt zu verlaufen. Es ist das erste Zeichen von Reue, das ich bei ihr sehe, seit ich den Fall übernommen habe.

Gut so.

Ein Anflug von Mitleid lässt die scharfen Klingen meiner Wut ein wenig abstumpfen. »Und halte dich von dieser Wiccarules fern!«, schimpfe ich. »Ich meine, was für ein Mädchen sucht sich überhaupt so einen Chatnamen aus?« Ich bin so sauer auf Tara, dass es mir sogar egal ist, dass ich gerade wie meine Mutter klinge.

Ein weiteres schnelles Kopfnicken, und Tara wischt sich eine verirrte Träne weg. »Werden Sie den Fall behalten?«

»Wie bitte?«

Sie schaut mich mit tränenerfüllten Augen an. »Werden Sie mich trotzdem weitervertreten?«

Ich bemerke, wie einige der Reporter auf der Treppe vor dem Gerichtsgebäude langsam auf uns zukommen. Ich nehme Tara beim Arm, sehe das verängstigte kleine Mädchen in ihr und spüre, wie mein Ärger verraucht.

»Solange du das tust, was ich dir sage.« Ich halte inne, um ihr klarzumachen, wie ernst es mir damit ist. Sie schaut mich unverwandt an, und ich spüre, dass eine Menge ungesagt bleibt. »Wir müssen reden«, erkläre ich. »Uns neu aufstellen.« Ich trete einen halben Schritt näher an sie heran und schaue über Taras Schulter zu den Reportern, die immer näher rücken. »Gibt es etwas, das du mir verschweigst?«

Taras Blick huscht schnell zu Trish hinüber, als frage sie nach Erlaubnis, etwas preiszugeben. Doch deren Gesicht ist eine ausdruckslose Maske – *was geht hier vor sich?* –, und Tara schüttelt schnell den Kopf.

»Eine Frage noch, Ms Connors«, bellt einer der Reporter, während er mit einem kleinen Trupp im Gefolge auf mich zusteuert.

»Wir müssen reden«, sage ich zu Tara; dann lasse ich ihren Arm los, und wir gehen beide zu unseren Wagen.

»Ms Connors, werden Sie vor dem Bezirksgericht immer noch auf Notwehr plädieren?«

Ich drehe mich um und werfe einen Blick über die Schulter, schüttele verächtlich den Kopf und mache mich schnellen Schrittes in die hinterste Ecke des Parkplatzes auf.

* * *

Die gute Nachricht ist, dass die Reporter mir nicht zu meinem Auto folgen. Die schlechte ist, dass ein imposant aussehender Mann in einem maßgeschneiderten Brooks-Brothers-Anzug mit verschränkten Armen neben der Fahrertür meines bescheidenen kleinen Honda Accord auf mich wartet. Er sieht wie eine gebräunte und ältere Kopie von Meister Proper aus – der glatzköpfige und muskelbepackte Flaschengeist der Bodenreinigung. Er trägt eine Oakley-Sonnenbrille, und die Sonne prallt von seinem rasierten Schädel ab.

Er ist der letzte Mensch auf Erden, den ich gerade sehen will.

Der allerletzte.

»Hab Sie heute vor Gericht gesehen«, sagt Mack Strobel, als ich mich meinem Auto nähere.

»Schön für Sie.«

Strobel und mich verbindet eine unschöne Vergangenheit. Während meines letzten Jahres an der Uni unterstützte ich Brad bei der Verhandlung eines sehr emotionalen Falls, bei dem die Gegenpartei von Mack Strobel vertreten wurde. Strobel war stur, hinterhältig, skrupellos und wahnsinnig arrogant. Unglücklicherweise stellte sich heraus, dass er außerdem wirklich gut in seinem Beruf war.

Ich bleibe vor ihm stehen. »Sie blockieren meine Tür.«

Er dreht sich um und schaut den Wagen an, als bemerke er ihn zum ersten Mal. Doch er geht nicht zur Seite. Ich lege meinen Daumen auf den Alarmknopf der Fernsteuerung an meinem Autoschlüssel.

»Ich vertrete einen Mandanten, dessen Interessen sich mit Ihren überschneiden«, erklärt er in diesem autoritären Tonfall, der mich in den Wahnsinn treibt. »Und ich verfüge über einige vertrauliche Informationen, die für Sie von Interesse sein könnten.«

Ich knirsche mit den Zähnen und ärgere mich darüber, dass der Typ mir so unter die Haut geht. *Ich verfüge über einige vertrauliche Informationen, die für Sie von Interesse sein könnten,* sagt dieser sehr von sich eingenommene Mann, als würde er aus dem Drehbuch eines billigen Streifens vorlesen. Wer redet heute noch so?

»Schicken Sie mir 'ne E-Mail«, sage ich. Dann drücke ich den Alarmknopf, und sofort heult das Auto los. Strobel schüttelt den Kopf und tritt beiseite. Überall auf dem Parkplatz drehen sich Köpfe zu uns um. Ich drücke denselben Knopf erneut, und das Auto verstummt. Strobel sieht zu, wie ich meine Aktentasche auf den Rücksitz werfe und hinter das Steuer klettere. Ich rolle mein Fenster runter, setze ebenfalls meine Sonnenbrille auf und schaue zu ihm hoch.

»Was haben Sie?«, frage ich.

Er lehnt sich vor und senkt die Stimme. Wieder so eine filmreife Geste. »Versicherungsdaten«, sagt er, wobei mir der abgestandene Geruch von seinem Mittagessen entgegenschlägt. »Die könnten Ihnen vielleicht dabei helfen, ein wenig Druck auf unseren Freund Harlan Fowler auszuüben. Auf einer persönlichen Ebene.«

Der Bezirksstaatsanwalt! Ich denke kurz darüber nach. Im Geiste sehe ich den Ausdruck von Fowlers Gesicht vor ein paar Stunden, als Mitchell die vernichtenden Chatnachrichten enthüllte. Fowler sah schockiert aus, meine eigene Überraschung und Empörung hatten sich in seinem Gesicht widergespiegelt. Und als Overstreet das Urteil gegen uns fällte, bemerkte ich, wie Fowler auf seinem Platz etwas in sich zusammenzusacken schien, als hätte sein Körper gerade etwas von seiner Lebenskraft eingebüßt.

Zu dem Zeitpunkt hatte ich die Reaktion seiner emotionalen Bindung zu diesem Fall zugeschrieben. Wer könnte es ihm verübeln? Einen Freund zu verlieren und dann die Aussage über die unbarmherzigen Instant-Messanger-Nachrichten der Stieftochter des Freundes hören zu müssen.

Doch jetzt deutet Strobel an, dass noch mehr dahintersteckt. Mein Instinkt - nennen wir es meinetwegen auch weibliche Intuition - sagt mir, dass Strobel recht hat.

»Steigen Sie ein.«

Strobel wirft mir ein herablassendes Lächeln zu und geht langsam zur Beifahrerseite. »Ich bin froh, dass wir dieses Mal auf derselben Seite stehen«, sagt er, während er sich auf dem Beifahrersitz niederlässt.

22

Als Strobel eingestiegen ist, werfe ich mir ein Pfefferminzbonbon in den Mund und biete ihm ebenfalls eins an, was er ablehnt. *Mist.* Einige Minuten lang sagt keiner von uns ein Wort. Ich fahre durch den Verkehr die North Landing Road hinunter, wobei der Ärger über die Anhörung noch immer in mir brodelt, und warte ungeduldig darauf, dass Strobel mir endlich sein großartiges Stück vertraulicher Informationen verrät. Ich spüre, dass er hofft, ich würde vorschlagen, irgendwo einen Kaffee trinken zu gehen. *Keine Chance.*

»Also?«, frage ich, als mir schmerzlich bewusst wird, dass er keinesfalls vorhat, als Erster das Wort zu ergreifen.

»Dachte schon, Sie würden nie fragen.« Er zieht einen dicken DIN-A4-Umschlag aus der Tasche seines Anzugs. »Was hat Trish Bannister Ihnen über die Versicherungspolicen erzählt?«

»Nichts.«

Das lässt er sich einen Moment durch den Kopf gehen. »Das überrascht mich nicht.« Dann deponiert er den Umschlag mit einer dramatischen Geste in meinem Handschuhfach. »In diesem Umschlag befinden sich Kopien der Übersichtsblätter aller Policen. Schauen Sie sich die mal an, nachdem Sie mich rausgelassen haben.«

»Okay.« Er findet an diesem ganzen Geheimagentenkram offensichtlich sehr viel mehr Gefallen als ich. Ich biege auf einen Parkplatz ab, wende und fahre die North Landing Road in die Richtung zurück, aus der ich gerade gekommen bin. »Da wir ungefähr fünf Minuten brauchen, bis wir an Ihrem Wagen sind und ich Sie rauslassen kann, können Sie mich genauso gut jetzt direkt ins Bild setzen.«

Strobel gluckst. »Ihre angriffslustige Art hat mir schon immer zugesagt, Connors. Deswegen bin ich froh, dass wir dieses Mal auf derselben Seite stehen.«

»Bisher haben Sie mich noch nicht überzeugt, dass dem so ist.«

»Na schön«, sagt Strobel und lehnt sich in seinen Sitz zurück. »Dann lassen Sie uns diese Frage direkt klären. Auf James Bannisters Namen liefen zwei Lebensversicherungen mit sehr hohen Deckungssummen – beide wurden bei meinem Mandanten, Benefit Financial, abgeschlossen. Die eine war eine Risikolebensversicherung, die er mit seinem eigenen Geld bezahlt hat; die zweite eine Schlüsselkraftversicherung, die seine Firma bezahlt hat.«

»Von welchen Summen reden wir?«, unterbreche ich ihn.

»Seine private Lebensversicherung betrug zwei Millionen Dollar. Die Schlüsselkraftversicherung lief auf fünf Millionen, mit einer Doppelversicherungsklausel bei Tod durch Unfall oder Mord.«

»Wow!«

»Genau das habe ich auch gedacht«, meint Strobel. »Und an dieser Stelle wird es interessant. Die Schlüsselkraftversicherung wurde vor etwa sechs Monaten abgeschlossen, direkt nach der ersten Entlassungswelle bei TalkNet, Bannisters Firma. Natürlich geht die Versicherungsleistung in vollem Umfang an das Unternehmen. Diese Art von Versicherung ist gar nicht so unüblich; sie hilft Unternehmen die Auswirkungen im Todesfall von wichtigen Führungskräften aufzufangen. Doch die hohe Deckungssumme der Police, die Tatsache, dass sie abgeschlossen wurde, als das Unternehmen wirtschaftliche Probleme hatte, und der Abschluss so kurz vor Bannisters

Tod ... haben meinen Mandanten natürlich ein wenig misstrauisch gemacht.«

Strobel atmet tief durch. Er genießt es, seine Geschichte langsam zu entfalten und mich auf die Folter zu spannen. »Die private Versicherung hingegen wurde schon vor langer Zeit abgeschlossen - vor etwa zehn Jahren. James Bannister ist der Versicherungsnehmer. Eine Hälfte der Versicherungsleistung würde an Mrs Bannister gehen, die andere auf Treuhandkonten für die Kinder eingezahlt werden, die Mrs Bannister treuhänderisch verwalten würde. Sollten James Bannister und seine Frau zeitgleich versterben, würde die Versicherungsleistung direkt an das Treuhandkonto gehen, für das Harlan Fowler als Treuhänder eingesetzt wurde. Auch an diesem Arrangement ist nichts ungewöhnlich.«

»Aber offensichtlich gibt es einen Haken«, erwidere ich. Fowlers Verwicklung in die Geschichte hat mein Interesse geweckt.

»Offensichtlich.« Wieder macht er eine dieser ärgerlich langen Pausen. »Der erste Haken besteht in den Bedingungen des ursprünglichen Treuhandfonds. Gemäß seiner Bestimmungen würde Jamie doppelt so viel erhalten wie Tara.«

Auch wenn mich das nicht sonderlich erstaunt, weckt es mein Mitleid für Tara. Ich frage mich, ob sie davon wusste. »Er zieht den leiblichen Sohn der Stieftochter vor«, sage ich. »Nicht gerade überraschend.«

»Zweitens«, fährt er fort, »hat Bannister die Begünstigten vor etwa drei Monaten geändert. Die Grundbedingungen ließ er bestehen, eine Hälfte für den Hauptbegünstigten, die andere für den Treuhandfonds. Doch laut der Änderung, die Bannister vornahm, war der Hauptbegünstigte und Treuhänder nicht länger seine Frau, sondern ... sind Sie bereit?«

Ich bin gerade wieder auf den Parkplatz des Gerichtsgebäudes gefahren und kurve langsam auf Strobels Wagen zu. »Fowler«, sage ich, in der Hoffnung, damit richtig zu liegen.

»Sehen Sie«, meint Strobel. »Das ist der Grund, warum ich bei diesem Fall auf Ihrer Seite sein will. Sie sind immer einen Schritt voraus.«

Ich parke den Wagen direkt neben Strobels. »Er hat Trish komplett enterbt?«

»Ja. Ist Ihnen irgendein Grund bekannt, warum er vor etwa drei Monaten die Begünstigten geändert hat?« Strobel wendet sich mir zu und schaut mich an, als er die Frage stellt.

Ich schüttle den Kopf, nein, und erwidere den Blick. Meine Gedanken überschlagen sich, während ich versuche, aus der Sache schlau zu werden. Fowler ist einer der Begünstigten. Das ist interessant, hat aber weder Auswirkungen auf meinen Fall noch auf die Zahlungspflicht von Benefit Financial.

»Hat Fowler sich das Geld bereits auszahlen lassen?«, frage ich.

»Er hat seinen Anspruch noch nicht offiziell geltend gemacht. Die Versicherungsgesellschaft erfuhr erst durch einen Anruf ihres örtlichen Vertreters davon, der damals die Police ausgestellt hat. Und wir haben absolut nicht die Absicht, Fowler oder irgendjemand anderen auszuzahlen, bevor wir nicht unsere Ermittlungen abgeschlossen haben.«

»Die worauf abzielen?«

Anscheinend ist das die Frage, auf die Strobel gewartet hat. Er greift nach dem Türgriff und öffnet die Tür. Bevor er aus dem Wagen steigt, wendet er sich in einer weiteren melodramatischen Bewegung zu mir um. »Versuchen Sie alles über diese Versicherungspolicen und Fowlers Beziehung zu der Familie herauszufinden«, befiehlt Strobel, als wäre ich gerade zu seinem persönlichen Rechtsgehilfen geworden.

»Warum sollte ich?«, frage ich empört. »Das ist Ihre Aufgabe. Ich habe einen Mordfall zu verhandeln.«

Strobel zuckt mit den Schultern und steigt aus. »Wie Sie wollen.« Mit einer Hand an der Tür senkt er die Stimme, obwohl sich niemand auch nur in zehn Metern Umkreis von meinem Wagen befindet. »Würden Sie Ihre Meinung ändern, wenn ich einen geheimen Zeugen hätte, der aussagen könnte, dass Trish Bannister und Harlan Fowler eine Affäre hatten?«

Was?

Er schlägt die Tür zu und springt schneller in seinen Wagen, als ich mein Seitenfenster herunterkurbeln kann, um ihm hinterherzurufen. Während ich zusehe, wie er davonfährt, wird mir bei dem Gedanken an die Auswirkungen von dem, was ich gerade erfahren habe, ganz schwindelig. Ehebruch, selbst wenn er tatsächlich stattgefunden hat, bietet Benefit Financial keine Grundlage, die Zahlung der Versicherungssumme zu verweigern. Der einzige Grund, eine Auszahlung zu verweigern, ist einer, der dramatische Auswirkungen auf meinen Fall hätte. Sollte Strobel damit tatsächlich etwas in diese Richtung andeuten wollen?

Das gehört zu den ersten Regeln, die man im Versicherungsrecht lernt:

Eine Person kann nicht von einer Lebensversicherung profitieren, wenn sie den Tod des Versicherten direkt oder indirekt herbeigeführt hat.

Der Bezirksstaatsanwalt? Allein schon bei dem Gedanken bekomme ich Kopfschmerzen.

23

Als Brad um 17 Uhr in die Kanzlei zurückkehrt, bekommt er etwa fünf Minuten von meiner Du-hättest-wirklich-da-sein-sollen-Rede zu hören. Ich bin emotional am Ende und brenne darauf, mich zu streiten.

Aber dafür ist Brad zu schlau. Er liefert die perfekten Antworten ab, sanft und liebevoll vorgetragen: »Es tut mir leid«, »Ich habe wirklich versucht, aus dieser Anhörung zu kommen«, »Was hätte ich deiner Meinung nach tun sollen?«

Nach einer Weile gebe ich auf, überzeugt davon, niemals wieder eine Diskussion mit diesem Kerl zu gewinnen, wenn wir erst mal verheiratet sind. Ich kapituliere vollends, gestatte ihm, mich in den Arm zu nehmen und mir zu sagen, wie großartig ich gewesen sein muss. Ich erzähle ihm von dem einen lichten Moment, als ich auf Gonzales losgegangen bin. Wir lachen darüber und beklagen dann die Dummheit unserer Mandantin und ihrer Chatnachrichten. Wir sind in meiner kleinen Kabine von einem Büro, und Brad sitzt mit vor sich ausgestreckten Beinen auf dem einzigen Stuhl, den ich für Mandanten bereitstehen habe. Er hat sein Jackett auf meinen Schreibtisch geworfen, und ich laufe auf dem kleinen Stück Teppich zwischen meinem Schreibtisch und der Seitenwand auf und ab. Bevor ich Brad traf, bin ich nie so rumgetigert.

Ich erzähle ihm von Strobel. Er hört zu, ohne mich zu unterbrechen. Dann reiche ich ihm die Übersichtsblätter der Versicherungspolicen und schaue zu, wie er sie liest. Skeptisch runzelt er die Stirn, dann legt er die Policen zurück auf meinen Tisch.

»Ein geheimer Informant«, sagt er in sarkastischem Tonfall.

Ich nicke.

»Ich möchte dir eine Frage stellen. Fowler ist doch ein einigermaßen intelligenter Mann, nicht wahr?«

Ich werfe ihm einen Wer's-glaubt-wird-selig-Blick zu.

»Ach, komm, du weißt, was ich meine«, sagt er.

»Okay. *Einigermaßen* intelligent.«

»Und sein Motiv für den Mord würde wie lauten?«

Diese Frage beschäftigt mich schon den ganzen Nachmittag, ohne bisher eine Antwort darauf finden zu können.

»Ich weiß es nicht. Vielleicht hatte er es satt, dass James Bannister Trish andauernd verprügelt. Vielleicht hatte er Angst, Bannister könnte von der Affäre erfahren. Vielleicht wollte er auch nur etwas Geld für sich und Trish.«

»Halt, das reicht schon«, meint Brad. »Such dir irgendetwas davon aus. Also, warum sollte ein einigermaßen intelligenter Mann sich als Begünstigter von James Bannisters Lebensversicherung eintragen lassen, wenn er vorhat, Bannister umzubringen? Das ist so, als würde er sich mit Neonleuchtzeichen ›Verdächtiger‹ auf die Brust schreiben oder in Rot ›schuldig‹ auf die Stirn tätowieren. Warum lässt er nicht einfach Trish weiter die Begünstigte sein; dann könnte er sich das Geld mit ihr teilen, ohne jemals in Verdacht zu geraten.«

»Vielleicht wusste er nicht, dass er der Begünstigte war.«

Brad schaut mich an, als hätte ich den Verstand verloren. »Du willst mir erzählen, dass Bannister einfach seinen guten Freund Harlan Fowler zum Begünstigten von fünfzig Prozent einer zwei Millionen Dollar Lebensversicherung macht, ohne ihm jemals etwas davon zu sagen?«

»Woher soll ich das wissen? Ich meine, wenn Bannister wütend auf seine Frau ist, weil sie eine Affäre hat, warum hat er das Geld dann nicht einfach seinen Kindern hinterlassen? Warum sollte er Fowler überhaupt als Begünstigten einsetzen?«

Brad streckt seinen Rücken und fährt sich mit den Fingern durchs Haar. »Ich dachte, ich stelle hier die Fragen. Und dabei habe ich die offensichtlichsten noch nicht mal gestellt.«

»Ich warte.«

»Wenn Fowler unser Killer ist, warum hat deine Mandantin dann ein Geständnis abgelegt?«

»*Unsere* Mandantin«, rufe ich ihm in Erinnerung.

»Okay, *unsere* Mandantin«, sagt er. »Die, mit den Schmauchspuren auf ihrer Schusshand.«

* * *

Drei Stunden später sitze ich im Wohnzimmer der Bannisters und versuche die Antworten auf einige von Brads Fragen zu finden. Auf dem Weg hierher habe ich beschlossen, Trish nicht in Anwesenheit von Tara mit der Affäre zu konfrontieren. Trish hat genug Probleme in ihrer Beziehung zu bewältigen, auch ohne dass ihre Tochter glaubt, sie würde mit Fowler schlafen.

Ich sitze auf dem Sofa neben Trish und rede mit ihr von Angesicht zu Angesicht, während Jamie im Hinterzimmer gegen die Dämonen in seinem Videospiel kämpft. Es ist nicht zu fassen, aber Trish hat Tara mit ein paar Freunden ausgehen lassen, was einen klaren Verstoß gegen die Kautionsauflagen darstellt. Vielleicht hofft sie, Tara würde es auf diese Weise gelingen, für eine Weile den schrecklichen Tag im Gericht zu vergessen. Ich frage mich, ob Wiccarules auch mit dabei ist. Ich spüre, dass Trish einfach nicht die Kraft hatte, Tara zu Hause zu halten.

Trish sieht ausgemergelt und zerbrechlich aus. In ihren leeren Augen ist nur das Gefühl von Niederlage zu erkennen. Sie hat die Angewohnheit, zu Boden zu sehen, wenn sie spricht. Allein sie anzusehen, ruft noch mehr Hass auf James Bannister in mir hervor. Wie war sie wohl, bevor er anfing, sie zu erniedrigen? War da mehr Leben in ihr? Mehr Selbstbewusstsein? Mehr Leidenschaft?

Ich bringe meinen Bericht über meine Unterhaltung mit Strobel zu Ende. Sie hört sich alles an und nippt dabei an ihrem Kaffee. Als ich zu dem Teil mit der angeblichen Affäre komme, verschluckt sie sich fast. Mit zitternder Hand stellt sie die Tasse ab.

»Ist es wahr?«, frage ich sanft. »Haben Sie ein Verhältnis mit Fowler?«

Einen Moment lang sitzt Trish nur sprachlos da. Sie setzt an, etwas zu sagen, dann zögert sie. Ihr Gesicht ist kalkweiß geworden. Als sie schließlich spricht, tut sie es mit einem Ausmaß an Überzeugung, das ich zum ersten Mal bei ihr wahrnehme. Ihre Augen sind noch immer zu Boden gerichtet, doch dieses Mal schwingt der Anflug eines stählernen Untertons in ihrer Stimme mit.

»Absolut nicht«, antwortet sie. »Ich war James jeden einzelnen Tag unserer Ehe treu«, ihre Unterlippe zittert, und ich stelle fest, dass ich ihr glaube. »Allein der Gedanke ...« Ihre Stimme bricht ab, und sie schweigt. »Absolut nicht«, sagt sie erneut.

In den folgenden Minuten befrage ich Trish zu dem Anruf, den die Bannisters am Abend von James' Tod erhielten. Trish behauptet, dass es solche Anrufe des Öfteren gab. Es fing vor sechs Monaten an und passierte meist, wenn James abends oder am Wochenende zu Hause war. Egal ob Trish oder James drangingen, der Anrufer legte einfach auf. Die Anruferkennung zeigte immer eine andere beliebige Nummer an, erklärt sie. Wenn sie die Nummer zurückriefen, ertönte immer nur eine Ansage, die sie darüber informierte, dass sie die Nummer eines Prepaid-Kartensystems gewählt hätten, unter der der Teilnehmer nicht zu erreichen sei. Selbst nachdem die Bannisters ihre Telefonnummer ändern ließen, hörten die Anrufe nicht auf.

Ich nahm mir vor, Bella die Verbindungsdaten der Bannisters bei deren Telefonanbieter gerichtlich anfordern zu lassen. Ich bin mir ziemlich sicher, dass die Telefongesellschaft über ein computergeneriertes Protokoll aller eingehenden Anrufe verfügt.

Dann komme ich auf das Problem der Versicherung zu sprechen. »Hat James eine Versicherung abgeschlossen, für die er Fowler als Begünstigten eintragen ließ?«

Sie nickt. Sie nimmt ihre Kaffeetasse hoch, um einen Schluck zu nehmen, dann stellt sie sie wieder hin, ohne davon getrunken zu haben.

»Warum haben Sie mir nichts davon gesagt?«

Tränen sammeln sich in ihren Augen. »Wahrscheinlich, weil es mir peinlich war. Und ich dachte nicht, dass es irgendwas mit unserem Fall zu tun hätte. Außerdem hat sich Harlan so bemüht, uns durch diese schwere Zeit zu helfen, indem er sich für uns bei der Kautionsverhandlung stark gemacht hat und das alles.«

Ich rutsche ein wenig näher an Trish heran und starre ihr direkt in die Augen. Sie sieht mich nicht an, was mich beunruhigt. »Trish«, sage ich sanft, aber streng, »wie können Sie glauben, das wäre für unseren Fall nicht relevant? Es liefert Harlan ein Mordmotiv.«

Sie reißt den Kopf ein wenig zurück, als wäre ihr das tatsächlich nie in den Sinn gekommen. »Wie sollte es das?«, fragt sie stockend. »Er wusste nicht einmal, dass er begünstigt war, bis ich eine Woche nach seinem Tod durch James' Sachen ging und die Police fand. Ich selbst habe Harlan angerufen.«

Trish ist so naiv. »Wollen Sie sagen, Harlan wusste nichts von alldem, als Sie ihn anriefen?«

»Ich glaube nicht. Er klang völlig überrascht und stellte eine Unmenge an Fragen.«

Ich gebe ein ungläubiges Schnauben von mir und muss an die Frage denken, die Brad mir zu diesem Thema gestellt hat. Ich konfrontiere sie damit: »Ihr Mann hinterlässt seinem besten Freund eine Million Dollar, ohne ihm jemals was davon zu erzählen?«

»Oh«, erwidert Trish und lässt die Anspannung mit einem tiefen Luftstoß aus ihrem Körper entweichen, als wäre damit gerade ein großes Rätsel geklärt worden. »James hat Harlan nicht eine Million Dollar hinterlassen. Er hat nur etwa einhunderttausend bekommen.«

Ich bin im Begriff nach meiner Aktentasche zu greifen, um die Übersichtsblätter der Versicherungsverträge hervorzuholen, als ich mich eines Besseren besinne. »Zeigen Sie mir doch bitte mal diese Policen«, sage ich zu Trish.

24

Ich brauche etwa zwanzig Minuten, um all die Unterlagen durchzusehen, die Trish hervorkramt. Strobel hat recht, was die Police angeht. Sie hat einen Nennwert von zwei Millionen Dollar. Eine Hälfte geht an Fowler als Privatperson. Die andere geht an Harlan Fowler in seiner Funktion als Treuhänder für Jamie und Tara. Von diesem Betrag gehen zwei Drittel an Jamies Treuhandfonds und das letzte Drittel an Taras. Gemäß geltendem Versicherungsrecht muss Benefit Financial Taras Anteil nicht auszahlen, sollte sie für den Mord an ihrem Stiefvater verurteilt werden oder sich schuldig bekennen. Als Treuhänder hat Fowler ein Anrecht auf ein jährliches Honorar von 2,5 Prozent des Treuhandvermögens oder etwa fünfundzwanzigtausend Dollar pro Jahr.

Doch anscheinend weiß Strobel nichts von einem weiteren Dokument, das sich in der Akte von Bannisters Lebensversicherung befindet. Es ist ein Brief an Harlan Fowler, der laut Trish in einem zugeklebten Umschlag steckte und mit der Aufschrift »Im Falle meines Todes zustellen« versehen war. Trish sagt, dass ihre Neugier die Oberhand gewann – sie öffnete den Umschlag selbst, dann las und kopierte sie den Brief. Das Original übergab sie Harlan in einem anderen Umschlag, den sie zuklebte und mit derselben Aufschrift versah.

Ich überfliege den zweiseitigen Brief. Darin bedankt sich James zunächst bei Harlan dafür, dass er ein so guter Freund ist. Dann erklärt er, dass er ihn bitten möchte, sich um seinen Nachlass zu kümmern, weil er Trish, die er verdächtigt, eine Affäre zu haben, nicht mehr vertraut. Als ich diese Anschuldigungen lese, schaue ich zu Trish hoch und stelle fest, dass man ihr ansehen kann, wie sehr sie diese Worte verletzen. Es lässt sich unschwer erkennen, warum sie versucht hat, diese Sache unter Verschluss zu halten. Und mir erscheint es kaum vorstellbar, dass diese Dame ein Verhältnis mit überhaupt irgendwem hat. Ich nehme mir vor, Strobel zu drängen, mir den Namen dieses angeblichen Zeugen zu verraten, und lese weiter. In dem Brief erteilt James Harlan sehr genaue Anweisungen, wie er mit der Million Dollar, die er ihm hinterlässt, zu verfahren hat.

> Ich möchte, dass dieses Geld meiner Familie zugutekommt, Dir, meinem Freund, sowie einigen wohltätigen Organisationen. Was meine Familie betrifft, habe ich, obwohl ich vermute, dass meine Frau mich betrogen hat, nie aufgehört, sie zu lieben, und fühle mich immer noch verpflichtet, für ihren Unterhalt zu sorgen.

Ich muss an Trish Bannisters zugeschwollenes Gesicht auf dem Polizeivideo denken, und der Zorn flammt in mir auf.

> Darum bitte ich Dich, einen erheblichen Teil dieser Summe, nicht weniger als dreihunderttausend Dollar (300 000 $), zu nehmen und damit einen Treuhandfonds für Trish einzurichten, den Du verwalten sollst und der für ihre Lebenshaltungskosten genutzt werden soll. Ich vertraue darauf, dass Du ihr damit kein verschwenderisches Leben ermöglichst oder sie das Geld für unnütze Dinge ausgeben lässt, sondern sicherstellst, dass ihr Lebensunterhalt durch diesen Fonds abgedeckt ist. Wahrscheinlich wird sie sich einen Job suchen müssen, um das Geld aufzustocken, und das ist auch gut so.

James Bannister war ein solcher Kontroll-Freak, dass er versucht, ein unfassbares Maß von dem auszuüben, was Anwälte als »Tote-Hand-Kontrolle«

bezeichnen - selbst noch aus dem Grab heraus versucht er, Trish zu gängeln.

Der Brief geht noch weiter:

Ich möchte außerdem, dass Du einen Treuhandfonds für die Kinder einrichtest, der getrennt von dem anderen Millionen-Dollar-Treuhandfonds verwaltet wird. Der andere Fonds soll die üblichen Ausgaben der Kinder abdecken - Ausbildung, ärztliche Versorgung, Unterkunft, etc. Diesen hier sollst Du jedoch für die zusätzlichen Kosten der Kinder nutzen, die ein Vater normalerweise übernehmen würde - ein Zuschuss zum Auto, Geschenke zum Schulabschluss, die Kosten von Hochzeiten, eine Anzahlung auf ein Haus - Dinge dieser Art. Zahle nicht weniger als zweihunderttausend Dollar (200 000 $) auf ein Treuhandkonto für Jamie und einhunderttausend Dollar (100 000 $) auf ein Treuhandkonto für Tara ein.

Damit sollten etwa vierhunderttausend Dollar übrig bleiben. Ich möchte, dass Du wenigstens einhunderttausend Dollar davon selbst behältst. Du warst ein wahrer Freund, und ich bitte Dich, viel für mich zu tun, selbst nach meinem Tod noch. Die anderen dreihunderttausend Dollar (300 000 $) sollen für zwei Zwecke genutzt werden: um wohltätige Organisationen zu unterstützen und dabei zu helfen, lokale Ämter mit würdigen Vertretern der Republikanischen Partei zu besetzen. Anbei findest Du eine Liste der von mir bevorzugten Wohltätigkeitsorganisationen. Du hingegen weißt besser als jeder andere, welche politischen Kandidaten eine Wahlkampfspende verdient haben. Diese Entscheidung überlasse ich ganz Dir.

Ich blicke auf James' Unterschrift und dann hoch in Trishs ausdrucksloses Gesicht. Ich frage mich, wie viel schlechte Nachrichten diese Frau noch ertragen kann. Doch bevor ich sie überbringen kann, bemerke ich, dass Jamie in der Tür steht.

Er trägt dieselben tief hängenden Shorts, die er neulich abends anhatte und die so viel von seinen Boxershorts zeigen. Er wirft sich die Haare aus den Augen und lässt sich auf der anderen Seite seiner Mutter auf die Couch fallen. Ich behalte ihn im Auge, da ich ungern eine Wiederholung der unschönen Ereignisse von neulich erleben möchte. Da Trish genau zwischen uns sitzt, gehe ich davon aus, dass ich mich außerhalb seiner Spuck-Schusslinie befinde.

»Gehst du ins Bett?«, fragt Trish.

Er nickt und umarmt sie. Sie hält ihn eine Sekunde länger umschlungen, als ich es erwartet hätte, und sofort habe ich wegen meiner Abneigung dem Kind gegenüber ein schlechtes Gewissen. Heute Abend ist Jamie nichts anderes als ein pummeliger vorpubertärer Junge. Wie alle Kinder braucht er die Umarmung seiner Mutter.

Sehr zu meinem Leidwesen kuschelt er sich an seine Mutter, als habe er vor, ein wenig zu bleiben und zuzuhören.

Trish legt einen Arm um ihn. »Bist du mit den Hausaufgaben fertig?«

»Die habe ich gemacht, während *American Idol* lief.«

Die sind bestimmt prima geworden.

»Super«, sagt Trish. »Ich sag dir was. Du machst dich jetzt bettfertig, und Ms Connors und ich bereden noch schnell ein paar Dinge. Dann komme ich hoch und bring dich ins Bett.«

Ich verspanne mich, da ich nicht weiß, ob dieser Kommentar einen Wutausbruch hervorrufen wird. »Das können Sie ruhig jetzt machen –«, setze ich an, darum bemüht, den Frieden zu wahren.

»Okay«, fällt Jamie mir ins Wort. Er hüpft von der Couch und geht mit einem weiteren Ruck seines Kopfes auf die Tür zu.

»Gute Nacht, Jamie«, sage ich.

»Gute Nacht«, antwortet er, ohne sich umzusehen.

Trish und ich beobachten gemeinsam, wie er die Treppe hochgeht.

»Es tut mir wirklich schrecklich leid, was neulich abends passiert ist –«, fängt sie an.

Ich schneide ihr mit einer abwinkenden Bewegung meiner Hand das Wort ab. »Vergessen Sie's. Ich weiß, dass das wohl einfach dazugehört, wenn man Kinder hat.«

Sie lächelt, als wolle sie »Das kann man nie vorher wissen« sagen. Dann blickt sie wieder zu den Dokumenten, die vor uns ausgebreitet liegen.

»Haben Sie die Versicherungsleistung bereits in Anspruch genommen?«, frage ich.

»Nein. Harlan sagte, dass wir dafür sechzig Tage Zeit haben und am besten so lange wie möglich damit warten sollten. Er meinte, dass das alles sei, was er mir zu diesem Zeitpunkt sagen dürfe, angesichts seiner Position als Bezirksstaatsanwalt. Ich denke, er meinte wohl, dass die Lebensversicherung als Beweismittel gegen Tara eingesetzt werden könnte, wenn man davon erführe, da sie nur halb so viel wie Jamie erhält.«

»Weiß Tara davon?«

»Ich glaube nicht«, sagt Trish. »Ich habe ihr nichts davon erzählt.«

Ich versuche aus der ganzen Sache schlau zu werden, aber nichts davon ergibt einen Sinn. Ich beginne zu glauben, dass Strobel sich an einen Strohhalm klammert, in der Hoffnung, seinen Mandanten davor bewahren zu können, das zu zahlen, was sie schuldig sind. Doch einer Sache bin ich mir gewiss.

»Dieser Brief ist nicht mal das Papier wert, auf dem er gedruckt wurde«, sage ich zu Trish, während ich James' Anweisungen an Fowler zu dem Treuhandfonds in die Höhe halte. Sie schaut mich mit großen Augen an, was meinen Verdacht bestätigt, dass Fowler versäumt hat, ihr das zu sagen. »Es handelt sich hier um ein Dokument, das Anwälte als testamentarische Bitte bezeichnen. Und kein Gericht wird es für rechtsgültig erklären.«

Jetzt sieht sie verwirrt aus.

»Wenn Sie Leuten sagen wollen, was sie mit Ihrem Geld oder Besitz machen sollen, nachdem Sie verstorben sind, müssen Sie ein offizielles Testament aufsetzen lassen oder ein komplett handschriftlich verfasstes Dokument hinterlassen, ein sogenanntes eigenhändiges Testament. Ihr Mann tat keins von beidem. Solch unverbindliche Sprache in einem Brief, der lediglich suggeriert – wir nennen das ›bittend formuliert‹ –, wie das eigene Geld nach dem Tod verwaltet werden soll, hat keine Rechtsverbindlichkeit. Fowler kann den Anweisungen Folge leisten oder sie ignorieren. Das liegt ganz bei ihm.«

Ein Ausdruck völliger Erschöpfung flutet Trishs Gesicht. »Also hat James mir eigentlich keinen einzigen Cent von der Versicherungsleistung hinterlassen?«

»Tut mir leid, Trish. Es liegt ganz bei Fowler, ob er sich an die Anweisungen hält oder nicht. Aber es müssen sich noch andere Vermögenswerte im Besitz Ihres Mannes befinden. Die würden alle von Rechts wegen an Sie als den hinterbliebenen Ehegatten gehen ...«

»Das ist alles wertlos«, murmelt sie. »Dieses Haus, jedes Auto, das wir besitzen, seine Firmenanteile – das alles dient als Sicherheit für die Schulden der Firma, deren Zahlung bereits überfällig ist, und so ist es nur eine

Frage der Zeit, bis die Banken alles pfänden. James hat TalkNet gegründet. Um das Unternehmen auf die Beine zu stellen, mussten wir Kredite mit unserem Privatvermögen absichern. Je größer das Unternehmen wurde, umso größer wurden auch die Kredite. James und ich haben weiterhin gemeinsam für alles gebürgt.« Die Tränen, die ich vorhin gesehen habe, glitzern nun wieder in ihren Augen.

»Diese Police«, erklärt sie, »ist alles, was ich habe.« Der hohle Ausdruck in ihren Augen, der kurzzeitig verschwunden war, als Jamie das Zimmer betrat, ist jetzt wieder da. Es ist, als würde sie in einen tiefen Abgrund des Schmerzes blicken, der umso schlimmer wird, je mehr sie versucht, sich ihm zu entziehen.

»Ich dachte, wenn er stirbt, könnte er mir nicht mehr wehtun.« Sie schnieft, und ich kann das Elend in ihrer gedämpften Stimme hören. »Ich schätze, da habe ich mich geirrt.«

25

Fertig. Ich bin vollkommen fix und fertig, dennoch zwinge ich meine Beine durch reine Willenskraft weiterzulaufen, einen Schritt nach dem anderen. Meine Muskeln fangen an zu verkrampfen, und meine Lungen schreien um Gnade.

Aber *ich werde nicht* stehen bleiben! Mir kommt es vor, als ginge es um mein Leben. Um als normal eingestuft zu werden, um einen ausgezeichneten Gesundheitszustand attestiert zu bekommen, um an all meinen Träumen und Hoffnungen festhalten zu können, *muss ich weiterlaufen*. Noch einen Schritt mehr. Noch zehn Sekunden länger. Noch eine Minute. Dann noch eine.

Es ist Mittwochmorgen, und ich befinde mich im Norfolk Medical Center, trabe auf einem Laufband, das mit leichter Steigung eingestellt ist, mit Kontrastmittel in den Adern und Elektroden an diversen Stellen meines Oberkörpers. Sie nennen es eine Myokardszintigrafie. Ich komme mir wie ein Laborexperiment vor - *Dr. Frankenstein, nett, Sie kennenzulernen.* Dr. Mason Reddick, ein dünner Mann mit Halbmondlesebrille und dem Ansatz einer Glatze, steht hinter meiner Schulter und macht sich Notizen auf seinem Klemmbrett. Ein Arzthelfer liest die Werte auf den Geräten ab, die meine Herzfunktion überprüfen, während das Laufband immer weitersurrt und meine Füße einen steten Rhythmus stampfen. Der Raum riecht nach einer seltsamen Mischung aus Desinfektionsmittel und Schweiß.

»Wie fühlen Sie sich?«, fragt Dr. Reddick.

»Hervorragend«, japse ich.

»Spüren Sie irgendwelche Brustschmerzen, Taubheit oder Kribbeln?«

»Nein«, bringe ich mit Mühe zustande. Ich versuche das Wort ganz normal auszusprechen, doch es kommt als ein Grunzen hervor.

»Auf einer Skala von eins bis zehn, wie erschöpft sind Sie?«

Eine Zwölf. »Etwa eine Sieben«, schnaufe ich.

»Gut.«

So geht es noch zwei Minuten weiter. Meine Beine bringen mich um. Mir wird langsam schwindelig, und Dr. Reddick stellt mir immer wieder dieselben stupiden Fragen. Nach neuneinhalb Minuten würde ich dem Tod freudig entgegentreten, und dennoch surrt das Band einfach weiter. Mein Ziel, basierend auf meinem Alter und der mäßigen Bewegung, die ich täglich bekomme, liegt bei dreizehn Minuten. Schließlich wird mir klar, dass ich nicht einen einzigen weiteren Schritt dieser Tortur ertragen kann.

»Eine Zehn!«, räume ich nach einer Gesamtzeit von neun Minuten und fünfundvierzig Sekunden ein. »Ich bin bei einer Zehn.«

»Laufen Sie weiter, solange Sie können«, sagt der Arzt ruhig.

Vielleicht hat er mich nicht gehört. »Ich bin bei einer Zehn!«, schreie ich, nach Atem ringend. Rund um mein Sichtfeld beginnt sich ein schwarzer Rahmen zu bilden. Dieses Leere-Batterie-Gefühl stellt sich wieder ein. Das Gesicht des Arzthelfers hat einen besorgten Ausdruck angenommen, und der Kasten, der nun mein Sichtfeld darstellt, schrumpft immer weiter in sich zusammen, während sich die Dunkelheit an den Rändern ausbreitet.

Ohne weitere Vorwarnung steige ich von dem Laufband. Meine Gliedmaßen zittern, der Raum dreht sich, und der Boden schwankt unter meinen Füßen. Ich stolpere vorwärts und greife nach den Handgriffen des Laufbands. Ich spüre, wie mich Reddick von hinten auffängt, als ich zusammenbreche, die Elektroden noch immer auf der Haut.

Mithilfe des Arzthelfers legt Reddick mich auf dem Boden ab; ich starre in ihre Augen hoch. Ich versuche jedes Sauerstoffmolekül im Raum einzusaugen, doch es fühlt sich an, als seien meine Lungen nicht imstande, einen tiefen Atemzug zu tun, als könnten sie sich nicht weiter ausdehnen als auf die Größe eines Baseballs. Die gute Nachricht ist, dass meine Sicht langsam zurückkehrt und der Raum aufgehört hat, sich zu drehen. Ich bringe den leichten Anflug eines beschämten Lächelns zustande, als ich Reddick ansehe.

»Ich würde sagen, das war eine Zehn«, meint er.

* * *

Unbegreiflich. Zwanzig Minuten später sitze ich auf einem Stuhl in Dr. Reddicks zugestelltem Büro und habe das Gefühl, die Wände würden immer näher rücken. Das ist unbegreiflich. Unmöglich, dass *mir* so etwas passiert. Gesunde dreißigjährige Frauen haben keine Herzprobleme. Da muss ein Fehler vorliegen, es muss irgendeine andere Erklärung geben.

Er hat mir bereits erzählt, dass der Test ein paar schlechte Neuigkeiten aufgedeckt hat. Nun teilt er mir die genauen Details mit. Er legt seine Lesebrille auf dem Schreibtisch ab und lehnt sich vor. »Sie leiden unter einer Störung, die sich hypertrophe Kardiomyopathie nennt, eine Herzkrankheit, auch bekannt als HCM«, erklärt Dr. Reddick mit ruhiger Stimme. Er sucht mein Gesicht nach einer Reaktion ab.

Ich starre nur ausdruckslos vor mich hin. Mein Verstand ist bei dem Wort *Herzkrankheit* hängen geblieben.

»HCM beeinträchtigt die Blutpumpfunktion des Herzens«, fährt er fort. »Daher rühren auch diese plötzlichen und extremen Schwächeanfälle, die Sie in letzter Zeit hatten. Sie haben das Gefühl, nicht richtig durchatmen zu können, weil Ihr Herz es nicht schafft, Ihren Körper ausreichend mit Sauerstoff zu versorgen. Ohne Behandlung kann so etwas tödlich sein.«

Die Unverblümtheit seiner Einschätzung verwirrt mich. Plötzlich habe ich das Gefühl zu schweben, losgelöst von meinen Emotionen, wobei die Gesetze der Schwerkraft und die Begrenzungen meines Körpers aufgehoben sind. Mein Verstand liebäugelt mit Verdrängung. Das kann doch nicht sein. *Kann nicht.* Es muss ein Fehler vorliegen. Ich brauche eine zweite Meinung. Dieser Gedanke und eine Million andere schießen mir durch den Kopf und wirbeln Panik in mir auf.

Reddicks Worte scheinen nun vom anderen Ende eines Tunnels zu mir vorzudringen, das Welten entfernt ist. Die Lesebrille sitzt wieder auf seiner

Nase, und er zeigt auf ein Diagramm, das vor mir auf dem Tisch liegt. »Eine HCM ist im Endeffekt eine Verdickung des Herzseptums, der Wand, die die linke von der rechten Herzkammer trennt.« Er hält inne und kreist etwas auf dem Papier vor mir ein. »Etwa 80 Prozent aller Menschen, die an einer HCM leiden, können ein ganz normales Leben führen. Bei den verbleibenden 20 Prozent wird der Blutfluss durch das Septum ernsthaft beeinträchtigt, was dazu führt, dass sich das Blut im Herzen staut. Das war es auch, was die Ohnmacht im Fitnessstudio ausgelöst hat, als Sie sich überanstrengt haben. Außerdem geht mit diesem Leiden ein stark erhöhtes Herzinfarktrisiko einher.«

Reddick schaut mich über den Rand seiner Brille an, und ich nicke. Ich spüre, wie sich meine Augen angesichts dieser Ungerechtigkeit mit Tränen füllen. Ich reiße mich nur mit äußerster Mühe zusammen. Aus einem unerklärlichen Grund habe ich das Gefühl, diese Nachrichten ohne mit der Wimper zu zucken hinnehmen zu müssen, die Rolle der Frau mit der großen inneren Stärke zu spielen.

»Die gute Nachricht ist, dass sich dieser Zustand durch eine Operation korrigieren lässt«, erklärt Reddick.

Das soll die gute Nachricht sein – eine Operation?

»Wir gehen ins Herz rein und entfernen das überschüssige Gewebe mit einem kleinen Skalpell. Wenn alles gut verläuft – und im Allgemeinen ist die Erfolgsrate bei diesem chirurgischen Eingriff recht hoch –, werden Sie innerhalb von zwei Monaten wieder Ihrem gewohnten Alltag nachgehen können.«

Ich bin erstaunt, wie leicht Dr. Reddick die Auswirkungen einer Operation am offenen Herzen abtut. Sie werden mein Brustbein durchsägen, meinen Brustkorb aufbrechen, mich an eine Herz-Lungen-Maschine anschließen, einen Teil meines Herzens wegschneiden und mich dann wie eine gestopfte Weihnachtsgans wieder zusammentackern. All das passiert einer Frau, die in wenigen Wochen heiraten will! Anstatt der makellosen Braut werde ich Brad also was bieten? Einen drohenden Herzinfarkt auf zwei Beinen oder eine Frau mit einer 18 Zentimeter langen Reißverschlussnarbe mitten auf der Brust.

»Sie werden etwas Zeit brauchen, um das alles erst einmal zu verarbeiten«, sagt der Doktor. Mir kommt in den Sinn, dass er diese Rede bestimmt zum hundertsten Mal hält. »Und dabei sollten Sie unbedingt wissen, dass

Sie nichts getan haben, um dieses Leiden hervorzurufen ... dass Sie nichts hätten tun können, um es zu verhindern.«

Ich schwebe in einem Zustand benommenen Bewusstseins, doch nun sammeln sich Tränen in meinen Augen. Die Schutzschicht der starken Frau ist abgeblättert, jetzt kommt die Angst des kleinen Mädchens zutage. Mein Kopf wird von einem Gedanken beherrscht: Das Leben ist so ungerecht. Ich blicke zu Boden und schniefe die Tränen zurück, so gut ich kann.

»Wir müssen einen Termin für die Operation ausmachen«, erklärt Reddick in demselben nüchternen Tonfall. »Und in der Zwischenzeit versuchen Sie, Stress oder anstrengende Aktivitäten zu vermeiden.« Er hält inne und scheint zu bemerken, dass die Planung der Operation im Moment nicht von Interesse für mich ist. Er reicht mir ein paar Taschentücher, die ich gerade sehr gut gebrauchen kann. »Ich weiß, dass das schwer ist, Leslie. Aber ich habe das schon viele Male gemacht. Die Erfolgsrate ist wirklich hoch.«

»Wie hoch?«, bringe ich zustande, nachdem ich meine Nase geschnäuzt habe.

Sein kurzes Zögern gefällt mir nicht. »Bei etwa 70 Prozent aller Patienten treten keine weiteren Komplikationen auf. Manchmal stellen wir während der Operation fest, dass mehr dahintersteckt als nur ein verdicktes Septum. Sie sind jung und gesund, daher gehe ich davon aus, dass wir bei Ihnen ein hervorragendes Resultat erzielen werden.«

Wenn mich das beruhigen soll, tut es das nicht. Siebzig Prozent?! Das bedeutet, 30 Prozent müssen noch mal unters Messer oder fallen irgendwann nach der OP aufgrund eines Herzinfarkts tot um. Wir reden hier gerade von meinem Leben!

»Ich weiß, dass das alles etwas viel auf einmal ist«, sagt Dr. Reddick zum zweiten Mal. Er streckt die Hand nach meinen benutzten Taschentüchern aus, und ich gebe sie ihm. Er wirft sie in den Abfalleimer hinter seinem Schreibtisch. Wie es scheint, ist er bereit, zum nächsten Patienten überzugehen. »Und wenn Sie noch irgendwelche Fragen haben, zögern Sie nicht, sie zu stellen. Sie können mich später anrufen, wenn Sie wollen.«

Er schenkt mir ein gezwungenes Lächeln, und auf einmal verspüre ich den Drang, dieser Praxis zu entkommen und das alles hinter mir zu lassen. Diese ganze Erfahrung hat mich so desorientiert, dass ich immer noch das Gefühl habe, außerhalb meines Körpers zu schweben. Fast erwarte ich, dass diese andere Leslie in dem Stuhl sitzen bleibt, wenn ich gleich aufstehe und gehe, und sich mit all den Problemen herumschlagen muss, die ich zurückgelassen habe.

»Haben sie noch Fragen, Leslie?«

Nur eine. Und bei der können Sie mir nicht weiterhelfen. Es ist die Frage, die niemand beantworten kann, und die einzige, die im Moment zählt.

Warum ich?

26

Ich weiß nicht, wie ich am Strand gelandet bin und nun durch den nassen Sand neben der Meeresbrandung herlaufe, die Wärme der Sonne auf meinem Rücken spüre und die Kälte des Wassers, wenn es an meinen Füßen hochschlägt. Ich muss wohl mit dem Auto hergefahren sein, an der Promenade geparkt haben und einfach losgelaufen sein. Es ist, als wäre ich von den Wellen angezogen worden, der beruhigenden Wirkung der rauen Naturgewalt.

Ich bin dank Dr. Reddicks Befund noch so durcheinander, dass ich das Gefühl habe, immer noch auf Autopilot geschaltet zu sein. Ich brauche einen Ort, an dem ich nachdenken kann. Ich brauche einen Ort, an dem ich allein sein kann.

Ich habe Brad nichts erzählt, was natürlich mein erster Gedanke war. Das Handy in die Hand zu nehmen und ihm mein Herz auszuschütten. Auch jetzt noch fühle ich mich zwischen dem Bedürfnis, allein zu sein, und dem starken Verlangen nach Brads tröstender Umarmung hin- und hergerissen. Aber ich zwinge mich, ihm nichts zu sagen, aus demselben Grund, warum ich ihm auch nichts von meinem Ohnmachtsanfall erzählt habe oder von meinem Termin bei Dr. Reddick.

Ich will nicht, dass Brad beschädigte Ware heiratet.

Ich hege keinen Zweifel, dass er bei mir bleiben würde. Genau das ist eigentlich auch das Problem. Ich habe das alles schon mit Bill durchgemacht. Ich weiß, wie es ist, den eigenen Ehepartner leiden zu sehen. Die Hilflosigkeit. Die Verzweiflung. Die zerstörten Träume von einer Bilderbuchehe. Wenn ich Brad wirklich liebe, würde ich ihm dann das alles zumuten? Ich denke an unsere Flitterwochen. Bestenfalls werde ich eine lange, hässliche Narbe mitten auf der Brust haben.

Warum ich? Diese Frage stelle ich mir immer und immer wieder. *Habe ich in diesem Leben nicht schon genug gelitten?*

Ich trage meine Sandalen in der Hand und fülle meine Lungen mit der salzigen Meeresluft. Hier und da tummeln sich am Strand ein paar erste Touristen, von der Sorte, die sich schon am letzten Schultag zum Meer aufmachen. Da sind Familien, Kinder auf Bodyboards, jugendliche Mädchen, die in der Sonne brutzeln, die Rettungsschwimmer, die in ihre Trillerpfeifen blasen und den Schwimmern Zeichen geben. Geistesabwesend beobachte ich die Leute, während ich weiterlaufe, und fühle mich selbst mitten unter ihnen vollkommen allein. Ich sehe einen übergewichtigen Vater, dem der Bauch über den Bund seiner Badehose hängt. Er watschelt beim Laufen, und ich denke: *Sein Herz ist in besserer Verfassung als meins.* Ich sehe eine grauhaarige Dame, die im Schatten eines Sonnenschirms und der breiten Krempe ihres Huts einen dicken Schmöker auf einer Strandliege liest. *Diese Frau hat wahrscheinlich eine höhere Lebenserwartung als ich.*

Das ist doch albern. Ich habe ein Herzleiden, kein Todesurteil. Mein Blick fällt auf ein Pärchen in meinem Alter. Der Mann reibt der Frau den Rücken mit Sonnenmilch ein, ihre bereits gebräunte Haut schimmert in der Sonne, außer an den Stellen, wo sie von einem winzigen weißen Bikini verdeckt wird. *Eine achtzehn Zentimeter lange Narbe. Den Rest meines Lebens nur noch Badeanzüge tragen.*

Wenn ich Glück habe. Wenn ich zu den 70 Prozent gehöre, bei denen es keine »weiteren Komplikationen« gibt.

Im Moment fühle ich mich nicht gerade vom Glück geküsst. Mir kommt es vor, als hätte sich mit einem Schlag alles verändert. Alles, was ich bisher als selbstverständlich betrachtet habe, steht jetzt infrage. Im Geist kann ich fast sehen, wie mein Herz gegen dieses übergroße Septum ankämpft. *Was, wenn ich hier an Ort und Stelle einen Herzinfarkt habe? Wer würde mir helfen? Würde ich überleben?*

HCM. Ich hasse diese Krankheit jetzt schon. Doch die Meeresluft bläst mir langsam den Kopf frei, und mir wird klar, dass ich dankbar sein sollte, dass sie behandelbar ist. Andererseits hat man das anfangs auch von Bills Krebsleiden behauptet.

Ein Tennisball schlägt neben mir im seichten Wasser auf, gefolgt von einem zotteligen Golden Retriever, der durch die Fluten pflügt, um ihn zu erreichen. Ich drehe mich nach links und erblicke einen jungen, gestählten Körper, der seinen Hund anlächelt.

»Tut mir leid«, ruft er.

Da wette ich drauf. Ich schenke ihm ein knappes, gezwungenes Lächeln und gehe weiter.

Die heutigen Emotionen rufen auch jene wieder wach, die ich vor langer Zeit am Tag von Bills erster Diagnose begraben hatte. Der Schmerz und die düsteren Vorahnungen vermischen sich, sodass man sie nicht mehr auseinanderhalten kann. Je länger ich weiterlaufe, umso entschlossener werde ich, Brad vor diesen Gefühlen zu beschützen. Dem eigenen Ehepartner beim Sterben zusehen zu müssen, hinterlässt tiefe Wunden in der Seele, die nie wieder heilen. Das ist schwer zu verstehen, wenn man es nicht selbst durchgemacht hat.

Aber das habe ich. Und mehr als alles andere, will ich Brad davor bewahren, so viel Schmerz zu erleiden und seine ungezügelte Lebenslust zu verlieren.

Je länger ich weiterlaufe, umso klarer wird mir, dass es die richtige Entscheidung war, ihm nichts zu sagen. Wenn man jemanden wirklich liebt, muss man bereit sein, ihn gehen zu lassen. Heißt es nicht so?

Ich denke daran, wie schmerzhaft es sein wird, Brad zu verlassen. Zum ersten Mal in meinem Leben beginne ich zu glauben, dass es wahrscheinlich besser gewesen wäre, wenn wir uns nie begegnet wären.

27

Nach dem Strand fahre ich nach Hause und betreibe eine Internetrecherche zu HCM. Ich rufe Brad an, um ihn wissen zu lassen, dass es mir nicht gut geht und ich morgen wahrscheinlich nicht in die Kanzlei kommen werde. Alle seine Angebote, zu mir zu kommen und sich um mich zu kümmern, schlage ich aus. Anscheinend muss ich dafür hundert diagnostische Fragen über mich ergehen lassen.

»Nein, ich glaube nicht, dass ich Fieber habe.«

»Ja, mein Magen bringt mich um.« Was sogar stimmt – die Besorgnis hinterlässt ihre Spuren.

»Nein, ich habe mich nicht übergeben.«

Bevor er ein Heilmittel vorschlagen kann, beschließe ich, eine angebliche Unpässlichkeit auf die eine Sache zu schieben, die Männer immer zum Schweigen bringt und sie schnell das Thema wechseln lässt.

»Das ist so eine Frauensache«, erkläre ich. »In manchen Monaten ist es schlimmer als in anderen.« Innerhalb von zwei Minuten habe ich das Telefonat heil überstanden.

Während des Telefonats war ich kurz davor, Brad alles zu sagen, ihn anzuflehen, zu mir zu kommen und mich in den Arm zu nehmen, damit wir gemeinsam weinen können. Ich hasse es, ihn anzulügen. Und ich weiß, dass ich es nicht lange vor ihm geheim halten kann. Wenn wir zusammenbleiben, werden wir uns dieser Sache gemeinsam stellen müssen. Aber im Moment weiß ich nicht einmal, ob es richtig wäre, mit Brad zusammenzubleiben. Mehr als alles andere will ich ihm meinen Schmerz ersparen. Aber was würde mehr Schmerz verursachen: einen Ehepartner durch einen Herzinfarkt zu verlieren oder ohne jede Erklärung von jemandem verlassen zu werden, den man liebt?

Kurz denke ich daran, meine Mutter anzurufen. Aber die würde morgen früh sofort den ersten Flieger nehmen und wahrscheinlich für den Rest meines Lebens nie wieder von meiner Seite weichen. Dazu kommt, wenn ich es meiner Mutter sage, sage ich es auch Brad. Selbst wenn ich sie versprechen lassen würde, nichts zu sagen, würde er es innerhalb von vierundzwanzig Stunden wissen. Meine Mutter würde einen Weg finden, sich etwas rausrutschen zu lassen oder eine ach so offensichtliche Anspielung zu machen oder irgendein ähnlich durchsichtiges Manöver, um Brad zu informieren.

Vielleicht rufe ich sie an, damit sie mich zu der OP begleitet, aber jetzt nicht.

Ich rufe ein paar meiner alten Kommilitonen an und stelle fest, wie sehr wir uns entfremdet haben. Es fühlt sich falsch an, sie nach Monaten wieder anzurufen und mich bei ihnen auszuheulen. Stattdessen gebe ich vor, dass alles in Ordnung ist, und beende das Gespräch so schnell wie möglich wieder.

Ich ziehe meinen Schlafanzug an und versuche bei laufendem Fernseher einzuschlafen. Mir graut schon jetzt vor dem Gefühl, morgen früh aufzuwachen und im ersten Moment zu glauben, dass alles nur ein böser Traum war. Denn wenn sich die Nebel des Schlafs gelüftet haben, wird mir klar werden, dass ich tatsächlich ein krankes Herz habe. Die Verzweiflung wird mich wieder einholen. *Werde ich mich nach ein bisschen Schlaf besser fühlen? Oder schlechter?*

Um drei Uhr morgens wird mir klar, dass ich das vielleicht niemals herausfinden werde. Obwohl ich mehr als erschöpft bin, sind meine Augen noch weit geöffnet. Nichts, was im Fernsehen läuft, interessiert mich. Ich gebe es auf, mich zum Einschlafen zu zwingen, ziehe mir Socken an und gehe den Flur hinunter zu meinem provisorischen Arbeitszimmer. Ich fahre meinen Computer hoch und beginne wieder im Internet zu surfen, HCM zu googeln und mir noch mehr medizinische Ratschläge und Behandlungsmöglichkeiten anzusehen.

Meine Recherche hat zur Folge, dass ich mich sowohl besser als auch schlechter fühle. Besser, weil ich sehe, wie viele Menschen diese Operation überstanden haben und jetzt ein ganz normales Leben führen. Schlechter, weil ich herausfinde, wie schnell eine HCM tödlich enden kann und wie grausig die Operation ist. Langsam wird mir klar, dass ich Glück habe, noch am Leben zu sein. Der Zwischenfall auf dem Crosstrainer war eine Warnung, die mir vielleicht das Leben gerettet hat. Dafür bin ich dankbar, auch wenn ich nicht weiß, an wen sich diese Dankbarkeit richtet.

Nach Bills Tod hat sich meine Einstellung zu Gott drastisch verändert. Ich wurde als sogenannte Taufscheinkatholikin groß, die an hohen Feiertagen mit ihrer Familie zur Kirche ging. Solange ich denken kann, glaubte ich an Gott, da ich spürte, dass es eine höhere Macht war, die das ganze Universum in Gang gesetzt hatte. Ich glaubte an die Vorstellung der Kirche von einem liebenden Gott, einer gütigen Heiligen Mutter und einem leidenden Heiland, der für uns sein Leben ließ.

Doch nach Bills Tod gelang es mir einfach nicht, diese Vorstellung mit den unbeantworteten Gebeten einer Krebs-Witwe in Einklang zu bringen. Entweder war Gott nicht allmächtig, oder er liebte mich in Wirklichkeit nicht.

Mein anhaltender Disput mit Gott entwickelte sich zu einer etwas ausgereifteren und komplexeren Form der Spiritualität. Ich begann eine tiefere Bedeutung in den einfachen und schönen Dingen zu sehen, die mich umgaben. Das Meer. Die stille einer sternenklaren Nacht. Das leise Weinen eines unschuldigen Babys. Selbst die Majestät des Gesetzes, das ich an der juristischen Fakultät studierte. Ich lernte mehr im Einklang mit mir selbst zu leben, andere mehr zu akzeptieren. Aber nun wird diese Entschlossenheit von einem weiteren Schicksalsschlag bedroht, der von außerhalb gelenkt wird. Versucht Gott, mich auf sich aufmerksam zu machen? Führt er irgendeinen Rachefeldzug gegen mich?

Die Sonne ist noch nicht ganz aufgegangen, als ich auf eine Webseite stoße, die mein Herz zum Rasen bringt. Nicht zu schnell, wie ich hoffe, angesichts meines deformierten Septums und so. Ich lehne mich in meinem Stuhl vor und klicke durch Seiten von Text, scrolle, so schnell wie meine Augen folgen können. Um sechs Uhr morgens bin ich im Internet auf Hoffnung gestoßen.

Sein Name ist Dr. Sigmar Ostheim, ein deutscher Kardiologe, der sich anscheinend auf HCM-Operationen spezialisiert hat. Anders als seine amerikanischen Kollegen geht Ostheim nicht den konservativen Weg der Operation am offenen Herzen. Sein unorthodoxer Ansatz sieht einen sechs Millimeter langen Schnitt in den Oberschenkel vor, durch den er sich Zugang zu der Oberschenkelarterie und schlussendlich zu den herznahen Arterien verschafft.

Während ich Ostheims Methode studiere, steigt meine Aufregung, aber auch meine Besorgnis. Anscheinend schickt er eine Art Führungsdraht und einen Katheter, an dem ein Ballon befestigt ist, durch die Arterien bis zur linken Koronararterie, was in Zeiten von Stents und Ballonangioplastien nicht sonderlich ungewöhnlich ist. Aber wenn er den Ballon durch die Gefäße geschoben hat, die das Septum versorgen, injiziert er einen halben Teelöffel Ethanol, wodurch diese Gefäße und alles Gewebe, das in Berührung mit dem Alkohol kommt, verödet werden. Es handelt sich also um eine Art kontrollierten Herzinfarkt, der alles überschüssige Gewebe abtötet, das den Blutfluss verhindert, und es verkümmern und schrumpfen lässt.

Diese innovative Operationsmethode wird als septale Alkoholablation bezeichnet und ist in den USA als HCM-Therapie anscheinend noch nicht vollständig zugelassen, auch wenn diese Methode von einigen Ärzten versuchsweise durchgeführt wird. Eine große Komplikation stellt die direkte Nähe der Herzscheidewand zum sogenannten AV-Knoten dar, jenes Gewebe, das die elektrischen Signale im Herzen weiterleitet. Wird der Alkohol zu nahe an diesem Knoten injiziert, ist der Patient für den Rest seines Lebens auf einen Schrittmacher angewiesen.

Ich finde es nur wenig tröstlich, dass Ostheims Erfolgsquote höher als die der meisten anderen Ärzte ist. Laut diesem Artikel brauchen weniger als fünf Prozent seiner Patienten einen Schrittmacher. *Das ist einer von zwanzig.* Und dann besteht außerdem noch das Risiko, die Arterienwand mit dem Katheter zu punktieren, was nur die nette Art ist, zu sagen, dass man die Arterie durchstößt und dem Patienten dabei zusieht, wie er verblutet.

Aber die Komplikationen sind nicht meine größte Sorge. Ein Abschnitt im Text lässt mich besonders erschaudern und bereitet mir Gänsehaut. Die Operation wird nur mit einer lokalen Betäubung vorgenommen! Der Patient muss dabei wach sein, damit Dr. Ostheim ihn anweisen kann zu husten, den Atem anzuhalten oder auszuatmen - lauter Bewegungen, die leichte Veränderungen im Kreislaufsystem bewirken können, durch das der Arzt zu navigieren versucht. Das muss wohl ein Witz sein! Die wollen, dass ich bei vollem Bewusstsein daliege und den Anweisungen dieses deutschen Arztes folge, während er mir einen kontrollierten, aber dennoch schmerzhaften Herzinfarkt verpasst.

Auf keinen Fall! Mich schüttelt es bei dem Gedanken an den Eingriff. Auf gar keinen Fall.

Da ich die ganze Nacht auf war, frage ich mich, ob ich wohl halluziniere. Dann kommt mir ein weiterer Gedanke. Irgendwo muss es doch einen anderen Arzt geben, der den gleichen Eingriff durchführt, ohne dass der Patient dabei wach sein muss. Nachdem ich eine weitere Stunde im Netz nachgeforscht habe, komme ich zu dem Schluss, dass dem wohl nicht so ist.

Ich drucke meine Rechercheergebnisse aus, lasse sie auf meinem Schreibtisch liegen und gehe zurück ins Schlafzimmer. Wie kann ich eine so bizarre Behandlungsmethode überhaupt nur in Erwägung ziehen?

Andererseits scheint die Erfolgsquote im Vergleich zum traditionellen Eingriff sehr viel höher zu sein. Sollte ich mich hier in den Staaten unters Messer legen, werde ich es dann jedes Mal bereuen, wenn ich in den Spiegel sehe, jedes Mal, wenn ich meinen einteiligen Badeanzug anziehe? Wie schlimm kann das schon sein - so ein Herzinfarkt bei vollem Bewusstsein?

Ich versuche einzuschlafen, indem ich mir die positiven Aspekte vor Augen halte. Die Chancen stehen gut, dass der Eingriff mein Krankheitsbild korrigieren würde. Es wäre nicht leicht, aber ich könnte mir eine Ausrede einfallen lassen, um ein paar Wochen Urlaub zu nehmen und nach Europa zu fliegen, ohne dass Brad überhaupt etwas davon mitbekommen würde. Wenn die Operation erfolgreich verläuft, sind alle meine Probleme gelöst. Aber wenn es aus irgendeinem Grund nicht so sein sollte - wie soll ich dann von Brad verlangen, eine Frau zu heiraten, die einen Herzschrittmacher trägt oder einen unheilbaren Herzfehler hat?

Eine achtzehn Zentimeter lange Narbe. Ein sechs Millimeter langer Schnitt. Eine Operation unter Vollnarkose. Ein Herzinfarkt bei vollem Bewusstsein. Ein einteiliger Badeanzug. Eine Brautparty mit all den dazugehörigen Negligés.

Ich beschließe, Dr. Reddick später anzurufen und ihn zu der Methode der Alkoholablation zu befragen, auch wenn meine Entscheidung jetzt schon feststeht. Vielleicht bin ich einfach zu stolz oder mache mir zu viel aus Äußerlichkeiten. Oder vielleicht habe ich einfach nur das Gefühl, mir eine Pause verdient zu haben. So oder so fange ich jetzt schon an, mir meine Ausrede für Brad zurechtzulegen, um nach Deutschland fliegen zu können, ohne ihm genauere Gründe nennen zu müssen.

Da diese Frage nun geklärt ist, fallen mir langsam die Augen zu.

28

Etwa um die Mittagszeit wache ich mit einem schrecklichen Gefühl im Bauch auf. Alles hat sich verändert. Ich gebe mir einen Tag, um zu trauern. Heute werde ich den ganzen Tag im Schlafanzug herumsitzen, Jazz und Blues auf meiner Anlage hören, mir das Nachmittagsprogramm im Fernsehen reinziehen und im Selbstmitleid schwelgen. Morgen werde ich wieder zur Arbeit gehen, als sei nichts passiert.

Ja klar.

Nach ein paar Stunden Fernsehserien rufe ich Dr. Reddick an. Ich gucke noch zwei weitere Gerichtsshows, bevor er zurückruft. Er ist nicht angetan von meinem Vorhaben, mein Leiden von diesem deutschen Arzt kurieren zu lassen. Er warnt mich vor den möglichen Komplikationen, zu denen auch ein Schrittmacher und der Tod durch eine punktierte Arterie zählen.

Er erzählt mir nichts, was meine Internetrecherche nicht schon zutage gebracht hätte. Als ich Reddick berichte, dass ein Schrittmacher in weniger als fünf Prozent der Fälle notwendig sei, klingt er besonders skeptisch. Aber ich bin eine entschlossene, wenn nicht sogar sture Frau. Und immerhin ist es *mein* Körper.

»Leslie«, sagt Reddick schließlich, offensichtlich frustriert, »wenn Sie so fest entschlossen sind, eine Alkoholablation vornehmen zu lassen, warum dann nicht wenigstens hier, in den USA? Es gibt eine Klinik in Dallas, die den Eingriff versuchsweise durchführt. Die Chirurgin ist eine Inderin – ihr Name will mir gerade nicht einfallen –, aber sie hat einen sehr guten Ruf.«

Frauenpower. Warum hast du mir nicht schon vorher was von diesem Programm erzählt?

»Sie sind jung und haben gute Aussichten auf ein erfolgreiches Resultat«, fährt Reddick fort. »Wahrscheinlich könnte ich Sie irgendwie in diesem Programm unterbringen.«

»Das wäre großartig«, sage ich.

Reddick warnt mich, dass meine Versicherung diesen experimentellen Eingriff wahrscheinlich nicht übernehmen wird, und nutzt die Gelegenheit, um sich einige Minuten lang über die Versicherungsgesellschaften im Allgemeinen zu echauffieren. Dann ist er weg – um einen anderen Patienten aufzuschneiden und aufzuhebeln und seine Visitenkarte in Form eines verräterischen Reißverschlusses auf einer weiteren Brust zu hinterlassen.

Unser Gespräch hat zur Folge, dass ich mich erneut ins Internet stürze, um mehr über die Chirurgin aus Dallas in Erfahrung zu bringen. Ich stoße auf eine Ärztin namens Asha Maholtra, die an der Dallas Heart Clinic arbeitet. Sehr zu meinem Leidwesen scheint sie nicht mit ganz so viel Erfahrung aufwarten zu können wie der Typ aus Deutschland. Maholtra hat etwa einhundert dieser Alkoholablationen durchgeführt und musste bei vierzehn Patienten einen Schrittmacher einsetzen. Langsam beschleicht mich der Gedanke, dass Frauenpower vielleicht doch etwas überbewertet ist. Doch als ich weiterlese, muss ich feststellen, dass die Dame sich gerne schwieriger Fälle annimmt – Patienten, die eigentlich keine sonderlich guten Kandidaten für eine Operation am offenen Herzen sind –, und das lässt meine Zuversicht wieder steigen.

Außerdem beruhigt mich der Gedanke, den Eingriff hier in den Vereinigten Staaten durchführen lassen zu können und eine Frau als Chirurgin zu haben, die vielleicht versteht, wie wichtig es einer zukünftigen Braut ist, lange Narben zu vermeiden. Aber schlussendlich sind es nicht meine Nachforschungen oder der wissenschaftliche Hintergrund, die mich überzeugen. Als ich ihren Namen recherchiere, um herauszufinden, wie man ihn wohl ausspricht, stelle ich fest, dass ihr Vorname »Hoffnung« bedeutet.

Man mag es als weibliche Intuition bezeichnen oder einen irrationalen Glauben an das Schicksal, aber als ich das herausfinde, macht sich ein erster Funken Optimismus bei mir bemerkbar. Das fühlt sich gut an. Ich drucke die Seite aus und stehe von meinem Arbeitsplatz auf.

Zeit, duschen zu gehen.

29

Erleichtert stelle ich fest, dass Brad nicht in der Kanzlei ist, als ich am Freitagmorgen eintreffe. Bella erklärt, dass er ein paar Zeugen zu einem Fall befragt. »Du siehst schrecklich aus«, sagt sie zu mir.

»Danke.« Ich gehe weiter in Richtung meines Büros. Eigentlich hatte ich vorgehabt, Bella vielleicht etwas zu sagen, aber jetzt scheint mir das keine gute Idee mehr zu sein. Ich spüre, wie Tränen in meinen bereits rot verquollenen Augen aufsteigen.

»Bist du dir sicher, dass du heute überhaupt hier sein solltest?«, fragt sie mich.

»Mir geht's gut«, erwidere ich über die Schulter.

Zwei Minuten später, als ich versuche durch die Tränen meine Outlook-To-do-Liste zu lesen, steht Bella in der Tür. Sie weiß, wann mit *Mir geht's gut* eigentlich *Ich bin am Ende* gemeint ist.

»Was ist los, Süße?«, fragt sie, eine Hand in die Hüfte gestemmt.

Einen unentschlossenen Moment lang bleiben mir die Worte im Hals stecken, dann spucke ich sie einfach aus. »Ich will nicht sterben«, sage ich mit zitternder Unterlippe. Bella sieht mich erstaunt an, und ich bin mir selbst nicht sicher, wo das herkam. Innerhalb von Minuten habe ich ihr alles erzählt, wobei ich die ganze Zeit weine.

»Das tut mir leid«, sagt Bella, während sie mir sanft den Rücken streichelt. »Das tut mir so unendlich leid.«

Ich stehe auf und umarme sie. Als ich mich wieder setze, fühle ich mich bereits etwas besser. Ich versuche, durch die Tränen hindurch zu lächeln.

Ich erzähle ihr von Dr. Maholtra und dass die Versicherung die Kosten nicht übernehmen wird. Bella reagiert empört, flucht auf unsere Versicherung, entschuldigt sich fürs Fluchen und verspricht dann, sie dazu zu bringen, dass sie zahlt. »Wozu soll eine Versicherung gut sein«, fragt sie, »wenn sie nicht zahlt, um ein Herz in Ordnung bringen zu lassen?«

Ihre Logik ist unwiderlegbar, also versuche ich gar nicht erst zu antworten.

»Ich werde dafür beten, dass Gott dein Herz einfach so heilt«, verkündet sie verwegen.

Das ist ein schöner Gedanke, aber ich setze keine allzu großen Hoffnungen darauf. Niemand betete inniger als ich, als Bill Krebs hatte.

»Und ich werde Sarah anrufen und ihr sagen, dass sie auch für dich beten soll.« Sarah ist eine Freundin von uns. Eine ehemalige Missionarin in Saudi-Arabien, deren Ehemann von der saudischen Religionspolizei ermordet wurde. Sie ist die gottesfürchtigste Person, die ich kenne. Bella nennt sie die Mutter Teresa der Baptisten.

»Ich weiß nicht«, sage ich. »Mir wär es wirklich lieber, wenn das unter uns bleibt.«

»Sarah wird niemandem etwas davon erzählen«, versichert Bella mir. »Und du kannst ihre Gebete wirklich gut gebrauchen.«

Gebete auszuschlagen ist schwer, also brumme ich ein zustimmendes »Okay ... danke«.

»Hast du es Brad schon gesagt?«

Ich schüttle meinen Kopf. Nein.

»Das solltest du unbedingt«, drängt sie mich.

»Ich kann nicht, Bella. Noch nicht. Ich kann einfach nicht.«

Sie scheint die Antwort zu akzeptieren und schweigt einen Moment. »Nun, ich glaube wirklich, dass du es ihm sagen solltest. Aber zumindest solltest du mit irgendjemandem darüber reden. Und keine Sorge. Dein Geheimnis ist bei mir sicher.« Sie hält eine Sekunde inne, und ich versuche mich an einem weiteren halbherzigen Lächeln. Bella setzt sich auf meinen Besucherstuhl. »Wie kommen wir nach Dallas, ohne dass Brad etwas davon erfährt?«, fragt sie.

»Wir?«

»Du glaubst doch nicht etwa, dass ich dich das allein durchmachen lasse, oder?«

Diese Frage führt zu einigen Minuten der Ränkeschmiederei. Zu versuchen, sich erfolgreich hinter Brads Rücken herumzuschleichen, lenkt mich kurzzeitig von meinem Herzen ab, und ich tupfe mir die Augen und meine laufende Nase. Bella wirft ein paar wilde Ideen in den Raum, von denen mich die meisten zum Lachen bringen. Dann, aus heiterem Himmel, schaut sie mich an und fragt mich, ob ich eine Zigarette will.

»Willst du mich auf den Arm nehmen? Ich dachte, du versuchst aufzuhören?«

»Warum sollte ich?«, kontert sie. »Hier sitzt du, dünn wie ein Model ...«

Ich werfe ihr einen Blick zu, der *das ist wohl etwas weit hergeholt* ausdrückt, den sie aber nicht bemerkt. Bellas Definition von *dünn* und *übergewichtig* unterscheidet sich von der der meisten anderen Menschen.

»Du hast in deinem ganzen Leben noch nie etwas Ungesundes gegessen, und trotzdem hat dein Uhrwerk dieses Septum-Dings. Also denk ich mir, was soll's? Dann kann man auch genauso gut das tun, was einen glücklich macht.«

Bella ist echt 'ne Marke. »Eine Freundin wie dich zu haben, macht mich glücklich«, sage ich.

»Jetzt werd mir bloß nicht rührselig«, sagt sie. »Das würde meinen Ruf ruinieren.«

30

Am späten Vormittag treffe ich mich mit Trish Bannister, um der Sache mit der Lebensversicherung weiter auf den Grund zu gehen. Ich habe nicht vor, auch nur ein Wort über mein Herzleiden zu verlieren. Sie hat genug eigene Probleme.

»Geht es Ihnen gut?«, fragt sie mich, nachdem wir einige Minuten scherzhaft geplaudert haben.

»Ja. Warum?« Ich werde langsam paranoid. Mir fällt es nicht leicht, zu verbergen, dass ich geweint habe – meine Augen werden dick und rot, meine Nase läuft rot an, und mein ganzes Gesicht wird fleckig. Aber bevor ich das Haus betreten habe, habe ich im Auto einen prüfenden Blick in den Spiegel der Sonnenblende geworfen und dachte eigentlich, dass es nicht weiter auffallen würde.

»Wahrscheinlich sehen Sie einfach nur etwas müde aus«, erwidert Trish.

Ich gehe nicht weiter darauf ein, und kurze Zeit später sind wir in James' Büro und versuchen, Zugang zu seinem Computer zu bekommen. Sein Laptop ist an eine Dockingstation mit übergroßem Monitor und einer Breitbandverbindung angeschlossen, die wahrscheinlich direkt mit dem Intranet-System von TalkNet verlinkt ist. Ich hatte befürchtet, die Polizei könnte James' Computer zusammen mit dem von Tara beschlagnahmt haben, aber laut Trish haben sie ihm kaum Beachtung geschenkt.

Unglücklicherweise ist sein System passwortgeschützt. Natürlich hat er das Passwort Trish nie verraten.

Wir versuchen es mit Geburtstagen und Adressen, den ersten und letzten Zahlen seiner Sozialversicherungsnummer und anderen naheliegenden Zahlenkombinationen. Nachdem wir fünf oder zehn Minuten lang unser Glück versucht haben, komme ich zu dem Schluss, dass wir es nie erraten werden.

»Vielleicht ist es dieselbe Nummer wie bei seiner Scheckkarte«, schlägt sie vor. »Ab und zu hat er mich mit seiner Karte losgeschickt, um Bargeld abzuheben.«

Und das fällt dir erst nach zehn Minuten ein? Mit den Händen auf der Tastatur halte ich inne und schaue zu ihr hoch. »Gibt es einen Grund, warum Sie das nicht früher erwähnt haben?«

»Ich habe wahrscheinlich einfach nicht dran gedacht.«

»Wie lautet das Passwort?« Meine Finger schweben bereits über der Tastatur.

»Es ist was mit –«, ihr Blick wandert zur Decke hoch, »1M2015. Ja, das war es. James sagte immer, dass TalkNet bis 2015 einen Bruttoumsatz von einer Milliarde Dollar erzielen sollte, dann könnten wir uns zur Ruhe setzen ...«

Es funktioniert! Ich bin drin! »Gut gemacht, Trish.« Plötzlich habe ich das Bedürfnis, allein zu sein. »Lassen Sie mir etwas Zeit, um ein wenig herumzustöbern? Ich rufe Sie, sobald ich auf irgendetwas stoße.«

»Aber sicher«, sagt Trish, die schon auf dem Weg zur Tür ist. »Möchten Sie eine Tasse Kaffee?«

»Nein danke.«

Kurze Zeit später befinde ich mich im Intranet von TalkNet. Ich rufe Bannisters Outlook-Konto auf und sehe seine E-Mails durch. Zum Glück für mich scheint Bannister kaum eine E-Mail gelöscht zu haben. Stattdessen werden sie in ein Archiv verschoben, sobald sie länger als sechs Monate in seinem Posteingang liegen.

Ich gruppiere sie nach Absender und scrolle durch alle Mails von Harlan Fowler. Davon gibt es Dutzende. Die beiden Männer haben sich E-Mails über Golfturniere, Ausflüge nach Las Vegas und NCAA-Sportwetten geschrieben. In regelmäßigen Abständen leiten sie sich E-Mail-Witze weiter, von denen die meisten zotig sind. Wie es scheint, hat Bannister Fowlers Wahlkampagne mit einigen Spenden unterstützt, ein paar Tausend Dollar hier und da, aber nichts, was außer der Reihe wäre. Außerdem hat er Fowler auf einige Reisen in einem Privatjet mitgenommen, das von TalkNet geleast wurde. Bannister hatte eine Privatpilotenlizenz, für die er anscheinend ab und zu ein paar Flugstunden absolvieren musste, damit sie nicht verfiel. Einige dieser Reisen gingen nach Vegas, wahrscheinlich auf Kosten der Firma. Andere waren jedoch offensichtlich Spendenaktionen für Fowler, bei denen die beiden Männer potenzielle Geldgeber zu einem eintägigen Golftrip auf irgendeinen luxuriösen Golfplatz in den USA einluden. Ich frage mich, ob Fowler den Gegenwert dieser Ausflüge bei der Auflistung seiner Wahlkampfspendeneinnahmen angegeben hat.

Ich habe nun fast alle E-Mails der vergangenen sechs Monate durchgesehen und bin dabei auf nichts gestoßen, was im Zusammenhang mit den von Strobel erwähnten Versicherungen stehen würde. Ich hatte gehofft, dass Fowler zumindest von den Policen gewusst hat und von der Tatsache, dass er etwa eine Million Dollar erben würde, sollte Bannister unerwartet sterben. Doch die E-Mails geben keinen Hinweis darauf, dass Fowler im Bilde war.

Ich fange an, mir auch andere E-Mails anzusehen, auch wenn ich nicht genau weiß, wonach ich überhaupt suche. Etwa alle zwanzig Minuten steckt Trish den Kopf durch die Tür des Arbeitszimmers und fragt, ob ich schon fündig geworden bin. Wahrscheinlich wäre ich an ihrer Stelle genauso gespannt, aber mein Gefühl sagt mir, dass mehr dahintersteckt als bloße Neugier. Ich kann mir immer noch nicht vorstellen, dass sie eine Affäre mit Fowler hatte, aber dennoch scheint es mir, als würde sie etwas verheimlichen. Und ihre Besorgnis, ich könnte auf diesem Computer dieses Etwas entdecken, ist geradezu spürbar.

»Gibt es vielleicht etwas, das Sie mir sagen wollen?«, frage ich sie, als sie zum vierten Mal hereinschaut.

Sie zieht den Kopf so schnell zurück, als hätte sich ihre Anwältin gerade in eine Schlange verwandelt. »Nein«, erwidert sie schnell ... zu schnell. »Ich wollte nur nach Ihnen sehen, das ist alles.«

Nachdem ich zwei Stunden lang E-Mails gesichtet habe, wird mir klar, dass diese Suche zu nichts führt. Ich versuche es mit einer neuen Taktik und schaue mir Bannisters Word-Dokumente an, wobei ich mit den zuletzt erstellten anfange. Anscheinend war Bannister nicht besonders produktiv, was das Verfassen von Schriftstücken anging, also brauche ich für diese Überprüfung nur etwa fünfundvierzig Minuten. Wieder ohne Ergebnis. Mir fällt auf, dass Trish ihre regelmäßigen Kontrollen eingestellt hat.

Es erscheint mir seltsam, dass es auf seinem Computer nur etwa hundert Word-Dokumente gibt. Mir kommen die schier endlosen Anhänge in den Sinn, die Bannister in seinen Mails erhalten hat. Ich frage mich, ob mir wohl jemand zuvorgekommen ist und diesen Computer ausgemistet hat. Wenn es so sein sollte, muss Trish wohl dieser jemand gewesen sein. Aber Trish war diejenige, die mir das Passwort gegeben hat, sodass ich mich überhaupt erst in den Computer einloggen konnte. Und ich kann mir nur schwer vorstellen, wie Trish irgendwelche Dateien löscht. Ich hege den leisen Verdacht, dass ein Cookie für sie immer noch nur ein Gebäckstück ist.

Selbst wenn sie versucht hätte, einige Dateien zu löschen, könnte ein guter Computerfachmann diese jederzeit wiederherstellen.

Ich öffne einen E-Mail-Anhang, nur um zu überprüfen, ob sich dieser auch im Dateienverzeichnis wiederfindet. Zu meiner Überraschung muss ich feststellen, dass Bannisters Computer so eingestellt ist, dass die E-Mail-Anhänge nicht als Word-Dateien gespeichert werden. Stattdessen werden sie automatisch als temporäre Internetdateien auf einem gemeinsamen, cloudbasierten Laufwerk im TalkNet-Intranet gesichert, wahrscheinlich um zu vermeiden, dass der Computer des Vorstandsvorsitzenden mit Dateien zugemüllt wird, die er nie brauchen wird. Ich klicke mich zu diesem Ordner durch und stoße auf über einhundert neue Dokumente.

Ich stehe auf und strecke mich, wandere ins Wohnzimmer hinüber und unterhalte mich ein wenig mit Trish, kehre dann ins Arbeitszimmer zurück und hocke mich wieder vor den Monitor, um mir die Dokumente genauer anzusehen. Mir kommt in den Sinn, dass James Bannister vielleicht gar nichts von der Existenz dieses Laufwerks gewusst hat. Vielleicht hatte er selbst alle belastenden E-Mails gelöscht, aber wenn sie mit Anhängen versehen waren, die er geöffnet hat, sollte es mir dennoch gelingen, sie in diesem Verzeichnis zu finden.

Wieder beginne ich mit den aktuellsten Dokumenten. Meine Hoffnung schwindet mit jedem Monat, den ich weiter zurückgehe. Das Laufwerk ist so eingerichtet, dass alle Dateien zwei Jahre lang gespeichert werden, und ich habe beschlossen, sie mir alle anzusehen. Ich schaue mir gerade die Anhänge vom vergangenen Oktober an, wobei ich immer nur die ersten paar Zeilen überfliege. Geschäftsunterlagen langweilen mich. Gewinn- und Verlustrechnungen, Businesspläne, Memos zu diesem persönlichen Problem oder jener betrieblichen Angelegenheit oder einem anderen Kundenanliegen. Ich würde eher einen gewaltsamen Tod sterben, als Vorstandsvorsitzende eines Unternehmens zu werden.

Aber meine Sorgfalt wird belohnt, als mir ein Dokument auf Bannisters übergroßem Monitor geradezu entgegenspringt. Es wirkt wie ein Trugbild - ein einsames juristisches Dokument unter alldem Geschäftsgedröhne - und so fehl am Platz, dass ich einmal blinzele, um sicherzugehen, dass es auch wirklich da ist. Da es nicht vom Bildschirm verschwindet, fange ich an, es mir durchzulesen. Es handelt sich um einen Rechtsstreit, der am Berufungsgericht des vierten Bundesgerichtsbezirks verhandelt wurde, einem Bundesgericht, das in zweiter Instanz für Virginia und eine Reihe anderer Bundesstaaten zuständig ist.

Sayers vs. Aetna. Eine Witwe wollte sich eine Lebensversicherung auszahlen lassen, hatte aber Schwierigkeiten nachzuweisen, dass ihr Mann tatsächlich gestorben war. Wie es scheint, schipperte Mr Sayers, ein leidenschaftlicher Angler, eines Samstags in die Bucht hinaus und ward nie wieder gesehen. Drei Monate später beschließt die trauernde Witwe, dass ihr Mann wohl nicht mehr zurückkommt. Sie schlussfolgert, dass das Boot gekentert und ihr Mann ertrunken sein muss. Nach einem zweiwöchigen Prozess stimmt das Bezirksgericht dieser Auffassung zu und urteilt, dass es eher unwahrscheinlich ist, dass man jemals wieder etwas von Mr Sayers hören wird. Das Berufungsgericht bestätigt diese Entscheidung und stellt fest, dass die Witwe keine Leiche vorweisen können musste, um die Auszahlung der Versicherungssumme einfordern zu können.

Mittlerweile macht sich bei mir ein Verdacht lautstark bemerkbar, also drucke ich den Fall aus und stopfe ihn in meine Aktentasche. Ich schaue mir alle E-Mails an, die am selben Tag eingegangen sind, als das Dokument zum letzten Mal geöffnet wurde, finde aber nichts, was im Bezug dazu stehen würde. Wer hat Bannister diesen Rechtsfall geschickt? Und warum?

Das Timing kann natürlich kein Zufall sein. Bannister hat dieses Dokument ungefähr einen Monat vor Abschluss der Schlüsselkraftversicherung in seinem Posteingang gefunden. Drei Monate später wechselt Bannister die Begünstigten in seiner privaten Versicherung. Wenn ich nur herausfinden könnte, wer ihn auf diesen Fall aufmerksam gemacht hat, hätte ich ein weiteres wichtiges Stück dieses zunehmend verwirrenden Puzzles gefunden.

Ein paar Minuten später lege ich eine Pause ein und unterhalte mich mit Trish am Küchentisch, während ich an einer Flasche Wasser nippe. »Besitzen Sie zufällig irgendwelche Boote?«, frage ich sie.

»James hatte ein Motorboot, das er im Jachtklub untergebracht hat«, sagt sie. »Ich muss mir überlegen, was ich jetzt damit anstelle.« Unbekümmert nimmt sie einen Schluck Kaffee. »Warum?«

»Nur so.« Ich schaue ihr direkt in die Augen, ohne aber einen Funken der Erkenntnis entdecken zu können. »Ist James gerne fischen gegangen?«

Das fördert ein kleines Glucksen zutage. »James?«, fragt sie. »Niemals. Er hat das Boot nur gekauft, um damit herumrasen zu können. Das gilt für alle seine Spielzeuge - die Autos, das Boot, die Cessna ...«

»Die Cessna?«, wiederhole ich.

»Ja. Wir hatten mal eine kleine zweimotorige Maschine. James musste sie verkaufen, als es mit TalkNet bergab ging.«

Das ist es! Der Firmenjet! Mir kommen die Ausflüge nach Las Vegas in den Sinn, die in einigen E-Mails erwähnt werden. Wie James, Harlan und ihre Kumpels in dem geleasten Flugzeug durchs Land gejettet sind. Ich bemühe mich bewusst, den Adrenalinrausch zu verbergen, dem ich gerade anheimfalle.

»Hatte James einen Pilotenschein?«, frage ich. Zwar kenne ich die Antwort bereits, aber ich möchte Trishs Reaktion auf diese Frage beobachten. Der Ausdruck auf ihrem Gesicht bleibt unverändert freundlich.

»Ja. Die Privatlizenz hatte er schon seit Jahren«, erklärt Trish. »Auch wenn er in den letzten Jahren immer einen Berufspiloten engagiert hat, um sich fliegen zu lassen.«

»Ich glaube, ich werde mir den Computer Ihres Mannes ausleihen müssen«, sage ich ganz beiläufig. »Es befinden sich einige Unterlagen darauf, die ich mir gerne ansehen würde, aber ich brauche Hilfe, um an sie dranzukommen.«

»Kein Problem«, erwidert Trish, als würde es sie in keinster Weise interessieren, wonach ich überhaupt suche.

31

Auf dem Weg zurück in die Kanzlei rufe ich Bella an und erkläre ihr, dass ich dringend einen vertrauenswürdigen Fachmann brauche, der auf Bannisters Computer nach gelöschten E-Mails sucht. Sie hat genau den richtigen Mann für diesen Auftrag an der Hand. Ich teile ihr außerdem mit, dass wir die Telefonverbindungsdaten der Bannisters gerichtlich anfordern lassen müssen.

»Kein Problem«, meint Bella. »Also, wie geht es dir?«

»Ganz gut, denke ich. Mein Herz schmerzt nur, wenn es schlägt.«

Mein lahmer Witz entlockt ihr nicht einmal ein kleines Glucksen. »Hast du es Brad schon erzählt?«

»Das haben wir doch bereits besprochen, Bella. Ich werde es ihm nicht sagen.«

»Alles klar, Süße. Aber wenn du deine Meinung ändern solltest, ist das vollkommen in Ordnung. Übrigens soll ich dir ausrichten, dass Sarah für dich beten wird.«

»Danke.« Auch wenn meine Stimme nicht begeistert klingt, bin ich wirklich dankbar für Sarahs Gebete. Aber im Moment ist mir nicht wirklich danach, über mein Herz zu sprechen.

»Gibt es irgendwelche Nachrichten für mich?«, frage ich.

»Nur eine«, sagt sie. »Mack Strobel hat angerufen. Er wollte auf deine Mailbox sprechen.«

»Was der wohl von mir will.«

»Er will, dass du ihn heute Abend um sechs am Waterside-Jachthafen triffst, direkt an der Anlegestelle der Norfolk-Portsmouth-Fähre.«

»Ich dachte, du hättest gesagt, er wollte zu meiner Mailbox durchgestellt werden.«

»So war es auch, Süße. Aber ich dachte mir, dass ich mir besser anhöre, worum es geht, nur für den Fall, dass es wichtig ist.«

Ich liebe Bella, aber sie ist so neugierig, dass es fast schon lächerlich ist. Sobald ich in der Kanzlei bin, werde ich das Passwort ändern.

»Und denk nicht mal daran, dein Passwort zu ändern«, belehrt mich Bella. »Oder ich werde ab jetzt alle *deine* Anrufe an *meine* Mailbox weiterleiten und die Sache so regeln.«

* * *

Ich treffe ein paar Minuten zu früh am Jachthafen ein. Im Mai scheint die Sonne um 18 Uhr noch ziemlich hell, und heute Abend stellt keine Ausnahme dar. Auch wenn jetzt eine steife Brise vom Elizabeth River herüberweht, bringt sie heiße und stickige Luft mit sich, die mich wie ein Dampfbad umhüllt.

Sofort bricht mir in meinem knielangen schwarzen Rock und dem weißen Baumwolloberteil der Schweiß aus. Ich ziehe meine Sandalen aus und mache noch einen Knopf meiner Bluse auf. Dann fällt mir wieder ein, mit wem ich mich gleich treffe, und sofort knöpfe ich ihn wieder zu. Ich suche mir einen Platz auf einer der Holzbänke und lasse meinen Blick über den Fluss schweifen.

Ich sitze vor der beliebtesten Touristenfalle Norfolks - einer bunt gemischten Auswahl von Geschäften, die direkt am gewaltigen Elizabeth River liegen. Vor mir befinden sich die Aufschleppen für Jachten und Segelboote. Auf der anderen Seite des Flusses erstreckt sich Norfolks riesige Schiffswerft, wo große Marineschiffe und zivile Schiffe im Trockendock liegen und gewartet werden. Jeden Freitag im Frühling und Sommer versammelt sich die ganze Stadt im Town Point Park nebenan zu einem »Endlich-Wochenende-Stelldichein«, um ein paar ziemlich guten Musikern zu lauschen und so viel Bier zu trinken, dass Budweiser noch mindestens ein Jahrzehnt lang seine Clydesdale-Pferde unterhalten kann, für die die Brauerei so bekannt ist.

Das Wasser hat eine beruhigende Wirkung auf mich. Heute Abend scheinen die hoch aufragenden Schiffe auf der anderen Seite des Flusses meine Probleme in ihren Schatten zu stellen. Sie erinnern mich daran, dass die Welt von einer höheren Macht gelenkt wird, auch wenn es mir in letzter Zeit schwerfiel, das zu erkennen. Ich breite meine Arme zu beiden Seiten auf der Bank aus und lege den Kopf in den Nacken. Hinter der Sonnenbrille schließe ich meine Augen und genieße das Sonnenlicht. Die Luft durchzieht der Duft von Salzwasser und den Küchen Watersides – frittierte Meeresfrüchte, chinesisches und mongolisches Essen. Der Geruch macht mich hungrig, auch wenn keines dieser Gerichte auf meinem neuen herzfreundlichen Speiseplan steht.

»Ist dieser Platz schon besetzt?«, fragt eine tiefe Stimme hinter mir.

»Nein«. Ich ziehe die Arme ein und setze mich aufrecht hin. Strobel wirft sein Jackett über die Lehne der Bank und lässt sich rechts neben mir nieder. Er trägt ein gestärktes weißes Hemd und eine Krawatte, die ihn wahrscheinlich um hundert Dollar ärmer gemacht hat. Der Knoten sitzt noch akkurat an Ort und Stelle. Entspannt sich der Typ auch mal irgendwann?

Er blickt aufs Wasser hinaus. Auch er trägt eine Sonnenbrille. Die Sonne spiegelt sich auf seiner Glatze. Schweißtropfen glänzen in dem grellen Licht.

»Durstig?«, fragt er.

»Nein.«

Er lässt unangenehm viel Zeit verstreichen, bevor er weiterspricht. »Was haben Sie herausgefunden?«, fragt er schließlich.

»Sie hatten keine Affäre.«

Er lacht. »Und das nehmen Sie ihr einfach so ab?«

»Bis Sie mich eines Besseren belehren.«

»Okay.« Strobel legt einen Fuß über den anderen und lehnt sich zurück, noch immer ohne mich dabei anzusehen. »Was haben Sie über die Policen in Erfahrung gebracht?«

»Ich kann die Versicherungen und die Begünstigten bestätigen. Aber nichts deutet darauf hin, dass Fowler überhaupt gewusst hat, dass er zum Begünstigten gemacht wurde. Er und Bannister haben sich in einer ganzen Reihe von E-Mails über viele Dinge ausgetauscht, aber niemals über irgendwelche Versicherungspolicen.«

»Er wusste es«, sagt Strobel in dem für ihn typischen Brustton der Überzeugung. »Haben Sie E-Mails über ihre regelmäßigen Ausflüge nach Vegas gefunden?«

Ich frage mich, wie viel ich preisgeben soll. Ich traue Strobel nicht, und ich denke nicht, dass er von dem Dokument mit dem *Sayers*-Fall weiß. Andererseits scheint er immer mehr zu wissen, als ich vermute. Er scheint immer einen Schritt voraus zu sein.

»Ja«, erwidere ich. »Diese Typen haben mehr als genug für die Wirtschaft von Nevada getan.«

Strobel greift nach seinem Jackett und zieht einen Umschlag aus der Innentasche hervor. Er reicht ihn mir und lehnt sich etwas näher heran. »Nächsten Dienstagabend, um sieben«, weist er mich mit leiser Stimme an, »gehen Sie ins Bellagio auf dem Las Vegas Strip. Blackjack-Tisch Nummer sieben. Spielen Sie genau zehn Runden mit, egal, ob Sie gewinnen oder verlieren. Dann setzen Sie sich an die Bar und warten ab. Der Kartengeber wird sich dann irgendwann zu Ihnen gesellen.«

Ich schaute Strobel an, als sei er nicht mehr ganz bei Trost, doch der Mann verzieht keine Miene. »Gehen Sie allein«, warnt er mich. »Der Zeuge ist äußerst nervös. Wenn er glaubt, dass Sie in Begleitung sind, wird er dichtmachen.«

»Um was geht es denn überhaupt?«, frage ich ihn. »Im echten Leben rufen Anwälte Zeugen einfach auf dem Handy an; sie reisen nicht quer durchs ganze Land, um sich mit ihnen in verrauchten Räumen zu treffen.«

Strobel steht auf und wirft sich sein Jackett über die Schulter. »Im echten Leben«, erwidert er, »neigen die Kasinos von Las Vegas dazu, einen starken Beschützerinstinkt gegenüber ihren Gästen zu haben. Sie sehen es gar nicht gern, wenn man Fragen stellt oder irgendwelche Vorladungen erwirkt. Wenn Sie eine Bestätigung für Fowlers Spielschulden haben wollen, müssen Sie diese von dem Angestellten einholen, der bereit ist zu reden. Und zwar zu dessen Bedingungen.«

»Haben Sie sich mit ihm getroffen?«, frage ich.

Strobel zeigt auf den Umschlag. »Lassen Sie den nicht einfach rumliegen.«

»Wie viel?«, frage ich. »Sagen Sie mir wenigstens, wie viel Fowler dem Kasino geschuldet hat.«

»Genug, um einen Mord zu begehen«, sagt Strobel. Dann dreht er sich um und geht davon.

»Der sollte wirklich aufhören, sich diese alten Agentenfilme reinzuziehen«, murmele ich vor mich hin. Doch trotz meines Versuchs, Strobels melodramatische Art auf die leichte Schulter zu nehmen, bereitet mir irgendetwas an diesem Mann eine Gänsehaut.

Ich schaue ihm hinterher; dann reiße ich den Umschlag auf. Darin befindet sich nur ein einziges Blatt Papier mit denselben Anweisungen, die Strobel mir gerade eben mündlich mitgeteilt hat, sowie dem Grundriss vom Erdgeschoss im Bellagio. Blackjack-Tisch Nummer sieben ist gelb markiert.

32

Am Freitagabend lässt sich Brad nicht länger abwimmeln. Er hungert nach Aufmerksamkeit und akzeptiert keine meiner Ausreden – »Ich habe Kopfschmerzen«, »Ich bin müde« oder »Es war eine anstrengende Woche«; selbst die sonst so zuverlässige »Es ist eins dieser Frauenprobleme«-Entschuldigung zeigt keine Wirkung. Um 20.30 Uhr klopft er an meine Tür, in Kakishorts, Sandalen und ein T-Shirt gekleidet. Ich trage meinen schlabbrigen weißen Pyjama, da ich mich schon vor einer halben Stunde abgeschminkt habe. Brad mustert mich von Kopf bis Fuß, zieht mich kurz an sich und drückt mir einen schnellen Kuss auf.

»Du bist echt unerbittlich«, sage ich.

»Wenn du nicht ausgehen willst, können wir uns auch hier einen Film und Popcorn genehmigen«, verkündet er. In seiner linken Hand hält er eine DVD, und ohne hinzusehen ahne ich schon, um welchen Film es sich handelt. *Mein Vetter Winnie* ist eine romantische Komödie über einen unerfahrenen New Yorker Anwalt und seine Verlobte, die den Cousin des Anwalts und dessen Freund in einer Kleinstadt in Alabama bei einer Mordanklage vertreten. Eigentlich beruht die Anklage auf einem gewaltigen Missverständnis, da die beiden jungen Männer zur falschen Zeit am falschen Ort waren und schließlich beschuldigt werden, den Kassierer eines Ladens ermordet zu haben. An jedem anderen Abend würde ich mich mit Freuden an Brad rankuscheln und zusehen, wie Joe Pesci und Marisa Tomei die hinterwäldlerischen Südstaatler in den Wahnsinn treiben. Wir haben den Streifen schon über ein Dutzend Mal gesehen und müssen immer noch an den richtigen Stellen lachen. Aber heute Abend will ich einfach meine Ruhe haben. Lachen steht nicht auf meinem Programm.

Bevor ich höflich ablehnen kann, hat Brad den Film schon gestartet und das Popcorn in die Mikrowelle geschmissen. Ich sacke neben ihm auf die Couch in mich zusammen und bin während der ersten halben Stunde des Films außergewöhnlich still. Wie üblich kommentiert Brad das Geschehen in einer Tour, doch zum ersten Mal lässt mich Winnies Humor kalt. Als der Mordprozess beginnt, wird ein Angeklagter von Winnie vertreten, der andere von einem Pflichtverteidiger. Der Pflichtverteidiger klopft seinem Mandanten auf den Rücken und marschiert voller Zuversicht auf die Geschworenenbank zu. Doch als er zu seinem Eröffnungsplädoyer ansetzt, gehen ihm die Nerven durch, und sein Stottern tritt zutage.

»Wir werden belegen, dass die Anklage der St-St-St-« – die Spucke fliegt durch den Raum – »der Staatsanwaltschaft ähm, ähm, ähm, nur auf I-I-Indizien beruht und auf reinem Zufall basiert. Vielen Dank.« Dann winkt er dem Richter zu, während er zurück an seinen Platz geht. Das war's; sein gesamtes Eröffnungsplädoyer! Er lässt sich neben seinem völlig fassungslosen Mandanten nieder und flüstert: »Da vorne zu stehen macht mich immer ein bisschen nervös.«

Wie immer bricht Brad in schallendes Gelächter aus. »Ein *bisschen* nervös«, äfft er den Mann nach.

Ich lächle, so gut es mir unter den gegebenen Umständen gelingt. Brad legt den Kopf zurück und schaut mich mit einem besorgten Ausdruck an. Er greift nach der Fernbedienung und stellt den Fernseher aus.

»Willst du darüber reden?«, fragt er.

Darauf bin ich nicht vorbereitet. Ja, ich will darüber reden. Ich will Brad sagen hören, dass alles wieder gut wird. Ich will ihn sagen hören, dass er mich trotzdem liebt. Ich will diese Mauer einreißen, die ich zwischen uns errichtet habe.

Aber ich weiß auch, dass er meine Entscheidung, diesen experimentellen Eingriff vornehmen zu lassen, nicht gutheißen wird. Er wird den sicheren Weg gehen wollen, den Weg des Achtzehn-Zentimeter-Reißverschlusses, den Nie-wieder-auch-nur-das-kleinste-bisschen-Oberkörper-in-der-Öffentlichkeit-zeigen-Weg. Außerdem halte ich es für ungerecht, ihm das alles zuzumuten. Wenn mir etwas zustoßen sollte, wird er sich verpflichtet fühlen, den Rest meines Lebens bei mir zu bleiben; sich um jemanden zu kümmern, der unter einer lebenslangen Behinderung leidet. Brad ist für so was einfach zu jung. Ich werde das nicht zulassen. Wenn ich einen Herzschrittmacher brauchen sollte, wird Brad mich nie wieder sehen.

»Alles okay.« Ich zögere und meine Unterlippe beginnt zu zittern. »Ich brauche manchmal einfach nur ein bisschen Abstand.«

Ich sehe seinem Gesicht an, dass ihn diese Aussage verletzt hat, aber ich kann nicht anders. »Was meinst du damit?«

»Ich weiß nicht, Brad. Manchmal brauche ich einfach etwas Zeit für mich. Ich brauche ein bisschen Abstand.«

Er ist jetzt ganz ernst, der Winnie-Humor ist wie weggeblasen. »Leslie«, sagt er sanft, »in ein paar Wochen werden wir heiraten. Dann wird es keine Privatsphäre mehr geben. Und auch keinen Platz für Geheimnisse mehr.«

Ich spüre die Tränen in meinen Augen brennen. Ich wollte nicht, dass es dazu kommt. Das kann ich an diesem entscheidenden Punkt in meinem Leben nicht gebrauchen. »Es tut mir leid, Brad.« Ich schrumpfe in mich zusammen und ziehe mich in mein eigenes kleines Schneckenhaus zurück. »Ich weiß, dass du recht hast. Aber noch sind wir nicht verheiratet, und heute Abend möchte ich einfach allein sein.«

»Okay.« Er zögert, vielleicht weil er darauf wartet, dass ich es mir noch mal anders überlege. Dann stößt er einen tiefen Seufzer aus und steht auf. Er stellt sein Glas in die Spüle und geht zum Fernseher, um seine DVD zu holen. Auf dem Weg nach draußen beugt er sich zu mir herunter. »Dann bis morgen«, sagt er mit ausdrucksloser Stimme. Er drückt mir einen schnellen, kalten Kuss auf die Lippen.

Ich will ihn zurückrufen und ihm mein Herz ausschütten. Wie soll ich das alles ohne ihn durchstehen? Doch ich habe ihn bereits enttäuscht, und um ehrlich zu sein, hat mich seine Reaktion ein wenig wütend gemacht. Wenn Brad und ich eins gemeinsam haben, dann unsere Kompromisslosigkeit.

Also lasse ich ihn verstimmt von dannen ziehen. Jetzt habe ich meine Zeit für mich. Jetzt habe ich meinen Abstand. Ich nutze beides, um die nächste halbe Stunde durchgehend zu weinen. Doch dieses Mal sind es keine Tränen der Traurigkeit. Es sind Tränen der Frustration und Entschlossenheit. Ich werde diese Alkoholablation vornehmen lassen. Niemand wird mich daran hindern.

Und zu seinem eigenen Besten werde ich sie ohne Brad durchstehen.

33

Das ganze Wochenende lang gewährt mir Brad den Abstand, um den ich ihn gebeten habe. Er ruft ein paarmal an, aber unsere Gespräche sind kurz angebunden und angespannt. Wenn es nicht ums Prinzip ginge, würde ich ihm einfach nur sagen, dass ich ihn eigentlich wiedersehen will und von ihm in den Arm genommen werden möchte. Aber damit würde ich zugeben, dass ich im Unrecht war, was absolut nicht zu meinen Stärken gehört.

Am Montagmorgen bin ich bereit, ihn zu treffen. Ich quäle mich aus dem Bett und brauche länger als üblich, um mich für die Arbeit fertig zu machen. Die HCM hat mich meiner Lebenslust beraubt. Sie war das Erste, woran ich nach dem Aufwachen denken musste, und den ganzen Morgen verfolgen mich die Vorstellungen von dem Alkoholablations-Eingriff. Mein erster Termin bei Dr. Maholtra ist in drei Tagen, und wenn alles gut läuft, könnte ich schon nächste Woche auf dem OP-Tisch liegen.

Ich würge etwas Haferbrei herunter und denke darüber nach, wie schwer es mit meiner neuen herzfreundlichen Ernährung ist, Gewicht zu verlieren. Das war's dann mit dem Hochzeitskleid in Größe 34.

Um circa neun Uhr schneie ich zur Tür der Kanzlei herein und läute den gewohnten, scherzhaften Schlagabtausch mit Bella ein.

»Guten Morgen«, sagt sie.

»Du hast gut reden.«

»Mmm«, erwidert sie. »Drei Wochen PMS am Stück. Das muss ein neuer Rekord sein.«

Es ist unmöglich, Bellas Sarkasmus zu übertrumpfen, also versuche ich es erst gar nicht. Ich schlurfe in mein Büro und beginne an Brad zu denken. Innerhalb einer halben Stunde ist aus meinen juristischen Nachforschungen eine erneute medizinische Recherche über HCM geworden. Um halb zehn beschließe ich, mich wieder mit Brad zu versöhnen, auch wenn ich weiterhin nicht die Absicht hege, ihm etwas von der HCM zu erzählen. Ich nehme einen Ordner aus der Bannister-Fallakte mit, um eine Ausrede zu haben, ihn sprechen zu müssen.

Ich bin mehr als nur ein wenig aufgebracht, dass er mich nicht schon längst aufgesucht hat. Ich meine, wie viele Schritte muss er denn machen, um von seinem Büro zu meinem zu kommen? Warum muss ich immer den ersten Schritt tun?

Ich verlasse mein Büro und gehe an Bella vorbei auf Brads Tür zu – neununddreißig Schritte. Bella beobachtet mich mit einem leicht verdutzten Grinsen im Gesicht. Obwohl seine Tür zu ist, klopfe ich nur einmal der Form halber an und trete sofort ein, ohne eine Antwort abzuwarten. Brad thront hinter seinem Schreibtisch mit Blick zur Tür. Vor ihm sitzt ein breitschultriger Mann mit langem blondem Haar, der herumwirbelt, als er die Tür aufgehen hört. Sofort komme ich mir wie eine Idiotin vor.

»Ja?«, fragt Brad, sichtbar überrascht und amüsiert.

Ich reiße die Fallakte hoch, als würde mir gerade wieder dieser eine wichtige Satz einfallen, den ich noch lesen muss, bevor ich meinen nächsten Atemzug tue. Mutig spähe ich über den oberen Rand und komme mir dabei wie Wilson vor, der in einer Wiederholung von *Hör mal, wer da hämmert* über den Zaun lugt. Brandon erwidert meinen starren Blick.

»Ich wusste nicht, dass du beschäftigt bist«, sage ich. »Es kann warten.« Ich mache auf dem Absatz kehrt und verschwinde durch die Tür.

Bella grinst hämisch, als ich wieder am Empfang vorbeilaufe.

»Warum hast du mir nicht gesagt, dass er da drin ist?«

»Du hast nicht gefragt.«

Ich ziehe mich wieder in mein Büro zurück und schlage laut die Tür hinter mir zu. An den meisten Tagen machen die gutmütigen Neckereien zwischen Bella, Brad und mir echt Spaß. Aber an anderen Tagen braucht man einfach nur einen Freund. Dieser Morgen ist einer dieser Tage.

Weniger als zwei Minuten später klopft es leise an meiner Tür. Ich rufe ein paar E-Mails auf, damit es so wirkt, als sei ich beschäftigt. »Komm rein«, sage ich.

Bella steckt ihren Kopf durch die Tür und betritt zögernd den Raum. »Geht es dir gut, Leslie? Oder brauchst du jemanden zum Reden?«

* * *

Nachdem ich bei Bella ein bisschen Dampf abgelassen habe, fühle ich mich besser. Sie erzählt mir von ihren Auseinandersetzungen mit der Versicherungsgesellschaft, um die Kostenübernahme der Operation durchzusetzen. Ich erzähle ihr von meinem Termin am kommenden Donnerstag in der Dallas Heart Clinic. Ich muss Bella versprechen, am Samstag einen Mädelstag mit ihr und Sarah einzulegen.

Kurz vor Mittag beschließe ich, rüber zu Taras Highschool zu fahren, in der Hoffnung, sie während der Mittagspause zu erwischen. Die Schule wird für sie in ein paar Wochen vorbei sein, und dies könnte möglicherweise der einzige Ort sein, an dem ich sie sprechen kann, ohne dass ihre Mom in der Nähe ist. Als ich auf meinen Honda Accord zugehe, fällt mir ein Mann in einem etwa fünfzehn Meter entfernten Wagen auf, der mich anstarrt. Auch wenn ich es gewohnt bin, hin und wieder von Männern gemustert zu werden, gehen diese dabei normalerweise nicht ganz so auffällig vor. Das Gesicht von dem Kerl kann ich nicht wirklich erkennen, da sich die Sonne in der Frontscheibe spiegelt. Aber ich bin mir sicher, dass er mich die ganze Zeit über beobachtet, während ich zu meinem Auto laufe.

Langsam stellen sich mir die Nackenhaare auf. Fühlt es sich so an, wenn man einen Stalker hat?

Ich sage mir, dass ich überreagiere. Es könnte tausend Gründe geben, warum dieser Typ in seinem Wagen auf unserem Parkplatz wartet. Ich versuche mir einen guten einfallen zu lassen. Vielleicht hat er jemanden hier abgesetzt und wartet nun auf ihn. Vielleicht stellt er jemand anderem hinterher, einer Exfreundin oder so was in der Art, und starrt mich nur zu Übungszwecken an.

Ich setze meinen Wagen zurück, fahre absichtlich an ihm vorbei und werfe einen Blick in seine Richtung. Er hat eine Sonnenblende heruntergeklappt. Sein Gesicht kann ich nicht sehen, aber dafür präge ich mir sein Auto genau ein. Es ist ein kleiner silberner Sportwagen, irgendeine ausländische Marke. Ein Zweitürer, der eigentlich als Cabrio konzipiert wurde, aber das hier ist die Armeleuteausführung mit dem Hardtop. Es ist ein neueres Modell mit einer Beule an der linken Frontseite. Die ersten drei Buchstaben des Nummernschilds lauten DMQ. Dahinter folgen ein paar Zahlen, die ich jedoch mit meinem flüchtigen Blick nicht erkennen kann.

Mein Panikbarometer steigt um ein paar Stufen, als ich in den Rückspiegel sehe und beobachte, wie der Typ hinter mir aus der Parklücke fährt. Als ich auf die Autobahn zufahre, bemerke ich, dass mein Verfolger etwa hundert Meter Abstand hält. Ich überlege kurz, ob ich Brad mit meinem

Handy anrufen soll, aber das erscheint mir wie ein Zeichen von Schwäche. Außerdem ist es nicht weiter ungewöhnlich, dass jemand von unserem Parkplatz aus auf die Autobahn fährt und dabei dieselbe Route benutzt wie ich.

Oder doch?

Sobald ich auf der I-264 bin, beschließe ich, ihn auf der linken Spur abzuhängen. Ich beschleunige den Accord auf etwa hundertvierzig Stundenkilometer, in dem Wissen, dass sich mein Stalking-Problem in Luft auflösen wird, sollte ich von den Cops rausgewinkt werden. Ich überlege, wer das hinter mir sein könnte. Ich bin keine Berühmtheit und habe auch keine aufgebrachten Exfreunde, die irgendwo frei herumlaufen. Im Grunde ist mein Leben ziemlich langweilig. Die einzig einleuchtende Erklärung ist, dass es sich um jemanden handelt, der mit Taras Fall zu tun hat – das ist die einzige wirklich kontroverse Angelegenheit, mit der ich mich zurzeit beschäftige. Vielleicht gehört das ja alles nur zu Strobels Spionagenummer.

Als ich an meiner Ausfahrt abbiege, folgt mir der Stalker. Ich kann nicht länger verleugnen, dass der Kerl hinter mir her ist. Meine Hände fangen an zu zittern, aber ich weiß, dass es im Leben am besten ist, wenn man sich seinen Ängsten stellt. Ich beschließe, an einer sicheren Stelle rechts ranzufahren und mir den Kerl genauer anzusehen.

Zwei Blocks weiter werde ich fündig. An der rechten Straßenecke gibt es einen kleinen Lebensmittelladen, vor dem ein Polizeiwagen geparkt ist. In letzter Sekunde fahre ich auf den Parkplatz und halte dabei im Rückspiegel nach meinem Verfolger Ausschau. Ich hoffe, dass er an der Ampel direkt vor dem Parkplatz halten muss. Das muss er nicht, und mit einer Hand am Gesicht fährt er an mir vorbei, während er in ein Handy spricht. Er ist weiß, relativ dünn, trägt eine Baseball-Kappe und ist tief in seinen Sitz gerutscht. Das ist alles, was ich feststellen kann. Wie es aussieht, habe ich den Kreis der Verdächtigen auf etwa zwanzig Millionen männliche Amerikaner eingegrenzt.

Ich betrete den Laden und stelle wenig überrascht fest, dass sie hier kein Pfefferspray verkaufen. Ich entscheide mich für die nächstbeste Lösung – eine Sprühdose Arrid-XX-Deo. Mir fällt die Polizistin ins Auge, eine kleine, dünne Frau, die aussieht, als würde ihr der klobige Polizeigürtel mit der ganzen Ausrüstung daran mit der Zeit zu schwer werden. Ich stopfe das

Arrid-Deo in meine Handtasche und begebe mich, jetzt ordentlich bewaffnet, zurück zu meinem Auto.

Auf dem restlichen Weg zur Schule blicke ich bestimmt zwanzigmal in meinen Rückspiegel. Der Stalker ist verschwunden.

Ich melde mich im Sekretariat an, erkläre, dass ich Taras Anwältin bin, und erfahre, dass Tara sich gerade in der Schulkantine aufhält. Erinnerungen an meine eigene Highschool-Zeit werden wach, wie ich mit meiner Clique in der Schulkantine saß – die Streber, die versuchten cool zu sein – und wir uns kichernd über Jungs unterhielten. Ich gehe davon aus, Tara in Gesellschaft einer rauen Truppe anzutreffen. Ich wette, dass ihre Freunde zum überwiegenden Teil Jungs sind, die bestimmt ziemlich abgerockt aussehen.

Ich betrete das Chaos der Kantine und habe mit einem Schlag das Gefühl, mindestens tausend Jahre alt zu sein. Selbst ein Dinosaurier könnte sich nicht mehr fehl am Platze fühlen als ich in diesem Moment. Ich spüre, wie mich mindestens ein Dutzend Highschool-Mädchen anstarren und mehr als nur ein paar männliche Teenager – die Art Jungs, die mich zu meiner eigenen Highschool-Zeit keines Blickes gewürdigt hätten. Ich stehe inmitten des Chaos und lasse meinen Blick über die Tische schweifen. Schließlich entdecke ich Tara an einem Tisch ganz hinten in einer Ecke und steuere darauf zu. Zu meiner Überraschung sitzt sie bei einer Gruppe, die hauptsächlich aus Mädchen besteht und die obendrein alle ziemlich normal aussehen. Zu meinem noch größeren Erstaunen ist der einzige Junge, der mit am Tisch sitzt, Jamie. Er hockt neben Tara und beteiligt sich an den Gesprächen der Mädchen rings um ihn herum.

Ich hätte gedacht, dass Tara ihrem kleinen Bruder in der Schule aus dem Weg gehen würde. Aber hier sitzen sie, Seite an Seite, in der Schulkantine. Soweit ich es beurteilen kann, ist Jamie der Jüngste am Tisch dieser Highschool-Mädels. Er muss es lieben.

Ich gehe von hinten auf Tara zu. Sie dreht sich um, um zu sehen, warum ihre Freunde alle in diese Richtung starren.

»Hey, Tara«, begrüße ich sie, als würde ich andauernd vorbeischauen, um mit ihr zu Mittag zu essen. »Ich weiß nicht, wie lang deine Mittagspause noch geht, aber können wir uns kurz unterhalten?«

Da auch Jamie mich direkt ansieht, begrüße ich ihn ebenfalls. »Hey, Jamie.«

Tara scheint meine Anwesenheit nicht im Geringsten zu stören. Sie stellt mich all ihren Freunden vor als »meine Anwältin – die Zweitbeste ihres Jahrgangs an der William & Mary«. Ihre Freunde sind durch die Bank höflich und tief beeindruckt, dass Tara so wichtig ist, dass ihre Anwältin ihr sogar einen Besuch in der Schule abstattet. Nachdem ich kurz mit ihren Freunden geplaudert habe, wende ich mich wieder Tara zu.

»Können wir uns irgendwo ungestört unterhalten?«

»Klar«, erwidert sie. »Und wir können uns ruhig Zeit lassen. Nach der Pause schreiben wir nämlich einen Test in amerikanischer Geschichte.«

Als wir den Tisch verlassen, beobachte ich, wie Tara sich herüberlehnt und Jamie kurz umarmt. »Nicht auf dem Weg zurück zur Klasse herumtrödeln, verstanden?«, ermahnt sie ihn.

»Ich bringe ihn hin«, sagt eines der Mädchen, das auf der gegenüberliegenden Seite des Tisches sitzt.

Tara führt mich aus der Kantine, einen Flur hinunter und in die Sporthalle. Wir setzen uns ganz oben auf die Tribüne. Wir haben den ganzen Raum für uns.

»Sitzt Jamie beim Mittagessen immer bei dir?«, frage ich.

»Den größten Teil des Jahres war es so«, erklärt sie. »Die Kinder in seiner Klasse haben ihn während der Mittagspause immer geärgert, und so geriet er in ein paar Schlägereien. Also hat meine Mutter dafür gesorgt, dass er mit uns essen kann. Seine Klasse hat jetzt gerade Sport.«

Ich bin von Taras mütterlicher Seite fasziniert. Ich wusste nicht mal, dass sie eine hat. »Was macht er, wenn seine Klasse mittagessen geht?«

»Er kommt dann mit mir in die Freistunde. Seine Klasse ist vor uns mit dem Mittagessen dran.«

»Benimmt er sich während des Mittagessens manchmal daneben ... ich meine, macht sich sein Tourette jemals bemerkbar?«

Tara nimmt die Frage gelassen hin. »Nicht sehr oft. Wenn es dazu kommt, wissen meine Freunde, dass es nur an seinem Tourette liegt. Jamie ist eigentlich ein echt toller Kerl.«

Und vielleicht bist du das auch. Plötzlich plagen mich Gewissensbisse, wegen der Art, wie ich auf Jamie reagiert habe. Das Unbehagen, das ich in seiner Gegenwart verspüre, ähnelt mehr dem Verhalten der Fünftklässler aus Jamies Klasse als dem von Taras reiferen Highschool-Freundinnen. Ich nehme mir fest vor, das zu ändern.

»Tara ...« Ich zögere, starre auf meine Hände herab. »Ich muss mit dir über etwas reden, das vielleicht ziemlich hart ist. Ich spreche es nicht gerne an, aber ... nun, als deine Anwältin ... du verstehst.«

»Aber klar ... schießen Sie los.«

»Was wir bereden, bleibt unter uns, und nur unter uns – richtig?«

»Ja.«

»Okay.« Ich schlucke schwer und fange an zu reden. »Du weißt, dass Harlan Fowler als Begünstigter in die Lebensversicherung deines Stiefvaters eingetragen wurde. Tatsächlich erbt er eine Million Dollar, die Hälfte der Versicherungssumme.« Ich beobachte Taras Gesichtszüge genau, um ihre Reaktion abzuschätzen. Ich kann keine Überraschung, keine Veränderung ihres Ausdrucks feststellen.

»Ja. Meine Mom hat so was in der Richtung gesagt. Aber ich glaube, er soll das meiste davon an Jamie und auch ein bisschen an mich weitergeben.«

»Eigentlich, Tara, ist es so, dass der Brief mit diesen Anweisungen nicht rechtskräftig ist. Fowler kann mit seiner Hälfte der Versicherungssumme machen, wonach immer ihm der Sinn steht.«

Ich bemerke den angewiderten Ausdruck, der über Taras Gesicht huscht, und ihre Augen verraten ihre Missbilligung.

»Ich glaube, dass Fowler eine Menge Spielschulden hatte«, fahre ich fort. »Wahrscheinlich ein paar Hunderttausend Dollar.« Ich sehe ihr dabei zu, wie sie diese Informationen verarbeitet; ihr Gesicht drückt nichts als Verachtung aus. »Zur selben Zeit stand dein Stiefvater auf der Arbeit unter großem Druck – TalkNet war kurz davor, pleitezugehen. Ich glaube, dass Fowler deinem Stiefvater, etwa einen Monat bevor er diese Schlüsselkraftversicherung für TalkNet abschloss, einen Rechtsfall per E-Mail zukommen ließ. Dieser Fall zeigt die gesetzlichen Bestimmungen auf, die nötig sind, um nachzuweisen, dass jemand tot ist, damit man anschließend die Versicherung kassieren kann. Ich glaube, dass Fowler und dein Stiefvater einen Plan ausgeheckt haben. Meine Theorie ist, dass sie deinen Stiefvater verschwinden lassen wollten, vielleicht während er im Firmenjet unterwegs war. Fowler würde die Hälfte der Versicherungssumme kassieren, deine Familie würde die andere Hälfte bekommen und TalkNet 10 Millionen Dollar einstreichen aufgrund der Police, die die Firma auf deinen Stiefvater abgeschlossen hat. Jeder gewinnt, Fowler schickt deinem Stiefvater einen

Teil von dem Geld an irgendeinen weit entfernten Aufenthaltsort, womit er noch mal ganz von vorne anfangen kann.«

Tara sieht mittlerweile nur noch verwirrt aus. Unruhig rutscht sie auf der Bank herum. »Warum ist das alles überhaupt wichtig? Am Ende ist es nicht dazu gekommen. Ich habe ihn erschossen.«

Jetzt schaue ich ihr direkt in die Augen, aber sie erwidert meinen Blick nicht. »Ich weiß, dass du ihn erschossen hast, aber ich glaube auch, dass Fowler irgendwie seine Finger im Spiel hatte. Auf welche Weise kann ich noch nicht sagen. Aber eines habe ich mich gefragt. Wenn Fowler und dein Stiefvater einen Plan ersonnen haben, damit dein Stiefvater verschwinden und Fowler reich werden konnte, warum sollte Fowler dann deinen Stiefvater umbringen, bevor sie den Plan ausgeführt hatten?«

Tara reagiert mit dem typischen Schulterzucken. »Vielleicht hat er das nicht. Vielleicht habe ich ihn in Notwehr erschossen, genau wie ich es Ihnen gesagt habe.«

»Es gibt noch eine weitere Möglichkeit«, erwidere ich. »Vielleicht hatte Fowler eine Affäre mit deiner Mutter.«

Sie wirft mir einen Blick von der Seite zu, als hätte ich den Verstand verloren.

»Vielleicht waren sie besorgt, dein Stiefvater könnte von der Affäre erfahren, bevor er seinen kleinen Verschwindetrick über die Bühne brachte. Vielleicht haben sie dich dazu überredet, die Sache selbst in die Hand zu nehmen. Vielleicht hat Fowler dir im Gegenzug versprochen, dafür zu sorgen, dass du mit einem milden Urteil davonkommst.« Ich halte inne und versuche zu erkennen, ob der angewiderte Ausdruck auf Taras Gesicht echt oder gespielt ist.

»Wie schlage ich mich bisher?«, frage ich.

Sie schnaubt verächtlich. »Ungefähr so gut wie letztens vor Gericht. Ich würde nie, *niemals* etwas tun, um diesem Mistkerl zu helfen. Und auf gar keinen Fall hatte meine Mutter ein Verhältnis mit ihm.«

Zu meiner Überraschung sehe ich Tränen der Wut in Taras Augen glitzern, die zur gegenüberliegenden Wand starrt. »Auf gar keinen Fall«, wiederholt sie.

»Warum ist Fowler dann so darauf aus, dir zu helfen?«, frage ich. »Warum reißt er sich ein Bein dafür aus, dass der Fall durch einen Deal außergerichtlich geklärt wird?«

Jetzt schaut sie mich direkt an. Abgrundtiefer Hass steht ihr ins Gesicht geschrieben und spiegelt sich in ihren Tränen wider. Das ist keine Show. Auf einmal sitzt ein ganz anderes Mädchen neben mir als jenes, das ich vor wenigen Minuten in der Kantine getroffen habe.

»Wollen Sie das wirklich wissen?«, fragt sie.

»Tara«, sanft ergreife ich ihren Arm, »ich *muss* es wissen.«

34

Tara führt mich aus der Sporthalle zurück zur Kantine. Auf dem Weg ertönt die Schulglocke, und so geraten wir in das wilde Durcheinander der Ströme von Schülern, die die Klassenräume wechseln. Tara entdeckt ihre Freundin Rachel in dem Meer von Highschool-Schülern, und ich folge den Mädchen zu Rachels Schließfach. Rachel greift nach einem dicken Wälzer der amerikanischen Geschichte, der irgendwo ganz unten begraben liegt.

Sie reicht ihn mit einem Blick an Tara weiter, der zu sagen scheint: *Ich hoffe du weißt, was du tust.*

Wir verabschieden uns von Rachel und machen uns auf den Weg ins Sekretariat. »Übrigens«, meint Tara, »das war Wiccarules.«

Im Sekretariat erklärt Tara, dass ich ihre Anwältin bin, und ich trage uns beide aus. Wir laufen zu meinem Wagen.

»Wohin soll's gehen?«, frage ich, während ich auf dem Schulgelände nervös nach meinem Stalker Ausschau halte.

»Können Sie einfach nur eine Weile rumfahren?«, fragt Tara. »Ich muss Ihnen etwas erzählen, und das wird mir sehr viel leichter fallen, wenn Sie mich nicht die ganze Zeit mit Ihren Glupschaugen anstarren. Ich schwöre, manchmal glaube ich, die Dinger springen Ihnen gleich aus dem Kopf.«

»Danke«, erwidere ich sarkastisch. Nie zuvor musste ich mir anhören, ich hätte »Glupschaugen«. Ich habe meine großen blauen Augen immer für einen meiner besten Vorzüge gehalten. Sie wurden bereits als *ausdrucksstark* oder *sexy* oder sogar *betörend* bezeichnet (einmal in einer Kritik einer Highschool-Aufführung), aber noch nie als *glupschig*. Ich widerstehe dem Drang, die Sonnenblende herunterzuklappen, um im Spiegel nachzusehen, ob sie plötzlich anders aussehen. Meine Mandantin geht noch auf die Highschool – was weiß die schon?

»Ich meinte das nicht so«, sagt sie. »Ich meine, eigentlich sind sie ganz hübsch.« *Netter Versuch.* »Sie machen mich nur nervös.«

Als wir den Parkplatz verlassen, werfe ich einen prüfenden Blick in den Rückspiegel, um sicherzugehen, dass uns niemand folgt. Tara schlägt das Geschichtsbuch auf, und überrascht stelle ich fest, dass die inneren Seiten herausgeschnitten wurden, um ein Videoband zu verstecken. »Behüten Sie das hier mit Ihrem Leben.« Dann schließt sie das Buch und legt es im Fußraum ab. »Ich lasse es bei Ihnen.«

»Was ist das?«

Tara atmet einmal tief durch, dann beginnt sie ihre Geschichte mit monotoner Stimme vorzutragen. Während sie erzählt, ohne das kleinste Detail auszulassen, tauchen vor meinem geistigen Auge eindringliche Bilder der Szenen auf, die sie beschreibt, mit Figuren, die so echt sind, dass ich sie live und in Farbe vor mir sehe:

Spring Break. Das zehnte Schuljahr. Tara liebt Las Vegas. Sie hat ein paar Tage geschmollt, als ihre Eltern ihr nicht gestattet haben, die Ferien mit ihren Freunden auf den Outer Banks in North Carolina zu verbringen. Doch ihre Stimmung ging erst richtig den Bach runter, als Rachel kurz vor dem Las-Vegas-Trip Hausarrest bekam und deswegen nicht mitkommen durfte. Erst dachte Tara, es wäre reine Folter, eine Woche nur in Begleitung ihrer Familie und einem von Dads Zockerfreunden in Las Vegas zu verbringen, aber eigentlich amüsiert sie sich prächtig. Das wird sie ihren Eltern gegenüber natürlich niemals zugeben.

Sie sind im MGM Grand abgestiegen, einem der erstklassigsten Hotels von Las Vegas, und ihr Stiefvater hat alle Register gezogen. Die Hotelsuite ist atemberaubend. Tatsächlich besteht sie aus drei getrennten Räumen – einem Schlafzimmer, das mit zwei Doppelbetten ausgestattet ist und direkt an ein großes Wohnzimmer mit riesigem Flachbildfernseher und kleiner Küche angrenzt, und einem weiteren Schlafzimmer auf der anderen Seite. Tara und Jamie teilen sich das Zimmer mit den Doppelbetten, ihre Mutter und ihr Stiefvater schlafen in dem anderen, obwohl sie ihren Stiefvater seit zwei Tagen nicht mehr ge-

sehen hat. Er ist zu sehr damit beschäftigt, zusammen mit seinem Freund Harlan Fowler Geld am Spieltisch zu verlieren und sich bis zur Besinnungslosigkeit zu betrinken.

Tara hat den Nachmittag damit zugebracht, in ihrem kleinen schwarzen Bikini am Pool zu liegen. Dort zieht sie sowohl die unwillkommenen Blicke der lüsternen alten Männer auf sich als auch die willkommene Anmache der Jungs im College-Alter. Trish und Jamie sind rüber ins Kasino gegangen, um auf der Achterbahn zu fahren, also ist Tara ganz auf sich allein gestellt. Heute war ein besonders erfolgreicher Tag. Sie hat ein paar Jungs kennengelernt, als sie auf einem Floß in dem dreihundert Meter langen Pool, der wie ein langsamer Fluss angelegt ist, herumtrieb. Die Typen behaupteten an der UCLA zu studieren, und Tara sagte, dass sie im Herbst an die University of Virginia gehen würde. Sie machten aus, sich in ein paar Stunden im Club 54 zu treffen.

Tara kehrt in ihr Zimmer zurück, um sich umzuziehen, und beschließt dann, für ein paar Minuten in den Whirlpool zu steigen, bevor sie duschen geht.

Sie läuft durch die Suite auf das Zimmer ihrer Eltern zu – James hat darauf bestanden, dass er und Trish das Schlafzimmer mit dem großen Bad bekommen – und bleibt vor der Tür stehen, als sie Männerstimmen aus dem Raum dringen hört. Auch wenn sie nicht alles verstehen kann, hört sie, wie die Männer anzügliche Kommentare machen.

Sie sind ganz offensichtlich betrunken, unterhalten sich laut und schauen sich wahrscheinlich gerade einen Softporno im Fernsehen an.

Ihr erster Gedanke ist, sich in ihr eigenes Zimmer zurückzuziehen, sich von diesen Schweinen zu distanzieren. Doch dieses Gefühl wird bald von Ekel verdrängt und dann von dem überwältigenden Verlangen, die Männer bloßzustellen. Sie beschließt ins Zimmer zu marschieren, entsetzt auf den Fernseher zu starren und mit einer Hand in der Hüfte diesen Perversen zu sagen, wie widerlich sie sind. Sie will sich das beschämte Gesicht ihres Stiefvaters einprägen und ihm den Vorfall jedes Mal auftischen, wenn sie ein Druckmittel braucht. Dies ist eine Gelegenheit, die ihr die Schicksalsgöttinnen in den Schoß gewor-

fen haben. Wenn sie ihre Karten richtig ausspielt, wird sie den Spring Break nächstes Jahr auf den Outer Banks verbringen und mit ihren Freunden feiern, ohne dass James auch nur versuchen wird, sie aufzuhalten.

Sie schiebt den Zimmerschlüssel, den ihre Mutter ihr gegeben hat, in den Schlitz und betritt das Zimmer. Sie betrachtet die beiden Männer – ihren Stiefvater und Harlan Fowler – mit Bierflaschen in der Hand, die Augen starr auf den Fernseher gerichtet. Dann schaut sie zum Fernseher, und vor Entsetzen bleibt ihr der Mund offen stehen.

Das ist nicht der professionelle Softporno, den Tara erwartet hat, sondern ziemlich körnige Bilder von nackten Mädchen in ihrem Alter. Sie starrt den Bildschirm an, dann erkennt sie die Mädchen und sieht die Männer nun mit noch größerer Verachtung an. Fowler sitzt auf einem Stuhl, in Kakishorts und ohne Hemd, die breite haarige Brust entblößt. In einer Hand hält er die Fernbedienung, in der anderen ein Bier.

Ihr Stiefvater fläzt sich auf dem Sofa, das Hemd hängt ihm aus seinen Shorts, und sein ganzes Aussehen erinnert an eine Nacktschnecke. Er nimmt noch einen Schluck von seinem Bier, während Fowler den Fernseher ausschaltet.

»Klopfst du eigentlich nie an?«, grollt James Bannister.

»Ihr Typen seid ja pervers«, faucht Tara. Wie festgefroren steht sie im Türrahmen und kommt sich in ihrem Bikini-Top und den Shorts auf einmal nackt vor.

Fowler steht auf. »Es ist nicht so, wie du denkst«, lallt er und macht einen kleinen Ausfallschritt, um sein Gleichgewicht zu finden. »Wir sehen uns hier ein paar wichtige Beweise aus einem Fall an, den ich gerade verhandle.«

Aber Tara weiß Bescheid. Als Fowler einen weiteren Schritt auf sie zuwankt, wird ihr schlecht. Die Mädchen, die sie auf dem Band gesehen hat, sind ihre Klassenkameradinnen, die Mädchenbasketballmannschaft, die von einem perversen Assistenztrainer gefilmt wurde. Die Geschichte war überall in den Schlagzeilen und das *Thema an der Schule. Der Trainer wurde wegen des Vertriebs von Kinderpornografie angeklagt. Jetzt zeigt der Bezirksstaatsanwalt ihrem Stiefvater das Band.*

»Wir waren gerade dabei, die anatomischen Unterschiede zwischen Sechzehnjährigen und Achtzehnjährigen zu studieren«, erklärt Fowler, während er auf die fassungslose Tara zugeht und sie aus blutunterlaufenen Augen lüstern anstarrt. »Vielleicht kannst du uns dabei behilflich sein.«

Er grinst wollüstig.

35

Tara atmet tief durch und bricht ihre Erzählung plötzlich ab, als wäre der nächste Teil zu schmerzhaft, um ihn wiederzugeben. Das Video in meinem Kopf bleibt abrupt stehen. Ich werfe einen Blick zur Seite und bemerke, dass sie wieder in diesen tranceähnlichen Zustand verfallen ist. Sie hat sich in dasselbe Schneckenhaus verkrochen wie neulich, als sie mir erzählte, wie sie ihren Stiefvater erschossen hat. Regungslos starrt sie durch die Frontscheibe.

»Hat Fowler dich missbraucht?«, frage ich sanft. Ich kann mir nur vorstellen, wie erniedrigend dieses Erlebnis für sie gewesen sein muss. Ihr Stiefvater war mit im Zimmer - warum ist er nicht eingeschritten?

»Er hat es versucht«, sagt sie nach einer langen Pause. »Er ist auf mich losgegangen, und ich fing an, ihn zu beschimpfen. Er packte mich am Arm und drückte fest zu. Er zog mich an sich, sagte mir, ich solle mich beruhigen und dass ich es genießen würde, es zur Abwechslung mal mit einem erwachsenen Mann zu tun ...« Taras Stimme kommt ein wenig ins Stocken, und ich strecke den Arm aus und lege meine Hand kurz beruhigend auf ihr Bein. »Er versuchte mich zu begrapschen, aber ich habe mich gewehrt. James stand auf und brüllte ihn an, er solle sich zurückhalten. Mein Stiefvater sagte -«, sie zögert, dann spuckt sie zornig die nächsten Worte aus; innerhalb von Sekunden ist sie von kleinlaut zu aufgebracht gewechselt, »sie ist es nicht wert, Harlan; lass sie los.«

»Hat er dich denn losgelassen?«

»Ungefähr eine Sekunde lang«, sagt sie gehässig. »Als James losbrüllte, ließ Fowler mich los, also trat ich einfach einen Schritt zurück und starrte ihn an, als wollte ich ihn töten. Er starrte eine Sekunde lang zurück; dann tauchte wieder dieses perverse kleine Grinsen in seinem Gesicht auf, und er sagte zu meinem Stiefvater: ›Woher willst du das wissen?‹ Da habe ich versucht, dem Widerling eine Ohrfeige zu verpassen. Aber er packte mein Handgelenk und zog mich wieder an seinen verschwitzten Körper. Es war ekelhaft! Mein Stiefvater brüllte wieder los, und dieses Mal zog sich Fowler endgültig zurück.«

Sie hält inne und schüttelt sich kurz vor Ekel, während sie mit den Händen ringt, als würde sie versuchen, die Rückstände loszuwerden, die Fowler darauf hinterlassen hat. »Es war einfach widerlich. Ich hätte ihn erschossen, wenn ich eine Waffe gehabt hätte. Stattdessen starrte ich die beiden einfach nur kurz böse an, habe mich umgedreht und bin aus dem Zimmer gegangen. Als ich die Tür hinter mir zuschlug, hörte ich, wie einer von ihnen hinter vorgehaltener Hand höhnisch lachte.«

Ich kann Taras Scham selbst jetzt noch nachempfinden, mehr als ein Jahr später. Von einem Freund des eigenen Stiefvaters belästigt zu werden, während dieser im selben Raum ist ... was löst das bei einem Kind aus? Dennoch bin ich erleichtert, dass nicht mehr passiert ist. Und ich bin von ihrer Kampfbereitschaft beeindruckt. Die meisten fünfzehnjährigen Mädchen wären vollkommen überfordert gewesen. Selbst jetzt, als sie diese Ereignisse wieder aufleben lässt, kann ich das Feuer in ihren Augen sehen. Sie lässt sich nicht so einfach in die Opferrolle drängen.

Langsam werde ich mir der unfassbaren Auswirkungen ihrer Geschichte bewusst. Wir reden hier vom *Bezirksstaatsanwalt* – dem hochrangigsten Gesetzeshüter in Virginia Beach. »Willst du damit sagen, der Bezirksstaatsanwalt hätte versucht, sich an dir zu vergreifen?« Ich bereue meinen Tonfall in dem Moment, in dem mir die Worte über die Lippen kommen.

»Sie glauben mir nicht, nicht wahr?«, fragt Tara. Bevor ich antworten kann, schnappt sie das Geschichtsbuch vom Boden auf und legt es auf den Sitz. »Schauen Sie sich das Video an.«

»Du hast eine Aufnahme von dem Übergriff?«

Sie schnaubt verächtlich, ungehalten über so viel Begriffsstutzigkeit. »Sind Sie sich sicher, dass Sie die Zweitbeste Ihres Jahrgangs waren?«

Ich antworte nicht.

»Nicht den Übergriff, Leslie. Das ist das Video von den Mädchen im Umkleideraum.«

»Wie bist du da drangekommen?«

»Etwa fünfzehn Minuten später kam James rüber und klopfte an meine Tür. Es dauerte weitere zehn Minuten, bis ich ihn reinließ. Ich drohte damit, die Polizei zu rufen ... mit allem Möglichen. Schließlich versicherte ich mich, dass Fowler nicht mehr in der Nähe war, dann ließ ich James rein. Er versuchte sich zu entschuldigen. Fowler meinte es nicht so, sagte er mir. Es täte ihm leid, aber manchmal würde Fowler eben aggressiv werden, wenn er getrunken hätte. James erklärte, dass Fowler ihm gerade erzählt hatte, was für ein perverser Typ dieser Trainer war, als ihm einfiel, dass das Video aus der Umkleide unter den Fallakten war, die er mitgebracht hatte, um daran zu arbeiten. Erst kurz bevor ich ins Zimmer kam, hätte er das Video eingelegt, um es meinem Stiefvater zu zeigen. Das war alles ein großer Haufen Mist«, sagt Tara verächtlich. »Totaler Schwachsinn. James sagte mir, dass ich niemandem davon erzählen dürfe, und erinnerte mich daran, wie viel Einfluss Fowler hat. Ich machte James klar: Wenn er zuließe, dass Fowler sich mir während des verbleibenden Urlaubs nur auf dreißig Meter näherte, würde ich eine Anzeige bei der Polizei aufgeben und eine Pressekonferenz einberufen.«

Dieser Satz lässt mich lächeln, auch wenn ich mir sicher bin, dass sie es todernst meinte. Fowler hatte keine Ahnung, worauf er sich mit dieser jungen Dame einließ. »Das erklärt jedoch noch immer nicht das Video«, sage ich Tara.

»Ja, also stöberte ich am nächsten Tag ein wenig durch Fowlers Aktentasche, während er und James unten im Kasino waren. Ich nahm das Video an mich und habe es Rachel per Post geschickt. Später am selben Tag sagte ich Fowler, wenn er jemals wieder in meine Nähe käme, würde ich mit dem Video zur Polizei gehen und ihr alles erzählen. Es versteht sich von selbst, dass er mich danach in Ruhe gelassen hat.«

»Du hast das Video gestohlen?«, frage ich.

»Ausgeliehen.«

»Klar. Ausgeliehen. Und das ausgeliehene Video ist noch heute in deinem Besitz.«

»Es war ganz nützlich«, erklärt sie. »Das ist einer der Gründe, warum mir die Anklage keine großen Sorgen bereitet.« Sie hält inne und fügt dann hinzu: »Und natürlich, weil ich eine brillante Anwältin habe.«

Ich denke kurz über das Video nach. Auf einmal erscheint Fowlers Verhalten sehr viel plausibler. Aber dann kommt mir ein anderer Gedanke.

»Was ist mit diesem Trainer?«, frage ich. »Wenn du das Video hattest, wie konnten sie ihn dann verurteilen?«

»Man nennt es einen Deal«, sagt Tara stolz. »Und das ist genau das, was Fowler mir anbieten wird, wenn er weiß, was gut für ihn ist.«

* * *

Fast den ganzen Weg zurück zur Schule diskutiere ich mit Tara und mache ihr unmissverständlich klar, dass ich Ende der Woche direkt in Fowlers Büro marschieren werde, um ihn zur Rede zu stellen. Sie will das Video in der Schwebe halten und vage Andeutungen darauf machen, damit Fowler gezwungen ist, sie mit einer milden Strafe davonkommen zu lassen.

»Was du da machst, ist Erpressung«, belehre ich sie. »Und damit kann ich nichts zu tun haben. Wir werden diesen Fall geradeheraus verhandeln und Fowler nicht zu einem für uns vorteilhaften Handel erpressen. Davon abgesehen ist nicht er für den Fall zuständig, sondern Mitchell Taylor.«

Während ich meinen Sermon über sie ergieße, zieht sich Tara in ihren Schmollmodus zurück und murmelt, dass sie doch besser den Mund gehalten hätte. Soll sie schmollen, aber mein Entschluss steht fest. Wir haben so viel gegen Fowler in der Hand, dass es katastrophale Folgen für ihn hätte, sollte der Fall vor Gericht landen. Ich werde mich mit der vertraulichen Quelle in Las Vegas treffen, um herauszufinden, wie hoch Fowlers Spielschulden tatsächlich sind. Dann werde ich Mitchell mit einigen Theorien zu dem Fall konfrontieren, die Fowler mit dem Mord in Verbindung bringen. Der einzige Unterschied zwischen meiner und Taras Vorgehensweise ist, dass ich die Karten auf den Tisch lege und Mitchell und Fowler mit einem sehr hässlichen Verfahren drohe, wenn sie sich in diesem Fall nicht auf einen Deal einlassen. Taras Drohung war unterschwelliger, aber ich denke, dass mein Ansatz genauso erfolgversprechend ist.

Bevor ich Tara absetze, stelle ich ihr eine letzte Frage: »War Fowler in irgendeiner Weise am Tod deines Stiefvaters beteiligt?«

Sie hat jetzt die Arme verschränkt, als wollte sie mich daran erinnern, wie sehr sie es bereut, mir von dem Video erzählt zu haben. »Wenn es so wäre, würde ich dann mit einer milderen Strafe davonkommen?«, fragt sie.

»*Tara,* ich will die Wahrheit hören«, sage ich scharf. »War Fowler daran beteiligt?«

»Wie soll ich auf Notwehr plädieren, wenn ich gleichzeitig behaupte, dass Fowler daran beteiligt war?«, fragt sie. »Wenn ich mich mit ihm verschworen habe, ist das dann nicht vorsätzlicher Mord?«

Das Mädchen treibt mich auf die Palme. Noch vor einer Stunde, während der Mittagspause, fing ich an, sie zu mögen. Jetzt spricht sie über den Tod ihres Stiefvaters, als handle es sich um ein Schachspiel, bei dem sie versucht, den besten Zug herauszufinden.

»Vergiss es«, sage ich. »Wenn du nicht bereit bist, mir die Wahrheit zu sagen, dann finde ich sie eben allein heraus.«

Sie steigt aus dem Wagen und schlägt die Tür zu. Sie versucht so zu tun, als sei sie wütend, aber meiner Meinung nach ist sie insgeheim erleichtert, dass die Sache endlich raus ist. Ich glaube, dass sie mich langsam als ihre Anwältin respektiert, und wenn ich irgendeinen Beweis dafür suche, liegt dieser direkt auf meinem Beifahrersitz. Sie hat das Video zurückgelassen und ihre so wertvolle Geheimwaffe in meine Obhut übergeben. Ich werde vorsichtig damit umgehen müssen. Die Karriere eines Mannes und die Freiheit eines Mädchens stehen auf dem Spiel. In diesem Fall gab es bereits genug überraschende Wendungen. Doch während ich zusehe, wie Tara davonstolziert, überkommt mich das mulmige Gefühl, dass noch mehr Geheimnisse darauf warten, aufgedeckt zu werden.

Ich will gerade losfahren und werfe dabei wie üblich einen prüfenden Blick in den Rückspiegel. Mein Herz macht einen Satz, als ich ihn entdecke – etwa fünfzig Meter hinter mir hat ein Mann in einem blasssilbernen Sportwagen am Bordstein haltgemacht. Sofort springe ich aus meinem Wagen, starre in seine Richtung und marschiere schnurstracks ins Sekretariat, um die Sache zu melden.

Als die Polizei eintrifft, ist er verschwunden. Ich kann sehen, wie sehr sich die Beamten bemühen, interessiert zu wirken, während ich ihnen meine Geschichte erzähle. Der ranghöhere Beamte macht sich ein paar Notizen und verspricht, alle Kennzeichen, die mit DMQ anfangen, zu überprüfen, um festzustellen, ob irgendwelche Halter vorbestraft sind. Dann sagt er mir, dass ich vorsichtig sein soll. »Wenn Sie ihn wieder sehen, versuchen Sie, sich den Rest des Kennzeichens zu merken«, sagt der Polizist höflich. »Damit können wir dann vielleicht etwas mehr anfangen.«

Darauf wäre ich nie gekommen, hätte ich ihm am liebsten sarkastisch geantwortet. Stattdessen bedanke ich mich bei den Beamten, wobei mir aufgeht, dass meine Anzeige sie keine Minute länger beschäftigen wird. Es kommt mir vor, als müssten sie mir noch schnell den Kopf tätscheln und sagen, dass ich mir nicht mein süßes kleines Köpfchen darüber zerbrechen soll. Ich hasse es, so gönnerhaft behandelt zu werden. Und darin ist niemand besser als unsere Freunde und Helfer von Virginia Beach.

36

Am Dienstagmorgen lasse ich Bella alle Unterlagen gerichtlich anfordern, die etwas mit dem TalkNet-Jet zu tun haben, den Bannister immer benutzt hat. Ich fordere die Aufzeichnungen des Flughafens von Hampton Roads an, in dessen Hangar das Flugzeug untergebracht ist, und Dokumente aus der TalkNet-Verwaltung. Ich hoffe, auf einen Flugplan zu stoßen, den Bannister für eine Reise eingereicht hat, die an ein abgelegenes Ziel führte, an dem er vielleicht für immer untertauchen wollte.

Ich bekomme außerdem mitgeteilt, das Bellas Computerexperte die gelöschte E-Mail mit dem *Sayers v. Aetna*-Fall im Anhang nicht wiederherstellen konnte. Wie es scheint, lief Bannisters E-Mail-Account über den Server von TalkNet, sodass alle E-Mail-Entwürfe oder gelöschten E-Mails nie wirklich auf Bannisters Festplatte zu finden waren, sondern nur im System von TalkNet. Auch wenn ich mir zu 90 Prozent sicher bin, dass Fowler ihm den Fall geschickt hat, werde ich das nie beweisen können, wenn ich nicht Zugang zu dem Computersystem von TalkNet bekomme. Mir geht durch den Kopf, wie schwierig es werden wird, TalkNet mit rechtlichen Mitteln zur Offenlegung der entsprechenden Dokumente zu zwingen - sie werden behaupten, Bannisters E-Mails seien vertraulich, Eigentum der Firma und für unseren Fall irrelevant -, und sofort ist mir klar, dass es nie dazu kommen wird.

Am späten Vormittag taucht Brad in meinem Büro auf, schmeißt sich in meinen Mandantenstuhl und erzählt mir von seiner Theorie zu diesem Fall. Angeblich denkt er schon darüber nach, seitdem ich ihn gestern Nachmittag angerufen habe.

»Lass uns mit dem anfangen, was wir mit Sicherheit wissen.« Er zählt die Punkte an seinen Fingern ab. »Erstens, Tara hat das Video vom Umkleideraum gestohlen. Zweitens, Tara hat ihren Stiefvater gehasst und wollte ihn tot sehen. Drittens, es gibt Lebensversicherungspolicen, die auf James Bannister laufen und Harlan Fowler zu einem sehr reichen Mann machen werden. Viertens, jemand hat Bannister per E-Mail einen Rechtsfall geschickt und ihn davon überzeugt, dass er einfach nur verschwinden müsste, damit die Begünstigten der Versicherungspolicen die Versicherungssumme kassieren könnten.«

Brad reibt sich einen Moment lang das Gesicht und hält inne, was üblicherweise ein Zeichen dafür ist, dass er sich für besonders schlau hält und meint, auf einer heißen Spur zu sein. »Das Einzige, was an Taras Geschichte keinen Sinn macht«, sagt er, »ist, dass sie das Video erst zu ihrem Vorteil eingesetzt hat, *nachdem* sie ihren Stiefvater in Notwehr erschossen hat.« Bei dem Wort »Notwehr« setzte er mit den Fingern Anführungszeichen in die Luft. Er macht eine Pause und schaut mich an. »Sie macht sich all die Mühe, das Video zu klauen, nur um Fowler zu sagen: ›Wenn du mir noch mal zu nahe kommst, verpfeif ich dich?‹« Brad schüttelt den Kopf. »So wie ich unsere Mandantin kenne, ist sie sehr viel einfallsreicher.«

Das Telefon klingelt, und Brad brüllt den Flur hinunter in Richtung Bella, keine Anrufe durchzustellen. »Sie liebt es, wenn ich das mache«, sagt er grinsend. Ich bin mir sicher, dass gerade Rauchwolken aus ihren Ohren aufsteigen.

Was Brad sagt, macht Sinn, aber mir fällt es schwer, mich zu konzentrieren. Ich kann nur daran denken, wie sehr ich mit ihm über *uns* reden will. Es ist schwer, so zu tun, als wäre alles in Ordnung, wenn ich in Wirklichkeit diese schreckliche Mauer zwischen uns spüre. Ich will ihm von meinem Herzen erzählen. Aber ich *kann* ihm nicht von meinem Herzen erzählen.

»Ich glaube, Tara hat Fowler erpresst, *bevor* sie ihren Stiefvater erschoss«, meint Brad. »Vielleicht fand sie heraus, dass Fowler ein Verhältnis mit ihrer Mutter hatte –«

Ich werfe ihm einen missbilligenden Blick zu; er weiß, dass ich das nicht glaube.

»Warte«, sagt er und hebt die Hände, »und hör mir kurz zu. Tara wird nicht einfach aus heiterem Himmel zu Fowler gegangen sein und ihm gesagt haben, dass sie vorhat, ihren Stiefvater zu erschießen«, behauptet er. »Soweit sie weiß, sind die Männer noch immer befreundet. Also muss etwas vorgefallen sein, das sie dazu gebracht hat, sich mit Fowler zusammenzutun ...«

»Wer sagt denn, dass Fowler vorher von dem Plan wusste?«, frage ich. »Ich meine, es gibt keinerlei Beweise, die diese Theorie unterstützen würden.«

»Aber es macht Sinn«, kontert Brad. »Tara geht zu Fowler und sagt: ›Ich weiß, dass du ein Techtelmechtel mit meiner Mutter hast. Und vergiss nicht, dass ich immer noch dieses Video habe. Also, wenn du nicht willst, dass ich meiner Mutter erzähle, wie du versucht hast, dich an mir zu vergreifen, und meinem Stiefvater von eurer Affäre, dann solltest du vielleicht in Erwägung ziehen, mir bei der Beseitigung eines gemeinsamen Problems zu helfen.‹«

Brad rutscht auf seinem Stuhl herum, setzt sich auf und lehnt sich vor, als er zum fulminanten Finale seiner Theorie kommt. »Also erklärt Tara Fowler, dass sie die Drecksarbeit übernehmen wird, wenn er dafür sorgt, dass man sie mehr oder weniger ungeschoren davonkommen lässt. Fowler willigt ein, unter der Bedingung, dass Tara noch ein paar Monate mit der Ausführung ihres Plans wartet.«

Wieder klingelt das Telefon. »Stell keinen durch!«, brüllt Brad.

Bella brüllt etwas zurück, das ich nicht wirklich verstehen kann. Das ist wahrscheinlich auch besser so.

»Was Tara nicht weiß: Fowler nutzt diese Gelegenheit, um sein Spielschuldenproblem zu beseitigen«, fährt er fort. »Nachdem er auf das Angebot eingegangen ist, ruft Fowler ein paarmal mit verstellter Stimme bei Trish an, immer zu Zeiten, wo er weiß, dass James zu Hause sein wird, um James misstrauisch zu machen. Wahrscheinlich hat Fowler James gegenüber auch ein paar Bemerkungen gemacht, dass sich Trish in letzter Zeit seltsam verhalten würde, nur um Öl ins Feuer zu gießen. Dann schlägt Fowler James einen Deal vor. ›Da deine Frau mit einem anderen Kerl rummacht, habe ich eine Idee. Du setzt mich an ihrer Stelle als Begünstigten deiner Lebensversicherungspolice ein und verschwindest dann. Deine Firma wird 10 Millionen Dollar aus der Schlüsselkraftversicherung kassieren, ich bekomme eine Million aus deiner privaten Lebensversicherung ausgezahlt und schicke dir die Hälfte.‹ Sobald James eingewilligt hat, hintergeht Fowler seinen Freund, indem er wieder zu Tara geht und ihr grünes Licht erteilt, ihren Stiefvater zu töten. James stirbt, und Fowler kann seine Spielschulden begleichen. Der einzige Wermutstropfen ist, dass dieser überkorrekte Mitchell

Taylor in den Fall involviert wird und sich weigert, Tara mit einer milden Vergleichsvereinbarung vor dem Jugendgericht davonkommen zu lassen. Also fühlt sich Tara jetzt von ihm hintergangen und gibt dir das Video.«

Puh! Dank ihm schlägt mein Hirn gerade Saltos. Ich versuche mich auf Brads Theorie statt auf Brad selbst zu konzentrieren. In der ganzen Zeit, während er geredet hat, habe ich ihn angestarrt und darüber nachgedacht, wie sehr ich mir wünsche, dass alles wieder so wie früher wäre. Keine Geheimnisse. Volles Vertrauen. Aber das hieße, ihm von meinem Herzleiden zu erzählen und zu sehen, wie er darauf reagiert. Dafür bin ich einfach noch nicht bereit.

»Also, was meinst du?«

Seine Frage bringt mich ruckartig wieder zu unserem aktuellen Problem zurück. Irgendetwas an dieser Theorie scheint mir nicht stimmig zu sein. Auch wenn sie schlüssig ist, fühlt sie sich einfach nicht richtig an. »Ich kann mir nicht vorstellen, dass Tara sich auf egal welche Weise mit Fowler einlassen würde. Sie verabscheut den Kerl.«

Brad lässt sich das durch den Kopf gehen. Wie üblich hat er eine Antwort parat. »Aber hasst sie ihn so sehr wie ihren Stiefvater? Vielleicht war das ihr Pakt mit dem Teufel. Oder vielleicht wollte sie zwei Fliegen mit einer Klappe schlagen. Such dir eine Metapher aus. Im Endeffekt war Tara klar, dass sie sich an ihrem Stiefvater rächen *und* gleichzeitig Fowler bestrafen könnte, indem sie ihn bei dem Mord an seinem guten Freund zum Komplizen machte.«

Meine weibliche Intuition sendet mir dringende Warnsignale. Ich bin mir sicher, dass Trish keine Affäre hat, und genauso sicher bin ich mir auch, dass Tara niemals freiwillig irgendeine Übereinkunft mit Fowler treffen würde. Aber im Moment habe ich keine bessere Erklärung anzubieten, also versuche ich es auf anderem Wege.

»Inwiefern soll das für unsere Mandantin hilfreich sein?«, frage ich. »Bei deiner Theorie wird aus ihrer Notwehr ein vorsätzlicher Mord.«

»Stimmt.« Brad läuft um den Schreibtisch herum und fängt an, mir den Rücken zu massieren. Zwar wehre ich mich nicht dagegen, aber ich entspanne mich auch nicht mehr so wie früher. »Erst müssen wir herausfinden, was wirklich passiert ist«, sagt mein Verlobter; »dann werden wir einen Weg finden, es zu unseren Gunsten zu nutzen.«

Wieder klingelt das Telefon, und dieses Mal gehe ich dran.

»Richte Brad aus, dass die Anwälte vom DMVN-Fall auf Leitung eins sind«, sagt Bella. »Und richte ihm außerdem aus: Wenn ich seine Anrufe für ihn zurückhalten soll, kann er den Hörer nehmen und mir das auf zivilisierte Art mitteilen.«

»Ich sag's ihm«, erwidere ich. Dann reiche ich den Hörer an Brad weiter.

* * *

Eine halbe Stunde später hat Brad die Krise bewältigt. Jetzt sitze ich in seinem Büro und konzentriere mich wieder auf den Bannister-Fall. Ich habe bis jetzt gebraucht, um seine Theorie zu verdauen. Sie ist plausibel, aber dennoch glaube ich nicht daran. Und die Auswirkungen will ich mir gar nicht erst ausmalen.

»Brad, willst du ernsthaft behaupten, der Bezirksstaatsanwalt ... *der Bezirksstaatsanwalt* ... habe einen Komplott geschmiedet, um einen seiner besten Freunde zu ermorden und eine Million Dollar von einer Versicherungsgesellschaft zu ergaunern?«

»So isses.«

»Hör doch mal, was du da sagst.« Ich lehne an der Wand neben der Tür, während Brad wie üblich drei Dinge auf einmal tut - E-Mails beantwortet, mir zuhört und online den Stand seiner Aktien überprüft. »Hast du jemals ein Anzeichen dafür gesehen, dass Fowler zu einem Mord fähig wäre? Und warum sollte er seine ganze Zukunft - nein, sein Leben - in die Hände eines launischen sechzehnjährigen Mädchens legen?«

Er klickt auf *Senden* und wendet sich mir zu. »Seit seinem Amtsantritt kursieren Korruptionsgerüchte um Fowler. Ob er fähig ist, einen Mord zu begehen?« Er kritzelt etwas auf einen gelben Post-it-Zettel, klebt ihn auf eine Akte und wirft sie in sein Postausgangsfach. »Sind wir das nicht alle? Außerdem müssen wir nicht beweisen, dass Fowler schuldig ist. Wir müssen einfach nur eine halbwegs nachvollziehbare Theorie haben, damit er weiß, dass wir es ernst meinen. Wir konfrontieren ihn damit, und schon am nächsten Tag wird der Fall durch einen Deal außergerichtlich beigelegt.«

Jetzt bereitet mir mein Verlobter Unbehagen. Auf einmal hört er sich fast wie Tara an. »Nur Fowler? Ich dachte, wir gehen damit zu Fowler und Mitchell Taylor und legen alles offen auf den Tisch.«

»Warum sollten wir das tun?« Zwei weitere Post-its kommen zum Einsatz, eines auf einem Brief, das andere auf einer weiteren Akte. Er kritzelt etwas, dass nur Bella entziffern kann. »Sobald Fowlers Geheimnis öffentlich bekannt wird – sobald Mitchell Taylor davon erfährt –, verlieren wir unser Druckmittel. Was sollte Mitchell davon abhalten, einfach alle Beteiligten einzubuchten und vor Gericht zu stellen, um sich damit einen Namen zu machen?«

Etwas an dieser Unterhaltung bereitet mir großes Unbehagen. Mein Ethikprofessor an der juristischen Fakultät hat immer gesagt, dass der beste Schutz gegen unethische Arbeitspraktiken ein gut ausgeprägtes Gewissen sei. Und er warnte uns, dass es oft die Menschen sind, die wir am meisten respektieren, die zuerst vorschlagen, gegen unser Gewissen zu handeln. *Sogar Brad?*

»Ist das nicht einfach die komplizierte Art zu sagen, dass wir Fowler erpressen?«, frage ich. »Und das soll moralisch vertretbar sein?«

Brad hält beim Schreiben inne und schaut auf. Er legt seinen Stift weg und schenkt mir seine volle Aufmerksamkeit. »Unsere erste moralische Pflicht«, belehrt er mich, »ist, das beste Ergebnis für unseren Mandanten zu erzielen. Solange wir nicht lügen, betrügen oder stehlen, um das zu erreichen, ist alles andere nebensächlich. Alles, was ich vorschlage, ist, dass wir unseren Vorteil so gut wie möglich nutzen sollten, um zu versuchen, diesen Fall mit einem Deal abzuschließen. Das nennt man nicht erpressen, Leslie, sondern verhandeln. Vielleicht mit harten Bandagen, aber es ist nicht schlimmer als das, was Mitchell Taylor von Anfang an mit uns macht.«

Ich hasse es, wenn er mich belehrt. Besonders in Fragen der Ethik. Ich starre ihn einen Moment lang an und setze damit meine beste Waffe ein: Schweigen.

Er schreibt noch ein paar Notizen an Bella, dann lässt ihn das Schweigen einknicken. Das tut es immer. »Hör zu«, sagt er mit nach oben gerichteten Handflächen als Zeichen der Kapitulation. »Tu, was immer du für richtig hältst. Es ist dein Fall. Ich versuche nur, dir dabei zu helfen, ein paar wichtige Fragen zu klären, die zudem weitreichende Folgen haben können.«

»Ich weiß.« Meine Stimme ist jetzt sanft. Er ist unwiderstehlich, wenn er sich geschlagen gibt. »Ich bin der festen Überzeugung, dass es immer am besten ist, die Karten offen auf den Tisch zu legen und die Dinge so zu regeln. Aber in diesem Fall könntest du recht haben. Vielleicht sollten wir mit Fowler anfangen. Mitchell Taylor können wir später immer noch hinzuziehen, wenn wir so nicht weiterkommen sollten.«

»Was immer du tust, ich unterstütze dich dabei«, erwidert Brad. »Ich bin auch dafür, die Karten immer offen auf den Tisch zu legen.« Er wirft mir diesen durchdringenden Blick zu, bei dem ich immer das Gefühl habe, seine Augen würden meine Seele durchbohren. Mir drängt sich der Verdacht auf, dass wir nicht mehr von dem Bannister-Fall reden.

»Was soll das heißen?«

Brad seufzt und beschließt dann anscheinend, weiter vorzupreschen. »Mir kommt es vor, als würdest du dich mir gegenüber gefühlsmäßig zurückhalten.« Er steht auf, kommt auf mich zu und ergreift meine Hände. »Bist du dir sicher, dass du bereit bist, den nächsten Schritt zu machen?«

Ich kann den schmerzerfüllten Ausdruck in seinen Augen kaum ertragen.

Er fügt hinzu: »Ich will nicht heiraten, wenn du irgendwelche Zweifel hegst, ob es die richtige Entscheidung für dich ist.«

Ich will ihm sagen, dass ich mir sicher bin, aber aus irgendeinem Grund bringe ich die Worte nicht über die Lippen. Alles in meinem Leben ist im Moment ungewiss, und ich bin mir über meine Gefühle nicht mehr im Klaren, selbst was Brad betrifft.

»Das ist dann wohl die Antwort auf meine Frage«, sagt er nach ein paar Sekunden der Stille. Er schaut mich an, aber ich habe den Blick zu Boden gesenkt. »Vielleicht sollten wir ein wenig Abstand voneinander nehmen. Die ganze Sache langsamer angehen.«

Ich nicke mit dem Kopf, nicht in der Lage zu antworten. Ich vergrabe meinen Kopf in seiner Schulter, und er legt seine Arme eine Weile um mich. »Können wir später darüber reden?«, flüstere ich.

»Natürlich.« Dann küsst er mich auf den Kopf und drückt mich einmal fest, bevor er mich loslässt und den Raum verlässt. Ich schließe die Tür, setze mich an seinen Schreibtisch und fange an zu weinen.

37

Vegas ist nichts für mich. In meinen Augen ist die Stadt eine einzige große Ausschweifung – endlose Meilen lasterhafter Etablissements, greller Neonwerbung, glitzerüberladener Shows und lärmender Spielhallen. Dennoch bin ich von den schieren Ausmaßen überwältigt – jedes der Kasinos ist größer als die Stadt, in der ich groß geworden bin. Man braucht eine Karte, nur um sich in den Spielsälen zurechtzufinden – zwischen zahllosen Tischen von Blackjack, Poker, Roulette und Keno.

Da ich einige Stunden zu früh in Vegas eingetroffen bin, nutze ich die Gelegenheit, mir ein paar der größeren Kasinos anzusehen. Es scheint, als habe sich die halbe zivilisierte Welt vor den Spielautomaten und um die Spieltische versammelt. Mir fallen die vielen Touristen aus fremden Ländern auf und die glasigen Blicke der zombiegleichen Personen vor den Spielautomaten. Ich frage mich, wie lange sie wohl schon so da hocken; mit wie viel Geld sie die einarmigen Monster schon gefüttert haben.

Während ich durch die Kasinos wandere, vergesse ich schnell, dass es erst Nachmittag ist. Im Inneren der Spielhallen erschaffen die grellen Lichter, die laute Musik und das Gewusel der Menschenmengen eine Atmosphäre der fortwährenden Happy Hour. Dennoch kann ich nicht allzu viel Freude auf den Gesichtern rings um mich herum erkennen. Wahrscheinlich spielen Leute, die sich schon um diese Uhrzeit in den Kasinos aufhalten, nicht zum Vergnügen.

Nach einer Stunde verschwimmt all der Protz und Prunk zu einem Einheitsbrei, und ich fühle mich auf einmal sehr allein. Vegas macht eigentlich nur in Gesellschaft Spaß. Ich wandere zwischen den Blackjack-Tischen herum und bemerke langsam den Kontrast zwischen den Spielern. Da sind die Einsamen, die aussehen, als wäre ein Tag im Kasino für sie nur ein weiterer Tag in den Salzminen, und da sind die glücklichen Pärchen – die aneinandergeklammert und lachend die Zeit vertun, während der Croupier ihr Geld einstreicht. Ich frage mich, wie viele von ihnen gerade in den Flitterwochen sind, was mich Brad vermissen lässt, was mich wiederrum an den morgigen Termin bei Dr. Maholtra erinnert.

Niedergeschlagen beschließe ich, ein paar Blackjack-Runden genauer zu verfolgen, damit ich später wenigstens ungefähr weiß, was ich zu tun habe. Natürlich wäre mein Name nicht Leslie Connors, wenn ich nicht auch eine Internetrecherche zu Blackjack betrieben, die Regeln auswendig gelernt und eine kleine Strategien-Übersicht ausgedruckt hätte, die ich in meine Handtasche gesteckt habe. Brad hat mir tausend Dollar aus der Firmenkasse mitgegeben, damit ich die vereinbarten zehn Runden mitspielen kann. Ich habe vor, mit wenigstens tausendundeinem Dollar in der Tasche nach Hause zu kommen.

Ehe ich mich versehe, ist es halb sieben, und ich bin noch immer einige Straßenblocks vom Bellagio entfernt. Ich wandere zu meinem Hotel zurück, werfe einen Blick auf die Skizze des Erdgeschosses, die Strobel mir überlassen hat, und mache mich auf den Weg zu Blackjack-Tisch Nummer sieben.

Das Bellagio setzt dem Ganzen die Krone auf. Der riesige Spielsaal ist vollkommen überladen mit lärmenden Geldautomaten, Blackjack-Tischen, Roulette-Rädern und anderen Kartenspielen, deren Namen ich nicht einmal kenne. Alles um mich herum blinkt, klingelt und explodiert in einem schwindelerregenden Aufgebot von Lichtern und Geräuschen. Schließlich entdecke ich Tisch Nummer sieben, habe aber noch fünfzehn Minuten Zeit. Der Kartengeber ist ein junger Latino mit dünnem Schnurrbart und zurückgegeltem schwarzem Haar. Auf seinem Namensschild steht *Julio*. Ich nicke ihm zu, aber er schenkt mir keinerlei Beachtung. Ich wandere noch ein paar Minuten umher, um dann pünktlich an Julios Tisch zu erscheinen. Es ist jetzt genau sieben Uhr.

An der Innenseite des halbmondförmigen Tisches steht Julio. Vor wenigen Minuten saßen hier noch vier Spieler, mittlerweile sind es nur noch zwei. Ich lasse mich auf einem Platz in der Mitte nieder und lege Chips im Wert von fünfhundert Dollar ab. Ich habe bereits bemerkt, dass dies einer der teuersten Tische im Haus ist, mit einem Mindesteinsatz von einhundert Dollar. Einen Moment lang schießt mir durch den Kopf, dass dies nur ein gemeiner Streich von Strobel sein könnte, um zu versuchen, mich nach Las Vegas zu locken, damit ich hier eine Stange Geld loswerde. Aber das würde voraussetzen, dass Strobel einen Sinn für Humor hat, der ihm definitiv fehlt.

Zu meiner Rechten sitzt ein pummeliger, blasser Typ mittleren Alters im Hawaii-Hemd. Seine ebenso pummelige und blasse Frau steht direkt hinter seiner Schulter und kommentiert sein Glück. Zu meiner Linken sitzt ein Mann, der ein erfahrener Spieler zu sein scheint. Er ist um die fünfundsechzig Jahre alt, hat lederne Haut und das sprichwörtliche Pokergesicht. Ich bezweifle, dass sich sein Ausdruck ändern würde, selbst wenn er den Jackpot knackt. Überraschenderweise liegen vor Mr Hawaii mehr Chips als vor Opi.

Julio teilt allen (auch sich selbst) zwei Karten aus, die erste verdeckt. Dann schaut er sich in unserer kleinen Runde um, und wir müssen entscheiden, ob wir noch eine Karte wollen oder nicht. Ziel des Spiels ist es, mit seinen Karten so nah wie möglich an einundzwanzig Punkte heranzukommen, ohne den Wert zu überschreiten. Bildkarten zählen zehn Punkte; ein As kann entweder als eins oder als elf gewertet werden. Jeder Spieler spielt gegen das Kasino und Julio darf als Erster sehen.

Mr Hawaii ist voll dabei und versucht cool zu klingen, indem er »noch eine« oder ein selbstsicheres »Ich passe« vom Stapel lässt. Opi zeigt mit einer Geste seiner Finger an, ob er noch eine Karte will, oder tippt auf den Tisch, wenn er genug hat. Ich beschließe, seiner Vorgabe zu folgen.

Die ersten beiden Runden verlaufen nach gleichem Schema. Ich bekomme zwei Karten ausgeteilt. Ich zähle meine Punkte zusammen, schaue mir die Karte an, die offen vor Julio liegt, und ziehe meine kleine Tabelle zurate. Beide Male soll ich laut Tabelle eine weitere Karte ziehen, und beide Male »überkaufe« ich, was bedeutet, dass meine Karten den Gesamtwert von einundzwanzig Punkten überschreiten. In der dritten Runde teilt sich Julio ein As und eine Königin aus, wodurch wir alle drei automatisch verlieren. In gerade mal drei Minuten habe ich dreihundert Mäuse verloren. Meine Handflächen sind feucht und mein Mund ist trocken. Aber das Verrückte an der Sache ist, dass ich mich amüsiere.

Julio scheint sich langsam ein wenig um mich zu sorgen. Vielleicht glaubt er, dass ich nur fünfhundert Dollar dabeihabe und nicht in der Lage sein werde, die zehn Runden mitzuspielen, die als Zeichen ausgemacht waren, wenn ich nicht langsam gewinne. Aus welchem Grund auch immer, Julio greift mir in der vierten Runde tatsächlich unter die Arme. Vor mir liegen eine Neun und eine Sieben. Julio hat eine Acht aufgedeckt. Mr Hawaii ist raus, und ich bin an der Reihe. Meine Tabelle rät mir zu noch einer Karte, unter der Annahme, dass Julios verdeckte Karte eine Zehn sein könnte und er damit insgesamt achtzehn Punkte hätte. Ganz lässig, wie mein Kumpel Opi, gebe ich ihm das Zeichen mit den Fingern, doch Julio zieht eine Augenbraue hoch. Ich beschließe, ihm zu vertrauen, und tippe schnell auf den Tisch. Opi zuckt mit den Fingern, und Julio teilt ihm noch eine Karte aus. Ich sehe, dass es eine Sechs ist, was meine eigene Hand auf über einundzwanzig gebracht hätte. Ich nicke Julio unmerklich zu. Opi ist jetzt bei neunzehn Punkten. Er passt.

Und hier wird es interessant. Julio dreht noch eine Karte um, und tatsächlich, es ist eine Bildkarte - zehn Punkte. Das Haus hat jetzt achtzehn Punkte. Mr Hawaii hat er bereits geschlagen, da dieser überkauft hat. Wenn Julio keine weitere Karte nimmt, hat er mich ebenfalls geschlagen, auch wenn er Opi auszahlen muss. Dennoch wird das Haus zweihundert Dollar eingenommen haben und nur hundert auszahlen müssen. Jeder am Tisch geht davon aus, dass Julio keine weitere Karte nehmen wird.

Stattdessen zieht er noch eine. Es ist eine Fünf, Julio hat überkauft. Auf diese Weise verwandelt er meine schlechte Hand in einen Gewinn, und das Haus zahlt sowohl mich als auch Opi aus.

»Heiliger Bimbam«, meint Mr Hawaii. »Warum zum Henker haben Sie das denn gemacht?« Doch während er noch spricht, geht ihm anscheinend ein Licht auf. Julio schenkt mir ein kleines schiefes Lächeln, und Mr Hawaii blickt mich von der Seite an, als würde er mich zum ersten Mal wahrnehmen. Es ist offensichtlich, dass Mr Hawaii glaubt, Julio wäre scharf auf mich und würde nun Runden verschenken, nur damit ich gewinnen kann. »Setz dich neben mich, Louise«, sagt Mr Hawaii zu seiner Frau. Er erhöht seinen Einsatz um tausend Dollar, während Louise ihn anstarrt, als habe er den Verstand verloren.

»Herbert, du weißt, dass ich nicht –«

»Stell keine Fragen«, schneidet Herbert ihr das Wort ab. »Setz dich einfach.«

Sie folgt seiner Anweisung, sieht aber völlig verängstigt aus. Ihre Haut war schon vorher blass; jetzt ist sie kreidebleich.

Ich grinse in mich hinein und beobachte, wie Opis Miene unverändert bleibt, er aber ohne großes Aufheben seinen Einsatz verdoppelt. Dann teilt Julio die Karten aus, und alle außer mir verlieren. Tatsächlich entwickle ich auf einmal eine verblüffende Glückssträhne, indem ich anhand von Julios hochgezogenen Augenbrauen und nicht meiner Tabelle bestimme, ob ich noch eine Karte nehme oder nicht. Julios Entschlossenheit, mich gegen das Haus gewinnen zu lassen, kommt auch den anderen Spielern zugute. Am Ende der zehnten Runde habe ich meine fünfhundert Dollar in fünfzehnhundert verwandelt. Mr Hawaii und Opi haben ebenfalls gut abgeschnitten, und selbst Louise hat etwas Geld gewonnen, indem sie sich an die Anweisungen ihres Mannes gehalten hat. Es erfordert all meine Willenskraft, mir meine Chips nach zehn Runden auszahlen zu lassen, vor allem, da Mr Hawaii mich geradezu bekniet weiterzuspielen.

Vegas ist mir jetzt offiziell ins Blut übergegangen. Das macht tatsächlich Spaß! Ich sage mir, dass ich nach meinem kleinen Rendezvous mit Julio an die Blackjack-Tische zurückkehren werde. Ich werde nicht mehr als die ursprünglichen tausend Dollar einsetzen, das verspreche ich mir. Na gut, vielleicht noch ein paar Hundert aus eigener Tasche, aber nicht mehr. Ich rufe mir ins Gedächtnis, dass ich in geschäftlicher Sache hier bin, aber es nutzt nichts. Langsam verstehe ich, wie Fowlers Spielschulden ins Unermessliche steigen konnten.

Ich mache mich auf den Weg zur Bar und bestelle eine alkoholfreie Bloody Mary auf Eis. Während ich auf Julio warte, hole ich einen Stift hervor und rechne mir aus, wie viel Geld ich gewonnen hätte, wenn ich anstatt des Mindesteinsatzes von hundert Dollar jedes Mal die maximal zugelassenen fünfhundert eingesetzt hätte. Ich starre die Zahl, die ich auf meine Serviette geschrieben habe, mit gierigen Augen an und nehme mir fest vor, beim nächsten Mal risikofreudiger zu sein. Vielleicht ließe sich so unsere Hochzeit bezahlen?

Reiß dich zusammen, Leslie! Das ist kompletter Blödsinn. Nur dumme Menschen verspielen ihr hart verdientes Geld in Las Vegas. Richtig? Warum nehme ich dann in diesem Moment den Spielsaal ins Visier und versuche, andere Blackjack-Tische ausfindig zu machen, die einen Mindesteinsatz von hundert Dollar verlangen und deren Kartengeber vielleicht ebenfalls eine Schwäche für Rothaarige haben?

38

Zehn Minuten später steigt Julio auf den Barhocker neben mir. Er bestellt einen Gin Tonic. »Bin ich froh, dass Sie nicht fett und hässlich sind«, sagt er.

»Was soll das denn bitte schön heißen?«

Julio grinst und präsentiert eine perfekte Reihe strahlend weißer Zähne.

»Das würde meine Tarnung zunichtemachen. Wenn jemand beobachtet, wie ich mich mit Ihnen unterhalte, werden sie einfach glauben, dass ich versuche, Sie aufzureißen. Wären Sie jedoch fett und hässlich, würden sie vermuten, ich würde versuchen, das Kasino abzuzocken.«

Julios breites Grinsen und seine lockere Art nehmen mir etwas von meiner Anspannung. Aber ich frage mich auch, ob das seine unterschwellige Art ist, herauszufinden, ob ich interessiert bin. Gelassen lege ich meine linke Hand auf dem Tresen ab und stelle damit den beeindruckenden Diamanten an meinem Verlobungsring zur Schau.

»Noch eine Bloody Mary für die Dame«, weist Julio den Barkeeper an.

Ist der Typ blind?

Dann lehnt er sich ein wenig zu mir herüber. »Um die Geschichte wirklich überzeugend rüberzubringen, sollten wir uns später vielleicht treffen«, schlägt er vor.

Ich schenke ihm ein entwaffnendes Lächeln, weil ich einen so wichtigen Zeugen nicht vor den Kopf stoßen möchte. »Tut mir leid, Julio. Ich fliege noch heute Abend zurück. Außerdem bin ich einer von diesen prüden Spießern, die niemals Arbeit mit Vergnügen vermischen.«

»Wie schade. Ich glaube, wir hätten ein gutes Team abgegeben.«

Wir führen diesen Schlagabtausch eine Weile fort, während Julio versucht, sich wieder ins Spiel zu flirten. Ich schwenke meinen zweiten Drink ein paarmal im Glas herum, ohne jedoch auch nur einen Schluck davon zu nehmen. Langsam verliere ich die Geduld; ich habe mehr als einmal auf die Informationen angespielt, die ich benötige, ohne Erfolg. Schließlich beschließe ich, den direkten Weg zu gehen.

»Wie ich höre, haben Sie Informationen über Harlan Fowlers Spielschulden. Wenn dem so sein sollte, handelt es sich um wichtige Informationen für einen Mordfall, den ich gerade verhandle.« Ich schenke ihm den aufrichtigsten Blick, den ich zustande bringe – ich beschwöre ihn geradezu mit meinen Augen. »Ich könnte in dieser Sache wirklich Ihre Hilfe gebrauchen.«

Wieder lächelt er mich an und nimmt ganz cool einen Schluck von seinem Gin Tonic. »Ich weiß. Aber Informationen bringen nichts, wenn man sie vor Gericht nicht beweisen kann, nicht wahr? Ich meine, Sie brauchen nicht nur jemanden, der Ihnen die Informationen gibt, sondern der auch bereit ist, vor Gericht auszusagen.«

Meine Hoffnung steigt. »Das wäre ideal.«

Julio schaut sich um und lehnt sich vor. »Zeugen werden manchmal bezahlt, oder nicht?«

Argwöhnisch neige ich den Kopf zur Seite. »Nur Sachverständige.«

»Okay«, sagt er. »Manche Zeugen werden bezahlt. Aber Sie müssen wissen, dass ich meinen Job verliere, wenn ich aussage. Und ich verdiene wirklich gut in meinem Job, kann damit meine Familie ernähren ...«

Deine Familie? Warum flirtest du dann mit mir?

»Es müsste sich schon für mich lohnen«, erklärt er. »Verstehen Sie, was ich meine?«

Ich verstehe ganz genau, was du meinst. Das nennt man Bestechung eines Zeugen.

»Julio, ich kann Ihnen kein Geld zahlen«, sage ich mit entschlossener Stimme. »Das wäre unethisch.«

Das bringt Julio zum Lachen. Er lehnt sich wieder vor. »Was wir hier tun, ist unethisch. Wir verletzen damit Mr Fowlers Persönlichkeitsrechte und jede Bestimmung meines Arbeitsvertrages. Die einzige Frage ist nur, ob ich dafür bezahlt werde.«

Das läuft alles andere als gut. Langsam drängt sich mir der Verdacht auf, dass ich ohne die Informationen nach Hause fahren werde, wegen denen ich hier bin. Ich muss meine Vorgehensweise ändern. Wenn ich Julio nur dazu bringen kann, zu bestätigen, dass Fowler Spielschulden hatte, kann ich später vielleicht noch konkrete Beweise dafür einholen, indem ich an einem Gericht in Nevada einen Antrag auf Einsicht in die Kasinounterlagen stelle.

Ich drehe mich zur Seite, schaue Julio direkt ins Gesicht und schlage dabei die Beine übereinander. »Lassen Sie uns in zwei Schritten vorgehen«, schlage ich vor. »Zuerst sagen Sie mir, ob Fowler dem Bellagio Geld schuldet, und wenn ja, wie viel. Ich werde meine Quelle geheim halten, sodass Sie nicht Ihren Job riskieren. Wenn der Fall vor Gericht geht und ich Ihre Aussage brauche, habe ich verstanden, dass uns Ihre Mühe etwas wert sein muss.«

Julio starrt eine Weile lang zurück. »Einen Wert, der im sechsstelligen Bereich liegt, meinen Sie?«

Ich muss jetzt sehr vorsichtig sein. Auch wenn ich nicht vorhabe, Julio auch nur einen Cent zu zahlen, darf ich ihm das jetzt noch nicht verraten. Ich muss erst diese Informationen über Fowlers Spielschulden bekommen.

»Wenn der Fall vor Gericht geht und wir Ihre Aussage brauchen«, sage ich.

Julio lässt sich meine Antwort kurz durch den Kopf gehen und nickt dann zustimmend. »Jimmy«, ruft er und winkt dabei den Barkeeper zu sich heran, »hast du mal 'n Stift?«

Ich reiche ihm meinen Kugelschreiber, Jimmy lächelt und zieht sich wieder diskret in eine andere Ecke zurück. Julio schreibt etwas auf seine Serviette. Sein Name steht ganz oben, darunter zwei Telefonnummern – eine Festnetznummer, die andere eine Handynummer. Jetzt rückt er näher heran und legt seinen Arm um mich, wobei seine Lippen fast mein Ohr berühren.

»Die Handynummer stimmt«, sagt er. »Nur für den Fall, dass sie zufällig Ihren Flug nach Hause verpassen sollten. Die Festnetznummer nicht. Die ersten drei Ziffern sind die Vorwahl von Las Vegas. Die letzten sieben Zahlen stellen die Summe dar, die Mr Fowler laut Stand vom letzten Freitag dem Bellagio schuldet.« Er drückt mir einen Kuss auf die Wange und lehnt sich zurück. »Ich musste es echt aussehen lassen.«

Langsam wird mir der Kerl wirklich unsympathisch, aber zumindest habe ich jetzt, was ich brauche. »Danke«, sage ich und blicke auf die Festnetznummer herunter: (702) 0 290 350. Fowler steckte bis zum Hals drin. Ich falte die Serviette zusammen und stopfe sie in meine Handtasche.

»Keine Ursache.« Julio kippt den Rest seines Gin Tonics herunter und sagt dann: »So, zurück an die Arbeit.« Er lehnt sich wieder vor, als wäre er auf einen weiteren Kuss aus, und automatisch weiche ich zurück. »Kann ich Ihnen einen letzten Rat mit auf den Weg geben?«, fragt er.

»Ähm ... sicher.«

»Halten Sie sich von den Blackjack-Tischen fern«, sagt er und steigt vom Barhocker. »Sie sind grottenschlecht.«

39

Ich starre die Bloody Mary ein paar Minuten lang an, bevor ich sie wegschiebe. Ich weiß, wie gut sie mir schmecken würde und dass meine Nerven sie gerade ziemlich gut gebrauchen könnten. Aber ich weiß auch, dass ich es vermutlich nicht bei einem Drink belassen würde. Und eine betrunkene Leslie Connors ist kein schöner Anblick. Davon abgesehen, soll ich morgen etwa verkatert zu meinem Termin mit Dr. Maholtra erscheinen?

Ich bringe mich endlich dazu, von der Bar aufzustehen, und laufe durch das Labyrinth des Bellagio-Spielsaals. Vor meinem Rendezvous mit Julio war ich zu nervös, um an Essen zu denken. Jetzt, wo ich es hinter mich gebracht habe, bin ich geradezu ausgehungert. Ich beschließe, Julios Rat zu folgen, und mache einen Bogen um die Blackjack-Tische. Auch wenn ich überzeugt bin, dass ich nicht annähernd so schlecht spiele, wie Julio behauptet. Ich kann es nicht erwarten, den Ausdruck auf Brads Gesicht zu sehen, wenn ich die tausend Dollar von der Kanzlei vor ihm auf den Tisch knalle und obendrauf die zusätzlichen Tausend, die ich gewonnen habe. Ich möchte diesen Moment nicht gefährden, also steuere ich auf die Fahrstühle zu. Es wird Zeit, endlich diesen Rock auszuziehen und in meinen Pyjama zu schlüpfen, einen guten Streifen im Spielfilmkanal zu finden und den Zimmerservice in Anspruch zu nehmen.

Als ich mich umdrehe, um einen letzten Blick auf Julio zu werfen, bleibt mir das Herz stehen. Ich glaube, ich werde beobachtet. Von einem untersetzten Mann mittleren Alters in einem blauen Jackett. Er ist stark gebräunt und hat buschige schwarze Augenbrauen. Auch wenn ich diesen Mann noch nie zuvor gesehen habe, starrt er mich direkt an. Ein leichter Ansatz von Panik kriecht mir den Rücken hoch. Bin ich paranoid, wenn ich in jeder Menschenmenge einen Verfolger sehe? Ich beschließe stehen zu bleiben und eine Weile zurückzustarren.

Er schaut weg, geht weiter und läuft irgendwann an mir vorbei. Meine Atmung verlangsamt sich wieder. Dieser ganze Spionage-Quatsch lässt mich jetzt schon Gespenster sehen. Nur um sicher zu sein, laufe ich in die andere Richtung, von den Fahrstühlen weg. Ich drehe eine große Runde durch den Spielsaal, bevor ich mich wieder auf den Weg zu den Fahrstühlen mache. Immer wieder werfe ich einen Blick über die Schulter, bleibe zwischendurch stehen und sehe mich um, nur um sicherzugehen, dass mir niemand folgt.

Gerade als ich bei den Fahrstühlen ankomme, schließt sich eine Tür, und der Aufzug fährt mit einer Gruppe von Leuten hoch. Ich drücke den Fahrstuhlknopf mit meinem Finger, und ein weiterer Aufzug öffnet sich. Ich betrete die verspiegelte Kabine – Mann, sehe ich müde aus! – und drücke den Knopf der zweiunddreißigsten Etage. Als die Tür sich gerade zuschiebt, sehe ich, wie ein Mann auf meinen Aufzug zueilt. Ich drücke die »Tür schließen«-Taste und versuche, es so aussehen zu lassen, als würde ich eigentlich die »Tür aufhalten«-Taste betätigen. »Tut mir leid«, sage ich, während die Tür zugeht.

Doch der Mann ist schnell und schiebt in letzter Sekunde seine Hand dazwischen, sodass der Sicherheitsmechanismus ausgelöst wird und die Tür sich wieder zurückzieht. *Verdammt!* Er betritt den Fahrstuhl und schaut mich direkt an, aus humorlosen Augen, die unter dichten schwarzen Augenbrauen hervorblitzen. Das ist derselbe Kerl, den ich vor ein paar Minuten im Spielsaal gesehen habe!

Während sich die Tür hinter ihm schließt, wäge ich meine Chancen ab, an ihm vorbeizupreschen, um Hilfe zu rufen oder auf den Alarmknopf zu schlagen. Doch mein Zögern besiegelt mein Schicksal. Die Tür schließt sich, der Mann dreht sich um, stellt sich neben mich und starrt die Ziffern auf der Anzeige über der Tür an.

Ich werfe einen heimlichen Blick auf ihn im Spiegel, richte meine Augen dann einfach geradeaus, während ich erwäge, warum er selbst keine Etage gewählt hat. Über die möglichen Erklärungen will ich nicht mal nachdenken. Ich versuche, ruhig zu wirken, und unterdrücke den Drang, von ihm wegzurücken. Er darf meine Angst nicht spüren.

»Guten Abend«, sagt er. »Und – hatten Sie Glück an den Blackjack-Tischen?«

»Kennen wir uns?«, frage ich.

Mit einem Lächeln greift er in die Innentasche seines Jacketts. Ich werde steif – ist jetzt der Zeitpunkt, um zum Alarmknopf zu hechten?

»Entspannen Sie sich.« Er holt eine Brieftasche mit einem Ausweis und einer Marke hervor. Sein Name ist Robert Mackey. »Hotel-Sicherheitsdienst«, brummt er. »Wenn es Ihnen nichts ausmacht, würde ich Ihnen gern ein paar Fragen stellen. Sie haben nichts zu befürchten, wir überprüfen einfach nur einen unserer Angestellten. Ich dachte, Sie könnten uns dabei vielleicht behilflich sein.«

Auch wenn mir mein Anwaltinstinkt sagt, dass etwas an der Sache faul ist, willige ich ein, seine Fragen zu beantworten. Ich fahre mit ihm zurück ins Erdgeschoss und folge Mackey durch das Kasino und durch eine Tür hindurch, die auf magische Weise in einer verspiegelten Wand erscheint.

Ich gehe hinter ihm an Reihen über Reihen von Bildschirmen vorbei, die von Männern und Frauen in blauen Blazern überwacht werden. Mackey führt mich in ein kleines Büro, dessen obere Hälfte komplett aus Glas besteht. Er bietet mir einen modernen schwarzen Ledersessel an, der auf einem Plexiglasfuß zu schweben scheint. Mackey nimmt hinter seinem Glasschreibtisch Platz und fragt mich, ob ich etwas trinken möchte. Nachdem ich abgelehnt habe, greift er zum Hörer und ruft jemanden an, der wohl sein Partner sein muss. Schon bald gesellt sich ein großer, schlaksiger Mann zu uns, dessen extrem scharfe Gesichtszüge mich an einen Geier erinnern.

Mackey stellt uns vor. Der Geier heißt Victor Bernidini. Ich frage mich, ob ich jetzt die Guter-Cop-böser-Cop-Nummer geboten bekomme.

»Macht es Ihnen etwas aus, wenn ich unser Gespräch aufzeichne?«, fragt Mackey. Er stellt das Aufnahmegerät auf seinen Schreibtisch und schaltet es ein.

»Nein. Schon in Ordnung.«

»Ihnen ist klar, dass es sich hier um eine freiwillige Vernehmung handelt«, erklärt Mackey. »Sie können jederzeit gehen und sind nicht verpflichtet, irgendeine meiner Fragen zu beantworten.«

Nicht ganz die Rechte, die einem Verdächtigen bei der Verhaftung vorgelesen werden. Aber das ist unter den gegebenen Umständen auch nicht erforderlich. Seine kleine Rechtsbelehrung macht mich nur noch nervöser, auch wenn ich weiß, dass ich mir nichts habe zuschulden kommen lassen. »Ich verstehe.«

»Und sind Sie bereit, uns auf freiwilliger Basis ein paar Fragen zu beantworten?«

»Ja.« Als Anwältin weiß ich, dass ich absolut das Recht habe, aufzustehen und zu gehen, ohne dass sie mich daran hindern könnten. Doch als menschliches Wesen sind hier weitaus stärkere psychologische Kräfte am Werk – Kräfte, die ich zum letzten Mal als Mittelstufenschülerin im Büro des Schuldirektors gespürt habe. Diese psychologischen Kräfte sind stark. So stark, dass ich entschlossen bin, jede Frage zu beantworten, mit der sie mich konfrontieren, selbst wenn ich dafür die Wahrheit ein wenig verfälschen muss. Ich habe das Gefühl, *beweisen* zu müssen, dass ich nichts zu verbergen habe – jede von Mackeys Fragen zu beantworten und mich von jeglichem Fehlverhalten freizusprechen. Jetzt erst wird mir bewusst, wie

Tara sich gefühlt haben muss, als Detective Anderson ihr an jenem Abend das Geständnis entlockt hat.

Ich nenne meinen Namen und meine Adresse für das Protokoll. Mackey fragt, ob er meinen Führerschein sehen darf, und ich lege ihm diesen vor. Er macht sich ein paar Notizen.

»Kommen Sie oft nach Vegas, Ms Connors?«

»Nein.«

»Zum ersten Mal hier?«

»Ja.«

»Sind Sie allein angereist?«

»Ja.«

Diese Antwort ruft eine hochgezogene Augenbraue hervor. »Ein hübsches Mädchen wie Sie kommt einfach so nach Vegas, um allein zum ersten Mal überhaupt zu spielen?«

Ich rutsche nervös in meinem Sitz herum, während die Glaswände des Büros ein wenig näher zu rücken scheinen. Ich beschließe, an sein Mitgefühl zu appellieren. »Bei mir wurde gerade ein schweres Herzleiden festgestellt. Ich bin auf dem Weg nach Dallas, um eine Chirurgin wegen eines hochriskanten und experimentellen Eingriffs zu konsultieren ...« Selbst während ich die Worte ausspreche, kommt es mir vor, als würde ich von jemand anderem reden. *Konzentration, Leslie; Konzentration.* »Ich musste einfach mal raus. Also habe ich hier einen kleinen Zwischenstopp eingelegt.«

»Auf Ihrem Weg von Virginia nach Dallas?«, fragt Mackey.

»Ja.«

»Verstehe«, sagt er sarkastisch. »Und weil Vegas so ein idyllischer Ort ist und auf dem direkten Weg von Virginia nach Texas liegt, haben Sie beschlossen, hier haltzumachen, um etwas Blackjack zu spielen und ein bisschen Zeit für sich zum Nachdenken zu haben.«

Anscheinend zieht die Masche mit dem Mitgefühl nicht. »Behandeln Sie alle Ihre Gäste so herablassend?«, frage ich. »Vielleicht steige ich nächstes Mal lieber in einem Hotel ab, das kein Problem damit hat, mein Geld zu nehmen.«

»Das ist der springende Punkt«, erwidert Mackey gelassen. »Wir haben Ihr Geld nicht genommen, sondern Sie unseres.«

Wie viel wissen diese Typen? Die Luft im Raum scheint auf einmal etwas dünner zu werden; über meiner Oberlippe bildet sich eine schmale Schweißlinie. Aber davon abgesehen geht mir Mackeys Einstellung langsam gegen den Strich. »Wollen Sie mir weismachen, dass sich das Kasino um ein paar mickrige Tausend Dollar kümmert?« Ich spüre, wie das Connors-Temperament beginnt, seine hässliche Fratze zu zeigen. Die Einschüchterung weicht der Empörung über diese Ungerechtigkeit. »Da draußen streichen andere Leute gerade zehnmal so viel in nur einer Runde ein. Warum hacken Sie auf mir herum?«

»Julio Rodriguez«, sagt Mackey. »Kennen Sie ihn?«

Jetzt wird es langsam knifflig. Sie müssen uns zusammen gesehen haben. »Hab ihn erst heute Abend kennengelernt.«

Meiner Antwort folgt langes Schweigen, als könnten sie mir eine andere entlocken, wenn sie nur lange genug warten.

»Warum hat er die Runden am Blackjack-Tisch mit Absicht verloren?«, fragt Mackey. Sein Blick ist so stet und unverwandt, dass es einen geradezu nervös macht.

Soll ich es abstreiten? Wahrscheinlich haben sie das Spiel auf Band. »Wenn Sie glauben, dass er mit Absicht verloren hat, sollten Sie ihn dazu befragen.«

»Haben Sie eine Ahnung, warum er die Runden verschenkt hat?«

»Nein«, erwidere ich schnell. Mir ist natürlich klar, dass ich damit gerade die Grenze ethischen Verhaltens überschritten habe. Aber welche Wahl bleibt mir noch?

Wieder einmal muss ich an Tara denken, die verzweifelt versuchte, Anderson von ihrer Unschuld zu überzeugen. Wie viel von ihrer Geschichte wurde damals aus dem Stegreif erdacht?

»Sie haben nicht die leiseste Ahnung?«

»Keine.« Die Lüge kommt mir beim zweiten Mal leichter über die Lippen.

»Haben Sie darüber an der Bar geredet?«

»Über was geredet?«

»Warum er diese Runden verschenkt hat?«

»Nicht wirklich.«

»Worüber haben Sie sich dann unterhalten?«

»Er wollte mit mir ausgehen. Hat mir seine Telefonnummer gegeben.«

»Haben Sie sie angenommen?«

Ich halte die Hand mit meinem Ring hoch. »Ich bin verlobt.«

»Und trotzdem haben Sie seine Nummer genommen?« Mackey hält inne, ein kleines Lächeln zerrt an seinen Mundwinkeln. »Hatten Sie vor, ihn später anzurufen?«

»Nein«, erwidere ich höhnisch.

»Macht es Ihnen was aus, wenn wir uns den Zettel mal ansehen?«

Ich denke kurz darüber nach. Ohne Zweifel werden diese zwei Typen beide Nummern anrufen und sofort feststellen, dass die Festnetznummer nicht Julios Nummer ist. Das würde nur noch mehr Fragen aufwerfen. »Ja, es macht mir etwas aus.«

»Verstehe.« Mackey schweigt nachdenklich. »Also, was sagt uns das? Sie sind ganz allein zum ersten Mal überhaupt in Vegas. Zufälligerweise landen Sie an Julios Tisch, der zufälligerweise ein paar Spiele in den Sand setzt. Dann kommt er auf Sie zu und gibt Ihnen eine Telefonnummer, die Sie annehmen, obwohl Sie nicht die Absicht haben, ihn anzurufen.« Eine Pause. »Und Sie sind sich immer noch sicher, dass Sie keine Ahnung haben, warum Julio diese Runden in den Sand gesetzt hat?«

Ich schlage ein Bein über das andere und schaue Mackey direkt in die Augen, um zu zeigen, dass ich mich nicht einschüchtern lasse. »Vielleicht steht er ja auf lange Beine«, sage ich und wippe ein wenig mit dem oberen Bein.

Mackey nickt wissend. »Das hätte ich auch gedacht«, erwidert er. »Aber etwas an dieser Theorie ist mir aufgestoßen.« Er stellt die Ellenbogen auf dem Schreibtisch auf, schlägt die Hände zusammen und stützt sein Kinn darauf ab. »Wenn Sie sich an einen Blackjack-Tisch setzen und plötzlich feststellen, dass der Kartengeber dermaßen auf Sie abfährt, dass er ein Spiel nach dem anderen verschenkt – warum sollten Sie dann nach gerade mal zehn Runden aufstehen?«

Ich suche verkrampft nach einer Antwort, doch mir will einfach nichts einfallen. Zum ersten Mal schaltet sich nun auch der Geier ein. »Besonders, wenn Sie Geld für einen experimentellen Eingriff benötigen.«

Das ist das Problem mit dem Lügen, wird mir klar. Der alte Vers geistert mir durch den Kopf: *Oh, welch ein verstricktes Netz wir weben, wenn wir zuerst die Täuschung üben.* Auch Tara kommt mir plötzlich wieder in den Sinn, noch während ich versuche, meine eigene Lage einzuschätzen.

»Nicht jeder ist habgierig«, sage ich.

Das bringt Mackey tatsächlich zum Lachen. »Es gibt nur wenige Dinge, auf die ich mich in meinem Job mit absoluter Sicherheit verlassen kann«, sagt er. »Eines davon lautet: Jeder ist habgierig.«

Er lehnt sich kurz in seinen Stuhl zurück und betrachtet mich. »Die Leute sind so habgierig, Ms Connors, dass wir schon Gäste hatten, die sich mit bestimmten Kartengebern verschworen haben, um das Kasino zu betrügen. Interessanterweise testen sie dabei üblicherweise ihr System erst vorsichtig aus oder ergaunern sich einfach hier und da kleinere Geldbeträge, um das Risiko, erwischt zu werden, zu minimieren. Beim ersten Mal nehmen sie meist nicht mehr als ... ach, vielleicht tausend Dollar oder so.« Mackey legt eine Pause ein, um die Anschuldigung wirken zu lassen. »Doch meist gehen sie dabei nicht ganz so auffällig vor und hocken auch ganz bestimmt nicht, kurz nachdem sie ihre Betrugsmasche durchgezogen haben, zusammen an der Bar. Also werde ich heute, als besonderen Gefallen für jemanden, der kurz vor einer Herz-OP steht, davon ausgehen, dass Sie recht haben. Vermutlich ist der alte Julio einfach nur auf lange Beine versessen, und vermutlich konnte er bei Ihnen auch nichts absahnen.«

Ein hämisches Grinsen macht sich auf Mackeys Gesicht breit. Er ist stolz auf seine kleine zweideutige Anspielung. Ich sollte empört sein, aber ich will die Sache einfach nur hinter mich bringen.

Mackey wendet sich an den Geier. »Victor«, sagt er, »würdest du Ms Connors zurück in den Spielsaal begleiten?« Jetzt richtet er das Wort wieder an mich. »Und, Ms Connors, würden Sie mir den Gefallen tun, sich von Julios Tisch fernzuhalten?«

»Dann werde ich wohl versuchen müssen, einen Ihrer anderen Kartengeber zu schlagen«, erwidere ich mutig.

»Genau«, sagt Mackey, während ich auf die Tür zugehe. »Dazu möchte ich Ihnen noch einen letzten Rat mit auf den Weg geben.«

Ich bleibe stehen.

»Wenn der Geber eine Acht vor sich liegen hat und Sie sechzehn Punkte haben, sollten Sie immer noch eine Karte nehmen. Nicht viele unserer Kartengeber sind so dämlich wie Julio.«

»Ich werd' versuchen, es mir zu merken«, sage ich. Dann folge ich Victor aus dem Büro. Ich bin versucht, zurück zu den Blackjack-Tischen zu gehen, nur um Mackey zu zeigen, dass ich auch ohne Trickserei gewinnen kann. Stattdessen schlage ich den Weg zu meinem Zimmer ein.

Es war ein langer Tag.

40

Am folgenden Tag stelle ich fest, dass ich Dr. Asha Maholtra gut leiden kann. Was sie mit mir macht, gefällt mir weniger, dafür aber ihre Art. Sie ist klein und kräftig, hat dunkle Haut und ein runzeliges Gesicht. Ihre Ausdrucksweise ist tadellos. Und sie redet nicht um den heißen Brei herum.

Schon den ganzen Nachmittag ist sie mit mir zugange. Als Erstes spritzt sie mir Thallium in die Adern und führt eine Myokardszintigrafie durch. Dieses Mal versuche ich nicht die Heldin zu spielen und steige nach etwas mehr als acht Minuten aus eigener Kraft vom Laufband. Dr. Maholtra scheint von meiner Leistung wenig beeindruckt zu sein, aber ich versichere ihr, dass ich meine Kräfte nur für die OP aufgespart habe. Sie lächelt nicht.

Sie nimmt auch etwas an mir vor, das sich Elektronenstrahltomografie nennt, bei der ich in einer langen Röhre liegen muss, während das Gerät Elektronen auf mich abschießt und Schichtaufnahmen meines Körpers in Abständen von sechs Millimetern macht. Hinterher schauen wir uns die Aufnahmen meiner Adern und Arterien auf einem Computerbildschirm an. Die Ärztin gibt sich größte Mühe, auf all die Mängel hinzuweisen, die mein vergrößertes Septum verursacht. Dann stellt sie mir endlose Fragen, lässt mich einen Berg Formulare ausfüllen und führt jeden erdenklichen Labortest mit mir durch.

Jetzt, nachdem ich all ihre Nadeln und Untersuchungen überstanden habe, klärt sie mich über die möglichen Komplikationen des Eingriffs auf und reicht mir einen weiteren Stapel Formulare, die ich ausfüllen und unterschreiben soll. Ich bestätige, dass ich über die Risiken, die mit der Operation einhergehen, im Bilde bin - eine Liste, die sich wie der Traum eines jeden Anwalts für medizinische Kunstfehler liest. Da ist einerseits der ganze Kram, den ich schon von meiner Internetrecherche weiß - das Risiko, einen Herzschrittmacher tragen zu müssen, sollte der AV-Knoten geschädigt werden, und das Risiko, die Wand einer Arterie zu durchstoßen -, aber auch neue beunruhigende Dinge. Wie zum Beispiel das Risiko, einen Schlaganfall zu erleiden, oder dass durch das Ethanol mehr Blutgefäße als nötig abgetötet werden. All diese Dinge und noch ein Dutzend andere haben das Potenzial, eine dauerhafte Behinderung hervorzurufen, mich in ein Wachkoma zu versetzen oder auf dem OP-Tisch sterben zu lassen.

Als Anwältin weiß ich, dass die Hälfte davon nur Standardformulierungen sind, die alle Patienten vor jeder größeren Operation vorgelegt bekommen. Dennoch bringt es mich dazu, darüber nachzudenken, ob eine achtzehn Zentimeter lange Reißverschlussnarbe wirklich so schlimm wäre.

»Anwälte«, meint Dr. Maholtra verächtlich, als ich das letzte Formular unterzeichne. »Die machen einem das Leben wirklich unerträglich.«

Es ist ihr erster halbwegs humorvoller Kommentar an diesem Tag, also bringe ich ein lahmes Lächeln zustande. »Deswegen ziehe ich diesen Eingriff auch einer Operation am offenen Herzen vor«, erkläre ich. »Als Anwältin traue ich keinem Arzt, der sich mit einem Messer über mich beugt, während ich schlafe.«

»Mmm«, erwidert die Ärztin. Entweder fand sie die Bemerkung nicht witzig, oder sie hat sie nicht verstanden. »Leslie, ich glaube, Sie wären in jeglicher Hinsicht eine ausgezeichnete Kandidatin für eine Alkoholablation – bis auf einen Nachteil.« Ihre Stimme ist jetzt sogar noch ernster als zuvor.

Mir rutscht das Herz in die Hose, als ich diesen Satz verdaue. Ich verdränge einen panischen Gedanken: *Habe ich das alles über mich ergehen lassen, nur um zu hören, dass ich für den Eingriff nicht geeignet bin?* Auf einmal will ich diese Operation mehr als alles andere. Ich schaue Dr. Maholtra aus flehenden Augen an, unfähig, all die Hoffnung, die ich in diesen Eingriff gesetzt habe, zum Ausdruck zu bringen.

»Abgesehen von der hypertrophen Kardiomyopathie sind Sie gesundheitlich in hervorragender Verfassung«, fährt die Ärztin in sachlichem Tonfall fort. »Sie sind jung, Ihre Arterien sind relativ frei, und Ihr Herzmuskel selbst scheint kräftig genug zu sein.« Sie zögert.

»Aber ...«, bohre ich nach.

»Aber es gibt eine Komplikation hinsichtlich der Blutgefäße, die das Septum versorgen. Im Idealfall gäbe es nur ein Bündel von Blutgefäßen, das den betroffenen Teil des Septums versorgt. Unglücklicherweise scheint in Ihrem Fall der verdickte Bereich des Septums von mehreren Gefäßbündeln versorgt zu werden. Das macht es uns schwer zu entscheiden, welchen von ihnen wir bei dem Eingriff in Angriff nehmen sollen. Ich glaube, dass es zwei Hauptversorgungsbündel gibt, aber bis wir reingehen, kann man nicht mit Sicherheit sagen, ob es diese beiden sind, die wir veröden müssen.«

Altbekannte Tränen brennen in meinen Augen. Ich konzentriere mich darauf, mich zusammenzureißen, und versuche nicht über die Auswirkungen von dem nachzudenken, was ich gerade gehört habe. *Linke Hirnhälfte, linke Hirnhälfte,* sage ich mir. Was ich jetzt brauche, ist Logik, keine Emotionen. Mit den negativen Konsequenzen kann ich mich später noch auseinandersetzen.

»Heißt das, dass Sie den Eingriff nicht an mir vornehmen können?«

Maholtra schüttelt schnell den Kopf. »Ganz und gar nicht, Leslie.«

Ich stoße Luft aus, von der ich nicht mal wusste, dass ich sie angehalten habe.

»Ich habe schon Patienten mit weitaus höheren Risikofaktoren operiert. Ich will nur klarstellen, dass in Ihrem Fall eine höhere Wahrscheinlichkeit besteht, dass es vielleicht nicht bei einem einmaligen Eingriff bleibt. Aus offensichtlichen Gründen wollen wir so wenig Gewebe wie möglich zerstören, um eine Besserung zu erzielen. Das könnte zur Folge haben, dass wir beim ersten Mal keine ausreichend große Fläche behandeln können und deswegen mehr als einmal operieren müssen, um Sie vollkommen genesen zu lassen.«

Ich schwanke zwischen Erleichterung, dass ich noch immer als Kandidatin infrage komme, und Enttäuschung über diesen jüngsten Rückschlag, den mir mein Herzkreislaufsystem erteilt hat. *Linke Hirnhälfte, Logik.* »Was ist mit den anderen Risikofaktoren? Werden die auch irgendwie durch diese Multiple-Bündel-Sache beeinflusst?«

Dr. Maholtra muss sich angesichts meiner Terminologie offensichtlich ein Lächeln schwer verkneifen. Manchmal können Ärzte einem das Gefühl geben, unglaublich dumm zu sein. »Nein«, erklärt sie geduldig. »In jeglicher anderer Hinsicht scheinen Sie die perfekte Kandidatin für den Eingriff zu sein.«

Ich muss schlucken und setze mein tapferstes Gesicht auf. »Wie schnell können wir die Sache über die Bühne bringen, Doktor?«

Sie betrachtet mich eine Weile eingehend, als wolle sie sich ein Bild von meiner Entschlossenheit machen, diesen Eingriff durchzustehen. Dann dreht sie sich zu ihrem Computer um und drückt ein paar Tasten. »Wie wäre es mit Mittwoch nächster Woche? Ich habe um 15 Uhr noch einen Termin frei. Je schneller wir das erledigen, umso besser.«

Nein!, schreit meine intuitive rechte Hirnhälfte. *Das ist viel zu früh! Ich brauche noch Zeit!* Aber meine rechte Hirnhälfte steht nicht länger mit meinem Mund in Verbindung. Meine unnachgiebige linke Hirnhälfte hat die Kontrolle übernommen. »Das passt mir gut«, sage ich. »Ich trage es mir in meinen Terminkalender ein. Herzinfarkt. Mittwoch, 24. Mai, 15 Uhr.«

Schließlich lächelt Dr. Asha Maholtra dann doch noch.

41

Am Freitag bereiten Brad und ich uns darauf vor, eine gemeinsame Strategie auszuarbeiten, die die Dynamik des Bannister-Falls ein für alle Mal umkehrt. Brad soll einen Antrag beim Bezirksgericht von Virginia Beach vorlegen, in dem wir um eine Vorverlegung des Prozessbeginns bitten. Mitchell Taylor wird zweifelsohne dagegen sein. Auch die Perfektionistin in mir hätte am liebsten noch sechs Monate Zeit, um sich auf den Prozess vorzubereiten. Aber Brad hat mich davon überzeugt, dass wir darauf drängen müssen, den Fall so schnell wie möglich zur Verhandlung zu bringen.

In typischer Brad-Carson-Manier zählte er die Vorteile einer früheren Verhandlung an seinen Fingern ab. Erstens, meint er, gingen Verzögerungen in Jugendstrafsachen immer zugunsten der Anklage. Tara wird im August siebzehn, und wie die meisten Mädchen in ihrem Alter sieht sie mit jedem Tag reifer aus. »Ich will sie bei der Verhandlung als Sechzehnjährige bezeichnen«, sagt er. »In den Köpfen der Geschworenen besteht ein großer Unterschied zwischen einer Sechzehn- und einer Siebzehnjährigen.«

Zweitens würde ein vorgezogener Prozessbeginn Fowler unter noch größeren Druck setzen und ihn hoffentlich zwingen, schnell auf den Deal einzugehen, den wir ihm anbieten werden.

Und drittens, argumentierte mein Verlobter, müssen wir diesen Fall abgeschlossen haben, *falls* wir tatsächlich noch immer vorhaben sollten zu heiraten. »Ich habe keine Lust, mich während unserer Flitterwochen auf die Bannister-Verhandlung vorbereiten zu müssen«, meint Brad. Das »falls« in seinem Satz war eine eindeutige Aufforderung an mich, ihm zu sagen, wie ich zu unseren Hochzeitsplänen stehe. Aber da ich nicht weiß, was ich sagen soll, halte ich einfach den Mund.

Und so wird Brad heute, am Freitag den 19. Mai, beantragen, den Prozessbeginn auf Ende Juni oder Anfang Juli vorzuverlegen, auch wenn sich mir jedes Mal der Magen umdreht, wenn ich nur daran denke.

Meine Aufgabe besteht darin, Fowler mit unserem Vorwurf zu konfrontieren, er habe seine Finger bei dem Mord an Bannister im Spiel gehabt. Um das zu tun, habe ich Fowler gestern aus Dallas angerufen (oder wie Brad glaubt, aus Las Vegas). Ich sagte Fowler, dass ich mich heute mit ihm treffen müsse. Es sei wirklich dringend, erklärte ich ihm. Wir müssten uns alleine treffen.

Fowler druckste eine Weile herum, ließ sich aber schließlich zu einem Mittagessen breitschlagen. »Ich kann nur für Sie hoffen, dass es wirklich wichtig ist«, sagte er.

»Das ist es«, versicherte ich ihm.

Das heutige Wetter spiegelt meinen Gemütszustand wider - heiß und schwül, mit einem steten, windgepeitschten Regen. Der Schirm wird mir fast aus der Hand gerissen, als ich vom Parkplatz zum städtischen Gebäudekomplex laufe. Mein Haar beginnt sich zu kräuseln und fliegt mir um den Kopf. Ich hoffe, dass es am Tag meiner Hochzeit nicht regnet.

Um 12.05 Uhr schüttle ich meinen Schirm aus und falte ihn zusammen, während ich den Empfangsbereich des Büros der Staatsanwaltschaft betrete. Die Empfangsdame ruft Fowlers Assistentin herbei, die mir mitteilt, ich solle Fowler bitte in Gerichtssaal Nummer sechs treffen. Ich rege mich ein wenig über die Arroganz dieses Mannes auf - wir hatten vereinbart, uns in seinem Büro zu treffen, und ich habe die Szene bereits hundert Mal in meinem Kopf durchgespielt -, aber nun bin ich gezwungen, mich ins Gericht zu begeben und Saal Nummer sechs zu finden.

Fowler ist der Einzige, der im Zuschauerbereich des Gerichtssaales sitzt, und ich lasse mich neben ihm auf der harten Holzbank nieder.

»Danke, dass Sie hergekommen sind«, flüstert er, ohne seine Aufmerksamkeit von den Anwälten abzuwenden, die am Kopfende des Saals diskutieren.

»Kein Problem.«

Durch die spannungsgeladene Luft wirft der Verteidiger mit Vorwürfen schweren Fehlverhaltens um sich, allesamt gegen die junge Staatsanwältin gerichtet, die am Tisch der Anklage sitzt. Fowler sagt, ihr Name sei Keri Massey. »Sie hat echt Potenzial.«

Aber im Moment muss Keri eine Menge Prügel einstecken. Der Strafverteidiger wirft ihr vor, wichtige Beweise zurückgehalten und Zeugen beeinflusst zu haben. Als er seine Tirade beendet hat, stellt der Richter Keri, die den Tränen nahe zu sein scheint, ein paar sehr gezielte Fragen. Sie antwortet kleinlaut, schafft es aber dennoch, sich zu behaupten. Der Richter hält ihr daraufhin eine Standpauke, weist den Antrag des Strafverteidigers auf eine Neuaufnahme des Verfahrens jedoch ab.

Der aufgebrachte Anwalt gibt daraufhin bekannt, dass er Berufung einlegen wird, während der Angeklagte leise vor sich hin flucht. Als der Richter seine Bank verlässt, stopft der Verteidiger seine Unterlagen in seine Aktentasche und stapft wütend den Gang herunter, bis er direkt vor Fowler stehen bleibt.

»Sie ist schlimmer als die Hälfte aller meiner Mandanten«, donnert der Anwalt und weist dabei mit einer abrupten Geste seines Daumens auf Keri, die weiter hinten steht. »Damit werden Sie nicht durchkommen.« Der Mann ist übergewichtig und hat den Ansatz einer Glatze. Sein Gesicht ist dunkelrot, überall auf seinem Schädel treten die Adern hervor. »Ich vergesse nicht so schnell, Harlan. Ein Fehler, und ich nagele Sie fest. Ich werde genauso mit Ihnen umspringen, wie Sie es mit mir tun.«

Das muss man Fowler lassen, er zuckt nicht einmal zusammen. Ich blicke über Fowlers Schulter zu dem Verteidiger, der bereit zu sein scheint, die Angelegenheit mit seinen Fäusten zu klären.

»Immer diese leeren Versprechen«, meint Fowler und schiebt sich an dem Mann vorbei, um sich zu Keri zu gesellen, die immer noch vor der Richterbank steht. Der zornige Anwalt steht einfach nur da und starrt die Staatsanwälte einen Augenblick böse an, dann wirft er mir einen bedrohlichen Blick zu und marschiert aus dem Gerichtssaal.

Ich bleibe im Zuschauerbereich, da ich spüre, dass Keri gerade ein wenig Zuspruch von ihrem Boss braucht. Auch wenn ich nicht hören kann, was die beiden reden, lobt Fowler sie offensichtlich für ihre gute Arbeit. Es dauert nicht lange, bis sie hoch erhobenen Hauptes in Begleitung von Fowler auf mich zukommt.

»Keri Massey«, sagt Fowler, »das ist Leslie Connors, eine neue Anwältin, die mit Bradley Carson zusammenarbeitet.«

Ich schüttle Keris klamme Hand und bemerke die Spuren der Anspannung, die ihr noch immer ins Gesicht geschrieben stehen. »Was war das denn gerade?«, frage ich und weise mit dem Kopf in Richtung Tür.

Fowler fährt dazwischen. »Das war Rodney Craft. Der wirft der Staatsanwaltschaft jedes Mal irgendein Fehlverhalten vor, wenn er einen Fall verliert.« Er wirft Keri einen bewundernden Blick zu. »Das war Keris erstes Mal unter seinem Kanonenfeuer, also dachte ich mir, ich leiste ein bisschen moralische Unterstützung. Wie sich rausstellt, kam sie auch ohne mich wunderbar zurecht.«

Keri lächelt schwach. »Ich wusste gar nicht, wie viel Spaß es macht, die bösen Jungs hinter Gitter zu bringen.«

* * *

Ich hatte niemals vor, mit Fowler essen zu gehen. Eigentlich wollte ich die Bombe einfach in seinem Büro platzen lassen und wieder verschwinden. Aber dieser Plan war zunichtegemacht, sobald ich Gerichtssaal Nummer sechs betreten hatte. Jetzt besteht er darauf, mittagessen zu gehen. »Danach können wir uns unterhalten«, sagt er. »Ein Mann muss essen, verstehen Sie.«

Widerwillig begleite ich Fowler über die Straße zum Beach Diner. Er bietet mir an, mit unter seinen großen Golfschirm zu kommen, aber ich lehne höflich ab und benutze meinen eigenen. Er plaudert über dies und das, und ich stelle fest, dass meine Verachtung für den Mann, seit ich vor einer Stunde zum Gericht losgefahren bin, geschrumpft ist. Fowler dabei zu beobachten, wie er den ermutigenden Mentor für Keri spielt, hat mich ein wenig weich werden lassen. Ich sage mir, dass er wahrscheinlich nur versucht, bei ihr zu landen, und gewinne so meine Entschlossenheit wieder, das zu tun, was getan werden muss.

Als wir das Restaurant erreichen, hält Fowler seinen Schirm über meinen kraushaarigen Kopf, während ich meinen eigenen zuklappe. Wie der perfekte Südstaaten-Gentleman hält er mir die Tür auf. Er grüßt alle Anwesenden und stellt mich vor, als sei ich ein lang verlorener Freund. Wahrscheinlich gefällt es ihm, in Begleitung einer jüngeren Frau gesehen zu werden, sage ich mir in dem Versuch, meine Verachtung für den Mann auf einem angemessenen Niveau zu halten. Das fällt mir jedoch zunehmend schwerer, besonders als ich mitbekomme, wie er unsere Bedienung mit Namen begrüßt.

»Sally«, sagt er zu der verwitterten Frau, die Ende vierzig sein muss und für unseren Tisch zuständig ist, »das ist meine Freundin, Leslie Connors.«

Sally lächelt und nickt.

»Aber setz bloß keine Gerüchte in die Welt –«, Fowler zwinkert ihr zu, »sie ist bereits mit jemand anderem verlobt.«

Ich werde ein bisschen rot. Das ist wirklich albern. Aber langsam wird mir klar, warum Fowler alle vier Jahre wiedergewählt wird.

»Das ist auch besser so, Harlan«, sagt Sally zu Fowler. »Einen Moment lang dachte ich, du würdest mich betrügen.«

Fowler lacht; dann nimmt Sally unsere Getränkebestellung auf und lässt uns allein.

Um das angemessene Maß an Verachtung aufrechtzuerhalten, rufe ich mir die Szene vor Augen, die Tara so eindrücklich beschrieben hat. Das hilft ziemlich gut. Aber Fowler will unbedingt erst essen, bevor wir zur Sache kommen. »Was sollen wir uns eine gute Mahlzeit mit Gesprächen über die Arbeit verderben?«

Ich protestiere, aber ohne Erfolg. Ich lege meinen Ordner auf dem Boden ab und stelle mich auf ein langes Mittagessen ein. So hatte ich mir das nicht vorgestellt – ein freundschaftliches Essen an einem kleinen Tisch mitten in einem billigen Schnellrestaurant. Nichtsdestotrotz weiß ich, dass meine Zeit kommen wird. Ich bestelle den Haussalat – »mit fettarmem Dressing, bitte« – und höre Fowlers skurrilen Geschichten über seine Erlebnisse mit den Richtern von Virginia Beach zu. Auch wenn ich es nur ungern zugebe, ähnelt seine Persönlichkeit ein wenig der von Brad.

Mitten in der Mahlzeit ruft mich mein Verlobter auf dem Handy an. »26. Juni«, sagt Brad triumphierend. Ich verschlucke mich fast an meinem Salat. Das ist schon in fünf Wochen. »Was hat Fowler gesagt?«, fragt er.

»Zu dem Gespräch sind wir noch nicht gekommen. Kann ich dich später zurückrufen?«

Ich lege auf und berichte Fowler von der Vorverlegung des Prozesses.

»Ihr arbeitet echt schnell«, meint er.

»Warum die Sache hinauszögern, wenn man so gute Aussichten hat, einen Fall zu gewinnen?«

Darauf antwortet er nur mit einem Lächeln. Ich spüre, dass er keine Lust hat, sich beim Mittagessen zu streiten. Irgendwie gelingt es ihm, das Gespräch wieder auf andere Dinge zu lenken, und schon bald unterhalten wir uns über die Verhandlung, die wir beide heute Morgen miterlebt haben.

»Keri ist eine gute Anwältin«, meint Fowler und nimmt noch einen Bissen von seinem saftigen Burger. Er kaut eine Weile darauf herum und spült ihn dann runter. »Was ihr fehlt, ist einfach etwas Selbstvertrauen.« Jetzt sieht er mich direkt an. »Womit Sie kein Problem zu haben scheinen.«

Ich gehe nicht darauf ein. »Sie haben die Situation bei der Anhörung ziemlich gut gehandhabt«, sage ich, in dem Versuch, höflich zu sein. Er tut den Kommentar mit einem bescheidenen Schulterzucken ab. »Ein Anführer ist jemand, der Hoffnung gibt«, sagt er. »Wissen Sie, wer das gesagt hat?«

»Nein.«

»Napoleon Bonaparte, einer der größten Feldherren aller Zeiten.« Während ich zusehe, wie Fowler seine Fritten verschlingt, geht mir auf, dass er mich an einen untersetzten Bonaparte erinnert, nur mit weißem Haar. Der kleine weißhaarige General. »Vor fünf Jahren habe ich aufgehört, Gesetzestexte und Kommentare zu studieren, und dafür angefangen, mich für Geschichte zu interessieren«, erklärt er. »Mir ist klar geworden, dass der Bezirksstaatsanwalt weniger ein Anwalt als ein Anführer ist. Um ein guter Anführer zu sein, muss man die Großen der Geschichte studiert haben ... Bonaparte, Lincoln, Lee, Patton. Meine Aufgabe ist es, ein Amt effizient zu leiten und die Truppen zu mobilisieren.« Er hält inne, als ob ich mitschreiben sollte, wenn er diese kostbaren Perlen der Weisheit von sich gibt. »Vor fünf Jahren hätte ich Keri dafür fertiggemacht, dass sie sich einschüchtern ließ. Ich hätte ihr gesagt, dass sie lieber ins Zivilrecht wechseln sollte, wenn sie dem Druck nicht gewachsen sei. Jetzt weiß ich, dass man Leute am besten mit Zuspruch motiviert. Es braucht zehn Komplimente, um einen Kritikpunkt wettzumachen, so was in der Art eben.«

Ich nehme einen Bissen von meinem Salat und frage mich, was sein Cheeseburger und die Fritten wohl mit seinem Herzen anrichten. »Mitchell Taylor scheint sehr von sich überzeugt zu sein«, sage ich. »Ich wette, dass Sie an ihn kaum ein Kompliment verschwenden müssen.«

Fowler schenkt mir einen Blick, der zeigen soll, dass ich ja keine Ahnung habe. »Mitchells großes Vorbild ist Stonewall Jackson, der als General die konföderierten Truppen befehligte. Das sollte Ihnen alles sagen, was Sie wissen müssen. Der würde seine eigene Mutter anklagen, wenn er sie bei Rot über die Straße gehen sehen würde.«

Na toll. Ich könnte es mit jemandem wie Keri zu tun haben, jemandem, der ein Herz hat. Stattdessen muss ich mich mit einem Stonewall-Jackson-Fan herumschlagen. »Und es besteht keine Chance, dass Sie ihn mit einem wichtigeren Fall als dem unserem betrauen, oder?«

»Ich fürchte nein«, sagt Fowler. »Ich bin dermaßen mit der Familie Bannister auf einer persönlichen Ebene verstrickt, dass ich den Anschein des ungebührlichen Verhaltens vermeiden muss.«

Dafür ist es wohl etwas zu spät.

»Wie geht es Trish überhaupt?«, fragt er.

Die Frage überrascht mich. »So gut, wie es unter den gegebenen Umständen eben zu erwarten ist«, sage ich, während ich seine Augen genau beobachte und versuche, seine Frage zwischen den Zeilen zu lesen. »Warum fragen Sie?«

Er zuckt mit den Schultern, sein Gesicht zeigt keine Regung. »Sie hat eine Menge durchgemacht. An Ihrer Stelle wäre ich eher misstrauisch, wenn ein guter Freund der Familie nicht nachfragen würde.«

Wir reden noch weitere zehn Minuten um den Fall herum, bis die Rechnung kommt. Ich habe kein Verlangen mehr, ihn bei diesem Diner zu konfrontieren. Es ist zu viel los, hier sind zu viele Leute, und der Tonfall beim Essen war insgesamt viel zu freundlich.

Ich frage ihn, ob wir uns ein paar Minuten in seinem Büro unterhalten können. Er wirft einen prüfenden Blick auf seine Uhr und versucht eine Ausrede zu finden, aber ich bestehe darauf. Unter einem wolkenverhangenen Himmel laufen wir zu seinem Büro zurück. Zumindest hat es aufgehört zu regnen.

Fünf Minuten später sitze ich Fowler an seinem Schreibtisch gegenüber, in seinem geräumigen Büro mit den Hartholzbücherregalen und den Perserteppichen. Sie erinnern mich daran, dass ich mich im Büro eines mächtigen Mannes befinde, eines mächtigen Mannes, den ich gleich eines ziemlich verabscheuungswürdigen Verhaltens bezichtigen werde.

Anders als im Restaurant lässt Fowler sein Jackett an, als er hinter seinem Schreibtisch Platz nimmt. »Ich muss um 13.30 Uhr in Richterin Richards Büro sein«, sagt er, mit Blick auf seine Uhr. »Ich habe wirklich nicht viel Zeit.«

»Ich fasse mich kurz.« Auf einmal bemerke ich, wie frostig die Atmosphäre geworden ist. Die Herzlichkeit des Mittagessens hat sich in Luft aufgelöst. Aber so ist es besser; so fühlt es sich eher nach einem Gefecht an. Ich greife in meinen Ordner und lege eine Akte und ein Videoband auf seinen Schreibtisch. Ich atme einmal tief durch und fange an. »Sie stehen als Begünstigter in der Lebensversicherung von James Bannister und erben demzufolge eine Millionen Dollar nach seinem Tod. Auch wenn Bannister Sie gebeten hat, einen Teil des Geldes in Treuhandfonds anzulegen, ist diese Anweisung nicht rechtskräftig.«

Fowler hebt seine Hand mit einem erleichterten Ausdruck auf dem Gesicht. »Ist es das, worum es hier geht?« Er steht auf. Bevor ich antworten kann, fügt er hinzu: »Ich bin ehrlich gesagt erleichtert, dass Sie es ansprechen. Ich wusste nicht, ob Trish Ihnen von dieser Sache erzählt hat, und ich wollte ihr Vertrauen nicht missbrauchen, indem ich etwas sage, bevor sie es tut.«

»Gestern habe ich ein Einschreiben an Benefit Financial geschickt, um unseren Anspruch auf die Versicherungsleistung geltend zu machen. Und keine Sorge, auch wenn ich dazu nicht verpflichtet bin, habe ich die volle Absicht, die Treuhandkonten genau so einzurichten, wie James es gewollt hat. Diese ganze Angelegenheit mit der Lebensversicherung kam völlig überraschend für mich.« Er stößt erleichtert die Luft aus. »Was auch immer Sie von mir unterschrieben haben wollen, ich werde es tun, um zu gewährleisten, dass James' Wünsche, was die Verwaltung des Geldes in Treuhandfonds betrifft, rechtsgültig sind.« Wieder wirft er einen Blick auf seine Armbanduhr, »Wenn Sie mich jetzt entschuldigen wollen ...«

»Vielleicht sollten Sie mich besser ausreden lassen«, sage ich. »Leider war das noch nicht alles.«

42

Fowler lässt sich schwer in seinen Stuhl fallen und gibt mir ein Zeichen, fortzufahren. Seine Augen sind starr auf mich gerichtet.

»Hatten Sie eine Affäre mit Trish Bannister?«, frage ich.

Er ruckt ein wenig zurück und zieht ungläubig die Augenbrauen zusammen, als wäre er sich sicher, dass es sich um einen Scherz handeln muss. »Sie machen Witze, oder?«

»Ich meine es todernst, Harlan. Hatten Sie eine Affäre mit ihr?«

Er seufzt und schüttelt den Kopf. »Nicht, dass es Sie irgendwas anginge ... aber nein. Das ist vollkommen absurd.«

»Wussten Sie, dass irgendjemand Trish in den Wochen vor James' Tod anrief und ihr E-Mails schrieb? Wussten Sie, dass diese Person immer auflegte, wenn James ans Telefon ging?«

Jetzt lehnt sich Fowler ein wenig vor und legt die Unterarme auf dem Schreibtisch ab. Seine Augen sind zusammengekniffen, und seine Haltung hat sich verändert. Der liebenswürdige Politiker ist verschwunden. »Ich spiele keine Ratespiele, Frau Anwältin. Wenn Sie mich irgendeines Fehlverhaltens bezichtigen wollen, dann spucken Sie's aus, denn ich habe nicht viel Zeit. Aber Sie sollten sich verdammt sicher sein, dass Sie genug in der Hand haben, worauf Sie Ihre Anschuldigungen stützen können.«

Ich lasse seine Worte eine Weile im Raum stehen und versuche meine zerstreuten Gedanken neu zu ordnen. Er hört sich also lieber mein Schlussplädoyer als mein Kreuzverhör an. Na schön.

»Oh, das kann ich, keine Sorge. Erstens wäre da die Angelegenheit mit den Versicherungspolicen. Zweitens sind wir auf eine E-Mail gestoßen, die Sie James Bannister einen Monat vor seinem Tod geschickt haben. Das war, bevor er die Police abgeschlossen hatte. Die E-Mail enthielt eine Kopie des *Sayer vs. Aetna*-Falls, der mehr oder weniger eine Anleitung dafür ist, die Leistungen einer Lebensversicherung zu kassieren, selbst wenn nie eine Leiche gefunden wird.« Während ich rede, beobachte ich seinen Gesichtsausdruck – er ist eine ausdruckslose Maske. Seine dunklen Augen starren mich nach wie vor durchdringend an, aber es gibt kein Anzeichen dafür, dass ich einen Nerv getroffen habe.

»Drittens«, fahre ich fort, »wäre da noch die Tatsache, dass ich einen Zeugen habe, der gegen Sie aussagen wird. Und zwar, dass Sie und Trish Bannister ein Verhältnis hatten und dass Sie außerdem dem Kasino des Bellagio-Hotels mittlerweile fast dreihunderttausend Dollar schulden.« Tatsächlich muss Strobel den Zeugen zu der angeblichen Affäre noch vorweisen, aber ich will sehen, wie Fowler reagiert. Immer noch keine Reaktion von dem Napoleon mit der steinernen Miene. Ich halte inne, bevor ich ihm den wirklich guten Stoff vor den Latz knalle.

»Und viertens haben Sie vor etwa einem Jahr meine Mandantin im Bellagio sexuell genötigt.«

Fowler versteift sich; ich habe einen Nerv getroffen.

»Ich nehme an, Sie erinnern sich noch an jenen Abend, an dem Sie sich betrunken haben und sich gemeinsam mit James Bannister das Videomaterial von den Mädchen in der Dusche angesehen haben.«

Fowlers Gesicht verdüstert sich, in seinen Augen braut sich ein Unwetter zusammen.

»Tara hat erzählt, dass sie Sie an jenem Abend dabei überrascht hat. Sie haben sie angegrapscht, als sie versucht hat, das Zimmer zu verlassen. Ein paar Tage später hat sie das Video an sich genommen und Ihnen damit gedroht, mit der Geschichte an die Öffentlichkeit zu gehen, sollten Sie ihr jemals wieder zu nahe kommen.«

Ich halte inne und lasse meine Worte wirken. Das einzige Geräusch kommt von Fowler, der schwer durch die Nase atmet. Sein Gesicht ist mittlerweile so angespannt, als würde es gleich unter dem Zug der verspannten Nacken- und Schultermuskulatur zerreißen.

»Ich habe mir den Fall des Co-Trainers angesehen, dem das Video zur Last gelegt wurde«, füge ich hinzu, die Stimme brüchig vor Anspannung. »Er hat achtzehn Monate bekommen, von denen er nur drei tatsächlich absitzen musste. Zusätzlich hatte er tagsüber Freigang, um arbeiten gehen zu können. Ein ziemlich guter Deal für einen Sexualstraftäter!« Ich schiebe das Video ein wenig auf seinem Schreibtisch vor. »Vielleicht fehlte der Anklage ja ein entscheidender Beweis.«

Jetzt fühlt es sich so an, als sei das Mittagessen eine Million Jahre her. Ich schaue in Fowlers Augen und denke daran, wie er Tara gedemütigt hat. Dieser Mann ist ein Perverser, für den ich nichts als Verachtung verspüre.

Fowler lehnt sich zurück und blickt auf seine Uhr. Er drückt eine Taste auf seiner Telefonanlage. »Carmen, bitte rufen Sie Richterin Richards an und sagen Sie ihr, dass ich mich fünf Minuten verspäte.« Ich höre, wie Carmen zu protestieren beginnt, doch Fowler legt einfach auf. Er starrt mich an, schätzt meine Entschlossenheit ein und schüttelt mit bekümmerter Miene den Kopf. »Das wirkt ziemlich verzweifelt, Leslie.« Er spricht mit tiefer, kontrollierter Stimme. »Ich bin es gewohnt, irgendwelchen Fehlverhaltens beschuldigt zu werden – das gehört bei meinem Job einfach dazu. Aber das hier« – er macht eine ausladende Geste über den Schreibtisch, die symbolisch alle meine Punkte umfassen soll – »ist ein neuer Tiefpunkt. Ich hatte keine Affäre mit Trish Bannister, egal wie viele lügende Zeugen etwas anderes behaupten. Ich habe schon des Öfteren in Las Vegas gespielt ... ja. Aber ich schulde dem Bellagio nicht mal annähernd dreihunderttausend Dollar. Ich habe keine Ahnung, was Sie mit diesem Sayers-gegen-irgendjemand-anderen-Fall meinen. Und um zum Schluss zu kommen, ist die Anschuldigung, ich hätte ein jugendliches Mädchen sexuell belästigt, einfach – grotesk. Es überrascht mich nicht, dass Tara bereit ist, alles zu behaupten, um besser davonzukommen, aber das ...« Er verstummt und schüttelt den Kopf.

Ich tippe auf das Video. »Wie erklären Sie dann das hier?«

Er seufzt. »Tara hat eine Kopie des Videos aus meiner Aktentasche gestohlen, als ich mit der Familie unterwegs war – wahrscheinlich. Ich wusste, dass es entweder jemand gestohlen haben musste oder ich es verlegt hatte, weil ich es nach dem Ausflug nach Las Vegas nicht mehr finden konnte. Ich hätte nicht mal im Traum daran gedacht, dass sie es genommen haben könnte.« Auf einmal leuchten seine Augen etwas auf. Er erhebt sich. »Warten Sie kurz.«

Fowler verlässt den Raum und kommt ein paar Minuten später mit einem anderen Band in der Hand zurück. »Trainer Barker hat eine achtzehnmonatige Haftstrafe bekommen, die bis auf drei Monate zur Bewährung ausgesetzt wurde.« Fowler reicht mir das Band. »Aber nur, weil er mit uns kooperiert hat, nicht weil wir das Band verloren haben. Wir konnten ein halbes Dutzend Mittäter aus dem Kinderpornografie-Ring dingfest machen, allein aufgrund von Barkers Aussage vor der Grand Jury. Hier ist eine Kopie der Aufnahme aus der Umkleide, die ich aus Barkers Akte habe.« Fowler kehrt auf seine Seite des Schreibtisches zurück und wirft ein paar Akten in seine Aktentasche. »Sie können sie sich in unserem Konferenzraum ansehen, wenn Sie wollen. Ich werde Carmen bitten, alles für Sie bereitzustellen.« Er hört kurz auf zu packen und schaut mich direkt an. »Aber das hier verlässt nicht das Büro – das ist das Original.«

Ich muss mich sehr zusammenreißen, um meine Überraschung zu verbergen. Das Video war der einzige handfeste Beweis, der Taras Behauptung untermauert hat. Sagt das Mädchen überhaupt irgendwann mal die Wahrheit? Anderseits muss die Tatsache, dass Fowler über ein zweites Video verfügt, nicht unbedingt bedeuten, dass er Tara nicht angerührt hat. Warum sollte sie sich so was ausdenken? Und die Art, wie sie die Geschichte erzählte, wirkte auch wirklich nicht, als sei sie bloß erfunden. Der Ausdruck auf ihrem Gesicht war echt. Und dennoch ...

»Leslie«, sagt Fowler, »Richterin Richards legt größten Wert auf Pünktlichkeit. Hat die ganze Sache einen tieferen Sinn – außer dass Sie sich damit in die Riege der anderen Strafverteidiger einreihen, die versuchen, dem Staatsanwalt einen Schlag unter die Gürtellinie zu verpassen? Auf welche Weise sollen all diese Anschuldigungen Ihrem Fall überhaupt dienlich sein?«

Das ist natürlich die Eine-Million-Dollar-Frage. Dass Fowler so schnell dazu vorgestoßen ist, ruft mir erneut vor Augen, dass ich es hier nicht mit einem Amateur zu tun habe. »Unsere Theorie verknüpft alle diese Ereignisse auf eine Weise, die unsere Mandantin entlastet«, erkläre ich.

Fowler zieht eine Augenbraue hoch, in der stummen Aufforderung, ihm zu verraten, wie diese lautet.

»Natürlich«, füge ich sofort hinzu, »steht es mir zu diesem Zeitpunkt nicht frei, sie Ihnen zu erläutern.«

Fowler grunzt. »Natürlich.«

»Aber so viel will ich verraten: Taras Fall wird sehr hässlich werden, sollten Sie uns zwingen, all diese Punkte noch mal vor Gericht anzusprechen. Dann steht nicht nur Taras Ruf auf dem Spiel ... sondern auch der Ihre.« Ich bereite mich darauf vor, den ausschlaggebenden Satz mit dem richtigen Maß an Überzeugung darzubringen. »Sehr gerne würde ich allen Beteiligten - so auch Ihnen - diesen Medienzirkus ersparen. Dieser Fall muss mit einem Deal beigelegt werden können.«

Fowler beobachtet mich misstrauisch. »Zu welchen Bedingungen?«

Das ist die Frage, auf die ich gehofft habe ... von der ich wusste, dass er sie stellen würde. Ich hole Luft und gebe ihm die vorbereitete Antwort. »Das Folgende würde ich meiner Mandantin raten: Sie bekennt sich des spontanen Totschlags und der Verstöße gegen das Waffengesetz für schuldig ... gemäß Jugendstrafrecht. Sie sitzt ihre Strafe bis zu ihrem achtzehnten Lebensjahr in einer Jugendstrafanstalt ab.«

»Erpressung«, sagt Fowler, ohne zu zögern. »Lassen Sie uns das Kind ruhig beim Namen nennen.« Seine Unverblümtheit schockiert mich. Ich setze zu einer Erwiderung an, doch er fährt mir über den Mund. »Ich habe Sie ausreden lassen, Ms Connors. Jetzt hören Sie mir zu.« Er steht auf, die Aktentasche in einer Hand, die andere zeigt auf mich. Seine Worte sind kurz angebunden, zerschmettern die Stille in abgehackten Stößen. »Glauben Sie, Sie könnten einfach so hier reinmarschieren, mit irgendwelchen unbegründeten und fadenscheinigen Anschuldigungen um sich werfen und mich auf irgendeine Weise dazu erpressen, Ihnen einen Deal in diesem Fall zu verschaffen, bei dem Ihre Mandantin übertrieben glimpflich davonkommt? Ich will Ihnen etwas sagen, Leslie: Ich werde Ihnen helfen. Ich helfe Ihnen schon die ganze Zeit. Warum? Weil ich an diese Familie glaube. Weil sie meiner Meinung nach schon genug durchgemacht hat. Aber ich werde mich nicht dafür stark machen, dass sie nach Jugendstrafrecht gerichtet wird. Wir haben die Anhörung, was den hinreichenden Verdacht anging, gewonnen ... Sie erinnern sich? Und nur damit Sie nicht glauben, Sie hätten etwas gegen mich in der Hand ...«

Fowler greift nach unten und drückt erneut die Taste auf seinem Freisprechtelefon.

»Ja, Mr Fowler?«, sagt Carmen.

»Ich möchte, dass Sie Mitchell Taylor und Detective Anderson direkt nach meiner Anhörung zu einem Gespräch bitten«, verlangt er. »Sagen Sie ihnen, dass es dringend ist.«

Carmen bringt gerade noch ein »Ja, Sir« heraus, bevor er die Verbindung unterbricht.

»Ich werde ihnen alles über Ihre halbgaren Anschuldigungen erzählen«, verspricht Fowler. »Dann werden die Karten offen auf den Tisch gelegt, und niemand kann mir vorwerfen, ich würde versuchen, irgendetwas zu verheimlichen.«

Er reicht mir auf dem Weg nach draußen die Hand. Trotz der vorangegangenen Zurschaustellung gespielter Tapferkeit ist seine Hand feucht, genau wie bei unserem ersten Treffen. »Leslie, Sie scheinen eigentlich ganz in Ordnung zu sein«, sagt er, nachdem wir uns die Hände geschüttelt haben. »Und ich weiß, dass Sie das, was Ihre Mandantin Ihnen erzählt, für bare Münze nehmen müssen.« Er senkt die Stimme, und sein Gesicht entspannt sich etwas. »Aber bevor Sie losziehen und versuchen, meine Karriere zu zerstören, sollten Sie sich erst einmal Gedanken darüber machen, welche Auswirkungen diese Anschuldigungen haben könnten. Natürlich werde ich dabei durch den Dreck gezogen. Aber inwiefern soll das Tara helfen? Es gibt ein altes Sprichwort, wobei Sie vielleicht zu jung sind, um es wirklich zu verstehen: Wenn man mit einem Schwein ringt, werden beide dreckig, aber nur dem Schwein gefällt das.«

Jetzt bin ich an der Reihe, ihn aus zusammengekniffenen Augen anzustarren. »Was soll das bitte heißen?«

»Dass keiner von uns ein Schwein ist«, sagt Fowler mit einem schiefen

Lächeln. »Und keinem von uns wird es gefallen, wenn die Schlammschlacht erst richtig losgeht.«

Während ich noch nach einer angebracht beißenden Erwiderung suche, schreitet Harlan Fowler zur Tür hinaus und lässt mich allein in seinem Büro zurück.

43

Brad läuft auf und ab und nutzt dabei den Teppich in seinem Büro ab. »Taylor hat sich nicht mal gegen den Antrag ausgesprochen«, sagt er. »Er meinte, er würde es begrüßen, den Fall so schnell wie möglich zur Verhandlung zu bringen. Eigentlich hatte ich auf einen Termin im Juli gehofft, aber es war nur noch etwas Ende Juni frei.«

»Schon in Ordnung«, sage ich resigniert. »Eine Hochzeit planen, einen Fall verhandeln« - *sich einer Herzoperation unterziehen* -, »wer braucht schon Schlaf?«

»Dann erzähl mir mal, wie es mit Fowler gelaufen ist«, fordert Brad mich auf.

Ich gebe ihm einen detaillierten Bericht von meinem Treffen mit Fowler, und er kann nicht still stehen.

Normalerweise löst sein Herumtigern ein seltsames Gefühl von Sicherheit, aber auch gespannter Erwartung bei mir aus. Sicherheit, weil es etwas rhythmisch Beruhigendes an sich hat - Brad läuft hin und her und geht dabei das Problem mit unerbittlicher Logik an, bis er Ordnung in das Chaos gebracht hat. Die aufgeregte Erwartung beruht auf der Erfahrung, dass das stete Auf und Ab meist mit einem großen gedanklichen Durchbruch einhergeht, einer Lösung, die mir selbst in einer Million Jahren nicht einfallen würde.

Doch heute Abend ist seine rastlose Art einfach nur nervig. Schon auf dem Weg zurück in die Kanzlei haben sich die Kopfschmerzen angemeldet. Mit einem dumpfen Pochen in den Schläfen, im Takt der Scheibenwischer, die gegen den neuen Regenguss ankämpften, der zu diesem Stadtteil vorgerückt war. Jetzt schießt mir der Schmerz durch den Schädel, und Brads

Umhertigern ist dabei wenig hilfreich. *Warum kann er nicht einfach mal die Füße still halten!*

»Er blufft«, verkündet Brad, als ich meine Geschichte zu Ende erzählt habe. »Anfang nächster Woche wird er anrufen und sagen, dass er sich doch auf unseren Deal einlassen will.«

Harlan Fowler kam mir nicht wie ein Mann vor, der versuchte zu bluffen. »Ich weiß nicht, Brad. Ich glaube, wir haben uns mit diesem Manöver nur selbst geschadet. Wir hätten einfach ein Treffen mit Mitchell Taylor vereinbaren sollen, um alle Karten offen auf den Tisch zu legen. Wenn Fowler Mitchell tatsächlich von unserem Gespräch erzählt, wird es so aussehen, als hätten wir versucht, Mitchell zu hintergehen.« Ich rutsche auf meinem Stuhl herum und bemerke die Sorgenfalten, die sich in Brads Augenwinkeln abzeichnen, während ich seinen Plan kritisiere. »Ich glaube, wir haben uns das Leben damit nur noch schwerer gemacht.«

»Wir werden sehen.« Schweigend läuft er noch ein paar Sekunden weiter auf und ab. Ich versuche den Schmerz, der an meiner Kopfhaut reißt, zu ignorieren. Als ich in die Kanzlei gekommen bin, habe ich eine Kopfschmerztablette genommen, die aber nicht zu helfen scheint.

»Ich bin immer noch davon überzeugt, dass Harlan vor dir einfach nur den starken Mann markieren will«, fährt Brad fort. »Ich wette, dass er weder Taylor noch Anderson von eurer Unterhaltung erzählt hat. Gerade jetzt sitzt er in seinem Büro, kaut an seinen Fingernägeln und sucht verzweifelt nach einem Weg, wie er Taylor dazu bringen kann, unseren Deal anzunehmen.«

Ich schaue Brad eine Weile weiter zu. Ich reibe mir die Schläfe. »Klingt in meinen Ohren nach reinem Wunschdenken.«

»Ich sag dir was«, meint er und dreht sich mit einem Funkeln in den Augen zu mir um. »Ich bin mir in dieser Sache so sicher, dass ich sogar Geld drauf wetten würde.« Er hebt den Zeigefinger. »Nein, es gibt einen besseren Einsatz ... eine vorgezogene Hochzeitsnacht, sobald Fowler uns anruft.«

Trotz der Kopfschmerzen muss ich lächeln – etwas, das ich in Brads Gegenwart in letzter Zeit nicht mehr so häufig getan habe. »Und was bekomme ich, wenn ich gewinne?«, frage ich.

Aus dem Funkeln in seinen Augen wird ein Feuerwerk. »Das ist doch dein Gewinn.«

»Ach, wie dumm von mir. Und was bekommst du, wenn du gewinnst?«

»*Zwei* vorgezogene Hochzeitsnächte«, sagt mein Verlobter.

Ich lache, und er beugt sich zu mir herunter und küsst mich. Am liebsten würde ich mich nur auf ihn konzentrieren und den Fall vergessen, aber das kann ich nicht. »Ernsthaft, Brad. Was, wenn Fowler sich nicht auf den Deal einlässt?«

Er massiert meinen Nacken. Seine Hände haben noch immer magische Kräfte. »Dann finden wir einen Weg, wie wir ihm die ganze Sache anhängen können.«

»Selbst wenn unsere Mandantin sagt, sie hätte James in Notwehr erschossen?«

Brads magische Finger halten einen Moment inne. »Was sagt dir dein Bauchgefühl, Leslie? War es Notwehr, oder hatte Fowler auf irgendeine Weise seine Finger im Spiel?«

»Ich weiß es wirklich nicht.«

»Dann halten wir uns alle Optionen offen«, meint er. »Was bedeutet, dass wir Fowler weiter belasten. Während des Verfahrens können wir uns dann entscheiden, welchen Weg wir einschlagen wollen.«

Auf einmal kommt mir Fowlers Spruch über das Ringen im Schlamm in den Sinn. Mein Verlobter, der Mann, den ich liebe, scheint sich in der Matschgrube pudelwohl zu fühlen. Mich aber treibt die Ambivalenz dieses Falls in den Wahnsinn. Manchmal denke ich, dass ich lieber Taras Anklägerin als ihre Verteidigerin wäre. Und unsere Vorgehensweise mit Fowler scheint einfach nur ... nun, Erpressung zu sein. Was hat sein Übergriff auf Tara mit diesem Fall zu tun?

»Tu dir das nicht an, Leslie«, sagt Brad. Seine Hände kneten meine Nackenmuskulatur, doch mein Kopf pocht noch immer. »Du zerbrichst dir einfach viel zu sehr den Kopf. Bei Fällen wie diesem muss man jeden Ansatz verfolgen. Einfach alles ausprobieren und sehen, was funktioniert.«

»Wie kannst du so leben?« Ich ziehe den Nacken zusammen, und er hört auf zu massieren. Die Antwort ist mir spontan rausgerutscht, aber ich spüre, dass ich ihn damit vor den Kopf gestoßen habe.

Er kommt herum und setzt sich auf seinen Schreibtisch vor mich. »Alles in Ordnung?«, fragt er mit sorgenvoll zusammengezogenen Augenbrauen.

»Meine Kopfschmerzen bringen mich um.« *Und davon abgesehen, habe ich im Moment auch keine Lust, mich mit Fragen löchern zu lassen.*

»Willst du mit zu mir kommen und einfach ein bisschen abhängen?«, fragt er. »Mir kommt es vor, als hätte ich dich seit einer Woche nicht mehr gesehen.«

Es ist Freitagabend - unser Date-Abend. Und ich weiß, dass wir diese Woche nur wenig Zeit miteinander verbracht haben. Aber ich weiß auch, wie ich mich im Moment fühle. Abgespannt. Gereizt. Und mein Kopf fühlt sich an, als hätte ich einen viel zu kleinen Helm auf.

»Lass es uns auf ein anderes Mal verschieben«, sage ich sanft. »Wahrscheinlich brauche ich einfach nur ein bisschen Schlaf.«

Das löst bei Brad einen langen Seufzer aus, gefolgt von »Leslie, wir müssen wirklich mehr Zeit miteinander verbringen –«, er bricht mitten im Satz ab. »Vergiss es. Tut mir leid.«

»Was?«

»Nein, wirklich. Schon in Ordnung. Wir verschieben es auf ein anderes Mal.«

Ich stehe auf und umarme ihn sanft. Dann laufe ich den Flur zu meinem Büro hinunter und packe meine Aktentasche. Mir fällt eine Notiz ins Auge, die Bella auf meinem Schreibtisch hinterlassen hat - sie holt mich morgen früh um zehn Uhr für unseren Mädelstag ab. Am liebsten würde ich sie anrufen und ihr absagen, aber da ich bereits eine Hälfte der Kanzlei gegen mich aufgebracht habe, beschließe ich, dass es wohl besser ist, nicht auch noch die andere zu verärgern.

Brad begleitet mich zum Wagen und sagt mir, dass er mich liebt. Ich versichere ihm, dass ich ihn auch liebe. Wir umarmen uns erneut, und er küsst mich auf die Stirn.

»Wenn ich diese Kopfschmerzen loswerde, ruf ich dich morgen an«, sage ich.

»Nicht nötig«, sagt er, und als ich davonfahre, frage ich mich, wie dieser letzte Kommentar wohl gemeint war.

* * *

Auf dem Weg nach Hause ruft mich Mack Strobel auf dem Handy an. Der Typ hat das schlechteste Timing, das mir je untergekommen ist.

»Haben Sie mit Julio geredet?«, fragt er.

»Ja.« Ich würde Mack auch gerne von meinem Gespräch mit Harlan Fowler erzählen, und dass er leugnet, dem Bellagio eine solch hohe Summe zu schulden. Aber wenn es einen Mann auf der Welt gibt, dem ich nicht traue, dann ist es Strobel. Ich werde ihm nur das absolut Notwendigste erzählen.

»Und?«

»Er meint, Fowler würde dem Kasino etwa dreihunderttausend Dollar schulden.«

Es herrscht Stille in der Leitung. Fast erwarte ich, dass Strobel nach einem weiteren filmreifen Treffen verlangt – vielleicht diesmal in einem verlassenen Lagerhaus. Ich kann es kaum erwarten, ihm zu sagen, wo er sich dieses Treffen hinschmieren soll.

»Werden Sie Ihre Verteidigungsstrategie jetzt ändern?«, fragt er schließlich.

»Wie bitte?«

»Werden Sie Ihre Verteidigungsstrategie ändern?«

»Zu was denn?«, frage ich, darum bemüht, die Idee ins Lächerliche zu ziehen.

»Der IAKW-Strategie«, antwortet Strobel selbstsicher. »Irgendein-Anderer-Kerl-War's. Nur dass der Kerl in diesem Fall zufällig der Bezirksstaatsanwalt ist.«

»Und der es dabei irgendwie geschafft hat, Schmauchspuren auf Taras Händen zu hinterlassen«, sage ich sarkastisch.

Strobel gluckst. Es ist ein herablassendes Lachen, das auf meine Kopfschmerzen die Wirkung von Fingernägeln auf einer Schiefertafel hat. »Wer hat die Ermittlungen geleitet?«, fragt mein Peiniger.

»Anderson.«

»Fragen Sie Ihren Partner mal, was er von Detective Anderson hält.«

Ich versuche durch den pochenden Kopfschmerz zu verstehen, worauf Strobel hinauswill. Meine Gedanken gleichen schwachen Scheinwerfern im Nebel. »Wollen Sie sagen, Anderson hätte Beweise fingiert?«

»Ich will sagen, dass neben Lawrence Anderson ein Mark Fuhrman* wie der Papst aussieht«, erwidert Strobel selbstsicher. »Sie wissen, was ich meine.«

---

* Mark Fuhrman war ein Ermittler des Los Angeles Police Departments, der im Strafprozess gegen O. J. Simpson im Jahr 1995 beschuldigt wurde, aus rassistischen Beweggründen Beweise gegen Simpson fingiert zu haben.

Ich will das Gespräch beenden, muss aber wissen, ob Strobel auf der richtigen Fährte ist. Schließlich hat er bei jedem anderen Punkt, der diesen Fall betrifft, recht behalten.

»Tara schwört, dass es tatsächlich Notwehr war«, sage ich. »Und sie gehört mit Sicherheit nicht zu den Leuten, die für Fowler den Kopf hinhalten würden.«

»Es sei denn«, meint Strobel nachdenklich, »er verspricht ihr, dass sie nach Jugendrecht verurteilt wird und er obendrein vielleicht seinen Anteil der Versicherungssumme mit ihr teilt.«

Ich lasse mir die Theorie einen Moment lang durch den Kopf gehen. Dann erinnere ich mich daran, wie Fowler auf meinen Vorschlag reagiert hat, Tara nach Jugendstrafrecht zu bestrafen.

»Und dann«, meint Strobel, »beschließt Ihre opportunistische kleine Mandantin, noch eins draufzusetzen, und plädiert auf Notwehr. Sie denkt sich, dass Strobel so fein raus ist, sie eine halbe Million abkassieren kann, und das alles, ohne auch nur einen Tag in einer Jugendstrafanstalt absitzen zu müssen.«

Schweigend schaue ich zu, wie meine Scheibenwischer den Regen wegschlagen. Strobel glaubt wahrscheinlich, ich wäre sprachlos vor Verblüffung. Doch dem ist nicht so. Ich bin still, weil ich über den entscheidenden Fehler in Strobels Theorie nachdenke, von dem er nichts ahnen kann.

Wenn Tara tatsächlich mit Harlan Fowler unter einer Decke steckt, warum sollte sie mir dann erzählen, er habe versucht sie in Las Vegas zu missbrauchen? Während ich mich auf diese Frage konzentriere, zieht sich die angespannte Sprungfeder meines Kopfschmerzes noch enger zusammen. Endlich beende ich das Gespräch mit Strobel und bin verwirrter und frustrierter als je zuvor.

44

Unser Mädelstag beginnt damit, dass wir uns das Fußballspiel von Sarahs Sohn Steven ansehen. Der Junge ist dreizehn Jahre alt und besteht nur aus Armen und Beinen. Er hat einen anmutigen Laufstil und darüber hinaus den Ball gut im Griff. Anscheinend verfügt er über eine schier endlose

Ausdauer, spielt im Mittelfeld und holt Bälle ein, denen die anderen nicht mal hinterherjagen.

Sarah und ich stehen abseits der Seitenlinie, klatschen höflich Beifall und unterhalten uns. Bella hingegen marschiert die Seitenlinie wie ein aus der Form geratener Trainer hoch und runter, grollt und knurrt die Schiedsrichter an, manchmal leise vor sich hin, manchmal so laut, dass es den echten Trainern peinlich ist.

»Ich glaube, sie hat in dieser Saison noch kein einziges Spiel verpasst«, meint Sarah.

Ich liebe Sarah, auch wenn sie mich ehrlich gesagt etwas nervös macht. In ihrer Gegenwart habe ich immer das Gefühl, mich von meiner besten Seite zeigen zu müssen, als habe ihr Glaube ein Niveau, das ich nie erreichen werde. Sarahs Mann, der genau wie sie Missionar in Saudi-Arabien war, wurde von den Muttawa, der saudischen Religionspolizei, ermordet. Brad und ich vertraten Sarah in einem zermürbenden Rechtsstreit gegen den Staat Saudi-Arabien, der ihren Charakter auf eine harte Probe stellte. Doch sie bestand mit Bravour.

Seit Abschluss des Falls vor eineinhalb Jahren habe ich Sarah nicht mehr gesehen, und sie scheint in der Zeit schwer gealtert zu sein. Ich glaube, sie färbt sich nicht mehr das Haar, weil es mittlerweile von grauen Strähnen durchzogen ist, an die ich mich nicht erinnere. Auch ihre Haut ist von den Zeichen der Zeit nicht verschont geblieben. Tiefe Falten bilden sich in ihren Augenwinkeln, wenn sie lächelt, aber sie scheint sich in ihrer Haut so wohl wie eh und je zu fühlen. Sie trägt Shorts, ein ärmelloses Baumwolloberteil und Sandalen. Und sie scheint immer noch mit Leib und Seele Mutter zu sein.

»Steven ist echt schnell«, sage ich.

Ihr Gesicht leuchtet auf, der Stolz steht ihr in jede Falte geschrieben. »Er kommt ganz nach seinem Vater.«

»Ja, aber die langen Beine hat er von dir.«

Das ruft ein weiteres Grinsen hervor. »In der sechsten Klasse wurde ich *der Storch* genannt«, erwidert sie. »Ich war das größte Kind in meiner Klasse. Du kannst dir nicht vorstellen, wie erleichtert ich war, als in der Mittelstufe endlich ein paar der Jungs aufgeholt haben.«

Mir kommen meine eigenen misslichen Jahre in der Mittelstufe in den Sinn. »Ding Eins«, sage ich.

»Hä?«, fragt Sarah, wird dann aber von dem Geschehen auf dem Fußballfeld abgelenkt – Steven geht mit dem Ball durch. »Ja!«, brüllt sie. »Rüber, rüber!« Steven bringt den Ball in die linke Ecke des Feldes, wendet sich mit einem Fuß am Ball herum und passt ihn mit einem perfekten Schuss quer vor das Tor. Einer seiner Teamkameraden köpft den Ball, aber der Torwart reagiert rechtzeitig und wehrt ihn in einem großen Bogen ab.

»Ach komm schon«, höre ich Bella etwa zehn Meter weiter frustriert rufen. »Das war ein perfekter Pass«, sagt sie laut genug, um gehört zu werden. Ich bin sicher, dass die Mutter des Kindes, das den Kopfball verpatzt hat, von Bellas Kommentar nicht sonderlich angetan sein wird.

»Ding Eins war mein Spitzname in der Mittelstufe«, wiederhole ich, »weil ich immer mit einem anderen rothaarigen Mädchen unterwegs war, die von den anderen Ding Zwei gerufen wurde.«

Sarah lacht. »Aber wenn ich mich recht erinnere, hatten diese Figuren aus dem Buch von Dr. Seuss doch blaue Haare.«

»In der Mittelstufe nimmt man es mit den Details nicht so genau.«

»Kinder können grausam sein.«

Genau wie das Schicksal auch. Doch diese Worte behalte ich für mich, da ich weiß, dass Sarah diese Ansicht nicht teilt.

Trotz Stevens heroischem Einsatz verliert seine Mannschaft mit einem Tor Rückstand. Niemand ist darüber so aufgebracht wie Bella, die davon überzeugt ist, dass die Schiedsrichter geschmiert wurden. Sarah drückt ihren Sohn an sich und erteilt ihm ein paar letzte Anweisungen, bevor er sich mit einem Freund aus dem Staub macht. Mir ist schon lange kein dreizehnjähriger Junge mehr begegnet, der so viel öffentliche Zuneigung und Geduld mit seiner Mutter zeigt.

Wir beschließen Sarahs Minivan zu nehmen und am Ende des Tages wieder zum Park zu fahren, um die anderen Fahrzeuge zu holen. Auch wenn ich an diesem Morgen mit dem Drang aufgewacht bin, zu Hause zu bleiben, braucht es nicht lange, bis ich froh bin, doch mitgegangen zu sein.

Die »Mädels« gehen mit mir auf Brautkleidsuche. Sarah zufolge sehe ich in allem atemberaubend aus. Bella tut ihre Meinung kund, bevor irgendjemand danach fragen kann, und kommentiert dabei meist den Preis der Kleider. »Gut, dass Brad mehr Geld hat, als er damit anzufangen weiß«, flüstert sie mir und Sarah zu, als die Verkäuferin verschwindet, um ein anderes Kleid zu holen.

Als Nächstes verbringen wir etwas Zeit im Einkaufszentrum, testen Parfums bei Dillard's und decken uns mit Körperlotionen und Badeölen bei Bath & Body Works ein. Ich kaufe mir bei Old Navy eine Jeans und ein Tanktop, die beide reduziert sind, und stolz berechnen wir meine Ersparnis. Um 14 Uhr sind wir alle ausgehungert, und Bella überredet uns, ins Sweet Tomatoes Restaurant zu gehen. »Ich versuche, mehr Salat zu essen«, erklärt sie.

Wie sich herausstellt, meint sie es damit ernst. Sie türmt sich einen riesigen Berg Salat mit allem Drum und Dran auf den Teller und ertränkt diesen dann in einem sahnehaltigen italienischen Dressing. Um ihre Linie zu wahren, entscheidet sie sich für eine Cola light.

Erst nachdem Bella ihren Salat verputzt, sich eine Schüssel Hähnchen-Nudel-Suppe einverleibt hat und nun vor einem kleinen Teller Pasta sitzt, wendet sich unser Gespräch meiner bevorstehenden Herz-OP zu.

»Ich kann nicht glauben, dass sie dir bei vollem Bewusstsein einen Herzinfarkt verpassen«, sagt Bella, während sie Spaghetti auf ihrer Gabel aufdreht.

Ich bin froh, dass ich mit meinem Salat fertig bin, denn das Thema verdirbt mir immer den Appetit. Ich nehme einen Schluck Eistee. Selbst die sonst so diplomatische Sarah scheint um Worte verlegen zu sein.

»Es ist kaum vorstellbar, wie klein dieses Ding sein muss, dass sie dir durch die Adern oder Arterien oder wohin auch immer schieben«, fährt Bella fort. Sie schaut mich an, während sie den nächsten Bissen nimmt, und muss wohl die Angst in meinen Augen bemerkt haben.

»Hoppla«, sagt sie kauend. »'tschuldigung.« Es folgen ein paar weitere Bissen. »Ich fand, dass Steven heute richtig gut auf dem Platz war.«

Sarah dreht sich auf der Sitzbank zur Seite, um mich direkt ansehen zu können. »Machst du dir Sorgen?«

»Worüber sollte ich mir Sorgen machen?«, frage ich, während sich mir der Hals zuschnürt. »Sie schieben einfach dieses kleine Rohrreinigerspiralen-Dings von der Leiste durch die Arterien bis ins Herz hoch, durch alle Windungen und Biegungen hindurch, von denen jede tödlich sein könnte. Dann schießen sie einem etwas Alkohol ins Herz, verbrutzeln das Septum, verursachen unsägliche Schmerzen und hoffen, dass sie nicht die falsche Stelle erwischt haben, weil man sonst für den Rest seines Lebens einen Herzschrittmacher braucht.«

Auch wenn ich versuche unbekümmert zu klingen, scheint die Unverblümtheit meiner Worte Bella ein wenig aus der Fassung zu bringen. Sie legt ihre Gabel ab, schaut mich an, dann zu Sarah, als wollte sie sagen: *Du bist die Missionarin – sag was.*

»Du musst das nicht durchmachen, das weißt du«, sagt Sarah sanft. »Bella hat mir erzählt, dass der herkömmliche Eingriff sicherer und weniger schmerzhaft wäre.«

Ich schieße Bella einen Danke-dass-du-den-Mund-nicht-halten-konntest-Blick zu, die auf einmal ganz in ihre Spaghetti vertieft ist und mit einer lasergleichen Intensität die nächste Gabel in Augenschein nimmt.

»Ich weiß«, sage ich zu Sarah. »Aber ich muss mich operieren lassen. Und lieber stehe ich diesen Eingriff durch, als dass ich sie meinen Brustkorb aufbrechen und mir eine riesige Kriegsnarbe verpassen lasse.«

Es herrscht einen Moment lang Schweigen, während wir Bella beim Essen zusehen. Die Tränen kommen vollkommen überraschend für mich. Wahrscheinlich habe ich mir in den letzten Tagen einfach nicht genug Zeit genommen, über alles nachzudenken, und jetzt, umgeben von meinen Freundinnen, drängen die Gefühle, die ich so lange von mir weggeschoben habe, an die Oberfläche.

Sarah legt eine Hand auf meine und sagt leise: »Das verstehe ich.«

Bella legt ihre Gabel beiseite und schaut mich mit einem sanften Ausdruck an, einem Ausdruck, den ich selten bei ihr gesehen habe.

»Ich habe einfach nur Angst«, gestehe ich. Die Worte sind raus, bevor ich sie zurückhalten kann. »Ich habe Angst, Brad zu verlieren; ich habe Angst, dass ich schlussendlich doch einen Herzschrittmacher brauche; ich habe Angst, dass sie eine Arterie punktiert ...« Ich muss mich sehr zusammenreißen, um nicht in Tränen auszubrechen, aber sie nehmen mir dennoch die Sicht. Meine Stimme bricht ab, und Sarah legt einen Arm um meine Schulter.

Die arme Kellnerin wählt den falschen Moment, um zu unserem Tisch herüberzukommen und zu sehen, ob wir noch etwas trinken wollen. Bella scheucht sie weg.

»Ich will, dass du weißt, dass Bella und ich für dich beten werden«, sagt Sarah.

Meine Lippen formen ein stummes *danke.*

»Und, Leslie, du musst keine Angst vor dem Tod haben.«

Ich nicke mit dem Kopf, während mir die Tränen über das Gesicht laufen. »Ich weiß.«

Ich suche in meiner Handtasche nach Taschentüchern, aber ohne Erfolg. Bella reicht mir ein paar Servietten, die ich benutze, um die Tränen wegzuwischen und den Wasserfall ein wenig einzudämmen. Dann bemerke ich, dass sie auch geweint hat, wodurch ihre dunkelblaue Wimperntusche verlaufen ist. Sie sieht wie ein Waschbär aus.

Ich atme einmal tief durch und lasse das schlimmste Gefühlschaos hinter mir. »Tut mir leid«, sage ich.

»Hey, was wäre ein guter Mädelstag ohne eine Runde Geheule?«, meint Bella.

Ich ringe mir ein Lächeln ab und versuche mir ein anderes Gesprächsthema einfallen zu lassen.

Aber Sarah ist noch nicht fertig. »Ich glaube nicht, dass auf diesem OP-Tisch etwas Schlimmes passieren wird«, sagt sie, während sie eine der Servietten auf- und zufaltet. »Aber wärst du bereit, wenn es dazu kommen sollte, Leslie?«

Ich schaue sie verständnislos aus roten Augen an.

»Ich meine«, fährt sie fort, »bist du auf einer spirituellen Ebene bereit?«

Auch wenn ich weiß, dass Sarah es nur gut meint, scheint mir dies weder der richtige Ort noch der richtige Zeitpunkt für eine Predigt zu sein. »Ich denke schon. Ich glaube an Gott und das alles. Ich würde es nur vorziehen, ihm jetzt noch nicht begegnen zu müssen.«

Meine Freundinnen haben für meinen lahmen Witz kein Lächeln übrig. Sarah rutscht auf ihrem Sitz ein Stück vor, anscheinend unsicher, wie sie fortfahren soll. »Darf ich dir etwas erzählen?«, fragt sie. »Von dem, was es braucht, um bereit zu sein?«

Ich würde am liebsten Nein sagen, aber es ist mir schon immer schwergefallen, unhöflich zu sein, besonders jemandem gegenüber, den ich so respektiere wie Sarah. »Sicher.«

Ihr nächster Satz schockiert mich. »Laut der Bibel glauben selbst Dämonen an Gott.« Sie teilt diese Zurechtweisung so sanft sie nur kann aus, aber dennoch trifft sie mich wie ein Donnerschlag. »Glaube findet im Kopf statt«, fährt sie fort. »Aber Hingabe ist eine Sache des Herzens.« Sie rutscht wieder auf ihrem Platz herum, sodass sie mich direkt ansieht, direkt in mein Innerstes, auch wenn ich mittlerweile mit dem Besteck, das vor mir auf dem

Tisch liegt, herumhantiere. »Ich habe dem Tod durch die saudische Religionspolizei in die Augen gesehen. Ich habe zugesehen, wie sie meinen Mann ermordet haben. Ich habe meinen inneren Frieden gefunden, weil ich weiß, dass der Tod nicht das Ende, sondern nur der Anfang ist. Ich konnte meinen Frieden damit schließen, weil ich mein Leben bereits in die Hände von Jesus Christus gelegt hatte. Ich wusste, dass er mich mit derselben Macht zu neuem Leben erwecken würde, die ihn aus dem Grab auferstehen ließ.«

Sie hält inne und versucht mein Schweigen einzuschätzen. Ich bin mir nicht sicher, ob ich will, dass sie aufhört oder fortfährt. Ich liebe Sarah, und ich weiß, dass diese Religions-Sache für sie funktioniert - den Beweis dafür habe ich mit eigenen Augen gesehen. Aber ich bin mir genauso sicher, dass es für mich niemals funktionieren wird.

Als ich nichts erwidere, versucht Sarah es mit einem weiteren Anlauf. »Leslie, ich sage dir diese Dinge nur, weil du mir am Herzen liegst. Und ich würde es mir niemals verzeihen können, wenn ich dir nie von der großartigsten Sache erzählt hätte, die mir in meinem Leben passiert ist - meiner persönlichen Beziehung zu Jesus Christus.«

»Und du weißt, wie sehr er mich verändert hat«, fügt Bella hinzu, die mich von der anderen Seite des Tisches aus in die Zange nimmt. Ich werfe ihr einen schiefen Blick zu, und wir alle müssen lachen. »Okay, ich habe nicht behauptet, dass er mit seiner Arbeit fertig ist«, gibt sie zu.

»Ich weiß eure Gebete zu schätzen«, sage ich. »Und ich bin euch für eure Freundschaft dankbar.« Ich schaue sie beide an, damit sie wissen, wie ernst ich es meine. »Aber ich bin spirituell gesehen einfach noch nicht bereit, den Weg zu gehen, den ihr schon hinter euch habt. Um ehrlich zu sein, bin ich immer noch wütend auf Gott, dass er Bill hat sterben lassen.«

Bella will etwas sagen, aber Sarah schneidet ihr das Wort ab. »Das verstehe ich. Wir wollen einfach nur, dass du dasselbe Gefühl von Frieden empfindest, das wir gefunden haben.«

»Vielleicht werde ich das eines Tages«, erwidere ich in einem Tonfall, der klarstellt, dass ich jetzt das Thema wechseln möchte.

»Wer hat Lust auf ein bisschen fettarme Eiscreme?«, fragt Bella.

Ein paar Stunden später fahren wir auf den Parkplatz, wo mein treuer Honda Accord auf mich wartet. Bevor ich aus dem Minivan steige, fragt mich Sarah, ob sie für mich beten darf. Wer würde ein solches Angebot ausschlagen?

Ein Gebet wie dieses habe ich nie zuvor gehört. Es ist nicht frömmelnd oder förmlich, wie die meisten anderen öffentlichen Gebete, die ich miterlebt habe. Stattdessen ist es aufrichtig und glaubwürdig, als würde Sarah mit einem alten Freund sprechen anstatt mit einer weit entfernten Macht, die das Universum erschuf. Sie betet voller Inbrunst dafür, dass meine Operation reibungslos verläuft, während Bella das Gebet von der Rückbank aus mit einem steten Strom von *Amen*-Rufen spickt. Während des Gebets kann ich es mir ein paarmal nicht verkneifen, die Augen aufzumachen und einen heimlichen Blick auf meine Freundinnen zu werfen. Ihre Augen sind in höchster Konzentration geschlossen, aber ich entdecke in Sarahs Gesicht auch ein Gefühl des Friedens, das nur schwer zu beschreiben ist. Und als sie mit dem Beten fertig ist, blicke ich der Operation tatsächlich etwas optimistischer entgegen. Es wäre etwas weit hergeholt, zu behaupten, ich würde inneren Frieden verspüren, aber meine düsteren Vorahnungen haben ein wenig nachgelassen, und ich bin mir wieder ein bisschen sicherer, die richtige Entscheidung getroffen zu haben.

Als ich gehe, reicht mir Sarah ein weiteres Stück Munition, das sie anscheinend in Reserve gehalten hat. Es ist ein dünnes Taschenbuch mit dem Titel *Pardon, ich bin Christ.* »C. S. Lewis hat es geschrieben«, erklärt sie, »einer der großen Gelehrten seiner Zeit.«

Ich strecke die Hand aus, um das Buch entgegenzunehmen. Der Name kommt mir irgendwie bekannt vor.

»Genau wie du hatte er seine Zweifel, was die Versprechen Christi betraf«, fährt Sarah fort. »Und genau wie du hatte er einen sehr wachen, geschulten Verstand. Und da er die Gräuel des Weltkriegs in England miterlebte, rang er mit denselben Fragen, die auch dich beschäftigen – wie kann ein gerechter und mächtiger Gott bestimmte Dinge zulassen?« Sie zuckt mit den Schultern, als sie mir das Buch reicht. »Vielleicht kann dir das helfen, wenn es dir abends schwerfällt einzuschlafen.«

Ich bedanke mich bei Sarah und werfe Bella einen misstrauischen Blick zu. Erst das Gespräch während des Mittagessens, dann das Gebet und jetzt das. Ich lasse mich nicht gern missionieren. Warum können die Leute nicht verstehen, dass nur weil etwas für sie funktioniert, es nicht für alle so sein muss? Könnte es sein, dass dieser Ausflug nur stattgefunden hat, um mich dazu zu bringen, Lewis' *Pardon, ich bin Christ* zu lesen?

Ich beschließe, im Zweifel für die Angeklagten zu entscheiden. Sie versuchen mir nur zu helfen. Und alles in allem hat der Mädelstag *wirklich* Spaß gemacht.

Ich werfe meine Old-Navy-Tüte, meine Handtasche und das C. S.-Lewis-Buch auf den Rücksitz meines Wagens. Sofort beschließt meine trotzige Natur, das Buch niemals aufzuschlagen. Tatsächlich landet *Pardon, ich bin Christ* nur deswegen nicht auf direktem Wege in der Mülltonne, weil ich mir vor langer Zeit geschworen habe, nie, niemals ein Buch wegzuwerfen. *Pardon, ich bin Christ* wird im Gästezimmer unterkommen, wo ich all die anderen Fachbücher, Romane und die Ratgeberliteratur aus den Tagen nach Bills Tod gelagert habe. Keines dieser Bücher konnte mir damals helfen, meinen Schmerz zu überwinden. Und die Chancen stehen ähnlich schlecht, das ein lang verstorbener britischer Schriftsteller irgendetwas zu sagen hat, dass einer pragmatischen Anwältin aus dem 21. Jahrhundert heute in irgendeiner Weise von Nutzen wäre.

Ich bedanke mich bei den Mädels für den schönen Tag, springe in meinen Wagen und eile nach Hause, damit ich meine neue Jeans und das Tanktop anprobieren kann.

45

Sonntagnachmittag schleift mich Brad in die Kanzlei, um ein bisschen Brainstorming zum Bannister-Fall zu betreiben. »Bella sagt, dass du Dienstag und Mittwoch nicht im Büro sein wirst, weil du eidesstattliche Erklärungen abnehmen musst«, erklärt er. »Und am Montag jagt ein Termin den nächsten. Also ist das vielleicht unsere einzige Chance, unsere Theorie über den Fall zurechtzurücken.«

Mir geht durch den Kopf, dass Sonntagnachmittag eigentlich für einen Strandbesuch reserviert sein sollte, aber Brad ist nicht nur mein Verlobter, sondern auch mein Boss. »In Ordnung, aber nur, wenn ich die Überstunden angemessen bezahlt bekomme«, sage ich.

»Du und Bella«, stöhnt er, aber ich merke, dass er sich darauf freut, Zeit mit mir zu verbringen. Tatsächlich vermute ich, dass dies der wahre Grund für unser »Arbeitstreffen« ist.

Als ich in der Kanzlei eintreffe, sehe ich, dass Brad schon eine Weile zugange ist. Der Tisch im Konferenzraum ist von Notizblockseiten übersät wie auch den Abschriften der eidesstattlichen Aussagen, Verteidigungsschriften, Zusammenfassungen von Verhören und anderen Aspekten des DMVN-Falls. Die Fensterreihe mit Blick auf den Parkplatz besteht aus fünf einzelnen Scheiben. Die mittleren drei hat er mit Karteikarten in verschiedenen Farben zugeklebt, die alle mit rätselhaften Notizen in schwarzem Edding versehen sind. Ganz oben, auf dem Fenster in der Mitte, klebt ein einsames DIN-A4-Blatt, auf dem *betrügerische Irreführung* geschrieben steht. Brad hat sich in seinem Drehstuhl zurückgelehnt, die nackten Füße auf dem Tisch abgelegt, und markiert sich gerade einige Stellen in einem Dokument, als ich hereinkomme. Er trägt Cargo-Shorts und sein weites, dunkelblaues Lieblings-T-Shirt mit der gelben Aufschrift. *Sie haben das Recht zu schweigen* prangt auf seiner Brust. *Alles, was Sie sagen, wird falsch wiedergegeben und vor Gericht gegen Sie verwendet werden.*

»Hey«, begrüße ich ihn.

»Okay«, sagt er. »Ich habe den Richter endlich dazu bekommen, die Finanzunterlagen der Sendung gerichtlich anfordern zu lassen. Zwei der drei DMVN-Finalistinnen sind definitiv von den Produzenten bezahlt worden, um Brad dazu zu bringen, dass er sie rauswählt.« Er hält inne. »Aber dann wäre da noch Annie.«

Ich lasse mich auf einem Stuhl am anderen Ende des langen Konferenztisches nieder. »Annie?«, frage ich und beiße an.

»Sie ist eine der Finalistinnen, die Brad für den Transvestiten hat sausen lassen. Bei ihrer eidesstattlichen Vernehmung schwor sie, kein Geld von den Produzenten bekommen zu haben. Sie wollte nicht bei Brad in Ungnade fallen, sondern hat sich wirklich in ihn verliebt und versuchte bis zur letzten Woche, ihn für sich zu gewinnen. Das Problem ist nur ... ich glaube ihr.«

»Das ist ein Problem«, erwidere ich sarkastisch. »Wo soll das mit unserem Rechtswesen nur hinführen – bei all diesen ehrlichen Zeugen heutzutage?«

Ohne Vorwarnung macht Brad einen Satz auf mich zu. Blitzschnell schieße ich aus meinem Stuhl und reiße die Fäuste hoch, um seinen Angriff abzuwehren. Es hat keinen Zweck. Er packt mich an den Handgelenken, wirbelt mich herum und umklammert mich von hinten. Er grollt etwas wie »Wenn ich deinen Sarkasmus hören will, werde ich mich schon melden« und küsst mich in den Nacken.

Eine Sekunde lang versuche ich mich loszureißen. Dabei wende ich nicht zu viel Kraft auf, um nicht aus Versehen Erfolg zu haben. Als ich meine halbherzige Gegenwehr endlich aufgegeben habe, halte ich ganz still. Er küsst mich wieder in den Nacken, und dieses Mal drehe ich mich zu ihm herum. Es folgt ein weiterer Kuss, warm und sanft. *O Mann, wie habe ich das vermisst!*

Was ist aus unserer Fehde geworden?

Doch dann löste er sich aus unserer Umarmung. »Ich werde nicht zulassen, dass du mich verführst«, sagt er bestimmt.

Wie bitte? Ihn verführen?

»Wir haben Arbeit zu erledigen«, sagt er trübsinnig.

»Okay, Bradley Carson. Ich werd's mir merken.«

»Da bin ich mir sicher«, erwidert er, obwohl wir beide wissen, dass das meinerseits nur leere Worte waren.

Brad schiebt all die Unterlagen, Verteidigungsschriften, Stifte und Akten an ein Ende des Tisches. Ich hasse es, wenn er das tut – einfach den Kram beiseiteschiebt, der dann in einem unordentlichen Haufen dasitzt und mich anlacht, während ich gegen den inneren Drang ankämpfen muss, nicht alles wieder in ordentliche kleine Stapel zu sortieren. Er wirft ein paar bunte Karteikarten und zwei schwarze Eddings auf die leere Hälfte des Tisches. »Brad Carsons patentiertes Beweisführungs-System«, verkündet er.

Ich starre ihn an, als habe er den Verstand verloren. Während meines dritten Jahres an der juristischen Fakultät habe ich ihm bei ein paar Fällen geholfen, aber das hier habe ich noch nie erlebt. Skeptisch ziehe ich meine Augenbrauen zusammen.

»Eigentlich«, erklärt er, »habe ich diese Methode speziell für den DMVN-Fall entwickelt, als es mir einfach nicht gelingen wollte, ein paar mentale Blockaden zu überwinden. Das Patent habe ich allerdings noch nicht beantragt.« Er fängt an, die Karteikarten vom Fenster herunterzunehmen, und wirft sie auf die zugemüllte Seite des Tisches.

Diese Hälfte des Tisches stellt eine schöne Metapher für den DMVN-Fall dar. Das reinste Chaos.

In ein paar Minuten hat Brad mir sein System erklärt. Auf jede Karte schreiben wir eine wichtige Tatsache oder einen entscheidenden Beweis. Die orangefarbenen Karten stehen für unstrittige Tatsachen, grüne für sehr wahrscheinliche Tatsachen und gelbe für wahrscheinliche Tatsachen. Die rosafarbenen Karten sind für Vermutungen reserviert, die wir wahrscheinlich nie beweisen können. Ich diskutiere eine Weile über das Farbsystem – sollte Pink nicht besser für die unstrittigen Fakten stehen? –, nur um ein wenig warm zu werden. Brad lässt das kalt. Wenn ich mein eigenes einzigartiges und patentiertes System entwickelt habe, kann ich mir jede Farbe aussuchen, die mir gefällt, erklärt er. Bis dahin bleiben wir bei seinem System.

Wir werden unsere Theorie zu dem Fall auf ein Blatt Papier schreiben und es dann ganz oben in die Mitte der Fensterscheibe kleben. Dann kommen die Karteikarten an die Reihe. Wenn der Sachverhalt auf der Karte mit unserer Theorie übereinstimmt, kommt die Karte an dasselbe Fenster. Wenn die Theorie den Sachverhalt nicht auf irgendeine Weise erklären kann, wandert die Karte auf die Scheibe links daneben. Aber wenn der Sachverhalt auf der Karte im Widerspruch zu der Theorie steht, kleben wir sie rechts hin.

Wir brauchen etwa eine halbe Stunde, um alle Fakten, die uns zu diesem Fall bekannt sind, aufzuschreiben. Brad überlässt mir dann die Ehre, die erste Theorie vorzuschlagen.

»Notwehr. So wie unsere Mandantin es gesagt hat.«

»Schreib es auf«, weist er mich an.

Fünf Minuten später starre ich die offensichtlichen Schwachpunkte dieser Theorie an. Ich wusste all das bereits, aber irgendwie hebt Brads kleines System es deutlich hervor. Das würde ich ihm gegenüber natürlich niemals zugeben.

Auf dem mittleren Fenster befindet sich schon eine ganze Reihe von Karten, aber die sind es nicht, die mir Kopfzerbrechen bereiten. Auf der linken Seite kleben eine Menge orangefarbener Karten. *Fowlers Spielschulden* steht auf einer. *Fowler Begünstigter der Lebensversicherung – eine Million* auf einer anderen. Auch eine gelbe Karte heftet an dieser Scheibe, obwohl sie nach Brads Meinung eigentlich rosa sein müsste. *Fowler vergreift sich an Tara* steht darauf. Beunruhigt stelle ich fest, für wie viele Fakten die Notwehrtheorie keine Erklärung bietet.

Noch beunruhigender sind die Karten auf der rechten Seite, die im kompletten Widerspruch zu der Theorie stehen. Das wirklich Ärgerliche daran ist, dass die meisten von ihnen so wissenschaftlich klingen und dazu auch noch orangefarben sind.

Blutspritzer auf dem Liegesessel. Taras blutige Fußspuren im ersten Stock. Eintrittswinkel der Kugel. Keine Schmauchspuren oder Pulvereinsprenkelungen beim ersten Schuss. Keine Einblutungen beim zweiten Schuss. Keine Blutspritzer auf dem Handtuch.

Brad geht einen Schritt zurück und betrachtet sein Werk. Wahrscheinlich war ihm klar, dass er mir die Notwehrtheorie nicht ausreden würde – was das anging, stand meine Meinung fest –, also wollte er mich auf anschauliche Weise eines Besseren belehren. »Üblicherweise«, meint Brad in diesem nebensächlichen Tonfall, mit dem er mir nichts vormachen kann, »verwerfe ich eine Theorie, wenn auch nur eine orangefarbene Karte auf der rechten Seite klebt. Es ist schwer, eine Theorie zu beweisen, die im Widerspruch zu einer unumstößlichen Tatsache steht.«

Mir will kein logisches Gegenargument einfallen, also gehe ich in die Defensive. »Dann schlag doch eine bessere vor.«

In einem Anflug von Theatralik denkt er einen Moment nach, schreibt dann *Fowler war's* auf ein Blatt und tauscht damit meins auf der mittleren Scheibe aus. Wir brauchen etwa zehn Minuten, um die Karteikarten neu zuzuordnen, wobei wir uns die meiste Zeit darüber streiten, welche Karte wo hingehört. Wir begutachten das Ergebnis, das, auch wenn es besser als bei meiner Theorie aussieht, immer noch nicht perfekt aufgeht. Ganz oben auf der rechten Seite klebt die orangefarbene Karte, auf der *Schießpulverrückstände auf Taras Hand* steht. Es gibt außerdem eine gelbe Karte, auf die Brad *Taras Geständnis* gekritzelt hat. Er hat das Geständnis einer gelben Karte zugeteilt, weil er Zweifel an dessen Wahrheitsgehalt hegt.

»Aber wir müssen immer noch erklären, warum sie den Kopf dafür hinhalten würde, wenn Fowler ihren Stiefvater ermordet hat«, sage ich.

Es gibt auch eine orangefarbene Karte auf der linken Seite, was bedeutet, dass sie sich nicht mit unserer Theorie erklären lässt, auch wenn sie dieser nicht komplett widerspricht. Auf der Karte steht *Blutergüsse auf Taras Gesicht.* Ich betrachte die Karten einen Moment lang, dann fällt mir auf, dass etwas fehlt. Ich nehme noch eine orangefarbene Karte zur Hand und schreibe *Bannister erhält eine E-Mail mit der Kopie des Sayers-Fall* darauf. Dann klebe ich sie auf die linke Seite. Brads Theorie bietet keine Erklärung für diesen Sachverhalt.

Jetzt bin ich an der Reihe, auf dem Konferenztisch zu sitzen und Brad selbstgefällig anzugrinsen. »Im Allgemeinen«, erkläre ich, den Blick auf die orangefarbene Karte an der rechten Fensterscheibe gerichtet, »verwerfe ich eine Theorie, wenn auch nur eine orangefarbene Karte auf der rechten Seite klebt. Es ist schwer, eine Theorie zu beweisen, die im Widerspruch zu einer unumstößlichen Tatsache steht.«

»Sehr witzig.«

Einen Moment lang starren wir beide die Fensterscheiben an. Ich denke über all die wissenschaftlichen Beweise nach, die uns immer wieder einen Strich durch die Rechnung machen, ich erinnere mich an meinen Besuch im Wohnzimmer der Bannisters und rufe mir wieder Strobels Worte ins Gedächtnis. Während ich all diese orangefarbenen Karten betrachte, geht mir ein Licht auf. *Wann sind wissenschaftliche Beweise keine wissenschaftlichen Beweise? Wann gehören sie auf eine grüne oder vielleicht sogar gelbe Karte?* Jeder, der mit dem O. J.-Simpson-Fall vertraut ist, kennt die Antwort - wenn der ermittelnde Polizeibeamte ein ausgewiesener Lügner ist.

Ich rutsche zum Rand des Tisches vor. »Detective Anderson war der leitende Ermittler in diesem Fall. Richtig, Brad?«

»Hmm.«

»Und du traust ihm nicht über den Weg, oder?«

»Niemand traut ihm, Leslie.«

»Glaubst du, er würde Beweise fingieren?«

Brad schnaubt. »Ist der Papst katholisch?«

»Dann lass es uns auf diese Weise betrachten«, schlage ich vor. »Welche dieser orangefarbenen Karteikarten könnte man auf Andersons Manipulation der Beweise zurückführen?«

»Gute Frage.« Er tritt näher an das Fenster heran. »Nicht die Blutspritzer auf dem Sessel oder die fehlenden Blutspritzer auf dem Handtuch. Weder die Beweise hinsichtlich der Schmauchspuren, Pulvereinsprenkelungen noch der Einblutungen - denn das gehört in den Arbeitsbereich des Gerichtsmediziners. Und ganz bestimmt auch nicht die Blutergüsse auf Taras Gesicht.« Er streckt den Arm aus und betrachtet die einsame orangefarbene Karte auf der rechten Seite. »Aber die angeblichen Schießpulverrückstände auf ihrer Hand ...« Brad denkt einen Moment lang nach. »Der leitende Ermittler könnte durchaus die Oberfläche der Waffe abwischen und den Test verfälschen.«

Auch wenn mir nicht gefällt, wo das hinführt, bin ich verpflichtet, meiner eigenen Logik zu folgen. »Was bedeutet: Wenn Fowler den Mord begangen *und* Anderson an der Beute beteiligt hätte, gäbe es auf der rechten Seite keine unwiderlegbaren Fakten.«

»Was wiederum bedeuten würde, dass wir nur noch zwei Sachverhalte erklären können müssen: Erstens, warum war Tara bereit, die Schuld auf sich zu nehmen, und zweitens, warum hat sie dafür sogar ihr eigenes Gesicht verbeult?«, sagt Brad aufgeregt und mit einem Ausdruck von Bestimmtheit. Ich sehe, wie sehr es ihm zusagt, den Bezirksstaatsanwalt zu belasten. Er kann die Schlagzeilen schon förmlich vor sich sehen.

Aber diese Theorie setzt Dinge voraus, die ich einfach nicht akzeptieren kann. Eine Affäre zwischen Fowler und Trish Bannister. Tara, die mit Fowler zusammenarbeitet, den sie hasst. Und warum sollte sie uns dann von dem Video erzählen? Das Problem mit Brads »patentierter Beweisführungsmethode« ist, dass darin kein Platz für weibliche Intuition ist.

»Ich glaube immer noch, dass es Notwehr war«, sage ich. Fast kann ich hören, wie die Luft aus Brads Hoffnung entweicht, die meine letzten Kommentare bei ihm haben aufkommen lassen. »Mir ist egal, was deine orangefarbenen Karten sagen.«

»Ich brauche einen Drink«, erwidert er resigniert.

46

Am Sonntagabend, wie in den meisten anderen Nächten neuerdings auch, fällt es mir schwer, einzuschlafen. Ich liege im Bett, schaue erst die Nachrichten und eine Wiederholung von *Friends* und zappe dann einfach von einem Sender zum nächsten. Morgen liegt ein langer Tag vor mir, es ist ein Uhr morgens, und an Schlaf ist nicht zu denken. Vor meinem Fenster heult der Wind und schmettert den Regen mit der Wucht des Wetterphänomens gegen die Scheiben, das die Einheimischen als Nordöster bezeichnen. Ich erwäge, Brad anzurufen, aber dann wird er wissen wollen, was mir solche Sorgen bereitet, woraufhin ich gezwungen sein werde, ihn wieder anzulügen. Dann wird ihm sein Gefühl sagen, dass ich etwas vor ihm verberge. Die Mauer, die zwischen uns steht, wird immer höher werden ... und dabei ist sie jetzt schon hoch genug.

Endlich komme ich zu dem Schluss: Wenn der Schlaf sich mir schon verweigert, kann ich genauso gut etwas Arbeit erledigen. Ich trage eins von Brads alten T-Shirts - sehr Teenie-mäßig, ich weiß, aber dadurch fühle ich mich ihm etwas näher. Ich ziehe mir ein Paar Socken und eine Trainingshose an. Dann wecke ich meinen Computer aus seinem Stand-by-Modus und rufe Westlaw auf, eine Datenbank für alle aktenkundigen Gerichtsfälle, um ein wenig zu recherchieren. Doch bald schon erwische ich mich dabei, wie ich durch das Internet stromere, Informationen über hypertrophe Kardiomyopathie sammle und Fakten wiederkäue, die mir bereits bekannt sind. Nur bei zwanzig Prozent aller Menschen mit HCM macht sich das Problem überhaupt bemerkbar. Selbst bei ihnen lässt sich das Leiden durch einen chirurgischen Eingriff behandeln. Die Alkoholablation wird in den USA noch immer als experimentelle Methode betrachtet. Zu den möglichen Komplikationen gehören der Einsatz eines Schrittmachers, das Risiko eines Schlaganfalls oder einer perforierten Arterie. In seltenen Fällen führte die Punktion der Arterienwand zum Tod des Patienten.

Tod. Das Wort starrt mir von meinem Computer entgegen und scheint geradezu auf dem Bildschirm zu pulsieren. Tod. Ungewissheit. Dantes Inferno. Kein Brad mehr und keine Bella oder Sarah oder Mom. In einem Moment könnte ich auf Dr. Asha Maholtras OP-Tisch liegen und zusehen, wie sie den Katheter durch meine Arterien schiebt, nur um im nächsten schon nicht mehr da zu sein. Totales Nichts. Ich starre das Wort an, verängstigt wie ein Kind.

Tod. Wenn man dreißig Jahre alt ist, macht man sich nicht viele Gedanken um den Tod. Man ist unverwundbar. Selbst wenn man seinem eigenen Ehemann beim Sterben zusieht, geht man immer noch davon aus, dass es einen selbst niemals treffen kann. Und dann kippt man eines Tages ohnmächtig vom Crosstrainer, und bevor man sich's versieht, redet der Arzt von einem lebensbedrohlichen Herzleiden. Die Sterblichkeit wird real. Das Leben ist zerbrechlich. Der Tod unausweichlich und auf einmal vielleicht gar nicht mehr so weit entfernt.

Ich denke an Gott und erschauere. Wenn es einen Gott gibt, bin ich bereit, vor ihn zu treten? Ist er der Gott, den die Bibel beschreibt? Kann es sein, dass der Rest der Welt - die Nichtchristen - dermaßen falsch liegt? Wird er mit der Art, wie ich mein Leben geführt habe, zufrieden sein, und mit den Entscheidungen, die ich getroffen habe? Tief in meinem Inneren bezweifle ich das. Was habe ich schon groß getan, um das Leben meiner Mitmenschen zu verbessern?

Die Chancen stehen gut, dass ich die OP überleben werde. Aber wer wettet schon gern auf sein eignes Überleben? Ich erinnere mich daran, wie Bill dem Tod entgegengetreten ist, ihn fast begrüßt hat, mit einer stoischen Bestimmtheit. Aber Bill litt auch unter solch großen Schmerzen, dass alles andere nur eine Verbesserung darstellen konnte. Und Bill war so viel stärker, als ich es bin.

Ich stehe auf. Diese Internetrecherche macht die Sache nur noch schlimmer, nicht besser. Doch die morbiden Gedanken jagen mir weiter durch den Kopf. Wie können manche Männer und Frauen so viel Frieden im Angesicht des Todes empfinden? Ich denke an Sarah - wie sie und ihr Mann bereit waren, als Märtyrer für Christus in Saudi-Arabien zu sterben.

Ich sitze jetzt am Küchentisch und ziehe ein paar unbenutzte Karteikarten aus meiner Aktentasche, die übrig geblieben sind. Dann genehmige ich mir als kleinen Snack ein paar Selleriestangen und Karotten aus dem Kühlschrank. Ich suche mir einen schwarzen Edding, gehe dann zu meinem Drucker, der im anderen Zimmer steht, und besorge mir ein leeres Blatt Papier. Als ich in die Küche zurückkehre, schreibe ich *Christentum* darauf und klebe es an den Kühlschrank. Ich verbessere Brad Carsons patentiertes Beweisführungssystem, indem ich beschließe, dass Pink für die unumstößlichen Tatsachen stehen wird, Gelb für die wahrscheinlichen Fakten und Hellblau für Vermutungen. Karteikarten, die die These unterstützen, kommen in die Mitte des Kühlschranks, die irrelevanten links daneben und die widersprüchlichen nach rechts. Jetzt kommen mir wieder Brads Worte von heute Nachmittag in den Sinn - üblicherweise lässt sich eine Theorie mit nur einer einzigen unumstößlichen Tatsache auf der rechten Seite widerlegen.

Ich beginne mit den offensichtlichen Argumenten. *Das leere Grab,* schreibe ich auf eine gelbe Karte. Ich bin kein Experte, aber meiner Meinung nach war das leere Grab eine der Grundvoraussetzungen dafür, dass das Christentum überhaupt - einen Steinwurf von Christi Kreuzigungsstätte entfernt - entstehen konnte. Wäre das Grab nicht leer gewesen, hätten Petrus und die anderen Jünger keinen Fuß auf den Boden bekommen. *Wovon redet ihr verwirrten Männer da bloß? Geht mit uns zum Grab Christi – wir zeigen euch die Leiche!*

Ich bin vage mit ein paar der nicht christlichen Theorien vertraut, die das leere Grab erklären wollen, wobei keine davon besonders überzeugend ist. War das Ganze nur ein Täuschungsmanöver seiner Jünger - indem sie einfach Christi Leichnam entwendeten? Aber wieso sind sie dann bereitwillig für eine Sache gestorben, von der sie wussten, dass sie nur erlogen war? War Christus einfach nur bewusstlos, am Kreuz ohnmächtig geworden und später in dem kalten, feuchten Grab wieder zu sich gekommen? Erinnerungsfetzen aus dem Katechismus-Unterricht scheinen gegen diese Theorie zu sprechen. Wenn Christus tatsächlich nur in Ohnmacht gefallen war, wie sollte es ihm dann gelungen sein, den gewaltigen Stein wegzurollen und die römischen Wachen zu überwältigen, die vor dem Grab postiert waren? Außerdem habe ich, wie die meisten anderen Amerikaner auch, die *Passion Christi* gesehen. Niemand hätte das, was Christus durchgemacht hatte, überleben können.

Das leere Grab klebe ich also in die Mitte des Kühlschranks. Ich knabbere ein paar Möhren und nehme eine pinke Karte zur Hand, auf die ich mit meinem schwarzen Edding *Christus' Lehre* schreibe. Mir ist niemand bekannt, der abstreiten würde, dass Christus den Moralpredigern seiner Zeit um Lichtjahre voraus war. *Halte die andere Wange hin. Liebe deine Feinde. Übe Vergebung.* Aber andererseits muss das nicht heißen, dass Christus wirklich Gott war. Es hat viele andere große Lehrer gegeben - Gandhi und Konfuzius zum Beispiel. Ich klebe die pinke Karte auf die linke Seite des Kühlschranks.

Als Nächstes schreibe ich *Das Universum* auf eine gelbe Karte. Ich kann wirklich nicht verstehen, wie jemand den Aufbau des Universums betrachten kann und trotzdem behaupten will, das alles beruhe nur auf einem großen kosmischen Zufall. Man hat mich gelehrt, Sachverhalte zu missbilligen, die vor Gericht als »Zufälle« dargestellt werden, wenn die Ereignisse sich viel eher durch eine Verschwörung oder einen Vorsatz erklären lassen. Warum sollte ich diese Regel jetzt außer Kraft setzen? *Es war Vorsatz, kein Zufall,* sage ich mir, und *Das Universum* wandert auf die Mitte der Kühlschranktür.

Jetzt greife ich zu einer pinkfarbenen Karte, auf die ich *Märtyrer* schreibe. Was das betrifft, gibt es keinen Zweifel - die Geschichte ist gespickt mit christlichen Märtyrern. Männer und Frauen, denen die Zungen herausgeschnitten wurden, die auf dem Scheiterhaufen starben oder gepfählt wurden. Männer und Frauen, die, ohne mit der Wimper zu zucken, gestorben sind – dazu wäre ich nicht bereit. Aber auf dem Weg zum Kühlschrank kommt mir ein weiterer Gedanke – der christliche Glaube ist nicht der einzige, der Märtyrer vorzuweisen hat. Was ist mit den Muslimen, die Flugzeuge in das World Trade Center flogen? Auch sie waren Märtyrer – fehlgeleitet, ja, aber trotzdem genauso entschlossen. Ich lasse mir diese Tatsache eine Weile durch den Kopf gehen und bleibe in Gedanken an der Geschichte von Charles Reed hängen, Sarahs Mann. Er starb, als er versuchte, den Menschen in Saudi-Arabien seinen Glauben näherzubringen. Die Muttawa töteten ihn, weil er sich weigerte, die Namen der anderen Christen preiszugeben. Und jetzt sagt Sarah, dass sie nach Saudi-Arabien zurückkehren will, sobald ihr jüngstes Kind auf die Uni geht, um ihr Leben im Kreis ihrer geliebten Freunde erneut aufs Spiel zu setzen.

Ich hole wieder meinen Edding hervor und schreibe *aus Liebe* auf die Karte, sodass dort nun *Märtyrer aus Liebe* steht. Das scheint mir der Aspekt zu sein, der Charles und Sarah Reed von den anderen unterscheidet. Männer und Frauen sterben für ihre Sache oder bei dem Versuch, Macht zu erringen, oder einfach aus Prinzip. Doch Charles starb, weil er die Saudis zu sehr liebte, als dass er sich in die Sicherheit seiner Heimat geflüchtet hätte. Diese Tatsache bringt ihm eine rosafarbene Karte ein, die ich mitten an die Kühlschranktür klebe.

Ich bringe noch ein paar Karten an, die die These unterstützen, bevor ich mich an die drei Karten begebe, vor denen ich mich gescheut habe. Das Problem ist, dass sie alle pinkfarben sind. Und sie gehören alle an die rechte Seite des Kühlschranks, im direkten Widerspruch zu der These in der Mitte. Auf der ersten Karte steht *Böse Menschen kommen ungeschoren davon*. Wie bringe ich einen liebenden, allmächtigen Gott mit der Tatsache unter einen Hut, dass böse Menschen – wie Harlan Fowler? – so oft mit ihren Machenschaften und Intrigen davonkommen?

Dazu gesellt sich eine weitere Karte, die noch niederschmetternder als die erste ist. Auch wenn darauf nur *Bill* zu lesen ist, steht sie für ein Leben voller unbeantworteter Gebete und tiefem seelischem Schmerz. Angeblich werde ich von Gott geliebt, angeblich hat er einen Plan für mein Leben. Und dennoch verliert mein Mann seinen qualvollen Kampf gegen den Krebs, während ich hilflos danebensitze. Wie kann ein liebender Gott so etwas zulassen?

Auf die dritte Karte schreibe ich *Heuchler.* Ich bin versucht, einzelne Namen aufzuschreiben, aber das wäre vielleicht ein wenig gehässig. Ich erinnere mich vage daran, dass jemand Berühmtes mal gesagt hat: »Ich wäre selbst ein Christ geworden, wenn da nicht die Christen wären, die ich kenne.« Das ist die Kernaussage dieser Karte. Wenn die Christenheit wirklich so gut ist, wie kommt es dann, dass sie so viele Heuchler hervorgebracht hat?

Vollkommen erschöpft lasse ich mich wieder an meinem Küchentisch nieder, um meine Arbeit in Augenschein zu nehmen. Ich bin zu aufgedreht, um zu schlafen, auch wenn ich weiß, dass Schlaf genau das ist, was ich jetzt brauche. Der Mittwoch ragt mir unheilvoll entgegen, nur noch wenige Tage entfernt, wie eine kosmische Deadline, die nach Antworten verlangt, die ich nicht habe. Wie soll ich mich dem Tod stellen, wenn meine Zukunft so ungewiss ist? Es kommt mir vor, als müsse ich einen Fall verhandeln, bei dem es um die Todesstrafe geht, mit nur ein paar Tagen zur Vorbereitung. Aber in diesem Fall bin ich sowohl Anwalt als auch Mandant.

Das ist doch albern, sage ich mir. *Du wirst nicht sterben. Eine Menge Menschen überstehen Eingriffe, die weitaus komplizierter und riskanter sind.*

Warum kann ich dann nicht schlafen? Das Verlangen nach Schlaf lässt mich wieder an Sarahs Worte denken, die sie gestern scherzhaft zum Abschied sagte. *»Vielleicht kann dir das helfen, wenn es dir abends schwerfällt einzuschlafen.«* Hier, in meinen eigenen vier Wänden, wo mich niemand sehen kann, bin ich eine verzweifelte Frau, die nichts zu verlieren hat. Ich stehe auf, setze eine Kanne Kaffee auf und mache mich auf die Suche nach dem Buch von C. S. Lewis, das ich in einer der Kisten in meinem Gästezimmer verstaut habe.

Während ich durch das Buch blättere, bekomme ich das Gefühl, dass Lewis die Zettel an meinem Kühlschrank gelesen haben muss. Vielleicht war Lewis, als ehemaliger Atheist, aber auch einfach mit all den Einwänden jener Menschen vertraut, denen Brad vorwerfen würde, alles zu »überanalysieren«. Auch wenn ich eine Weile brauche, um mich an das etwas gestelzte Englisch zu gewöhnen, bin ich schon bald vollkommen von dem logischen Faden der Wahrheit fasziniert, der sich durch Lewis' Ausführungen zieht. Sarah hatte recht – der Mann denkt genau wie ich.

Was natürlich bedeutet, dass auch er mit der Tatsache rang, dass böse

Menschen manchmal ungestraft davonkommen. Während wir genug mit den Osama Bin Ladens unserer Zeit zu tun haben, wurde Lewis aus nächster Nähe mit den Grausamkeiten des Weltkriegs konfrontiert. Er überlebte. Der Mann hatte das Böse auf einer persönlichen Ebene kennengelernt.

Aber Lewis stellt das Problem auf den Kopf, was mich dazu bringt, meine Zuordnung der pinken Karte zu überdenken. Die Tatsache, dass wir allgemeingültigen Normen von Gut und Böse erkennen, ist laut Lewis der Beweis für ein übernatürliches Sittengesetz, das wiederum auf einen Schöpfergott schließen lässt: ... *dass die Menschen auf der ganzen Welt dieser seltsamen Vorstellung anhängen, sie sollten sich auf eine bestimmte Weise verhalten, und dass sie diese Vorstellung einfach nicht loswerden.* Dies sei das *Naturrecht,* behauptet Lewis, und dessen Existenz ein überzeugender Nachweis für einen Gott, der Gut und Schlecht klar für uns definiert hat.

Lewis' Redewendung kommt mir bekannt vor. *Naturrecht und göttliches Gesetz* sind ein Ausdruck, der auch in der Unabhängigkeitserklärung der USA vorkommt, die Thomas Jefferson federführend formulierte. Als ich diesen Satz zum ersten Mal als Mittelstufenschülerin las, wusste ich sofort, was Jefferson meinte.

Ich lese weiter, während Lewis die Argumente, die er als Atheist gegen Gott vorbrachte, erläutert:

> Mein Argument gegen Gott lautete, das Universum sei doch offenbar so grausam und ungerecht. Aber woher nahm ich eigentlich diese Vorstellung von *gerecht* und *ungerecht*? Man nennt ja schließlich keine Linie krumm, wenn man nicht eine Vorstellung von einer geraden Linie hat. ... Wir wüssten ja auch nicht, dass es dunkel ist, wenn es im Universum kein Licht und deshalb auch keine Lebewesen mit Augen gäbe. *Dunkel* wäre ein Wort ohne Bedeutung.

Ich schüttle kurz energisch den Kopf und nehme einen Schluck Kaffee. Liegt es an der späten Stunde, oder machen Lewis' Ausführungen tatsächlich Sinn? Ich muss dringend schlafen, entscheide mich stattdessen aber, noch ein Kapitel zu lesen. Nur um festzustellen, dass Lewis eine weitere meiner Karteikarten diskutiert. Christus war ein guter Lehrer, hatte ich entschieden. Niemand würde das bestreiten. Das heißt, niemand, außer meinem faszinierenden neuen Freund, der vor ein paar Jahrzehnten lebte. Christus behauptete, Gott zu sein, sagt Lewis. Welcher gute Lehrer würde so etwas von sich sagen? Und dann schreibt Lewis etwas, das mich wirklich schockiert:

> Ein Mensch, der bloß ein Mensch wäre und solche Dinge von sich gäbe wie Jesus, wäre kein großer Morallehrer. Er wäre entweder ein Irrer – auf derselben Ebene wie einer, der sich für ein pochiertes Ei hält –, oder aber er wäre der Teufel in Person.
>
> Sie müssen sich entscheiden. Entweder war und ist dieser Mann tatsächlich der Sohn Gottes, oder er war ein Spinner oder noch Schlimmeres.

Ich lese die Worte ein zweites Mal und spüre, wie sich ihr Gewicht auf meine Brust senkt, als würden sie mir das Herz zerdrücken. *Sie müssen sich entscheiden.* Lewis' Worte leuchten ein. Ihre Einfachheit erschüttert mich. Christus als Gott oder Christus als Verrückter: das ist die Wahl, die mir bleibt. Kein Christus als guter Morallehrer mehr. Wie ein Zauberkünstler, der das Tischtuch unter den Tellern wegzieht, hat Lewis eine meiner grundlegenden Überzeugungen schneller weggerissen, als das Auge folgen kann. Aber anders als der Zauberkünstler hat Lewis dabei das feine Porzellan meiner Annahmen umgestoßen und zerschmettert und meine Denkweise mit diesem neuen Dilemma durcheinandergebracht.

Ich lege das Buch beiseite und lasse mir das alles ein paar Minuten durch den Kopf gehen. Plötzlich wird mir klar, warum ich mich so gegen den Gedanken von Christus als Gott sträube. Gott ließ zu, dass Bill starb. Wenn Christus Gott ist, dann hat Christus zugelassen, dass Bill starb. Er hörte meine verzweifelten Gebete, saß tatenlos daneben und schaute zu, wie ich das Beste verlor, das mir in meinem Leben widerfahren war.

Ich rufe mir Brads oberstes Gebot ins Gedächtnis: Nur eine einzige unumstößliche Tatsache, die nicht mit der These zu vereinbaren ist, reicht aus, um die ganze These über den Haufen zu werfen. Das Problem ist nur, dass noch immer zwei solcher Tatsachen übrig sind. Ich stehe auf und schütte den restlichen Kaffee in die Spüle. Die pinkfarbene Karte mit dem Wort *Heuchler* klebt noch immer an der rechten Seite des Kühlschranks. Direkt daneben verhöhnt mich die mit *Bill* beschriftete pinke Karte und macht alle stichhaltigen Argumente zunichte, die Lewis so wortgewandt formuliert hat. Ich gehe zurück in mein Schlafzimmer, wo ich stundenlang wach liege, während mir all diese theologischen Gedanken und Gegenmeinungen durch den Kopf wirbeln und einen gewaltigen Whirlpool unbeantworteter Fragen erzeugen.

47

Am Montagnachmittag macht sich der Schlafmangel bei mir bemerkbar. Meine Augen sind blutunterlaufen und geschwollen, und mein gesamter Körper fühlt sich aufgedunsen und ekelig an. Was die Situation nicht besser macht, ist die Tatsache, dass ich gerade zusammen mit Brad im Büro von Mr D. J. Landers sitze. Bei diesem handelt es sich um einen schmierigen Strafverteidiger, der im Alleingang mehr zum schlechten Ansehen von Anwälten beigetragen hat als jede andere Person, die ich kenne. Ich konnte den Schmierfilm förmlich fühlen, den D. J. Landers' Hand nach dem Händeschütteln in meiner zurückließ. Dieser Kerl könnte selbst Haie nervös machen.

D. J. sitzt hinter seinem gewaltigen Mahagoni-Schreibtisch. Er hat ein spitzes Gesicht, das aussieht, als wäre es in einen Schraubstock geklemmt und lang gezogen worden. Dazu trägt er einen dünnen schwarzen Schnurrbart und die Art pechschwarzes Haar, das man nur mit einer Tönung hinbekommt. Sein Teint stammt entweder aus der Sprühdose oder von der Sonnenbank, denn dieser ungleichmäßige und unnatürliche Farbton kann niemals das Produkt von natürlichem Sonnenlicht sein.

Brad und D. J. foppen sich wie alte Verbindungsbrüder. Brad war bei Rechtsverdrehern schon immer sehr beliebt, wahrscheinlich weil er genauso unangepasst ist wie sie. Klägervertreter (Brad) und Strafverteidiger (D. J.) neigen dazu, eine unabhängige, rebellische Ader zu haben. Ich höre mir an, wie die Männer eine Weile lang Sticheleien austauschen, und denke an den alten Spruch »Sag mir, mit wem du dich umgibst, und ich sage dir, wer du bist«. Wenn das stimmt, hat mein Verlobter ernste Probleme.

Nachdem die beiden genug davon haben, sich gegenseitig zu beleidigen, kommt Brad endlich auf den Grund unseres Besuchs zu sprechen. »Trainer

Freddie Barker«, sagt er. »Anklage wegen Kinderpornografie. War das einer von deinen?«

D. J. betrachtet Brad einen Moment lang, als würde er versuchen, den Grund für diese Frage zu erwägen. »Hab ihm einen Deal verschafft. Achtzehn Monate, von denen alle bis auf drei auf Bewährung ausgesetzt wurden.«

»Der muss ja ein paar ziemlich wichtige Namen ausgespuckt haben«, meint Brad.

D. J. lächelt. »Keine Sorge, Brad. Deinen hat er nicht verraten.«

»Ha, ha, ha«, erwidert Brad. »Wen hat er ans Messer geliefert?«

Wieder starrt D. J. ihn mit zusammengekniffenen Augen an. »Ich gebe dir die gleiche Antwort wie Mr Mitchell Taylor, als er mir dieselbe Frage stellte«, sagt er, als sollten wir das mitschreiben. »Alle Informationen hinsichtlich des Barker-Falls unterliegen dem Anwaltsgeheimnis, außer vielleicht die Tatsache, dass ich ihn vertreten habe.«

Ich rutsche auf meinem Stuhl vor. *Mitchell Taylor?* Brad geht auf D. J.s Anspielung ein, schlägt ein Bein über das andere und versucht sich ganz gelassen zu geben. »Wie lange ist es her, dass du mit Mitchell Taylor über diesen Fall gesprochen hast?«

D. J. schaut grübelnd zur Decke hoch. »Drei, vier Monate?«

»Bist du dir sicher?«

D. J. denkt noch mal nach. »Ja, ziemlich sicher. Das muss mindestens drei Monate her sein, wenn nicht vier oder fünf.« Er dreht die Handflächen nach oben. »Die Zeit vergeht wie im Flug.«

»Warum sollte Taylor von dir wissen wollen, welche Namen Barker verraten hat?«, wundert sich Brad. »Mitchell ist einer der Stellvertreter des Bezirksstaatsanwalts. Er muss doch wissen, wer sonst noch angeklagt wurde.«

»Das hab ich ihm auch gesagt«, meint D. J.

»Und dann?«

»Dann ist er wieder gegangen.«

Brad kaut eine Weile auf dieser Information herum. Ich kann fast sehen, wie es in seinem Kopf rattert. Dann rutscht er auf seinem Platz herum und formuliert die nächsten Worte als beiläufige Bemerkung: »Aber die Namen der anderen Angeklagten sind offiziell dokumentiert worden und unterliegen nicht dem Anwaltsgeheimnis.«

D. J. nickt, als würde er zufrieden feststellen, wie gekonnt Brad der Brotkrumenspur folgt. »Die Namen der anderen Angeklagten, die Tatsache, dass mein Mandant einen Deal geschlossen und gegen sie ausgesagt hat, das Urteil – all das wurde offiziell dokumentiert.« D. J. hält inne und spricht dann noch langsamer weiter, um sicherzugehen, dass Brad und ich alles mitbekommen. »Aber die Namen, die ich im Auftrag meines Mandanten dem Bezirksstaatsanwalt mitteilte, Mr Harlan Fowler selbst, unterstehen dem Anwaltsgeheimnis.«

»Verstehe«, meint Brad. »Und wenn aus irgendeinem Grund eine der genannten Personen nicht angeklagt wurde, dann wird dieser Name auch nicht in den offiziellen Aufzeichnungen auftauchen.«

»So ist es.«

»Also wäre diese Information nur dir, Trainer Barker und Harlan Fowler bekannt.«

D. J. nickt ermutigend.

»Und falls es mir gelingen sollte, Trainer Barker aufzuspüren, könnte er mir den fehlenden Namen nennen«, fährt Brad fort.

D. J. gibt ein Buzzer-Geräusch von sich. »Falsche Antwort. Sobald Barker seine drei Monate abgesessen hatte, ist er weggezogen. Selbst ich habe keine Ahnung, wo man ihn heute erreichen könnte. Außerdem ist alles, was er Fowler gesagt hat, streng vertraulich. Barkers Deal beruhte darauf, dass er vor der Grand Jury aussagte und Fowlers Fragen beantwortete, und sonst nichts. Wenn Barker den Mund über andere Angelegenheiten oder andere Personen aufmacht, riskiert er unter Umständen, dass der Deal für ungültig erklärt wird.«

Ich blicke zu Brad hinüber, um zu sehen, ob es ihm gelingt mitzuhalten. Er reibt sich kurz das Gesicht – ein gutes Zeichen – und schaut dann zum Fenster hinter D. J. hinaus. »Also mehr oder weniger ein Nichts-fragen-nichts-sagen-Deal«, meint Brad nachdenklich.

D. J. nickt mit dem Kopf.

»Und solange dein Mandant einen guten Deal bekommt, ist dir egal, ob noch andere Leute strafrechtlich verfolgt werden oder nicht.«

»Du solltest mehr Straffälle verhandeln«, meint D. J. »Mit ein bisschen Arbeit bringe ich dich noch dazu, so zu denken wie einer von uns.«

»Bloß nicht«, murmele ich vor mich hin, was mir schiefe Blicke von den beiden Männern einbringt.

»Ich wünschte, ich könnte mir die Akte mal ansehen«, meint Brad.

Einen Moment lang herrscht Schweigen, dann leuchten D. J.s graue Knopfaugen auf. Er steht auf und geht an uns vorbei zum Arbeitsplatz seiner Sekretärin, die vor seinem Büro sitzt. Wir hören, wie er sie bittet, die Barker-Akte rauszusuchen. Nach ein paar Minuten kehrt er mit der Akte zurück und blättert darin herum. Schließlich schaut er zu Brad auf. »Tut mir leid, Kumpel. Hier stehen einfach zu viele vertrauliche Dinge drin.« Er ruft seine Sekretärin und gibt ihr die Akte, lässt dabei aber ein paar handschriftliche Notizen auf seinem Schreibtisch liegen.

»Ich verstehe«, sagt Brad. Allerdings klingt seine Stimme ganz und gar nicht so, als würde er sich geschlagen geben.

»Das glaube ich sofort«, meint D. J. Dann wendet er sich mir zu. »Durstig?«, fragt er mich.

Eine seltsame Frage. »Nicht wirklich.«

Brad schiebt den Fuß vor und stupst mir gegen den Knöchel. *Was soll das jetzt wieder?* »Ein Glas Wasser wäre vielleicht nicht verkehrt«, sage ich.

»Na schön.« D. J. erhebt sich. »Lassen Sie mich Ihnen zeigen, wo Sie –«

»Nicht nötig –« Und dann wird mir alles klar. »Na schön«, erwidere ich, jetzt wo ich Brads und D. J.s Scharade endlich durchschaut habe. Aber eine leise Stimme in meinem Kopf sagt mir, dass ich dabei nicht mitspielen sollte. Wie immer erinnert mich die Stimme sehr an meinen großväterlichen Ethikprofessor: *»Die größte Gefahr für unsere moralischen Richtlinien geht von den Menschen aus, die wir am meisten respektieren.«*

Selbst als ich aufstehe, um D. J. zu folgen, ringe ich mit meiner Entscheidung. Ich weiß, warum Brad das macht – um mich zu beschützen und seiner Mandantin zu helfen. Er weiß, wie genau ich es mit der Arbeitsethik nehme. Deshalb will er, dass ich nicht im Raum bin, wenn er sich die Aufzeichnungen ansieht. D. J. ist ein allzu bereitwilliger Komplize, ein Mann, der nicht einen einzigen moralischen Knochen in seinem Körper hat.

Die Stimme meines Professors drängt mich, etwas zu sagen, noch während ich schweigend den Raum verlasse. Aber wenn ich jetzt eine Szene mache, bringe ich Brad damit in Verlegenheit, und im Moment habe ich nicht die Kraft, mit ihm zu diskutieren. Außerdem besteht die oberste moralische Pflicht eines Anwalts darin, sich mit vollem Engagement für seine Mandanten einzusetzen, wie Brad nie müde wird, mir zu sagen. Aber manchmal tut er so, als sei das unsere *einzige* moralische Verpflichtung.

Auf halbem Wege zur Küche beschließe ich, meine Einwände später vorzutragen. Brad wird die Sache durchziehen, egal ob ich dagegen protestiere oder nicht. Und so passe ich meinen Schritt dem von D. J. an, der vorausgeht.

Nach zehn endlosen Minuten, in denen ich an einer Wasserflasche nuckele und D. J. dabei zuhöre, wie er über sich selbst redet, gehen wir zu seinem Büro zurück. Die Aufzeichnungen liegen noch immer auf seinem Schreibtisch, und Brad unterhält sich mit D. J.s Sekretärin. Die Männer tauschen noch ein paar letzte Spitzen aus, dann machen wir uns auf den Weg.

Ich habe die Güte, zu warten, bis wir im Auto sitzen, um einen Streit zu beginnen. Ich lasse mich tief in den Beifahrersitz rutschen und schaue zum Fenster hinaus. »Brad«, setze ich an, »wenn wir uns zu so etwas herablassen, was unterscheidet uns dann noch von D. J. Landers?«

Brad wirft mir einen Blick von der Seite zu, stellt fest, dass ich es ernst meine, und schluckt die altkluge Bemerkung runter, die ihm wahrscheinlich schon auf der Zunge liegt. »Mit ›so etwas‹ meinst du wahrscheinlich die Listen, die ich anhand von D. J.s Aufzeichnungen zu dem Fall erstellen konnte?«, fragt er und legt ein vollgekritzeltes Blatt auf den Sitz zwischen uns.

»Ich meine die unethische Weise, wie wir an diese Informationen gelangt sind.« Ich starre das Papier an, als sei es vergiftet. So, als würde ich automatisch zum Mitverschwörer werden, wenn ich es nur berühre.

»Na schön, Frau Anwältin. Dann erklären Sie mir mal, gegen welchen ethischen Grundsatz wir verstoßen haben.«

»Wir haben gegen das Anwaltsgeheimnis verstoßen«, sage ich, ohne zu zögern.

Brad ist mittlerweile aus der Parklücke gefahren und steuert auf den Highway zu. »Welche vertraulichen Informationen haben wir denn über unsere Mandantin preisgegeben?«

Ich hasse es, wenn er das tut. »Du weißt ganz genau, dass es nicht um unsere Mandantin geht«, erwidere ich scharf. »Aber wir haben Landers dazu angestiftet, gegen eine Pflicht zu verstoßen, die er gegenüber seinem Mandanten hat.«

Brad stellt das Radio an, als sei dieses Gespräch keine große Sache. »Und liegt es an *uns*, dafür zu sorgen, dass Landers niemals gegen irgendwelche ethischen Richtlinien verstößt? Wer hat uns zu seinen Moralwächtern gemacht?«

»Brad Carson, du weißt, dass das nicht –«

»Ich meine es ernst, Leslie«, fällt er mir ins Wort. »Unsere Mandantin steht wegen Mordes vor Gericht. Verlangst du von mir, dass ich ihr sage, wir hätten entscheidende Informationen erhalten können, uns aber dagegen entschieden haben? Nur damit D. J. Landers nicht gegen seine Schweigepflicht verstößt, die er gegenüber einem Pornohändler hat, dessen Aufenthaltsort nicht einmal bekannt ist?«

Jetzt weiß ich gar nichts mehr. Das klingt alles nach Schönrederei, aber ich kann einfach keine Schwachstelle in seiner Argumentation entdecken. »Es fühlt sich einfach nicht richtig an, Brad.«

»Hättest du dir die Akte angesehen, wenn D. J. sie uns einfach gereicht hätte, ohne ein Wort über die vertraulichen Informationen zu verlieren?«

Ich denke kurz darüber nach. »Ich weiß nicht. Wahrscheinlich schon.«

»Natürlich hättest du das, also was macht es für einen Unterschied?«

Ich tue die Frage ab. Diese ganze Diskussion ist einfach nur ermüdend.

»Leslie, du bist eine gute Anwältin.« Brads Stimme ist jetzt sanfter geworden, die spitzen Fragen sind vergessen. »Aber du kannst keinen Fall gewinnen, wenn du dich selbst immer nur infrage stellst. Manchmal habe ich das Gefühl, wir würden ein Basketballspiel austragen, bei dem du ständig die eigenen Fouls anzeigst, während uns die gegnerische Mannschaft einfach überrennt.«

Okay, sage ich mir, in diesem Punkt könnte er recht haben. Aber im Moment kann ich seine Belehrungen nicht gebrauchen. Ich schlage mit meinem Schweigen zurück, sodass das Geräusch des Radios durch die Abwesenheit von Worten noch lauter wirkt. Brad streckt seinen Arm aus und legt seine Hand auf mein Knie.

Ich weiß, er möchte, dass ich darauf eingehe – meine Hand auf seine lege, seine Hand nehme, mich zu ihm rüberlehne und ihn auf die Wange küsse. Stattdessen sitze ich einfach nur da, und schon bald zieht sich die Hand wieder zurück.

Schmollend greife ich nach dem Blatt auf dem Sitz. Darauf stehen zwei Listen mit Namen.

»In der Liste auf der linken Seite stehen alle Personen, die von Trainer Barker belastet wurden«, erklärt er. Seine Stimme ist dabei vollkommen emotionslos, keine Spur von dem Lächeln, das er mir normalerweise beim Fahren von der Seite zuwirft. »Ich habe die Namen von ein paar handschriftlichen Notizen aus der Akte abgeschrieben, die Landers gemacht hat, als er Barker zum ersten Mal zu dem Kinderpornoring befragte.«

Ich lese mir die sieben Namen durch, ohne dass mir einer davon bekannt vorkäme.

»Auf der rechten Seite«, fährt Brad fort, »stehen die Namen der Personen, gegen die nach Barkers Aussage von der Grand Jury Anklage erhoben wurde. Laut Landers' Aufzeichnungen haben sich alle sechs schuldig bekannt und einen Deal mit Fowler ausgehandelt. Die meisten von ihnen sind für mindestens sechs Monate hinter Gitter gewandert.«

Schnell gleiche ich die beiden Listen miteinander ab. Es gibt einen Namen, der auf der linken Seite auftaucht, aber auf der rechten fehlt. »Was ist mit diesem Melvin Phillips? Was ist aus dem geworden?«

»Das kann ich nicht mit Sicherheit sagen«, erklärt Brad. »Aber ich habe mir die Sache so zusammengereimt: Barker nannte D. J. Landers, seinem eigenen Anwalt, die Namen der Personen, gegen die er bereit war auszusagen. Dazu gehörte Phillips wie auch sechs andere Personen. Dann ging Landers zu Fowler und handelte einen Deal aus – Barker bekennt sich schuldig und hilft dabei, die anderen sieben Mitglieder des Pornorings strafrechtlich zu belangen. Im Gegenzug kommt er selbst mit nur achtzehn Monaten davon, von denen alle bis auf drei zur Bewährung ausgesetzt werden. Doch die Grand Jury erhebt nur Anklage gegen sechs Personen – alle außer Phillips. Wie du weißt, finden die Sitzungen der Grand Jury unter Ausschluss der Öffentlichkeit statt, sodass nicht einmal der Rechtsvertreter des Angeklagten Zutritt hat. Allerdings habe ich ein paar Aufzeichnungen gelesen, die Landers gemacht hat, als er Barker zu seiner Aussage vor der Grand Jury befragte. Wie es aussieht, hat Fowler ihm nicht eine einzige Frage zu Mr Melvin Phillips gestellt.«

»Warum nicht?«, frage ich.

»Das ist nicht ganz klar. Wahrscheinlich war es Landers so oder so egal, da sein Mandant den Deal unabhängig davon bekam, ob Phillips angeklagt wurde oder nicht. Vielleicht gelang es Fowler nicht, genug unterstützendes Beweismaterial gegen Phillips zusammenzutragen. Vielleicht hat Barker seine Meinung geändert, bevor er vor die Grand Jury trat, und wollte Phillips' Namen dann doch nicht nennen. Es könnte eine ganze Reihe vollkommen unverfänglicher Erklärungen geben, warum Phillips nicht angeklagt wurde.«

»Und ein oder zwei nicht ganz so harmlose«, füge ich hinzu.

Wir haben an einer Ampel angehalten, und Brad dreht sich zur Seite, um mich direkt anzusehen. »Weißt du, wer Melvin Phillips ist?«, fragt er mich.

Ich durchforste schnell meine übermüdeten geistigen Datenbanken. »Ich habe dir doch schon gesagt, dass ich von keinem dieser Typen je gehört habe.«

Brad schaut mich noch immer an, gespannt auf meine Reaktion. »Ein exzentrischer, aber brillanter Anwalt für Steuerrecht«, erklärt er. »Der zufällig auch der Partner von Mack Strobel ist.«

Mir kommt es vor, als wären wir gerade frontal in ein anderes Auto gekracht und der Airbag in meinem Gesicht explodiert. »Wow!«, bringe ich gerade so zustande. Mir dreht sich angesichts dieser neuen Information der Kopf. Im Moment gelingt es mir nicht, sie zu verarbeiten, aber instinktiv weiß ich, dass sie eine große Rolle in unserem Fall spielen wird.

Die Ampel wird grün, und Brad richtet seine Aufmerksamkeit wieder auf den Straßenverkehr. »Nur gut, dass du einen so unmoralischen Partner hast«, meint er.

48

Auf dem Weg zurück in die Kanzlei erwähnt Brad, dass er für seinen Termin mit Brandon Matthews spät dran ist. Um Matthews aus dem Weg zu gehen, verschwinde ich schnell auf der Damentoilette auf unserer Etage, während Brad direkt in die Kanzlei geht. Ich gebe ihm genug Zeit, um Brandon in sein Büro oder einen der Konferenzräume zu führen. Dann verlasse ich die Damentoilette wieder, laufe den Flur hinunter und betrete den Empfangsbereich der Büroräume von Carson & Associates.

Zu meiner Überraschung muss ich feststellen, dass Brandon bereits wieder Brads Büro verlässt und geradewegs auf den Empfangsbereich zusteuert. Er ist keine zehn Meter von mir entfernt, läuft aber mit gesenktem Kopf, sonst hätte er mich schon längst gesehen. Wenn ich nicht sofort auf dem Absatz kehrtmache und verschwinde, wird er mich entdecken. Nachdem er eins und eins zusammengezählt hat, wird er sich wundern, was für ein Riesenzufall das alles ist, und Brad davon erzählen. Dann wird das Geheimnis von meiner Ohnmacht im Fitnessstudio ans Tageslicht kommen. Das wird dazu führen, dass Brad mir eine Flut von Fragen stellen wird, die ich einfach nicht beantworten will.

Bevor ich mich umdrehen kann, nimmt Bella die Sache in die Hand. Sie steht auf, blickt Brandon direkt an und ruft: »Das gibt's ja nicht!«

Abrupt bleibt er mit weit aufgerissenen Augen stehen. Seine ganze Aufmerksamkeit ist jetzt auf Bella gerichtet, die die Hand vor den Mund geschlagen hat. »Oh. Mein. *Gott*!«

Unbemerkt husche ich am Empfangsbereich vorbei und den entgegengesetzten Gang hinunter auf mein Büro zu.

»Was denn?«, höre ich Brandon fragen.

»Hat Ihnen jemand schon mal gesagt, dass Sie genau wie Fabio aussehen?«, fragt Bella mit dramatischer Stimme. »Ich schwöre, Sie beide könnten bei der Geburt getrennt worden sein.«

»Sie sind nicht die Erste, die das sagt«, erwidert Brandon, offensichtlich erleichtert.

Mittlerweile habe ich Brandon den Rücken gekehrt und laufe den Gang hinunter. Nur noch ein paar Schritte, dann biege ich in mein Büro ab.

»Ich bin ganz verrückt nach Fabio«, erklärt Bella. »Und wenn Sie ihm nicht wie aus dem Gesicht geschnitten sind ...«

Ein Freund ist jemand, der bereit ist, sich für dich lächerlich zu machen. Ich nehme mir vor, Bella demnächst ein paar Blumen zu schicken.

* * *

Während ich nach Hause fahre, beschließe ich, dass ich zu müde bin, um mich mit Gott, dem Bannister-Fall oder selbst den Dämonen, die mich vom Schlafen abhalten, auseinanderzusetzen. Also mache ich an einer Drogerie halt und kaufe ein Mittel namens Sonata, das damit wirbt, mir einen erholsamen Schlaf bescheren zu können, mit minimalen Nebenwirkungen. Ich will es nur die nächsten beiden Nächte nehmen – aber ich muss mich vor meiner OP einfach ein wenig ausruhen.

Während ich die Drogerie verlasse und in mein Auto steige, fällt mir ein Mann mittleren Alters auf, der mich aus einer dunkelblauen Limousine beobachtet. Ich fahre vom Parkplatz, und er folgt mir im Abstand von zwei Autos. Etwa drei Kilometer lang biegt er überall dort ab, wo ich es auch tue. Dann, gerade als ich bei der nächstgelegenen Polizeiwache anrufen will, um mitzuteilen, dass ich auf dem Weg bin, ist er plötzlich verschwunden.

Als ich meine Doppelhaushälfte erreiche, schaue ich in alle Spiegel, um mich zu vergewissern, dass er nicht irgendwo in der Nähe ist. Ich verriegle das Bolzenschloss an meiner Tür und lege die Kette vor. Dann kümmere ich mich um mein Abendessen, wobei ich immer wieder einen prüfenden Blick auf die für zwei Autos angelegte Auffahrt vor dem Haus werfe, indem ich durch die Jalousie luge. Ich beende mein Abendessen und schmeiße noch eine Ladung Wäsche in die Maschine. Mir ist klar, dass ich mein bereits sehr angeschlagenes Nervenkostüm weiter in Mitleidenschaft ziehe, wenn ich mich jetzt vor den Computer setze. Stattdessen nehme ich also fast widerwillig *Pardon, ich bin Christ* zur Hand. Dieses kleine Buch hat etwas seltsam Faszinierendes, auch wenn es mich jedes Mal vollkommen durcheinanderbringt.

Heute Abend ist Lewis' Botschaft offensichtlich nicht darauf ausgerichtet, dass ich mich besser fühle. Er behauptet: *Niemand von uns hält das Naturrecht wirklich ein.* Ist dieser Kerl ein puritanischer Prediger? Sobald mir dieser Gedanke durch den Kopf schießt, versucht Lewis diese Frage in den folgenden Sätzen zu klären.

> Ich will Ihnen keine Predigt halten und mich schon gar nicht als etwas Besseres hinstellen als andere Leute. Ich möchte nur auf eine Tatsache aufmerksam machen, nämlich die Tatsache, dass wir selbst es in diesem Jahr, in diesem Monat oder höchstwahrscheinlich an diesem Tag schon versäumt haben, das Verhalten zu praktizieren, das wir von anderen Leuten erwarten.

... *höchstwahrscheinlich an diesem Tag* ..., sagt Lewis. Sofort kommt mir das zwielichtige Geschäft mit D. J. Landers in den Sinn. Ist es das, wovon Lewis spricht? Oder meint er die Art, wie ich Brad hinters Licht führe, damit ich – was? – sicherstelle, dass ich keine Operationsnarbe davontrage?

Würde ich von ihm erwarten, mir von seiner Herzoperation zu erzählen, wenn er in meiner Lage wäre? Natürlich würde ich das.

Aber es ist doch nur zu Brads Besten, sage ich mir. Ich versuche, ihn vor großem Schmerz zu bewahren; vor der Art Schmerz, die ich empfand, als Bill starb. Sollte der Eingriff nicht erfolgreich verlaufen, werde ich Brad nicht an eine behinderte Ehefrau fesseln, die ihn bestenfalls mit runterziehen wird oder ihn schlimmstenfalls zum Witwer macht. *Natürlich haben wir vermutlich alle möglichen Entschuldigungen*, fährt Lewis fort ... *endlose Ausreden ... wenn wir nicht daran glaubten, dass es anständiges Verhalten gibt, warum sollten wir dann so eifrig Entschuldigungen dafür vorbringen, dass wir uns nicht anständig verhalten haben?*

Das muss ich mir nicht geben. Mein schlechtes Gewissen macht mich auch so schon fertig, ohne dass Mr Lewis noch einen draufsetzt. Ich lege das Buch beiseite und nehme eine lange, heiße Dusche.

Ein paar Stunden später schaue ich ein letztes Mal zur Auffahrt und zu der Straße vor dem Haus, überprüfe jedes Schloss an Fenstern und Türen dreimal, werfe eine Sonata ein und steige ins Bett. Wie von dem Arzneimittel versprochen, habe ich eine halbe Stunde später all meine Sorgen hinter mir gelassen.

49

Dienstagmorgen ruft mich Mitchell Taylor an, als ich auf dem Weg zum Flughafen bin.

»Harlan Fowler hat mir von Ihrem Angebot erzählt«, sagt er. Das verheißt nichts Gutes. Ich hätte niemals zulassen dürfen, dass Brad mich zu dieser Taktik überredet.

»Das ist Erpressung«, fährt Mitchell fort, dem seine Empörung anzuhören ist. »Und wir lassen uns nicht erpressen.« Er hält inne, damit sich die dramatische Wirkung seiner Worte voll entfalten kann.

»Das ist keine Erpressung«, erwidere ich. Ich frage mich, ob Mitchell den Mangel an Überzeugung in meiner Stimme hören kann. »Es handelt sich dabei um ein paar sehr schwere Anschuldigungen gegen Mr Fowler, und wir dachten, dass er das Recht hätte, davon zu erfahren, bevor wir sie auf offiziellem Wege vorbringen.«

»Warum? Damit Sie Fowler dazu bringen können, mich zu zwingen, Tara mit einer milden Strafe davonkommen zu lassen?«

Ich lasse mein Schweigen für mich sprechen. Nach einem Moment wird es von Mitchell unterbrochen. »Wenn Sie es mit diesen Anschuldigungen ernst gemeint haben, Leslie, hätten Sie damit zu *mir*, nicht zu Harlan kommen sollen. Ich hätte dafür gesorgt, dass Tara ihre Geschichte vor einer Grand Jury erzählen darf. Das werde ich noch immer, wenn Sie bereit sind, den nächsten Schritt zu gehen. Dann werden wir sehen, ob die Geschworenen Tara oder Harlan Glauben schenken.«

Mitchell muss mich wohl für total dämlich halten. Er will Tara vor einer Grand Jury befragen, wo Strafverteidiger wie ich keinen Zutritt haben. Das nur, um ihre Aussage zu Protokoll nehmen zu lassen und dann einen Weg zu finden, ihr bei der Verhandlung daraus einen Strick zu drehen. Warum sollte ich ihm einen Vorgeschmack auf ihre Aussage gewähren, vor allem wenn nicht die geringste Wahrscheinlichkeit besteht, dass er Fowler tatsächlich wegen seines Übergriffs auf Tara belangt?

»Wenn Sie vorhaben, sie vor eine Grand Jury zu zerren, werde ich dafür sorgen, dass Tara von ihrem Aussageverweigerungsrecht Gebrauch macht«, erkläre ich. »Natürlich nur, wenn wir nicht vorher einen Deal für diese Mordanklage aushandeln.«

»Womit wir wieder bei Erpressung wären«, sagt er. »Und unser ursprüngliches Angebot steht noch immer. Spontaner Totschlag ... nach Erwachsenenstrafrecht. Zwei bis fünf Jahre.«

Weiteres Schweigen auf meiner Seite. »Hallo?«, fragt Mitchell nach.

»Ich habe Sie verstanden«, sage ich. »Aber Sie machen einen großen Fehler.«

Innerhalb von Minuten ist das Gespräch beendet. Auch wenn es nur ein schwacher Trost ist, weiß ich, dass sich meine Situation nur verbessern kann.

So scheint es jedenfalls.

* * *

Am Dienstagmorgen treffe ich zwei Stunden vor meinem planmäßigen Abflug am Flughafen Norfolk ein. Ich reise mit leichtem Gepäck und trage bequeme Kleidung – Jeans, Sandalen und einen Pullover mit V-Ausschnitt. Ich habe mir die Haare zu einem Dutt hochgebunden und bin sparsam mit meinem Make-up umgegangen. Es ist schwer, großes Interesse für das eigene Aussehen aufzubringen, wenn man kurz davor steht, fast nackt auf einem OP-Tisch zu liegen, während man von medizinischem Personal einen Katheter durch den Körper geschoben bekommt. Ich versuche, nicht über die erniedrigenden Aspekte des Eingriffs nachzudenken.

Ohne größere Vorkommnisse schlängele ich mich durch die Sicherheitskontrollen und packe meinen Laptop wieder in mein Handgepäck. In der Abflughalle laufe ich den Gang zu meinem Gate hinunter - das wie üblich ganz am Ende liegt - und ziehe den Trolley, in dem sich meine Kleidung befindet, hinter mir her. Meine Aktentasche - vollgestopft mit Arbeitsunterlagen, die ich wahrscheinlich nicht anrühren werde, und dem kleinen Buch von C. S. Lewis - liegt obendrauf.

Meine Gedanken kreisen ums Essen.

Die letzten paar Tage war ich so nervös, dass ich kaum etwas runterbekommen habe. Jetzt, wo ich laut Anweisung der Ärztin in den letzten vierundzwanzig Stunden vor meiner OP nichts mehr zu mir nehmen darf, bin ich mit einem Schlag wie ausgehungert. Außerdem pocht mir der Schädel, da ich auf meinen morgendlichen Kaffee und das darin enthaltene Koffein verzichten musste; eine weitere unzumutbare Anweisung der Ärztin. Ich frage mich, ob es Dr. Maholtra wirklich etwas ausmachen würde, wenn ich nur eine Tasse Kaffee trinken würde. Aber ich war noch nie ein Regelbrecher, also wandere ich zu einem der Zeitschriftenstände in der Abflughalle und kaufe mir eine Flasche Wasser. Gerade als ich im Begriff bin zu bezahlen, greife ich noch schnell nach einer Ausgabe von *USA Today*.

Da fällt es mir ins Auge. In der Reihe von Zeitungen, direkt neben dem *Virginian-Pilot*, steckt ein Klatschblatt, das sich *National Inquisitor* nennt. Und darauf, direkt über dem Knick, sehe ich eine Schlagzeile und ein gerahmtes Foto, die mir fast den Boden unter den Füßen wegziehen. Benommen nehme ich die Zeitung hoch, als würde ich ein Trugbild anstarren. Die anderen Exemplare des *National Inquisitor* schlage ich um, damit die Schlagzeile nicht mehr zu sehen ist.

»Alles in Ordnung?«, fragt die Verkäuferin.

»Ja ... sicher ... Ähm ...« Ich strecke der Frau die Zeitung und das Wasser entgegen, sie scannt die Artikel ein, und ich zahle, ohne ein weiteres Wort zu verlieren. Das kann nicht wahr sein! Die Augen der Verkäuferin wandern zu der Zeitung, dann zu mir, und dann ... da bin ich mir fast sicher ... wieder zurück auf die Zeitung.

Ich schwanke auf den nächstgelegenen Sitz auf der gegenüberliegenden Seite des Wartebereichs zu, um den neugierigen Blicken der Verkäuferin zu entkommen. Der Platz befindet sich an einem Gate, von dem gerade kein Flugzeug startet, also bin ich mehr oder weniger allein. Erst jetzt gestatte ich mir, den Aufhänger genauer in Augenschein zu nehmen. Mir schnürt sich die Brust zusammen, und ich muss mir auf die Lippe beißen, um nicht in Tränen auszubrechen.

»DMVN-Junggeselle noch immer hoch im Kurs!« schreit die Schlagzeile. Daneben ist ein Kasten mit vier körnigen Fotos, auf denen Brandon Matthews zu sehen ist, wie er mit vier verschiedenen Frauen rummacht. Das wird sich ohne Zweifel äußerst ungünstig auf Brads Chancen auswirken, diesen bereits hoffnungslosen Fall noch zu gewinnen. Denn somit wird Brandons unberechtigte Behauptung entkräftet, er würde seit der Sendung kein Mädchen mehr finden, das bereit wäre mit ihm auszugehen. Aber das ist im Moment das Letzte, was mich interessiert. Der Druck, der sich immer weiter in meiner Brust aufbaut, hat absolut nichts mit Brandons Erfolgsaussichten bei seiner Klage zu tun. Stattdessen ist meine gesamte Aufmerksamkeit auf das Foto oben rechts gerichtet, das eine Nahaufnahme von Brandon zeigt, der auf eine Frau hinabblickt, die unter ihm zu liegen scheint.

Die Frau hat die Augen geschlossen und scheint ein hautenges, weißes Lycra-Top zu tragen. Ihr Haar ist auf dem Teppich um ihren Kopf herum ausgebreitet, und Brandons Gesicht schwebt nur Zentimeter über ihrem, während er sie mit sanfter Besorgnis betrachtet.

Ich erinnere mich noch gut an diesen Ausdruck, an die Sorge in Brandons Augen, als ich an jenem Tag im Fitnessstudio wieder zu mir kam.

* * *

Es dauert ein paar Minuten, bis meine Scham in Wut umschlägt. Ich lese mir den Artikel durch - wenn man ihn denn als solchen bezeichnen mag -, der die genauen Details zu Brandons zahlreichen Verhältnissen bekannt gibt. Ich werde in dem Artikel nur einmal erwähnt: »Bei mehr als einer Gelegenheit wurde Brandon bei einem Tête-à-Tête mit seiner attraktiven Anwältin beobachtet - wobei sie eindeutig keine Gesetzestexte wälzten.«

Diese Schweine!

Ich werde sie auf jeden Cent verklagen, den sie besitzen. Rufmord. Verletzung der Privatsphäre. Schadensersatz. Schnellen Schrittes laufe ich auf mein Gate zu und sehe mich im Geiste schon irgendein fettes, Zigarre rauchendes Wiesel vom *National Inquisitor* ins Kreuzverhör nehmen und dessen Lügen aufdecken. Mein Ärger wird durch jeden Zeitungsstand, an dem ich vorbeikomme, durch jeden Fremden, der zu lange in meine Richtung schaut, und durch den Gedanken, wie sehr dieser Artikel meinem Ruf in der Rechtswelt schaden wird, neu entfacht.

Ich werde dem *National Inquisitor* das Handwerk legen, und wenn es das Letzte ist, was ich tue.

Ich erreiche das Gate und checke mich beim Flugsteigpersonal ein. Ich habe noch immer über eine Stunde Zeit, also lasse ich mich auf einem Platz ganz vorne vor dem großen Fenster mit Blick auf die Start- und Landebahnen nieder, mit dem Rücken zur Abflughalle. *Warum muss das alles nur mir passieren? Habe ich nicht schon genug Sorgen?*

Kurz denke ich darüber nach, zum Handy zu greifen und Brad anzurufen. Der Artikel ist wahrscheinlich erst heute Morgen rausgekommen. Er wird mit Sicherheit im Laufe des Tages davon erfahren und mitbekommen, wie mein Foto in jedem Supermarktregal und an jedem Zeitungsstand in Nordamerika zur Schau gestellt wird. Aber wenn ich ihn jetzt anrufe, muss ich ihm alles erklären. Er wird verlangen, dass ich mit dem Eingriff warte oder ihn vielleicht sogar ganz absage. Ich bin zu weit gekommen, um das jetzt aufs Spiel zu setzen.

Ich starre zum Fenster hinaus, vollkommen betäubt von den Auswirkungen dieser Geschichte. Wie können diese Leute überhaupt noch in den Spiegel sehen – so wie sie Gerüchte aus reiner Profitgier verbreiten und das Leben unschuldiger Menschen zerstören? Warum hat Brad diesen bescheuerten Fall überhaupt erst angenommen? Ich muss an all die Anstrengungen denken, die ich in den letzten Wochen unternommen habe, um Brandon aus dem Weg zu gehen. Und jetzt *das*.

Ich spüre, wie meine Wut langsam zu Selbstmitleid wird. Dies ist, ganz ohne Zweifel, der Tiefpunkt meines Lebens. Ich stehe kurz vor einer schweren OP, habe Angst und bin ganz auf mich allein gestellt. Ich bin gerade zum Gespött der Rechtsgemeinde von Tidewater gemacht worden. Die wackelige Beziehung zu dem Mann, den ich liebe, wurde soeben noch weiter gefährdet. Brad wird klar werden, dass ich ihn schon seit Wochen anlüge.

Ich spüre, wie sich die Tränen anbahnen. *Nicht weinen. Was soll das bringen?* Aber manchmal kann man einfach nicht anders. Ob es Tränen der Wut, der Angst, der Frustration oder der Trauer sind, vermag ich nicht zu sagen. Ich weiß nur, dass es mir nicht gelingen wird, sie zurückzuhalten. Ich fange an, mir die Wangen mit den Handflächen zu wischen, während ich auf verlorenem Posten gegen die Tränen ankämpfe. Überrascht bemerke ich, wie sich eine Hand sanft auf meine Schulter legt. Als ich mich umdrehe, stelle ich fest, dass die Hand Bella gehört. Als wir das erste Mal über den Eingriff redeten, sagte Bella, dass sie mich nach Dallas begleiten würde. Aber vor ein paar Tagen hatten wir beschlossen, dass es besser wäre, wenn sie in der Kanzlei bliebe, um Brad in Schach zu halten.

»Du hast doch nicht etwa wirklich geglaubt, dass ich dich das alleine durchmachen lassen würde, oder?«, fragt sie. Sie lässt sich neben mir nieder und schlingt die Arme um mich, genauso, wie es meine Mutter immer gemacht hat.

»Ich habe Angst«, sage ich und lasse meinen Tränen freien Lauf.

50

Mittwochmorgen. Ich liege auf dem Rücken auf einem schmalen Operationstisch im Herzkatheter-Labor der Dallas Heart Clinic. Ich bin wach und mit nichts weiter als einem Krankenhaushemd und meiner Unterwäsche bekleidet. Mir ist kalt. Dr. Maholtra sitzt auf einem Stuhl neben dem OP-Tisch, etwa auf Höhe meiner Oberschenkel, und hat den Blick auf zwei große Bildschirme gerichtet, die ich ebenfalls sehen kann. Auf dem einen werden meine Vitalzeichen angezeigt; der andere stellt ein Echokardiogramm von meinem Herzen dar. Das klobige Echokardiogramm-Gerät schwebt über meiner Brust. Ich habe die Arme über dem Kopf ausgestreckt und halte mich an einer Metallstange fest, wobei ich so fest zudrücke, dass ich sicher bin, die Blutzufuhr zu meinen Armen zu gefährden.

»Entspannen Sie sich«, sagt Dr. Maholtra.

Ja, klar.

Dr. Maholtra ist heute nicht sehr gesprächig, und im Raum ist es still, bis auf das rhythmische Piepsen, das meinen Herzschlag anzeigt und das hörbar gemachte *tschutschu* des Blutes, das durch meine Adern rauscht. Ich frage mich, ob es wohl zu spät ist, einen Rückzieher zu machen.

»Das kann jetzt vielleicht ein wenig zwicken«, erklärt meine Ärztin, während sie erst eine Stelle an einem Oberschenkel desinfiziert, dann eine an dem anderen. »Ich werde Ihnen jetzt eine örtliche Betäubung verabreichen.«

Erschrocken zucke ich ein wenig zusammen.

»Ich habe noch gar nichts gemacht«, meint Dr. Maholtra.

Dann spüre ich den Einstich der Nadel. Jetzt weiß ich, warum man in den vierundzwanzig Stunden vor der OP nichts essen darf. Mein Magen schlägt Purzelbäume.

Innerhalb von Minuten hat Dr. Maholtra anscheinend den sechs Millimeter breiten Einschnitt vorgenommen. »Ich dringe jetzt in die Oberschenkelarterie ein«, erklärt sie, als würde sie einen Livekommentar zu der Operation abgeben.

Ich spüre etwas Blut meinen Oberschenkel herunterlaufen und frage mich, ob das so sein soll.

»Ich benutze einen flexiblen Führungsdraht, um mich langsam zu Ihrem Herzen vorzuarbeiten.« Maholtras Stimme ist ruhig und stet, aber das hilft mir in meiner Nervosität auch nicht. »Wir sind jetzt am Darm vorbei ... hinter dem Magen ... an der Leber vorbei ...«

Ich schaue ihr aus dem Augenwinkel zu, und was ich sehe, macht mir Angst. Statt in einer einzigen gleitenden Bewegung schiebt sie das Kabel ein wenig rein, zieht es dann wieder zurück, dreht es und schiebt es wieder ein Stück weiter hinein. Ich schwöre, dass ich jede Bewegung spüren kann, wie eine kleine Schlange, die sich ihren Weg durch meinen Körper windet. *Seien Sie bloß vorsichtig*, will ich ihr am liebsten sagen.

Ich halte den Atem an, während ich zusehe, wie sich der Führungsdraht zu meinem Herzen hochschlängelt. Ein sanfter Ruck, ein weiteres Ziehen, *tschutschu, tschutschu* ...

»Alles läuft gut«, erklärt Dr. Maholtra, »aber Sie müssen sich ein wenig entspannen.«

Diese Aussage hat natürlich zur Folge, dass ich mich noch mehr verkrampfe. Langsam stellt sich bei mir ein leichtes Schwindelgefühl ein, und ich beschließe, nicht mehr zum Monitor zu sehen. Ich kämpfe gegen die aufsteigende Panik an, konzentriere mich auf die Zimmerdecke und versuche, an nichts zu denken, sehr wohl wissend, dass ich noch nicht zum Sterben bereit bin.

»Okay«, meint die Ärztin. »Jetzt werden wir einen winzigen Katheter über den Draht hochschieben ... das geht ganz schnell.«

Was Dr. Maholtra mir nicht erzählt, ich aber dank meiner Internetrecherche weiß: Sie benutzt den Katheter, um zwei Elektroden auf der Unterseite meiner rechten Herzkammer zu platzieren. Die Elektroden sind an einen externen Herzschrittmacher angeschlossen. Sollte es dazu kommen, dass sie sie einsetzen muss, werde ich für den Rest meines Lebens auf einen Herzschrittmacher angewiesen sein.

Jetzt geht Dr. Maholtra zum gefährlichsten Teil des Eingriffs über. Sie punktiert eine Arterie in meinem anderen Oberschenkel und schiebt einen zweiten Katheter zu meinem Herzen hoch, an dessen Spitze ein kleiner Ballon befestigt ist. Sobald er die richtige Stelle erreicht hat, wird sie den Ballon aufblasen. Noch mehr Geschiebe und Geruckel.

Ich blicke zum Monitor, gerade als sie auf die Stelle direkt über dem Herzen zuhält, an der die Blutgefäße einen scharfen Knick machen. Ein ehemaliger Patient hat sie in seinem Online-Tagebuch als »Todeskurve« bezeichnet. An dieser Stelle hat schon mehr als ein Arzt die Arterienwand durchschlagen.

Bitte, lieber Gott. Hilf mir, das zu überstehen!

Noch während mir die Worte durch den Kopf schießen, melden sich die Schuldgefühle. Zum ersten Mal seit Jahren flehe ich Gott an – nicht den gütigen Gott der Natur, mit dem ich nach Bills Tod zunächst meinen Frieden schließen wollte –, sondern den Gott von C. S. Lewis, den Gott, mit dem ich seit Bills Tod eigentlich nichts zu schaffen haben will.

Bitte, Gott. Ich wage nicht, mehr zu sagen. Wenn er so real ist, wie Lewis behauptet, und auch so allwissend, dann brauche ich nicht mehr zu sagen.

Ich verspanne mich, Maholtra schiebt ... und der Katheter schlängelt sich um die Ecke. Ich atme aus.

Ich danke dir.

»Wir dringen jetzt in die linke Herzarterie vor«, erklärt Dr. Maholtra. »Und danach in ein paar dieser kleineren Gefäße, die das Septum versorgen.«

Ich schaue wieder zum Monitor, bin jetzt aber eher mit dem Gebet beschäftigt, das ich eben gesprochen habe. Ich habe zu ihm gerufen. Er hat geantwortet. Derselbe Gott, den ich so missachtet habe, war für mich da. Sollte es wirklich so einfach sein?

»Ich bin froh, dass wir den Eingriff jetzt vorgenommen haben«, sagt Dr. Maholtra. »Es kommt kaum noch Blut durch.«

Dr. Maholtra hat mittlerweile die Blutzufuhr von den schädlichen Blutgefäßen unterbrochen, indem sie den Ballon am Ende des Katheters aufgeblasen hat. Jetzt spritzt sie eine geringe Menge Kontrastmittel in den Schlauch, der im Inneren des Katheters von meinem Oberschenkel bis zur Spitze des Katheters verläuft. Diese ist direkt neben den Gefäßen positioniert, die das Septum versorgen. Ich schaue auf dem Bildschirm zu, wie das Kontrastmittel in die Adern läuft und sie schwarz färbt. Nichts von dem Kontrastmittel fließt an dem Ballon vorbei, was bedeutet, dass der Verschluss dicht ist.

Es bedeutet noch etwas anderes. Dr. Maholtra ist jetzt bereit, mir einen Herzinfarkt zu verpassen.

Ich verstärke meinen Griff um die Stange über meinem Kopf.

»Langsame und gleichmäßige Atemzüge«, weist Dr. Maholtra mich an. »Sie werden gleich für ein paar Minuten ein Brennen verspüren, aber danach sind Sie wieder so gut wie neu.«

Die Worte klingen in meinen Ohren zusammen mit Dr. Maholtras vorangegangener Aussage: *»Es kommt kaum noch Blut durch.«*

Obwohl es im Raum ziemlich kalt ist, breche ich am ganzen Körper in Schweiß aus. Ich muss an den erbärmlichen Zustand meines Herzens denken. Ich bereite mich auf einen nie gekannten Schmerz vor. C. S. Lewis kommt mir in den Sinn. Seine Diagnose: ... *höchstwahrscheinlich an diesem Tag ... schon versäumt* ... Seine Lösung: ... *dass der Tod Christi uns irgendwie mit Gott ins Reine gebracht und uns einen Neuanfang verschafft hat.*

Ich muss mich mit aller Kraft zusammenreißen, um nicht die Nerven zu verlieren. So vieles kann schiefgehen. Ein Schlaganfall ... ein Herzschrittmacher ...

»Ich werde Ihnen etwas Morphium verabreichen«, sagt Maholtra, während sie an meiner Infusion herumhantiert. Ich drücke die Stange über meinem Kopf noch fester. *Rette mich, Jesus,* bete ich. *Vergib mir, Gott.* Das Morphium gelangt in meine Blutbahn, entspannt jeden Muskel in meinem Körper, und in mir breitet sich ein Gefühl des Friedens aus, das bis in mein Innerstes vordringt. Wie Meereswellen, die den Strand glatt streichen, schwemmt das Mittel alle Spuren meiner paranoiden Gedanken weg.

Ich atme, langsam und gleichmäßig, und schaue gerade rechtzeitig hinunter, um mitzubekommen, wie Dr. Maholtra die Spritze mit dem reinen Ethanol zur Hand nimmt.

51

Es beginnt langsam mit einem leichten Brennen in der Brust, als würde jemand fest auf mein Brustbein drücken. Aber dann steigert sich das Gefühl und wird intensiver, zu einem gleißenden, unerträglichen Schmerz. Dennoch schwebe ich losgelöst über dem allen. Der Schmerz ist da und so heftig, dass ich laut losschreien will, aber fast ist es, als würde ihn jemand anderes empfinden.

Er scheint stundenlang anzudauern, nicht die Minuten, die Maholtra angekündigt hat. Ich umklammere die Stange über meinem Kopf jetzt so fest, dass ich überzeugt bin, Abdrücke darin zu hinterlassen. Ich schlucke schwer und versuche meine wirren Gedanken zu sortieren. Gerade, als ich glaube, der Schmerz sei nicht mehr auszuhalten, wie eine Kugel aus einer Schusswaffe, die ohne Unterlass auf mich abgefeuert wird, gerade, als ich Maholtra anbrüllen will, dass sie aufhören soll, lässt der Schmerz nach. Fünf Sekunden, zehn, fünfzehn ... das Feuer weicht aus meinem Körper.

Jetzt ist es still, ganz still geworden, bis auf die sanften Geräusche der Geräte. *Piep, tschutschu, piep, tschutschu.* Mein Geist schwebt umher, vollkommen losgelöst von den Sorgen dieser Welt. Aber als ich zu Dr. Maholtra blicke, kann ich selbst durch den Nebel spüren, dass etwas nicht stimmt. Sie sieht besorgt aus und sagt keinen Ton. *Piep, tschutschu.* Zumindest schlägt mein Herz noch.

Atme, sage ich mir. Ich erinnere mich vage daran, dass ich an diesem Punkt eine sofortige Linderung verspüren sollte, als wäre jemand, der auf meiner Brust steht, gerade davon heruntergestiegen. Ich mache einen tiefen Atemzug ... zumindest versuche ich es. Aber meine Lungen wollen sich nicht füllen, und der Druck ist immer noch da. *Piep, tschutschu, Piep, tschutschu.*

Vielleicht sollte ich jetzt in Panik geraten, oder vielleicht ist mir auch gerade alles egal. Ich erinnere mich daran, Dr. Maholtra sagen zu hören, dass sie mir ein »wenig« Morphium verabreichen wollte, aber auf die Art, wie Ärzte zu sagen pflegen, dass es gleich ein »wenig« schmerzen könnte. Zumindest habe ich die OP überstanden, der Schmerz ist verschwunden, und ich lebe noch. Aus irgendeinem Grund muss ich lächeln.

Piep, tschutschu, piep, tschutschu. Durch den Nebel versuche ich mich auf die positiven Aspekte zu konzentrieren. Mein Herz schlägt noch immer in seinem regelmäßigen Rhythmus. *Zu regelmäßig?* Ich formuliere die Frage im Geiste, aber meine Lippen wollen nicht mitspielen.

Ich bin so entspannt. Entfernt bekomme ich mit, wie Dr. Maholtra den Katheter aus meinem linken Oberschenkel zieht. Meine Atmung ist immer noch flach und ein wenig angestrengt, aber mir geht durch den Kopf, dass ich mich im Moment um nichts sorgen muss. Ich reite auf den Wolken und der Schmerz ist vorbei.

Piep, tschutschu, piep, tschutschu. Ach ja, jetzt fällt es mir wieder ein. Dieses Mal formen meine Lippen die Frage, die mir immer wieder durchs Bewusstsein huscht.

»Herzschrittmacher?«, frage ich.

* * *

Die nächste Stunde erlebe ich wie durch einen Schleier. Ich bin mir nicht sicher, ob ich eine Antwort auf meine Frage bekommen habe oder nicht, aber aus irgendeinem Grund scheint das nicht wichtig zu sein. Schließlich bemerke ich, dass man mich in den Aufwachraum geschoben hat. Das *Mona-Lisa*-Lächeln weicht langsam von meinen Lippen.

Ich drifte immer wieder zwischen Wachsein und Traum hin und her, als würde ich durch einen dichten Nebel schwimmen. Bevor mein Verstand wieder ganz klar ist, öffne ich die Augen und sehe zu Brad Carson hoch, der neben meinem Bett steht. Er nimmt meine Hand, und ich lasse ihn gewähren.

»Es hat nicht funktioniert, oder?«, frage ich ihn.

Brad schüttelt langsam den Kopf. »Nein, das hat es nicht.«

Ich nicke. Mir geht auf, dass er eigentlich gar nicht hier sein sollte. Die

Zeitung. Ich erinnere mich an den Albtraum dieser Zeitung. »Hast du die Zeitung gelesen?«

»Wie bitte?«

»Die Zeitung. Bist du deswegen hier?«

»Nein«, sagt er und beugt sich herunter, um mich auf die Stirn zu küssen. »Bella hat mir Bescheid gesagt.«

»Das gefällt mir«, sage ich und meine damit den Kuss.

Brad lächelt, aber sein Blick ist traurig. Ich versuche sein Lächeln zu erwidern, aber ich gleite noch immer durch den dichten Nebel.

»Herzschrittmacher?«, frage ich.

Brad schaut mich verwirrt an.

Ich nicke in Richtung der Geräte, die an meinen Körper angeschlossen sind. »Hänge ich an einem Schrittmacher?«

»Nein«, erwidert er sanft. Er beugt sich noch weiter zu mir herunter. »Es gibt keinen Schrittmacher. Es ist nur so, dass Dr. Maholtra den Eingriff wahrscheinlich wiederholen muss. Das Septum wird noch von einem anderen Bündel Blutgefäße versorgt, das sie nicht zerstört hat. Sie sagte, dass sie leider nicht das Ergebnis erzielen konnte, das sie sich erhofft hat.«

Ich nicke, als würde ich verstehen. In Wahrheit verstehe ich im Moment nur, dass Brad bei mir ist. Ich halte seine Hand, schließe die Augen und entspanne mich noch etwas mehr.

Die Zeit vergeht, wie viel weiß ich nicht. Ich öffne die Augen und schaue mich nach Brad um – war das nur ein Traum? Nein, er ist immer noch da ... sitzt in dem Stuhl neben meinem Bett.

»Verklag diese Idioten«, sage ich.

»Was?« Er steht auf und tritt an mein Bett heran.

»Die Zeitung. Wie hieß die noch mal? Verklag sie.«

»Darüber können wir uns später noch Gedanken machen.«

Aber ich bin gerade in Angriffslaune. »Warum willst du sie nicht verklagen? Brandon und ich sind nicht ...« Ich mache eine kleine wackelnde Bewegung mit der Hand.

»Ich weiß«, sagt Brad mit beruhigender Stimme. »Aber genau betrachtet, war das, was sie gedruckt haben, die Wahrheit.«

»Eine Halbwahrheit ist eine Lüge«, spucke ich aus. Den Spruch hat meine Mutter früher andauernd gesagt.

Brad schaut mich an, als würden ihm meine Worte zu denken geben. »Das weiß ich wohl«, sagt er. »Lass uns später darüber reden.«

Weil ich nicht die Kraft habe, mit ihm zu diskutieren, schließe ich die Augen und mache mich wieder auf den Weg zurück in die Wolken.

52

Irgendwann lichtet sich der Nebel. Ich bin noch immer benommen, aber das Gefühl der Schwerelosigkeit ist verschwunden. Mein Körper fühlt sich an, als wäre ich vom russischen Box-Team als Sandsack missbraucht worden. Ich schaue mich im Zimmer um – Bella sitzt auf dem Stuhl, auf dem vorher Brad saß.

»Ist Brad noch da?«, frage ich.

Sie nickt. »Im Flur, er telefoniert auf seinem Handy – natürlich.« Sie steht auf und kommt an mein Bett: »Wie geht es dir, Kleine?«

»Ganz gut.« Ich nicke tapfer. »Ich habe ein bisschen Durst.«

Bella greift nach einem Plastikbecher, und gierig sauge ich das kalte Wasser durch einen Strohhalm in mich hinein.

»Es hat nicht funktioniert, oder?«

»Nicht richtig, Süße. Aber jetzt weiß die Ärztin zumindest, welches Blutgefäßbündel sie beim nächsten Mal verbrutzeln muss. Betrachte es als eine gelungene Generalprobe.«

Ich bringe ein schwaches Lächeln zustande. »Lass bloß die Finger von einer Karriere im medizinischen Bereich, Bella. Dein Umgang mit Patienten ist nicht gerade einfühlsam.«

Sie erwidert das Lächeln. Dann drückt sie meine Hand. »In dem Moment, als sie dich in den OP geschoben haben, habe ich angefangen, mir Sorgen zu machen. Also rief ich Brad an. Er hat einen Kumpel mit einem Privatjet ...«

Bellas Augen sind rot und feucht; ein seltener Anblick. Ich strecke die Arme aus, und sie beugt sich vor und umarmt mich unbeholfen.

»Danke«, sage ich.

Als sie sich wieder aufrichtet, fragt sie erneut, ob es mir gut geht.

»Doch wirklich«, antworte ich. Und es stimmt. Das Gefühl von Frieden, das sich wenige Sekunden bevor das Morphium durch meine Adern rauschte, bei mir eingestellt hat, ist noch immer da. »Ich hatte im OP eine Art spiritueller Erfahrung«, erzähle ich Bella. »Ich bin mir nicht sicher, was es war, aber ich rief nach Christus, und irgendwie hatte ich das Gefühl, als habe er mir geantwortet.«

Bellas feucht-glitzernde Augen leuchten auf. Sie zieht den Stuhl an mein Bett heran, so nah es geht, und rückt ganz an den Rand der Sitzfläche vor. »Erzähl mir alles ganz genau.«

In den folgenden Minuten entlockt sie mir jedes kleine Detail, um daraufhin mein ewiges Seelenheil zu verkünden. Als Brad ins Zimmer zurückkehrt, schenke ich ihm ein kleines, aber aufrichtiges Lächeln – es ist das erste Mal seit Wochen, dass ich ihn anlächeln kann, ohne mich dabei wie eine Heuchlerin zu fühlen.

»Du siehst toll aus«, sagt er, als er auf das Bett zukommt.

»Lügner.«

»Vielleicht lasse ich euch zwei Turteltauben besser allein«, meint Bella und schlüpft aus dem Stuhl. Sie beugt sich vor, küsst mich auf die Stirn und flüstert mir ins Ohr: »In Krankenhauszimmern wird nicht rumgemacht.«

Ich schnaube amüsiert. Aber auf einmal wird mir unangenehm bewusst, wie schrecklich ich aussehen muss. Ich weiß, dass mein Haar vollkommen verzottelt und verknotet auf dem Kopfkissen liegt, und der Geschmack in meinem Mund gleicht giftigem Feuer.

Bella verschwindet, und Brad lässt sich auf der Kante meines Bettes nieder. »Wie geht's, Dornröschen?«

Ich hole tief Luft und spüre, wie die Emotionen in mir hochkommen, förmlich übersprudeln. »Es tut mir so leid –«

Er drückt einen Finger gegen meine Lippen. »Psst ... wir müssen jetzt nicht darüber reden.«

Aber ich schüttle den Kopf. »Doch Brad, das müssen wir. Ich meine, ich muss es zumindest. Ich kann nicht zulassen, dass sich all diese ungesagten Dinge immer weiter zwischen uns auftürmen.«

Er hält meine Hand und streicht mit seinen Fingern in einer sanft massierenden Bewegung über den Handrücken.

Ich brauche eine Sekunde oder zwei, um mir darüber klar zu werden, wie ich anfangen soll. Aber die Emotionen kochen immer weiter hoch, meine rationale Barriere kommt gegen sie nicht an, und so strömen die

Worte einfach aus mir heraus. »Ich wusste einfach nicht, wie das hier ausgehen würde. Ich hatte Angst davor, lebenslang entstellt zu bleiben, Angst davor, auf einen Herzschrittmacher angewiesen zu sein, Angst davor, dich zu zwingen, jemanden zu heiraten, der behindert sein und dich nur aufhalten würde oder in den Flitterwochen in deinem Bett stirbt oder nie in der Lage sein wird, Dinge mit dir zu unternehmen ...«

Meine Tränen ersticken meine Worte, während Brad sich herabbeugt, um mich zu umarmen. Ich drücke seinen Hals mit meinem linken Arm, der nicht an der Infusion hängt, und die Tränen rollen an den Seiten meines Gesichts herunter und durchnässen mein Kopfkissen.

»Ich liebe dich, Leslie Connors«, flüstert er. »Ich liebe dich.«

Es dauert zwei oder drei Minuten, bis Brad bemerkt, dass meine Tränen genug nachgelassen haben, um die Umarmung zu lösen. Er lehnt sich zurück und wischt mir mit seinen Fingern zärtlich die Tränen aus dem Gesicht.

»Ich liebe dich nicht, weil du perfekt bist«, sagt er leise – so leise, dass ich ihn kaum verstehen kann. »Ich will keine fehlerlose, unerreichbare Diva heiraten ... sondern *dich*. Ich liebe dich, Leslie Connors, genau so, wie du bist. Ich will, dass wir alles gemeinsam durchstehen, in den guten *und* den schlechten Zeiten ... *Besonders* in den schlechten Zeiten will ich an deiner Seite sein.«

Während Brad spricht und ich nicke, habe ich das Gefühl, mein Herz würde gleich explodieren. Er hat keine Ahnung, wie wundervoll diese Worte in meinen Ohren klingen oder wie dringend ich sie hören musste.

»Mir ist egal, ob du an einem Herzschrittmacher, einem Kolostomiebeutel und einer Sauerstoffflasche hängst.«

Die Vorstellung lässt mich lächeln und setzt meine Probleme wieder in Relation.

»Ich werde dich trotzdem lieben. Ich bin in dich verliebt, in alles, was dich ausmacht, nicht nur in deinen Körper. Ich will mein Leben mit dir verbringen; ich will gemeinsam mit dir alt werden.«

»Was das angeht, hast du einen ziemlich großen Vorsprung.« Er lächelt über meinen lahmen Witz, und ich seufze tief. Womit habe ich diesen Mann nur verdient? Hier liege ich in einem Krankenhaushemd ohne Make-up, mit verzotteltem Haar und Drachenatem, und er gelobt mir seine Liebe. Und dann wird es mir klar. Es ist die gleiche Liebe, die ich für ihn empfinde –

nicht für Brad Carson, den Strafverteidiger, oder Brad Carson, den gut aussehenden und wohlhabenden Junggesellen von Virginia Beach. Das Gefühl reicht sehr viel tiefer. Ich werde ihn an seinem schlimmsten Tag so sehr lieben wie er mich in diesem Moment.

Er hat sich noch tiefer zu mir runtergebeugt, sodass seine Stirn fast meine berührt. »Ich liebe dich, Leslie Connors, und nichts wird das jemals ändern.«

Das erfüllende Gefühl bahnt sich prickelnd seinen Weg zu meinen Lippen hoch und verzieht sie zu einem kleinen, aber zufriedenen Lächeln. »Trotz Mundgeruch und so?«, frage ich.

Wie um meine Frage zu beantworten, küsst mich Brad, als hätte er sein Leben lang auf diesen Moment gewartet. Als er sich wieder aufrichtet, schaut er mich mit bedingungsloser Liebe in den Augen an.

»Trotz Mundgeruch und so.«

53

Es gibt noch eine letzte Überraschung, bevor ich die Dallas Heart Clinic verlasse. Sie taucht später am Nachmittag auf, erdrückt mich mit ihrer Liebe und ihrer Sorge um mich und macht ein paar nicht ganz so subtile Anspielungen, dass ich sie auf jeden Fall über mein Herzleiden hätte informieren müssen.

»Danke, Mom«, sage ich, während sie die Kissen aufschlägt, mir ein frisches Glas Wasser holt und die Kleidungsstücke in meiner Tasche neu faltet.

»Soweit ich mich erinnere, hatte dein Vater Probleme mit seinem Cholesterin«, meint meine Mutter, während sie durchs Zimmer flitzt, sodass ich schon vom Zusehen ganz müde werde. »Ich bin mir ziemlich sicher, dass er Lipitor oder Zocor oder irgend so ein anderes Medikament nehmen musste.«

Das ruft fast ein Lächeln auf meine Lippen. Meine Mutter ist gerade mal eine halbe Stunde hier, und schon ist die ganze Sache die Schuld von meinem Vater. Dieselbe Frau, die darauf besteht, dass ich meinen Vater zu meiner Hochzeit einlade, schiebt ihm jetzt die Schuld für mein Herzleiden zu. Jeder der Anwesenden ist schlau genug, nicht darauf einzugehen. Das heißt jeder außer Bella.

»Bei allem, was recht ist, Mrs Humphreys –«, Bella besteht darauf, meine Mutter mit ihrem Mädchennamen und außerdem dem Titel Mrs anzusprechen, obwohl sie eigentlich ein paar Jahre älter als meine Mutter ist –, »ich glaube nicht, dass ein erhöhter Cholesterinwert irgendetwas mit Leslies Herzleiden zu tun hat. Soweit ich informiert bin, ist eine HCM ein erblicher Defekt, der manchmal mehrere Generationen überspringt.«

Mom faltet eine Zeitung zusammen – »Liest die noch irgendwer?« – und schmeißt sie in den Müll. »Ich glaube, in Joes Familie gab es ein paar Leute, die auch irgendwelche anderen Herzprobleme hatten«, meint sie.

Ich werfe Brad einen Blick zu, der mit den Augen rollt.

Mom beugt sich vor und küsst mich auf die Stirn. »Wie fühlst du dich?«, fragt sie.

Wie durchgekaut und ausgespuckt. »Ganz gut.«

Ich muss wohl die Stirn runzeln oder die Augenbrauen zusammenziehen, denn auf einmal sieht meine Mutter besorgt aus. »Ich gäb was drum, zu wissen, was du gerade denkst«, sagt sie.

Dass ich nicht schnell genug hier rauskommen kann, damit ich endlich etwas Ruhe habe. »Da gibt's nicht viel zu wissen«, sage ich meiner Mutter.

* * *

Allein mit Brad bin ich erst wieder im Flugzeug nach Hause. Ich trinke meine Cola light aus und schlage den Roman zu, in dem ich vorgegeben habe zu lesen. Ich fahre mit einem Finger über den Buchdeckel. Brad versteht den Wink und legt die Fallakte, in der er sich gerade einige Stellen markiert hat, auf dem kleinen Klapptisch vor sich ab. Er schaut mich über den Rand seiner Lesebrille an. Ich nehme meine eigene ab und lege sie auf meinen Klapptisch.

»Alles in Ordnung?«, fragt er mich.

»Ja, eigentlich sogar besser als das.«

Brad streckt den Arm aus und legt seine Hand auf meine.

Ich lehne mich noch etwas näher an ihn ran. »Brad, auf diesem Operationstisch ist etwas geschehen. Etwas Bedeutendes. Etwas Spirituelles.«

»Okay«, sagt er zögernd. »Willst du mir davon erzählen?«

Ich drücke kurz seine Hand. Wie soll ich es beschreiben? Wird er denken, ich hätte mich in eine religiöse Spinnerin verwandelt? Einen dieser fanatischen Hinterwäldler-Christen, die mit Schlangen herumhantieren?

»Also es ist nicht so, als hätte ich ein grelles Licht gesehen oder wie sich die Erde unter mir auftut oder so was, aber ich habe gebetet ...« Ich halte inne, um meine Gedanken zu sortieren. »Ich betete zu Jesus; ich bat Gott, mir zu helfen ... mich, ähm, ich weiß nicht ... mich zu retten.« Während ich die Worte ausspreche, spüre ich auf einmal wieder diesen Frieden, Wärme, die sich in mir ausbreitet. Es ist gut, Brad davon zu erzählen, auch wenn ich nach den richtigen Worten suchen muss, um diese neuen Gefühle richtig zu beschreiben. »Vor meinem Gebet hatte ich große Angst ... fühlte mich ganz allein, war im Grunde kurz davor durchzudrehen. Aber danach oder selbst noch als ich das Gebet sprach, hatte ich plötzlich das Gefühl, dass alles in Ordnung kommen würde, fast als hätte sich mit einem Schlag alles geändert.«

Er drückt kurz meine Hand, als Zeichen seines Verständnisses, auch wenn er kein Wort sagt. *O Mann, wie sehr ich diesen Kerl liebe!*

»Und das Morphium hat wahrscheinlich auch nicht geschadet«, sage ich.

Er lacht leise. »Vielleicht sollten die Pfarrer es mal damit versuchen«, meint er. »Den Wein und die Hostien gegen Morphium tauschen. Könnte ihnen helfen, mehr Leute für den Gottesdienst zu gewinnen.«

»Aber es war mehr als das«, sage ich und schaue ihn direkt an. »Ich spüre immer noch dieses Gefühl inneren Friedens, selbst nach dem Eingriff noch, und obwohl mir ein zweiter bevorsteht. Es ist, als ... wäre Gott auf das alles vorbereitet gewesen, ... und das reicht mir.«

Ich merke, dass ihm meine Worte Unbehagen bereiten, und ich kann es ihm nicht verübeln. Vor vierundzwanzig Stunden waren wir noch zwei Skeptiker, die durchs Leben stolperten und sich nur auf ihren eigenen Schneid und Grips verließen. Jetzt klingt einer von uns wie ein Prediger der Erweckungsbewegung. Wie viele Überraschungen in einer Woche kann Brad verarbeiten?

»Kommst du mit alldem klar?«, frage ich ihn.

Er schenkt mir ein warmes Lächeln. In seinen stahlblauen Augen ist nicht die leiseste Spur von Ablehnung zu sehen. Er stellt sein Glas auf dem Klapptisch ab, legt einen Arm um mich und küsst mich auf die Stirn.

»Du willst jetzt aber nicht Nonne werden oder so was?«

»Nein, Dummerchen.«

»Dann ist es in Ordnung für mich, Leslie. Es ist ein Teil von dem, was dich ausmacht, und damit ein Teil der Person, die ich liebe.«

Ich will mich noch weiter über das Thema unterhalten; ich will, dass auch Brad es am eigenen Leib erfährt. Sein Verständnis zu haben ist toll, aber dass er das hier auf der Herzensebene versteht – der Ebene, auf der wir echte Vergebung und Frieden erfahren –, das wünsche ich mir mehr als alles andere auf der Welt.

Doch es gibt den richtigen Moment, um Druck auszuüben, und Zeiten, in denen man sich besser zurückhalten sollte. Und ich spüre, dass ich Brad nur vergraulen werde, wenn ich ihn jetzt dränge. Wir werden in den kommenden Tagen noch genug Gelegenheit haben, uns über dieses Thema zu unterhalten.

»Danke«, sage ich leise. »Ich liebe dich.« Dann lehne ich meinen Kopf an seine Schulter und schließe die Augen, als wollte ich schlafen. Stattdessen fange ich an zu beten ...

54

Brad zwingt mich, Freitag freizunehmen. Ich rufe Bella an, um zu hören, ob jemand eine Nachricht für mich hinterlassen hat, und um ihr zu sagen, dass ich am Samstagmorgen vorbeischauen werde, um meine Post und meine E-Mails durchzusehen. Sie rattert eine Liste von Anrufern runter, darunter auch meine Mutter, ein paar Mandanten und Brandon Matthews.

»Er wollte sich dafür entschuldigen, dass er dich auf die Titelseiten der Klatschpresse gebracht hat«, sagt Bella. »Er war sich nicht bewusst, dass er unter Beobachtung stand. Er meinte, dass er dir das alles eigentlich persönlich sagen wollte, aber ich habe ihm mitgeteilt, dass du heute nicht in der Kanzlei sein würdest.« Sie hält inne.

»Was verschweigst du mir?« frage ich.

»Eigentlich ist er ein ganz netter Kerl«, sagt sie vorsichtig. »Und ich glaube, dass er dich fragen will, ob du ihm bei seinem Fall helfen wirst.«

»Wohl kaum.«

»Vielleicht solltest du dir erst mal anhören, was er zu sagen hat«, meint Bella.

»Na gut. Irgendwann hör ich mir seine Geschichte an und sag ihm dann Nein. Ist Brad da?«

»Ja«, sagt sie. »Und komm bloß nicht auf die Idee, ›nur für ein paar Minuten‹ vorbeizuschauen. Er bewacht die Tür mit 'nem Gewehr in der Hand. Und solltest du es schaffen, an ihm vorbeizukommen, musst du dich mit mir auseinandersetzen. Du musst dich erholen.«

»Vordertür oder Hintereingang?«

* * *

Wie ein braves Mädchen halte ich mich den ganzen Tag von der Kanzlei fern, und Brad belohnt mich dafür, indem er abends zu Besuch kommt. Er bringt einen Film und zwei Tüten Mikrowellen-Popcorn mit. In Beachtung meiner zunehmend nervigen Ernährungsumstellung hat er nur fettarmes Popcorn gekauft.

Während es in der Mikrowelle hochgeht, schmilzt Brad ein halbes Pfund Butter in einem Topf. Als das Popcorn fertig ist, schüttet er eine Hälfte in eine grüne Schüssel und die andere in eine dazu passende gelbe. Dann gießt er die Butter über das Popcorn in der gelben Schüssel.

»Gelb steht für Butter. Nur damit du weißt, welches meine Schüssel ist.«

»Wann hast du eigentlich dein Herz das letzte Mal überprüfen lassen?«, frage ich.

»Hmm, lass mich kurz nachdenken«, sagt er und wirft sich eine Handvoll Popcorn in den Mund. »Noch nie.«

»Das solltest du aber.«

»Lass uns immer schön eine Herz-OP nach der anderen angehen«, erwidert er.

Bevor wir den Film anstellen können, bleiben wir bei einer Realityshow im Fernsehen hängen. Brad hat schon bald seine Schüssel leer und fängt an, sich an meiner zu bedienen. »Da muss mehr Salz dran«, meint er und schüttet drauflos, als gäbe es kein Morgen.

Eine der Kandidatinnen hat ein Tattoo auf dem Rücken – irgendein großes sonnenähnliches Gebilde.

»Magst du Tattoos?«, frage ich Brad.

»An dir?«, er schaut mich an, als hätte ich den Verstand verloren.

Auch wenn ich keinerlei Absicht hege, mir eins machen zu lassen, bin ich beleidigt, dass er das für vollkommen ausgeschlossen hält. »Nein, an meiner Mutter«, erwidere ich. »Natürlich an mir.«

Er mustert mich kurz und zuckt mit den Schultern. »Tattoos sind cool«, meint er schließlich. »Solange du dir keins auf den Bizeps stechen lässt.«

Ich spanne den besagten Muskel an, und er drückt auf die winzige Beule, die dabei auf meinem Arm entsteht. »Mit ein bisschen Clearasil kriegst du das bestimmt weg.«

Wie der Blitz gehe ich auf ihn los. Ich knuffe und kitzle ihn und nehme ihn richtig in die Mangel. »Pass auf dein Herz auf; pass auf dein Herz auf!«, ruft er, während er versucht mich abzuwehren.

Schließlich ergibt er sich, und wir wenden unsere Aufmerksamkeit wieder der Realityshow zu.

»Tattoos sind schon in Ordnung«, meint er. »Aber Narben sind richtig sexy.«

»Was soll das bitte heißen?«

Er drückt die Stumm-Taste. »Ich habe ein bisschen Recherche zu dem Eingriff betrieben, den du hast vornehmen lassen«, erklärt Brad vorsichtig. Er hat das Gesicht ein wenig zusammengekniffen, als würde er gleich eine Explosion erwarten. »Eine Operation am offenen Herzen wäre eine sicherere Alternative.«

»Ich will mich aber nicht am offenen Herzen operieren lassen«, erwidere ich mit Nachdruck. Ich kann ihm in dieser Sache keinen Raum für Hoffnung lassen. »Man braucht vier bis sechs Wochen, um sich davon zu erholen, es bleibt eine riesige Narbe zurück, und der Eingriff ist *nicht* weniger riskant.«

Brad atmet tief durch, als müsse er sich noch entscheiden, ob er sich auf diese Diskussion einlassen will oder nicht. »Ich möchte nur eines, nämlich dass du darüber nachdenkst, Leslie. Riskier nicht dein Leben, nur weil du Angst vor einer Narbe hast, die niemand sehen wird. Ich meine, das ist doch nicht –«

»Ich wusste, dass du so reagieren würdest«, schnauze ich ihn an. »Deswegen wollte ich dir eigentlich auch nichts davon sagen. Ich wusste, dass du versuchen würdest, diese Entscheidung für mich zu treffen und mir zu sagen, was ich zu tun habe.«

Auf meine Anschuldigung folgt nur Schweigen. Verletzt und verwirrt zieht Brad die Augenbrauen zusammen.

»Es tut mir leid, Brad. Diese Sache muss ich allein für mich entscheiden. Und dabei brauche ich deine Unterstützung.«

»Aber natürlich«, sagt er. »Ich wollte nur mal darüber sprechen.«

Ich lehne mich zu ihm hinüber und gebe ihm einen kleinen Kuss. »Ich weiß. Und vielleicht bin ich auch etwas empfindlich, was das betrifft. Aber für mich ist das eine große Sache. Ich brauche einfach nur deine Unterstützung.«

»Okay. Die hast du.«

Er sagt mir, was ich hören will, aber ich spüre trotzdem, dass dieses Thema noch nicht abgehakt ist. Wir sind einen Waffenstillstand eingegangen, aber Brad wird versuchen, die Sache aus einer anderen Richtung anzugehen. Das ist die Herausforderung, wenn man mit einem Anwalt verlobt ist.

Eine halbe Stunde später sitze ich mit ausgestreckten Beinen auf der Couch und habe die Füße auf Brads Schoß abgelegt. Als die Realityshow sich ihrem Ende nähert, beschließe ich, einen weiteren Streit vom Zaun zu brechen. Mittlerweile fühle ich mich besser, sogar ein wenig angriffslustig, und da ich nicht zur Arbeit gehen und mit anderen Anwälten diskutieren kann, muss Brad herhalten.

»Wirst du Brandons Fall abgeben?«, frage ich, obwohl ich genau weiß, dass er es nicht tun wird.

»Was glaubst du?«

Ich grinse in mich hinein. Brad versucht, dem Thema auszuweichen. Er will mich nicht aufregen, solange ich nicht wieder ganz gesund bin. Meinen Vorteil witternd, nehme ich ihn aufs Korn. »Er hat uns bei jedem Schritt angelogen«, sage ich. »Du musst deine Verluste beschränken.«

»Unsere Verluste, Leslie.«

»Ein Grund mehr. Du musst *unsere* Verluste beschränken.«

Brad denkt einen Moment nach, während er mit einer Hand meine Wange auf und ab streicht. »Was ist mit unserer Loyalitätspflicht gegenüber unserem Mandanten?«

O bitte. Mehr hat er nicht vorzubringen? »So wie ich das sehe, verliert er den Anspruch auf unsere Loyalität, wenn er uns anlügt«, erwidere ich. »Ich bitte dich, Brad. Das ist doch nur Zeitverschwendung.«

»Dann sollten wir den Bannister-Fall wohl auch besser fallen lassen.«

»Was?«

»Es ist doch ziemlich offensichtlich, dass sie uns angelogen hat.«

»Das ist etwas anderes.«

»Inwiefern?«

Ich werfe ihm einen giftigen Blick zu, den er mit einem Lächeln und nach oben gedrehten Handflächen erwidert.

»Kannst du nur einmal nicht wie ein Anwalt denken?«, frage ich genervt.

»Hey! Du bist diejenige, die damit angefangen hat.«

»Willst du was trinken?«, frage ich und stehe von der Couch auf. Ich musste es auf die harte Tour lernen – wenn man Brad nicht mit Argumenten bezwingen kann, wechselt man besser das Thema.

»Nein danke.«

In der Küche fällt mir der Stapel Karteikarten ins Auge, der auf dem Tresen neben dem Kühlschrank liegt. Die Karten erinnern mich an jene Nacht, in der ich mit der Vorstellung von Gott rang und wie diese philosophischen Fragen auf dem Operationstisch auf einmal vollkommen irrelevant wurden. Die Karten halten mir außerdem erneut vor Augen, wie sehr ich mir wünsche, Brad würde dasselbe Gefühl von Frieden und Erfülltheit erleben, das ich für mich entdeckt habe.

Brad hat den Film gestartet, und ich kehre zur Couch zurück, kuschele mich eng an ihn und versuche eine Gelegenheit zu finden, das Gespräch wieder auf Gott zu lenken. Als der Abspann läuft, suche ich immer noch.

Brad stellt den Fernseher aus, und ich spreche ein schnelles Stoßgebet – die einzige Art, die ich bisher zustande gebracht habe. »Brad, können wir uns noch über etwas unterhalten, bevor du gehst?«

»Klingt nach einer ernsten Angelegenheit.«

»Das ist es auch – irgendwie.« Ich halte inne. Das ist sehr viel schwerer, als ich mir vorgestellt habe. Mein Bein beginnt auf und ab zu wippen, was eine nervöse kleine Angewohnheit von mir ist. »Ich weiß nicht, wie ich es erklären soll oder was überhaupt genau passiert ist, aber auf diesem Operationstisch – als ich gebetet habe – war das der Beginn von etwas ganz Besonderem. Ich meine, ich weiß, dass wir schon im Flugzeug darüber gesprochen haben, aber ... nun, ich, ähm ... ich wünschte, du würdest Christus zumindest eine Chance geben.«

Ich werfe ihm meinen entwaffnenden Blick zu in der Überzeugung, mehr mit meinen Augen bewerkstelligen zu können, als es meine Lippen vermögen. Bella meinte, dass Gott mir eine zweite Chance geben würde und die Worte, um mit Brad darüber zu reden. Aber es ist nur schwer vorstellbar, dass dieser unbeholfene Versuch von Gott gelenkt wurde.

»Leslie, ich finde es großartig, dass du diesen spirituellen Fortschritt gemacht hast«, sagt er langsam und vorsichtig. »Aber ich stehe ganz woanders, und das weißt du auch.«

Fast gegen meinen Willen nicke ich.

»Ich habe schon immer Leute beneidet, die aus vollem Herzen an Gott glauben«, fährt Brad fort. »Besonders jene, die ihr Heil in Christus gefunden haben. Aber ich habe einfach zu viele unbeantwortete Fragen.«

»Die hatte ich auch. Aber diese Fragen lösten sich in Luft auf, als ich das erste Mal aus tiefstem Herzen zu Christus betete.«

Er setzt an, um etwas zu sagen, verkneift es sich aber.

»Sag es, Brad«, dränge ich ihn. »Halt dich nicht zurück. Ich will wissen – muss wissen –, was du denkst.«

»Es ist nur ... wie kannst du die Überzeugung rechtfertigen, dass Gott ein Gott der Gerechtigkeit ist?«, fragt er. »Christus ist für unsere Sünden gestorben und das alles – wie kann ein gerechter Gott verlangen, dass ein unschuldiger Mann für schuldige Menschen sein Leben lässt? Was würdest du von einem Richter halten, der zu dir sagt: ›Ms Connors, mir ist klar, dass Sie die Unschuld Ihres Mandanten bewiesen haben, aber ich werde ihn dennoch zum Tode verurteilen, weil ich weiß, dass der nächste Kerl, der meinen Gerichtssaal betritt, schuldig ist, und ich will, dass Ihr Mandant seine Strafe übernimmt‹?«

Auch wenn ich es gewohnt bin, mit Brad zu diskutieren, spüre ich, dass bei diesem Gespräch mehr auf dem Spiel steht als bei den üblichen Wortgefechten über unsere Gerichtsfälle. Außerdem bin ich in keinster Weise darauf vorbereitet, seine Einwände zu entkräften. Trotzdem muss ich es versuchen.

»Er ist nicht nur ein Gott der Gerechtigkeit, sondern auch ein Gott der Liebe. Das ist es, was ihn von anderen Richtern unterscheidet; an dieser Stelle greift deine Analogie nicht mehr. Gott liebt uns so sehr, dass er nicht bereit war, uns so zu richten, wie wir es verdient hätten. Er hat uns seinen eigenen Sohn geschickt, damit er unsere Strafe auf sich nimmt.«

»Also hat er Christus nicht geliebt?«, fragt Brad.

Ich seufze, weil mir klar wird, dass ich auf verlorenem Posten kämpfe. Es kommt mir so seltsam vor, die traditionellen christlichen Vorstellungen zu verteidigen, die ich so lange Zeit abgelehnt habe. »Alles, was ich weiß, ist, dass ich vor der OP Angst hatte zu sterben, sich die Dinge aber jetzt geändert haben.«

»Und ich sage dir, wie sehr ich das respektiere«, erklärt er. »Ich beneide dich sogar darum.« Kurzes Schweigen. »Aber *ich* kann mir diesen Glauben einfach nicht zu eigen machen.«

Angesichts der Bestimmtheit dieser Aussage wird mir das Herz schwer. Aber genauso, wie ich von Brad verlange, meinen aufkeimenden Glauben zu respektieren, so muss ich auch seine Ansichten respektieren.

»Okay«, erwidere ich und nicke mit dem Kopf. »Das akzeptiere ich. Aber das bedeutet nicht, dass ich dich nicht weiterbearbeiten werde.«

Wir spüren beide, wie die Spannung in der Luft nachlässt, und wie üblich muss Brad das letzte Wort haben.

»Ich sag dir was«, meint er. »Wenn wir den DMVN-Fall gewinnen, werde ich anfangen, an einen Wunder wirkenden Gott zu glauben. Wer weiß, vielleicht wird dann sogar noch ein Priester aus mir.«

55

Am Samstagmorgen schleiche ich mich zurück ins Büro, darauf bedacht, meinen anwaltlichen Aufgaben ein wenig nachzukommen und meine Gedanken von meinem schwachen Herzen abzulenken. Da an diesem Wochenende der Memorial-Day-Feiertag ansteht, hat Brad einen entspannten Tag am Strand vorgeschlagen. Aber dieses Mal bin ich es, die lieber arbeiten möchte. Wir haben einen Kompromiss geschlossen, indem wir heute am späten Nachmittag nach Sandbridge fahren, einem kleinen Familienstrand, der etwas weiter südlich als die touristenüberschwemmten Strände von Virginia Beach liegt. Der Sommer hat offiziell angefangen, und meine Haut ist noch immer blass und sommersprossig. Wenn das so weitergeht, muss ich zu D. J. Landers' Sprühbräune greifen, sonst halten mich auf meiner Hochzeit noch alle für ein Gespenst.

Ich brauche fast den ganzen Vormittag, um die E-Mails und den Papierkram der letzten Woche aufzuarbeiten. Die Telefongesellschaft hat die Aufzeichnungen der Verbindungsdaten bereitgestellt, die Bella per gerichtlicher Verfügung angefordert hatte. Sie hat die Liste bereits mühsam durchgearbeitet und die Anrufe von Telefonkarten markiert; diese begannen tatsächlich zu dem Zeitpunkt, den Trish angegeben hatte – vor etwa sechs Monaten. Keiner davon dauerte mehr als ein paar Sekunden, und sie alle fanden abends und am Wochenende statt, wenn man davon ausgehen konnte, dass James Bannister zu Hause sein würde. Laut Bellas Memo, das sie den Verbindungsdaten beigefügt hatte, ergaben weitere Ermittlungen, dass der Anrufer eine Reihe von AT&T-Telefonkarten genutzt hat, um von diversen Münztelefonen im Raum Tidewater aus anzurufen. Die Anrufe sind also nicht zurückverfolgbar. Keine große Hilfe bei unserem Fall, aber die Information deckt sich zumindest mit meiner Überzeugung, dass Trish keine Affäre hatte.

Die Unterlagen, die wir für das von Bannister regelmäßig genutzte Firmenflugzeug angefordert haben, sind mittlerweile auch da. Es gibt keinen Hinweis darauf, dass er einen Flug über das Bermudadreieck oder zu einem anderen Reiseziel geplant hatte, an dem man leicht untertauchen könnte. Bella hat außerdem einen Forensik-Experten damit beauftragt, das Handtuch zu überprüfen, das Tara laut eigener Aussage um die Waffe gewickelt hatte, als sie nach unten ging. Der Sachverständige konnte keine Blutspritzer finden, die darauf hinweisen würden, dass das Handtuch in Bannisters Nähe gewesen war, als der Schuss abgegeben wurde.

Ich scheine bei diesem Fall einfach keinen Fuß auf den Boden zu bekommen, und mittlerweile ist es nur noch ein Monat bis Prozessbeginn. Mir wird klar, dass ich mehr Zeit mit Tara verbringen muss. Irgendwie habe ich das Gefühl, dass ich erst Tara besser kennenlernen muss, um diesen Fall überhaupt verstehen zu können. Sie muss genug Vertrauen zu mir aufbauen, um mir die Wahrheit zu sagen und nicht einfach das zu erzählen, wovon sie glaubt, dass ich es hören will. Ich muss in den Kopf dieses Mädchens gelangen.

Ich habe das Frühstück ausgelassen, sodass ich um die Mittagszeit wie ausgehungert bin. Außerdem brauche ich eine Pause, also fahre ich die paar Blocks bis zu Schlotzsky's hinunter. Ich packe einen Salat, eine Flasche Wasser und eine Gemüsesuppe auf mein Tablett und suche mir draußen einen Tisch. An diesem Tag ist es ungewöhnlich kühl – nur etwa 23

Grad. Starke Windböen und dunkle, bedrohliche Wolken lassen mich vermuten, dass unser Nachmittag am Strand wahrscheinlich ins Wasser fällt. *Gut so. Ein bisschen mehr Zeit im Büro kann ich gut gebrauchen.*

Ich hole einen der Newsletter hervor, die ich mir als Lektüre zum Essen mitgebracht habe - *Virginia Lawyers Weekly*. Er gibt eine Übersicht über die wichtigsten Fälle, die in der letzten Woche in diesem Staat verhandelt wurden. Ich bin ganz mit mir selbst beschäftigt, als auf einmal meine Serviette zu Boden geweht wird. Ich beuge mich hinunter, um sie wieder aufzuheben, und als ich mich wieder aufrichte, blicke ich plötzlich in die ausdruckslosen grauen Augen eines Mannes, der neben meinem Tisch steht. Er ist groß und dünn, hat das pockennarbige Gesicht einer lang verheilten schweren Akne und kurzes schwarzes, zurückgegeltes Haar. Er trägt lange Hosen und ein schwarzes T-Shirt, und mir wird klar, dass er mir irgendwie bekannt vorkommt, nur dass ich nicht weiß, woher.

»Macht es Ihnen etwas aus, wenn ich mich zu Ihnen setze?«, fragt er.

»Eigentlich bin ich gerade ziemlich beschäftigt«, erkläre ich und weise mit dem Kopf in Richtung des Newsletters.

Er nimmt trotzdem Platz. »Es wird nicht lange dauern.«

Er legt eine Mappe auf den Tisch vor sich. »Detective Lawrence Anderson«, stellt er sich vor und streckt die Hand aus, um meine zu schütteln. »Ich war der leitende Ermittler im Bannister-Fall.«

Erkenntnis und Angst kriechen mir den Rücken hoch. Ich versteife mich ein wenig. »Was machen Sie hier?«

»Ich hab nur gesehen, dass Sie ganz allein beim Mittagessen sitzen«, erwidert er mit ausdrucksloser Stimme. »Da dachte ich mir, ich leiste Ihnen ein bisschen Gesellschaft.«

Der Typ bereitet mir eine Gänsehaut. Ich werfe einen schnellen Blick über den größtenteils menschenleeren Gehweg. »Ist das überhaupt angebracht?«, frage ich. »Dass wir uns ohne Mitchell Taylor oder Harlan Fowler unterhalten?«

Anderson lacht. »Angebracht«, erwidert er mit sarkastischem Tonfall. »Sie machen sich Sorgen, ob es angebracht ist.«

Er rutscht auf seinem Sitz vor, stellt die Ellenbogen auf und durchbohrt mich mit seinen dunklen Augen. Ich will nicht verängstigt wirken, komme aber dennoch nicht umhin, ein wenig auf meinem Stuhl zurückzuweichen und die Ellenbogen auf den Armstützen abzulegen.

»Sie sind neu in diesem Spiel, Ms Connors«, sagt er. Es ist eine Feststellung, keine Frage. »Aber es gibt bestimmte ungeschriebene Regeln, gegen die niemand, der im Strafrecht tätig ist, verstößt. Nur so kann das System funktionieren.« Er verzieht das Gesicht, als müsste er überlegen, wie er es am besten ausdrücken soll. »Verstehen Sie, es gibt die guten Jungs, und es gibt die bösen Jungs. Harlan Fowler ist einer von den Guten – er hat sein ganzes Leben damit verbracht, die Widerlinge hinter Gitter zu bringen, die uns anderen das Leben vermiesen. Und er ist einer der moralischsten Männer, die ich kenne.«

Ich bin dermaßen von Andersons Belehrung überrascht, dass ich nicht weiß, wie ich reagieren soll. Sein herablassender Ton macht mich wütend, aber gleichzeitig bereitet mir seine unverschämte Arroganz Anlass zu Sorge. Er spielt nach anderen Regeln. Ich erwidere seinen Blick, versuche die Harte zu spielen. Unter dem Tisch wippt mein Bein schnell auf und ab, während mein Körper seine nervöse Energie loswird.

»Es gibt Grenzen«, fährt Anderson fort. »Die Leute auf Ihrer Seite des Rechts kommen immer wieder mit Anschuldigungen über Fehlverhalten seitens der Staatsanwaltschaft oder über Polizeiinkompetenz daher ... das gehört einfach dazu.« Er zuckt mit den Schultern, rutscht dann noch ein Stück weiter vor. »Aber was Sie hier versuchen, geht zu weit, Ms Connors. Einen unschuldigen Mann zu beschuldigen, sich an einer Jugendlichen vergriffen zu haben.«

Ich will etwas sagen, aber Anderson wedelt mir mit einem knochigen Finger vor der Nase. »Lassen Sie mich aussprechen«, verlangt er. »Denn der Spieß lässt sich ganz leicht umdrehen. Sie müssen verstehen, dass ich heute nicht offiziell hier bin, um mit Ihnen über den Bannister-Fall zu reden oder um Ihnen zu sagen, dass Sie Fowler in Ruhe lassen sollen, oder Ihnen die möglichen Konsequenzen Ihres Verhaltens zu erläutern. Ich bin in einer anderen Angelegenheit hier.«

»Dann machen Sie es kurz«, sage ich mit einem verräterischen Zittern in der Stimme. »Meine Suppe wird kalt.«

Anderson lächelt mich hämisch an, wobei die Krähenfüße um seine Augen deutlich sichtbar werden. Dann wird sein Blick wieder ausdruckslos. »An der Schule Ihrer Mandantin gibt es einen OxyContin-Ring. Sie wissen doch, was OxyContin ist, oder?«

Ich nicke. »Ich habe schon davon gehört.«

»Natürlich haben Sie das – es ist die bevorzugte Droge der reichen Kids heutzutage. Ärzte verschreiben es als starkes Schmerzmittel. Die Sache ist die – wir haben ein paar Jugendliche an der Schule hochgenommen, die jetzt mit uns kooperieren. Eine davon, nämlich diese junge Dame –« Anderson zieht ein Foto aus seiner Mappe, auf dem ein Mädchen zu sehen ist, das sich gerade mit Tara unterhält. Er legt es auf den Tisch, wo ich es genau sehen kann. Ich erkenne das Mädchen nicht. »Sie ist bereit auszusagen, dass sie ihren Vorrat bei Tara kauft, die anscheinend einer der größten Dealer an der Schule ist. Und stellen Sie sich nur vor«, er wendet den Blick von dem Foto ab und schaut mir direkt in die Augen, »diesem Mädchen zufolge bezieht Tara die Tabletten von ihrer Anwältin.«

Die Wut schießt mir direkt in den Kopf, und mein Bein wippt jetzt sogar noch heftiger. »Das ist doch vollkommen lächerlich«, sage ich voller Verachtung.

»Mag sein«, meint Anderson. »Aber dann wäre da noch dieser Mann –«, er holt zwei Fotos von mir und Julio hervor: Auf einem unterhalten wir uns, auf dem anderen küsst Julio mich gerade auf die Wange; *wo hat er die bloß her?* »Der bereit ist auszusagen, dass Sie ihm hunderttausend Dollar angeboten haben, wenn er einen Meineid vor Gericht begeht und behauptet, Harlan Fowler würde dem Bellagio eine Stange Geld schulden. Und außerdem dass sie ihn gefragt haben, wo man in Las Vegas an OxyContin kommt.« Anderson neigt den Kopf zur Seite und schaut mich mit schiefem Blick neugierig an.

»Verschwinden Sie«, fauche ich. »Sehen Sie zu, dass Sie Ihren erbärmlichen Hintern woanders hinbewegen. Das ist nur eine Finte, und das wissen Sie genau.«

Anstatt zu gehen, schenkt mir Anderson ein kleines arrogantes Lächeln und zieht einen Mini-Digitalrekorder aus seiner Hosentasche. Er stellt ihn auf dem Tisch zwischen uns auf. »Nur für den Fall, dass Sie auf die vorschnelle Idee kommen, unsere kleine Unterredung zu melden«, sagt er, »möchte ich hiermit klarstellen, warum ich Sie angesprochen habe.«

Bevor ich etwas entgegnen kann, hat er das Aufnahmegerät angestellt. »Hier spricht Detective Lawrence Anderson. Es ist 12.35 Uhr am Samstag, dem 27. Mai. Ich befrage Ms Leslie Connors über jedwede Kenntnisse, die sie hinsichtlich eines Drogenrings an –«

Ich strecke den Arm aus und stellte das Aufnahmegerät ab. »Die Befragung ist vorbei, Anderson.« Jetzt lehne ich mich vor, die Wut und Verachtung machen mich mutig. »Verschwinden Sie!«

»Okay«, erwidert er geradezu abscheulich gelassen. Er steckt die Fotos wieder in seine Mappe und das Aufnahmegerät zurück in seine Hosentasche. Dann versucht er mich ein letztes Mal mit seinem Blick zu bezwingen und verengt die grauen Augen. »Aber seien Sie vorsichtig bei Ihrer weiteren Vorgehensweise in diesem Fall«, warnt er mich. »Dinge können aus dem Zusammenhang gerissen werden.«

Behände zieht er zwei weitere Fotos aus seiner Mappe. Ich schnappe nach Luft und starre ihn dann mit noch mehr Hass in den Augen an. »Sie Mistkerl.«

Ich stoße meine Suppe um, die sich über die Fotos und in Andersons widerlichen Schoß ergießt. Voller Entrüstung erhebe ich mich und genieße eine Sekunde lang den schockierten Ausdruck auf seinem Gesicht, als er aufspringt.

»Ich überlasse es Ihnen, das aufzuwischen«, sage ich. »Schließlich sind Sie gut darin, die Sauereien von anderen zu beseitigen.«

Ich schnappe mir meine Tasche und den Newsletter, mache auf dem Absatz kehrt und lasse einen selbstgefällig grinsenden Anderson am Tisch zurück, der sich die Hose mit meiner Serviette abwischt.

Die beiden Fotos rufen brennenden Zorn in meinem Kopf hervor und besiegeln meine Entschlossenheit, diesen Fall bis zu seinem bitteren Ende weiterzuverfolgen. Die Fotos an sich schockieren mich nicht – ich kenne sie bereits. Aber die Tatsache, dass Anderson oder seine Handlanger sie aufgenommen haben – das haut mich einfach um.

Auch wenn ich vor Wut kaum klar denken kann, versuche ich die Sache logisch zu betrachten. Ich habe die Anschuldigungen gegen Fowler erst letzte Woche publik gemacht. Davor wusste niemand, dass sie überhaupt eine Rolle in diesem Fall spielen könnten, das heißt, niemand außer mir, Brad, Harlan Fowler, Trish Bannister ... und Mack Strobel.

Aber warum ist mir dann einer von Andersons Männern an jenem Tag ins Fitnessstudio gefolgt – fast eine Woche vor meinem Treffen mit Harlan Fowler? Und wie kommt Anderson an das Originalfoto, auf dem ich auf dem Boden liege und Brandon Matthews sich über mich beugt, nur Zentimeter von meinem Gesicht entfernt – dasselbe Foto, das auf dem Titelblatt des *National Inquisitor* zu sehen war? Könnte er es aus der Zeitung kopiert haben? Aber dann erinnere ich mich, wie körnig das Foto auf der Titelseite war. Andersons Abzug hingegen war gestochen scharf.

Wie wahrscheinlich ist es, dass Anderson jetzt meinen gierigen kleinen Freund aus Las Vegas in der Tasche hat? Ich greife in meine Handtasche und hole die Serviette hervor, auf der Julios Nummer steht. Als ich die Nummer wähle und die Ansage der Frauenstimme höre, verlässt mich der Mut.

»Die T-Mobile-Nummer, die Sie gewählt haben, ist leider nicht mehr vergeben. Vielen Dank für Ihren Anruf im T-Mobile-Netz.«

56

Ich fahre auf direktem Wege zu Brad nach Hause. Ich finde ihn im Garten, wo er gerade damit beschäftigt ist, den Pool zu säubern. Die dunklen Wolken haben sich verdichtet, und es hat angefangen zu nieseln. Donner grollt in der Ferne. Wir begeben uns nach drinnen in seine Küche, und ich erzähle ihm von dem Zwischenfall mit Anderson, während Brad eine Kanne Eistee zubereitet. Als ich mit meiner Geschichte fertig bin, ist er außer sich vor Wut.

Er greift nach seinem Handy, fängt an, in der Küche auf und ab zu laufen, und kommt endlich zur Polizeibehörde von Virginia Beach durch. Er verlangt nach Andersons Nummer, doch Brads Zorn ist der Bürokratie der Polizeibehörde nicht gewachsen. Er wird von einem Beamten zum nächsten durchgestellt, von denen jeder ihn nur noch wütender macht, und seine Stimme wird in seiner Frustration immer lauter. Zweimal wird er aus der Leitung geschmissen. Doch dann gelingt es ihm endlich, sich zu Andersons Anrufbeantworter durchzumogeln, auf dem er eine zweiminütige Nachricht hinterlässt, die es dermaßen in sich hat, dass ich rot werde. Andererseits löst sie auch ein Hochgefühl in mir aus. Jede Frau braucht einen Ritter in glänzender Rüstung, der es als seine Hauptaufgabe betrachtet, sie zu verteidigen.

»Komm schon«, sagt Brad. »Wir werden eine Beschwerde bei der Dienstaufsichtsbehörde einreichen.«

Das überrascht mich nicht. Brads erste Reaktion ist immer, sich in den

Kampf zu stürzen, nicht davor zurückzuschrecken. Aber ich bin mir nicht sicher, ob das eine gute Idee ist. Auch ich kann ziemlich in Rage geraten, aber ich halte nichts davon, nach Ärger zu suchen. Üblicherweise findet der mich ganz von allein.

»Bist du dir sicher, dass das klug wäre?«, frage ich. »Bei der ganzen Geschichte steht mein Wort gegen seins. Was, wenn Anderson mit seiner Drohung ernst macht und mir diese Drogengeschichte in die Schuhe schiebt? Warum den Einsatz immer weiter erhöhen?«

»Er blufft, das ist alles«, meint Brad im Brustton der Überzeugung. Er schnappt sich seine Autoschlüssel aus einer Schublade. »Die würden nicht mal die Voranhörung überstehen. Die Aussage der Schülerin wäre reines Hörensagen, und Julio würde im Kreuzverhör nicht einen einzigen Augenblick durchhalten.«

Mir eine Voranhörung vorzustellen, bei der ich die Angeklagte bin, ist nicht gerade tröstlich. »Er blufft«, wiederhole ich mit sarkastischem Tonfall, während ich Brad zur Tür folge. »Genau wie Fowler damals geblufft hat. Genau wie Fowler einknicken und unseren Deal annehmen würde.«

Wir laufen jetzt die Stufen vor dem Haus hinunter, und es ist klar, dass Brads Entschluss feststeht.

»Wirst du es eigentlich nie leid, falschzuliegen?«, frage ich.

Er springt in den Fahrersitz seines Jeeps, aber ich bleibe einfach im Nieselregen neben der Beifahrertür stehen und mache keine Anstalten, sie zu öffnen. Brad springt wieder raus und lehnt sich mit einem flehenden Blick in seinen blauen Augen über das Dach des Jeeps. Vor dem dunklen Hintergrund des tristen Regens und der dunklen Wolken leuchten sie wie Diamanten.

»Du darfst dich nicht so herumschubsen lassen, Leslie. Sie testen dich. Du hast es hier mit dem Schulrüpel zu tun. Du musst dich wehren.«

Ich wette, dass Brad als Kind in der Schule mehr als einmal von den Schulschlägern Prügel einstecken musste. Er gibt niemals klein bei. Und auch wenn er recht haben mag, kommt es mir vor, als würde die Situation außer Kontrolle geraten. So als würden sich zwei Schwergewichtsboxer Auge in Auge gegenüberstehen und sich gegenseitig Schläge verpassen, ohne dass einer nachgibt, sodass beide schwere Hirnverletzungen davontragen.

»Wo soll das enden?«, frage ich.

Genau in diesem Moment kommt eine Windböe auf, der Regen nimmt noch etwas zu, und ein Blitz zuckt über den Himmel. Eine Sekunde später folgt der Donnerschlag, was ein Lächeln bei Brad hervorruft.

»Das ist ein Zeichen«, meint er »Die Götter sind auf unserer Seite.«

»Oder vielleicht sagt Gott uns auch, dass wir uns zurückhalten sollen.« Trotzdem steige ich in den Jeep, schnalle mich an und mache mich bereit, einen weiteren Fausthieb auszuteilen.

* * *

Der Rest des Wochenendes vergeht wie im Flug. Den Sonntagmorgen verbringe ich mit Bella, Sarah und ihren Kindern in der Kirche. Zuerst wirkt die kleine Kirche ein wenig befremdlich auf mich. Die zwanglose Form der Gebete, die gemütliche Art des Pastors, die legere Kleidung der Gemeindemitglieder - das alles ist so anders als das, was ich von den Gottesdiensten aus meiner Kindheit gewohnt bin. Aber irgendwann zwischen dem dritten und vierten »Loblied« passiert etwas. Ich schaue zu Bella rüber, die die Augen geschlossen hat, während sie krumm und schief aus voller Kehle mitsingt. Dann konzentriere ich mich nur noch auf die Worte und den Gott, dem wir huldigen.

Es ist nicht so, als wären dank ihm mit einem Schlag all die Herausforderungen, denen ich mich in dieser Woche stellen musste, zu bewältigen; eher ist es so, dass sie mich nicht mehr so belasten, zumindest für den Moment. Dies ist der Gott, der mich auf dem OP-Tisch erhört hat, derselbe Gott, der seinen Sohn schickte, um für mich zu sterben. Er war da, als ich ihn am meisten brauchte, und dies ist meine Gelegenheit, mich erkenntlich zu zeigen. Ich wünschte, das Lied würde ewig weitergehen; ich habe das Gefühl, als würden der unterdrückte Lobpreis und die religiösen Gefühle eines ganzen Lebens an die Oberfläche drängen. Meine intellektuellen Einwände, meine Karteikarten, selbst die Schriften von C. S. Lewis scheinen eine Ewigkeit zurückzuliegen, als stammten sie aus einem anderen Universum. Aber in diesem Leben, in diesem Universum, gerade jetzt, ist Gott real, und ich erlebe ihn, und er verdient meinen Lobpreis.

Als der Gottesdienst vorbei ist, bin ich immer noch damit beschäftigt, all diese Gefühle zu verarbeiten. Jetzt, mehr als je zuvor, will ich, dass Brad dieselbe Vergebung durch Christus erfährt, dasselbe Gefühl einer erneuten

Verbundenheit zu Gott. Als Sarah mich fragt, ob ich sie und Bella zum Mittagessen begleiten möchte, kann ich nicht schnell genug Ja sagen. Ich nutze die Gelegenheit, Sarah zu fragen, wie ich Brad am besten darauf ansprechen soll.

»Setz ihn nicht unter Druck«, rät Sarah. »Er kennt deinen Standpunkt und weiß, wie wichtig dir das ist. Wenn du versuchst, ihn in Christi Arme zu drängen, wirst du ihn damit nur vertreiben.«

»Ja«, stimmt Bella, die aufdringlichste Frau, die ich kenne, ihr zu. »Was religiöse Angelegenheiten betrifft, kommt man bei den Leuten mit Gewalt nicht weiter.« Sie grinst und schiebt sich noch einen großen Bissen Aubergine in den Mund. »Glaub mir, ich hab's versucht.«

»Deine Pflicht ist es, dein Leben so zu führen, dass Brad bemerkt, was Christus in deinem Leben bewirkt hat«, erklärt Sarah. »Er wird sich zu Christus hingezogen fühlen, wenn er Jesu Werk in dir erkennt.«

Auf einmal erscheint mir die Verantwortung zu groß zu sein. Brad kennt mich zu gut. Ich bin keine Heilige. Ich bin nicht mal eine ehemalige Missionarin oder eine überzeugte und im Glauben wachsende Christin wie Bella. Ich bin einfach nur eine neu Konvertierte, die versucht herauszufinden, wie die ganze Sache funktioniert. Und was passiert, wenn ich's vermassle – was recht wahrscheinlich ist? Sollte seine Chance, Christi Gnade zu erfahren, tatsächlich davon abhängen, wie redlich ich mein Leben führe?

»Wie lautet Plan B?«, frage ich.

Bella lächelt. »Du bist Plan B«, erklärt sie. »Ich war Plan A.«

57

Am Montagmorgen, am Memorial Day, wache ich um acht Uhr auf und gerate in Panik. Das Bannister-Verfahren ist in vier Wochen, und ich bin mir noch nicht mal im Klaren, wie unsere Theorie zu dem Fall lautet. Noch schlimmer ist, dass ich schon in zwei Monaten heirate und nicht ansatzweise vorbereitet bin. Ich war in den letzten Wochen so mit meiner Herz-OP beschäftigt, und mein Verhältnis zu Brad war dermaßen angespannt, dass ich nicht mal an die Hochzeit denken konnte. Die Anrufe und E-Mails meiner Mutter, die unverblümten Anspielungen von Bella, die telefonischen

Rückfragen der Brautgeschäfte, in denen wir waren, blieben allesamt unbeachtet und unbeantwortet.

Ich lasse das Telefon klingeln, in der Annahme, dass es sich um einen weiteren Anruf meiner Mutter handelt. Ich rolle mich im Bett herum, schüttle mein Kissen auf und schließe die Augen. Es hat keinen Zweck. Im Geist fange ich an, eine Liste aller Dinge zu erstellen, die ich noch vor dem 5. August erledigen muss.

Meine Hochzeit, der Tag, von dem ich dachte, dass er nie kommen würde, steht kurz bevor. Und Leslie Connors, eine der organisiertesten Planerinnen des Planeten, soll ihre Hochzeit in letzter Minute auf die Beine stellen? Wie konnte ich mit einer so wichtigen Angelegenheit dermaßen in Verzug geraten?

Zu allem Übel hat Detective Anderson Brad über die Maße aufgebracht, sodass dieser es kaum erwarten kann, Rache zu nehmen. Das weiß ich, weil Brad mich um 8.30 Uhr anruft.

»Habe ich dich geweckt?«, fragt er.

»Nicht, wenn du nicht schon vor einer halben Stunde angerufen hast.«

Eine Pause sagt mir, dass dem so war. »Tut mir leid. Wolltest du heute in die Kanzlei kommen?«

Er formuliert es als Frage, aus Rücksicht auf mein Herz. Aber ich weiß, was er wirklich sagen will. Gestern haben wir die Möglichkeit diskutiert, direkt am Dienstagmorgen einen Antrag einzureichen, um der Staatsanwaltschaft die Befugnis zur Vertretung der Anklage bei diesem Fall zu entziehen und auf diese Weise Mitchell Taylor loszuwerden. Der Antrag würde mit einem versiegelten Schriftsatz einhergehen, in dem wir Fowler unterstellen, der Mörder zu sein, und somit für die gesamte Staatsanwaltschaft ein Interessenkonflikt besteht. Um diesen Antrag zu stellen, bräuchten wir Taras Einverständnis, da sie ihr Geständnis zurückziehen und sich bereit erklären müsste, auszusagen, dass Fowler tatsächlich der Mörder ist. Mir obliegt es, Tara heute zur Rede zu stellen und herauszufinden, ob es sich wirklich so abgespielt hat.

»Bekomme ich den doppelten Stundensatz?«

»Harte Arbeit ist sich selbst ihr Preis«, erwidert Brad.

Ich schnaube verächtlich. »Woher beziehst du eigentlich immer diese Weisheiten?«

»Das ist aus dem Alten Testament. Aus dem Buch Hesekiel.«

Ich bin mir nicht sicher, ob er mich auf den Arm nimmt, also gehe ich nicht darauf ein. »Um zehn Uhr bin ich da«, sage ich und rolle mich aus dem Bett.

»Um zehn Uhr?«, ruft Brad entsetzt. »Wenn du nicht so hübsch wärst, würde ich dich feuern.«

»Bestimmt. Wahrscheinlich sagst du das auch zu Bella.«

»Das muss ich nicht«, erwidert er. »Sie ist schon da.«

»Ihr beide solltet euch echt mal ein Leben zulegen. Es ist 8.30 Uhr an einem Feiertag, und ihr seid schon in der Kanzlei?« Ich lege auf und frage mich, an was für eine Firma ich da bloß geraten bin.

* * *

Als ich eintreffe, sitzt Bella hinter dem Empfang und pafft eine Zigarette.

»Wo ist Brad?«, frage ich, während ich meinen Würgreflex unterdrücke.

»In seinem Büro und feilt an dem Antrag.«

»Ich dachte, das hier wäre ein Nichtraucherbüro.«

»Is' doch 'n Feiertag«, schnaubt sie, als wäre das Erklärung genug.

Ich schaffe es durch den Empfangsbereich, ohne einen weiteren Atemzug nehmen zu müssen. Tatsächlich halte ich, nur um sicherzugehen, die Luft den ganzen Flur hinunter an, bis ich mein Büro erreicht habe. Ich überfliege ein paar juristische Memos, die Bella mir in mein Posteingangsfach gelegt hat. Darunter liegen zwei Brautmagazine. Bella hat einige Seiten mit rosa Haftnotizzetteln markiert. Ich weiß, dass sie nur helfen will, aber der Anblick der Zeitschriften löst eine neue Panikattacke bei mir aus.

Zwei Monate. Nur noch zwei lausige Monate.

Auf einmal ist mir die Lust auf Arbeit vergangen, also fahre ich meinen Computer hoch und mache mich im Internet auf die Suche nach allem, was mit Hochzeiten zu tun hat. Als Erstes suche ich nach einem geeigneten Raum für die Feier. Ein paar Minuten später meine ich Bella den Gang hinunter auf mein Büro zukommen zu hören. Ich minimiere die Webseite der Williamsburg Lodge und klicke auf das Outlook-Symbol. Als ich mich zur Tür wende, sehe ich Bella im Türrahmen stehen.

»Schon was gefunden?«, fragt sie.

Meine Wangen werden ein wenig heiß. *Warum sollte ich mich dafür schämen, dass ich an einem Feiertag Zeit damit verbringe, meine Hoch-*

zeit zu planen? Es ist ja nicht so, als würde ich mir sonst nicht den Rücken für die Kanzlei krumm machen. »Nicht wirklich«, sage ich und maximiere die Williamsburg-Lodge-Seite wieder auf volle Bildschirmgröße.

Bella kommt zu mir herüber und greift nach der Maus. Sie klickt ein paar Dinge an und schüttelt dann missbilligend den Kopf. »Für den gleichen Preis könntest du das Kingsmill bekommen.«

»Hä?«

»Warte hier«, sagt sie, als würde ich mich sonst zum Fenster rausschleichen. Ein paar Minuten später ist sie wieder da mit einem dicken schwarzen Ringhefter unter dem Arm. Auf dem Deckel steht *Verfahrensmappe: Parish-Fall.* Sie lässt ihn vor mir auf den Schreibtisch fallen.

Mir verknotet sich der Magen. Noch mehr Verantwortung bin ich im Moment nicht gewachsen – wenn Brad versuchen sollte, diesen Fall auf mich abzuwälzen, einen Fall, von dem ich bis heute nicht mal etwas gehört habe ...

»Schlag mal auf«, sagt Bella.

Als ich ihrer Aufforderung Folge leiste, stelle ich fest, dass auf der ersten Seite *Verhandlungstermin: 5. August* in wunderschöner weißer Schrift geschrieben steht, mit einem Bild der Burton Parish im Hintergrund, der malerischen kleinen Kirche, in der wir heiraten werden. Der 5. August – unser Hochzeitstermin.

»Es wird wunderschön werden«, sagt Bella, während ich noch das Bild anstarre. Sie schaut mir mit einem selbstzufriedenen Blick über die Schulter. Der abgestandene Geruch von Zigaretten umgibt sie wie Pig Pen die Staubwolke in den *Peanuts*-Comics. Sie greift nach unten und schlägt die Seite um. »Ich dachte mir, wenn ihr zwei Süßen wirklich heiraten wollt, was ich eine Zeit lang wirklich infrage gestellt habe, dann müssen wir ein paar Entscheidungen treffen.«

Die ersten Seiten beinhalten Fotos von vier atemberaubenden Räumlichkeiten für die Feier in Colonial Williamsburg, inklusive Menüvorschlägen und Preisen. Für jede davon gibt es eine Broschüre, die Bella ordentlich in kleine Plastikfächer gesteckt und auf die Seiten geklebt hat. Ich blättere zur nächsten Seite vor – einer Liste, inklusive Telefonnummern und Angeboten, von drei verschiedenen Fotografen. Neben dem in der Mitte hat sie *mein Favorit* gekritzelt.

»Vorne am Empfang habe ich Arbeitsproben von ihnen«, sagt sie stolz.

»Du bist unglaublich, Bella.« Ich könnte sie umarmen, aber wahrscheinlich habe ich ihr Kontingent für Umarmungen für diesen Monat schon aufgebraucht. Ich schlage die Seite um. *Bluttest für sie und ihn,* steht dort. *Dr. Satterwhite, 9.30 Uhr, 23. Juni.*

Ich verdrehe den Hals und schaue zu Bella hoch. »Weiß Brad schon davon?«

Sie schüttelt den Kopf und ihr rundes Gesicht strahlt vor Stolz. »Aber dafür habe ich am Ende ein großzügiges Budget auf seine Kosten einkalkuliert. Sie lächelt. »Er wird vielleicht ein paar seiner Spielzeuge verkaufen müssen.«

Auf der nächsten Seite sind Fotos von Torten abgebildet zusammen mit Preisen und Verkostungsterminen. Dann gibt es eine Seite, auf der einfach nur *Einladungen* zu lesen ist. Unter dieser Überschrift steht *Siehe ergänzenden Hefter.*

»Es gibt noch mehr?«, frage ich.

»Natürlich. Ich habe Sammelalben voller Muster-Einladungen erstellt.«

»Wow!«

Ich blättere noch etwas weiter. Bella hat nichts ausgelassen. Sie hat sogar Restaurants für das Essen mit den Mitwirkenden der Hochzeitsprobe ausgesucht und eine Mitteilung an die Gäste verfasst, in welchen Läden sie sich in die Geschenkeliste eintragen können. »Das ist unglaublich«, sage ich zum zweiten Mal. »Du hast an alles gedacht.«

»Na ja, nicht ganz«, gesteht Bella. »Das deckt nur die Hochzeit selbst ab. Was die Flitterwochen angeht, seid ihr zwei auf euch gestellt.«

Ich schlage die Hände vor den Mund, starre den Hefter an und versuche einfach nur diesen unglaublichen Akt der Freundschaft zu verarbeiten. Bella, die wahrscheinlich spürt, dass sich gerade ein emotionaler Moment anbahnt, blättert schnell zur ersten Seite zurück und beginnt mit der Beschreibung der einzelnen Party-Räumlichkeiten.

Mein Telefon klingelt, und Bella geht dran. »Sie ist beschäftigt«, erklärt sie Brad. »Sie steckt gerade mitten in einer wichtigen Recherche und darf auf keinen Fall gestört werden.« Bella legt auf und lächelt mich an.

»Das lockt ihn auf jeden Fall hierher«, sagt sie. »So könnt ihr gemeinsam entscheiden, wo die Feier stattfinden soll.«

»Du bist unverbesserlich«, seufze ich.

Bellas Augen sind auf ihre Armbanduhr gerichtet. Sie wartet ein paar

Sekunden, zählt dann: »Fünf ... vier ... drei ... zwei ... eins ...« und blickt zur Tür.

Es dauert ein paar weitere Sekunden, bis Brad den Kopf zur Tür hereinsteckt.

»Warum hat das so lange gedauert?«, fragt sie ihn.

58

Kurz vor 18 Uhr mache ich mich auf den Weg zum Haus der Bannisters. Ich hatte am Nachmittag angerufen und erklärt, dass ich noch mal mit Trish und Tara sprechen müsse. »Wir veranstalten heute Abend ein kleines Familien-Grillfest«, sagte Trish. »Warum leisten Sie uns dabei nicht Gesellschaft?«

Auf dem Weg dorthin muss ich an Jamie denken. Wie sollte ich auch nicht? Das erste Mal, dass ich den Bannisters einen Besuch abstattete, hat er mich angespuckt. Aber ich kann es ihm nicht verübeln. Der Junge leidet am Tourettesyndrom. Außerdem hat Spucke in den vergangenen Tagen eine vollkommen neue Bedeutung für mich angenommen.

Die Offenbarung wurde mir an einem Freitagvormittag zuteil, als ich den zweiten Tag in Folge zu Hause geblieben war. Als ich Bella davon erzählte, wie ich auf dem OP-Tisch zu Christus gefunden hatte, machte sie mir klar, dass ich nun anfangen müsse, die Bibel zu lesen. »Drei Kapitel, jeden Tag«, wies sie mich an, »ob dir danach ist oder nicht.« Ihr zufolge war das derselbe Rat, den sie von Sarah erhalten hatte, als sie selbst zur Christin wurde. Direkt am Donnerstagmorgen lieferte sie eine brandneue Bibel bei mir zu Hause ab.

»Fang mit dem Johannesevangelium an«, meinte Bella. »Wenn du erst das erste Buch Mose liest, wirst du schon bei der Völkertafel aufgeben.«

Am Donnerstag fing ich mit meiner Lektüre an. Am Freitagmorgen war ich bereits bei Kapitel neun. Als ich das Kapitel halb durchgelesen hatte, musste ich die Bibel beiseitelegen, um darüber nachzudenken.

Unterwegs sah Jesus einen Mann, der von Geburt an blind war. »Meister«, fragten die Jünger ihn, »warum wurde dieser Mann blind geboren?

Ist es wegen seiner eigenen Sünden oder wegen der Sünden seiner Eltern?«

Die Frage erregte sofort meine Aufmerksamkeit. Ich musste an die pinkfarbene Karte an meinem Kühlschrank denken. Warum kommen böse Menschen ungestraft davon? Und eine Frage, die in dieselbe Richtung geht: Warum müssen die Unschuldigen leiden? Mir kamen Jamie und sein Tourettesyndrom in den Sinn. Wer hatte gesündigt – Jamie oder seine Eltern?

Christi Antwort lautete: *»Es lag nicht an seinen Sünden oder den Sünden seiner Eltern. Er wurde blind geboren, damit die Kraft Gottes an ihm sichtbar werde.«* Dann tat Christus etwas absolut Erstaunliches für den blind geborenen Mann: Er spuckte auf den Boden und formte etwas Schlamm mit seiner Spucke, den er auf die Augen des Mannes strich. Damit heilte er ihn. *Wow!*, dachte ich. *Das ist ein Messias, der sich die Hände schmutzig macht – ein Heiler, der sich nicht scheut, jene zu berühren, die von anderen ignoriert oder gemieden werden.*

Ich musste an meine eigene Reaktion auf Jamie denken, wie ich ihm aus dem Weg gegangen war, weil er mir so viel Unbehagen bereitet hatte. Wie macht sich Gott in Jamies Leben bemerkbar? Ich dachte an die Art, wie liebevoll Jamie sich an seine Mutter gekuschelt hatte, und wie er mit seiner Schwester in der Schule abhing – die Art, wie Jamie etwas Vernunft in seine Familie brachte, indem er einfach nur Jamie war. Ich dachte daran, wie er jeden Tag aufs Neue mit seinem Tourette zurechtkam, und schämte mich, als ich mein Verhalten gegenüber Jamie mit dem Verhalten von Christus gegenüber dem blinden Mann verglich. Spucke hatte mich vertrieben. Christus hingegen nutzte sie als heilenden Balsam. Im Geiste hörte ich C. S. Lewis mich erneut tadeln: *»… dass wir selbst es in diesem Jahr, in diesem Monat oder höchstwahrscheinlich an diesem Tag schon versäumt haben, das Verhalten zu praktizieren, das wir von anderen Leuten erwarten.«* Ich schloss die Augen und betete dafür, dass ich mich bei meiner nächsten Begegnung mit Jamie ehrenhafter verhalten würde.

Später am selben Tag teilte ich meine Offenbarung Bella am Telefon mit. Sie hatte eine sehr viel pragmatischere Betrachtungsweise dieser Passage zu bieten. »Der Teil hat mir auch immer Rätsel aufgegeben«, sagte sie. »Ich meine, warum hat Christus den Kerl nicht einfach mit seinen Worten geheilt, anstatt einen Matschkuchen dafür zu verwenden?«

»Ja«, erwiderte ich. »Genau das habe ich mich auch gefragt.«

»Weißt du, was ich glaube?«

Ich wusste, dass sie es mir sowieso verraten würde, also wartete ich einfach ab.

»Das beweist nur, dass Christus selbst die ekeligsten Dinge im Leben in einen Segen verwandeln kann«, fuhr sie fort. »Ich bezeichne das als ›heilige Spucke‹.«

* * *

Als ich an der Tür klingele, macht Jamie mir auf. Er trägt weite Cargo-Shorts, die nur einen Ruck davon entfernt sind, ihm auf den Knöcheln zu hängen, und ein abgewetztes schwarzes T-Shirt mit einigen kleinen Löchern darin.

»Hey, Kumpel«, begrüße ich ihn.

»Die anderen sind im Garten«, erwidert Jamie, der sich umdreht und auf den hinteren Teil des Hauses zusteuert.

Ich ziehe die Haustür hinter mir zu. *Mitgefühl, Leslie!* »Und, hattest du ein schönes Wochenende?«, frage ich fröhlich.

Er reagiert nicht auf meine Frage. »Mom!«, ruft er. »Diese Anwältin ist hier.«

Trish begrüßt mich und beginnt sofort zu plaudern, während Jamie sich auf den Weg nach draußen macht. Zumindest spielt er keine Videospiele.

»Tara ist am Pool«, sagt Trish. »Sie hat keine besonders gute Laune. Sie wollte sich eigentlich mit ein paar Freunden treffen, aber ich habe ihr gesagt, dass Sie mit uns reden wollten.«

Na toll! Mach mich ruhig zum Buhmann. »Kann ich Ihnen bei irgendwas zur Hand gehen?«, erkundige ich mich.

Eigentlich hätte ich erwartet, dass Trish höflich ablehnt und so was sagt wie »Nein danke, wir haben alles im Griff« oder »Machen Sie es sich einfach gemütlich, während ich noch schnell den Obstsalat zubereite.« Stattdessen drückt sie mir eine Packung rohe Hamburgerbratlinge in die Hand, plus einen einzelnen ungebratenen Hamburger auf einem Teller. Ich bringe es nicht übers Herz, ihr zu sagen, dass ich kein rotes Fleisch mehr esse.

»Wenn es Ihnen nichts ausmacht«, sagt sie. »Der Grill ist neben dem Pool. Wenn Sie einfach nur diese Hamburger draufschmeißen könnten« – sie reicht mir einen Pfannenwender –, »kann ich in der Zeit ein paar Sachen hier drinnen fertig machen.« Sie bemerkt den Ausdruck auf meinem Gesicht, deutet ihn jedoch falsch. »Der auf dem Teller ist aus Soja«, erklärt sie, »Tara isst kein rotes Fleisch.«

»Oh.«

Ich gehe zum Pool raus, wo ich auf Tara stoße. Sie trägt ein kleines schwarzes Bikini-Oberteil und ein Paar Baumwollshorts über der Bikini-Hose. Und sie hüpft auf einem Trampolin mit Jamie. Seine Shorts befinden sich mittlerweile mehr auf Knie- als auf Hüfthöhe und wären mit Sicherheit komplett runtergerutscht, wenn er sie beim Hüpfen nicht mit einer Hand festhalten würde.

Sie lachen beide, während Tara versucht, ihren kleinen Bruder aus dem Gleichgewicht zu bringen, indem sie immer kurz vor ihm auf dem Trampolin aufkommt, sodass er hochkatapultiert wird. Erst will es ihr nicht gelingen, da er schwerer ist als sie, aber nach ein paar Sprüngen schafft sie es. Jamie fliegt höher als üblich, verliert beim Aufkommen die Kontrolle und endet als zusammengerollte Kugel auf dem Sprungtuch, während seine Schwester ihn mit ihrem wilden Gehüpfe herumkugeln lässt.

Die Anwältin in mir würde ihnen am liebsten sagen, wie gefährlich das ist. Jemand könnte sich wehtun, wisst ihr? Rückenmarksverletzungen, Lähmung, dann lacht keiner mehr. Stattdessen winke ich Tara lächelnd zu und gehe zum Grill rüber.

»Wollen Sie es mal versuchen?«, fragt sie.

»Beim nächsten Mal.«

Ein paar Minuten später schaut Trish zur Hintertür heraus. »Warum hilfst du Ms Conners nicht mit den Burgern?«, ruft sie Tara zu.

»Schon in Ordnung«, sage ich höflich, auch wenn ich spüre, dass Trish nur versucht, meiner Mandantin und mir eine Möglichkeit zu geben, eine Beziehung zueinander aufzubauen.

Tara hüpft einfach weiter.

»Tara«, ruft Trish in etwas strengerem Tonfall.

»Oh, Mann«, brummt Tara. Sie lässt Jamie noch einmal hinfallen, was eine Runde Gejammer hervorruft. Dann klettert sie vom Trampolin runter und stapft herüber, um neben mir am Grill zu stehen.

Trish sagt: »Danke, Tara« und verschwindet wieder in die Küche.

Jetzt steht Tara einfach nur mit überkreuzten Armen da. Schon bald stelle ich fest, wie schwer es ist, eine Unterhaltung mit einem schmollenden Teenager zu führen.

»Und, ist die Schule schon aus?«

»Ja.«

Gerade will ich sie fragen, ob sie schon Pläne für den Sommer hat, halte mich aber gerade noch rechtzeitig zurück. Wir alle wissen, wie ihre Pläne aussehen werden, sollte der Fall den Bach runtergehen. »Du bist ziemlich gut auf dem Trampolin«, sage ich.

Sie tut das Kompliment mit einem Schulterzucken ab. »Nicht wirklich.«

Hmmm. Worüber könnten wir noch sprechen? »Geht's deiner Mom gut?«

Das bringt mir einen Was-ist-das-denn-für-eine-bescheuerte-Frage-Blick ein. »Klar.«

Langsam wird die Unterhaltung echt schmerzhaft. Ich habe beschlossen, dass die anderen ihre Burger besser nur leicht angebraten mögen sollten. »Du siehst dich mit deinen Instant-Messages vor?«

»Natürlich.«

Es folgen noch ein paar lange Sekunden des peinlich berührten Schweigens.

»Ich glaube, ich komme hier am Grill schon zurecht, Tara.« Ich schaue zum Trampolin rüber, wo Jamie an seinem Sitzsprung feilt. »Du kannst gerne wieder rübergehen und deinen Bruder bis zur Besinnungslosigkeit herumkugeln lassen.«

»Okay.« Doch anstatt zurück zum Trampolin zu gehen, steuert Tara auf einen Liegestuhl neben dem Pool zu. Sie zieht ihre Shorts aus, trägt eine großzügige Menge Körperöl auf, setzt ihre Sonnenbrille auf und legt sich hin, um noch ein bisschen späte Nachmittagssonne zu tanken.

»Komm schon«, fordert Jamie sie vom Trampolin aus auf. »Ich hab einen neuen Trick drauf, den musst du sehen.«

Da Tara nicht antwortet, bettelt Jamie ein paar Minuten lang weiter. Gerade als ich die Burger vom Grill hole, steigt Jamie vom Trampolin, reißt sich das Shirt vom Leib und springt, noch immer mit seinen Cargo-Shorts bekleidet, mit einer Arschbombe in den Pool, sodass Tara von oben bis unten nass gespritzt wird.

»Ich werde dich umbringen!«, brüllt sie.

Welch ungünstige Wortwahl.

59

Wir nehmen das Abendessen am Tisch in der Essnische der Küche ein, mit Blick über die Natursteinterrasse, den gewaltigen Pool und den manikürten Rasen. Ich sitze an einem Kopfende des rechteckigen Tisches, Jamie am anderen - *außer Spuckweite*. Tara und ihre Mom sitzen sich gegenüber. Ich versuche die Kinder in ein Gespräch zu verwickeln, aber meine Kenntnisse über Playstationspiele, Extremsportarten und Jungs im Teenageralter sind ziemlich begrenzt, sodass wir nicht viel gemein haben.

Jamie, der sich ein Paar trockene Shorts angezogen hat, die zu seinem abgewetzten T-Shirt passen, wirft sich ständig das Haar aus dem Gesicht, blinzelt mit den Augen und zieht die Nase hoch. Die meiste Zeit isst er mit gebeugtem Kopf, aber ab und zu wirft er mir einen heimlichen Blick zu, als habe man ihm verboten, mich anzusehen. Ich versuche, ihn nicht anzustarren, wenn er sein Gesicht zu einer dieser Grimassen verzieht, als habe er gerade mit ansehen müssen, wie jemand ausgeweidet wurde. Es scheint, dass die Grimassen am heftigsten sind, wenn ich rede oder wenn ich gerade zu Ende gesprochen habe. Vielleicht spürt er, wie unwohl ich mich in seiner Gegenwart fühle, sodass sein Tourette dadurch irgendwie noch verschlimmert wird. Ich versuche mich zu entspannen, aber das führt nur dazu, dass auch ich mich immer mehr verkrampfe.

Das wird langsam zu einem echt langen Abendessen.

Nach ein paar weiteren Runden des ausgedehnten Schweigens fängt Trish ein Gespräch mit mir an, und die Kinder beginnen sich gegenseitig herauszufordern. Sie unterhalten sich darüber, welche Teile von Tieren sie für fünfzigtausend Dollar in einer dieser Realityshows essen würden. Auch wenn Trish versucht, meine Aufmerksamkeit von dem Gespräch abzulenken, bekomme ich genug mit, um festzustellen, dass Jamie so ziemlich alles verspeisen würde.

»Du bist ja krank!«, ruft Tara irgendwann.

Das zaubert ein Grinsen auf Jamies Gesicht.

»Ich habe Sie auf der Titelseite des *National Inquisitor* gesehen«, sagt Trish in einem mitfühlenden Ton zu mir, der leise genug ist, dass die Kinder nichts mitbekommen.

Doch Taras Kopf wirbelt zu uns herum, und verdutzt schaut sie mich an. »Sie waren auf der Titelseite vom *National Inquisitor*?«, fragt sie.

»Sie haben davon gehört?«, frage ich, in dem Versuch, das Thema zu wechseln.

»Natürlich. Wer hat das nicht?«

»Ich«, meint Jamie.

»Weswegen?«, fragt Tara.

»Das ist nicht so wichtig«, meint ihre Mom.

Warum haben Sie mich dann überhaupt danach gefragt?, will ich am liebsten sagen. Aber das kann ich mir sparen, da Tara wohl gerade der gleiche Gedanke gekommen ist.

»Du kannst nicht irgendwelche Andeutungen machen und dann einfach ›Ach, vergiss es‹ sagen‹, rügt Tara ihre Mutter. Dann wendet sie sich wieder mir zu. »Warum waren Sie auf der Titelseite des *National Inquisitor*?«

Ich erkläre ihnen die ganze Geschichte mit Brandon, wobei ich peinlich genau darauf achte, jeglichen Hinweis auf mein krankes Herz auszulassen. Wie Brandon schon sagte, fallen die Leute andauernd und aus allen möglichen Gründen im Fitnessstudio um.

»Sie haben's echt voll drauf!« verkündet Tara, als ich mit meiner Geschichte fertig bin. »Meine Freunde finden Sie jetzt schon cool. Warten Sie ab, was die erst sagen, wenn ich ihnen das zeige!«

Na toll. Meine einzige Hoffnung besteht darin, dass die entsprechende Zeitung an den Zeitungsständen bereits durch den jüngsten Skandal dieser Woche ausgetauscht wurde.

»Ms Connors kann es bestimmt nicht gebrauchen, dass sich diese Geschichte in der gesamten Virginia Beach Academy verbreitet«, meint Trish. Aber ich kann an dem Ausdruck in Taras Augen erkennen, dass das Kind bereits in den Brunnen gefallen ist. »Ich glaube, wir sollten es einfach dabei belassen.«

Jamie verzieht das Gesicht zu einer Grimasse.

»In Ordnung«, meint Tara. Aber als sie mich anblickt, sehe ich das Funkeln in ihren harten braunen Augen. Mir kommt in den Sinn, wie selten ich Leben darin gesehen habe. »In welchem Fitnessstudio trainieren Sie?«, fragt sie. »Da will ich mich auch anmelden!«

* * *

Nach dem Essen kümmert sich Trish um den Abwasch, Jamie hat sich vor seinen Computer zurückgezogen, und mir bietet sich endlich die Gelegenheit, mit Tara unter vier Augen zu sprechen. Wir sitzen am Tisch im Esszimmer, wo sich Tara in einer einstudierten Trotzhaltung mit überkreuzten Armen auf ihrem Stuhl herumlümmelt. Ich berichte ihr von den jüngsten Entwicklungen in unserem Fall, darunter auch Mitchell Taylors Zurückweisung des Deals, den ich Harlan Fowler unterbreitet hatte.

»Deswegen wollte ich nicht, dass Sie jedermann erzählen, was dieser Mistkerl mir angetan hat«, sagt sie. »Jetzt halten mich alle für eine Lügnerin, und Fowler wird nicht mehr bereit sein, uns bei diesem Fall zu unterstützen.«

Da ich darauf keine überzeugende Erwiderung habe, sitze ich einen Moment lang einfach still da. Sie mag eine Entschuldigung von mir erwarten, aber ich werde mich nicht dafür entschuldigen, das Richtige getan zu haben.

»Zumindest hatten wir ein Druckmittel gegen ihn in der Hand, als noch niemand wusste, dass er versucht hat, mich anzumachen«, sagt Tara verdrießlich. Sie starrt auf die Tischplatte vor sich. »Ich hätte ihm drohen können, ihn zu verpfeifen. Jetzt, wo die Sache öffentlich gemacht wurde, lässt sich der Schaden nicht mehr rückgängig machen, und er hat keinen Grund mehr, uns zu helfen.«

»Na ja, richtig öffentlich ist die Sache nicht«, sage ich. »Mitchell Taylor und Detective Anderson wissen davon, aber die Öffentlichkeit noch nicht. Fowler hat immer noch allen Grund, uns daran zu hindern, die Sache publik zu machen.«

Genau in diesem Moment klingelt es an der Tür. Tara und ich horchen beide auf, als Trish hingeht und öffnet. Wie sich herausstellt, steht eine Handvoll von Taras Freunden vor der Tür. Sie brüllt ihnen zu, dass sie ins Esszimmer durchkommen sollen. Dann stellt sie mich ihnen vor, wobei sie anscheinend beschlossen hat, sich die Prahlerei über meinen Auftritt auf der Titelseite des *National Inquisitor* für später aufzuheben. Dann entschuldigt sie sich und ihre Freunde für ein paar Minuten. »Ich bin gleich wieder zurück.«

Nachdem Tara ihre Freunde im Kinoraum im Keller untergebracht hat, kehrt sie an den Esstisch zurück, um unsere Unterhaltung zu Ende zu führen. »Sie haben gesagt, dass sie auf mich warten, um den Film zu starten«, erklärt sie, als deutliches Signal, mich kurzzufassen.

Ich atme einmal tief durch und hoffe auf das Beste, da mir klar ist, wie viel von diesen nächsten Minuten abhängt. »Brad glaubt, dass Harlan Fowler deinen Dad erschossen hat«, sage ich. »Er meint, Fowler könnte ein Verhältnis mit deiner Mutter gehabt haben oder zumindest im Begriff gewesen sein, eine emotionale Bindung zu ihr ...«

Tara gibt kurz ein verächtliches kleines Lachen von sich, gefolgt von einem sarkastischen Grinsen. Dann versteinert sich ihre Miene wieder.

»Er glaubt, dass du an jenem Abend nach Hause gekommen bist und deinen Dad tot aufgefunden hast. Er meint, Fowler hätte dich überredet, den Mord auf deine Kappe zu nehmen, und zwar unter der Voraussetzung, dass du nach Jugendstrafrecht verurteilt werden würdest und Fowler dir zusätzlich ein mildes Urteil verschafft. Brad glaubt auch, dass Fowler dir so was wie die Hälfte der Versicherungssumme versprochen hat. Außerdem meint er, dass Fowler dir erzählt hat, dass niemand auch nur einen Cent kassieren könnte, wenn er wegen Mordes verurteilt würde, weil er der Begünstigte der Police sei. Vielleicht hat Fowler Detective Anderson dazu überredet, den Test zur Überprüfung der Schießpulverrückstände an deinen Händen zu manipulieren.«

Ich beobachte Taras Gesicht genau, doch sie zeigt keinerlei Regung. Es kommt mir vor, als würde ich den Mount Rushmore mit Kieselsteinen bewerfen – die Worte treffen ihr Ziel, ohne aber irgendetwas zu bewirken.

»Brad und ich hielten es beide für etwas ungewöhnlich, dass Fowler als Erster am Tatort war. Deiner Mutter sagte gegenüber der Polizei aus, dass sie ihn direkt anrief, nachdem sie mit dir nach unten gegangen war, um sich die Leiche anzusehen. Andererseits hattest du bereits ein paar Minuten zuvor den Notruf gewählt. Also ist es irgendwie merkwürdig, dass Fowler zuerst eintraf. Außerdem hast du in deiner Aussage der Polizei gegenüber nie erwähnt, dass deine Mutter Fowler angerufen hat.«

»Vielleicht habe ich es einfach vergessen.«

»Vielleicht.« Ich halte inne. *Mann, ich wünschte, sie würde mir ins Gesicht sehen.* »Aber vielleicht hast du deinen Stiefvater überhaupt nicht getötet. Vielleicht war es Fowler, der gedroht hat, dir den Mord in die Schuhe zu schieben, wenn du nicht kooperierst, dich aber reich machen wollte, wenn du mitspielst.«

Jetzt schaut mich Tara doch noch mit ihren leblosen braunen Augen an. »Was, wenn es so war?«, fragt sie.

»Dann würden wir einen Antrag einreichen, sämtlichen Vertretern der Staatsanwaltschaft, inklusive Mitchell Taylor, die Befugnis zur Vertretung der Anklage für diesen Fall zu entziehen. Wir würden versuchen, im Verlauf des Verfahrens zu beweisen, dass Fowler deinen Stiefvater ermordet hat. Du müsstest dein ursprüngliches Geständnis, das du gegenüber der Polizei abgelegt hast, widerrufen und unter Eid aussagen, was wirklich passiert ist. Dafür würden sie dich im Kreuzverhör durch die Hölle gehen lassen.«

Ich lege eine Pause ein, um ihr die Gelegenheit zu geben, sich das alles durch den Kopf gehen zu lassen. Es gibt noch weitere Auswirkungen, aber fürs Erste hat sie genug, über das sie sich Gedanken machen kann.

»Aber, Tara«, sage ich, wobei ich mich vorlehne und jedes Wort betone, »ich bin nicht bereit, meine Beweisführung auf einer Lüge aufzubauen. Ich habe dir erzählt, was Brad glaubt. Und das meiste davon klingt plausibel. Aber du bist die Einzige, die weiß, was passiert ist. Hat es sich wirklich so zugetragen? Hat Fowler deinen Stiefvater ermordet und dich erpresst, damit du die Schuld auf dich nimmst?«

Sie wirft einen forschenden Blick in meine Augen, als suche sie darin nach einer Antwort. Dann nickt sie kaum merklich mit dem Kopf und schiebt trotzig das Kinn vor.

»Genau so hat es sich zugetragen«, erklärt sie.

60

Am Dienstagmorgen reichen Brad und ich den Antrag ein, in dem wir das Gericht bitten, die Staatsanwaltschaft aufgrund eines Interessenkonflikts von der Verhandlung unseres Falls auszuschließen. Der Antrag ist bewusst undeutlich formuliert. Wir geben an, dass die sachdienlichen Beweise zur Untermauerung des Antrags in dem »beigefügten Schriftsatz aufgeführt werden, der versiegelt eingereicht wurde«.

Um den Schriftsatz versiegelt einreichen zu können, mussten wir vorher einen der Richter anrufen und eine Verfügung erwirken. So konnten wir unseren Schriftsatz »versiegeln«, was bedeutet, dass er von der Öffentlichkeit nicht eingesehen werden kann. Das ist laut Brad der sicherste Weg, um dafür zu sorgen, dass sich die Medien auf den Fall stürzen werden. Sie werden mit allen Mitteln versuchen, den offensichtlich pikanten Schriftsatz »entsiegeln« zu lassen, um herauszufinden, was darin geschrieben steht. »Das ist so, als würde man sich das Handgelenk aufschlitzen und dann mit den Haien schwimmen gehen«, sagt er. »Die werden sich um die Geschichte reißen, dass uns Hören und Sehen vergeht.«

Brad ist fest entschlossen, den Haien etwas für ihre Mühe zu bieten. Er scheint geradezu begeistert von dem Gedanken zu sein, den Einsatz bei diesem Fall zu erhöhen, und sagt kühn voraus, dass Fowler Mitchell Taylor zwingen wird, unser Angebot anzunehmen, sobald die beiden unseren Schriftsatz gelesen haben. »Die werden wie die Grashalme einknicken«, prophezeit mein allzeit optimistischer Verlobter.

In diesem Schriftsatz umreißt Brad die Beweise gegen Fowler und wirft dabei ein paar brisante Details von Fowlers Übergriff auf Tara in Las Vegas, Fowlers Spielschulden und Fowlers angeblich geplanten Versicherungsbetrug mit in den Topf. Das Einzige, was in dem Schriftsatz ausgelassen wird, ist die vermeintliche Affäre zwischen Fowler und Trish Bannister. Brad hatte sie in seinem ersten Entwurf erwähnt, aber ich weigerte mich, das Dokument zu unterschreiben, bis auch der letzte Hinweis auf das Verhältnis entfernt war. Ich glaube immer noch nicht daran, dass Trish eine Affäre hatte, und selbst wenn es so war, müssen wir das in unserem Schriftsatz nicht erwähnen.

»Falls es dank diesem Antrag zu einer Anhörung kommt«, warnt mich Brad, »werden wir die Affäre erwähnen müssen – sie bietet ein starkes Motiv.«

»Ich weiß. Aber lass uns damit warten, bis es nicht mehr anders geht.«

Ich reiche die Anträge und Schriftsätze persönlich bei Gericht ein und liefere dann jeweils eine Kopie an die Staatsanwaltschaft und das Büro von Mack Strobel aus. Während ich zu Fuß unterwegs bin, blicke ich immer wieder über die Schulter, und im Auto sehe ich ständig in den Rückspiegel, aber ich kann keine Verfolger entdecken. Nachdem ich die Papiere abgeliefert habe, rufe ich mehrmals bei Strobel an, aber seine Sekretärin wimmelt mich immer wieder ab. Strobels Widerwille, meine Anrufe entgegenzunehmen, macht mich nervös. Erst Julio, jetzt Mack.

Während ich durch die Stadt fahre und diese juristischen Bomben ablade, wandern meine Gedanken immer wieder zu meinem nächsten chirurgischen Eingriff bei Dr. Maholtra. Der Schmerz des durch den Alkohol ausgelösten Herzinfarkts geistert noch immer wie ein Phantom in meiner Erinnerung herum wie der kopflose Reiter aus der Legende um *Sleepy Hollow*. Ich werde die Erinnerung an diesen kalten, sterilen OP-Raum nicht los oder an die Angst, die meinen Körper zerrüttet hatte, während ich darauf wartete, dass der Alkohol sich seinen Weg durch meine Arterien bahnte und mein Herz erreichte. Ich fürchte den Tod nicht mehr so sehr wie früher. Aber mein neu gefundener Glaube kann mir nicht die Angst vor den Schmerzen nehmen, eine Angst, die mich fest im Griff hat. Das erklärt vielleicht auch das beengte Gefühl, das ich heute in der Brust verspüre. Vielleicht ist aber auch meine HCM die Ursache oder der Stress, den dieser Fall bei mir auslöst. Vielleicht ist es auch die Erinnerung, wie Detective Anderson die Fotos vor mir ausbreitet und dabei wie ein Blackjack-Kartengeber lächelt, der die ganze Zeit ein As in der Hinterhand hat, während ich gerade die Farm verzocke.

Langsam wird mir klar, warum Anwälte das höchste Herzinfarktrisiko unter allen Berufsgruppen haben.

* * *

Am Donnerstagmorgen erwidert Mitchell Taylor das Kanonenfeuer mit einem eigenen versiegelten Schriftsatz, in dem er unseren Antrag als »ungerechtfertigt« bezeichnet, als »den verzweifelten Versuch einer verzweifelten Angeklagten, die Aufmerksamkeit des Gerichts von den eigentlichen Fragen des Falls abzulenken«. Mitchells Schriftsatz kommt mit einem Bescheid über eine Anhörung am Freitag daher, die unter Ausschluss der Öffentlichkeit stattfinden soll. Der Schriftsatz argumentiert, dass unser Antrag, in dem wir Fowler beschuldigen, jeglicher Grundlage entbehrt und der Fall dem Staatsanwalt daher nicht entzogen werden sollte.

So viel zu Brads Voraussage, dass diese Leute sofort auf unseren Deal eingehen werden, sobald sie unseren Schriftsatz gelesen haben. Nachdem ich mir Mitchells Schriftsatz durchgelesen habe, mache ich mich auf den Weg zu Brads Büro und marschiere strammen Schrittes an Bellas Empfangstresen vorbei.

»Ich würde da nicht reingehen, wenn ich du wäre«, warnt sie mich.

Ich höre nicht hin. Die Anhörung ist schon in zwei Tagen, und wir haben noch eine Menge zu erledigen. Ich schiebe die Tür auf und stürme in den Raum. »Die werden wie die Grashalme einknicken«, sage ich mit vor Sarkasmus triefender Stimme. »Ich glaube, das waren deine genauen Worte.« Ich wedele mit dem Schriftsatz in der Luft herum. »Das sieht mir ganz und gar nicht nach Grashalmen aus.«

Brad starrt mich von seinem Schreibtisch aus an, aber damit ist er nicht allein. Vor seinem Tisch, halb auf seinem Stuhl herumgedreht, gafft mich kein anderer als Brandon Matthews ebenfalls an.

Ich erstarre.

»Ich glaube, ihr beide kennt euch bereits«, sagt Brad.

Ich spüre, wie mein Gesicht heiß wird, und murmele eine unbeholfene Entschuldigung. »Mir war der Vorfall im Fitnessstudio einfach so furchtbar peinlich. Und später wurde die ganze Situation so unangenehm, dass ich nicht wusste, was ich sagen soll.«

»Sie brauchen sich deswegen keinen Kopf zu machen«, meint Brandon. »Wirklich nicht. Wahrscheinlich hätte ich mich genauso verhalten.«

Dann lassen wir beide ein paar Minuten lang Dampf ab – insbesondere über die Idioten beim *National Inquisitor* wie auch über den beklagenswerten Zustand des amerikanischen Journalismus im Allgemeinen. Irgendwann während unserer Unterhaltung lasse ich mich auf die kleine Ledercouch fallen, die in Brads Büro steht. Das Telefon klingelt, und Brad drückt die Lautsprechertaste.

»Leitung eins«, bellt Bella. »Der örtliche Fernsehsender WVEC.«

Brad setzt sein Headset auf, gibt uns ein Zeichen mit dem Finger und steht auf, um herumlaufen zu können. »Dazu kann ich keinen Kommentar abgeben. Der Schriftsatz wurde unter Verschluss eingereicht.«

Während Brad redet, lehnt sich Brandon mir entgegen und mustert mich mit seinem Schlafzimmerblick. Er trägt ein hautenges T-Shirt und eine sehr enge Jeans. Seine Haare sind zu einem kurzen Pferdeschwanz zurückgebunden.

»Ich habe Sie schon länger nicht mehr im Fitnessstudio gesehen«, sagt er. »Geht es Ihnen gut?«

»Ich stecke mitten in den Hochzeitsvorbereitungen, da bleibt nicht viel Zeit zum Trainieren.«

»Oh.« Er schaut über die Schulter zu Brad, dann wieder zurück zu mir. »Man würde niemals vermuten, dass Sie nicht trainieren. Brad ist ein echter Glückspilz.«

Ich spüre, wie mir erneut das Blut in den Kopf schießt. »Danke.« Ich werfe Brad einen spitzen Blick zu, der mich einfach ignoriert, während er mit dem Reporter am Telefon quatscht.

»Ich denke, Sie können wohl davon ausgehen, dass es sich um ziemlich schockierende Fakten handelt«, sagt er gerade. »Richter versiegeln Gerichtsakten nicht ohne Grund. Sie wissen ja, was die vom ersten Zusatzartikel und der freien Presse halten.« Er gluckst, meinen Leg-endlich-auf-Blick weiter ignorierend.

»Tatsächlich haben Brad und ich gerade über Sie gesprochen«, gesteht Brandon. »Ich habe ihm gesagt, wie toll ich es fände, wenn Sie bei meiner Verhandlung mit am Tisch der Verteidigung sitzen und vielleicht sogar ein paar der Zeugen vernehmen würden.« Brandons Stimme klingt gelassen, aber seine großen, verständnisvollen blauen Augen sehen mich flehend an. Er schlägt die Beine übereinander und senkt die Stimme noch ein bisschen. »Ehrlich gesagt, würde es nicht schaden, eine Frau auf meiner Seite des Gerichtssaals sitzen zu haben.«

Genau in diesem Moment schaut Brad zu mir herüber, und meine Augen schießen ihm brennende Pfeile entgegen. Dieses Mal sollte er mich besser nicht ignorieren.

»Das ist alles, was ich im Moment sagen kann«, sagt er in sein Headset. Er signalisiert mir mit erhobenem Finger, mich kurz zu gedulden, dann erklärt er seinem Anrufer, dass er das Gespräch jetzt wirklich beenden muss.

»Das würde ich sehr gern«, sage ich zu Brandon. Noch während sich meine Lippen bewegen, bete ich um Vergebung für diese Unwahrheit. Na gut, für diese Lüge. »Aber Ihr Prozess beginnt nächste Woche, und ich verhandle meinen ersten Mordfall schon zwei Wochen später. Es geht also leider wirklich nicht.«

Brad legt das Headset ab und lässt sich wieder in seinen Sessel fallen.

»Brandon hat mir gerade erzählt, wie ihr beide meine Beteiligung an seinem Fall diskutiert habt«, sage ich betont fröhlich zu Brad. Und zwar in diesem Tonfall, der andere glauben lässt, alles sei in Ordnung, aber Brad klarmacht, dass er später dafür büßen wird. »Und ich erklärte Brandon gerade, dass seine Verhandlung sich wahrscheinlich direkt mit dem Beginn des Bannister-Verfahrens überschneidet.«

»Na ja, wir haben am Tisch der Verteidigung ein wenig Testosteron-Überschuss«, meint Brad. »Da dachten wir uns, dass eine hübsche, kultivierte, kluge Frau wie du ein bisschen Ausgleich ins Team bringen könnte.«

Brandon nickt mit seinem gesamten Körper, aber ich kaufe ihm diese Nummer nicht eine Sekunde lang ab. »Das ist das Durchschaubarste, was du je zu mir gesagt hast, Brad Carson. Wenn du glaubst, deine Schmeicheleien würden –«

»Nein, das ist es nicht«, fällt mir Brad ins Wort.

»Nicht was?«

»Das ist nicht das Durchschaubarste, was ich je gesagt habe.«

Sofort ist mir klar, dass das Gespräch wie einer dieser Klopf-klopf-wer-ist-da-Witze ablaufen soll. An dieser Stelle muss ich ihn fragen, was das Durchschaubarste war, das er jemals zu mir gesagt hat. Stattdessen blicke ich ihn finster an und weigere mich, ihm selbst diese kleine Freude zu gewähren.

»Das Durchschaubarste war«, er lässt sich von meiner mangelnden Kooperation nicht aus der Ruhe bringen, »als ich dir gesagt habe, dass ich dich wegen deines Verstandes liebe.«

Aus dem Augenwinkel sehe ich, wie sich Brandons Lippen kurz zu einem kleinen Lächeln kräuseln, bevor er sie wieder in eine gerade Linie zwingt. Anscheinend ist er sich nicht sicher, ob ich Brads Spruch gelassen hinnehmen oder an die Decke gehen werde.

In diesem Moment weiß ich es selbst nicht so genau.

61

Nachdem Brandon gegangen ist, bekommt Brad einiges von mir zu hören. Ich beginne mit meinem Kreuzverhör. »Was versuchst du mir anzutun?« »Weißt du nicht, wie sehr mich Brandons Fall anwidert?« »Warum hast du ihm nicht direkt von Anfang an gesagt, dass ich nicht mitmachen kann, anstatt das mir zu überlassen?« »Was hast du dir nur dabei gedacht?«

Brad weiß, dass er keine dieser Fragen wirklich beantworten soll, also wartet er geduldig ab, bis ich mich abreagiert habe. Nach ein paar weiteren

Fragen habe ich genug Dampf abgelassen und lasse mich auf sein Sofa plumpsen.

»Du kannst deine Meinung jederzeit ändern.«

»Bradley Carson, wenn du auch nur vorschlagen willst –«

Er hebt kapitulierend die Hände. »Okay, okay, ich habe verstanden. Du wirst uns nicht bei Brandons Verfahren unterstützen. Schon in Ordnung.«

»Aber ich verstehe nicht, warum du diese Idee nicht schon im Keim erstickt hast«, erwidere ich. So leicht lasse ich ihn nicht davonkommen. Eine Kapitulation sollte immer ein wenig schmerzhaft sein. »Du hast dafür gesorgt, dass ich Nein sagen musste. Warum hast du ihm den Gedanken nicht direkt ausgetrieben, als er ihn zum ersten Mal äußerte?«

Brad betrachtet mich einen Moment und lässt die Stille sich weiter aufbauen. »Willst du wirklich eine Erklärung hören? Oder willst du nur, dass ich noch ein bisschen vor dir zu Kreuze krieche und mich weiter entschuldige?«

»Eigentlich habe ich überhaupt keine Entschuldigung gehört«, sage ich. »Aber was ich wirklich hören will, ist eine Erklärung.« Jetzt sollte er sich besser etwas wirklich Überzeugendes einfallen lassen.

Er starrt eine Weile vor sich hin und beginnt dann mit Bedacht zu sprechen. »Brandon wird uns ein Stück weit bei dem Bannister-Fall helfen können, Leslie. Als ich das erfuhr, habe ich es nicht übers Herz gebracht, seine Bitte einfach abzulehnen, ohne dich überhaupt gefragt zu haben.«

»Was meinst du mit ›er wird uns ein Stück weit beim Bannister-Fall helfen‹?« Ich kreuze die Arme vor der Brust und setze mein strenges Gesicht auf.

Er reibt sich kurz das Gesicht. »Das kann ich dir nicht sagen. Du musst mir einfach vertrauen.«

»Was heißt, du kannst es mir nicht sagen?« Auf einmal habe ich das Gefühl, dass jeder, inklusive meines Verlobten, seine Spielchen mit mir treibt.

»Du musst mir bei dieser Sache einfach vertrauen, Leslie.« Er kommt hinter seinem Schreibtisch vor, schiebt ein paar Unterlagen beiseite und setzt sich vor mich auf die Kante. Er ist jetzt nicht mal einen Meter von mir entfernt. »Brandon hat ein paar Informationen, die uns im Bannister-Verfahren helfen könnten. Aber hier kommt das Problem«, Brads stahlblaue Augen blicken mich durchdringend an, »einige Richter in Virginia

Beach neigen dazu, die Staatsanwaltschaft stark zu bevorzugen. Ihnen schmeckt es nicht, dass uns die Anklage Einsicht in ihre Unterlagen gewähren muss, während wir ihnen eigentlich weder verraten müssen, wen wir als Zeugen aufrufen, noch welche Beweise wir vorlegen werden. Sie glauben, dass diese Regelung die Angeklagten auf unfaire Weise begünstigt.«

Das ist mir nicht gerade neu. »Und?«

»Und deswegen sind diese Richter bereit, bestimmte Dinge zu tun, um für gleiche Bedingungen zu sorgen. Zum Beispiel könntest du einen beliebigen Antrag stellen, und der Richter würde sagen: ›Also, Ms Connors, haben Sie irgendwelche weiteren Beweise, die nahelegen, jemand anderes könnte Mr Bannister getötet haben?‹ Oder: ›Ms Connors, haben Sie irgendwelche anderen Beweise, die nahelegen, die Polizei könnte versucht haben, Ihrer Mandantin den Mord anzuhängen?‹ Dabei geht es darum, dass der Richter diese Fragen bei einer Anhörung lange vor dem eigentlichen Verfahren stellen wird, um dich zu zwingen, deine Karten offen auf den Tisch zu legen. Wenn du dem Richter nichts lieferst, aber später versuchst, etwas davon bei dem Verfahren anzubringen, wird er dir vorwerfen, dem Gericht und der Anklage Informationen vorenthalten zu haben. In manchen Fällen wird der Richter die Beweise dann komplett ausschließen.«

Ich atme tief durch und löse meine verschränkten Arme. »Ich verstehe immer noch nicht, was das alles mit Brandon zu tun hat.«

»Einfach alles«, sagt Brad. »Verstehst du, Brandon kann über gewisse Dinge aussagen, die uns beim Prozess wirklich helfen werden. Aber wenn du weißt, wie seine Aussage lautet, könnte es einem dieser Richter gelingen, dir diese Informationen bei der Anhörung am Freitag oder irgendeiner anderen Vorverhandlung zu entlocken. Brandons Aussage ist uns nur von Nutzen, wenn wir sie unter Verschluss halten können. Sobald die Anklage erfährt, was Brandon zu sagen hat, wird sie einen Weg finden, das Problem bei der Verhandlung zu umgehen. Da du alle Anträge vorbringen wirst, wird der Richter auch nur dich zu den eventuell vorhandenen Beweisen befragen und nicht mich. Wenn ich der einzige Anwalt in unserem Team bin, der weiß, was Brandon aussagen wird, dann können wir Detective Anderson damit beim Prozess überfallen.«

In meinen Schläfen beginnt es zu pochen. Meint er das ernst? Erwartet er von mir, dass ich mich auf das Verfahren vorbereite, ohne zu wissen, welche potenziell überzeugenden Beweismittel wir in der Hand haben?

»Hast du gerade Detective Anderson gesagt?«, frage ich und sehe die Erleichterung in Brads Augen, als ihm klar wird, dass ich seine Anspielung mitbekommen habe.

»Ist mir das etwa gerade rausgerutscht?« Er schüttelt seinen Kopf in gespielter Enttäuschung über sich selbst. »Na ja, zumindest habe ich dir nicht verraten, dass Brandons Aussage die Glaubwürdigkeit des Detectives schwer in Mitleidenschaft ziehen könnte, sollte er es wagen, während der Verhandlung in den Zeugenstand zu treten, um auszusagen.«

* * *

Als ich auf dem Weg zu meinem Büro am Empfangsbereich vorbeischlurfe, ist Bella gerade damit beschäftigt, zwei Männer ordentlich zusammenzustauchen. Der eine trägt Jeans und ein Polohemd und ist mit einem Notizblock bewaffnet. Der andere trägt Jeans und ein T-Shirt und lässt eine klobige Kamera an der rechten Hand hin- und herbaumeln, während er Bella mit strapazierter Geduld zuhört. Ich vermute, dass es sich um ein Reporter-Team von irgendeiner Zeitung handelt.

»Ich gehe davon aus, dass Sie beide gebildete Männer sind«, sagt Bella gerade. »Wahrscheinlich haben Sie sowohl die Uni als auch das Graduiertenkolleg besucht. Und ich gehe weiter davon aus, dass Sie daher mit der Bedeutung der Worte *unter Verschluss* vertraut sind –«

Die Männer werden auf mich aufmerksam, wirbeln herum und halten auf mich zu. »Ms Connors«, ruft der Typ mit dem Notizblock, »können wir kurz mit Ihnen reden?«

Bella hat sich jetzt hinter ihrem Empfangstresen erhoben, während ich abrupt stehen bleibe. »Auf gar keinen Fall«, verkündet sie.

»Ich habe wirklich keine Zeit«, erkläre ich aufrichtig. »Ich habe heute alle Hände voll zu tun.« Dann wende ich mich zum Gehen ab.

»Es dauert nur eine Sekunde«, sagt der hartnäckige kleine Zeitungsschnüffler mit dem Block. Inzwischen hat der andere Typ seine Kamera auf mich gerichtet und ein Foto geschossen.

»Anscheinend bringen sie euch am Graduiertenkolleg auch nicht bei, was ›Nein‹ heißt«, meint Bella, während sie sich den beiden in den Weg stellt, sodass ich unbehelligt den Flur hinunterlaufen kann. »So, dann kommt jetzt meine kostenlose Lektion in Zeitungsetikette für euch ...«

Ich husche schnell in mein Büro und schließe die Tür hinter mir.

Auf meinem Computer wartet eine E-Mail von Brad auf mich. *»Lade Strobel zur Anhörung am Freitag vor«*, steht darin. *»Wir werden ihm zeigen, was passiert, wenn er unsere Anrufe ignoriert.«*

Ich leite die E-Mail an Bella weiter. Niemand hätte mehr Freude daran, dem arroganten Mack Strobel eine Vorladung auszuhändigen, als Bella. Ich füge meine eigenen Bemerkungen hinzu, während ich die Nachricht weiterleite.

»Bitte, tu ihm nicht weh«, schreibe ich. *»Wir brauchen ihn wirklich lebend und in ausreichend guter Verfassung, bei der Anhörung reden zu können. Was bedeutet«*, füge ich als nachträglichen Gedanken hinzu, *»dass du deine Waffe vielleicht besser zu Hause lässt.«*

Ich meine das nur halb im Scherz. Jeder in der Stadt weiß, dass Bella in ihrer übergroßen Handtasche eine Beretta 9mm mit sich herumschleppt. Es ist außerdem eine allgemein bekannte Tatsache, dass sie sich nicht scheut, von der Pistole Gebrauch zu machen.

62

Die Richter von Virginia Beach brechen im Allgemeinen mit jedem Klischee, das Hollywood von den Männern und Frauen in Robe zu bieten hat. Zum größten Teil handelt es sich um hart arbeitende Leute, die schnelle, gerechte und sogar mutige Urteile fällen. Die meisten von ihnen sind jung und sportlich und hängen gerne im beliebten Fitnessstudio Wareing's Gym ab, wo sie mehr als genügend bewundernde Blicke der Promi-begeisterten Geschworenen auf sich ziehen.

Unter den neun Richtern, die am Bezirksgericht zu Gericht sitzen, gibt es in dieser Hinsicht nur wenige Ausnahmen. Die bemerkenswertesten sind ein alternder, aber hoch angesehener kleiner Mann namens Franklin Silverman Jr. und ein ehemaliger Staatsanwalt namens Gerald Farley, ein Mann der Maßlosigkeit und Trägheit, der schon so lange auf der Richterbank sitzt, dass er vergessen hat, wie sich harte Arbeit anfühlt. Äußerlich erinnert mich Farley an einen der großen Cäsaren, nur ohne den Lorbeerkranz – seine Haut ist kalkweiß und hängt fast in Falten an seinem ovalen

Gesicht herunter. Seine Augen, die aus dem fleischigen Gesicht spähen, wirken viel zu klein, sodass man das Gefühl hat, jemand hätte ihn falsch zusammengesetzt, wie ein Herr-Kartoffelkopf-Spielzeug mit den Knopfaugen von Danny DeVito und dem Schädel von Jabba the Hut. Und Gerüchten zufolge sollen seine Augen im Vergleich zu seinem Hirn geradezu riesig sein.

So wie es in letzter Zeit um mein Glück bestellt ist, überrascht es mich nicht, dass wir Farley für die Anhörung am Freitagmorgen zugeteilt bekommen. Nachdem er die anderen Anträge auf seiner Prozessliste in einer wenig begeisterten Geschwindigkeit abgefertigt hat, lässt er seinen Blick durch den noch immer überfüllten Gerichtssaal schweifen – in dem sich Anwälte und die Presse drängen – und seufzt vernehmlich. »Der ganze Auflauf für nur einen Antrag?«, fragt er müde. »Dann lassen Sie uns mal anfangen.«

Ohne großes Tamtam nehmen Brad, Tara und ich unsere Plätze am Tisch der Verteidigung ein, während sich Mitchell Taylor und Harlan Fowler auf der anderen Seite hinter den Tisch der Anklage stellen. Die Mitglieder der Presse drängen nach vorn, mit gezückten Stiften und Laptops. Ich fange an, meine Unterlagen auszupacken, als ich bemerke, dass Mitchell keine Anstalten dazu macht. Er steht einfach mit hinter dem Rücken verschränkten Händen da, wie ein Marine, der auf einen Befehl wartet. Sein graues Jackett sitzt perfekt auf seinen breiten Schultern. Endlich schaut Richter Farley hoch, was Mitchell zum Anlass nimmt, mit seiner Beweisführung zu beginnen.

»Diese Anhörung behandelt einen Antrag, der versiegelt eingereicht wurde, Euer Ehren«, setzt Mitchell an. »Darin werden verleumderische und ungerechtfertigte Anschuldigungen von der Angeklagten vorgebracht, ohne auch nur den kleinsten Beweis zu liefern, auf den sich diese Anschuldigungen stützen könnten. Der Verteidigung die Möglichkeit zu bieten, diese Angriffe in der Öffentlichkeit vorzutragen, bevor Euer Ehren die Gelegenheit hatte, zu entscheiden, ob diese für den Fall überhaupt relevant sind, käme einer großen Farce gleich.«

In der Pressereihe ist keine Bewegung zu verzeichnen, mal abgesehen von dem Speichel, der zweifelsohne gerade jedem Reporter das Kinn herunterläuft. Verleumderische Anschuldigungen – was könnte es Besseres geben? Mitchell wendet sich zur Seite und wirft einen ernsten Blick auf

Harlan Fowler, der neben ihm steht. »Es handelt sich hier um persönliche Angriffe gegen Mr Fowler, Euer Ehren. Allesamt falsch, bösartig und vollkommen unbegründet.«

Auch wenn ich mich nicht zu den Reportern umdrehe, bin ich mir sicher, dass diese Beschreibung ihren Speichelfluss nur noch verstärkt hat.

»Mr Fowler sollte zumindest die Gelegenheit bekommen, diesen Unsinn unter Ausschluss der Öffentlichkeit zu widerlegen, bevor zugelassen wird, dass Mr Fowlers Ansehen und seine bemerkenswerte Karriere im Staatsdienst aufgrund dieser falschen Anschuldigungen in den Dreck gezogen werden.«

»Euer Ehren«, ruft eine selbstsichere weibliche Stimme hinter mir. Zusammen mit allen anderen blicke ich mich nach hinten um. »Mein Name ist Carmen Francone, und ich vertrete eine Reihe von Medienvertretern in diesem Gerichtssaal. Die im ersten Zusatzartikel unserer Verfassung festgelegte Pressefreiheit verlangt, dass diese Anhörung öffentlich vor den Augen aller Bürger stattfindet und nicht in irgendeinem rauchverhangenen Hinterzimmer weitab der öffentlichen Kontrolle. Wir reden hier nicht von Anschuldigungen gegen einen Privatmann. Diese Anschuldigungen richten sich gegen den Bezirksstaatsanwalt, den obersten Gesetzeshüter dieser Stadt.«

Und schon geht das Wortgefecht los, hin und her, in einem juristischen Schlagabtausch, der eine zwanzigminütige Debatte auslöst, bis Jabba endlich mit seinem Hammer auf den Tisch haut und die Anwälte zum Schweigen bringt.

»Ms Francone«, sagt er müde, »es gibt keinen größeren Befürworter der Pressefreiheit als mich. Aber das bedeutet nicht, dass *jede* Anhörung im Rampenlicht der Medien abgehalten werden muss. Das Verfahren selbst wird öffentlich verhandelt werden, genau wie jeder wichtige Antrag, der Auswirkungen auf den Ausgang dieses Verfahrens haben könnte. Doch der Antrag, der mir heute vorliegt, ist nicht mal ein Antrag zur Sache dieses Falls. Stattdessen handelt es sich um einen Antrag, der von einem Interessenkonflikt seitens des Bezirksstaatsanwalts ausgeht. Die Gerichte haben solche Angelegenheiten seit jeher unter Ausschluss der Öffentlichkeit geklärt. Deswegen werden zum Beispiel alle Disziplinarverfahren gegen Anwälte als vertrauliche Verfahren hinter verschlossenen Türen abgehalten. Dementsprechend werde ich eine Voruntersuchung zu dieser Sache in meinem Zimmer abhalten. Sollte es irgendwelche Beweise geben, die nahelegen, dass die in dem versiegelten Schriftsatz vorgebrachten Anschuldigungen der Anklägerin wahr sind oder dass sie Auswirkungen auf den Gegenstand des Verfahrens haben könnten, werden wir die öffentliche Sitzung umgehend wieder aufnehmen und uns hier in diesem Gerichtssaal mit ihnen auseinandersetzen.«

»Ich erhebe Einspruch«, sagt Francone.

»Zu Protokoll genommen.« Dann richtet sich Richter Farleys prüfender Blick auf mich, Brad, Tara und Mitchell. »In mein Zimmer«, ordnet er an.

63

Im Gänsemarsch wandern wir durch die Tür hinter der Richterbank in Farleys zugestelltes Büro. Er lässt sich hinter seinem großen Eichenholzschreibtisch nieder, während Brad Tara in einen der bequemen Ledersessel direkt vor dem Schreibtisch des Richters schiebt. Farley mustert den Rest unserer Truppe, der noch steht. »Vielleicht gehen Sie schnell in den Konferenzraum nebenan und holen noch ein paar Stühle.«

In der Ecke des Büros steht ein Tisch mit einigen Holzstühlen. Brad nimmt sich einen davon und stellt ihn direkt neben Tara auf. Er bedeutet mir mit einer Geste, darauf Platz zu nehmen. Mitchell verschwindet nebenan, um noch einen Stuhl zu holen, während Farley und Fowler Höflichkeiten austauschen. Ich flüstere Tara ins Ohr: »Bist du bereit?«

Sie nickt als Antwort, aber ich merke, wie nervös sie ist. Ihr Mund ist eine angespannte Linie, und ständig befeuchtet sie ihre Lippen, ein deutliches Anzeichen für das trockene Gefühl, das sich in ihrem Mund ausgebreitet hat. Offensichtlich fühlt sie sich so wohl wie eine Katze, die aus Versehen am Set von *101 Dalmatiner* gelandet ist.

Schließlich drängen wir uns alle Schulter an Schulter, auf unbequemen Stühlen und ohne Ablagemöglichkeit für unsere Notizblöcke oder Fallakten, um Farleys Schreibtisch herum. Das heißt alle außer Brad. Brad lehnt entspannt ein Stück hinter unserem kleinen Stuhlkreis an einer der Seitenwände und hat die Arme überkreuzt.

»Wollen Sie sich nicht setzen, Mr Carson?«, fragt Fowler.

»Ich stehe gerne.«

Ich hole meinen Schreibblock hervor, lege ihn auf meinen überschlagenen Beinen ab und krümme die Schultern zusammen, wie man es tut, wenn man den mittleren Platz auf einem Inlandsflug erwischt hat. Tara sitzt zu meiner Rechten; Mitchell Taylor direkt links neben mir. So stellt man sich das an der Uni wahrhaftig nicht vor; eine wichtige Anhörung, die unter solch beengten Verhältnissen abgehalten wird.

»Ms Connors«, sagt Richter Farley, der sich in seinen Stuhl zurücklehnt und die Hände über dem Bauch faltet, »es ist Ihr Antrag.«

»Die Verteidigung ruft Mack Strobel auf«, erkläre ich. »Er wurde vorgeladen, und ich glaube, dass ich ihn eben draußen im Flur vor dem Gerichtssaal habe sitzen sehen.«

Farley stößt etwas Luft aus, als hätte ich gerade darum gebeten, dass er den Präsidenten der Vereinigten Staaten einfliegen lässt, damit ich ihn verhören kann. Er schaut sich in seinem kleinen Büro um, das mit jeder Minute immer kleiner zu werden scheint. »In Ordnung«, sagt er schließlich. »Wir brauchen noch einen Stuhl. Ich nehme an, dass der Zeuge hier neben mir, seitlich vom Schreibtisch sitzen kann.«

Farley blickt zum Deputy, der im Türrahmen zu seinem Büro steht. »Frank, würden Sie bitte Mr Strobel holen?«

Während der Deputy sich auf die Suche nach Strobel macht, verdient sich Mitchell Taylor ein paar weitere Fleiß-Sternchen, indem er nach nebenan geht und noch einen Stuhl holt. Er platziert ihn gerade rechtzeitig für Strobels großen Auftritt, eine Unruhe stiftende Angelegenheit, bei der er jedem im Büro die Hand schüttelt außer Brad. Richter Farley vereidigt ihn als Zeugen, und Strobel lässt sich auf dem kleinen Holzstuhl nieder, der als Zeugenstand dient.

Ich blättere in meinen Aufzeichnungen zu den Notizen für Strobels Vernehmung vor und beginne, das Fundament für den Nachweis seiner Beteiligung an diesem Fall zu legen. Mit dröhnender Stimme, die zwei Nummern zu groß für diesen Raum scheint, bestätigt Mack, dass er von der Benefit Financial Insurance Company engagiert wurde, um den Fall zu untersuchen. Ich bringe Mack dazu, die Echtheit meiner Kopien der Lebensversicherungspolicen zu bestätigen, in denen Fowler als Begünstigter und Treuhänder eingetragen ist, jedoch zur großen Langeweile des Richters, der sich nicht einmal die Mühe macht, irgendetwas mitzuschreiben.

Jetzt kommen wir zum interessanten Teil.

»Haben wir uns im Anschluss an die Anhörung zur Verlegung dieses Falls an das Bezirksgericht zu irgendeinem Zeitpunkt über die gemeinsamen Interessen unserer Mandanten in diesem Fall unterhalten?«, frage ich ihn.

»Einspruch«, ruft Mitchell. »Hörensagen.«

»Ich werde ihn nicht fragen, was gesagt wurde«, erwidere ich. »Ich will nur bestätigt haben, dass diese Unterhaltung stattgefunden hat.«

Mack antwortet, bevor der Richter überhaupt entscheiden kann. »Aber sicher, wir haben uns unterhalten.«

Mitchell breitet die Hände aus, als wollte er fragen, was aus seinem Hörensagen-Einspruch geworden ist. Richter Farley ignoriert ihn.

»Und haben Sie mir erzählt –«

»Hörensagen«, ruft Mitchell, lauter als zuvor.

»Stattgegeben.«

Ich löse meine überkreuzten Beine und schlage sie andersherum übereinander. »Ungeachtet dessen, was Sie mir erzählt haben, erfuhren Sie zu irgendeinem Zeitpunkt im Rahmen Ihrer Nachforschungen, dass Mr Fowler recht erhebliche Spielschulden bei einem bestimmten Kasino in Las Vegas gemacht hat?«

Strobel lässt die Frage kurz im Raum stehen, wahrscheinlich um Mitchell die Gelegenheit für einen Einspruch zu geben. Als der Einspruch ausbleibt, antwortet Strobel mit seiner tiefen, durchdringenden Stimme. »Derlei Informationen, Ms Connors, selbst wenn ich über sie verfügen würde, unterliegen dem Anwaltsgeheimnis und Aussageverweigerungsrecht des Anwalts.«

»Da stimme ich zu«, meint Farley.

»Nicht, wenn er mir die Informationen anvertraut hat«, erwidere ich. »Er verzichtet auf diese Rechte, wenn er mir davon erzählt.« Langsam wird mir klar, dass Strobel vorhat, mir bei jedem Schritt Steine in den Weg zu legen, und dabei wahrscheinlich einen willigen Verbündeten in Farley gefunden hat.

Ich wende mich wieder an Strobel und werfe ihm meinen besten Leg-dich-nicht-mit-mir-an-Blick zu. »Sie haben mich an eine vertrauliche Quelle verwiesen, einen Angestellten aus dem Bellagio, der Mr Fowlers Spielschulden bestätigen konnte. War es nicht so?«

»Ich habe für Sie den Kontakt zu einem geheimen Informanten hergestellt. Später habe ich erfahren, dass der Mann für die entsprechende Bezahlung so gut wie alles aussagen würde.«

Ich lasse meinen Notizblock mit Absicht zu Boden fallen und lehne mich in meinem Sitz vor, während ich Strobel mit meinem Blick durchbohre. »Haben Sie mir nicht erzählt, dass Harlan Fowler und Trish Bannister eine Affäre hätten?«

»Einspruch«, sagt der Marine neben mir. »Hörensagen.«

Ich will Mitchell Taylor ohrfeigen.

Ohne die Entscheidung des Richters abzuwarten, stelle ich meine nächste Frage. »Sind Sie im Rahmen Ihrer Nachforschungen auf irgendwelche Beweise für diese Affäre gestoßen?«

»Das unterliegt dem Anwaltsgeheimnis und Aussageverweigerungsrecht des Anwalts«, erwidert Strobel.

»Stattgegeben«, sagt Richter Farley, als hätte ihn irgendwer gefragt.

»Das ist doch lächerlich«, murmele ich.

Farley reißt den Kopf hoch, als hätte ich gerade einen Schwall ordinärer Beschimpfungen losgelassen. »Was haben Sie gesagt, Ms Connors?«

Meine Augen weiten sich vor Angst, als ich den zornigen Richter anstarre. Dieser Mann, rufe ich mir ins Gedächtnis, hat die Macht, mich ins Gefängnis zu werfen.

»Ich hoffe, sie sagte, dass das einfach nur lächerlich ist«, meldet sich Brad hinter mir zu Wort. »Denn das ist es.«

Alle Köpfe wirbeln herum und starren meinen Verlobten an. Mein Herz vollführt einen aufgeregten Stepptanz in meiner Brust. *Ist das normal?*

»Dieser Mann«, Brad zeigt auf Mack, »vertritt einen Mandanten, der sich weigert, eine Lebensversicherungspolice über eine Million Dollar auszuzahlen, weil sie glauben, dass dieser Mann«, er zeigt auf Fowler, »einen Mord begangen hat.« Das bringt Fowler fast dazu, von seinem Stuhl aufzuspringen. Sein angespannter Kiefer und flammender Blick richten sich erst auf Brad, dann zu Richter Farley. »Also, warum hören Sie nicht einfach auf, sich hinter all diesen Rechtslücken und Einwänden gegen die Beweismittel zu verstecken, und erzählen dem Richter einfach, was hier los ist?«, fordert Brad ihn heraus.

Das ruft einen lauten Chor wütender Reaktionen seitens Harlan Fowlers, Mitchell Taylors und Mack Strobels hervor. Richter Farley brüllt sie nieder, und eine beängstigende Stille breitet sich im Raum aus. Ich schaue schnell zu Tara rüber, die zu Tode erschrocken aussieht. Ich wende meine Aufmerksamkeit wieder dem Richter zu.

»Mr Carson«, Farley kocht mittlerweile vor Wut, die Knopfaugen sind noch kleiner als zuvor, sein Doppelkinn bebt vor Zorn, »in diesen Räumlichkeiten halten wir uns an gewisse Protokollregeln, bestimmte Beweisregeln. Ihre Effekthascherei und prahlerischen Vorführungen, für die Sie so bekannt sind, werden Sie hier kein Stück weiterbringen. Falls Sie es vergessen haben sollten, habe ich die Presse von dieser kleinen Anhörung ausgeschlossen, also gibt es niemanden, den Sie mit Ihren Mätzchen beeindrucken könnten.«

Da liegt Farley falsch, sage ich mir insgeheim. Ich bin von Brads kleiner Ansprache beeindruckt. Zumindest hat sie mir neuen Mut verliehen. Vielleicht war das auch der Zweck der Übung.

»Also«, fährt Farley in etwas ruhigerem Tonfall fort, »ich glaube, Ms Connors ist die Hauptanwältin bei dieser Anhörung. Wenn Sie also noch irgendetwas loswerden möchten, Mr Carson, können Sie es ihr ins Ohr flüstern, damit sie es mir mitteilen kann. Andernfalls können Sie gerne im Flur draußen warten, bis diese Anhörung abgeschlossen ist.«

Farley starrt Brad jetzt finster an, der, wie ich annehme, diesen Blick erwidert. Farley wartet einen Moment, wahrscheinlich um Brad die Gelegenheit zu geben, sich zu entschuldigen, was natürlich reine Zeitverschwendung ist.

»Angesichts der offensichtlichen Voreingenommenheit des Gerichts«, sagt Brad, der seine Worte wie Messer durch den Raum schleudert, »würde ich vorschlagen, dass Euer Ehren den Fall wegen Befangenheit abgeben. Anfangs hatte ich gedacht, dass Euer Ehren sich nicht davon beeinflussen lassen würden, dass Sie und Mr Fowler zu einem früheren Zeitpunkt Ihrer Karriere einmal Seite an Seite im Büro der Staatsanwaltschaft gearbeitet haben. Anhand der Art und Weise, wie Sie diese Anhörung bisher geführt haben, scheint das aber offensichtlich nicht der Fall zu sein.«

64

Zehn Minuten später wird die Anhörung im Richterzimmer ohne Brad fortgesetzt, der des Gerichtssaals verwiesen wurde, nachdem der Richter gegen seinen unklugen Antrag auf Selbstablehnung gewettert hatte. Jetzt heißt es Tara und ich gegen die kollektive Macht der Vetternwirtschaft von Virginia Beach und ihrem neuesten Anwärter, Mr Mitchell Taylor.

»Stimmt es nicht, Mr Strobel, dass Ihr Mandant, die Benefit Financial Insurance Company, sich weigert, die Todesfallleistung an Mr Fowler auszuzahlen? Und das aufgrund der Annahme, er könne in den Mord an Mr James Bannister verwickelt gewesen sein?«

»Nein«, erwidert Strobel selbstsicher. »Das ist nicht korrekt.«

»Wie bitte?«

»Das ist nicht korrekt«, wiederholt Strobel. »Wir haben beschlossen zu zahlen. Wir haben unseren Streit mit Mr Fowler beigelegt, wozu wir nur die Zustimmung des Gerichts einholen mussten, da in diesem Fall Minderjährige mit betroffen sind.«

Diese Nachricht wirft mich in meinen Stuhl zurück. Jetzt ist klar, warum Strobel meinen Anrufen aus dem Weg gegangen ist. Was jetzt? Wo ist Brad, wenn man ihn braucht?

Ruhig Blut. »Stimmt es nicht, dass Sie sich zuerst weigerten, die Leistung auszuzahlen, weil sie den Verdacht hegten, Mr Fowler könne am Tod von James Bannister beteiligt gewesen sein?«

»Das ist richtig«, erwidert Strobel. Er sieht sehr zufrieden mit sich aus, als wäre ich ihm gerade voll auf den Leim gegangen. »Aber nun, da unsere Ermittlungen abgeschlossen sind, haben wir beschlossen, dass es das Vernünftigste wäre, die Sache beizulegen und die Leistung auszuzahlen.«

»Wozu brauchten Sie dann noch eine gerichtliche Genehmigung, wenn Sie die Versicherungsleistung einfach zahlen wollten?«

»Weil wir sichergehen wollten, dass weder Mr Fowler noch die minderjährigen Begünstigten uns wegen Arglist verklagen würden, weil wir nicht sofort gezahlt hatten. Teil des gerichtlichen Genehmigungsprozesses ist eine Verzichtserklärung hinsichtlich zukünftiger Ansprüche seitens der Begünstigten.«

Ich sehe zu Tara rüber. »Begünstigten wie meiner Mandantin.«

»Ja. Wie Ihre Mandantin.«

»Und Sie haben sich nicht mal die Mühe gemacht, sie oder mich davon in Kenntnis zu setzen, dass Sie sich geeinigt haben und nun bereit sind zu zahlen?«

Strobel blinzelt kurz, aber seine Stimme klingt immer noch selbstsicher. »Wir haben den Vorschlag zur Beilegung des Konflikts Mr Fowler erst Anfang der Woche vorgelegt. Ein Schreiben an Ihre Mandantin ist bereits in der Post.«

»In der Post«, erwidere ich sarkastisch. »Funktionieren die Telefone bei Kilgore & Strobel noch?«

»Einspruch«, sagt Mitchell Taylor.

»Stattgegeben.«

Aber Strobel antwortet trotzdem. »Ihre Mandantin wird jeden Cent, der ihr laut den Policen zusteht, erhalten. Uns war nicht klar, dass sie Einwände dagegen haben könnte.«

Jetzt sehe ich rot. Fowler und Strobel haben ein Abkommen ausgearbeitet und mich absichtlich nicht darüber informiert, um mich bei dieser Anhörung dumm dastehen zu lassen. Was mich an der Sache besonders aufregt, ist, wie gut ihr Plan funktioniert.

Ich werfe Fowler einen Blick zu, der mit einem selbstgefälligen und überheblichen Ausdruck im Gesicht dasitzt. Der Gegensatz zwischen ihm und meiner verängstigten Mandantin ist so krass, dass ich vielleicht zum ersten Mal wirklich glaube, dass Fowler möglicherweise doch der Mörder sein könnte.

»Ms Connors«, fragt Richter Farley nach. »Haben Sie noch irgendwelche Fragen an Mr Strobel?«

Auch wenn Brad nicht mehr im Raum ist, hallt mir sein Rat so deutlich in den Ohren, als würde er sich über meine Schulter lehnen und ihn mir ins Ohr flüstern. *»Vertrau auf dein Bauchgefühl, Leslie! Verfahren werden durch Entscheidungen gewonnen und verloren, die im Bruchteil einer Sekunde gefällt werden. Trau dich!«*

»Stimmt es nicht, Mr Strobel, dass Sie sich auf die Beilegung des Versicherungsfalls eingelassen haben, weil Mr Fowler Ihnen im Gegenzug versprochen hat, keine Anklage gegen einen Ihrer Kanzleipartner wegen Kinderpornografie zu erheben?«

»Hoppla«, sagt Tara leise.

Die Männer im Raum sind von diesem Vorwurf so schockiert, dass sie ein paar Sekunden brauchen, um zu Atem zu kommen. Als es ihnen gelingt, gehen sie wie das Feuerwerk am 4. Juli hoch.

»Einspruch!«, brüllt Mitchell.

»Das ist ja ungeheuerlich«, knurrt Fowler.

»Sie haben aber eine blühende Fantasie«, meint Strobel.

»Ruhe!«, verlangt Farley. Er rutscht in seinem Stuhl vor, sodass er jetzt halb über seinem Schreibtisch lehnt. »Ruhe!«

Ich starre sie alle böse an, einen nach dem anderen, so wie Brad es tun würde, wenn er jetzt hier wäre. »Bekomme ich eine Antwort?«, frage ich den Richter.

»Ich erhebe Einspruch«, wiederholt Mitchell. »Es besteht keinerlei Relevanz für diese Frage. Hier wird einfach im Trüben gefischt, einfach ordentlich mit Dreck geschmissen, irgendwas wird schon hängen bleiben.«

»Als Nächstes«, schaltet sich Fowler ein, »wird sie behaupten, ein Außerirdischer sei im Haus der Bannisters gelandet und habe den Mord begangen.«

Ich schnaube verächtlich und lehne mich vor, damit ich an den anderen vorbeisehen und Fowler direkt anvisieren kann. Er ignoriert mich.

Farley mustert mich kurz, während er unsicher das Gesicht runzelt.

»Euer Ehren«, sagt Mack Strobel, dessen ruhige Stimme den Raum mit Vernunft erfüllt. »Sehr gerne würde ich diese Frage beantworten und die Anschuldigungen entkräften, die so leichtfertig von Ms Connors in den Raum geworfen wurden. Aber selbst ein frischgebackener Anwalt weiß«, an dieser Stelle wirft mir Strobel einen herablassenden Blick zu, »dass meine Beweggründe zur Beilegung des Versicherungsfalls durch das Anwaltsgeheimnis geschützt sind.«

»Ich stimme zu«, sagt Farley. »Ich kann nicht erkennen, inwiefern diese Fragen überhaupt relevant sein sollen. Also, Ms Connors, wenn Sie irgendwelche direkten Beweise haben, die Mr Fowler mit dem Mord in Verbindung bringen, sollten Sie mir besser jetzt davon erzählen.«

Einen Augenblick lang denke ich angestrengt darüber nach, aber mir will einfach kein Weg einfallen, diesen Anwaltsgeheimnis-Unsinn zu umgehen, den Mack ständig anbringt. Schließlich räume ich ein, keine weiteren Fragen zu haben, worauf Mack Strobel fragt, ob er jetzt gehen kann.

»Natürlich«, sagt Farley.

Während er verschwindet, berühre ich Tara sanft am Ellenbogen. »Die

Verteidigung ruft Tara Bannister auf«, verkünde ich, sobald sich die Tür hinter Strobel geschlossen hat.

Und wieder ist es mir gelungen, dass allen Anwesenden die Luft wegbleibt.

Alle Köpfe drehen sich zu Tara, die durch die Blicke der Männer plötzlich wie festgefroren ist. Anstatt aufzustehen und zum Zeugenstuhl zu schlurfen, sitzt sie einfach nur da, mit plötzlich feuchten Augen.

»Tara«, sage ich und drücke sanft ihren Arm.

»Ich kann nicht«, flüstert sie mir zu.

»Was?«

»Ich kann nicht.« Sie lehnt sich zu mir rüber. »Er hat es nicht getan«, sagt sie so leise, dass ich es kaum verstehe, auch wenn ihr Mund nur wenige Zentimeter von meinem Ohr entfernt ist. »Ich war's.«

Ich nicke mit dem Kopf und werfe einen prüfenden Blick in die Gesichter der verschworenen Männergemeinschaft. »Ich glaube, ich muss mich kurz mit meiner Mandantin unter vier Augen besprechen«, verkünde ich.

65

Nie zuvor habe ich so viel Mitgefühl für Tara empfunden wie in diesem Moment. Gemeinsam mit Brad halten wir im Flur einen Kriegsrat ab, während Tara mit ihren Gefühlen und dem unnachgiebigen Zwang, die Wahrheit zu sagen, ringt. Jetzt sieht sie wirklich wie ein verletzlicher, verwirrter und verängstigter Teenager aus.

»Ich kann Fowler nicht ausstehen«, sagt sie durch zusammengebissene Zähne und mit feuchten Augen, »aber ich kann ihm diese Sache nicht anhängen.« Sie schaut mich an. »Es tut mir leid, Leslie. Ich weiß, wie sehr Sie ihn drankriegen wollten.«

»Tara, hier geht es nicht darum, jemanden dranzukriegen. Ich will einfach nur, dass du die Wahrheit sagst.«

Brads Körpersprache verrät mir, dass er unserer Mandantin gegenüber im Moment nicht ganz so warme Gefühle hegt wie ich. »Wie oft willst du deine Geschichte noch ändern?«, fragt er Tara. Ich bemerke, wie ihr Blick sofort hart wird. »Du machst es einem fast unmöglich, dich zu verteidigen, wenn du ständig zwischen deinen Aussagen hin- und herwechselst«, belehrt Brad sie.

»Das kann ich mir vorstellen«, stichelt Tara. »Besonders wenn man es vom Flur aus machen muss.«

Ich unterdrücke mein Grinsen und stelle fest, dass mir das Mädchen immer sympathischer wird.

Ein paar Minuten später kehren Tara und ich in Farleys Richterzimmer zurück und unterbrechen eine tadellose Jagdgeschichte, die Seine Ehren gerade zum Besten gibt. Fowler ist damit beschäftigt, an allen richtigen Stellen lauthals zu lachen.

Wir nehmen unsere Plätze ein, und im Raum wird es still.

»Keine weiteren Zeugen«, sage ich.

Ringsum fallen Kinnladen herunter, während Farley mich misstrauisch beäugt. »Das war's?«, fragt er ungläubig. »Sie veranstalten dieses große Tamtam um irgendwelche Beweise, die den Bezirksstaatsanwalt belasten sollen, reichen einen versiegelten, siebzehnseitigen Schriftsatz ein, laden einen namenhaften Anwalt vor, um ihn unter Eid aussagen zu lassen, machen jeden Nachrichtensender in der Stadt heiß – und *das war's*? Das waren Ihre Beweise?

Ich weiß nicht, was ich sagen soll, und mein Seniorpartner ist noch immer auf den Flur verbannt. *Tara hat ihre Meinung geändert? Strobel hat mir wichtige Informationen vorenthalten? Es war keine Absicht?* Schließlich entscheide ich mich für »Tut mir leid, Euer Ehren«. Ich starre auf meine Füße hinunter und versuche mitleiderregend zu wirken. »Offensichtlich sind die Dinge für uns nicht ganz nach Plan gelaufen.«

Farley schnaubt verächtlich und lehnt sich in seinen Stuhl zurück. Ich habe ihm die Entscheidung leicht gemacht. »Bevor ich das Urteil spreche«, sagt er, »möchte ich sichergehen, dass Sie alle Beweise, über die Sie verfügen, vorgelegt haben. Ich möchte nicht, dass das Gericht im Nachhinein aufgrund von Beweismitteln in die Kritik gerät, die nicht bei dieser Anhörung vorgelegt wurden.« Er legt eine kurze Pause ein, um seinen Worten mehr Gewicht zu verleihen, und fügt dann hinzu: »Liegen Ihnen irgendwelche anderen Beweismittel vor, die die Staatsanwaltschaft hinsichtlich des Mordes an James Bannister belasten könnten oder irgendjemanden, der mit ihr in Verbindung steht?«

Mir ist sofort klar, was Farley gerade tut. Genau wie Brad vorausgesagt hat, versucht der Richter sicherzustellen, dass die Anklage eine kleine Vorschau auf alle Beweismittel bekommt, die irgendwelche Gesetzeshüter belasten könnten.

»Nein, Euer Ehren.«

»Sind Ihnen irgendwelche anderen Beweismittel bekannt, die nahelegen, dass die Staatsanwaltschaft oder eine Person, die mit ihr in Verbindung steht, sich in diesem Fall unangemessen verhalten hätte?«

»Außer dass sie ein unschuldiges Mädchen angeklagt haben?«, frage ich.

»Sie wissen, was ich meine.«

»Nein, Euer Ehren. Zu diesem Zeitpunkt liegen mir keine weiteren Beweise vor.«

»Nun gut«, meint Farley. »Dann verkünde ich jetzt das Urteil.« Gedankenverloren betrachtet er einen Moment lang die Wand über meinem Kopf. Dann wendet er seine Aufmerksamkeit dem Gerichtsschreiber zu.

»Ich kann die Angeklagte natürlich nicht daran hindern, jede Theorie, die ihr in diesem Fall beliebt, vor den Geschworenen vorzutragen. Aber, Ms Connors, Sie müssen Beweise vorlegen können, auf die Sie Ihre Theorien stützen. Und das nächste Mal, wenn Sie mit einer solch dürftigen Beweislage in meinem Gerichtssaal auftauchen, werden Sie eine Ordnungsstrafe wegen Missachtung des Gerichts zahlen und außerdem die Anwaltsgebühren aller Anwälte, die ihre Zeit damit verschwenden müssen, diesen Unsinn zu widerlegen. Haben Sie mich verstanden?«

»Ja, Euer Ehren.«

»Was Ihren Antrag betrifft, dem Staatsanwalt die Befugnis zur Vertretung der Anklage in diesem Fall zu entziehen, erkläre ich diesen für unbegründet und lehne ihn hiermit unanfechtbar ab.«

»Danke, Euer Ehren«, schiebt Mitchell schnell ein.

»Eine letzte Sache noch«, sagt Farley. »Der Schriftsatz der Angeklagten wurde versiegelt eingereicht, und diese Anhörung fand unter Ausschluss der Presse und Öffentlichkeit statt.« Er schaut mich direkt an. »Dafür gibt es einen guten Grund. Wenn irgendetwas davon durchsickert, wird Mr Fowler von der Presse gelyncht werden, auch wenn für mich kein Zweifel besteht, dass er nichts Falsches getan hat. Dementsprechend erteile ich allen Anwesenden in dieser Sache absolutes Redeverbot. Sie werden mit niemandem, nirgendwo und zu keiner Zeit über diese Anhörung sprechen. Ist das klar?«

Wir versichern ihm alle, dass dem so ist.

Farleys Blick richtet sich erneut auf mich. »Und diese Maulkorbverordnung gilt auch für Mr Carson.«

»Ich werde es ihm ausrichten, Euer Ehren.«

»Gut. Mr Taylor, ich möchte Sie bitten, eine Verfügung zu diesem Gerichtsbeschluss aufzusetzen, die ich unterschreiben werde.«

»Sehr gerne«, erwidert Mitchell Taylor.

Ich kann gar nicht schnell genug aus dem beengten Zimmer rauskommen.

* * *

Ich halte eine Lagebesprechung mit Tara und ihrer Mom im Flur ab, bei der ich Trish das Urteil erkläre und Tara eindringlich mahne, ihre Gedanken für sich zu behalten. »Du darfst niemandem erzählen, was in diesem Raum besprochen wurde«, warne ich sie. »Besonders nicht per Chatnachricht.«

»Ich weiß«, meint Tara. »Ich bin ja nicht von gestern.«

Dann veranstalten Brad und ich auf dem Weg zum Parkplatz einen Spießrutenlauf durch den Pulk von Reportern, wobei wir immer wieder »kein Kommentar« sagen.

Ich denke über unsere Rollenverteilung als Juristenteam nach, die ganz anders ist, als man erwarten würde. Leslie Connors, die rothaarige Partnerin, die logisch Veranlagte, die gerne Recherchearbeit betreibt, Rechtsfragen erörtert und großes Aufsehen vermeidet. Brad Carson, ihr erfahrener Kollege, dessen Reaktionen immer von seinen Emotionen gesteuert werden, verhandelt seine Fälle auf einer intuitiven Basis, die mir Unbehagen bereitet und zumindest bei der heutigen Anhörung dazu geführt hat, dass ich ganz auf mich gestellt war.

Sobald wir sicher außer Hörweite der Reporter sind, mache ich meinem Unmut Luft. »Wir sollten dich für ein Anti-Aggressions-Training anmelden«, sage ich, nur halb im Scherz.

»Farley ist ein Kotzbrocken«, erwidert Brad. »Er hatte seine Entscheidung schon getroffen, bevor er überhaupt die erste Zeugenaussage gehört hat. Jemand musste ihm zeigen, dass wir uns nicht herumschubsen lassen.«

»Das hast du ihm deutlich zu verstehen gegeben.« Ich strecke meine freie Hand nach Brads Arm aus, und er nimmt die Aktentasche in die andere, damit wir Händchen halten können, während wir schweigend weiterlaufen.

»Das war größtenteils nur Show«, gesteht er. »Ich wollte einfach meinen Standpunkt verdeutlichen. Ich werd's wiedergutmachen, versprochen.«

»Ich weiß genau, was dir vorschwebt. So leicht bin ich nicht zu haben.«

Er lacht. »Ich kann nicht fassen, dass du mich für so einfach gestrickt hältst. Ich hatte eigentlich nur an eine schöne Rückenmassage und ein romantisches Essen gedacht.«

»So viele Rückenmassagen und romantische Essen gibt's gar nicht«, sage ich und versuche dabei wenigstens ein bisschen aufgebracht zu klingen. In Wahrheit weiß ich ganz genau, warum Brad sich so verhalten hat. Er ist wie ein Basketballtrainer, der sich des Spielfelds verweisen lässt, um seinen Spielern einzuheizen und seiner Mannschaft einen Mitleidsbonus bei den Schiri-Entscheidungen zu verschaffen. Selbst wenn das heute nicht funktioniert hat, weiß Brad, dass die anderen Richter von dieser Eskapade erfahren werden. Wenn es dann zur Hauptverhandlung kommt, werden sie wissen, dass wir bereit sind, für jedes Anliegen in diesem Fall zu kämpfen.

»Nenn mir deinen Preis«, sagt er.

Auf einmal kommt mir eine Idee. *Ist das überhaupt fair?* »Begleite mich am Sonntag in die Kirche«, sage ich.

»Nenn einen anderen Preis.«

»Nein, ernsthaft Brad. Ich glaube, es würde dir gefallen. Es wird überhaupt kein Druck gemacht und hilft wirklich, diese ganze Sache ins rechte Licht zu rücken.« Ich bleibe kurz stehen, wende mich ihm zu und setze »den Blick« ein. »Bitte!«

»Ich weiß nicht, Leslie. Ich würde mich nur unwohl fühlen.« Er schaut auf seine Füße, nicht in der Lage, »dem Blick« zu begegnen und Nein zu sagen. »Ich kenne so viele Leute, die zu deiner Kirche gehen. Ich meine, ich habe Pastor Bailey bei diesem Anti-Abtreibungs-Fall vertreten, ich habe Sarah Reed vertreten, und Bella wird auch da sein. Ich würde einfach nur auffallen. Der Ungläubige, der zu Besuch kommt wie ein Hexenmeister, der bei einem Priester-Konklave aufkreuzt.« Seine Stimme ist leiser geworden, und ich merke, dass er weich wird.

»Dann gehen wir eben in eine andere Kirche«, sage ich. »Eine große Kirche, in der wir in der Menge verschwinden und niemand dich kennt. Nur ein Mal.« Er wirft mir einen Blick zu, und ich weiß, dass ich ihn an der Angel habe. »Dann frage ich dich auch nie wieder.«

»Ach ... na gut.«

»Echt jetzt?«

»Nur dieses eine Mal. Als Strafe, weil ich aus Richter Farleys Zimmer geflogen bin.«

»Nur dieses eine Mal«, verspreche ich. Dann gehe ich auf die Zehenspitzen und küsse ihn.

»Sie müssen wohl gewonnen haben!«, ruft einer der Reporter von der anderen Seite des Parkplatzes.

66

Die First Baptist Norfolk ist groß genug, dass Brad sich in der Menge verstecken kann, versichert mir Sarah Reed. Die Musik ist modern, der Pastor einnehmend, die Kleiderordnung leger, und jeden Sonntag gibt es einen Aufruf. Das klingt wie für uns gemacht. Also beschließe ich, Brad am Sonntagmorgen dort hinzuschleppen, um den Gottesdienst einer Gemeinde zu besuchen, die sich laut ihrer eigenen Webseite die *First Family* nennt.

Um etwa neun Uhr morgens kreuzt Brad in seinem pechschwarzen Dodge Viper vor meiner Doppelhaushälfte auf – mit einer Viertelstunde Verspätung. Aber er weiß, dass ich mich nicht beschweren werde, weil ich so froh bin, dass er überhaupt mitkommt. Dementsprechend verschwendet er an diesem Morgen auch keine seiner altbekannten Tut-mir-leid-dass-ich-zu-spät-bin-Entschuldigungen auf mich. Er trägt ein Golfhemd, Kakihosen und eine ultracoole Sonnenbrille von Ray Ban. Wenn ich nicht schon mit ihm verlobt wäre, wäre es Liebe auf den ersten Blick.

»Du siehst umwerfend aus«, sagt er, als er mich sieht. Ich tue das Kompliment ab, aber in Wahrheit freut es mich, dass sich der Aufwand gelohnt hat. Ich trage Sandalen und ein leichtes farbenfrohes Sommerkleid aus Baumwolle, das einen schönen Kontrast zu meiner viel zu weißen Haut bildet. Ich habe mir heute Morgen eine halbe Stunde Zeit genommen, um meine Haare zu glätten, zurückzukämmen und mit einem passenden Haarreifen zu fixieren. Ich trage eine Goldkette mit einem Kreuz und ein Paar unauffällige Ohrringe.

»Du siehst so gut aus, dass ich dich fast angefallen hätte«, erwidere ich.

»Ich bin froh, dass du es nicht getan hast«, meint Brad, während er mir einen schnellen Kuss auf die Wange drückt.

Was?

»Sonst hätte ich nur noch eine Sache mehr gehabt, die ich in der Kirche beichten muss.«

Die First Baptist Norfolk ist verkehrsgünstig an der Interstate 246 gelegen, sodass täglich Tausende Autofahrer ihren Kirchturm zu sehen bekommen. Wir werden von freundlich lächelnden Einweisern auf den Parkplatz gewinkt und folgen dann dem Verkehrsstrom um das Gebäude herum.

»Da scheint's auf den Gästeparkplatz zu gehen«, mache ich Brad auf ein Schild aufmerksam.

Brad stößt ein hämisches Lachen aus. »Wenn wir da parken, werden die sich auf uns stürzen, bevor wir aus dem Auto raus sind. Dann haben wir einen Monat lang jeden Abend so einen Weltverbesserer oder Spendensammler vor der Türe stehen.« Die Viper wird jetzt auf eine Rasenfläche gewinkt, da alle regulären Parkplätze bereits belegt sind. »Denk dran, Leslie, was auch immer du tust, trag bloß nirgendwo deine Adresse ein.«

»Du bist so ein Zyniker, Brad Carson. Das hier ist eine Kirche.«

»Und zwar eine große, die zweifelsohne genug Schulden hat«, er bahnt sich seinen Weg über das Gras und versucht dabei nicht mit dem Unterboden aufzusetzen, »und ganz offensichtlich einen neuen Parkplatz braucht. Keine Adressangaben, Leslie.«

»Ja, ja!«

Hand in Hand gehen wir auf den Hintereingang der Kirche zu und reihen uns in den Strom der anderen Besucher ein. Als wir eintreten, werden wir von einem weiteren freundlichen Gesicht begrüßt, das uns in der Kirche willkommen heißt und uns ein Merkblatt aushändigt, zusammen mit einer Liste der verschiedenen Sonntagsschulkurse und der entsprechenden Lehrer. »Ich frage mich, ob dieses aufgemalte Lächeln Latex- oder Ölfarbe ist«, flüstert Brad.

»Zynisch, zynisch, zynisch«, erwidere ich.

Mittlerweile ist es 9.50 Uhr und der Gottesdienst hat um 9.45 Uhr begonnen. Ich frage mich, ob ich für den Rest meines Lebens immer zu spät zu allem erscheinen werde, wenn ich erst mal mit dem ewig unpünktlichen Brad Carson verheiratet bin. Die Türen zu dem Hauptsaal sind geschlossen, da der Gottesdienst bereits im Gange ist. Vor den Türen steht weiteres Empfangspersonal mit aufgesetztem Lächeln im Gesicht.

Wir stehen mit einer Gruppe anderer Besucher zusammen, die ebenfalls darauf warten, eingelassen zu werden. »Sie beten gerade«, erklärt uns einer der Platzanweiser.

»Wahrscheinlich für mich«, flüstert Brad.

Ich stoße ihn mit meinem Ellenbogen an und werfe ihm einen Blick zu, der klarmacht, dass er sich benehmen soll.

Das Gebet ist anscheinend beendet, da unser kleiner Pulk nun in den großen Hörsaal der Kirche geführt wird. Die Kirchenbänke sind zu einem riesigen Hufeisen rund um eine Bühne angeordnet. Dahinter erhebt sich der große Chor auf einem erhöhten Podest, und ich sehe bunte Kirchenfenster entlang einer Seite des Raumes. Alle Anwesenden haben sich erhoben und singen gerade irgendein Loblied. Bevor ich mich versehe, werden wir zu dem vorderen Sitzbereich direkt rechts von der Bühne geführt. Ich weiß, was Brad gerade durch den Kopf geht - *Wo bringen die uns hin?* -, und bemerke, dass er einen halben Schritt hinter mich und den Platzanweiser zurückgefallen ist und wahrscheinlich die Hacken in den Boden stemmt.

Der Platzanweiser führt uns direkt zur zweiten Sitzreihe - ich werde Brad später daran erinnern müssen, wer dafür gesorgt hat, dass wir zu spät dran waren -, und eine fünfköpfige Familie rutscht weiter durch, um uns Platz zu machen. Wir starren auf die Worte vorne auf dem großen Bildschirm und singen mit, so gut es uns gelingt.

»Sing nicht zu laut«, flüstere ich Brad zu. »Sonst dürfen wir bestimmt nicht wiederkommen.«

»Keine Sorge«, meint er. Ich sehe, wie er misstrauisch die großen Fernsehkameras beobachtet, die über die Menge hinwegschwenken. Mir war nicht klar, dass die Gottesdienste der First Baptist im Fernsehen ausgestrahlt werden. Der Anblick der Kameras, die am Kopfende des Raums auf ihren ausgefahrenen mechanischen Armen schweben und die Szene unseres privaten Gottesdienstes in ganz Tidewater ausstrahlen, ist beunruhigend. Ich bin mir ziemlich sicher, dass Brad sich auf den Boden werfen und unter einer Kirchenbank verstecken würde, falls sich eine dieser Kameras auf ihn richten sollte.

Es dauert nicht lange, bis ich vergesse, wie unwohl sich mein Verlobter fühlen muss, und mich ganz im Gesang verliere. Auch wenn ich Sarahs kleine Kirche wirklich mag, hat dieser große Chor etwas ganz Besonderes. Genau wie das Orchester, das in dem Graben vor der Bühne sitzt, als würde es bei einem Broadway-Musical spielen, oder der begeisterte Musikpastor und all die Menschen um uns herum, die aus vollem Halse mitsingen. Ich bin mir nicht sicher, ob ich jemals einen solchen Gottesdienst erlebt habe. Einen Gottesdienst, bei dem es einem fast vorkommt, als würde man auf den Schwingen dieser Lieder vor Gottes Thron getragen werden. Oder so, als würde Gott sich uns ein wenig entgegenlehnen, während wir ihn preisen. Vielleicht auch ein bisschen von beidem. Wie auch immer, die Lieder sind viel zu schnell vorbei, und ich werfe einen prüfenden Blick auf das Merkblatt, in der Hoffnung, dass wir nicht so spät dran waren, dass wir den größten Teil der Lobeslieder verpasst haben.

Aber doch, genau so ist es. Noch mehr Strafe dafür, dass ich mich nach Brad Carsons Zeitplan gerichtet habe.

Mittlerweile haben wir wieder Platz genommen, und der junge, energiegeladene Pastor erklärt »den großen Reißer der First Baptist«. Alle Besucher werden gebeten, ihren Namen, Adresse, E-Mail-Adresse und so weiter im unteren Teil des Merkblattes einzutragen und diesen dann an der Perforation abzureißen. Er sorgt dafür, dass alle Anwesenden gleichzeitig ihre Zettel abreißen, wahrscheinlich, damit Besucher wie wir nicht das Gefühl haben, so aus der Menge herauszustechen. »Wir versprechen Ihnen«, sagt der Pastor, »dass diese Daten nicht genutzt werden, um Sie zu belästigen, unerwartet bei Ihnen vorbeizuschauen oder eine Adressliste für Dritte zusammenzustellen. Das machen wir nur, um ihren Besuch bei uns zu dokumentieren.«

Brad lehnt sich zu mir rüber. »Gib mir fünf Minuten im Kreuzverhör«, flüstert er.

Trotz seiner Skepsis beobachte ich, wie Brad jedes einzelne Feld ausfüllt. Er faltet den Abschnitt einmal in der Mitte zusammen und lässt ihn auf einen der Teller fallen, die von den Platzanweisern herumgereicht werden.

»Ich kann nicht glauben, dass du das tatsächlich ausgefüllt hast«, flüstere ich.

»Strobel wird es auch schwerfallen, es zu glauben«, flüstert er zurück.

»Das hast du nicht.«

Er nickt. »Und ich habe das Kästchen angekreuzt, neben dem steht, dass man einen persönlichen Besuch vom Pastor wünscht.«

Während die Platzanweiser die restlichen Abschnitte und Spenden einsammeln, überfliege ich das Merkblatt und die Liste der Sonntagsschulkurse. »Hey, sieh dir das an«, stoße ich Brad an und zeige auf den Sonntagsschullehrer für junge Paare. *Mitchell Taylor* steht dort geschrieben.

Brad verzieht das Gesicht. »Wahrscheinlich ein anderer Kerl mit gleichem Namen.«

»Entweder das, oder sie haben in dieser Kirche keine besonders hohen Ansprüche«, flüstere ich.

Ein wenig später hat der Pastor seine Predigt begonnen, und ich mache mir Notizen, in dem Versuch, Brad mit gutem Beispiel voranzugehen. Insgeheim bete ich für ihn, während ich zuhöre und mein Herz von dem nahezu verzweifelten Gefühl erfüllt ist, dass dies die beste Gelegenheit für ihn sein könnte, die Liebe und Gnade Christi zu begreifen. Der junge Pastor sprudelt geradezu vor koffeingeladener Energie und verwendet keines dieser abgedroschenen Kirchenklischees, die Brad ganz gewiss abschrecken würden. Mir fällt es leicht, diesem Kerl namens Eric zuzuhören – oder Rick oder so was in der Richtung –, während er auf der Bühne herumspringt, mich in einem Moment zum Lachen bringt und mich schon im nächsten meinen seelischen Zustand ernsthaft erwägen lässt. Auch wenn er viele Bibelzitate anwendet, scheut er nicht davor zurück, sie in einen alltäglichen Kontext zu bringen. Mir kommt es ein wenig vor, als sei C. S. Lewis vom Papier gerutscht, hätte sich einen doppelten Espresso genehmigt und würde nun die Bühne unsicher machen.

Mein einziger Wehrmutstropfen ist, dass Brad nichts mitschreibt.

So wie es nur Gott in die Wege leiten konnte, ist das Thema der Predigt perfekt auf Brad und mich zugeschnitten. Der Pastor predigt über die Scheinheiligkeit in der Kirche, und mittendrin höre ich auf, mir Notizen zu machen, nur um ein Vorbild für Brad zu sein, und fange an, sie für mich selbst zu machen. Mir kommen die pinkfarbenen Karten an meinem Kühlschrank in den Sinn, besonders jene, die genau dieses Problem ansprechen. Erst jetzt wird mir klar, dass es mir nicht gelungen ist, dieses Problem logisch zu lösen; dass ich bei meiner Hinwendung zum Glauben einen Sprung ins Ungewisse getan habe, obwohl noch immer pinkfarbene Karten – unumstößliche Tatsachen – übrig waren, die im Widerspruch zu dem Glauben stehen, dem ich mich mittlerweile verschrieben habe.

»Es gibt schlechte Ärzte, schlechte Anwälte und schlechte Finanzberater«, sagt der Pastor, »aber das bedeutet nicht, dass man ihren gesamten Berufsstand infrage stellt oder aufhört, solche Fachleute zu konsultieren. Na gut, vielleicht war das Beispiel mit den Anwälten schlecht gewählt.«

Autsch. Die Gemeinde lacht verhalten, und Brad macht ein empörtes Gesicht.

»Außerdem sollte man sich vor Augen halten, dass die eigentliche Frage nicht lautet, ob jene, die sich als Christen bezeichnen, perfekte Menschen sind. Die eigentliche Frage lautet, ob Christi Werk in ihrem Leben sichtbar wird, ob er sie von innen heraus verändert und sie dadurch etwas mehr zum Abbild seiner selbst gemacht hat. Anders gesagt: Vielleicht haltet ihr eine bestimmte Person für ziemlich verdorben oder ziemlich scheinheilig, aber ihr wisst nicht, wie sie war, bevor Christus in ihr Leben trat. Wenn ihr glaubt, sie sei jetzt schon schlimm, hättet ihr sie vorher mal erleben sollen.«

Der Prediger schlägt seine Bibel zu und erklärt, dass er mit einer kurzen Veranschaulichung abschließen möchte. Er will uns zeigen, dass wir manchmal dazu neigen, sofort auf die Scheinheiligkeit der anderen anzuspringen, uns aber schwertun, diese bei uns selbst zu erkennen. Während er redet, tritt er an den vorderen Rand der Bühne. Tatsächlich, behauptet er, verurteilen wir bei anderen dieselben Verhaltensmuster, die wir bei uns selbst mit der Ausrede entschuldigen, nur den schönen Schein wahren zu wollen.

»Aber die Wahrheit ist, dass es vielen von uns kaum gelingt, unsere Fassade nach außen hin aufrechtzuerhalten, während wir in unserem Innern elend zugrunde gehen.« Er hält kurz inne und scheint mich direkt anzusehen. Schnell blicke ich auf meine Aufzeichnungen hinunter und schaue dann hoch, um festzustellen, dass er jetzt einen anderen Bereich des Zuhörerraums ins Visier genommen hat. »Dieser Anzug«, sagt er und streift dabei mit den Händen über beide Ärmel, »ist speziell für mich angefertigt worden und passt, wenn ich das sagen darf, perfekt zu diesem weißen, mit Monogramm versehenen Hemd und der gemusterten Seidenkrawatte. Und wahrscheinlich denken sich viele von euch: *Pastor Eric sieht heute aber recht adrett aus.*« Es sind ein paar verhaltene Lacher zu hören, während sich die Zuhörer - darunter auch ich - fragen, wohin das Ganze führen soll.

Ich notiere mir seinen Namen - Eric irgendwas. »Aber unter diesem Anzug«, erklärt Pastor Eric, »verbirgt sich ein Hemd, das ganz und gar nicht so ist, wie ihr vermutet.« Während er redet, zieht Eric sein Jackett aus und präsentiert unter den überraschten Ausrufen einiger Gemeindemitglieder ein weißes Hemd, das zerrissen, schmutzig und an manchen Stellen sogar mit Blut befleckt ist.

»Viele von euch sind heute äußerlich hübsch aufgemacht in die Kirche gekommen«, fährt Eric fort, »aber innerlich seid ihr am Ende. Zerrüttete Beziehungen«, er reißt ein wenig an seinem Hemd, »verletzte Gefühle«, er weist auf die Blutflecken, und ich frage mich, woher die wohl stammen mögen, »und der Morast von unglücklichen Familienverhältnissen, finanziellen Problemen, Sorgen auf der Arbeit oder«, er hält inne und bringt die Sache auf den Punkt, »sogar gesundheitlichen Problemen. Aber viele von euch sind so mit den Gedanken über ihr Äußeres beschäftigt, dass ihr Gott nicht gestattet, euch dort zu heilen, wo es zählt, in eurem Inneren, in euren Herzen.«

Unglaublich! Der Kerl liest nicht nur meine Gedanken, sondern kennt auch noch meine Krankenakte? Dann spricht der Pastor Worte, bei denen ich das Gefühl habe, jemand würde mich an den Schultern rütteln, um mich darauf aufmerksam zu machen, dass sie direkt an mich gerichtet sind: »Der Herr entscheidet nicht nach den Maßstäben der Menschen! Der Mensch urteilt nach dem, was er sieht, doch der Herr sieht ins Herz.«

Die Worte fahren durch mich hindurch und beleuchten mein Herz genauso deutlich wie der Katheter und das Endoskop von Dr. Maholtra. Auf einmal schäme ich mich dafür, mich nur auf mein Äußeres konzentriert und mir wegen einer OP-Narbe solche Gedanken gemacht zu haben. Ich schäme mich dafür, jedem, der mir lieb und teuer ist, so viel Herzschmerz und Kummer bereitet zu haben. Ich habe mein Leben aufs Spiel gesetzt und meine gemeinsame Zukunft mit Brad, nur um nicht mein äußeres Erscheinungsbild verunstalten zu müssen. Vor der OP habe ich Brad wochenlang hinters Licht geführt. Vielleicht hat Gott den ersten Eingriff nicht gebilligt, weil ich ihn aus den falschen Gründen vornehmen ließ? Muss ich perfekt sein, damit Brad mich liebt? Damit Gott mich liebt? Damit ich mich selbst lieben und akzeptieren kann?

Die Worte des Pastors führen mich tief in mein Innerstes, und mir gefällt nicht, worauf ich stoße. Ich sehe Eitelkeit. Und Egoismus. Unsicherheit. Und Angst. Dies ist das Herz einer Frau, die sich undankbar gegenüber ihrem Gott verhält. Einer Frau, die so auf Äußerlichkeiten bedacht ist - die Menschen nach ihrem Aussehen, ihrer Intelligenz oder ihrem Bankkonto bewertet -, dass sie davon ausgeht, alle anderen würde dieselben Maßstäbe auch bei ihr ansetzen. Und vielleicht sind da auch noch Überreste unbewältigten Zorns gegenüber Gott, wegen Bills vorzeitigem Tod. Das Hemd dieses Pastors ist nichts im Vergleich zu dem, was ich in meinem Inneren verberge.

Bevor ich merke, was los ist, hat der Pastor seine Predigt beendet, und wir singen noch ein Lied. Dieses Mal werden alle Menschen, die mit solchen Problemen zu kämpfen haben, nach vorne gerufen, um zu beten. Ich hänge zwischen dem Verlangen fest, nach vorne zu gehen und diesen ganzen Mist in mir loszuwerden, und meiner Furcht vor der Verlegenheit, wenn ich nach vorne gehe. *Was wird Brad denken? Was werde ich sagen, wenn ich erst mal da vorne angekommen bin?* Es ist ein Tauziehen zwischen meinem Herzen, das mich nach vorne treibt, und meinen Füßen, die wie am Boden festgewachsen sind.

Ich beobachte die anderen Personen, die nach vorne kommen - fünf, zehn, alleine oder in Begleitung - und zu beiden Seiten von mir die Gänge hinuntergehen. Und dann sage ich auf einmal »Entschuldige bitte« zu Brad, während ich an ihm vorbei in den Gang schlüpfe und ein paar Schritte auf eine warmherzig aussehende Dame zugehe, die mir die Hand entgegenstreckt.

»Ich bin Gail«, flüstert sie. »Wofür sollen wir beten?«

Ich sage Gail, warum ich hier bin. Sie bittet mich, ihr zu folgen. Dann legt sie einen Arm um meine Schulter und führt mich durch eine nahe gelegene Tür in einen Raum, in dem wir ungestört sind. Hier erzähle ich ihr alles, was mich bewegt - der abschreckende Blick in mein eigenes Herz, mein unbewältigter Zorn auf Gott, meine eitle Orientierung an Äußerlichkeiten, meine Angst vor der anstehenden OP. Ich erzähle ihr, wie ich noch heute Morgen darauf gehofft habe, die Predigt des Pastors würde meinen Verlobten in irgendeiner Form weiterbringen, wobei mir gar nicht klar war, wie dringend ich selbst auf geistliche Hilfe angewiesen war.

Wie sich herausstellt, ist Gail sowohl eine hervorragende Zuhörerin als auch eine kluge Beraterin. Nach ein paar Minuten beten wir – erst Gail, dann ich. Gail meine Fehler und Ichbezogenheit zu beichten war nervenaufreibend, aber sie Gott zu beichten fällt ganz leicht. Als ich zum Schluss komme, habe ich Tränen in den Augen, und Gail reicht mir ein paar Taschentücher. Ich tupfe mir die Augen von der Seite, um meine Wimperntusche nicht noch mehr zu verschmieren.

»Wie fühlst du dich jetzt?«, fragt Gail.

»Als wäre das schon lange nötig gewesen«, antworte ich. »Ich bin es leid, wütend auf Gott zu sein –«, ich breche mitten im Satz ab, und Gail legt eine Hand auf mein Knie. Ich tupfe noch ein paarmal, um den Tränen zuvorzukommen.

»Und was diese Sache angeht, Leute für ihr Inneres zu akzeptieren ...« Ich erzähle Gail von Jamie Bannister, und sie nickt verständnisvoll. »Von jetzt an werde ich nicht mehr so vorschnell sein, andere nur aufgrund von Äußerlichkeiten zu bewerten.«

»Und wie steht es mit dir selbst?«, fragt Gail. »Bist du bereit, Leslie genauso zu akzeptieren, wie du andere akzeptierst – für das, was im Inneren ist, anstatt nach äußerer Perfektion zu verlangen?«

Ich lasse mir die Frage kurz durch den Kopf gehen. »Das werde ich wohl müssen«, antworte ich, »da ihr Äußeres demnächst eine achtzehn Zentimeter lange Operationsnarbe verpasst bekommt.«

* * *

Schließlich kehren Gail und ich in den Gemeindesaal zurück, wo wir auf den geduldig wartenden Brad treffen. Armer Brad. Er fragt sich wahrscheinlich gerade, ob er im Begriff ist, eine religiöse Fanatikerin zu heiraten. Vielleicht ist es so.

»Entschuldige, Brad. Ich musste einfach ein paar Dinge für mich klären.« Ich werfe ihm einen Blick zu, der ihm sagen soll, dass wir uns auf dem Weg nach Hause darüber unterhalten werden, und er versteht.

»Kein Problem«, meint er. »Du verbringst dein halbes Leben damit, auf mich zu warten; da macht es mir nichts aus, zur Abwechslung mal auf dich zu warten.«

Ich mache Brad und Gail miteinander bekannt, und wir unterhalten uns eine Weile über Belanglosigkeiten, bis wir uns verabschieden.

»Wenn ihr bei Gelegenheit noch mal vorbeikommen solltet«, sagt Gail, während wir den Mittelgang zum Ausgang hinunterlaufen, »könntet ihr ja mal einen Sonntagsschulkurs besuchen. Um 9.45 Uhr findet ein ganz hervorragender Kurs statt, dessen Leiter ebenfalls Anwalt ist. Kennt ihr Mitchell Taylor?«

Meine Kinnlade schlägt fast auf dem Boden auf, doch Brad zuckt nicht mal mit der Wimper. »Ich kenne einen Typen, der so heißt«, sagt er, ohne seinen Schritt zu verlangsamen. »Aber ich bin mir ziemlich sicher, dass der kein Sonntagsschullehrer ist.«

67

Dienstag ist der Tag, an dem ich es schaffe, alle gegen mich aufzubringen. Nach zwei Tagen des Aufschubs rufe ich endlich Dr. Maholtras Büro an, um meinen Termin für den Eingriff abzusagen. Glücklicherweise befindet sich Dr. Maholtra gerade im OP, und so bekomme ich nur eine Assistentin zu sprechen. »Bitte richten Sie Dr. Maholtra aus, dass ich sehr zu schätzen weiß, was sie für mich getan hat«, sage ich. »Aber teilen Sie ihr mit, dass ich mich entschieden habe, es mit der herkömmlichen Operationsmethode zu versuchen.«

»Darf ich fragen warum?«, fragt die Assistentin.

Das haben Sie gerade, würde ich am liebsten erwidern. *Und nein, das geht Sie eigentlich überhaupt nichts an.* Stattdessen informiere ich sie höflich, dass ich mich für die herkömmliche Operationsmethode entschieden habe, auch wenn ich den größten Respekt für Dr. Maholtra hege.

Ich kann es gar nicht abwarten, das Gespräch zu beenden.

Als Nächstes gehe ich zu meinem Termin mit Dr. Reddick, der mich über den Rand seiner kleinen halbmondförmigen Brillengläser mustert und dem Drang widersteht, »Ich hab's Ihnen ja gleich gesagt« zu sagen. Bis zu dem Punkt, an dem wir den Termin für meine OP besprechen, läuft alles wie geschmiert.

»Ich glaube, ich kann Sie Donnerstag in einer Woche um acht Uhr unterbringen«, schlägt er stolz vor, nachdem er seinen überfüllten Terminkalender auf dem Computer des Untersuchungszimmers aufgerufen hat. Bevor ich überhaupt etwas erwidern kann, ist er schon dabei, den Termin einzutragen.

»Eigentlich passt es mir da nicht«, sage ich.

Seine Finger gefrieren auf der Tastatur, als wüsste er nicht, was er jetzt tun soll.

Eine Patientin besitzt die Dreistigkeit, anzudeuten, sie könne sich nicht dem Terminplan des Arztes anpassen?

»Darf ich fragen warum?«, fragt er.

Bringen sie einem diese Frage im Medizinstudium bei?

»Ich habe mich gefragt, ob Sie vielleicht Anfang Juli einen Termin frei hätten«, erwidere ich und weiche so der Frage aus.

Er richtet sich von seiner Tastatur auf, wendet sich mir zu und versteift sich. »Bei allem Respekt, Ms Connors, wir reden hier von einem risikoreichen Herzleiden. Ich denke, wir sollten so schnell wie möglich operieren. Ich kann mir nicht vorstellen, was Sie nächsten Donnerstag vorhaben, das wichtiger sein sollte.«

Bis jetzt habe ich es vermieden, dem guten Doktor zu sagen, dass ich Anwältin bin, aber mir sind soeben die Optionen ausgegangen. »Ich vertrete eine unschuldige Sechzehnjährige, die wegen Mordes angeklagt ist«, erkläre ich. »Und solange Sie mir nicht sagen, dass das Risiko für einen Herzinfarkt sehr viel höher ist, wenn wir vier Wochen anstatt zehn Tage mit dem Eingriff warten, dann wäre ich sehr gerne vor Ort, um sie zu verteidigen.«

Dr. Reddick räuspert sich. »Es wäre besser, den Eingriff frühzeitig vorzunehmen. Jeder Tag, an dem dieses Herzleiden unbehandelt bleibt, stellt ein Risiko da. Aber nein, ich denke nicht, dass ein paar Wochen Wartezeit einen großen Unterschied machen würde.«

Nach diesem Eingeständnis werden wir beide etwas entspannter und besprechen die genauen Details für die Operation, die nun am 5. Juli stattfinden soll, dem Donnerstag nach dem Unabhängigkeitstag. Er stellt mir ein neues Rezept für Blutverdünner und Betablocker aus und überreicht mir dann ein Fläschchen mit Nitroglyzerin-Kapseln, die ich im Falle eines sich anbahnenden Herzinfarkts nehmen soll. Ich tue das als einen subtilen Hinweis ab, die ganze Sache sehr viel ernster zu nehmen.

Als ich im Begriff bin zu gehen, teilt Dr. Reddick eine letzte Spitze aus. »Ich nehme an, es hat nicht viel Sinn, Ihnen zu sagen, dass Sie Stress und anstrengendes Training vermeiden sollten«, sagt er.

»Ich verspreche, dass ich beim Training nicht ins Schwitzen geraten werde«, erwidere ich.

»Das dachte ich mir«, grummelt Reddick. »Dann noch einen schönen Tag.«

* * *

Brad Carson ist die dritte Person, die ich am Dienstagmorgen vor den Kopf stoße. »Sag mir, dass das ein Witz ist«, meint er, als ich ihm von meinem OP-Termin berichte.

»So ernst wie ein Herzinfarkt«, bemerke ich geistreich.

»Können wir diesen Ausdruck bitte vermeiden?«, fragt er, mit vor Sorge gerunzelter Stirn. »Du musst dir so schnell wie möglich einen Termin besorgen. Wir werden das Bannister-Verfahren unterbrechen lassen, bis du wieder fit bist, Leslie. Eines ist mal ganz klar: Deine Gesundheit geht vor.«

»Bis wann unterbrechen lassen?«

»Bis nach der Hochzeit«, sagt er. »September.«

»Wenn ich mich recht erinnere, gab es mindestens drei gute Gründe, die dagegen sprechen.« Ich fange an, die Punkte an meinen Fingern abzuzählen. »Erstens werden Jugendstrafsachen mit der Zeit nur schlimmer. Zweitens müssen wir den Druck auf Fowler aufrechterhalten –«

»Das ist was anderes«, fällt mir Brad ins Wort. »Ich meinte damit, dass wenn wir die Wahl hätten, wir uns für einen frühen Gerichtstermin entscheiden sollten. Ich habe nicht gesagt, dass wir unser Leben aufs Spiel setzen sollten, um diesen Fall so schnell wie möglich zur Verhandlung zu bringen.«

»Ich riskiere nicht mein Leben, wenn ich den Fall vor meiner Operation verhandle. Bei mir besteht ein erhöhtes Risiko für einen Herzinfarkt, ja, aber das schon seit Monaten, wenn nicht seit Jahren. Und mittlerweile nehme ich Blutverdünner und Betablocker ein. Dieses Septum-Dings wächst nur sehr langsam. Das wird in einem Monat nicht anders aussehen als heute auch.«

Brad stößt einen tiefen Seufzer aus, aber ich blicke ihm direkt in die Augen und presche weiter vor. »Du hattest recht, als du sagtest, dass Tara Bannister eine weibliche Rechtsvertretung braucht, Brad. Und davon abgesehen, *will* ich es einfach machen. Ich kann nicht zulassen, dass mein Herzleiden gewinnt. Ich kann nicht zulassen, dass es mich davon abhält, diesen Fall zu verhandeln.«

Brad wird klar, dass er in dieser Sache nicht gewinnen kann, aber ich liebe ihn dafür, dass er es trotzdem versucht. »Dann lass mich dir wenigstens ein wenig helfen, Leslie. Lass mich ein paar Zeugen übernehmen und den Stress ein bisschen mildern.«

»Du hast nächste Woche das DMVN-Verfahren anstehen«, erinnere ich ihn.

»Das lasse ich sausen«, erwidert er. »Ich werde eine Unterbrechung erwirken. Ich rufe noch heute beim Gericht an.«

Auch wenn das verlockend klingt, ist es nicht mehr das, was ich will. »Du brauchst den Prozess jetzt nicht zurückzustellen. Ich werde den Bannister-Fall für das Verfahren vorbereiten, dann kannst du mir helfen, sobald dein Fall abgeschlossen ist. Lass uns einfach so weitermachen wie gehabt.« Ich nehme sein Gesicht in die Hände und trete näher an ihn heran. »Es ist mir wirklich wichtig, dass mein Herzleiden nicht das letzte Wort hat. Ich muss das Gefühl haben, dass wir diese Krankheit schlagen und uns nicht davon kontrollieren lassen. Kannst du das nicht verstehen?«

Er verzieht missbilligend das Gesicht, ist aber klug genug, keinen Druck zu machen. »Was ist mit der Hochzeit?«, fragt er sanft. »Sollten wir den Termin vielleicht ein wenig nach hinten verschieben?«

Seit ich Dr. Reddicks Büro verlassen hatte, konnte ich an kaum etwas anderes denken. »Ich werde vier Wochen Zeit haben, um mich von dem Eingriff zu erholen, Brad. Dr. Reddick meint, das müsste ausreichen. Was auch immer wir tun ... unsere Hochzeit soll wie geplant stattfinden. Ich kann nicht zulassen, dass meine HCM sie hinausschiebt. Ich muss etwas haben, das mich in der Reha motiviert, etwas, für das sich die ganze Sache lohnt.« Ich umarme ihn, und er wirft seine Arme um mich.

»Und das Einzige, was eine so schlimme Erfahrung lohnenswert machen könnte«, ich drücke ihn fest an mich und lasse mich in die Geborgenheit seiner Arme fallen, »bist du.«

68

»Das ist es. Hundertprozentig!«, rufe ich, wobei ich vor Verzückung die Hände vor den Mund schlage. Ich drehe mich ein wenig auf der Stelle und starre in die Reihe von Spiegeln vor mir und bewundere das Kleid aus jedem möglichem Blickwinkel.

»Elegant, aber schlicht«, meint die Verkäuferin von David's Brautmoden, die mir beim Anziehen hilft. »Sehr geschmackvoll.«

Was das angeht, habe ich keine Ahnung, aber eins weiß ich genau: Ich liebe es! Meine Suche ist beendet.

Am Abend zuvor hatte ich ein Kleid im Internet entdeckt, das mir ganz gut gefiel. Also bin ich heute am späten Nachmittag bei David's Brautmoden vorbeigefahren, um es mir anzusehen. Ich verspürte das lauwarme Gefühl, das man beim Betrachten eines Kleides empfindet, das zwar ausreichen würde, aber nicht wirklich verzaubert.

»Kann ich Ihnen noch ein paar andere zeigen, die in die Richtung gehen?«, hatte mich die Verkäuferin gefragt.

Ich war versucht, Nein zu sagen, da ich so schon ein schlechtes Gewissen hatte, nicht längst an der Vorbereitung für den Bannister-Prozess zu sitzen. Doch meine höfliche Natur brachte mich dazu zu bleiben. Zwei Kleider später holte sie *das Kleid* hervor, und in dem Moment, als ich es sah, breitete sich ein Lächeln auf meinem Gesicht aus.

»Es steht Ihnen wirklich hervorragend«, sagt die Verkäuferin gerade.

Das sollte es für 950 Dollar auch. Und auch wenn sie bezahlt wird, das zu sagen, bin ich gewillt, ihr zu glauben.

Es ist ein Oleg-Cassini-Kleid, elfenbeinfarben und ärmellos, mit Stehkragen und schlichtem A-Linien-Schnitt. Der Schlitz im Ausschnitt endet hoch genug, um meine Operationsnarbe perfekt zu verdecken, wenn man Dr. Reddicks Beschreibung Glauben schenkt. Es hat einen wunderschönen Streifen, der mit Stickereien und Perlen verziert ist. Die Verkäuferin hat ihn als perlenbesetztes Empire-Mieder bezeichnet. Es hat außerdem eine hohe Taille, die direkt unter der Brust ansetzt. Ich bin entzückt, wie sehr die atemberaubend schlichten Linien, die leicht ausgestellt vom Mieder zum Boden auslaufen, meiner Figur schmeicheln.

Ich recke das Kinn hoch und drehe mich noch einmal langsam im Kreis. Ich könnte den ganzen Tag vor dem Spiegel stehen und mich bewundern, aber ich will mich nicht so egozentrisch aufführen, wie ich mich innerlich fühle. Oben sitzt das Kleid eng an und fällt dann in eleganten Bahnen wunderschönen Stoffes an mir herunter.

Ich stelle mir dazu einen strengen, tiefen Dutt vor, und schon bin ich dabei, Diademe anzuprobieren. Nach wenigen Minuten habe ich das perfekte kleine und schlichte Strass-Diadem gefunden, dessen unterer Rand mit Perlen besetzt ist. Natürlich muss ich jetzt erst mal ein paar Minuten lang Kleid und Diadem zusammen in Augenschein nehmen, die so perfekt zusammenpassen, dass sie nie wieder getrennt verkauft werden sollten.

»Sie haben wunderschönes Haar«, meint die Verkäuferin. »Es bringt einfach jeden Farbton in diesem Diadem zur Geltung.«

Ich frage mich, wie viel es wohl kosten würde, die Dame zu engagieren. Ich könnte sie dafür bezahlen, ständig mit solchen Komplimenten um sich zu werfen; vielleicht ließen sich damit sogar Bellas spitze Bemerkungen ausgleichen ...

Bella!

Sofort greife ich nach meinem Handy und drücke die Kurzwahltaste für ihre Nummer. »Willst du sehen, wie die bezaubernde Braut an ihrem Hochzeitstag aussehen wird?«, frage ich.

»Im Ernst jetzt?«, keucht Bella. »Ich bin sofort da.«

Einen Moment lang herrscht Schweigen in der Leitung, während ich breit grinse.

»Wo ist *da* eigentlich?«, fragt sie verlegen.

69

Die nächste Woche vergeht wie im Flug, während ich rund um die Uhr an dem Bannister-Fall und meinen Hochzeitsplänen arbeite. Dank meines Zeitmanagements, das auf einem Wunder zu beruhen scheint, und Bellas Arbeitseifer schaffen Brad und ich es, unsere Hochzeitseinladungen zu verschicken, und ja, eine davon ist an meinen Vater adressiert. Wir liefern außerdem die Zeugenvorladungen aus und bereiten unsere Beweismittel für den DMVN-Fall und den Bannister-Fall vor. Ich verbringe einen ganzen Tag mit Trish und Tara und gehe mit ihnen ihre Aussagen durch. Tara wird noch einen weiteren Tag brauchen und vielleicht sogar noch länger, wenn sie das Ganze nicht langsam etwas ernster nimmt.

Mein Besuch in der First Baptist am Sonntagmorgen war die einzige Auszeit, die ich in den vergangenen sieben Tagen bekommen habe. Dieses Mal bin ich allein hingegangen.

Am Mittwoch beginnt für Brad die Verhandlung des DMVN-Falls vor dem Bundesgericht, während ich in der Kanzlei bleibe und an Anträgen für den Bannister-Fall arbeite. Nachdem er die Geschworenen ausgesucht und sein Eröffnungsplädoyer gehalten hat, kehrt Brad am Donnerstagabend ins Büro zurück und sieht vollkommen erschöpft aus.

»Und, wie läuft's?«, frage ich.

»Wenn unsere Beweislage nur halb so fundiert ist, wie ich im Eröffnungsplädoyer versprochen habe, werden wir keine Probleme bekommen.«

»Ist sie das denn?«

»Nein.«

Er wirft sein Jackett über einen Stuhl des Konferenzraums, in dem ich gerade arbeite, und lässt seine Aktentasche auf den Tisch plumpsen. »Wie sieht's mit den Geschworenen aus?«, frage ich.

Brad fläzt sich auf einen Stuhl. »Zwei alleinstehende Frauen«, sagt er triumphierend. »Das könnte das Einzige sein, was uns rettet.«

Ich gebe ihm ein bisschen Zeit, um sich über den Fall auszulassen, und versuche mir dabei nicht anmerken zu lassen, das ich am liebsten »Ich hab's dir ja gleich gesagt« sagen würde. Im Moment braucht er meine Unterstützung. Aber wenn der Fall abgeschlossen ist, bekomme ich hoffentlich die Gelegenheit, ihn zu fragen, warum er ihn überhaupt behalten hat.

»Wer ist dein erster Zeuge?«, frage ich.

»Da werde ich mich wohl an den Angeklagten halten müssen«, sagt er in einem Tonfall, der klingt, als wäre es mehr Pflicht als Chance.

»Kann ich kommen und zusehen?«

Er grunzt. »Ich überlasse dir sogar die Befragung, wenn du willst. Nur vergiss nicht, dass wir es hier nicht mit dem hellsten Kopf zu tun haben.«

»Dann überlasse ich ihn besser dir. Vielleicht versteht er ein paar der komplizierten Wörter nicht, die ich so gerne benutze.«

»Danke«, meint Brad. »Hast du Hunger?«

»Ich bin am Verhungern.« Dann kommt mir mein neues Hochzeitskleid in den Sinn. »Ein schöner leichter Salat wär jetzt toll.«

* * *

Brandon Matthews wirkt im Zeugenstand vollkommen fehl am Platz und versucht bemüht, nicht nervös zu wirken. Er trägt ein Hemd und eine Kakihose. Die obersten beiden Knöpfe hat er offen gelassen, sodass ein großes goldenes Kreuz und sein blondes Brusthaar zu sehen sind. Seine blonde Mähne ist zu einem strengen Pferdeschwanz zusammengebunden und gibt so den Blick auf weiteren Kreuzschmuck frei, diesmal in Form eines kleinen goldenen Ohrrings. Trotz des langarmigen Hemdes ist klar, welch gestählter Körper sich darunter verbirgt, und ich bin froh, nicht in Begleitung von Tara Bannister zu sein, da sonst der Speichel in Strömen fließen würde.

Brad ist mit Brandon bereits alle wichtigen Punkte seiner Aussage durchgegangen – wie die Macher der Sendung ihn hinters Licht geführt und bloßgestellt haben, die Einkommensverluste, die er bei seinem Job als Fitnesstrainer erlitten hat, und die hämischen Bemerkungen, die ihm in der Öffentlichkeit entgegengebracht werden. Brandon beantwortet alle Fragen mit großem Enthusiasmus, auch wenn es mir und wahrscheinlich allen anderen Anwesenden so vorkommt, als würde er ein wenig übertreiben, wie ein Laiendarsteller, der glaubt, jeder Satz müsse so dramatisch wie möglich vorgetragen werden.

»Haben Sie später herausgefunden, dass zwei der drei Finalistinnen bezahlt worden waren, um Sie bei dem letzten Date zu vergraulen, damit die Wahrscheinlichkeit erhöht war, dass Sie Jewel, den Transvestiten, zur Gewinnerin küren würden?«

Brandon nippt an seinem Wasserglas und setzt ein trauriges Gesicht auf, das wenig überzeugend ist. »Ich wusste, dass irgendwas anders war«, sagt er ernst. »Bei unseren anderen Dates war es, nun«, er richtet sich etwas auf, voller Stolz an diese Erinnerungen, »diese Dates waren heiß. Die Mädchen waren von mir angetan. Wir, na ja, wir haben uns ziemlich gut verstanden, wenn Sie wissen, was ich meine. Die Kameras konnten das meiste davon nicht mal ausstrahlen.« Bei diesem Gedanken plustert sich Brad tatsächlich ein wenig auf, sodass sich seine angespannte Brustmuskulatur unter dem Hemd abzeichnet.

»Dann, nachdem Jewel aufgetaucht war ... haben sie die Krallen ausgefahren. Und auf einmal wurden meine süßen Finalistinnen zu diesen drei«, er hält sich in letzter Sekunde zurück, »den drei Stiefschwestern von Aschenputtel.« Seine geistreiche Bemerkung lässt Brandon ein wenig lächeln. »Ich dachte, sie wären einfach nur auf Jewel eifersüchtig.«

»Aber später haben Sie dann erfahren, dass zwei von ihnen bezahlt wurden, um sich gegen Sie zu stellen?«, fragt Brad.

»So ist es.«

»Aber was war mit Annie? Wissen Sie von irgendwelchen Beweisen, die darauf hindeuten, Annie wäre bezahlt worden, um Sie zu verprellen, damit Jewel gewinnen würde?«

Brandon blickt zu Boden und schüttelt langsam den Kopf. »Nein. Es war falsch von mir, Annie so zu behandeln.« Er zuckt mit den Schultern. »Wenn ich es noch mal tun müsste, würde ich mir mehr Mühe geben, die Verbindung zu Annie aufrechtzuerhalten. Sie war hübsch und lebensfroh, und eigentlich hat die Chemie zwischen uns wirklich gestimmt ...«

»Aber?«, hakt Brad nach.

»Aber ich schätze, ich habe mich von Jewel blenden lassen und dem, was sie zu bieten hatte.«

Brad ist schlau genug nicht nachzufragen, was genau das ist, also wechselt er schnell das Thema. »Haben Sie nach der Sendung jemals wieder mit Annie geredet?«

Ich kenne die Antwort, die Brad und Brandon vorbereitet haben. An dieser Stelle soll Brandon sagen, dass er sie noch einmal getroffen und sich bei ihr entschuldigt hat. Das würde laut Brad genau den richtigen Grad an Reue zeigen, ohne zu dick aufzutragen.

»Ja«, antwortet Brad. »Tatsächlich habe ich mich gerade vor ein paar Minuten mit ihr im Flur unterhalten.«

Ich richte meinen Blick auf Brad, der sich nichts anmerken lässt, auch wenn ich weiß, wie überraschend diese Antwort für ihn kommt und er innerlich gerade verzweifelt. Jetzt muss er die Frage stellen, die allen durch den Kopf geht. »Was haben Sie ihr gesagt?«

Ich halte die Luft an, denn das Leuchten in Brandons Augen macht mich nervös. »Ich habe ihr gesagt, wie leid es mir tut, dass ich mich nicht für sie entschieden habe. Ich habe sie gefragt, ob ich es wiedergutmachen kann, indem ich sie zum Abendessen einlade, sobald dieser Fall abgeschlossen ist.«

»Und was hat sie geantwortet?«

»Sie meinte, sie würde es sich überlegen.«

Ich lasse die Luft wieder raus. Das war gar nicht so schlimm. Vielleicht ist Brandon doch klüger, als wir dachten.

Die Aussage zieht sich weiter hin, und ich fange an, mir im Kopf eine To-do-Liste für den Bannister-Fall und meine Hochzeit zu erstellen. Dann, kurz vor der Vormittagspause, kommt Brad zu den Fragen, wegen denen ich überhaupt hier bin.

Er beginnt damit, Brandon die Titelseite des *National Inquisitor* zu zeigen. Es ist Teil von Brads Argumentationskette, zu zeigen, welchen Schaden Brads Privatleben genommen hat. Also geht er die Frauen, die zusammen mit Brandon abgebildet sind, eine nach der anderen durch, um zu beweisen, dass die Dinge nicht so sind, wie die Fotos im *Inquisitor* vermuten lassen.

Als er schließlich zu meinem Foto kommt, bekomme ich feuchte Hände und kann den Zeugen kaum ansehen. Auch wenn die versammelte Presse sich bei diesem schlüpfrigen Teil seiner Aussage voll und ganz auf Brandon konzentriert, habe ich dennoch das Gefühl, als würden sie heimliche Blicke in meine Richtung werfen.

»Also, auf dem nächsten Bild sind Sie mit einer rothaarigen Frau zu sehen, die ihre Augen geschlossen hat. Es erscheint so, als würden Sie sich zu ihr hinabbeugen, um sie zu küssen. Können Sie erklären, wie es zu dieser Aufnahme kam?«

»Aber sicher«, meint Brandon und rutscht auf seinem Sitz herum. »Die Frau auf dem Bild ist Ihre Kanzleipartnerin Leslie Connors ...«

Ich beobachte aus dem Augenwinkel, wie sich einige der Reporter Notizen machen.

»Und eigentlich versuche ich da gerade nur zu sehen, ob sie vielleicht eine Mund-zu-Mund-Beatmung braucht.«

An dieser Stelle bemerke ich, wie sich ein breites Grinsen auf dem Gesicht eines Geschworenen ausbreitet, während eine andere ihr Lachen hinter vorgehaltener Hand versteckt. Ein paar der anderen blicken zu Boden, wahrscheinlich um ihre amüsierten Gesichter zu verbergen.

»Sie müssen wissen«, fährt Brandon fort, der die hämischen Gesichter nicht zu bemerken scheint, »dass Leslie in dem Fitnessstudio, in dem ich arbeite, ohnmächtig geworden war«, *Brad hätte ihm besser gesagt, dass er mich Ms Connors nennen soll,* »und ich beuge mich nur über sie, um sicherzugehen, dass sie noch atmet und keine wiederbelebende Maßnahmen braucht.«

Der Verteidiger der gegnerischen Partei stößt ein Husten aus, woraufhin einem der Geschworenen ein Kichern entfährt.

»Was trägt sie da?«, fragt Brad

»Ich glaube, es waren wahrscheinlich ein Tanktop und Laufshorts«, meint Brandon, »die Art von Kleidung, die die meisten Frauen im Fitnessstudio tragen.«

Ich schaue nach links und lasse meinen Blick über die irritierten Gesichter der Reporter schweifen. Sie kaufen ihm die Geschichte nicht ab. Eine von ihnen starrt mich sogar an, schaut aber schnell weg, als sich unsere Blicke begegnen.

»Haben Sie sie an diesem Tag nach Hause gefahren?«, fragt Brad.

»Ja, nachdem wir einen Krankenwagen gerufen hatten, um sie ärztlich versorgen zu lassen«, erklärt Brandon.

»Erklärt das auch dieses andere Foto – wo Sie und Leslie in Ihrem Auto zu sehen sind?«

»Ja, das tut es.«

»Hatten Sie an jenem Tag oder zu irgendeinem anderen Zeitpunkt ein romantisches Verhältnis mit Leslie Connors?«

»Nein, das hatte ich nicht.« Dann grinst Brandon breit und präsentiert seine perfekten weißen Zähne, die unter seiner breiten römischen Nase in Reih und Glied stehen. »Sie war schon vergeben.«

* * *

Nach der Pause nehme ich Brad draußen im Flur beiseite.

»Ruf mich in den Zeugenstand«, sage ich ihm. »Die Geschworenen kaufen ihm die Sache mit meiner Ohnmacht und den Wiederbelebungsmaßnahmen nicht ab.«

Brad runzelt die Stirn. »Du weißt, dass ich das nicht kann. Du bist meine Partnerin. Wenn du aussagst, muss ich mich aus dem Fall zurückziehen.«

»Na, du bist doch ein schlauer Kerl. Du musst einen Weg finden, seine Glaubwürdigkeit zu steigern – den Geschworenen irgendwie klarmachen, dass diese Fotos nur der Versuch eines korrupten Bullen und einer skrupellosen Zeitung sind, mich in eine Falle zu locken.«

Brad schaut sich um, um sicherzugehen, dass uns niemand belauscht. »Oh, wir haben eine Methode, um das zu erreichen«, sagt er leise. »Aber Brad will nicht, dass ich sie anwende. Indem wir Anderson bei diesem Fall bloßstellen, würden wir das Überraschungsmoment für den Bannister-Fall zerstören. Und das ist etwas, das Brad einfach nicht tun will.«

»Sprechen wir hier von den Beweisen, von denen du mir nichts erzählen willst?«, frage ich.

Brad nickt.

»Warum sollte Brandon so viel auf den Bannister-Fall geben und so wenig auf seinen eigenen?«

»Vielleicht glaubt er, wir können die Aussage, die wir brauchen, von den Sanitätern bekommen, die zum Fitnessstudio kamen«, meint Brad. »Oder vielleicht glaubt er auch, dass das Verfahren sowieso schon so gut wie verloren ist. Oder vielleicht will er Anderson wirklich dafür drankriegen, dass er der Zeitung die Fotos zugespielt hat, und meint, das ließe sich am besten bewerkstelligen, wenn er ihn mit seiner Aussage beim Bannister-Fall überrumpelt.«

»Oder vielleicht«, erwidere ich, »hat er einen Anwalt, der eine persönliche Fehde gegen Detective Anderson führt und gedroht hat, den Fall abzugeben, sollte Brandon sich nicht bereit erklären, seine belastenden Beweise bis zum Bannister-Verfahren zurückzuhalten.«

Brad schaut mich mit seinem Pokergesicht an, was für mich die Bestätigung ist, dass ich ins Schwarze getroffen habe. »Ich glaube, die Verhandlung geht jeden Moment weiter.« Damit küsst er mich auf die Wange und macht sich auf den Weg zurück in den Gerichtssaal.

70

Am Freitagmorgen, während Brad sich durch Tag drei des DMVN-Verfahrens kämpft, mache ich mich auf den Weg zum Bezirksgericht von Virginia Beach, zu den Anhörungen über zwei weitere Anträge. Eine davon ist eine routinemäßige Anhörung, um einen Deal für einen von Brads Mandanten gerichtlich anerkennen zu lassen. Der andere Antrag wurde von Strobel eingereicht, in dem er das Gericht bittet, den Vergleichsvorschlag für die

Lebensversicherungsansprüche zu genehmigen. Da die Vergleichsvereinbarung auch Jamie und Tara betrifft, die beide noch minderjährig sind, muss die Vereinbarung von einem Richter abgesegnet werden.

Und weil die Vereinbarung von Strobel vorgeschlagen wurde, beschließe ich natürlich, sie abzulehnen.

Im Papierkram zu Strobels Vergleichsvereinbarung wird vorgeschlagen, dass Benefit Financial die gesamten zwei Millionen Dollar auszahlt, die im Rahmen der Police anfallen. Eine Million geht an Fowler, der das Geld treuhänderisch für die Kinder verwalten soll. Jamie bekommt zwei Drittel der Summe, Tara ein Drittel.

Mit der anderen Million verhält es sich komplizierter. Aus den Versicherungsbestimmungen geht hervor, dass die zweite Million direkt an Fowler ausgezahlt werden soll. Aber Bannister hatte außerdem einen offiziellen Brief an Fowler verfasst, in dem er ihn darum bittet, den größten Teil des Geldes in einen Treuhandfonds für die Bannister-Familie und bestimmte wohltätige Organisationen zu investieren. Weil diese Klausel weder in einem Testament noch in den Bestimmungen der Versicherungspolice selbst auftaucht, ist sie nicht rechtskräftig. Sofern er nicht der Mörder ist, kann Fowler die eine Million Dollar einfach einstreichen, ohne dass ihn jemand daran hindern könnte.

Doch Strobel hat einen Kompromiss vorgeschlagen. Strobels Plan zufolge würde die Million an Fowler gemäß den Bestimmungen der Versicherungspolice ausgezahlt werden, wenn er sich dazu bereit erklärt, den Wünschen in James Bannisters nicht vollstreckbarem Brief bezüglich Trish und der Kinder nachzukommen. Trish würde, genau wie von James gewünscht, dreihunderttausend bekommen, zweihunderttausend würden auf ein Treuhandkonto für Jamie gehen und einhunderttausend auf ein Treuhandkonto für Tara. Damit bleiben vierhunderttausend Dollar übrig. James hat Fowler angewiesen, für seine Mühen selbst einhunderttausend Dollar zu behalten und die verbleibenden dreihunderttausend wohltätigen Organisationen und der Republikanischen Partei zu spenden. Aber davon wird in der Vergleichsvereinbarung nichts erwähnt, also gehe ich davon aus, dass Fowler vorhat, diesen Teil von James' Brief zu ignorieren und die verbleibenden vierhunderttausend Dollar selbst einzustreichen.

Das muss ich Strobel lassen – er hat an alles gedacht. Die Versicherungsgesellschaft muss zwar zahlen, aber bringt Fowler, Trish und die Kinder dazu, eine Verfügung zu unterschreiben, in der sie offiziell darauf verzichten, die Versicherung wegen Arglist zu verklagen. Trish und die Kinder bekommen jeden Cent, der ihnen laut Police zusteht, wie auch das Geld, das James ihnen in dem nicht vollstreckbaren Brief zugesprochen hat. Fowler steht wie ein netter Kerl da, weil er Trish und den Kindern sogar mehr abgibt, als ihnen rechtlich eigentlich zusteht. In Wahrheit spaziert er mit dreihunderttausend Dollar mehr davon, die James eigentlich wohltätigen Zwecken und einigen Republikanern zukommen lassen wollte. Die einzigen Beteiligten, die sich darüber beschweren könnten, nämlich die wohltätigen Organisationen und die Republikaner, haben nichts in der Hand.

»Ich werde mich gegen den Antrag aussprechen«, sage ich Strobel, als ich ihm begegne.

»Mit welcher Begründung?«, fragt er ungläubig. »Ihre Mandanten bekommen alles, was ihnen zusteht, und mehr.«

»Mit der Begründung, dass Fowler nicht einen Cent bekommen sollte, da er sehr wohl der Mörder von James Bannister sein könnte.«

Strobel schnaubt verächtlich. »Das ist lächerlich, Ms Connors. Wie viele Richter müssen Ihnen das noch sagen, bevor Sie es glauben?«

»Wenigstens einer noch«, erwidere ich.

Bei dieser Anhörung bekommen wir eine Richterin zugeteilt, die dafür bekannt ist, unparteiisch und geduldig zu sein. Laut Brad ist Richterin Patricia East eine freundliche, junge Richterin, die für ihre Fairness und ihre guten Sitten geschätzt wird - es sei denn, man bringt sie gegen sich auf.

»Was passiert dann?«, hatte ich ihn gefragt.

»Lass es nicht dazu kommen«, hatte er geantwortet. »Vertrau mir.«

Wenn einer wissen muss, wie sich ein Richter aufführt, den man wirklich wütend gemacht hat, dann ist es Brad. Ich habe nicht vor, es selbst herauszufinden.

Strobel bittet darum, dass die Anhörung unter Ausschluss der Öffentlichkeit in Richterin Easts Büro abgehalten wird. Dieses Mal gibt es keine Zeitungsreporter, die sich beschweren könnten. Sobald sich alle auf ihren Plätzen niedergelassen haben und Strobel erklärt hat, was für eine hervorragende Vereinbarung das ist, sage ich der Richterin, dass ich noch nicht bereit bin, meine Zustimmung zu geben. Unter den finsteren Blicken von

Strobel und Fowler bitte ich die Richterin um mehr Zeit, um ermitteln zu können, ob Harlan Fowler am Mord von James Bannister beteiligt war.

Richterin East äußert ein gutes Maß an Skepsis und gibt zu Protokoll, dass sie sich nicht vorstellen kann, Mr Fowler könne auf irgendeine Weise beteiligt gewesen sein. Dennoch lässt sie sich widerwillig darauf ein, mich zumindest erst den Bannister-Mordfall abwickeln zu lassen, um zu sehen, ob dabei irgendwelche überraschenden Entwicklungen zutage kommen. »Aber wenn ich Sie wäre«, warnt sie mich und schaut mich dabei über ihre schwarz umrandete Lesebrille an, »würde ich das Geld jetzt nehmen. Sollte Ihre Mandantin schuldig gesprochen werden, kann es gut sein, dass sie komplett leer ausgeht.«

»Wir sind bereit, dieses Risiko einzugehen, Euer Ehren.«

»Dann will ich den erstmöglichen Anhörungstermin, nachdem der Bannister-Fall abgeschlossen ist, um diese Vereinbarung rechtskräftig zu machen«, bellt Strobel.

Während alle ihre Terminkalender hervorkramen, beginne ich mit meiner Litanei von Ausreden. Erstens wäre da die Operation am offenen Herzen, die für den 5. Juli vorgesehen ist. Dann findet, sobald ich mich davon erholt habe, unsere Hochzeit am 5. August statt. Daraufhin folgen natürlich die Flitterwochen. Ich kann mich gar nicht genug bei allen Anwesenden entschuldigen, aber es wird mir frühestens eine Woche nach meiner Hochzeit wieder möglich sein, einer weiteren Anhörung zu dieser Angelegenheit beizuwohnen.

Damit scheine ich eine Schwachstelle bei Richterin East getroffen zu haben. Wir plaudern ein paar Minuten über meine Entscheidung, so kurz nach einer Operation am offenen Herzen zu heiraten. Ich sage ihr, dass die Hochzeit möglicherweise das Einzige ist, das mich die OP überhaupt erst durchstehen lässt. Sie wünscht mir für beides Glück und setzt dann den Termin für die Anhörung auf den 11. August fest, sechs Tage nach unserer Hochzeit.

»Ich weiß, dass es nicht einmal eine Woche ist«, meint Richterin East, »aber ich bereite Mr Strobel und der Versicherungsgesellschaft erhebliche Unannehmlichkeiten, indem ich die Genehmigung dieser Vergleichsvereinbarung verschiebe. Wenn Sie am 11. August die Vereinbarung dann immer noch ablehnen wollen, müssen Sie eventuell selbst ein paar Unannehmlichkeiten auf sich nehmen, indem Sie frühzeitig aus den Flitterwochen zurückkommen.«

Die Richterin blickt zu dem wütenden Gesicht von Mack Strobel und dann wieder zurück zu mir. »Vielleicht haben Sie Ihre Meinung, was die Ablehnung der Vergleichsvereinbarung angeht, bis dahin ja geändert«, fügt die Richterin hinzu. »Wenn dem so sein sollte, reicht ein entsprechendes Schreiben aus, und Sie können noch ein paar Tage mehr in Key Largo oder wo auch immer verbringen.«

»Danke, Euer Ehren«, sage ich fröhlich. Weder Mack Strobel noch Harlan Fowler folgen meinem Beispiel.

»Und richten Sie Mr Carson meinen Glückwunsch aus«, sagt die Richterin.

* * *

Fowler verlässt zügig Richterin Easts Büro, ohne noch einmal das Wort an mich zu richten. Ich schnappe mir meine Aktentasche und mache mich auf den Weg den Flur hinunter, zu meiner zweiten Anhörung an diesem Morgen. Auch wenn ich versuche, ihn zu ignorieren, läuft ein aufdringlicher Mack Strobel direkt neben mir her.

»Wir zahlen Ihrer Mandantin jeden Cent aus, den sie überhaupt einfordern könnte«, sagt er. »Warum wollen Sie die Sache auf die lange Bank schieben?«

Der Mann hat Nerven. Ich bleibe stehen und schaue ihn direkt an. »Vielleicht weil Ihr Vorschlag ein fauler Kompromiss ist«, knurre ich. »Vielleicht weil Sie mich erst überzeugt haben, dass Fowler in den Mord von James Bannister verwickelt war, und sich dann bereit erklären, ihm vierhunderttausend Dollar zu zahlen. Und vielleicht gelingt es mir ja, vor der nächsten Vergleichsanhörung etwas zu finden, das Fowler die Berechtigung entzieht, auch nur einen Cent vom Versicherungsgeld der Familie zu kassieren.«

»Sie machen einen Fehler«, sagt Strobel ernst. »Justitia ist eine geduldige Verehrerin, aber sie kann nicht ewig warten.«

»Was soll das bitte heißen?«

»Das werden Sie noch erfahren.«

Ein paar Minuten später betrete ich Gerichtssaal Nr. 4, wobei sich mir dank Strobels jüngster melodramatischer Äußerung noch immer der Kopf dreht. Weil freitags die meisten Anhörungen abgehalten werden, treiben sich hier noch genug Leute herum.

Ich entdecke eine junge Afroamerikanerin, die mit zwei kleinen Jungs in der letzten Reihe sitzt. Sie trägt einen zerknitterten roten Rock, ein enges schwarzes Top und ein Paar abgewetzte Lederschuhe. Ihr Gesicht ist verhärmt, mit dunklen Ringen unter den harten, roten Augen. Ihr Ältester, der ungefähr fünf Jahre alt zu sein scheint, spielt mit ein paar Spielsachen auf der angrenzenden Bank. Seinen jüngeren Bruder balanciert sie auf ihrem Knie.

Vorne vor dem Richter diskutieren zwei Anwälte einen Antrag, also spreche ich sie leise an. »Sind Sie Keisha McFadden?«, frage ich.

Sie nickt. Sie kann keinen Tag älter als zwanzig sein. »Psst«, sagt sie barsch zu ihrem Sohn, der mit kehligen Lauten sein Spielzeug über die Bank schiebt.

Keisha hat Brad einst damit beauftragt, einen Arzt auf Körperverletzung zu verklagen, der bei der Geburt ihres zweiten Kindes gepfuscht hatte. Es war einer der wenigen Kunstfehler-Fälle, die Brad je verloren hat. Aus Mitleid, Schuldbewusstsein oder irgendeinem anderen irrationalen Gefühl erklärte er sich später dazu bereit, sie zu verteidigen, nachdem sie für den Kauf von 1,2 Gramm Kokain verhaftet wurde. Sie kooperierte mit der Polizei, nannte Namen und machte eine Aussage im Austausch für das Versprechen der Staatsanwaltschaft, dass ihre Kooperationsbereitschaft bei ihrem eigenen Strafmaß berücksichtigt werden würde.

»Mr Carson hat heute einen Termin am Bundesgericht, also hat er mich gebeten, diese Angelegenheit zu übernehmen«, erkläre ich.

Keisha betrachtet mich mit einem misstrauischen Blick. »Na gut«, sagt sie resigniert.

»Er hat bereits ein Angebot ausgearbeitet. Sie bekommen achtzehn Monate auf Bewährung, abzüglich der sieben bereits verbüßten Tagen vor der Kautionsstellung. Die Bewährungszeit beträgt ein Jahr, Ihnen werden 150 Stunden gemeinnützige Arbeit und eine Geldstrafe von 500 Dollar auferlegt. Sie müssen verstehen, Keisha, dass das Gericht die achtzehnmonatige Haftstrafe zu allem, was Sie für eine neue Straftat bekommen, hinzufügt, wenn Sie in den nächsten zwölf Monaten mit Drogen erwischt werden oder auf irgendeine andere Art mit dem Gesetz in Konflikt geraten.«

»Ich weiß«, sagt sie abwehrend. »Es waren ja nur 1,2 Gramm. Ich bin sowieso von dem Zeug los.«

Ich sehe ihren leeren Blick und hege meine Zweifel. Aber ich werde mich nicht auch noch in diesen Fall hineinziehen lassen. Kreuzritter Leslie hat im Moment genug eigene Probleme.

Zu meiner Erleichterung stelle ich fest, dass Keri Massey die Staatsanwaltschaft bei den heutigen Anhörungen vertritt. Ich erinnere mich, wie leid mir Keri an dem Tag getan hat, als Fowler uns miteinander bekannt machte. Ich erinnere mich, wie sehr ich mir damals gewünscht hatte, Keri würde an Mitchells Stelle den Bannister-Fall verhandeln.

Ich setze mich in die erste Reihe und höre zu, wie Keri den vorliegenden Antrag abwickelt. Während einer Pause zwischen den Beweisführungen huscht ein junger Mann im Anzug zu ihrem Tisch herüber, reicht Keri einen Zettel und verschwindet wieder. Wahrscheinlich irgendein Praktikant aus dem Büro der Staatsanwaltschaft. Keri liest sich die Nachricht durch und nickt mir dann kurz mit ernster Miene zu. Ich nicke zurück.

Ein paar Minuten später ordnet der Richter eine kurze Pause an. Ich gehe auf Keri zu.

»Ich vertrete heute Keisha McFadden bei der Absprache in ihrer Strafprozesssache«, erkläre ich ihr. »Glauben Sie, Sie könnten den Fall als Nächstes drannehmen?«

Keri blickt auf ihren Tisch hinunter und hantiert mit ein paar Unterlagen herum. »Eigentlich«, sagt sie, »ist die Staatsanwaltschaft nicht bereit, die Absprache heute zu verhandeln.« Sie schaut hoch und blickt mir in die Augen.

»Was?«

»Es ist etwas dazwischengekommen. Zum jetzigen Zeitpunkt sind wir nicht bereit, die Sache zu verhandeln.« Sie redet leise, während ihre Augen mich um Verständnis anflehen.

»Bedeutet das, dass der Deal geplatzt ist?«, frage ich.

»Nicht unbedingt«, meint sie. »Er wird nur heute nicht ausgehandelt werden. Wir brauchen mehr Zeit.«

»Warum?«

»Das kann ich Ihnen nicht sagen.«

Ich werde nervös. *Was ist hier los?* »Wann werden Sie bereit sein, die Absprache genehmigen zu lassen? Meine Mandantin hat zwei kleine Jungs;

es ist nicht leicht für sie herzukommen.« Ich versuche aufgebracht zu klingen, was mir bei einer so netten Person wie Keri aber schwerfällt.

»*Wenn* wir uns auf einen Handel einlassen – was nicht mehr garantiert ist, Leslie –, aber *wenn* wir die Sache verhandeln, wird es nach dem 11. August sein.« Während sie das sagt, schaut sie mich aufmerksam an.

Ich spüre, wie mein Gesicht vor Zorn rot anläuft. »Wollen Sie etwa sagen –« Meine Stimme wird laut, aber Keri unterbricht mich, indem sie mir eine Hand auf den Arm legt.

»Ich habe Ihnen bereits mehr gesagt, als ich eigentlich sollte, Leslie. Das ist alles, was ich dazu sagen kann.«

71

Acht Tage vor Prozessbeginn verfalle ich vollends in Panik. Mein erster Mordfall, eine Mandantin, die es mir nicht leicht macht, ihr zu trauen, ein Haufen wissenschaftlich fundierter Beweise, die gegen uns sprechen, und Brad Carson, der noch ein paar Tage vor dem Bundesgericht zu tun hat, bevor er sich diesem Fall widmen kann.

Ich schütte Unmengen von Koffein in mich hinein, was die Blutverdünner und Betablocker wieder ausgleichen werden, zumindest setze ich meine Hoffnung darauf.

Das kann nicht gut für mein Herz sein.

Es ist Sonntag, und nachdem ich einen weiteren Gottesdienst in der First Baptist ohne Begleitung besucht habe, fahre ich nach Hause, tausche das Sonntagskleid gegen Shorts und ein Tanktop aus, um dann Brad in der Kanzlei Gesellschaft zu leisten, wo ich ihn gestern Abend um elf Uhr zurückgelassen habe. Doch wie es scheint, ist er auch heute schon eine Weile zugange. Ich frage mich, ob das unser ganzes Eheleben so weiterlaufen wird.

»Hast du schon was gegessen?«, frage ich ihn.

Er schüttelt den Kopf, als wäre ihm der Gedanke an Frühstück nie in den Sinn gekommen. Vor ihm stapeln sich die Unterlagen zu seinem Fall, während er auf einem gelben Textmarker herumkaut und mit blutunterlaufenen Augen durch seine Lesebrille späht. Er streicht sich ein paar weitere

Zeilen an, nimmt dann seine Brille ab, reibt sich die Augen und schaut zu mir hoch.

»Wie war's in der Kirche?«

»Super. Geht es dir gut?«

Er zögert, »Ja. Oder eigentlich nein. Ich werde da drüben regelrecht vernichtet.«

»Das tut mir leid«, sage ich und meine es auch so. »Aber Brandon hat den besten Anwalt, den er kriegen kann. Wenn du diesen Fall nicht gewinnst, dann ist er nicht zu gewinnen.«

Brad seufzt. »Das war 'ne echt gute Motivationsrede. Das Packers-Football-Team könnte einen Trainer wie dich gebrauchen.«

Ich gehe zu ihm rüber und setze mich auf seinen Schoß, wobei keiner von uns etwas sagt. Ich küsse den Mann, da das die beste Methode ist, die mir zur Verfügung steht, um ihn aufzumuntern. Ich sehe, wie ein wenig Feuer in seine blutunterlaufenen Augen zurückkehrt, auch wenn ich vermute, dass das nichts mit dem Fall zu tun hat.

Dreißig Minuten später wird das Essen geliefert, das wir bestellt haben. Während wir unser Mittagessen auf dem Konferenzraumtisch ausbreiten, beschließe ich, Brad die schlechte Nachricht über Taras Geständnis mitzuteilen.

»Ich habe ihr Geständnis von allen Seiten beleuchtet«, sage ich Brad. »Ich sehe keinen Weg, wie wir es außen vor lassen können.«

»Gut.«

Ich höre auf, in meinem Essen herumzustochern, und werfe ihm den Bist-du-verrückt-Blick zu, den er verdient. Der Mann ist wohl doch ein wenig überarbeitet.

»Warum sträubst du dich so dagegen, es zu verwenden?«, fragt Brad, während er sich eine Gabel Lasagne in den Mund schaufelt. »Ich meine, sie sagt während Andersons Befragung aus, dass sie ihren Stiefvater in Notwehr erschossen hat. Ihr Gesicht ist von Blutergüssen übersät und das Gesicht ihrer Mutter quasi zu Brei geschlagen. Was soll einem an diesem Geständnis nicht gefallen?«

Er ist offensichtlich nicht mehr ganz auf Zack. »Nun, erstens gesteht sie, ihren Stiefvater ermordet zu haben. Und zweitens zeigt sie sich dabei nicht besonders reumütig. Drittens wirst du dich daran erinnern, dass Anderson sie mit der Frage drangekriegt hat, wie das Blut aus dem Schnitt an ihrer

Ferse in ihr Schlafzimmer gekommen ist. Und viertens ist sie während der gesamten Befragung frech zu ihrer Mutter. Alles in allem also eine ziemlich erbärmliche Darbietung eines verzogenen Teenagers, der sich mehr wie ein kaltblütiger Killer als ein verängstigtes Kind verhält.«

»Und du meinst, sie würde besser abschneiden, wenn du das Geständnis außen vor lässt und sie stattdessen live in den Zeugenstand rufst?«

»Noch schlimmer kann sie sich gar nicht schlagen.«

Brad schaut an meiner Schulter vorbei und denkt eine Weile darüber nach. »Du weißt, dass du das Video nicht als Beweismittel anbringen könntest, selbst wenn du es wolltest, oder?«, fragt er und beleidigt damit meine Intelligenz.

»Natürlich kann ich das nicht«, erwidere ich. »Wenn wir versuchen würden, es einzubringen, wäre das Hörensagen. Nur Mitchell Taylor kann es ausnahmsweise ungeachtet der Hörensagen-Regelung anführen, wenn eine Schuldeinräumung vorliegt oder es um ein Geständnis der Gegenseite geht.«

»Genau«, erwidert er. »Was bedeutet, dass du vorgeben solltest, dich gegen die Verwendung des auf Video aufgezeichneten Geständnisses zu wehren. Gerade genug, um Mitchell Taylor glauben zu lassen, dass du die Vorführung im Gerichtssaal wirklich verhindern willst. Dann wird er es als Beweismittel aufnehmen lassen, und du kannst deine Beweisführung auf die Aussagen in dem Video stützen, sodass Tara niemals den Zeugenstand betreten muss.«

Ich habe das Gefühl, mit einer Wand gesprochen zu haben. »Du hörst mir nicht zu, Brad. Das Video ist furchtbar schlecht für uns. Ich kann meine Beweisführung nicht darauf aufbauen.«

»Leslie, du weißt gar nicht, was furchtbar ist. Tara im Zeugenstand ... das wäre furchtbar.«

Es folgt ein langes Schweigen. Ich vertraue Brads Verhandlungsgeschick, wenn er konzentriert ist. Aber im Moment konzentriert er sich offensichtlich nicht auf *meinen* Fall. Tara wird im Zeugenstand auf jeden Fall sehr viel besser abschneiden als auf dem Video. Ich muss es wissen. Ich habe mit ihr gearbeitet, sie beraten, ihr beigebracht, wie man Reue zeigt und die Rolle des Opfers spielt. Natürlich braucht sie noch etwas Feinschliff, aber sie wird sich sehr viel besser schlagen als bei diesem schrecklichen Geständnis.

»Brad, in dieser Sache sind wir uns einfach nicht einig. Ich werde sie ordentlich vorbereiten, das verspreche ich.«

Brad steht auf und streckt sich, reibt sich das Gesicht mit den Händen und fährt sich dann mit den Fingern durchs Haar. Er beginnt, auf und ab zu laufen. »Bist du dir da sicher?«

»Ja, das bin ich.«

»Wie weit ist es bis zu ihrem Haus?«, fragt er.

»Fünfundzwanzig, dreißig Minuten.«

»Dann lass sie antanzen«, sagt er, »dann werden wir ja sehen.«

* * *

Zwei Stunden später schleift Trish Tara in mein Büro. Meine Mandantin ist nicht glücklich darüber, dass wir ihre nachmittägliche Bräunungs-Session unterbrochen haben. Nichtsdestotrotz ist sie bereit, bei der Generalprobe für ihre Aussage vor Gericht mitzumachen.

Nachdem sie mir mit schmollender Miene ihre Aussage vorgetragen hat, geht Brad im Kreuzverhör zum Angriff über.

»Du bist froh, dass dein Stiefvater tot ist, nicht wahr, Tara?«

Sie zögert ein wenig zu lange, und ich nehme mir vor, das später noch mal anzusprechen. »Nicht wirklich.«

»Ach?«, meint Brad. »Das bist du nicht?«

»Nein.«

»Wer ist Wiccarules?«, fragt er.

»Das ist der Chatname von meiner Freundin.«

»Schreibst du dieser Freundin Chatnachrichten?«

»Natürlich.«

Brad schiebt Tara ein Dokument über den Tisch, direkt unter ihre Nase. »Hast du ihr gesagt, dass es ›Vergeltung‹ war, als du deinen Stiefvater erschossen hast?«

Sie antwortet, ohne die Unterlagen eines Blickes zu würdigen. »Wahrscheinlich.«

»Hast du gesagt, du würdest hoffen, dein Stiefvater würde in der Hölle schmoren?«

»Kann schon sein.«

»Hast du gesagt, dass du besser noch mal auf ihn geschossen hättest –

dreimal anstatt nur zweimal –, um ihm noch eine Kugel für deinen Bruder zu verpassen?«

Tara zuckt mit den Schultern.

»Antworte mir Ja oder Nein«, sagt Brad.

»Ja.«

»Und hast du Wiccarules gesagt, dass es eher Vergeltung als Notwehr war?«

Taras Gesicht verfinstert sich, während sie stur geradeaus starrt. Brad streckt den Arm aus und zeigt auf die entsprechenden Zeilen. »Genau hier«, sagt er.

»Ich weiß«, erwidert sie spitz. »Ja, ich habe es gesagt.« Sie verengt die Augen zu Schlitzen und wirft mir einen bösen Blick zu, als sei das alles irgendwie meine Schuld.

Brad schiebt ein Foto von James Bannisters Liegesessel über den Tisch. »Erkennst du den?«

»Ja.«

»Was ist das?«

»Der Liegestuhl von meinem Stiefvater.«

»Jetzt schau dir mal ganz genau die Blutspritzer auf dem Sessel an. Kannst du den Damen und Herren Geschworenen erklären, warum diese Blutspritzer es so aussehen lassen, als habe James Bannister in dem Sessel gelegen, als er erschossen wurde, anstatt wie von dir behauptet aufrecht zu stehen und dich zu würgen?«

»Ich weiß nichts über diese Blutspritzer. Was ich sehr wohl weiß, ist, dass er mich gewürgt hat.«

»Selbst als du zum zweiten Mal auf ihn geschossen hast?«

»Er wollte auf mich losgehen.«

»Wie kommt es dann, dass die wissenschaftlichen Beweise nahelegen, dass Mr Bannister schon lange tot war, als der zweite Schuss abgegeben wurde?«

Tara zuckt mit den Schultern. Ihr Gesicht ist rot vor Zorn.

Brad erhebt sich. »Ist es nicht wahr«, sagt er mit strenger Stimme, »dass du deinen Stiefvater kaltblütig im Schlaf ermordet hast? Dann hast du etwa eine halbe Stunde gewartet, um ihm noch eine Kugel zu verpassen, und später hast du damit vor deinen Freunden angegeben?«

»Sie sind das Letzte, wissen Sie das?«, schießt Tara zurück. »Sie haben keine Ahnung, was dieser Mann mir und meiner Mutter angetan hat! Ich bin froh, dass er tot ist! Und ich hoffe, er schmort in der Hölle!« Sie wendet sich mir zu. »Sind Sie jetzt glücklich? Haben Sie jetzt beide zu hören bekommen, was Sie wollten? Ja, ich hasse ihn. Und ich habe ihn getötet. Und ich würde es wieder tun.«

Brad nimmt wieder Platz und schaut mich an. Im Raum ist kein Geräusch zu hören bis auf Taras schwere Atmung und das Hämmern meines Herzens.

Schließlich lehnt er sich zurück, schaut zur Decke hoch und seufzt. »Ich glaube, wir haben noch ein bisschen Arbeit vor uns.«

72

In der folgenden Woche, der letzten Woche vor Prozessbeginn, führen Brad und ich jeden Abend mehr oder weniger dieselbe Unterhaltung, wenn er aus dem Bundesgericht zurück ist.

»Wie ist es gelaufen?«, frage ich.

»Nicht gut.«

»Willst du darüber reden?«

Dann erzählt mir Brad von den Kümmernissen des Tages: furchtbare Zeugen, skrupellose Anwälte auf der gegnerischen Seite, die Körpersprache der Geschworenen, die nichts Gutes verheißt, eine Aussage, die sich zehnmal länger als erwartet dahinzieht – jeden Tag ist es etwas Neues. Nachdem er damit fertig ist, sich darüber zu beklagen, wie schrecklich sein Tag war, erinnere ich ihn daran, was für ein hervorragender Anwalt er ist. »Wenn jemand es schaffen kann, diesen Fall zu gewinnen, Brad – dann bist du es.« Insgeheim denke ich: *Warum hast du den Fall nicht abgegeben, als ich es dir zum ersten Mal geraten habe?*

Am Donnerstagabend wirkt er besonders niedergeschlagen. Er beschreibt die tränenreiche Aussage von Annie, der einzigen DMVN-Kandidatin, gegen die er nichts in der Hand hatte. Sie erzählte, wie sehr sie Brandon verfallen war und wie sehr es sie schmerzte, als er die dralle Jewel ihren vollmundigen Versprechungen von wahrer Liebe vorzog. Brad erzählt, dass die gegnerische Partei mindestens dreimal das Video vorführte, auf dem die arme Annie zu sehen war, wie sie mit verlaufenem Make-up in der Limousine davonfuhr.

»Ich wollte einfach nur, dass Brandon glücklich ist«, schluchzte sie in die Kamera, »aber ich hätte nie erwartet, dass sein Glück mir so viel Schmerz bereiten würde.«

»Selbst mir tat sie leid«, brummt Brad.

Brad zufolge sagte Annie weiterhin aus, dass sie nie auch nur im Traum daran gedacht hätte, die Produzenten der Sendung zu verklagen. »Wir alle wussten, dass sie uns nichts versprochen hatten«, erklärte sie. »Sie hatten uns von Anfang an gewarnt, dass alles Mögliche passieren könnte und dass es am Ende ein paar schockierende neue Wendungen geben würde.«

»Und das Schlimmste ist«, meint Brad, »dass ich ihr absolut nichts anhaben konnte. Ich hatte keinerlei Beweise dafür, dass sie von den Produzenten der Sendung irgendwelche Sonderzahlungen erhalten hatte, um Brandon zu vergraulen und in Jewels Arme zu treiben. Den Geschworenen tat sie so leid, dass ich nicht mein übliches Kreuzverhör mit ihr abziehen konnte, weil sie mich sonst dafür gehasst hätten. Im Grunde habe ich sie einfach so davonkommen lassen. Um noch ein wenig Salz in die Wunde zu streuen, haben die Macher der Show nach der heutigen Sitzung eine Pressekonferenz abgehalten. Sie gaben bekannt, dass Annie nächstes Jahr ihre eigene Show bekommen würde, in der zwölf der begehrenswertesten Junggesellen Amerikas um ihre Gunst buhlen werden. Sie wollen die Show *Die Rache des Mädchens von nebenan* nennen.«

»Klingt, als hätte sie ihre Rache bereits bekommen«, sage ich.

Jeder Tag der Woche bringt außerdem neue beunruhigende Neuigkeiten darüber, wie langsam es mit dem Fall vorangeht. Das liegt, Brads zynischer Meinung nach, an der Tatsache, dass die Anwälte der gegnerischen Partei nach Stunden bezahlt werden und ihren Mandanten wie eine Weihnachtsgans ausnehmen. »Der Fall wäre schon längst abgeschlossen, wenn diese Typen nicht dreihundert Dollar die Stunde bekommen würden«, beschwert er sich. Und als der Montag sich langsam dem Freitag entgegenneigt, wird mir eine Sache vollkommen klar – ich werde im Bannister-Prozess ohne Brad antreten müssen.

Die alte Leslie Connors wäre in Panik geraten. Und selbst die neue Leslie Connors, die mit dem neuen Glauben und dem neuen Selbstbewusstsein, spielt am Freitagnachmittag mit dem Gedanken, in Panik zu geraten.

Denn ich erfahre, dass Brad sein Abschlussplädoyer im DMVN-Verfahren am Montag halten muss, genau an dem Tag, an dem auch der Bannister-Prozess beginnt.

»Stell als Erstes unseren Antrag zum Ausschluss des Geständnisvideos«, rät mir Brad. »Das sollte uns ein paar Stunden Zeit verschaffen. Dann lässt du dir bei der Auswahl der Geschworenen schön Zeit. Mit ein bisschen Glück, schaffe ich es, mittags da zu sein, gerade rechtzeitig zu den Eröffnungsplädoyers.«

Ich spüre, wie sich bei dem Gedanken, die Geschworenen ohne ihn auswählen zu müssen, meine Brust ein wenig zuschnürt. »Können wir noch mal besprechen, nach welcher Art Geschworenen wir genau suchen?«, frage ich.

Brad seufzt. »Okay«, meint er. »Aber eigentlich hat sich daran seit gestern nichts geändert.«

* * *

Ich verbringe den gesamten Sonntagnachmittag, den Tag vor Verfahrensbeginn, damit, mit Tara einkaufen zu gehen. Ich bin fest entschlossen, sie beim Prozess als ein süßes, anständiges junges Mädchen zu präsentieren, und wenn es mich umbringt. Und um 17 Uhr am Sonntagnachmittag scheint es, als könnte es wirklich so weit kommen.

Tara und ich streiten uns schon den ganzen Tag darüber, was sie anziehen soll. Ich bevorzuge knielange Röcke und konservative Blusen, die sich bis zum Hals zuknöpfen lassen und lang genug sind, über den Bund ihres Rockes zu reichen. Tara, die im Hinterkopf hat, dass sie im Fernsehen zu sehen sein wird, hält das für die lächerlichste Idee, die sie je gehört hat. »Die Läden, in denen ich einkaufe, führen so Alte-Jungfer-Fummel nicht mal«, meint sie.

Schließlich einigen wir uns auf ein paar Outfits, zu denen auch ein bis zum Oberschenkel reichender Rock gehört, ein etwas tieferer Ausschnitt und ein bauchfreies Top. Das ist mehr Haut, als ich eigentlich präsentieren möchte, aber laut Tara sind die Klamotten so altmodisch, dass sie sie verbrennen wird, sobald der Prozess vorbei ist.

Wenn wir verlieren, solltest du dich schon mal an orangefarbene Overalls gewöhnen.

Sonntagabend gehe ich früh zu Bett - der beste Anwalt ist ein gut ausgeruhter Anwalt und so weiter. Aber während ich mir irgendwelche Wiederholungen im Fernsehen ansehe und die späte Nacht zum frühen Morgen wird, muss ich feststellen, dass meine Nerven so zerrüttet sind, dass ich vielleicht überhaupt nicht mehr in den Schlaf finde. Dieser Gedanke löst natürlich die Sorge aus, vollkommen übermüdet zu meinem ersten Verhandlungstag zu erscheinen, was es mir wiederum noch schwerer macht einzuschlafen. Meine Gedanken wenden sich allem Negativen zu - was am ersten Tag vor Gericht alles schieflaufen kann, wie viel an dem Ausgang des Verfahrens hängt und der Vorstellung, Tara könnte zu einer lebenslangen Haftstrafe wegen Mordes verurteilt werden.

Um 2.30 Uhr hat die neue Leslie keine Wahl mehr. Ich wühle in meinem Medizinschränkchen herum und finde meine Sonata-Tabletten. Ich lese im Feingedruckten, dass man die Tabletten, spätestens vier Stunden bevor man wieder aktiv werden muss, einnehmen soll. In vier Stunden ist es halb sieben - das kommt hin. Ich werfe mir die Tablette in den Mund, wobei ich mir verspreche, so was nur am ersten Tag vor Verhandlungsbeginn zu tun, und krieche wieder unter die Decke. Das Letzte, woran ich mich erinnere, ist, wie ich mich versichere, dass der Wecker richtig gestellt ist.

73

Draußen ist es schon hell, als ich endlich ein Auge aufschlage. Ich schwebe eine Minute lang in diesem halb wachen, halb schlafenden Zustand, wobei ich das Gefühl habe, das schon ein paarmal hinter mir zu haben. Langsam registriert mein Hirn, dass Sonnenlicht durch meine Jalousien dringt, das Radio aber noch nicht angegangen ist. *Entspann dich,* sage ich mir, *du kannst noch ein paar Minuten schlafen. Nutz es aus! Aber dieses Sonnenlicht …*

Ich fahre im Bett hoch und werfe einen Blick auf die digitale Anzeige meines Radioweckers: 7.55 Uhr! Wie konnte das passieren? Ich grolle die Uhr an und überprüfe den Alarmknopf. Er ist nicht eingeschaltet, dabei bin ich mir sicher, ihn eingestellt zu haben.

Ich stöhne auf, schlage dann in meiner Frustration mit der flachen Hand aufs Bett und springe auf. Mir ist schwindelig, mein Schädel brummt, und mein Magen rumort wie verrückt. Ich schnappe mir meine Armbanduhr vom Nachttisch: 7.57 Uhr. Ich muss wohl träumen ... das ist ein Albtraum. Ich komme nie zu spät. Nie.

Ich reibe mir die Augen und fluche. *Ausgerechnet heute! Okay, reiß dich zusammen. Denk nach!*

Ich bin mit Trish und Tara um acht Uhr am Gericht verabredet. Das Verfahren beginnt um neun Uhr. Selbst bei wenig Verkehr brauche ich fünfundvierzig Minuten dorthin, und heute ist Montagmorgen. Der Gedanke ruft noch mehr Gefluche hervor. Dann erinnere ich mich daran, dass die neue Leslie nicht flucht.

Ich ziehe mir schnell frische Unterwäsche und einen BH an, putze mir die Zähne und bürste dann mein Haar in ein paar schnellen, aggressiven Strichen aus, drehe es zu einem Dutt zusammen und schlüpfe in meinen Rock. Ich ziehe eine weiße Bluse an, die nur halb zugeknöpft ist, und werfe einen schnellen Blick in den Spiegel. Was für eine Katastrophe! Warum muss so was immer nur *mir* passieren?

Ich packe mein Schminktäschchen - Lidschatten, Rouge, Lippenstift, Wimperntusche, Eyeliner - und greife mir einen Gürtel und ein paar hochhackige Schuhe. Fünf nach acht!

Barfuß laufe ich zum Auto und schmeiße alles auf den Beifahrersitz. Dann renne ich wieder ins Haus und schnappe mir meine Aktentasche, werfe noch einen sehnsüchtigen Blick auf die Kaffeemaschine und greife nach meiner Handtasche. Ich sprinte zum Wagen und bemerke, dass ich schwitze, noch bevor ich einsteigen kann. Deo!

Ich renne wieder hoch und greife mir den Deoroller aus meiner Schublade. Als ich die Küche erreiche, habe ich ihn schon aufgetragen und lasse ihn auf dem Küchentresen stehen.

Zum zweiten Mal steige ich in meinen Wagen, fahre rückwärts aus der Auffahrt, knalle den Gang rein und rase die Straße hinunter. Mir bleiben vierzig Minuten, um meinen rollenden Kosmetiksalon auf den Parkplatz des Gerichtsgebäudes zu fahren.

Bevor ich meinen Spiegel runterklappe und anfange, mein Make-up aufzutragen, rufe ich Bella über die Kurzwahltaste an. Atemlos erkläre ich ihr, dass ich mich verspäten werde, und bitte sie, meine Mandanten und das Gericht anzurufen.

»Die werden wohl kaum ohne dich anfangen«, verspricht sie mir.

* * *

Bella hatte unrecht.

Ein paar Minuten nach neun Uhr treffe ich am Gerichtgebäude ein, noch immer vollkommen fassungslos über die Dummheit der Autofahrer im Berufsverkehr von Tidewater. Halb laufe, halb renne ich vom Parkplatz zum Gericht. Vollkommen außer Atem komme ich durch die Tür. Mein sauerstoffarmes Herz pumpt wie ein Presslufthammer, und ich zwinge mich, langsamer zu gehen – kein Prozess ist es wert, einen Herzinfarkt zu riskieren. Ich werfe einen Blick auf die Anschlagtafel und stoße auf die Zuteilung der Gerichtssäle: Richterin East, Gerichtssaal Nr. 3. Vielleicht ist mein Glück gerade im Begriff, sich zu wenden.

Danke, Herr. Und, oh, ähm, entschuldige bitte das Gefluche.

Während ich die Rolltreppe zum Gerichtssaal hochfahre, übe ich meine Entschuldigung-dass-ich-zu-spät-bin-Rede ein. Wenn Brad mir etwas beigebracht hat, dann, wie man sich für unpünktliches Erscheinen entschuldigt. Aber als ich schließlich durch die Türen des Gerichtssaals trete, kommt es mir vor, als wäre ich gerade in den schrecklichsten Albtraum der Welt geworfen worden. Soll das hier eine Art besonders sadistischer Streich sein?

Der Gerichtssaal ist leer.

Mit Ausnahme der letzten Zuschauerreihe, in der Jamie hockt und mit seinem Smartphone spielt.

Er schaut durch das Gestrüpp seines Ponys zu mir hoch. »Die haben mir gesagt, dass ich hier auf Sie warten soll. Ich soll Ihnen sagen, dass die Verhandlung jetzt in Gerichtssaal Nr. 8 verlegt wurde.«

Acht. Farley. »Warum?«, frage ich.

»Keine Ahnung. Vor 'ner Weile waren noch alle hier. Dann kam die Richterin raus und hat sich mit den Anwälten unterhalten. Dieser andere Typ –«

»Mitchell Taylor?«

»Denke schon. Keine Ahnung. Dieser andere Anwalt ist zu der Richterin gegangen, und dann hat sie gesagt, dass alle in Gerichtssaal 8 gehen sollen.«

Wie kann das sein? Mitchell Taylor ist eine Schlange.

»Na gut, dann lass uns mal die anderen suchen gehen«, sage ich zu Jamie.

Er wirft sein Haar zurück, steckt sein Handy ein und steht auf, um mir zu folgen.

»Danke«, sage ich.

Aber wie üblich bekomme ich keine Antwort von ihm.

74

»Schön, dass Sie sich zu uns gesellen, Ms Connors«, schnappt Farley. Er hat sich auf der Richterbank niedergelassen, nachdem er vom Gerichtsdiener informiert wurde, dass ich endlich da bin.

»Tut mir leid, Euer Ehren. Ich habe meinen Wecker nicht gehört.«

»Nun, Sie haben eine Menge Leute warten lassen«, erwidert er und starrt mich aus seinen dunklen, erbsengroßen Augen finster an.

»Tut mir leid, Euer Ehren.«

Farley straft mich mit Schweigen, während er sich etwas auf seinem Notizblock vermerkt. Ich bleibe respektvoll hinter dem Tisch der Verteidigung stehen, wo Tara neben mir Platz genommen hat.

Hinter mir im Zuschauerbereich sitzen Vertreter der Presse, die gesamte Gruppe von Menschen, aus der wir später die Geschworenen wählen werden, und ein paar andere Anwälte und Justizbeamte, die der Versuchung nicht widerstehen konnten, bei diesem medienwirksamen Verfahren vorbeizuschauen.

Ich bin mir nicht sicher, ob ich stehen bleiben oder mich setzen soll. Zögerlich lasse ich mich auf meinen Stuhl sinken. Sobald mein Hinterteil den Sitz berührt hat, hebt Farley sein Doppelkinn und bellt mich an. »Ms Connors!«

Sofort springe ich wieder auf. Ich wette, dass ihm das Vergnügen bereitet.

»Ist die Verteidigung bereit?«

»Ja, Euer Ehren.«

»Haben Sie irgendwelche Anträge vorzubringen?«

Anträge. Bei dem ganzen Chaos heute Morgen hätte ich das fast vergessen. »Ja, Euer Ehren. Tatsächlich habe ich einen Antrag, den wir gerne verhandeln würden, bevor wir die Geschworenen nominieren.«

»Welcher wäre das?«, fragt Farley.

Es ist ein subtiler Schlag dieses anklageorientierten Richters. Er versucht mich dazu zu bringen, den Gegenstand meines Antrags vor den Geschworenen zu besprechen oder zumindest zu sagen, dass ich vortreten möchte. So oder so wird es so aussehen, als hätte ich etwas zu verbergen.

»Vielleicht sollten wir besser vortreten«, meint Mitchell Taylor, während er sich erhebt und sein Jackett zuknöpft.

Sowohl Farley als auch ich sehen ihn mit einem Blick an, der normalerweise für Leute reserviert ist, die Einspruch bei einer Hochzeit erheben. Hat er nicht verstanden, was Farley bezwecken wollte?

»Treten Sie vor«, weist der Richter uns an.

Mitchell und ich eilen zur Richterbank. Ich halte den zwölfseitigen Schriftsatz in der Hand, den ich zu diesem Zweck aufgesetzt habe. Wie von Brad angewiesen, führe ich darin genug Vergleichsfälle an, um einen bemühten Anschein zu erwecken, wobei die Argumente an sich aber zu schwach sind, sodass ich den Antrag, der sich darauf stützt, mit Sicherheit nicht durchsetzen werde.

»Ich möchte den Antrag stellen, das Geständnis meiner Mandantin als Beweismittel auszuschließen«, flüstere ich. Ich lege den Schriftsatz auf dem Tisch vor Richter Farley ab. »Vielleicht möchten Sie ja eine kurze Pause anordnen, um die von uns zitierten Quellen nachzulesen.«

»Das wird nicht nötig sein.« Mitchell schaut Farley direkt an, wobei er so selbstsicher wirkt, dass man meinen könnte, die Jury bestünde nur aus Mitgliedern seines Sonntagsschulkurses. »Wir haben nicht vor, das Geständnis als Beweismittel anzuführen.«

Ich schaue Mitchell an – *soll das ein Scherz sein?* –, und Farley blickt zu mir. Dann nimmt Farley den Schriftsatz zur Hand und reicht ihn mir hämisch zurück. »Dann werden wir das hier wohl nicht brauchen«, sagt er. »Also, gibt es irgendwelche anderen Anträge?«

»Zu diesem Zeitpunkt nicht.« Ich versuche meine professionelle Haltung zu wahren, während sich in meinem Kopf die möglichen Auswirkungen dieser jüngsten Entwicklung bereits überschlagen. Mitchell wird sich allein auf Sachbeweise stützen. Um dagegen anzukommen, *muss* ich Tara in den Zeugenstand rufen.

»Dann lassen Sie uns mal sehen, ob wir die Geschworenenbank besetzt bekommen«, sagt Farley.

* * *

Um 14.30 Uhr schlüpft Brad zur Tür des Gerichtssaals Nr. 8 herein.

Tara rutscht einen Platz auf, damit er neben mir am Tisch der Verteidigung sitzen kann. Der Richter ist damit beschäftigt, die Geschworenen über ihre Aufgabe in diesem Verfahren und andere Details zur Sitzung aufzuklären.

»Wie ist es gelaufen?«, frage ich. Brad hatte in der Mittagspause angerufen, um mir zu sagen, dass sie die Abschlussplädoyers schon vor dem Mittagessen vorgetragen hatten.

»Ich habe gute Nachrichten und schlechte«, flüstert er.

Ich atme tief durch. »Die schlechten zuerst.«

»Wir haben verloren«, flüstert er. »Wie einer der Geschworenen der Presse mitteilte, brauchte die Jury fünfzehn Minuten, um einen Sprecher zu wählen, und hat dann eine Probeabstimmung gemacht. Alle stimmten gegen uns, aber dann beschloss die Jury in einer Mehrheitsentscheidung, noch ein letztes kostenloses Mittagessen zu bestellen, bevor sie sich auf das endgültige Urteil einigten. Nach dem Mittagessen nahmen sie sich noch mal eine Viertelstunde Zeit, um sich die Beweislage anzusehen, und bestellten den Nachtisch. Das Urteil verkündeten sie um 13.30 Uhr.«

Ich weiß nicht, was ich sagen soll. Ich suche nach einem Silberstreifen an diesem Horizont, aber wenn es einen gibt, kann ich ihn nicht entdecken. »Und die gute Nachricht?«

»Nach der Urteilsverkündung gaben die Produzenten der Show bekannt, dass Brandon die Chance bekommt, Annies Herz zurückzuerobern. Er wird einer der Junggesellen bei *Die Rache des Mädchens von nebenan* sein. Du hättest ihn bei der Bekanntgabe sehen sollen. Er sah aus, als hätte er gerade eine Million Dollar gewonnen.«

»Wie reizend«, sage ich sarkastisch, während Richter Farley zum Ende der Anklageschrift kommt.

»Möchte die Anklage ein Eröffnungsplädoyer vorbringen?«, fragt der Richter.

Brad zupft wieder an meinem Ellenbogen. Er schirmt beim Flüstern den

Mund mit einer Hand ab, während er die Jury in Augenschein nimmt. »Wie bist du denn an die geraten?«, fragt er.

Tatsächlich hat diese Jury wenig mit der zu tun, die uns vorschwebte. Wir waren vor allem darauf aus gewesen, ein paar Geschworene zu bekommen, die selbst Opfer häuslicher Gewalt geworden waren, und davon hatten einige zur Auswahl gestanden. Aber Mitchell lehnte jeden Einzelnen von ihnen ab, und so schloss Farley sie artig für das Verfahren aus. Als Nächstes hatte ich es auf die alleinerziehenden Mütter abgesehen, am liebsten welche, die einen hässlichen Scheidungskrieg hinter sich hatten. Tatsächlich gelang es mir, zwei alleinerziehende Mütter an Bord zu holen, aber beide behaupteten, ein relativ gutes Verhältnis zu ihren Exmännern zu haben. Insgesamt sitzen jetzt mehr Männer als Frauen in der Jury – was auf jeden Fall ein schlechtes Zeichen ist –, es gibt drei Singles in der zwölfköpfigen Jury, und nur vier Geschworene haben einen College-Abschluss.

»Tja«, flüstere ich Brad zu, »alle gescheiten Geschworenen waren heute Morgen am Bundesgericht beschäftigt.«

Er senkt die Hand und legt sie sanft auf meine Rippen. Dann, mit einer kaum merklichen Bewegung seiner Finger, kitzelt er mich!

Ich rucke abrupt nach links und kichere fast los, wodurch ich mir einen garstigen Blick von Richter Farley einhandle.

Es ist toll, dass mein Partner endlich im Gerichtssaal neben mir sitzt. Glaube ich.

75

Mitchell Taylor erhebt sich und sieht in seinem blauen Nadelstreifenanzug, der roten Krawatte und dem gestärkten weißen Hemd durch und durch wie ein Anwalt aus. Er knöpft sein Jackett zu und tritt ohne irgendwelche Notizen in der Hand vor die Geschworenenbank, die Füße schulterbreit aufgestellt, den beeindruckenden, wie gemeißelten Kiefer vor Entschlossenheit angespannt.

»Ich bin Mitchell Taylor«, stellt er sich vor. »Und ich vertrete die Bürger des Bundesstaates Virginia.«

»Ich habe das Gefühl, als müsste ich jetzt salutieren«, murmelt Brad.

»In ein paar Minuten«, sagt Mitchell, »werde ich Ihnen die Beweise des Volkes erläutern ... meine Beweise. Aber zuerst möchte ich Ihnen etwas über meine Pflicht erzählen ... und über Ihre.«

Mitchell geht ein paar Schritte, blickt nachdenklich zu Boden und schaut dann jedem einzelnen Geschworenen der Reihe nach direkt ins Gesicht. Er scheint so kontrolliert, so selbstsicher zu sein - kein Haar tanzt aus der Reihe, der Anzug sitzt perfekt an seinem athletischen Körper. Ich bin verblüfft, dass er sein Plädoyer ohne Zuhilfenahme irgendwelcher Aufzeichnungen hält. Wieso musste die arme Tara nur an jemand wie mich geraten?

»Zu Beginn meiner Laufbahn als Staatsanwalt dachte ich, die Fronten wären immer ganz klar. Die bösen Jungs würde ich strafrechtlich verfolgen, und meine Zeugen würden immer die guten Jungs sein. Die Opfer wären immer Heilige, die sich darauf verlassen würden, dass ich die Verbrechen an ihnen räche -«

»Einspruch!« Zu meiner Überraschung ist Brad aufgesprungen und hat Einspruch gegen Mitchells Eröffnungsplädoyer eingelegt. »Würde das Gericht Mr Taylor bitte dazu anhalten, sich an die Fakten zu halten?«, sagt er.

Farley sieht so erstaunt aus wie ich. »Werden Sie das Eröffnungsplädoyer für die Angeklagte vortragen?«, fragt er Brad.

»Nein, Euer Ehren.«

»Wie wär's, wenn Sie die Einsprüche dann Ihrer Kollegin überlassen?«

Brad brummt etwas und nimmt wieder Platz.

Ich lehne mich zu ihm zurück, ohne Mitchell Taylor aus den Augen zu lassen. »Was sollte das denn?«, frage ich ihn aus dem Mundwinkel.

»Den Rhythmus unterbrechen. Ihn aus dem Konzept bringen.«

Aber da hat er Mitchell Taylor unterschätzt.

»Worauf ich hinauswill, ist Folgendes«, erklärt er. »Nicht nur halte ich mich an die Fakten, sondern ich folge ihnen, wohin auch immer sie führen. Das ist meine ehrenvolle Pflicht«, er hält kurz inne, »und mein Versprechen. Ihre Pflicht ist es, ein Urteil aufgrund dieser Fakten zu fällen, egal, wie unangenehm das auch sein mag. Und wir können uns nicht vor dieser Verantwortung drücken - vor unserer Pflicht zurückschrecken. Selbst dann nicht, wenn die Fakten und Beweise in eine Richtung weisen, die uns nicht passt. Wir werden bei unserer wichtigsten Bürgerpflicht versagt haben, wenn wir unsere Gefühle oder Sympathien an die erste Stelle setzen.«

Mitchell senkt die Stimme, während er die Geschworenen über einige der Schwierigkeiten dieses Falles ins Vertrauen zieht.

»Die Staatsanwaltschaft kann sich die Opfer nicht aussuchen. Nicht jeder von ihnen ist ein Pfadfinder. In diesem Fall war das Opfer ein Mann mit vielen positiven Eigenschaften, aber auch ein Mann mit großen Fehlern. Manchmal war er grausam zu seinen Kindern. Manchmal war er seiner Frau gegenüber gewalttätig. Aber dagegen gibt es Gesetze. Und wären seine Frau und seine Kinder zu mir gekommen, dann würde ich heute in ihrem Namen vor Ihnen stehen und mich dafür aussprechen, dass wir James Bannister seiner gerechten Strafe zuführen.«

Mitchell hört auf zu sprechen und holt tief Luft. »Aber unglücklicherweise haben sie das nicht. Stattdessen hat die Angeklagte, die sechzehnjährige Tara Bannister«, er dreht sich um und zeigt auf Tara, die sofort diesen Reh-im-Scheinwerferlicht-Blick bekommt, »ihren Stiefvater kaltblütig erschossen, während er vollkommen wehrlos in seinem Liegesessel saß. Sie hat dabei zugesehen, wie er starb, einige Minuten abgewartet und dann einen weiteren Schuss auf ihn abgegeben, dieses Mal direkt in die Stirn. Dann rief sie die Polizei und log die Beamten über den Tathergang an. Wir werden Ihnen zeigen, dass die Angeklagte stolz auf ihre Tat war und sogar vor ihren Freunden damit angegeben hat. Wir werden Ihnen zeigen, dass sie dieses Verbrechen nicht in Notwehr beging, sondern, ihren eigenen Worten zufolge, ›aus Vergeltung‹. Wir werden Ihnen den Ausdruck einer Chatnachricht zeigen, in der sie beschreibt, wie sie ihren Stiefvater betteln ließ, bevor sie ihn schließlich erschoss. Wie sie zwei Kugeln auf ihn abfeuerte, um sich selbst und ihre Mutter zu rächen. Wir werden Ihnen zeigen, dass die Angeklagte hinsichtlich dieser Tat nur bereut, nicht noch einmal auf ihn geschossen zu haben, um auch ihren Bruder zu rächen. Wir werden Ihnen zeigen, dass sie die Tat anderen gegenüber vorzeitig ankündigte und die Waffe, die sie dazu gebrauchte, illegal erwarb. Und wir werden Ihnen Chatnachrichten vorlegen, die beweisen, dass sie glaubt, sie könne einfach vor Gericht antanzen und Ihnen vorgaukeln, es wäre Notwehr gewesen.«

Ich beobachte die Körpersprache der Geschworenen, die nichts Gutes verheißt. Die Geschworenen schauen Mitchell konzentriert an und werfen ab und zu einen vernichtenden Blick in unsere Richtung. Er hat es geradezu meisterhaft hinbekommen, Feindseligkeit gegenüber meiner Mandantin zu säen und sich gleichzeitig von James Bannister zu distanzieren. Er ist

Mitchell Taylor, der sich für die Gerechtigkeit einsetzt, wo immer sie auch hinführen mag. Und ich bin Leslie Connors, die schlüpfrige Strafverteidigerin, die schuldigen Mandanten hilft, ihrer gerechten Strafe zu entgehen.

In den nächsten zwanzig Minuten geht Mitchell mit den Geschworenen Schritt für Schritt die wissenschaftlichen Beweismittel durch. Er spricht über Schmauchspuren, Pulvereinsprenkelungen, Schießpulverrückstände und Muster von Blutspritzern. Er holt eine Menge Fotos hervor, von denen einige die Geschworenen sichtlich zusammenzucken lassen. Dabei redet er mit der präzisen Sachverständigkeit eines Mannes, der nichts zu verbergen hat.

Nach einer Weile rückt Brad erneut an mein Ohr heran. »Hör auf, alles mitzuschreiben«, sagt er.

Ich runzele die Stirn und schaue ihn an. Warum? *Mitchell breitet hier gerade seine gesamte Beweisführung vor uns aus, und mein Partner sagt mir, ich soll nicht mitschreiben?*

»Die Geschworenen beobachten dich«, flüstert Brad. »Zeig ihnen, dass Taylor nichts vorbringt, das es wert wäre, aufgeschrieben zu werden. Zeig ihnen, dass du dich langweilst.«

Ich lege meinen Stift ab, starre eine Weile zur Richterbank und lehne mich dann mit gefalteten Händen in meinem Stuhl zurück. Ich tue so, als würde Mitchell aus dem Telefonbuch vorlesen, und lasse meinen Blick durch den Gerichtssaal schweifen, als sei ich auf der Suche nach etwas, das mich wirklich interessiert.

»Viel besser«, flüstert Brad.

Aber dann kommt Mitchell zum Schluss seines Plädoyers, und während seine Stimme immer lauter wird, kann ich nicht anders, als mich vorzulehnen und ihm meine volle Aufmerksamkeit zu schenken. Ich werfe ihm vernichtende Blicke zu, da ich weiß, dass die Geschworenen mich beobachten. Ich hoffe, dass sie die Verachtung bemerken, die ich diesem Mann entgegenbringe, der mit einer solchen Hingabe ein misshandeltes sechzehnjähriges Mädchen verfolgt.

»Die Gerechtigkeit wird oft als eine Frau mit Augenbinde dargestellt, die in der einen Hand eine Waage, in der anderen ein Schwert hält«, erklärt Mitchell. »Das Schwert stellt den Richtspruch dar. Aber es kommt erst nach sorgfältiger und gerechter Erwägung der Beweise zum Einsatz, und dieser Vorgang wird durch die Waage repräsentiert. Das ist genau das, was ich in den vergangenen Minuten für sie getan habe. Justitia trägt nicht ohne Grund eine Augenbinde. In diesem Land soll sie sich nicht von der Hautfarbe, dem Lebensstandard, dem Alter oder der Tatsache, dass jemand einen gewalttätigen Vater hat, beeinflussen lassen. Sie soll weder durch emotionale Argumente noch durch leidenschaftliche Aufrufe von der Gesetzeslage und den Beweisen abgelenkt werden. Damit Justitia ihrer Pflicht nachkommen kann, muss sie blind sein.«

Mitchells Blick wandert ein weiteres Mal über die Geschworenenbank. »Ich möchte Sie alle dringend bitten, sich das vor Augen zu halten, während Sie sich die Argumente der Verteidigung anhören.«

76

Nach Mitchells Plädoyer ordnet der Richter eine kurze Unterbrechung an. Das gibt mir die Gelegenheit, mir noch mehr Sorgen um mein eigenes Plädoyer zu machen, das ich gleich halten werde. Mir missfällt die Vorgehensweise, zu der Brad mich überredet hat. Mir wäre es sehr viel lieber, wenn ich den Geschworenen etwas zu der Gesetzeslage und den Beweisen erzählen könnte, um den ganzen Fall Schritt für Schritt zu analysieren. Aber Brad hat mir eingeredet, dass unsere Theorie für diesen Ansatz zu viele Schwachstellen aufweist. Er hat mir eingeredet, dass es besser ist, anzugreifen und die emotionale Ebene im Gerichtssaal auszuspielen.

Aber das ist nicht meine Art und verstößt somit gegen die erste Regel der Strafverteidigung, die Brad mich gelehrt hat: Sei du selbst! Das sage ich ihm jetzt, während ich neben ihm im Flur stehe und die Arme in einer defensiven Haltung um mich geschlungen habe. Ich versuche so leise zu sprechen, dass mich weder die Presse noch unsere Mandantin hören kann, die ein paar Meter weiter bei ihrer Mutter steht.

»Soll ich für dich einspringen?«, fragt er.

Ich schüttle den Kopf. Nein. Wir wissen beide, dass die Geschworenen während des Verfahrens nur zu einem Hauptverteidiger eine Bindung aufbauen sollten. Dieser Verteidiger muss sowohl das Eröffnungs- als auch das Schlussplädoyer halten. Und wir beide wissen, dass ich dieser Verteidiger sein muss.

»Ich bin einfach nur nervös.« Meine Hände sind verschwitzt, mein Mund trocken, ich steige von einem Bein aufs andere und habe das Gefühl, mich gleich übergeben zu müssen.

»Alles okay mit deinem Herzen?«, fragt Brad kaum hörbar flüsternd.

Ich nicke, obwohl es so scheint, als würde nur daran zu denken ausreichen, um das kleine Monster noch schneller schlagen zu lassen.

»Was soll ich tun? Ich meine, in ein paar Minuten musst du diese Ansprache halten. Wie kann ich dir helfen?«

Ich stoße einen tiefen Seufzer aus. »Hör einfach mal zwei Minuten lang auf, wie ein Mann zu denken«, sage ich, »der immer versucht, alles geradezubiegen. Ich weiß, dass ich dieses Plädoyer halten muss. Ich weiß, dass ich supernervös sein werde, bis ich endlich anfangen kann. Ich weiß, dass Fowler, Anderson und Taylor mich hassen und es auf mich abgesehen haben werden, nachdem ich sie angegriffen habe. Jetzt gerade brauche ich keine Lösungen. Ich brauche jemanden, der mich bemitleidet.«

Brad schaut mich an, als würde er sich fragen, ob mein Gehirn wohl noch genug Sauerstoff bekommt. »Ich verstehe«, sagt er und setzt dann zögernd hinterher, »glaube ich.« Er schaut sich um, als laufe er Gefahr, in eine psychiatrische Klinik eingewiesen zu werden, sollte jemand dieses Gespräch mitbekommen. »Du willst keine Lösungsvorschläge von mir hören. Du willst nur, dass ich mir anhöre, wie nervenaufreibend das alles für dich ist?«

»So ist es.«

»Und dabei mein Mitgefühl zum Ausdruck bringe.«

»Richtig.«

»Okay.« Er nickt langsam mit dem Kopf und starrt mich dabei an, als sei ich eine neue Spezies, die er gerade entdeckt hat. »Dann gebe ich dir recht. Du hast allen Grund, besorgt zu sein. Wir sind im Begriff, es mit der gesamten Rechtsvertreter-Gemeinde von Virginia Beach aufzunehmen, mit einem Eröffnungsplädoyer, das unglaublich riskant ist. Ich an deiner Stelle würde mich in diesem Moment wohl übergeben müssen, und dabei spiele ich dieses Spiel schon seit Jahren.«

»Danke«, sage ich sarkastisch, die Lippen zu einer dünnen, nervösen Linie verzogen. »Jetzt fühle ich mich schon viel besser.«

* * *

»Meine Damen und Herren Geschworenen, mein Name ist Leslie Connors. Gemeinsam mit meinem Partner, Brad Carson, habe ich die ehrenvolle Aufgabe, die sechzehnjährige Angeklagte, Tara Bannister, in diesem Fall zu vertreten.«

Ich stehe hinter dem Rednerpult, das Brad für meine Ansprache vor die Geschworenenbank geschoben hat. Ich bin mir sicher, dass das Klappern meiner Zähne noch im Gerichtssaal nebenan zu hören ist, und erkenne meine zittrige Stimme selbst kaum wieder. Aber jetzt, nachdem ich einmal angefangen habe, wird die Nervosität bald nachlassen.

»Sie haben gehört, wie Mr Taylor Sie lang und breit über Ihre Pflicht aufgeklärt hat. Aber dabei hat Mr Taylor die vielleicht wichtigste Pflicht von allen außen vor gelassen.« Ich lege eine kurze Pause ein, um den Geschworenen Zeit zu geben, sich auf meine Worte einzulassen. Diese Worte spreche ich frei aus dem Stehgreif heraus, aber sie müssen gesagt werden. »Sie haben die Pflicht, unvoreingenommen zu bleiben, bis Sie alle Beweise gesehen haben. Sie haben die Pflicht, sich mit Ihrem Urteil zurückzuhalten, bis Sie beide Seiten gehört haben. Und was am wichtigsten ist«, ich drehe mich zu Tara um, »Sie haben die Pflicht, von der Unschuld meiner Mandantin auszugehen, bis die Staatsanwaltschaft das Gegenteil zweifelsfrei bewiesen hat. Das ist derselbe Vertrauensbonus, den auch Sie sich wünschen würden, säßen Sie auf der Anklagebank.«

»Einspruch!« Mitchell ist aufgesprungen. »Das ist unangemessen.« Er bezieht sich auf das sogenannte Goldene-Regel-Verbot, das besagt, dass Anwälte die Geschworenen nicht auffordern dürfen, sich in die Situation des Angeklagten zu versetzen.

»Stattgegeben«, grollt Farley, und es scheint, als habe Mitchell die erste juristische Auseinandersetzung gewonnen. Tatsächlich unterstreicht er damit meine Aussage umso mehr, genau so, wie ich es mir erhofft hatte.

Sein Einspruch verleiht mir noch mehr Entschlossenheit, wie einem Krieger, der im Kampf eine Fleischwunde erlitten hat. Jetzt gibt es kein Zurück mehr. Ich trete hinter dem Rednerpult hervor und lasse meine Aufzeichnungen darauf liegen. Wer braucht die schon? Ich habe diese Ansprache so oft durchexerziert, dass sie sich mir für immer ins Gedächtnis gebrannt hat.

»Mr Taylor bittet uns, den Beweisen zu folgen, wo immer sie hinführen mögen. ›Das ist unsere Pflicht‹, sagt er. Na schön! In Ordnung.« Ich halte inne und drehe mich zu Mitchell Taylor um. »Aber ist er wirklich bereit, das auch zu tun?«

Jetzt trete ich ein oder zwei Schritte näher an die Geschworenenbank heran. »Die Beweise sind nämlich nur so zuverlässig wie die Personen, die sie vor Ort einsammeln. Nur so zuverlässig wie jene Personen, die Beweise erfassen, verwahren, beaufsichtigen und schützen, bis sie Ihnen schließlich vorgelegt werden. Bei jedem Glied in dieser Kette – bei den Tatortermittlern, der Polizei, den Sachverständigen und der Staatsanwaltschaft – besteht die Möglichkeit, dass Beweise manipuliert werden. Schmauchspuren und Pulvereinsprenkelungen, Schießpulverrückstände und Muster von Blutspritzern sind nur so zuverlässig wie die Menschen, die sie einsammeln, analysieren und präsentieren. In diesem Fall liegt diese Zuverlässigkeit bei null.«

Ich schweige kurz, da ich feststelle, dass meine Worte wie Bomben in den geradezu beängstigend stillen Gerichtssaal einschlagen. Ich bin nicht laut geworden, habe nicht mit der Faust aufs Rednerpult geschlagen oder viel gestikuliert. Trotzdem habe ich alle in meinen Bann geschlagen. Es sind schwerwiegende Anschuldigungen, die ich hier vorbringe. Seltsamerweise bin ich überhaupt nicht mehr nervös.

»Ist Mr Taylor bereit, den Beweisen auch dorthin zu folgen?«, frage ich. »Ist er bereit, die wirklich unangenehmen Fragen zu stellen? Wir werden zeigen, dass dem leitenden Ermittler, Detective Lawrence Anderson – ein Mann, der die Gelegenheit hatte, jedes einzelne Beweisstück am Tatort zu manipulieren –, nicht zu trauen ist.« Bevor ich den nächsten Satz sage, hole ich tief Luft. Brad hat darauf bestanden, dass ich ihn vorbringe, auch wenn er sich immer noch weigert, mir von den Beweisen zu erzählen, die ihn seiner Meinung nach stützen werden. »Wir werden Ihnen beweisen, dass Mr Anderson die Art von Polizist ist, die alles tun würde, um eine Verurteilung zu gewährleisten, wozu auch gehört, Beweise herzustellen.«

»Einspruch!« Mitchell ist wie eine Rakete aus seinem Stuhl hochgeschossen. »Euer Ehren, Sie hat überhaupt keine Grundlage für diese Behauptungen! Bis jetzt war niemals auch nur die Rede davon, dass in diesem Fall Beweismittel manipuliert worden sein könnten. Das ist absolut lächerlich.«

»Vortreten«, sagt Farley.

Als ich zur Richterbank gehe, spüre ich Brad dicht an meiner Schulter.

Farley legt eine Hand über sein Mikrofon. Sein Gesicht ist knallrot angelaufen und sein Kiefer angespannt. »Ms Connors, ich führe einen ordentlichen Gerichtssaal, was bedeutet, dass sich Strafverteidiger bei mir an die Fakten halten müssen. Sie können nicht einfach hier hereinspazieren und die Polizei von Virginia Beach ohne irgendwelche Beweise der Korruption beschuldigen. Wenn Sie also belastendes Material gegen Detective Anderson in der Hand haben, will ich es wissen, und zwar jetzt sofort. Und wenn nicht, junge Dame«, er richtet einen zitternden Zeigefinger auf mich, »dann befinden Sie sich auf wirklich dünnem Eis.«

Wenn Farley mich mit dieser Rede einschüchtern wollte, dann hat es nicht funktioniert.

»Ich habe Beweise, Euer Ehren.«

Farley wendet sich Mitchell zu. »Hat Sie Ihnen diese mitgeteilt?«

»Nein, Euer Ehren.«

Farleys strenger Blick richtet sich wieder auf mich. »Dann lassen Sie mal hören.«

»Nicht jetzt.«

Farley lehnt sich noch ein Stück weiter vor. »Ms Connors, Sie haben diese Anschuldigung in Ihrem Eröffnungsplädoyer vorgebracht. Ich muss entscheiden, ob ich die Geschworenen anweise, diesen Kommentar zu ignorieren. Wenn Sie Beweise haben, will ich sie hören.«

Stumm erwidere ich seinen Blick, mein Zorn nun voll entflammt. Muss ich dieses Verfahren jetzt etwa gegen den Staatsanwalt *und* den Richter führen?

»Euer Ehren«, meldet sich Brad mit überraschend gelassener Stimme zu Wort, »Detective Anderson hat versucht, meine Kollegin einzuschüchtern, damit sie eine bestimmte Theorie zu dem Fall aufgibt. Er drohte damit, ihr ein Drogendelikt anzuhängen, wenn sie nicht kooperiert. Wir haben den Vorfall der Dienstaufsichtsbehörde der Polizei von Virginia Beach gemeldet. Ich wäre schockiert, wenn Mr Taylor nichts von dem Disziplinarverfahren wissen sollte, das gegen den leitenden Ermittler dieses Falls eingeleitet wurde.«

»Ist das wahr?«, fragt Farley Mitchell.

»Ja, Euer Ehren, aber es gibt keinerlei Beweise, dass er versucht hat –«

Farleys Hand schießt hoch. »Sparen Sie sich das für die Geschworenen.« Dann wirft er mir einen letzten finsteren Blick zu. »Seien Sie vorsichtig, Ms Connors.«

Ich starre ihn an, zu stur, um zu sagen, was er hören will.

»Oh, das wird sie«, meint Brad.

Als ich wieder vor die Geschworenen trete, scheinen sie mir gegenüber offener zu sein. Man kann es auf ihren Gesichtern sehen. Vielleicht gingen sie davon aus, die Angeklagte würde sich einfach hinter der Last der Beweiserbringung verstecken, aber wir deuten hier eine ganze Menge mehr an: korrupte Polizisten, dubiose Staatsanwälte. Zumindest wissen sie jetzt, dass es interessant werden wird.

»Also, Mr Taylor deutet an, dass meine Mandantin die Dinge nicht selbst in die Hand hätte nehmen sollen. In der Behaglichkeit und Sicherheit dieses Gerichtssaals fällt es ihm leicht, die junge Tara Bannister zu kritisieren. Aber Mr Taylor war es nicht, der mit einem gewalttätigen Stiefvater leben musste. Er musste nicht nach Hause kommen und auf eine Mutter treffen, deren Gesicht er kaum wiedererkannte, weil ein vollkommen außer Kontrolle geratener Stiefvater es als Boxsack benutzt hatte. Er musste sich nicht fragen, ob das nächste Wort oder die nächste harmlose Handlung den Mann in Rage versetzen und einen Schwall von Obszönitäten und Erniedrigungen auslösen würde. Er musste nicht jede Sekunde seines Lebens in Angst verbringen.«

Ich halte abrupt inne und schaue zu Boden. Jetzt kommt der Teil, vor dem es mich am meisten graust, der Teil, der die Karriere eines unschuldigen Mannes zerstören könnte, wenn ich falsch liege. Ich senke meine Stimme, als könnten die sanfteren Töne dafür sorgen, dass diese Tatsachen zwischen mir und der Jury bleiben. »Und es gibt einen Grund, warum Tara diese Misshandlungsvorwürfe nicht einfach der Polizei melden konnte, damit die sich darum kümmert: weil sie wusste, dass die Polizei alle Beweise, die sie findet, schlussendlich den Staatsanwälten vorlegen würde. Und sie wusste, dass die Staatsanwälte allesamt dem Bezirksstaatsanwalt unterstehen, und sie wusste, dass dieser Bezirksstaatsanwalt –«

»Einspruch!« Mitchell ahnt, was jetzt kommt, und versucht die Katastrophe abzuwenden. »Einspruch, Euer Ehren.«

»– derselbe Mann ist, der versucht hat, sie sexuell zu missbrauchen, während Taras Stiefvater zusah.«

»Vortreten!«, brüllt Farley.

Der Gerichtssaal ist im hellen Aufruhr, als wir auf die Richterbank zugehen, und mein Herz droht gleich aus meiner Brust zu springen. Ich weiß, dass mir jetzt eine weitere Standpauke bevorsteht – das ist der Preis, den man zahlt, um seinen Mandanten zu verteidigen. Aber ich habe auch das Gefühl, das Richtige getan zu haben. Vielleicht wären andere Anwälte nicht ganz so weit gegangen, aber das unterscheidet Carson & Associates eben von allen anderen Kanzleien.

»Ich habe dem Richter versprochen, dass du dich vorsehen würdest«, flüstert Brad mir zu, als er sich vor Farleys Bank zu mir gesellt. »Tss, tss.«

Ich stoße ihm meinen Ellenbogen in seine knochigen Rippen und wappne mich für den zähnefletschenden Richter.

* * *

Nachdem ich mir meine Standpauke abgeholt habe, trete ich zum dritten Mal vor die Geschworenen, die mich mit großen Augen anstarren. Sie fragen sich wahrscheinlich, wen ich wohl als Nächsten beschuldigen mag. Auf einmal komme ich mir wie eins dieser Klatschblätter aus dem Supermarkt vor, die ich so verabscheue – zu hanebüchen, um ernst genommen, aber doch zu pikant, um ignoriert zu werden.

Ich muss schwer schlucken, als ich mich bereit mache, etwas zu versprechen, das ich eigentlich vermeiden wollte. Aber als gute Strafverteidigerin versuche ich enthusiastisch zu klingen. »Sobald wir die Gelegenheit bekommen, unsere Seite der Geschichte zu präsentieren, werden sie es aus Taras eigenem Mund hören«, verspreche ich. *Und ich hoffe, dass sie dabei nicht die Fassung verliert oder irgendetwas Dummes sagt oder sich ein noch tieferes Grab schaufelt.* »Sie wird Ihnen erzählen, wie ihr Stiefvater, James Bannister, sie am fraglichen Abend angriff, als sie nach Hause kam. Sie wird berichten, wie er später erneut auf sie losging, als sie sich etwas Eis holen wollte, um die Schwellung in ihrem zerschundenen Gesicht zu kühlen. Sie wird Ihnen erzählen, wie sehr sie sich vor dem leicht aufbrausenden Temperament ihres Stiefvaters fürchtete und von dem Bedürfnis, sich eine Waffe zu besorgen, um sich schützen zu können. Sie wird Ihnen erzählen, wie sie am 14. April dieses Jahres gezwungen wurde, diese Waffe einzusetzen, um ihr eigenes Leben zu retten.«

Ich halte einen Moment inne und gehe zum Tisch der Verteidigung rüber, wo Brad mir drei große Polystyrolplatten reicht, auf denen die Vergrößerungen von Fotos aufgezogen sind. Jede davon hat etwa die Größe eines

Bildes, das man sich im Wohnzimmer aufhängen würde. Ich gehe zurück zu den Geschworenen und lege die Platten auf dem Rednerpult ab. »Zeig es ihnen, anstatt es zu erklären«, hatte Brad bei der Vorbereitung dieses Plädoyers gesagt. »Vergiss nicht, dass wir mittlerweile in einer visuell orientierten Gesellschaft leben.«

»Am Ende dieses Verfahrens, meine Damen und Herren, werden Sie entscheiden müssen, ob meine Mandantin, Tara Bannister, in Notwehr gehandelt hat. Der Richter wird Ihnen erklären, dass Notwehr eine unmittelbare Bedrohung durch schwere körperliche Gewalt voraussetzt. Aber das ist nur Juristengerede. Im echten Leben werden Sie entscheiden müssen, ob die Voraussetzungen für Notwehr durch das hier erfüllt wurden ...« Ich zeige ihnen das erste Foto. Es ist eine Aufnahme von Taras Gesicht am Abend des Mordes, die aus dem Polizeivideo mit dem Geständnis stammt. Die Blutergüsse und Schwellungen auf ihrem Gesicht sind deutlich sichtbar.

»Dies ist eine Aufnahme von dem, was James Bannister Tara in der fraglichen Nacht angetan hat«, erkläre ich.

Ich lege das Foto beiseite und nehme das zweite zur Hand. »Oder erfüllt das die Anforderungen?«

Ich zeige ihnen das Foto von Trish, das in jener Nacht aufgenommen wurde. Ihr Gesicht ist schlimm zugerichtet, ein Auge fast komplett zugeschwollen. »Das ist es, was James Bannister seiner Frau am selben Abend angetan hat«, erkläre ich.

Mitchell Taylor ist aufgesprungen. »Euer Ehren, ich erhebe Einspruch. Ms Connors behauptet nicht, ihre Mandantin habe gehandelt, um ihre Mutter zu schützen. Dieses Bild ist hochgradig aufrührerisch und für diesen Fall absolut nicht relevant.«

»Da stimme ich zu«, sagt Farley, bevor ich mich erklären kann.

»Und sollte auf dem letzten Bild jemand anderes als die Angeklagte in der Nacht des Mordes zu sehen sein, dann erhebe ich auch dagegen Einspruch«, sagt Mitchell.

»Ist auf der dritten Platte ein Foto der Angeklagten aus der fraglichen Nacht zu sehen?«, fragt Farley.

»Nein, Euer Ehren.«

»Dann weise ich Sie an, dieses Foto den Geschworenen nicht zu zeigen«, sagt Farley.

Ich gebe vor, enttäuscht zu sein, dabei kann ich förmlich sehen, wie die kollektive Fantasie der Geschworenen die Lücken ausfüllt. Wahrscheinlich glauben sie, es handle sich um eine dritte Frau, die ebenfalls von Bannister misshandelt wurde, und dass ihr Gesicht noch schlimmer zugerichtet ist als die beiden vorangegangenen. Das eigentliche Foto – das Bild eines Sargs – wäre sehr viel weniger aussagekräftig gewesen als das, was sie sich gerade in ihrer Fantasie ausmalen.

»Worauf ich hinauswill«, sage ich, »ist, dass Sie entscheiden müssen, wie viel Gewalt Tara Bannister aushalten musste, bevor sie berechtigt war, in Notwehr zu handeln. Wir glauben, dass man berechtigt ist, tödliche Gewalt anzuwenden, um das eigene Leben zu schützen, wenn der eigene Stiefvater einen mit der Faust ins Gesicht schlägt und später versucht zu erwürgen. Und wir glauben, dass Sie uns vermutlich zustimmen werden, wenn Sie alle Beweise gesehen haben.«

77

Der Richter ordnet eine Pause an, und alle auf unserer Seite des Gerichtssaals gratulieren mir zu der hervorragenden Eröffnungsrede. Ich bin erleichtert, dass es vorbei ist, aber nicht sonderlich stolz auf das, was ich getan habe.

Ich nehme an, dass es mit dem Gefühl vergleichbar ist, das ein Boxer empfinden würde, wenn er bei der Pressekonferenz auf seinen Gegner zugeht und ihm einen Hieb in den Magen versetzt. Wir haben gezeigt, dass wir es ernst meinen und uns nicht ohne Widerstand geschlagen geben, aber trotzdem müssen wir uns noch im Ring unter Beweis stellen.

Niemand erstaunt es, als Harlan Fowler direkt hinaus in den Flur geht, um sich den Fernsehkameras zu stellen und seinen Namen reinzuwaschen. Ich verspüre keinerlei Verlangen, ihm vor den Kameras Gesellschaft zu leisten, also bleibe ich ein paar Minuten am Tisch der Verteidigung sitzen und unterhalte mich in gedämpfter Stimme mit Brad, Tara und Trish. So entkomme ich zumindest für den Moment der Presse, dank der geltenden Regelung, die das Bezirksgericht von Virginia Beach für solche Verfahren aufgestellt hat. Den Nachrichtensendern und Zeitungen ist eine »gemeinsame« Kamera im Gerichtssaal gestattet. Die Aufzeichnungen dieser Gemeinschaftskamera werden der örtlichen Presse zur Verfügung gestellt. Auf diese Weise werden die Verfahren auf möglichst störungsfreie Weise aufgezeichnet, und das Chaos der zahllosen Fernsehkameras und Zeitungsreporter wird vermieden, die miteinander um den besten Platz kämpfen.

Was am Ende dabei rauskommt, ist, dass die Medienhorde sich im Flur auf die Lauer legt und sich sofort auf jede prozessführende Partei stürzt, die den Gerichtssaal verlässt.

Plötzlich habe ich ein Problem. »Ich will da gerade nicht rausgehen und mich ihnen stellen«, sage ich Brad.

»Dann lass es.«

»Aber ich muss da raus«, sage ich und ziehe dabei ein Gesicht, um deutlich zu machen, was ich eigentlich sagen will, »weil ich da langmuss, um woanders hinzukommen.«

Brad runzelt verwirrt die Stirn. Manchmal können Männer so begriffsstutzig sein.

»Sie muss mal pinkeln«, schaltet sich Tara ins Gespräch ein.

»Das wusste ich«, sagt er und hat auch sofort einen Plan zur Hand. »Wir gehen da gemeinsam raus. Ich ziehe die Aufmerksamkeit der Medien auf mich; und du machst dich aus dem Staub.«

»Klingt gut.«

Wir gehen auf die hinteren Türen zu. »Sag bloß nichts Aufrührerisches«, warne ich Brad, als wäre ich dank meines fantastischen Eröffnungsplädoyers auf einmal der Seniorpartner. »Ich glaube, ich habe während meiner Ansprache genug Emotionen aufgewiegelt.«

»Keine Sorge«, meint er. »Ich werde nur ein paar beruhigende Aussagen abgeben, um die Wogen ein wenig zu glätten.« Jedoch meine ich zu sehen, wie ein leichtes Grinsen seine Lippen umspielt.

Als ich durch die Türen trete, stelle ich fest, dass Fowler noch immer von Kameras umringt ist, die jedes Wort aufzeichnen. Er redet gerade davon, seinen Namen reinzuwaschen und von billigen Strafverteidiger-Taktiken.

»Ms Connors«, ruft einer der Reporter und sofort richten sich alle Kameras auf mich. »Können Sie uns irgendwelche Details zu dem angeblichen Übergriff durch den Bezirksstaatsanwalt sagen, den Sie in Ihrem Eröffnungsplädoyer erwähnt haben?«

»Kein Kommentar.« Ich gehe weiter. Hinter mir höre ich meinen Verlobten.

»Sie wollen Details?«, sagt er. Die Kameras schwingen jetzt alle zu ihm herum. »Dann warten Sie mal die Aussage unserer Mandantin ab.«

»Mr Carson, dem Bezirksstaatsanwalt zufolge sind diese Anschuldigungen nur verzweifelte Lügen. Was sagen Sie dazu?«

Ich bin noch nicht ganz an dem Pulk von Reportern vorbei, aber trotzdem werde ich ein bisschen langsamer, um noch Brads Antwort mitzubekommen.

»Sagen Sie dem Bezirksstaatsanwalt, er soll einen Sonderstaatsanwalt für diesen Fall bestellen, damit Mr Fowler in den Zeugenstand treten und eine Aussage machen kann«, höre ich Brad sagen. »Dann werde ich ihn ins Kreuzverhör nehmen, und wir werden sehen, wer hier lügt.«

Das soll die Wogen glätten?

Ich bin jetzt auf halbem Wege zur Damentoilette, als ich höre, wie jemand eine weitere Frage ruft.

»Wollen Sie einen Kommentar zu dem Urteil des Bundesgerichts abgeben?«

Ich schmunzle vor mich hin. Ich wette, darauf war er nicht gefasst.

»Ich will Ihnen ja nicht vorschreiben, wie Sie Ihren Job zu machen haben«, meint Brad, »aber ich glaube, die viel interessantere Geschichte ist dieses Verfahren vor dem Bezirksgericht. Ich an Ihrer Stelle würde keine kostbare Sendezeit auf den DMVN-Prozess verschwenden.«

Ich höre Gelächter, als ich die Damentoilette betrete.

* * *

Als ich zum Gerichtssaal zurückkehre, sehe ich, wie mir kein anderer als Harlan Fowler im Flur entgegenkommt. Ich blicke zu Boden und schlage einen großen Bogen zur Seite, damit er genug Platz hat, an mir vorbeizukommen. Stattdessen stellt er sich mir direkt in den Weg.

»Wir müssen reden.«

Ich schaue ihm direkt in die Augen. »Dann reden Sie«, erwidere ich mit einem Schulterzucken.

»Nicht hier.« Er wirft einen Blick den Flur hinunter. »Da hinten gibt es einen Konferenzraum«, sagt er barsch. »Lassen Sie uns dorthin gehen.«

Ich weiß nicht, warum ich ihm in den Konferenzraum folge. Eigentlich sollte ich mich weigern, ihm sagen, dass er an Ort und Stelle reden kann.

Aber stattdessen gehe ich mit ihm. Wahrscheinlich fühle ich mich ein wenig schuldig, weil ich ihn vor Gericht so überfallen habe, oder vielleicht liegt es auch an seiner autoritären Art. Aus welchem Grund auch immer verschwinde ich mit ihm im Konferenzraum.

Er schlägt die Tür zu. Der Zorn steht ihm ins Gesicht geschrieben. Gerade wird mir klar, dass er mir den Weg zur Tür versperrt.

»Was Sie da im Gerichtssaal abgezogen haben, war falsch.« Fowler kocht vor Wut und spricht durch zusammengebissene Zähne. »Ich habe dieses Mädchen nicht angefasst, Leslie. Ich habe zwei Jahrzehnte gebraucht, um mir einen integren Ruf aufzubauen, und Sie zerstören ihn mit nur einem Satz ... einer dreckigen Lüge. Zwei Jahrzehnte, Leslie.«

Ich erwidere nichts. Der Mann macht mir Angst. In seinen Augen ist etwas, das jenseits von Wut ist.

»Was Sie getan haben, war kriminell«, sagt er.

Da mir kein anderer Ausweg bleibt, halte ich die Stellung. »Was *Sie* getan haben, war kriminell«, schieße ich zurück. »Ich mache nur meinen Job.«

»Diesen Schwachsinn können Sie jemand anderem verkaufen«, sagt Fowler scharf. »Strafverteidiger gehen tagtäglich ihrem Job nach, ohne so eine Nummer abzuziehen. Es gibt Regeln, Leslie, ungeschriebene und unausgesprochene Regeln, die dafür sorgen, dass das System funktioniert. Sie verteidigen Ihren Mandanten, aber Sie greifen niemals den Staatsanwalt persönlich an. Wir belangen Ihren Mandanten, aber wir haben es niemals auf Sie persönlich abgesehen. Sie haben gegen die Regeln verstoßen, Leslie.« Fowler hält inne und wirft mir einen bösartigen Blick von der Seite zu. »Und wenn Sie hinter uns her sind, dann werden wir hinter Ihnen her sein.«

Jeder Muskel in meinem Körper ist nun auf *Kampf oder Flucht* eingestellt. Mein Herz fühlt sich an, als würde es gleich explodieren, und die Synapsen in meinem Hirn feuern alle gleichzeitig los. Ich bin so angespannt, dass ich kaum klar denken kann.

»Ist das eine Drohung?«, frage ich mit sichtbar zitternden Gliedmaßen.

Fowler grinst hämisch und schüttelt den Kopf. »Ich mache keinen Gebrauch von Drohungen, Leslie. Ich sage Ihnen einfach, wie es ist. Vergessen Sie nicht, dass ich diesen Streit nicht angefangen habe.«

»Ich glaube, das Gespräch ist hiermit beendet.« Ich versuche um ihn herumzugehen, aber er stellt sich mir erneut in den Weg.

»Eines noch«, sagt er. »Und das hat nichts mit dem Bannister-Fall zu tun.« Er steht jetzt fast Nase an Nase mit mir. »Erinnern Sie sich noch an die Keisha-McFadden-Sache?«

Ich nicke und erwidere seinen Blick. Wir stehen wie zwei Boxer da, die wenige Sekunden vor dem Ertönen der Glocke noch ein paar letzte Anweisungen vom Schiedsrichter bekommen.

»Wie sich herausstellt, hat sie die Drogen in nur anderthalb Kilometer Entfernung zu einer Schulzone gekauft«, erklärt Fowler. »Das bedeutet eine zwingende gesetzliche Erhöhung um fünf Jahre zusätzlich zu jeder Strafe, zu der sie verurteilt wird. Wie es aussieht, ist der Deal wohl geplatzt. Ich habe den Fall Mitchell Taylor zugeteilt.«

Darauf war ich nicht vorbereitet, und mir bleibt die Luft weg. Dieser Mann besitzt sehr viel Macht. »Sie hat eine Familie, Harlan. Zwei kleine Jungs. Sie kann keine fünf Jahre absitzen.«

»Wir alle haben Familie, Leslie«, sagt Fowler bedrohlich. »Und ich habe diesen Streit nicht angefangen.«

Damit dreht er sich um und verlässt den Konferenzraum, wobei er die Tür hinter sich offen lässt. Ich höre, wie er mit freundlichem Tonfall einen seiner Reporter-Freunde grüßt. Ich bin wütend, verängstigt und vollkommen perplex. Endlich schaffe ich es, den Arm auszustrecken und die Tür zuzuziehen. Ich lasse mich in einen der gepolsterten Sessel sinken und starre einfach vor mich hin, während mir das Herz wild gegen die Brust schlägt. Ich muss an Fowlers letzte Bemerkung denken und an den Ausdruck in seinen Augen, an alles, das mich noch erwartet. In meiner Brust baut sich Druck auf, und ich merke, dass ich anfange, nach Luft zu schnappen, zu hyperventilieren. Fühlt sich so ein Herzinfarkt an?

Mir wird schwindelig. Ich stelle meine Ellenbogen auf den Oberschenkeln auf, schlage die Hände zusammen und beuge den Kopf Richtung Knie. *Tiefe Atemzüge. Entspann dich. Bete.*

Ich spüre keinen stechenden Schmerz in meiner Brust, nur großen Druck und mein rasendes Herz. Trotzdem kann das nicht gut sein. Ich starre auf den Boden und zwinge mich, an nichts zu denken, versuche mich selbst dazu zu bringen, mich zu entspannen. *Atme ein, atme aus. »Denn alles ist mir möglich durch Christus, der mir die Kraft gibt, die ich brauche.«*

Wo kam denn das jetzt auf einmal her? Dann fallen mir wieder die

Worte des Pastors vom letzten Sonntag ein. *»Alles«*, halte ich mir vor Augen.

Meine Atmung beruhigt sich langsam wieder, und ich spüre, wie ich anfange, mich zu entspannen. Sollte ich einen Krankenwagen rufen? Wenn ich das tue, werde ich auf direktem Wege in ein Krankenhaus eingewiesen und muss wahrscheinlich unters Messer. Wenn ich Brad davon erzähle, wird er darauf bestehen, dass ich mich sofort untersuchen lasse. Er wird den Rest des Verfahrens allein abwickeln. Ich weiß, dass er als Anwalt zehnmal so gut ist, wie ich jemals sein werde, aber Tara braucht wirklich eine Frau an ihrer Seite.

Sie braucht *mich.*

Ich stehe auf und mache noch ein paar tiefe Atemzüge. Meine Hände haben aufgehört zu zittern; meine Atmung geht wieder normal. Und meine Entschlossenheit ist größer als je zuvor.

Ein paar Stunden zuvor, ja selbst wenige Minuten zuvor war ich mir unsicher, ob Fowler wirklich versucht hat, Tara zu vergewaltigen. Mag sein, dass ich genau das in meinem Eröffnungsplädoyer behauptet habe, aber nur weil ich es sagen *musste*. Tief im Inneren wusste ich nicht, wem ich glauben sollte.

Aber jetzt hat mir Fowler sein wahres Gesicht gezeigt. Ich bin davon überzeugt, dass er sich an Tara vergriffen hat. Und wahrscheinlich hätte er sein Glück auch bei mir versucht, wenn er geglaubt hätte, damit davonkommen zu können.

Aber wenn er glaubt, er könne Leslie Connors terrorisieren, dann hat er den Schneid der Iren unterschätzt. Für jemand, der behauptet, etwas von Geschichte zu verstehen, sollte gerade Fowler es eigentlich besser wissen.

78

Den Rest des Nachmittags geht Mitchell Taylor auf Nummer sicher und fühlt Detective Louis Gonzales in einer direkten Befragung auf den Zahn, um einen ganzen Berg von Beweisen anzuhäufen, die seine Ausführungen unterstützen. Ich versuche gelangweilt zu wirken, während Tara unglücklicherweise an Gonzales' Lippen zu hängen scheint.

Gonzales klärt die Geschworenen über den wissenschaftlichen Hintergrund zu den Eintrittswunden auf. Er präsentiert ein paar grausige Aufnahmen von Schussverletzungen aus anderen Fällen, um zu zeigen, dass Schüsse aus nächster Nähe winzige Einblutungen rund um die Eintrittswunde hinterlassen, die durch das verbrannte Schießpulver und die unverbrannten Reste von Pulverteilchen hervorgerufen werden. Er steht vor der Geschworenenbank, während Mitchell ihn befragt, damit er mit einem Zeigestock auf die vergrößerten Aufnahmen auf dem Aufsteller deuten kann. »Dieses Phänomen wird als Schmauchspur oder Pulvereinsprenkelung bezeichnet«, erklärt Gonzales.

Dann zeigt er der Jury ein Foto von der Eintrittswunde der Kugel, die in Bannisters Brust einschlug, seine Lunge durchstieß und einige der großen Arterien zerfetzte.

»Das Fehlen von irgendwelchen Schmauchspuren oder Pulvereinsprenkelungen um die Wunde beweist, dass die Kugel aus mehr als dreieinhalb Meter Entfernung abgefeuert wurde«, erklärt Gonzales. »Wäre die Kugel aus kürzerer Distanz abgefeuert worden, könnte man außerdem davon ausgehen, Ruß oder andere Verschmutzungen an der Wunde zu finden. In diesem Fall gab es weder das eine noch das andere.«

»Könnte Mr Bannister die Angeklagte gewürgt haben, als dieser Schuss abgegeben wurde?«, fragt Mitchell.

»Nur wenn er dreieinhalb Meter lange Arme hatte«, antwortet Gonzales.

Die meisten der Geschworenen lächeln.

Als Nächstes stellt Mitchell eine weitere Vergrößerung vor den Geschworenen auf. Dies, erklärt Gonzales, sei die Aufnahme der Wunde, die von der zweiten Kugel verursacht wurde, die direkt über Bannisters linkem Auge einschlug.

»Auf diesem Foto können Sie ein paar Pulvereinsprenkelungen sehen, wo das verbrannte Pulver und winzige Partikel der Kugel ins Fleisch eingedrungen sind.« Gonzales zeigt auf mehrere dunkle Pünktchen auf Bannisters Stirn. »Dennoch haben wir es hier nicht mit einer Kontaktwunde zu tun, soll heißen, die Waffe hatte keinen direkten Kontakt zur Haut.«

Jetzt wendet sich Gonzales den Geschworenen zu. »Aber das Ungewöhnlichste an dieser Eintrittswunde ist, dass es überhaupt keine Einblutungen rundherum gibt.«

»Und was bedeutet das?«, fragt Mitchell.

»Dass das Opfer bereits tot war, als der Schuss abgegeben wurde«, erklärt Gonzales. »Und keinen Blutkreislauf mehr hatte.«

»Beeindruckend«, flüstert Brad. »Sollen wir uns lieber gleich schuldig bekennen?«

Gonzales kehrt in den Zeugenstand zurück und klärt die Geschworenen über Blutspritzer-Muster und Berechnungen der Eintrittswinkel von Schusswunden auf. Dann erläutert Gonzales den Geschworenen seine Schlussfolgerungen zur Tat mithilfe weiterer Tatortfotos. Darunter sind auch Fotos, auf denen ein Metallstab zu sehen ist, der aus Bannisters Brust ragt, um die Flugbahn der Kugel zu veranschaulichen. Gonzales zufolge saß Bannister in seinem Liegesessel, und Tara war etwa acht Meter von ihm entfernt, als die erste Kugel abgefeuert wurde. Das konnte er anhand des Eintrittswinkels der Kugel und des Musters der Blutspritzer auf dem Liegesessel schlussfolgern. Der zweite Schuss wurde laut Gonzales abgefeuert, als Tara über dem bereits toten James Bannister stand und ihm dieses Mal direkt in die Stirn schoss.

»Wie lange brauchen Sie noch?«, fragt Farley, mit Blick auf seine Armbanduhr.

»Nur noch ein paar Fragen«, erwidert Mitchell.

»Na schön.«

»Fand man am Tatort ein Handtuch, das auf James Bannisters Gesicht lag?«

»Ja.«

»Wenn jemand eine Waffe unter diesem Handtuch versteckt und jemand anderen damit aus nächster Nähe erschossen hätte, würde man dann davon ausgehen, Blutspritzer aus der Wunde darauf zu finden?«

»Selbstverständlich.«

»Gab es solche Blutspritzer auf dem Handtuch?«

»Nein. Das Einzige, was wir finden konnten, waren verschmierte Blutspuren auf dem Handtuch, wo es mit Mr Bannisters Brust in Berührung gekommen war. Aber Blutspritzer als solche gab es nicht.«

Mitchell reicht Gonzales jetzt die Waffe, die Tara benutzt hatte, und lässt diese als Beweismittel aufnehmen. »Hat die Polizei Beweisstück 14 auf Fingerabdrücke untersucht?«, fragt er.

»Ja.«

»Was haben sie gefunden?«

»Fingerabdrücke, die mit denen der Angeklagten übereinstimmen.«

»Gab es noch andere Abdrücke?«

»Nein.«

»Eine Frage noch. Wurden Abstriche von den Händen der Angeklagten genommen, um festzustellen, ob sich daran Schmauchspuren befanden?«

»Ja. Die Angeklagte hatte Schmauchspuren an der rechten Hand, was den Rückschluss zulässt, dass es definitiv sie war, die die Waffe abgefeuert hat.«

* * *

Nach Mitchells Befragung von Gonzales macht Farley für heute Schluss, was bedeutet, dass mein Kreuzverhör bis morgen früh warten muss. Nach der Sitzung kämpfen wir uns durch die Medienmeute und halten noch einmal Kriegsrat mit Tara, Trish und Jamie, bevor Brad und ich zu unseren Autos gehen. Brad hatte Trish gebeten, Jamie für das Eröffnungsplädoyer mit ins Gericht zu bringen. Danach hatte sich der Junge einen leeren Gerichtssaal gesucht und sich mit seinem Smartphone beschäftigt, bis die Sitzung beendet war.

»Vergiss nicht«, sage ich zu Tara, »keine Chatnachrichten über das Verfahren –«

»Ich weiß; ich weiß«, erwidert sie.

Jamie zupft seine Mutter am Ärmel, aber sie versucht ihn abzuwimmeln. »Wie viele Tage wird das Verfahren gehen?«, fragt sie.

»Komm schon«, jammert Jamie. Er wirft seine Haare zurück. »Lass uns gehen. Mir ist heiß.«

»Wahrscheinlich drei«, meint Brad. »Bis zum Wochenende sind wir wahrscheinlich durch.«

Tara wendet sich mir zu. »Sie waren heute echt toll.«

»Danke.«

»Lass uns gehen!«, sagt Jamie und zerrt jetzt etwas stärker. Er wirft das Haar zurück und stößt ein paar unverständliche Worte aus.

»Warte kurz«, antwortet Trish.

Dann geht es los. Jamie brennt eine Sicherung durch, und er fängt an zu fluchen, reißt am Arm seiner Mutter und schlägt unkontrolliert nach ihr. Er spuckt, aber die Geschosse landen harmlos auf dem Bürgersteig. Trish lässt seinen Arm los, und er wirft sein Handy zu Boden, wobei er ohne Unterlass vor sich hin brabbelt. Ich schaue mich peinlich berührt um und sehe, wie einer dieser Kameraleute von den Fernsehnachrichten die ganze unschöne Szene mitfilmt!

»Brad«, rufe ich, aber er hat es schon gesehen.

Er geht auf den Kameramann zu, versperrt ihm so die Sicht auf Jamie und winkt den Kerl weg. »Das ist eine private Angelegenheit!«, ruft Brad. »Was machen Sie da?«

Bevor ich mich überhaupt rühren kann, geht Tara auf den Kameramann los. »Sie Mistkerl! Das dürfen Sie nicht filmen! Verschwinden Sie mit Ihrer Kamera!«

Sie wird von Brad aufgehalten, der sich ihr in den Weg stellt. Er kann allerdings nicht verhindern, dass sie den Kameramann weiter wütend beschimpft. Der Kerl hat seine Kamera nun auf Tara gerichtet und filmt die ganze Szene mit.

»Komm schon«, sagt Brad. Er hat einen Arm um sie gelegt und führt sie weg.

Ich eile zu den beiden hinüber und nehme sie am anderen Arm. »Lass uns gehen, Tara! Beruhig dich erst einmal.«

Endlich hört sie auf, sich zu wehren, schüttelt Brads Hand von ihrem Arm ab und stellt das Gezeter gegen den Kameramann ein. Sie wendet ihm den Rücken zu und geht ein paar Schritte auf ihre Mutter und ihren Bruder zu, mit Brad und mir an ihrer Seite. Sie atmet schwer, und ich erkenne die Wut, die direkt unter der Oberfläche brodelt.

Mittlerweile hat sich Jamie wieder ein wenig beruhigt, und so machen wir uns nun in Richtung unserer Autos auf und lassen die Kameras hinter uns. Gerade als ich im Begriff bin, einen Seufzer der Erleichterung loszulassen, dreht Tara sich plötzlich um, salutiert der Kamera mit ihrem Mittelfinger, dreht sich wieder um und stapft aufgebracht zu ihrem Auto.

»Geschmeidig«, meint Brad, während wir einfach nur dastehen und ihr hinterhersehen. »Das sollte einen guten Aufmacher für die Abendnachrichten abgeben.«

»Mit etwas Glück werden sie den DMVN-Prozess als Aufmacher nehmen«, erwidere ich und zwinge mir ein Lächeln ab. Dann gehen Brad und ich zu unseren jeweils eigenen Wagen.

79

Der zweite Verfahrenstag beginnt deutlich weniger dramatisch. Ich treffe eine halbe Stunde vor Sitzungsbeginn bei Gericht ein, und selbst Brad Carson gelingt es, pünktlich zu erscheinen. Trish taucht mit Tara im Schlepptau auf, die eins der Alte-Jungfer-Outfits trägt, die wir bei unserem Shopping-Trip gekauft haben.

»Tut mir leid wegen gestern Abend«, meint Tara.

Ich zucke mit den Schultern und werfe ihr einen Blick zu, der zeigen soll, dass sie nicht so einfach davonkommt. »Was geschehen ist, ist geschehen.«

Nachdem Farley Einzug in den Gerichtssaal gehalten hat, nimmt Gonzales wieder seinen Platz im Zeugenstand ein, und ich beginne mit meinem Kreuzverhör. Dieses Mal soll es kurz und bündig werden. Wir haben das Gefühl, dass die Geschworenen Gonzales mögen – es fällt schwer, es nicht zu tun. Also lautet unser Plan, ihn wie den guten Bullen dastehen zu lassen. Und ich werde mit meinem Kreuzverhör dafür sorgen, dass sie ihren bösen Bullen präsentieren müssen, damit dieser seine Prügel bezieht.

»Guten Morgen, Detective Gonzales.«

»Guten Morgen.«

»Sie sind heute der leitende Ermittler in diesem Fall, nicht wahr, Detective Gonzales?«

»Ja.«

»Aber das waren Sie nicht von Anfang an, richtig?«

»Das ist richtig.«

»Tatsächlich war der leitende Ermittler, dem dieser Fall zuerst übertragen wurde, Detective Lawrence Anderson. Habe ich recht?«

»Ja.«

»Und er war auch der leitende Ermittler an dem Abend, als der Tatort untersucht wurde, korrekt?«

»Ja.«

»Ich meine, Sie haben den Tatort nie mit eigenen Augen gesehen, nicht wahr? Sie haben sich die Fotos angesehen, aber Detective Anderson war tatsächlich vor Ort. Ist es nicht so?«

»Ja.«

»Und er hat auch die Zeugen und meine Mandantin verhört?«

»Ja.«

»Er war dafür zuständig, die Beweise aufzunehmen und dass diese ordnungsgemäß gesichert wurden, richtig?«

»Richtig.«

»Und es wäre auch seine Aufgabe gewesen, solche Dinge wie die Abnahme der Fingerabdrücke oder die Überprüfung der Hände meiner Mandantin auf Schmauchspuren zu überwachen, richtig?«

»Ja.«

»Würden Sie mir zustimmen, Detective Gonzales, wenn ich sage, dass es mit der Integrität einer jeden Ermittlung nur so weit her ist wie mit der Integrität der Polizeibeamten, die sie durchführen - besonders der des leitenden Ermittlers?«

Gonzales zögert einen Augenblick. *Gut.* »Ja, da würde ich zustimmen. Und Detective Anderson hat einen hervorragenden Ruf, was seine Integrität betrifft.«

»Dennoch wurde er von dem Fall abgezogen und durch Sie ersetzt?«

»Das beruht nur auf einer routinemäßigen Umverteilung der Arbeitslast. Anderson hatte eine Menge aktiver Fälle und brauchte etwas Unterstützung.«

Ich werfe Gonzales meinen besten argwöhnischen Blick zu, um den Geschworenen zu vermitteln, dass wir hier nicht die ganze Wahrheit serviert bekommen. »Aber Anderson ist noch immer im Dienst, oder nicht?«

»Ja, natürlich.«

»Gibt es irgendeinen Grund, der Ihnen bekannt wäre, Detective Gonzales, warum Detective Anderson zu dem heutigen Termin nicht selbst vor Gericht erscheinen konnte, um persönlich auszusagen, was er am Abend der Tat vorfand?«

Das ruft einen weiteren Moment des Zögerns hervor. Dieses Mal wirft Gonzales Mitchell Taylor einen verstohlenen Blick zu. Ich beschließe, darauf herumzureiten, nur um sicherzugehen, dass die Jury es auch mitbekommt. »Mr Taylor kann die Frage nicht für Sie beantworten, Detective. Das müssen Sie schon selbst tun.«

»Einspruch!«

»Stattgegeben.«

Gonzales sieht jetzt vollkommen verwirrt aus und wendet sich an den Richter. »Muss ich die Frage beantworten?«

»Sie müssen die ursprüngliche Frage beantworten«, erklärt Farley. »Ich habe nur dem Einspruch gegen den letzten überflüssigen Kommentar der Verteidigung stattgegeben.«

»Nein«, antwortet Gonzales. »Mir ist kein Grund bekannt, warum er nicht selbst aussagen konnte.«

»Na schön. Dann heben wir uns unsere Fragen doch für den Detective auf, der am fraglichen Abend vor Ort war.« Ich wende mich an den Richter: »Keine weiteren Fragen.«

* * *

Früher oder später findet jedes Verfahren seinen Rhythmus, und bei unserem geschieht das am Dienstag. Mitchell baut geduldig Stück für Stück seine Beweiskette auf, während Brad und ich uns zurücklehnen und nur sehr wenige Fragen im Kreuzverhör stellen. »Manchmal«, meint Brad, »besteht das beste Kreuzverhör darin, während der Aussagen einfach nur dazusitzen und gelangweilt auszusehen.« Dabei stützt sich Mitchell hauptsächlich auf unumstößliche wissenschaftliche Beweise, von denen die Geschworenen anscheinend wenig beeindruckt sind. Sie wollen hören, was Detective Anderson und Tara zu sagen haben. Alles andere ist für sie nur Augenwischerei.

Der gesamte Dienstagvormittag geht für die Aussage von Dr. Albert Fancher drauf, dem Gerichtsmediziner von Virginia Beach, der die Todesursache benennt und mehr oder weniger Detective Gonzales' Aussage wiederholt, was die Schussverletzungen und den Schaden betrifft, den jede Kugel verursacht hat. Ich bemerke, dass einige der Geschworenen ein Gähnen unterdrücken, und halte mein Kreuzverhör dementsprechend kurz und bündig, wobei ich hauptsächlich einige seiner Analysen der Schusswunden infrage stelle.

Den Rest des Tages nehmen die ebenso trockenen und monotonen Aussagen eines Ballistik-Experten, eines Sachverständigen für Fingerabdrücke und eines Vertreters des Amts für Alkohol, Tabak, Schusswaffen und Sprengstoffe in Beschlag. Dieser bestätigt, dass die als Beweisstück 14 markierte Waffe vor zwei Jahren gestohlen wurde. Keiner dieser Sachverständigen ist mir ein Kreuzverhör wert, bis auf den Fingerabdruck-Experten. Ihm ringe ich das offensichtliche Eingeständnis ab, dass Fingerabdrücke einfach abgewischt worden sein könnten, sollte tatsächlich jemand vor Tara die Waffe benutzt haben.

Als Mitchell um 16.30 Uhr gebeten wird, seinen nächsten Zeugen aufzurufen, sagt er endlich den Namen, auf den wir alle gewartet haben: »Detective Lawrence Anderson.«

»Wie lange wird Detective Anderson im Zeugenstand sein?«, fragt Farley.

»Mehrere Stunden.«

»Dann lassen Sie uns morgen mit seiner Aussage beginnen«, sagt der Richter. Farley hat fast den ganzen Nachmittag gegen seine schweren Augen angekämpft.

Nachdem sich das Gericht vertagt hat, erteile ich Tara meine Standardwarnung – keine Chatnachrichten. Aber heute Abend habe ich einen kleinen Zusatz hinzuzufügen. »Und auch keine obszönen Gesten gegenüber irgendwelchen Kameramännern.«

Sie lächelt mich verschämt an. »Ich hab doch gesagt, dass es mir leidtut.«

»Schon in Ordnung.«

Dann tut sie etwas, das total aus der Reihe fällt. Sie bedankt sich noch mal dafür, dass ich ihre Anwältin bin, und umarmt mich dann kurz. Keine kitschige oder übertrieben sentimentale Geste, sondern nur ein kurzes und unbeholfenes Drücken.

Es kommt so überraschend, dass ich überhaupt nicht weiß, was ich sagen oder wie ich reagieren soll. Es folgt ein Moment unbehaglicher Stille; dann sage ich zu ihr: »Ich bin stolz, dich zu vertreten, Tara.«

Und an diesem Abend meine ich es auch so.

80

Am Mittwochmorgen betritt Detective Anderson den Zeugenstand. Die Abscheu vor diesem Mann bereitet mir am ganzen Körper Gänsehaut. Er trägt ein weißes Hemd und eine rote Krawatte, einen blauen Blazer und schwarze Hosen. Sein pockennarbiges Gesicht zeigt keinerlei Regung, als Mitchell ihm ein paar einleitende Fragen stellt. Er hat sein schwarzes Haar zurückgegelt wie ein TV-Bulle aus einer dieser Neunzigerjahre-Serien. Als er zu mir rübersieht, verfinstert sich seine Miene.

Mitchell geht mit Anderson vorsichtig die Ereignisse des fraglichen Abends durch, und mir scheint, dass Mitchell Taylor sich zum ersten Mal in diesem Verfahren offensichtlich nicht wohl in seiner Haut fühlt. Er braucht etwa zwei Stunden, um mit dem Zeugen nochmals alle Beweise durchzugehen, die eigentlich schon durch die Aussage von Detective Gonzales bekannt waren.

Auch wenn er bei Anderson ein wenig länger auf Fragen rund um das Thema der Kontrollkette herumreitet, wird mir schnell klar, dass Mitchell Detective Anderson niemals in den Zeugenstand gerufen hätte, wenn wir nicht so ein Aufheben um dessen Glaubwürdigkeit vor den Geschworenen gemacht hätten.

»Haben Sie bei diesem Fall irgendwelche Beweise fabriziert, verändert oder auf andere Weise korrumpiert?«, fragt Mitchell abschließend.

»Nein«, erwidert Anderson. »Noch nie.«

»Keine weiteren Fragen.«

Sofort erhebt sich Brad, um Anderson ins Kreuzverhör zu nehmen. Ich hatte angemerkt, dass Anderson eigentlich mein Zeuge sein sollte, aber als Seniorpartner der Kanzlei konnte Brad mich überstimmen. »Außerdem«, sagte er, »habe ich einige Beweise gegen diesen Kerl in der Hand, von denen ich dir nichts erzählen durfte.«

Brad geht ein paar Schritte auf Anderson zu und bleibt dann stehen, um eine schier unendlich lange Zeit einfach nur abzuwarten. »Noch nie?«, fragt er.

»Noch nie.«

»Was ist mit anderen Fällen? Haben Sie jemals Beweise bei anderen Fällen fabriziert?«

»Niemals.«

»Haben Sie bei anderen Fällen je damit gedroht, Beweise zu fabrizieren? Haben Sie je damit gedroht, eine Person aufgrund einer frei erfundenen Straftat strafrechtlich verfolgen zu lassen, sollte sie nicht tun, was Sie von ihr verlangten?«

»Nein.«

»Niemals?«

Anderson starrt Brad an und wartet ab, als würde er erwarten, dass Mitchell Taylor Einspruch erhebt. Dann streckt Anderson den Arm aus und nimmt einen provozierend langsamen Schluck Wasser aus dem Glas, das vor ihm steht, ohne Brad dabei aus den Augen zu lassen. »Noch nie, Herr Anwalt. Nicht ein einziges Mal.«

»Aber wenn Sie es getan hätten«, bohrt Brad nach, »und wenn ich beweisen könnte, dass Sie es getan haben, dann wären wir uns wohl einig, dass Ihr Wort in diesem Verfahren nicht viel Wert hat, oder?«

»Aber das habe ich nicht«, erwidert Anderson scharf. »Also ist das nicht von Belang.«

Brad läuft ein wenig auf und ab und kommt Anderson dabei immer näher. Was für eine Effekthascherei. »Stimmt es nicht, dass Sie am Samstag, dem 27. Mai dieses Jahres, meiner Partnerin Leslie Connors zu einer Schlotzsky's-Deli-Filiale gefolgt sind und ihr gedroht haben, sie wegen einer frei erfundenen Straftat zu belangen, wenn sie nicht aufhören würde, einer bestimmten Spur in diesem Fall zu folgen?«

Die Anschuldigung, die er so sachlich vorbringt, scheint den gesamten Gerichtssaal dermaßen zu schockieren, dass allen Anwesenden die Luft wegbleibt. Anderson stößt ein spöttisches Lachen aus und schüttelt den Kopf. »Das ist das Lächerlichste, was ich je gehört habe, Mr Carson. Aber aus Ihrem Mund sind solche Anschuldigungen wohl kaum überraschend.«

Brad kommt zu unserem Tisch herüber und holt aus einer Mappe eine Ausgabe des *National Inquisitor* hervor, auf dessen Titelseite mein Gesicht zu sehen ist.

»Bist du dir sicher, dass du weißt, was du tust?«, flüstere ich.

»Nicht wirklich«, erwidert er ebenfalls im Flüsterton und kehrt dann wieder in die Mitte des Verhandlungsraumes zurück.

»Also, Detective Anderson, haben Sie dieses Foto schon mal gesehen?« Brad zeigt auf das Foto auf der ersten Seite des *Inquisitors* und hält das Blatt hoch, damit die Geschworenen es ebenfalls sehen können.

»Ich kenne diese Zeitschrift«, erwidert Anderson.

»Nein, ich meine das Foto selbst. Haben Sie dieses Foto, das an die Herausgeber der Zeitschrift verkauft und auf dessen Titelseite abgedruckt wurde, schon mal gesehen?«

»Nein, natürlich nicht.« Auch wenn Anderson sich ganz selbstsicher gibt, bemerke ich, wie der übergroße Adamsapfel an seinem dürren Hals verräterisch auf und ab hüpft.

»Ist es nicht wahr, dass Sie oder jemand, der für Sie arbeitet, dieses Foto aufgenommen und an den *Inquisitor* verkauft haben?«

Mitchell ist jetzt aufgesprungen, und ich frage mich, warum das so lange gedauert hat. »Einspruch, Euer Ehren, inwiefern soll das relevant für –«

»Wenn das Gericht mir ein paar Minuten gewährt, verspreche ich, den Bezug deutlich herzustellen.«

Farley stößt hörbar die Luft aus und setzt ein entnervtes Gesicht auf, als würde er nicht gut genug bezahlt werden, um solch weltbewegende Entscheidungen zu treffen. »Na schön«, seufzt er. »Aber fassen Sie sich kurz.«

Brad überspringt das an dieser Stelle übliche »Danke, Euer Ehren«, was ich ihm nicht verdenken kann.

Er wendet sich wieder dem Zeugen zu. »Leugnen Sie, jemals ein Foto wie jenes auf dieser Titelseite gesehen zu haben?«

»Ja.« Anderson nimmt noch einen Schluck Wasser.

»Stimmt es nicht, Sir, dass Sie an jenem Samstag bei Schlotzsky's meiner Kollegin dieses Bild und eine Reihe anderer Fotos zeigten, darunter auch Aufnahmen, auf denen ein Treffen zwischen meiner Kollegin und einem Zeugen zu diesem Fall in Las Vegas abgelichtet ist, und ein Foto von einer Klassenkameradin von Tara Bannister?«

»Derselbe Einspruch«, sagt Mitchell.

»Abgelehnt.«

»Nein«, sagt Anderson. »Auch das ist gelogen.«

»Und haben Sie diese Fotos nicht benutzt«, fragt Brad weiter, »um meine Kollegin fälschlicherweise des Drogenhandels zu beschuldigen? Haben Sie Ms Connors nicht gesagt, dass die Personen auf diesen Fotos bereit wären, gegen sie auszusagen?«

»Es gibt keine solchen Fotos«, erwidert Anderson.

»Einspruch!«, ruft Mitchell etwas lauter – und ein wenig zu spät.

»Der Zeuge hat bereits geantwortet«, sagt Farley. »Aber, Mr Carson, wenn Sie nicht bald auf den Punkt kommen, war's das für Sie.«

»Ja, Euer Ehren.«

Brad reibt sich das Kinn und geht noch einen Schritt auf den Zeugen zu. »Schauen Sie sich das Datum auf diesem *National Inquisitor* an.«

»Der 23. Mai. Na und?«

»Also etwa vier Tage vor dem Treffen, von dem ich rede«, sagt Brad.

Anderson richtet sich in seinem Stuhl auf, und seine Augen lodern zornig. »Ein solches Treffen hat niemals stattgefunden, wollen Sie das nicht verstehen?«

»Und die Fotos existieren auch nicht?«

»Nein!«

Jetzt lässt sich Brad Zeit und kommt langsam auf unseren Tisch zu. Er schlägt eine Mappe auf, studiert deren Inhalt und nimmt sie dann hoch. »Ich werde jetzt gleich eine hypothetische Frage an Sie richten«, informiert er den Zeugen. »Also passen Sie gut auf, denn jetzt wird's ein bisschen knifflig.«

»Seien Sie nicht so herablassend«, erwidert Anderson.

»Na schön«, meint Brad. Er dreht sich um und zeigt auf Brandon Matthews, der zu meiner Überraschung in der vierten Reihe des Zuschauerraums sitzt. »Lassen Sie uns, rein hypothetisch, davon ausgehen, dass Mr Matthews im Verlauf dieses Verfahrens Folgendes aussagen wird. Erstens, dass dieses Bild auf der Titelseite des *National Inquisitor* von jemandem in dem Fitnessstudio aufgenommen wurde, in dem Mr Matthews als Trainer arbeitet, und zwar in dem Moment, als er sich um meine Kollegin kümmerte, die ohnmächtig geworden war. Zweitens, dass –«

»Einspruch«, ruft Mitchell dazwischen. »Mr Carson kann sich nicht einfach hier hinstellen und eine rein hypothetische Aussage herunterleiern.«

»Während Mr Taylors Befragung gab der Zeuge seine Meinung als Sachverständiger ab«, schießt Brad zurück. »Und ich bin berechtigt, einem Sachverständigen eine hypothetische Frage zu stellen, solange ich in der Lage bin, meine hypothetischen Fakten mit einer Zeugenaussage zu belegen – was ich kann.«

»Na schön«, brummt Farley. »Aber, meine Damen und Herren Geschworenen, bitte halten Sie sich vor Augen, dass Mr Carsons Ausführungen keine Beweiskraft haben und nicht als Beweismittel zugelassen werden, bis diese durch die Aussage eines Zeugen bestätigt werden.«

Brad räuspert sich und setzt erneut an. »Wie auch immer, gehen Sie davon aus, dass Mr Matthews aussagen wird, dass er ein wirklich schlechtes Gewissen hatte, nachdem dieses Foto auf der Titelseite des *National Inquisitor* erschien und in unserer Kanzlei anrief, um sich bei meiner Kollegin zu entschuldigen. Unsere Empfangsdame teilte ihm mit, dass Ms Connors an jenem Tag freihatte, was zufällig ein Freitag war, dass sie aber Samstagmorgen in der Kanzlei anzutreffen wäre. Rein hypothetisch gesprochen, natürlich.« Brad grinst die Geschworenen an. Er ist so ein Schmierenkomödiant.

»Gehen wir weiter davon aus, dass, als Mr Matthews am Samstagmorgen vor der Kanzlei vorfährt, Ms Connors gerade das Büro verlässt, um mittagessen zu gehen. Und als Mr Matthews ihr hinterherfährt, stellt er fest, dass noch jemand anderes ihr folgt, und zwar Sie.« Brad atmet einmal tief durch und lächelt Anderson an. »Können Sie so weit folgen?«

»Ja.«

»Nehmen wir nun an, dass Mr Matthews ein wenig Abstand hält und beobachtet, wie Sie auf Ms Connors zugehen, die gerade beim Mittagessen ist, und sich zu ihr an den Tisch setzen. Nehmen wir an, dass er dann sieht, wie Sie einige Fotos hervorholen, die Sie Ms Connors zeigen, was eine hitzige Diskussion zur Folge hat. Was, wenn er gesehen hat, wie Ms Connors aufsteht und ihre Suppenschüssel umstößt, sodass sich ihre Suppe über Ihre Hose und die Fotos ergießt? Und dann beobachtet er, wie Ms Connors davonmarschiert, Sie sich die Hose abwischen, die Fotos wieder in eine Mappe zurücklegen und diese an Ort und Stelle bei Schlotzsky's entsorgen. Passen Sie gut auf, denn jetzt wird's interessant.«

Mitchell springt auf.

»Tut mir leid«, sagt Brad und Mitchell setzt sich wieder.

»Nehmen wir für einen Moment an, dass, nachdem Sie verschwunden sind, Mr Matthews zu dem Mülleimer geht, die Mappe mit den Fotos hervorholt, die sowieso nur Abzüge sind, mich dann anruft und sie mir in die Kanzlei bringt. Und was, wenn ich diesen Herrn in der zweiten Reihe«, Brad dreht sich um und weist erneut auf eine Zuschauerreihe; ein älterer Herr nickt ihm entgegen, »einen Sachverständigen namens Dr. Johnson, damit beauftragt hätte, sie auf Fingerabdrücke zu untersuchen? Wenn also Mr Matthews und Dr. Johnson bereit wären, all das auszusagen, dann kommt jetzt meine Frage –«

»Na endlich«, murmelt Farley.

»Wenn Sie darauf bestehen, dass meine Ausführungen jedweder Wahrheit entbehren, wenn Sie behaupten wollen, dass Mr Matthews und mein Experte für Fingerabdrücke lügen, wenn sie in den Zeugenstand treten und dies bestätigen«, Brad zieht mit einer dramatischen Geste sieben große Fotos aus der Mappe, die alle in einer durchsichtigen Plastikschutzhülle stecken, »und wenn Sie diese Fotos tatsächlich nie zuvor gesehen haben ... wie kommt es dann, dass auf jedem einzelnen Ihre Fingerabdrücke zu finden sind?«

Anderson beäugt die Fotos, als seien sie giftige Schlangen. Er schaut zu Mitchell hinüber, aber der starrt ihn nur mit emotionsloser Miene an. Schließlich schaut er Brad direkt in die Augen. »Meine Fingerabdrücke sind nicht auf diesen Fotos«, erwidert er, auch wenn seine Stimme nicht mehr ganz so selbstsicher klingt. »Das habe ich Ihnen bereits gesagt.«

»Lassen wir sie vorsichtshalber doch als Beweismittel aufnehmen«, meint Brad. »Nur für den Fall.«

Mitchell erklärt dem Richter, dass er keine Einwände hat, und die Fotos werden als Beweismittel aufgenommen. Brad wartet geduldig, dass der Justizangestellte die Beweise kennzeichnet; dann wendet er sich wieder Anderson zu. »Würden Sie sich einverstanden erklären, dass Dr. Johnson Ihnen in der nächsten Pause Ihre Fingerabdrücke abnimmt?«, fragt er lächelnd.

»Nein, das würde ich nicht. Ich werde Ihre haltlosen Anschuldigungen nicht würdigen, indem ich Ihnen meine Fingerabdrücke gebe, als wäre ich irgendein Krimineller.«

»Hmm«, macht Brad und streicht sich über das Kinn. Dann leuchten seine Augen auf, und er greift in seine Anzugtasche und holt ein zusammengefaltetes Papiertuch hervor. Mit dem Tuch in der Hand streckt er vorsichtig den Arm aus und greift Andersons Wasserglas am Rand, ohne den Bereich zu berühren, der in Kontakt mit Andersons Fingern gekommen ist. Das Glas sorgsam in der Hand haltend, wendet sich Brad an den Richter.

»Wir möchten das Gericht bitten, dieses Glas als das nächste Beweisstück der Verteidigung aufzunehmen«, sagt Brad triumphierend. »Außerdem möchten wir das Gericht bitten, das Beweisstück über Nacht in unsere Obhut nehmen zu dürfen, damit Dr. Johnson es auf Fingerabdrücke untersuchen kann.«

Farley wirft Anderson einen vernichtenden Blick zu, genau wie die meisten der Geschworenen auch. »Irgendwelche Einwände?«, fragt Farley Mitchell Taylor.

Mitchell steht auf, so kerzengerade und gefasst wie immer. »Keine Einwände«, sagt er. »Auch die Staatsanwaltschaft ist daran interessiert, der Sache auf den Grund zu gehen.«

»Dann werde ich Mr Carsons Gesuch stattgeben«, meint Farley.

Ich kann kaum an mich halten, als der Richter eine Pause anordnet und der Gerichtsdiener alle Anwesenden auffordert, sich zu erheben. Im Gerichtssaal ist es vollkommen still, als Farley den Raum verlässt, und dann, als würde der Raum selbst einmal tief ausatmen, entspannen sich alle und fangen an, gleichzeitig durcheinanderzureden.

Mir fällt auf, dass die Stimmung am Tisch der Anklage nicht besonders sonnig ist. Harlan Fowler stellt Mitchell Taylor wild gestikulierend in aufgebrachtem Flüsterton zur Rede. Mitchell schüttelt den Kopf und hält dagegen. Man weiß, dass die Dinge gut laufen, wenn sich die Anwälte der anderen Seite streiten.

Im direkten Gegensatz dazu steht das Schulterklopfen an unserem Tisch, in das schon bald sowohl Brandon Matthews als auch Trish Bannister mit einsteigen. »Du bist unglaublich«, sage ich zu Brad. Ich legte meine Hände auf seine Schultern, stelle mich auf die Zehenspitzen und küsse ihn auf den Mund.

Ich wende mich zu Brandon um und lächele ihn an. »Und Sie werden mir auch immer sympathischer.« Ich mache einen Schritt auf ihn zu, um ihn zu umarmen, und werde sofort mit diesem in Sekundenbruchteilen ablaufenden Albtraum konfrontiert, den jede Frau hasst. Er versucht mich zu küssen! Im letzten Moment drehe ich meinen Kopf weg und halte ihm die Wange hin.

Als wir wieder einen Schritt zurücktreten, bemerke ich aus dem Augenwinkel den schelmischen Ausdruck, den Taras Blick angenommen hat. »Mir werden Sie auch immer sympathischer«, sagt sie zu Brandon. »Und ich drehe nicht den Kopf weg.«

81

Die Feierlaune ist nur von kurzer Dauer. Den Rest des Vormittags hören wir Mitchells Computerexperten zu, der erklärt, wie er die Chatnachrichten von Taras Festplatte sichergestellt hat. Am Ende der wohl langweiligsten Aussage, die ich jemals gehört habe, ist Mitchell endlich so weit, dem Experten aufzutragen, die Nachrichten vorzulesen.

Gebannt hören die Geschworenen zu, wie Tara, alias »Richbrat«, davon spricht, ihrem Stiefvater eine »Menendez-Behandlung« zukommen zu lassen. »Ihm 'ne Kugel zu verpassen, ginge viel zu schnell«, lautet die schlimmste Nachricht von allen. »Ich bevorzuge Folter und dann eine Enthauptung à la Laci Peterson.« Die Geschworenen rutschen sogar noch weiter auf ihren Sitzen vor, als Mitchell und sein Zeuge zu den Nachrichten kommen, die Wochen nach der Tat verfasst wurden. Tara bezeichnet die Tat als »Vergeltung«, nicht als Notwehr. »Du hättest sehen sollen, wie er mich angebettelt hat«, hatte sie geschrieben. »Ich hoffe, er schmort in der Hölle.«

An diesem Punkt haben einige der Geschworenen die Arme vor der Brust verschränkt und starren Tara böse an, mit Verdammnis in den Augen. Ich verkünde, dass ich keine Fragen an die Zeugin habe. Farley folgt mit einer eigenen Bekanntgabe: Zeit fürs Mittagessen! Ich bekomme seit Beginn des Verfahrens kaum einen Bissen herunter, da mir die Anspannung schwer auf den Magen schlägt. Doch Farley sieht wie ein Mann aus, der in seinem Leben kaum eine Mahlzeit ausgelassen hat und nicht plant, jetzt damit anzufangen.

* * *

Brad und ich brauchen in der Mittagspause ein wenig Zeit für uns. Wir hasten hinaus zu seinem Jeep und fahren die North Landing Road hinunter. Fünf Minuten später stoßen wir auf eine Subway-Filiale und stehen weitere fünf Minuten an, bevor wir bestellen können. Brad entscheidet sich für das italienische Sub-Sandwich mir allem Drum und Dran bis auf die Zwiebeln und schnappt sich dann noch eine Tüte Chips und einen Cookie. Ich beäuge skeptisch und mit rumorendem Magen all die verschiedenen Brote, Aufschnittsorten und Extras. »Ich glaube, ich möchte nichts.«

Brad wirft mir einen schiefen Blick zu, und ich seufze. »Ein halbes Veggie-Sub«, sage ich, auch wenn ich weiß, dass ich nicht mehr als ein paar Bissen davon runterbekommen werde. Wir warten, bis wir uns eine Essnische gesucht haben, um unsere weitere Vorgehensweise zu besprechen.

»Wir müssen mit Tara anfangen«, meint er. »Wir müssen das Ruder herumreißen. Anderson konnten wir festnageln, aber jetzt brechen uns diese Chatnachrichten das Genick.«

Auch wenn ich Brad nur zu gerne widerspreche, kann ich an dieser Einschätzung nichts finden, das zu bemängeln wäre. »In Ordnung.« Ich nehme einen Bissen von meinem Sandwich, aber da er gerade nicht hinsieht, ist es eher ein Knabbern. Von ihrer Aussage hängt *so* viel ab. »Dieser ganze Fall steht und fällt mit Tara, oder nicht?«

Brad nickt. »Ist sie bereit?«, fragt er. Er hat die erste Hälfte seines Sandwichs mit etwa drei Bissen verdrückt. Hat ihm seine Mutter nie gesagt, wie oft man sein Essen kauen soll?

»So bereit, wie sie es jemals sein wird. Ich weiß nur nicht, ob ich bereit bin.«

Brad sieht mich an, und vor Besorgnis verfinstert sich seine Miene. »Geht es dir gut, Leslie?«

»Alles in Ordnung.« In Wahrheit fühle ich mich ein wenig klamm.

»Nein, ich meine es ernst«, sagt er. »Ich will wissen, wie es dir wirklich geht. Du siehst ein bisschen blass aus.«

Ich lege mein Sandwich beiseite und beschließe, dass es an der Zeit ist, das tapfere Getue aufzugeben. »Ich fühle mich schrecklich, Brad. Ich habe Angst, und mir ist ein wenig übel.«

Sofort richtet er sich auf seinem Platz auf. »Dann werde ich Taras Befragung übernehmen. Wir werden mit deinem Herzen kein Risiko eingehen, Leslie.«

»Es liegt nicht an meinem Herzen«, erkläre ich. »Das ist nur die Nervosität.«

»Lass mich sie trotzdem übernehmen«, sagt er.

Ich lehne mich vor und greife nach seiner Hand: »Du bist der beste Anwalt im Staat, Brad. Vielleicht sogar im ganzen Land. Aber diese Mandantin braucht in diesem Prozess eine Frau. Tara braucht mich, Brad. Und das wissen wir beide.«

Selbst Brad hat darauf keine Antwort, weil er weiß, dass ich recht habe. »Du bist dir sicher, dass es deinem Herzen gut geht?«

»Sollte ich irgendwelche Brustschmerzen, Atemlosigkeit oder so was in der Richtung bemerken, wirst du es als Erster erfahren.«

Die stahlblauen Augen dringen durch das Fenster meiner Seele, und ich verliebe mich ganz aufs Neue in diesen Mann. Zum hundertsten Mal. Heute.

»Versprich es mir«, sagt er.

»Ich verspreche es.«

82

Am Nachmittag betritt Tara den Zeugenstand. Sie trägt ein weiteres konservatives Outfit, das ich ihr aufgezwungen habe, und sieht bezaubernd aus. Ein knielanger kakifarbener Rock und eine grün-weiße Oxford-Bluse. Als kleines Zugeständnis habe ich ihr die zwei Ohrringe an dem einen Ohr und die drei am anderen gelassen.

Sie ist nervös und wischt sich die verschwitzten Handflächen an ihrem Rock ab, als sie im Zeugenstand Platz nimmt. Ich stelle ihr einige einleitende Fragen und bemerke schon bald, dass das Zittern in ihrer Stimme verschwunden ist.

Überraschenderweise war ich so auf sie konzentriert, dass ich ganz vergessen habe, selbst nervös zu sein. Erstaunt stelle ich fest, wie gelassen ich bin und mein Uhrwerk bei einer konstanten Rate von siebzig bis achtzig Schlägen die Minute läuft.

Die erste Stunde bringen wir damit zu, die genauen Verhältnisse von Taras dysfunktionaler Familie offenzulegen. Erneut kommt mir Pastor Erics Predigt in den Sinn - wie Dinge nach außen hin so perfekt erscheinen können, obwohl sie in Wahrheit die reinste Katastrophe sind. Tara erzählt mit leiser Stimme von der mentalen und psychischen Grausamkeit, die ihr Stiefvater ihr gegenüber an den Tag legte. Sie beschreibt in schrecklichen Einzelheiten, wie ihr Stiefvater ihre Mutter misshandelte und manchmal vor den Kindern demütigte. Sie flüstert fast, als sie wiedergibt, was sie hinter verschlossenen Türen mit anhören musste und wie oft sie ihre Mutter fragte, warum sie das alles mit sich machen lässt. Es war ein Zuhause, das kein Teenager erdulden sollte.

James sechzig Minuten lang schlechtzumachen, zeigt deutlich Wirkung bei der Jury. Es werden keine Arme mehr vor der Brust verschränkt, und ein paar der Geschworenen lehnen sich in ihrer Anteilnahme ein wenig vor. Ich vermute, dass einige von ihnen sich vielleicht bereits fragen, warum Tara so lange damit gewartet hat, das Leben ihres elenden Stiefvaters zu beenden. Und alle fragen sich, warum Trish nicht einfach abgehauen ist und die Kinder mitgenommen hat.

Aber ich weiß, dass Tara noch das Kreuzverhör überstehen muss, und das wird nicht leicht. Da wären die wissenschaftlichen Beweise und ihre Chatnachrichten, das Blut von ihrer Ferse, das auf mysteriöse Weise in ihrem Schlafzimmer landete, und ihr aufbrausendes Temperament. Ich habe zwei Monate lang ohne Unterlass an diesem Fall gearbeitet und immer noch nicht das Gefühl, zu wissen, was wirklich passiert ist. »Es ist egal, was wirklich vorgefallen ist«, meint Brad. »Wenn sie glauben, dass James es verdient hatte, werden sie Tara freisprechen.« Das ist seine Theorie. Ich glaube immer noch, dass es der Jury schwerfallen wird, die überzeugenden wissenschaftlichen Beweise zu ignorieren, die Mitchell in diesem Verfahren zusammengetragen hat.

»Kommen wir auf den Abend zu sprechen, an dem dein Stiefvater starb«, sage ich. »Freitag, der 14. April. Erinnerst du dich an diesen Tag?«

»O ja, Ma'am«, erwidert Tara. Ich bin so stolz, dass sie sich dieses Ja-Ma'am-Gerede gemerkt hat - ich könnte sie glatt umarmen. »Das war Karfreitag.«

Diese Antwort löst etwas Unerwartetes in mir aus. In meinem Gehirn feuert eine Synapse, dann noch eine. Karfreitag. Natürlich wusste ich, dass es Karfreitag passiert war, aber irgendetwas - vielleicht meine Intuition oder ein Bauchgefühl oder was auch immer - sagt mir, dass dies auf eine Weise wichtig ist, die mir vorher nicht bewusst war. Ich funktioniere jetzt auf zwei Ebenen. Ein Teil meines Gehirns ist damit beschäftigt, den vorbereiteten Fragenkatalog abzuarbeiten, während der andere krampfhaft versucht, dieses neue Rätsel zu lösen. *Karfreitag*. Was ist daran so bedeutsam?

»Warst du zu Hause, als dein Stiefvater von der Arbeit nach Hause kam?«, frage ich.

Tara erklärt, dass sie mit ein paar Freunden aus war. Wir sind uns beide einig gewesen, dass die genauen Details ihrer Aktivitäten besser unerwähnt bleiben.

Karfreitag, wiederholt mein Unterbewusstsein.

»Wann bist du nach Hause gekommen?«

»Ich bin mir nicht sicher. Etwa um 23.30 Uhr oder so.«

»Und wer war noch zu Hause, als du hineinkamst?«

»Meine Mom, James und Jamie.«

Wieder zündet etwas in meinem Kopf. »Waren Jamie und deine Mom schon im Bett?«

»Einspruch«, sagt Mitchell. »Woher sollte sie das wissen?«

»Stattgegeben.«

»Waren deine Mom und Jamie in ihren Zimmern und hatten die Türen zugezogen?«

»Ja.«

»Wo war dein Stiefvater?«

»Er war noch auf. Er war betrunken, und er wird fies, wenn er getrunken hat. Also kam er in die Eingangshalle und fing an, mich anzubrüllen.« Tara und ich hatten ebenfalls beschlossen, auch die Tatsache, dass sie eigentlich Stubenarrest hatte, nicht zu erwähnen.

»Hat er dich an jenem Abend geschlagen?«

Sie zögert. Wir haben dieses Zögern geprobt. »Ja, das war das erste Mal.«

Ich atme tief durch. Brad und ich waren uns einig, dass es am besten wäre, wenn Tara ihre Geschichte größtenteils ohne Unterbrechung vortragen kann. Jetzt werde ich sie fragen, was in jener Nacht passiert ist, und sie wird die ganze Geschichte erzählen und dabei die Geschworenen ansehen. Dann werde ich ein paar nachfassende Fragen stellen, um sicherzugehen, dass wir alle wichtigen Details abgedeckt haben. Bevor ich mit der Frage herausrücke, sehe ich zu Brad hinüber, der mich mit seinen Augen ermutigt, denselben Augen, die mich beim Mittagessen so besorgt angesehen haben. Dieser Bruchteil einer Sekunde, in dem sich unsere Augen treffen, verleiht mir neue Zuversicht, und als ich mich wieder abwende, wird mir ganz warm bei dem Gedanken, wie sehr er mich liebt.

»Tara, ich möchte, dass du den Geschworenen in deinen eigenen Worten und so ausführlich wie möglich erzählst, was sich an jenem Abend zugetragen hat. Und zwar von dem Zeitpunkt an, als du nach Hause kamst, bis zu dem Moment, in dem du deinen Stiefvater erschossen hast.«

Tara dreht sich auf ihrem Stuhl den Geschworenen zu, blickt aber zu Boden, offensichtlich nicht in der Lage, mit ihnen Augenkontakt aufzunehmen. Sie setzt zu der Antwort an, die wir schon so viele Male durchexerziert haben - nicht so oft, dass sie einstudiert wirkt, aber doch häufig genug, damit sie auch wirklich sitzt. Sie erzählt, wie sie von ihrem betrunkenen Stiefvater angegriffen wurde, wie sie sich in ihr Zimmer zurückzog, wie sie zum Schutz nach ihrer Waffe griff, sie unter einem Handtuch versteckte und wieder runterging, um sich etwas Eis zu holen und ihrem Stiefvater zu zeigen, dass sie sich nicht von ihm einschüchtern lassen würde ...

Die Geschworenen saugen das alles in sich auf, und ich höre genau zu, um später eventuelle Lücken auszufüllen, aber dennoch ... irgendetwas stimmt nicht. Diese ganzen wissenschaftlichen Beweise können nicht alle in die falsche Richtung weisen. Anderson mag korrupt sein, aber er hätte weder die Blutspritzer auf dem Liegesessel fingieren noch etwas daran ändern können, dass rund um die Eintrittswunde Schmauchspuren und Pulvereinsprenkelungen aufzufinden waren, und er hätte auch keinen Einfluss darauf gehabt, ob es auf dem Handtuch Blutspritzer gab ... Zu viel widerspricht dem, was Tara gerade den Geschworenen erzählt.

Karfreitag. Brad. Mir kommt in den Sinn, wie er angeboten hat, für mich einzuspringen. Wie sehr er wegen meines Herzleidens besorgt ist ... wegen meiner Behinderung. Meine Behinderung lässt mich an *Jamie* denken. Seine Behinderung. Ich erinnere mich an die Szene in der Cafeteria, als Jamie zusammen mit Tara beim Mittagessen saß. Die Art, wie sie ihn bemuttert. Ihn beschützt. Mir kommt der Vorfall von vor zwei Tagen in den Sinn, als Tara auf den Kameramann losging.

Und jetzt wird es mir klar, so atemberaubend wie mein Herzinfarkt! Wie konnte ich nur so blind sein? Hier wiederholt sich gerade die Karfreitagsgeschichte - von einer unschuldigen Person, die die Strafe des Schuldigen auf sich nimmt. Was Brad mir beim Mittagessen angeboten hat - die Plätze zu tauschen.

Tara hat James Bannister nicht getötet!

Sondern Jamie.

83

Ich kann das nicht zulassen!

Aber welche Wahl habe ich schon? Ich stecke mitten in der Befragung der Angeklagten in einem Mordprozess, während sie im Begriff ist, einen Mord zu gestehen, den sie nicht begangen hat. Auf dieses Problem gibt es keine Lehrbuchantwort. *Gott, warum zeigst du mir das jetzt?*

»Euer Ehren, könnten wir die Verhandlung kurz unterbrechen?«

Farley sieht mich an, als hätte ich gerade seine Mutter ordinär beschimpft. »Wie bitte?«

»Ich brauche eine kurze Pause, um mich mit meiner Mandantin zu besprechen.«

Mitchell ist aufgestanden und breitet die Arme aus. »Mitten in ihrer Aussage? Das ist ohne Präzedenz.«

Noch nie habe ich den Mann so gehasst wie in diesem Moment.

»Sie können sich nicht mitten in ihrer Aussage mit ihr besprechen«, wiederholt Richter Farley, als sei er Mitchells Bauchrednerpuppe.

»Es wird ganz schnell gehen, Euer Ehren.«

Als Demonstration seiner Autorität schlägt er mit seinem Hammer auf den Tisch. »Einspruch stattgegeben. Fahren Sie mit der Befragung fort.«

Sie ist unschuldig! »Also, Tara, du hast von den Beweisen gehört, die die Staatsanwaltschaft in ihrer Beweisführung präsentiert hat, richtig?«

Das gehört nicht zu unserem Skript, so wirft sie also mir einen fragenden Blick zu. »Ja, Ma'am.«

»Und erinnerst du dich auch, wie ihr Sachverständiger es so klingen lassen wollte, als habe der Schuss in die Brust James Bannister getötet, sodass er demzufolge bereits tot war, als der zweite Schuss später in seine Stirn abgefeuert wurde?«

»So ist es nicht passiert.«

Ich atme tief durch und gehe ein paar Schritte auf Tara zu, wobei ich meine Aufzeichnungen auf dem Rednerpult zurücklasse. »Dein kleiner Bruder, Jamie, leidet am Tourettesyndrom, nicht wahr?«

»Ja.«

»Manchmal wird er deswegen in der Schule gehänselt, stimmt's?«

Tara zuckt mit den Schultern. »Manchmal.«

»Du sorgst sogar dafür, dass er mit dir und deinen Freunden die Mittagspause verbringt, damit er nicht geärgert wird, richtig?«

Ihre Gesichtszüge verhärten sich ein wenig, aber sie weiß, dass ich sie an jenem Tag zusammen gesehen habe. »Denke schon.«

»Und so ein Junge würde sich nicht sonderlich gut in einer Jugendstrafanstalt schlagen, nicht wahr?«

Sie versteift sich und wirft mir einen schiefen Blick zu. »Was hat das mit dieser Sache zu tun?«

»Jamie war in jener Nacht zu Hause, als deine Mutter von deinem Stiefvater verprügelt wurde, nicht wahr?«

»Ja, das sagte ich bereits.«

»Und Jamie kann manchmal ganz schön rotsehen, oder nicht?«

»Er wird wütend, wie jeder von uns auch.«

»Wusste er, wo du die Waffe in deinem Zimmer versteckt hattest?«

Tara schaut den Richter an. »Muss ich das beantworten?«

»Ja.«

Sie denkt einen Moment nach, wahrscheinlich um abzuwägen, wie viel ich weiß. »Ja.«

Mein Herz schlägt mir bis zum Hals, und ich bin so nervös, dass ich kaum geradeaus denken kann. Aber eins weiß ich genau - ich bin Taras Anwältin, nicht Jamies. Und ich kann nicht zulassen, dass sie die Schuld auf sich nimmt. Ich atme tief durch, schlucke einmal schwer und sage dann: »Tara, hast nicht du, sondern dein Bruder Jamie deinen Stiefvater erschossen?«

»Einspruch. Suggestivfrage.«

Tara wirft mir einen wütenden Blick zu. »Sind Sie verrückt?«

Im Gerichtssaal kommt Unruhe auf, und der Richter lässt seinen Hammer niedersausen. »Stattgegeben. Formulieren Sie Ihre Frage anders, Ms Connors.«

Denk nach! Ich muss einen Weg finden, die Frage richtig zur formulieren - um an diese Information zu kommen! Ich kann meiner eigenen Mandantin keine Suggestivfrage stellen, was auch der Grund ist, warum Mitchells Einspruch stattgegeben wurde. Aber was hat mein Professor in Beweisführung immer gesagt? Setze derselben Frage einfach ein *ob oder nicht* voran.

»Sag mir, Tara, ob dein Bruder deinen Stiefvater erschossen hat, während dieser in seinem Liegesessel schlief, noch bevor du nach Hause kamst, oder nicht.«

»Das ist doch verrückt«, schnappt sie. »Wie können Sie so was auch nur behaupten?«

Ich spüre, dass dies meine einzige Gelegenheit sein wird, der Jury meine neue Theorie darzulegen. »Vielleicht war es so, dass dein Bruder deinen Stiefvater erschossen und dich dann auf deinem Handy angerufen hat«, erwidere ich, wobei ich schnell spreche, damit Mitchell Taylor mich nicht unterbrechen kann. »Du kommst sofort nach Hause. Dann denkst du dir eine gute Notwehrgeschichte aus, was erfordert, dass du die Waffe abwischst und sie in die Hand nimmst, um ebenfalls auf deinen Stiefvater zu schießen, damit du später Schmauchspuren an deiner Hand und ein Loch im Handtuch hast. Also jagst du ihm eine zweite Kugel in die Stirn, während er bereits tot am Boden liegt ... So hat es sich doch zugetragen, oder nicht, Tara?«

»Einspruch«, schreit Mitchell. »Das ist ja nicht mal eine Frage. Das ist reine Spekulation.«

Farley verzieht kurz das Gesicht und überrascht mich dann. »Abgelehnt.« Auch wenn Mitchell recht hat, will Farley die Antwort offensichtlich genauso dringend hören wie ich.

»So ist es nicht passiert«, sagt Tara verächtlich. »Was glauben Sie, woher ich den Bluterguss auf meiner Wange hatte? Glauben Sie, den hätte mir mein toter Stiefvater verpasst?«

»Nein«, erwidere ich gelassen, »ich glaube, das war dein Bruder. Auf deine Anweisung hin.«

»Sie sind verrückt«, sagt sie. Dann schaut sie zum Richter, und ich sehe, wie ihr Blick wieder kalt wird. »Ich will einen neuen Anwalt.«

84

Farley bestellt uns alle ins Richterzimmer. Dieses Mal habe ich es wirklich zu weit getrieben. Mitchell beschwert sich, weil ich mitten in der Beweisführung die Theorie gewechselt habe. Farley vermutet, dass ich versuche, den Prozess platzen zu lassen.

Tara sagt, dass sie nicht fassen kann, dass ihre Mutter mir Tausende von Dollars gezahlt hat, nur damit ich mich während des Verfahrens gegen sie stelle. Selbst Brad, der mich sonst immer in Schutz nimmt, scheint in dieser Sache um Worte verlegen zu sein.

Mit jedem neuen Vorwurf schlägt mein Herz noch härter gegen meine Brust, als würde es versuchen auszubrechen.

»Ich sage Ihnen, was ich tun werde«, sagt Farley nach einer langen Belehrung über Rechtsethik. »Ich werde Ihnen und Mr Carson ein paar Minuten Zeit geben, um sich ungestört mit Ihrer Mandantin zu besprechen. Wenn sie dann noch weiter von Ihnen vertreten werden will ... schön. Wenn sie Sie feuern will ... schön. Dann werde ich einen Pflichtverteidiger benennen. Aber Sie werden dieses Verfahren nicht durch solche Mätzchen platzen lassen.«

Der Richter und Mitchell verlassen den Raum, und eine Zeit lang sagt niemand ein Wort. Ich denke, Brad und Tara warten darauf, dass ich den Anfang mache.

»Was du tust, ist großmütig«, sage ich Tara. »Sogar heroisch. Aber es ist auch falsch. Du kannst nicht unter Eid lügen und die Strafe deines Bruders auf dich nehmen.«

»Ihre Meinung interessiert mich nicht«, schnappt Tara. »Sie sind gefeuert.«

»Super Idee«, schaltet sich Brad ein, der aufgestanden ist, damit er herumlaufen kann. »Der Pflichtverteidiger wird bei diesem Fall bestimmt hervorragende Arbeit leisten. Wahrscheinlich handelt er lebenslänglich für dich raus.«

»Tara, das Problem ist –«, setze ich an. Doch ich verstumme, als Brad mir »den Blick« zuwirft – seinen, nicht meinen.

»Verstehst du es denn nicht, Tara? Leslie hat den Geschworenen eine weitere Geschichte gegeben, die sie glauben können, wenn sie wollen. Sie wird diese verrückte Theorie nicht in ihrem Schlussplädoyer verwenden; sie hat sie nur in den Raum geworfen, damit die Jury sich darin verbeißen kann, wenn sie will.«

Wie bitte? Und ob ich diese Theorie in meinem Schlussplädoyer vorbringen werde. Aber darüber zerbrechen wir uns den Kopf, wenn es so weit ist. Falls *es noch dazu kommen sollte.*

Ihre Augen füllen sich mit Tränen, und der harte Ausdruck wird etwas weicher. »Jamie würde nicht einen Tag im Gefängnis überstehen«, sagt sie. »Und ich werde nicht zulassen, dass Sie ihn dorthin schicken.«

»Wir schicken ihn nirgendwohin«, versichert ihr Brad, während er auf und ab läuft. »Die Geschworenen werden kein weiteres Wort davon hören, dass Jamie deinen Stiefvater ermordet hat. Das müssen sie gar nicht.«

Sie scheint nicht überzeugt zu sein. Und da ist sie nicht die Einzige.

»Kann ich kurz mit dir sprechen?«, frage ich Brad. »Allein?«

Widerwillig erklärt sich Tara bereit, einen Moment draußen im Flur zu warten. Sobald sich die Tür hinter ihr geschlossen hat, schieße ich los.

»Falls du es vergessen haben solltest, wir vertreten Tara, nicht Jamie«, sage ich zu ihm. »Wie kannst du ihr versprechen, dass wir nicht behaupten werden, Jamie habe die Tat begangen? Wie können wir zulassen, dass sie für den Rest des Verfahrens einen Meineid begeht?«

»Langsam!«, sagt Brad. »Erstens, wer kann schon sagen, ob sie meineidig ist? Und zweitens –«

»Brad, du weißt, dass ich recht habe. Es passt alles zusammen. Die Art, wie sie Jamie beschützt. Die Zeit zwischen dem ersten und dem zweiten Schuss. Der Eintrittswinkel der Kugeln. Einfach alles.«

Sein Ausdruck verändert sich nicht, während er auf und ab läuft. Ich frage mich, wie wir das so lange übersehen konnten. Synapsen feuern, und mir wird eine weitere Offenbarung zuteil. »Du hast es die ganze Zeit gewusst, nicht wahr?«

Brad bleibt kurz stehen und schaut mir direkt in die Augen. »Wir haben eine Mandantin, die behauptet, dass es Notwehr war. Mehr muss ich nicht wissen.«

Aber jetzt heißt es Sturkopf gegen Sturkopf. »Aber es kann keine Notwehr gewesen sein. Die Beweise zeigen das. Und ich bin nicht bereit, da rauszugehen und eine Theorie zu vertreten, von der wir beide wissen, dass sie falsch ist. Ich werde nicht zulassen, dass meine Mandantin unter Eid lügt, um diese zu stützen.«

Ich mache mich auf eine von Brads Belehrungen über Rechtsethik gefasst, die er mir in regelmäßigen Abständen hält. In der Vergangenheit haben wir bereits ähnliche Diskussionen geführt. Es ist die Aufgabe der Jury, nicht meine, zu entscheiden, ob ein Angeklagter lügt. Unsere Aufgabe als Anwälte ist es, davon auszugehen, dass unsere Mandanten die Wahrheit sagen, und eine Verteidigungsstrategie zu erstellen, die sich mit dieser Unschuldsannahme deckt.

Stattdessen entscheidet er sich für eine ganz andere Vorgehensweise. »Wenn mich nicht alles täuscht, Leslie, dachte ich, dein gesamter Glaube würde darauf beruhen, dass Christus deine Strafe auf sich nimmt, auch wenn er selbst nichts Unrechtes getan hat. Wie kannst du Tara die Gelegenheit verwehren, dasselbe für ihren Bruder zu tun?«

Wie üblich gibt es keine Antwort auf diese Brad-Carson-Frage. Vielleicht ist dies der klassische Fall von *der Zweck heiligt die Mittel*. Vielleicht ist dies ein Verstoß unserer rechtlichen Verpflichtung gegenüber Tara. Aber wie können wir diesem Mädchen tatsächlich die Möglichkeit verwehren, ihren kleinen Bruder zu beschützen?

Jetzt ist die Verwirrung in meinem Kopf so groß, dass ich jegliches Vertrauen in meine eigene Urteilskraft verliere. Ich vertraue Brad genug, um ihn zu heiraten. Vielleicht sollte ich ihm genug vertrauen, um seinem Rat in diesem Fall zu folgen.

»Hol sie rein«, sage ich ihm.

85

Tara nimmt wieder im Zeugenstand Platz, als sei nichts Ungewöhnliches passiert. Wir gehen die Ereignisse an dem Abend der Tat erneut durch und betonen dabei, dass Jamie in seinem Zimmer war, als Tara ihren Stiefvater erschoss. Als Nächstes nehme ich Harlan Fowler ins Visier.

»Mr Taylor hat angebracht, dass du besser die Polizei verständigt hättest, um deinen Stiefvater anzuzeigen. Warum hast du das nicht getan?«

»Weil ich der Polizei nicht vertraut habe.«

»Warum nicht?«

»Einspruch«, ruft Mitchell. »Dürfen wir vortreten?«

Richter Farley winkt uns zu sich, und Brad folgt mir auf dem Fuße.

»Jetzt geht das schon wieder los, Euer Ehren«, beschwert sich Mitchell. »Sie versucht die Zeugin zu dem angeblichen Vorfall mit Mr Fowler in Las Vegas zu lenken, was nichts mit diesem Fall zu tun hat.«

»Nichts mit diesem Fall zu tun hat?«, äußert sich Brad über meine Schulter. Er flüstert, aber so laut, dass der Richter ihn mit einem Zischen auffordert, leiser zu reden. Mir gefällt nicht, dass Brad mich dieses Argument nicht selbst vorbringen lässt. Sie ist meine Zeugin. »Das hat alles mit diesem Fall zu tun!« Brads Stimme ist kein Stück leiser geworden. Wenn überhaupt, spricht er jetzt noch lauter.

»Psst«, sagt Farley.

»Mr Taylor behauptet, sie hätte wegen ihres Stiefvaters die Polizei rufen sollen, anstatt ihn zu erschießen«, fährt Brad fort, wobei seine Lautstärke nicht mehr als Flüstern durchgeht. Er redet jetzt mit dieser leisen Stimme, die Männer haben, wenn sie wütend sind, aber vermeiden wollen, dass andere mitbekommen, was sie sagen. Die Geschworenen haben sich entweder vorgelehnt oder recken die Hälse ein wenig in unsere Richtung. »Wie kann sie zur Polizei gehen, wenn sie weiß, dass die Entscheidung, ob der Mann strafrechtlich belangt wird, dem Bezirksstaatsanwalt obliegt«, argumentiert Brad mit lauter werdender Stimmer, »der zufällig derselbe Kerl ist, der sie während einer Reise nach Las Vegas sexuell genötigt hat.«

»Mr Carson«, schnappt Richter Farley, dessen Stimme nun auch einen angestrengten Flüsterton angenommen hat. »Sprechen Sie gefälligst etwas leiser.«

»Entschuldigen Sie, Euer Ehren, aber das ist alles so lächerlich.«

»Euer Ehren«, sagt Mitchell, mittlerweile der Einzige, der leise genug redet, dass die Geschworenen es nicht hören können. »Selbst wenn wir davon ausgehen, dass Taras Anschuldigungen wahr sind, was wir nicht für eine Sekunde einräumen, welche Auswirkungen sollte das auf ihre Behauptung haben, in Notwehr gehandelt zu haben? Sie sagt, dass ihr Stiefvater sie angegriffen und gewürgt hat, als sie ihn erschoss. Will sie jetzt etwa behaupten, sie hätte einfach ›Lass mich los, bitte, damit ich die Polizei rufen kann!‹ gesagt, wenn sie nicht zuvor diese unangenehme Erfahrung mit Mr Fowler gemacht hätte?«

Brad wendet sich an Mitchell. »Sie sind derjenige, der gesagt hat, sie hätte die Polizei rufen sollen, nicht wir.«

Krach. Farley lässt seinen Hammer niedersausen. »Meine Herren Anwälte«, sagt er scharf. Dann richtet sich sein finsterer Blick auf Brad. »Mr Taylor hat recht. Diese Anschuldigungen sind für den Fall nicht von Belang. Sie werden in diesem Verfahren nicht zur Sprache gebracht werden. Nicht solange ich hier das Sagen habe.«

»Danke, Euer Ehren«, sagt Mitchell Taylor.

Brad verkneift sich seinen Kommentar, bis wir wieder auf unseren Tisch zusteuern. »Zu spät«, gluckst er.

* * *

Als Mitchell sich erhebt, um Tara ins Kreuzverhör zu nehmen, krampft sich mein Magen zusammen. Es gibt so viele Fallstricke – die unerklärten wissenschaftlichen Beweise, ihr blutiger Fußabdruck in ihrem Zimmer, der illegale Besitz der Waffe (ein Thema, dass wir während ihrer Aussage bewusst umschifft haben) und ihr aufbrausendes Temperament. Ich sage mir immer wieder, dass sie es schaffen wird, dass ich sie so gründlich wie möglich vorbereitet habe.

Und ich weiß, dass Mitchell Taylor vorsichtig vorgehen muss, wenn er nicht will, dass es so aussieht, als würde er ein sechzehnjähriges Mädchen fertigmachen.

»Lass uns damit anfangen, alle Zweifel aus dem Weg zu räumen, die die Mutmaßungen deiner Anwältin hervorgerufen haben könnten, nicht du, sondern dein Bruder hätte deinen Stiefvater erschossen. Hat dein Bruder deinen Stiefvater erschossen?«

»Nein.«

»War er überhaupt unten, als du deinen Stiefvater erschossen hast?«

»Nein.«

»Deine Anwältin hat suggeriert, du würdest deinen Bruder vielleicht schützen, also die Schuld auf dich nehmen, damit er der Strafe entgeht. Ist es das, was hier gerade vor sich geht?«

Tara wirft mir einen bitterbösen Blick zu, als wolle sie mich daran erinnern, dass diese ersten Fragen meine Schuld sind. Ich kritzle irgendwelche belanglosen Notizen auf meinen Schreibblock. *Tut mir leid.*

»Nein«, antwortet sie.

Mitchell hält einen Moment lang inne, als suche er den Teppich nach seinem nächsten Gedanken ab. »Deine Anwälte sind ganz schön auf Zack; ich bin mir sicher, dass sie dir das Prinzip des Doppelbestrafungsverbots erklärt haben. Weißt du, was es damit auf sich hat?«

Was soll das bitte für eine Frage sein? Brad stupst mich an. *Ach ja.* »Einspruch. Das unterliegt dem Schutz des Anwalt-Mandanten-Verhältnisses.«

»Stattgegeben.«

Mitchell tritt ein paar Schritte näher an Tara heran. »Nun, hat irgendjemand außer deinen Anwälten dir erklärt, wie sich das Prinzip des Doppelbestrafungsverbots auf diesen Fall anwenden ließe, besonders in Hinsicht auf deinen Bruder?«

Tara schaut ihn verwirrt an und runzelt die Stirn.

»Lass es mich dir erklären«, bietet Mitchell ihr an. »Hast du schon mal eine Serie oder einen Film gesehen, bei denen es um Anwälte geht?«

Sie zuckt mit den Schultern. »Klar.«

»Hast du schon mal gehört, dass eine Person nicht zweimal für dasselbe Verbrechen belangt werden kann? Das bezeichnen wir als Doppelbestrafungsverbot.«

Ich stehe auf, um Einspruch zu erheben.

»Ja«, erwidert Tara.

Ich stehe immer noch. »Euer Ehren, ich kann nicht erkennen, inwiefern das relevant für diesen –«

»Ich werde den Bezug gleich herstellen«, meint Mitchell, »wenn Sie mir denselben Spielraum einräumen würden wie der Verteidigung, als diese Sie darum bat.«

»Fahren Sie fort«, sagt Farley.

»Wenn du von dieser Tat freigesprochen wirst«, wendet sich Mitchell wieder an Tara, »also für unschuldig befunden wirst, dann könnte nichts mich oder die anderen Staatsanwälte davon abhalten, deinen Bruder für dasselbe Verbrechen vor Gericht zu stellen. Bist du dir darüber im Klaren?«

Taras Gesichtszüge verhärten sich, ihre schmalen braunen Augen durchbohren Mitchell. »Er hat es nicht getan.«

»Ich weiß. Deswegen stelle ich dir diese Frage. Denn wenn dir nur daran gelegen wäre, deinen Bruder zu beschützen, würdest du nicht versuchen, aufgrund von Notwehr freigesprochen zu werden, oder? Ich meine, du verstehst doch, dass dein Bruder weiter in Gefahr ist, wenn du für unschuldig befunden wirst, richtig?«

Die Frage, die auf so hinterhältige Weise gerissen ist, trifft mich wie ein Vorschlaghammer. Und der fassungslose Ausdruck auf Taras Gesicht bestätigt meine schlimmsten Befürchtungen. Manchmal wird ein ganzer Prozess durch eine einzige vernichtende Frage entschieden. Mir dreht sich der Magen um, als mir klar wird, dass ich gerade Zeuge eines solchen Moments geworden bin und ich nichts dagegen unternehmen kann.

»Einspruch«, sage ich und erhebe mich.

Doch Farley winkt ab. »Abgelehnt.«

»Nein, schon in Ordnung«, meint Mitchell. »Ich werde die Frage anders formulieren. Ich will nur Folgendes sagen: Wenn tatsächlich dein Bruder deinen Stiefvater erschossen hätte und du die Schuld auf dich nehmen wolltest, würdest du nicht auf Notwehr plädieren, richtig?«

Tara schiebt trotzig den Kiefer vor und nickt. »Das ist richtig«, sagt sie, und ich weiß, dass Mitchell sie am Haken hat. Er hat auf geschickte Weise angedeutet, dass ein Freispruch für sie ein Strafverfahren für Jamie zur Folge hätte. Er hat ihr allen Grund gegeben, sich während ihrer Aussage unwiderruflich selbst zu belasten, um sicherzugehen, dass die Geschworenen ihr die Notwehrgeschichte auf keinen Fall abkaufen werden. Und all das ist nur passiert, weil ich während der Befragung mit meiner Andeutung, dass Jamie der Täter sein könnte, der ganzen Sache Tor und Tür geöffnet habe.

Wie soll Tara mir jemals verzeihen? Wie soll ich mir selbst jemals verzeihen?

Von diesem Moment an ist jede Sekunde des Kreuzverhörs pure Folter. Und Mitchell hat noch einen ganzen Katalog von Fragen vor sich liegen.

86

Fast eine Stunde lang geht Mitchell mit Tara alle wissenschaftlichen Beweise durch, die ihre Aussage widerlegen. Sie tut seine Fragen mit kaum einem Anzeichen von Gegenwehr ab und gesteht, keine Erklärung für diese Widersprüche zu haben.

»Hast du von den Beweisen der Blutspritzer auf dem Liegesessel gehört?«, fragt Mitchell.

»Ja.«

»Kannst du den Damen und Herren Geschworenen erklären, wie diese Blutspritzer zustande gekommen sind, wenn du deinen Stiefvater erschossen hast, als dieser stand?«

»Nein.«

»Siehst du dieses Foto, auf dem der Metallstab den Eintrittswinkel der Kugel veranschaulicht, in dem diese in die Brust deines Stiefvaters eindrang?«

»Ja.«

»Sieht es deiner Meinung nach so aus, als hätte die Person, die deinen Stiefvater erschossen hat, von oben herab auf ihn gezielt?«

»Keine Ahnung. Wahrscheinlich.«

»Hast du eine Erklärung dafür, wie das möglich sein kann, wenn er dich zu dem Zeitpunkt, als du die Waffe abgefeuert hast, würgte?«

»Nicht wirklich.«

So macht Mitchell immer weiter, den ganzen Nachmittag lang, Beweismittel um Beweismittel, und reicht Tara die Schaufel, die sie braucht, um sich ein immer tieferes Grab zu schaufeln. Jede Frage schneidet wie ein

Sägemesser. Taras Stimme scheint im Laufe des Nachmittags immer leiser und piepsiger zu werden, während sie immer weiter in sich zusammensinkt. Das mit ansehen zu müssen ist für mich wie ein Tod durch tausend Schnitte.

Mitchell wartet bis Viertel vor fünf, um die Frage zu stellen, auf die er den ganzen Nachmittag zusteuert. Er kündigt sie an, indem er eine lange Pause einlegt und ein paar Schritte auf Tara zugeht.

»Wir haben heute Nachmittag eine Menge Beweismittel gesehen, eine Menge Fotos und eine Menge wissenschaftlicher Beweise, und sie alle scheinen darauf hinzuweisen, dass jemand Mr Bannister aus mehr als acht Metern Entfernung erschossen hat, als dieser in seinem Liegesessel saß, und dann einen zweiten Schuss auf seinen Kopf abgab, nachdem er tot war –«

»Einspruch«, rufe ich. »Das ist eine Ansprache, keine Frage.«

»Weil die Verteidigung mich unterbrochen hat«, erwidert Mitchell, »bevor ich dazu kommen konnte.«

»Fahren Sie fort«, sagt Farley.

»Deine Anwältin scheint andeuten zu wollen, dass diese Person dein Bruder war. Aber tatsächlich warst du diese Person, nicht wahr, Tara? Du warst diejenige, die diesen Schuss auf deinen Stiefvater abgegeben hat, als er in seinem Sessel schlief; ist es nicht so gewesen?«

Tara ringt mit den Tränen, während sie auf die Brüstung vor ihrem Platz starrt. Voller Entsetzen schaue ich zu, wie sie die Hände vor dem Mund ballt und die ersten Tränen ihre Wangen hinunterlaufen. Ihr ist klar, dass es jetzt Zeit ist, die Notwehrbehauptung komplett zu widerrufen oder zu riskieren, dass ihr Bruder ins Gefängnis wandert. Nachdem einige der längsten Sekunden meines Lebens verstrichen sind, wischt sie sich die Wangen mit den Handflächen ab und schaut langsam und den Kopf schüttelnd zu Mitchell hoch. »Ich habe ihn erschossen«, sagt sie, die Stimme rau vor Emotionen, »während er in seinem Sessel schlief.« Sie hält inne, ihre Augen nehmen einen mörderischen Ausdruck an, und mit einem Schlag ist die Sechzehnjährige nicht mehr wiederzuerkennen.

»Er hat an jenem Abend meine Mutter verprügelt, während sie ihn anflehte, dass er aufhören soll. Er hat sie wie ein Tier behandelt«, sagt Tara. »Einmal zu oft.« Sie wirft mir einen Blick zu und schaut dann wieder Mitchell an. »Also habe ich ihn im Schlaf erschossen. Und ich bin froh, dass er tot ist.«

* * *

Als das Gericht sich vertagt, bricht ein noch heilloseres Durcheinander los als sonst. Reporter eilen zur Tür hinaus, um ihre Abgabefristen einzuhalten und bei ihren Sendern anzurufen, damit sie sich den Aufmacher in den Nachrichten sichern. Tara schreitet wie ein Zombie auf unseren Tisch zu, ihre Augen rot, aber mittlerweile trocken, ihr Gesicht ausdruckslos.

»Es tut mir so leid, dass ich dich in diese Situation gebracht habe«, sage ich so leise, dass es nur Brad und Tara hören können. »Aber es ist noch nicht vorbei. Wir können dich morgen wieder in den Zeugenstand rufen. Wir können –«

»Ich will nicht darüber reden«, sagt Tara mit anklagendem Blick. »Besonders nicht mit Ihnen.« Sie packt ihre Sachen mit schnellen, wütenden Bewegungen ein. »Sie haben für heute schon genug gesagt.«

Mittlerweile hat sich Trish ihren Weg zu unserem Tisch gebahnt und scheint mit den heutigen Ereignissen vollkommen überfordert zu sein.

»Tara«, erwidert Brad scharf, »Leslie hat das hier nicht zu verantworten. Sie hat sich für diesen Fall ein Bein ausgerissen; da kannst du dir zumindest anhören, was sie zu sagen hat.«

»Sparen Sie sich Ihre Belehrungen.« Sie kehrt ihm den Rücken zu und marschiert an mir vorbei. »Jetzt ist es sowieso gelaufen.«

»Tara!«, rufe ich ihr hinterher, aber sie dreht sich nicht um. Trish folgt ihr den Gang des Gerichtssaals hinunter und versucht sie zu beruhigen.

»Lass sie gehen.« Brad legt eine Hand auf meinen Arm, während ich zusehe, wie Tara den Raum verlässt. Die Verzweiflung ist überwältigend und wird nur noch durch das Wissen vergrößert, dass ich bald zusehen muss, wie sich andere Türen hinter Tara schließen. Türen, die sich für viele Jahre, vielleicht sogar lebenslänglich nicht mehr öffnen werden.

Und dafür kann ich niemandem außer mir selbst die Schuld geben.

87

An diesem Abend verlasse ich die Kanzlei erst gegen 23 Uhr. Irgendwie hilft mir die Arbeit dabei, die Mutlosigkeit hinauszuzögern, der ich mit Sicherheit anheimfallen werde, sobald ich zu Hause bin und Zeit habe, mir die Ereignisse des Tages durch den Kopf gehen zu lassen. Brad hat mir den Rücken gestärkt und mir versichert, dass wir genau dort stehen, wo er uns von Anbeginn des Verfahrens gesehen hat.

»Die wissenschaftlichen Beweise, die gegen Tara vorlagen, waren erdrückend«, sagt er. »Schlussendlich konnten wir nur darauf hoffen, dass die Geschworenen sich weigern würden, das Gesetz zur Anwendung zu bringen. Du darfst dir dafür nicht die Schuld geben. Tara hat uns von Anfang an belogen.«

Aber auf dem Weg nach Hause kann ich die Wahrheit nicht länger verdrängen. Ich habe Taras Fall verloren. Ich habe mich von meinem Bauchgefühl leiten lassen und hartnäckig versucht, die Wahrheit ans Licht zu bringen, was meine Mandantin die Freiheit gekostet hat. Ich bin zu ausgelaugt, um zu weinen, zu niedergeschlagen, um aufgebracht zu sein. Ich empfinde nichts als große Leere und dieselbe düstere Vorahnung, die ich erlebte, als ich von meinem Herzleiden erfuhr. Wie ein Roboter absolviere ich die üblichen Abläufe des Alltags, während ich versuche, eine Minute nach der anderen zu überstehen. Erst meine Gesundheit, jetzt meine Karriere. Ich muss den Willen aufbringen zurückzuschlagen. Aber wie? Und was sollte das überhaupt nutzen?

Was ich brauche, ist eine Nacht erholsamen Schlafs.

Ich fahre die Auffahrt zu meinem Haus hoch und parke auf meinem gewohnten Platz, direkt vor meiner Hälfte des Hauses. In der anderen Doppelhaushälfte ist es dunkel, aber das Auto meiner Nachbarn steht in der Auffahrt, also gehe ich davon aus, dass sie schon schlafen.

Ich hatte während der Autofahrt die Schuhe ausgezogen, die ich mir jetzt zusammen mit meiner Handtasche greife und dann die Stufen zu meiner Haustür hochsteige. Die einsame Glühbirne über meinem Vordach spendet genug Licht, damit ich den Schlüssel ins Schloss kriege. Ich öffne die Tür und finde auf Anhieb den Lichtschalter an der Wand. Das Licht geht an, und ich mache einen Schritt ins Haus hinein.

Dann passiert alles auf einmal.

Die Hand eines Mannes packt mir von hinten ins Gesicht und drückt mir den Mund zu, sodass mein Schrei erstickt wird. Ich spüre, wie sich eine Waffe in mein Kreuz bohrt, während die Panik durch meinen Körper schießt. Ich rieche billiges Männerparfum und spüre heißen Atem in meinem Nacken. Ich ringe nach Luft.

»Ein Mucks, und Sie sind tot!«, zischt er mir ins Ohr.

Blitzartig stößt er mich ins Innere des Hauses und schlägt die Tür mit der Ferse hinter sich zu. Ich spüre, wie sich die Waffe für einen Moment aus meinem Rücken löst, dann geht das Licht aus, und die Waffe ist wieder an Ort und Stelle. Die Panik hat mich jetzt vollends übermannt. Ich fange an zu weinen und schnappe noch immer nach Luft, während sich die Hand noch fester auf meinen Mund drückt.

Denk nach, Leslie! Lieber Gott, hilf mir, das zu überstehen!

Die Gedanken schießen wie die Kugeln eines Flipperautomaten durch meinen Kopf. Mit wem habe ich es zu tun? Einem Vergewaltiger? Einem Dieb? Nein, Diebe schlagen zu, wenn niemand zu Hause ist. Anderson? Fowler? Er zerrt mich näher an sich heran, und Schmerz schießt durch meinen Kiefer. Er sagt mir, dass ich mich beruhigen soll, dann passiert mir auch nichts. Mir wird bewusst, dass ich alle Sachen, die ich in der Hand hatte, fallen gelassen habe. Mir wird klar, dass wenn er mich umbringen wollte, er mich schon längst erschossen hätte.

»Die Hände hinter den Rücken«, befiehlt er.

Er will mich fesseln! Um mich zu entführen?

Mein Herz droht gleich zu explodieren; in meiner Brust breitet sich ein stechender Schmerz aus. *Luft! Ich brauche Luft!*

Jetzt übernimmt mein Instinkt ... mein Überlebensinstinkt. Ich muss dieser Waffe entkommen! Verzweifelt lasse ich mich auf den Boden fallen, und die überraschende Bewegung befreit mich kurzzeitig aus seinem Griff. Auf dem Weg nach unten ramme ich ihm meinen Ellenbogen in den Schritt und höre sein krächzendes Aufstöhnen, kurz bevor meine Welt explodiert.

Noch nie habe ich einen solch schrecklichen Schmerz empfunden, einen schwächenden, lähmenden Schmerz, der bis in jede kleinste Nervenspitze schießt und mich wie ein verwundetes Tier aufschreien lässt. Hilflos zappelnd liege ich am Boden. Meine Haut fühlt sich an, als würde sie in Flammen stehen, als würde sie sich von Fleisch und Knochen losbrennen. Bevor ich reagieren kann, hat er sich wieder auf mich gestürzt. Er klebt mir ein

Stück Klebeband fest auf den Mund, schneidet mir so die Luft ab und erstickt meine Schreie. Dann fesselt er mir die Hände mit dem Klebeband hinter dem Rücken, während ich mich voller Angst vor einem weiteren tödlichen Schlag winde.

Ein Taser. Ich wurde mit einem Elektroschocker außer Gefecht gesetzt. Und ich würde alles tun, um einen weiteren Stromschlag zu vermeiden.

Mein Angreifer dreht mich auf den Bauch, sodass mein Gesicht auf die kalten Fliesen meiner kleinen Diele gedrückt wird. Erneut presst er mir die Stäbe des Elektroschockers in den Rücken, und ich zucke zusammen. »Nein! Bitte nicht!« Ich versuche um Gnade zu flehen, aber meine Worte werden von dem Klebeband erstickt, und so bringe ich nur ein kehliges »Mmmmmm« zustande.

»Mund halten«, sagt er, »sonst verpass ich Ihnen noch einen.«

Ich unterdrücke mein Schluchzen, so gut ich kann. Alles, nur nicht noch einmal diesen unerträglichen Schmerz verspüren.

Ich zwinge mich, nachzudenken, zu verstehen, was hier gerade passiert. Das ist nicht Fowler, dessen unverkennbar tiefe Stimme ich sofort erkannt hätte. Aber dieser Kerl hat einen Elektroschocker. Ein Polizist?

Anderson?

Bewegungslos verharren wir eine Weile in der Dunkelheit, während sich der Elektroschocker noch immer in meinen Rücken presst und das schwere Atmen meines Angreifers mir in den Ohren klingt. Ich versuche mich zu entspannen, durch die Nase zu atmen. Aber ich schaffe es einfach nicht, richtig Luft zu holen. Ich habe das Gefühl, als würde ein Elefant auf meiner Brust sitzen, und jeder Muskel in meinem Körper ist aus Angst vor einem weiteren Stromschlag angespannt.

Ich denke an den Schrei, den ich ausgestoßen habe, als er mich mit dem Elektroschocker angegriffen hat. Die Nachbarn – irgendjemand muss ihn gehört haben! Aber sobald mir dieser Gedanke kommt, höre ich – in Verhöhnung dieser Hoffnung – das statische Geräusch von Polizeifunk, wie die Leitstelle einen Streifenwagen unter Verwendung irgendeines Codes zu einem Einsatz bestellt. Mir wird klar, dass das Geräusch vom Gürtel meines Angreifers kommt. Er überwacht den Polizeifunk! Ich horche genauer hin, in der Hoffnung einen Funkspruch zu hören, in dem meine Adresse erwähnt wird. Nichts.

Nach einer Minute, vielleicht zwei, nimmt mein Angreifer den Elektroschocker von meinem Rücken und klebt mir die Fußgelenke zusammen. Ich verdrehe den Hals in dem Versuch, über die Schulter einen Blick auf ihn zu werfen. Selbst in der Dunkelheit weiß ich, dass es Anderson ist. Es ist dieselbe große, drahtige Gestalt. Er trägt schwarze Hosen und ein dunkles T-Shirt. Auch wenn sein Gesicht unter einer Skimaske versteckt ist, weiß ich, dass er es ist. Wer sollte es sonst sein? Das Polizeifunkgerät, der Elektroschocker ... das Motiv. Ich spüre Einweghandschuhe, als er meine Knöchel fesselt - so eng, dass ich bestimmt schon bald kein Gefühl mehr in meinen Füßen haben werde.

Er erwischt mich, wie ich zu ihm hinsehe. »Kopf runter«, grollt er, packt mich an den Haaren und knallt meinen Kopf mit voller Wucht auf den Boden. Der Schmerz, der mir durch Nase und Wangenknochen fährt, macht mich schwindelig. Ich spüre, wie mir das Blut aus der Nase schießt und sich auf dem Boden in einer Lache sammelt.

Anderson packt mich unter den Achseln, und während ich den Kopf zu Boden hängen lasse, zerrt er mich auf den Teppich im Wohnzimmer. Dort bleibe ich mit dem Gesicht nach unten in meinem eigenen Blut liegen und höre, wie Anderson von einem Zimmer ins nächste geht und im ganzen Haus die Jalousien runterlässt. Ich versuche meine Atmung in den Griff zu bekommen, nur um festzustellen, dass es mir jetzt noch schwerer fällt, genug Sauerstoff durch die Nase einzuziehen. Ich bin kurz davor, das Bewusstsein zu verlieren, auch wenn ich spüre, dass der Druck auf meiner Brust etwas nachlässt.

Ein paar Minuten später, die mir wie eine Ewigkeit im Ringen nach Luft vorkommen, höre ich, wie Anderson eine Nummer auf seinem Handy tippt. Er gibt die Adresse meiner Doppelhaushälfte durch, sagt »keine Waffen« und legt auf. Als ich höre, wie Andersons Schritte wieder auf das Wohnzimmer zusteuern, horche ich auf das Geräusch von Sirenen und bete.

Erneut knistert und rauscht sein Funkgerät. Weitere Notrufdurchsagen folgen, die von den Einsatzteams übernommen werden. Keiner davon hat etwas mit mir zu tun. »Wahrscheinlich fragen Sie sich, was hier vor sich geht«, sagt er gelassen. Es ist die entspannte Präzision seiner Worte, die Tatsache, dass er sich nicht mal die Mühe macht, zu flüstern, die mir am meisten Angst einjagt.

Er kommt zu mir herüber und bleibt direkt neben mir stehen. Ich zucke zusammen; dann spüre ich seine Schuhspitze in meiner Seite. Er dreht mich mithilfe seines Fußes um, sodass ich unbequem auf meinen Armen liegen bleibe, die hinter meinem Rücken verdreht und mit Klebeband gefesselt sind.

Das Blut aus meiner Nase läuft jetzt langsam meine Wangen herunter und verklebt mein Haar. Ich ziehe immer wieder die Nase hoch, in dem Versuch, die Blutung zu stillen, und spüre, wie sich das Blut in meinem Rachen sammelt.

Dann tut Anderson etwas vollkommen Unerwartetes. Er geht zur Wand hinüber, findet den Lichtschalter und schaltet die Deckenbeleuchtung im Wohnzimmer an. Ich blinzle, während sich meine Augen an das Licht gewöhnen.

»Ich will den Ausdruck in Ihren Augen sehen, wenn ich Ihnen sage, was gleich passieren wird.«

88

Detective Lawrence Anderson zieht sich die Skimaske vom Kopf, stopft sie in einen Plastikbeutel, den er anscheinend mitgebracht hat, und breitet eine Plastikfolie auf meiner Couch aus. Dann nimmt er darauf Platz, starrt mich an und schlägt die Beine übereinander.

»Da Sie mich jetzt gesehen haben, ist Ihnen wohl klar, dass Sie sterben werden«, sagt er, und mir läuft es eiskalt den Rücken hinunter. Ich fange an, ein wenig zu hyperventilieren, zwinge mich dann aber, tiefer und langsamer zu atmen. Jetzt muss er mich töten, schießt es mir durch den Kopf. Aber wenn er glaubt, ich würde mich kampflos meinem Schicksal ergeben, hat er sich geschnitten.

»Wenn Sie reden könnten, würden Sie jetzt wahrscheinlich so was Dummes wie ›Damit werden Sie nicht davonkommen‹ sagen.«

»Mmmmm« ist alles, was ich erwidern kann. Ich huste in das Klebeband und schlucke dann etwas von dem Blut, das sich in meinem Hals angesammelt hat. Trotzdem starre ich Anderson jetzt nicht mehr aus furchterfüllten Augen an. Ich habe meinen Mut wiedergefunden, angespornt durch einen Glauben, der mir selbst im Tod Hoffnung verleiht.

»Aber damit würden Sie falsch liegen«, sagt Anderson hämisch grinsend.

»Genau wie es ein Fehler von Ihnen war, diesen Fall weiterzuverfolgen, obwohl ich Sie gewarnt hatte.«

Ich schüttele den Kopf und versuche ihn mit meinem Blick zu bezwingen, während mir immer noch Blut aus der Nase läuft. Meinen Körper mag er in seiner Gewalt haben, aber meinen Willen wird er nicht kontrollieren. Niemals!

Er lacht über meine Trotzreaktion, was meine Entschlossenheit, angereichert mit einer gesunden Portion Wut, nur noch steigert.

»Ich habe festgestellt«, meint Anderson, »dass sich ein Verbrechen am besten bewerkstelligen lässt, indem man einen Verbrecher damit beauftragt. Und Sie wären überrascht, wozu sich verurteilte Straftäter breitschlagen lassen, wenn ihnen eine dritte Verurteilung und damit lebenslänglich gemäß des Drei-Verstöße-Gesetzes droht, das in Virginia gilt.« Er lächelt. »Aber was soll ich einer so brillanten Anwältin wie Ihnen Vorträge über das Recht halten.«

Wieder quäkt das Funkgerät, und Anderson hält inne, um hinzuhören. Wieder hat der Funkspruch nichts mit uns zu tun.

»Nehmen wir zum Beispiel Umberto Rodriguez. Zwei Verurteilungen, eine für Vergewaltigung, die zweite für den Handel mit Betäubungsmitteln. Und wie es das Glück will, bin ich der leitende Ermittler bei seiner dritten Festnahme - die wieder mit Drogen zu tun hatte.«

Während Anderson redet, erwäge ich meine Optionen. Es ist vollkommen ausgeschlossen, dass ich es schaffen werde, mich aus meinen Handfesseln zu befreien, so wie die Leute im Film es immer tun. Das Klebeband ist so straff und in wer weiß wie vielen Lagen um meine Handgelenke gewickelt, dass es mir das Blut abschneidet. Mit ihm verhandeln kann ich auch nicht, weil ich kein Wort sagen kann. Und meine Knöchel sind ebenfalls mit Klebeband gefesselt, sodass ich nicht mal versuchen könnte wegzurennen.

»Umberto drohen mindestens zwanzig Jahre gemäß Virginias wundervollen Richtlinien für strafrechtliche Sanktionen gegen Straftäter, die zum dritten Mal rückfällig werden. Das ist reichlich Motivation ... genug für zwanzig Jahre.« Anderson sieht mich an und grinst. »Langweile ich Sie etwa?«

Ich gebe ihm nicht die Genugtuung, auch nur mit einem Kopfnicken zu reagieren.

»Wie auch immer, der Mann tut, was andere vor ihm getan haben. Er geht einen Deal mit mir ein. Sie müssen verstehen, Ms Connors, es gibt genug Möglichkeiten, um zu verhindern, dass dieser Mann sich jemals vor Gericht verantworten muss oder überhaupt erst angeklagt wird. Mir geht ein Zeuge durch die Lappen, oder es gibt Unregelmäßigkeiten bei der Verwertung der Beweismittel, oder einem Staatsanwalt gelingt es nicht, die Grand Jury davon zu überzeugen, Anklage zu erheben. Als Gegenleistung schuldet mir der Straftäter einen Gefallen – ein Verbrechen meiner Wahl –, und raten Sie mal was? Dieses Mal sind Sie das glückliche Opfer.«

Anderson steht auf und stellt sich drohend neben mir auf, während ich an die Decke starre und mich weigere, ihn eines Blickes zu würdigen. »Ehrlich gesagt, ist es die perfekte Inszenierung. Und auf diese Weise werde ich niemals in den Verdacht der Polizei geraten. Wissen Sie, Umberto, der Vergewaltiger, wird in wenigen Minuten hier sein. Die Straftat des heutigen Abends lautet Vergewaltigung und Mord, wobei eines Ihrer Küchenmesser zum Einsatz kommen wird, um dem Ganzen diesen spontanen Anschein zu verleihen. Dann wird er sich einen kleinen Snack aus Ihrem Kühlschrank genehmigen. Ein wahrer Psychopath eben, wenn auch ein wenig unvorsichtig, was das Hinterlassen von DNA-Spuren und Fingerabdrücken betrifft. Nachdem Sie tot sind, werde ich als Erster das Haus verlassen und Umberto etwa eine Stunde nach mir, wobei er genug Krach veranstalten wird, um die Nachbarn zu alarmieren. Bis dahin werde ich schon längst in Gesellschaft irgendwelcher anderen Cops sein und somit ein hervorragendes Alibi vorzuweisen haben. Da ich heute die Nachtschicht übernehme, werde ich an den Tatort gerufen werden, um bei den Ermittlungen zu helfen, womit jegliche Haare, Fußabdrücke oder DNA-Spuren, die ich hinterlassen haben könnte, erklärt wären.«

Er stößt ein selbstzufriedenes Seufzen aus, und ich erwische mich dabei, wie ich dafür bete, eine letzte Gelegenheit zu bekommen, diesen Mann in die Hölle zu schicken. »In der Zwischenzeit«, erklärt er, »wird Umberto auf dem Weg nach Europa sein, mit dem Pass in der Tasche, den ich ihm heute Abend aushändigen werde. Wir stoßen auf all diese Beweismittel, die auf Umberto als den Täter hinweisen, aber der Mann ist jetzt auf der Flucht. Der Fall landet bei den ungelösten Fällen, bis Umberto geschnappt wird. Falls das jemals passieren sollte, werde ich dafür Sorge tragen, dass er es niemals lebend in diesen Gerichtsbezirk zurückschafft.«

Ich meine das Geräusch von Reifen draußen auf der Auffahrt zu hören, aber ich sehe kein Scheinwerferlicht durch die Fenster dringen. Wieder überkommt mich ein Erstickungsanfall, und ich schlucke noch mehr Blut.

»In etwa einem Jahr werde ich einen anderen verurteilten Verbrecher bei seiner dritten Straftat erwischen, und dann werden wir einen weiteren Einbruch begehen, diesmal bei Brad Carson. Unglücklicherweise wird Ihr Liebster bei dem Versuch, sich zu verteidigen, ums Leben kommen.«

Außer mir vor Wut schwinge ich meine Beine herum und trete ihn. Da ich mich dabei nirgendwo abstützen kann, hat mein Tritt nur zur Folge, dass er mich auslacht. Dann wird sein Gesicht wieder ernst, und er holt den Elektroschocker hervor.

»Ganz schön aufsässig«, sagt er und kommt auf mich zu.

89

Ein leises Klopfen an der Tür gewährt mir einen kurzen Aufschub. Anderson schaut mich eine lange Sekunde an, dann dreht er sich um und geht zur Tür.

Ich danke dir, Jesus!

Er schaut durch den Spion, öffnet dann schnell die Tür und führt einen muskulösen Mann mit Ziegenbart und kurz geschorenen Haaren herein. Der Mann ist ebenfalls schwarz gekleidet, trägt aber keine Handschuhe. Er hat an beiden Armen Tätowierungen und einen kleinen Ohrstecker, der im Halbdunkeln funkelt.

Anderson sucht ihn im Flur nach Waffen ab, während der Mann unruhig zuckt. »Ist das wirklich nötig?«, fragt er. Ich nehme an, dass das dann wohl Umberto sein muss.

Anderson führt Umberto ins Wohnzimmer und erklärt den Plan. Die ganze Zeit verhält sich Umberto sehr schreckhaft, als wäre er auf Speed. Seine Augen stehen entweder mit Andersons in Kontakt oder sind lüstern auf mich gerichtet, als würde er den Gedanken auskosten, mir gleich Gewalt antun zu können, wodurch ich mich sogar noch ausgelieferter und verletzlicher fühle.

Anderson kommt zu mir herüber und schiebt mich erneut mit seinem Fuß an, sodass ich jetzt auf dem Gesicht liege. Er kniet sich neben mich.

»Komm her«, sagt er zu Umberto.

»Warum?«

»Tu es einfach.« Auch wenn ich ihn nicht sehen kann, habe ich den Eindruck, Anderson würde Umberto mit der Waffe bedrohen, jetzt wo beide Männer neben mir am Boden knien.

Anderson greift nach zwei Fingern meiner fast tauben linken Hand. »Gib mir deinen Arm«, befiehlt er Umberto. Bevor ich weiß, wie mir geschieht, gräbt Anderson meine Fingernägel in Umbertos Arm. Der Mann flucht und Anderson lacht. »Ein geringer Preis für das Vergnügen, dass du gleich haben wirst«, meint Anderson.

Er platziert DNA-Beweise.

Ich balle meine Hände zu Fäusten, was Anderson ein verächtliches Schnauben entlockt. »Sie wollen es auf die harte Tour?« Er biegt einen meiner Finger mit Gewalt auf und zerrt ihn so weit zurück, dass der Knochen zu brechen droht, während neuer Schmerz durch meinen Körper fährt. Ich stöhne auf und öffne meine Faust.

»Schon besser.« Finger um Finger kratzt er mit meinen Nägeln an Umbertos Arm entlang.

Als er fertig ist, dreht er mich wieder um, und die beiden Männer stehen auf.

Auch wenn ich bei dem Gedanken an das, was mich jetzt erwartet, starr vor Angst sein sollte und ich tatsächlich zittere, entdecke ich auch eine seltsam gelassene Entschlossenheit in mir. Ich fürchte den Tod nicht mehr. Aber ich flehe Gott an, mir die unsägliche Erniedrigung einer Vergewaltigung zu ersparen. Und mir eine letzte Chance zu geben, Lawrence Anderson mit ins Grab zu nehmen.

»Ich brauche ein Messer«, sagt Umberto mit heiserer und rauer Stimme. Ich bemerke, dass sein T-Shirt voller Schweißflecken ist, unter beiden Achseln und in Streifen die Brust hinunter. »Ich muss ihre Knöchel auseinanderschneiden.«

»Dann hol dir halt eins.« Anderson schwenkt die Waffe in Richtung der Küche. Diesmal ist es kein Elektroschocker, sondern ein Revolver. Der Elektroschocker steckt wieder an seinem Gürtel.

»Packen Sie das Ding weg«, meint Umberto. »Sie wird nirgendwo hingehen.«

»Wegen ihr mache ich mir keine Sorgen«, erwidert Anderson.

Ein paar Sekunden später kommt Umberto mit einem Messer auf mich zu. Ich weiß, dass dies meine letzte Chance ist, und so bete ich um Scharfsinn und Mut. Ich atme hektisch durch die Nase, und meine Brust pumpt auf und ab. Als er sich herabbeugt, um das Klebeband zu durchtrennen, mit dem meine Knöchel gefesselt sind, dringt mir der Schweißgeruch dieses Mannes in die Nase.

Ich habe vor zu warten, bis meine Beine wieder frei sind; dann werde ich losschlagen. Wenigstens werden sie so gezwungen sein, mich früher als geplant zu töten.

Während sich Umberto über das Klebeband beugt und sich Anderson auf der anderen Seite des Zimmers herumdrückt, die Waffe entspannt in der Hand, krächzt das Polizeifunkgerät wieder los. Umberto nutzt die Ablenkung, um etwas zu flüstern, dass nur für meine Ohren bestimmt ist.

»Vertrauen Sie mir.«

Ich reiße erstaunt die Augen auf, aber Umberto tut so, als hätte er nichts gesagt. Er schneidet das Klebeband an meinen Knöcheln durch, doch seine Worte haben mich vor Unentschlossenheit bewegungsunfähig gemacht. Bevor ich irgendetwas tun kann, hat er mich über die Schulter geworfen.

»Wo willst du hin?«, fragt Anderson.

»Ins Schlafzimmer.«

Das ist der Moment, in dem ich in Panik gerate. Ich fange an, mit meinen Beinen auszuschlagen und mein Kinn immer und immer wieder in Umbertos Rücken zu rammen. Er umklammert meine Beine noch fester und verflucht mich. Anderson grinst, offensichtlich amüsiert über diese kleine Darbietung, und folgt dicht hinter uns, als wir auf die Treppe zusteuern.

Jetzt kämpfe ich um mein Leben, mein adrenalingefluteter Körper windet und krümmt sich. Ich atme jetzt so gut wie gar nicht mehr, und der Schmerz in der Brust ist mit voller Intensität zurück. Ich schreie gegen das Klebeband an. »Mmm, mmm« und lauter »Mmmmm!«, doch vollkommen vergeblich. Der unerträgliche Druck breitet sich wieder in meiner Brust aus, ein Schmerz so lähmend wie der Stromschlag des Elektroschockers, dennoch kämpfe ich dagegen an. Ich merke, dass ich es Umberto zumindest nicht leicht mache, der auf die Treppe zustolpert.

Dann, kurz bevor er den Fuß auf die erste Stufe stellt, schwingt er erstaunlich schnell herum und schlägt dem überraschten Anderson die Waffe mit meinen Beinen aus der Hand. In einer fließenden Bewegung wirft Umberto mich beiseite, sodass ich gegen die Wand krache und auf den Boden knalle. Ich schaue hoch und sehe, wie Umberto nach Anderson schlägt, während Anderson nach dem Elektroschocker an seinem Gürtel greift. Mir schwirrt der Kopf, als ich höre, wie unten die Haustür eingetreten wird. Ich versuche aufzustehen, aber der Elefant hat wieder auf meiner Brust Platz genommen, und ich schnappe nach Luft.

Kann nicht atmen! Unerträglicher Schmerz! Die Ränder meines Gesichtsfeldes verdunkeln sich und rücken immer näher zusammen. Ich höre einen Schuss und sehe, wie Andersons Kopf nach vorne geworfen wird.

Mit meinem letzten bewussten Gedanken bete ich für Brad.

90

Als ich wieder zu mir komme, bin ich von Sanitätern umringt. Meine Doppelhaushälfte hat sich in einen Bienenstock geschäftigen Treibens verwandelt, was sehr verwirrend für mich ist, während ich versuche, wieder einen klaren Gedanken zu fassen. Sie überprüfen meinen Blutdruck und meinen Puls und bombardieren mich mit Fragen zu meinem Befinden.

Bevor ich wieder einen klaren Kopf habe, werde ich auf einer Trage zu einem Krankenwagen geschleppt. Rings herum wimmelt es von Polizisten, und die Straße vor meinem Haus wirkt wie eine Tanzfläche unter Stroboskoplicht. Die Sanitäter durchlöchern mich mit Fragen zu meinem Brustschmerz und meiner Kurzatmigkeit, während sie mich in den Krankenwagen verfrachten. Sie wischen mir das Blut aus dem Gesicht, setzen mir eine Sauerstoffmaske auf und schließen mich an diverse Monitore an. Irgendwann wird mir klar, dass die Klebebandfesseln verschwunden sind. Niemand scheint in der Lage zu sein, meine gemurmelten Fragen zu den Ereignissen in meinem Haus zu beantworten. »Jetzt konzentrieren wir uns erst einmal darauf, dass Sie wieder auf die Beine kommen«, sagen sie. »Über den Rest können wir uns später noch Gedanken machen.«

Mir fällt es immer noch schwer, richtig durchzuatmen, aber der Schmerz in meiner Brust lässt langsam nach. Sie fahren mich mit Blaulicht in die Notaufnahme, wo die grellen Lichter mich erneut durcheinanderbringen. Sie legen mich auf einen unbequemen Behandlungstisch in einem Schockraum und nehmen mir die Sauerstoffmaske ab. Ich habe das Gefühl, einfach nur von den Ereignissen mitgerissen zu werden, wie ein Stock, der auf den Wellen des Ozeans reitet. Mein Verstand ist ein undurchdringliches Dickicht, meine Gedankengänge sind so verlangsamt wie ein Computer, der von einem Virus befallen wurde. Von den stechenden Brustschmerzen ist nichts mehr zu spüren, auch wenn ich noch immer einen dumpfen Druck auf der Brust fühle.

Auf Nachfrage des Notarztes kläre ich ihn über mein Herzleiden auf. Er wirkt ein wenig erleichtert und meint, dass er einen Herzinfarkt mehr oder weniger ausschließen kann. »Sie leiden an einer diastolischen Funktionsstörung«, erklärt er. »Das führt dazu, dass sich Ihre Ventrikel versteifen, und wenn Sie dann ein Trauma wie heute Abend erleben, staut sich das Blut in den Lungen, was Kurzatmigkeit und selbst eine gestörte Funktionsfähigkeit der Mitral- oder Aortenklappen zur Folge haben kann. Trotzdem kann man sich nie sicher sein. Ich werde Ihnen ein paar Betablocker verabreichen, dann machen wir ein EKG und überprüfen Ihre Troponin-I-Werte.« Er leiert das so sachlich herunter, als würde ich jede wache Minute damit zubringen, diagnostische Abklärungen für Herzleiden zu studieren.

»Okay«, sage ich.

Er schließt mich an eine Infusion an und lässt mich von den Krankenschwestern zu diversen Blutuntersuchungen, einem EKG, einer Röntgenaufnahme meiner Lunge und einem Herz-Ultraschall karren. Als ich zurückkehre, stecken sie mich in ein Zimmer auf der Intensivstation. Die Ärzte und Krankenschwestern kleben mir ein paar Elektroden auf, tauschen sich in ihrer medizinischen Geheimsprache aus und kritzeln etwas auf ihre Klemmbretter.

Der Schmerz in meiner Brust ist jetzt so gut wie verschwunden, und auch meine Atmung normalisiert sich langsam wieder. Sie waschen mir noch einmal das Gesicht, diesmal gründlicher, ersetzen meine Kleidung durch ein Krankenhaushemd und fangen an, mir Fragen zu meiner schmerzenden Nase und den Wagenknochen zu stellen. Als der Arzt meine Nase an der falschen Stelle berührt, springe ich fast aus meinem Krankenhausbett. »Ich glaube nicht, dass sie gebrochen ist«, meint er. »Aber wahrscheinlich werden wir weitere Röntgenaufnahmen machen müssen, nur um sicherzugehen.«

Ein paar Minuten später, bevor sie mich wieder in die Röntgenabteilung verschleppen können, bin ich sowohl schockiert als auch erleichtert, als ich Dr. Mason Reddick an mein Bett herantreten sehe.

»So sieht also Stressvermeidung bei Ihnen aus?«, sagt er. Es ist wahrscheinlich der einzige Witz, den er je gemacht hat, und dann verschwendet er ihn auf einen Patienten, der nicht in der Lage ist zu lächeln.

»Sie können von Glück reden, dass Sie noch am Leben sind.« Er wirft einen prüfenden Blick auf mein Krankenblatt und die Monitore, an die ich angeschlossen bin. »Es ist nicht ganz leicht, nachzuvollziehen, was passiert ist«, fährt er fort. »Ich habe mir das EKG und die Laborergebnisse angesehen. Ich denke nicht, dass Ihr Herzmuskel Schaden genommen hat, aber wahrscheinlich hat der Stress der heutigen Nacht in Kombination mit Ihrer hypertrophen Kardiomyopathie eine kurzzeitige Funktionsstörung der Mitral- oder Aortenklappen verursacht, wenn nicht sogar eine dilatative Kardiomyopathie.«

»Jetzt das Ganze bitte noch mal in verständlicher Sprache«, krächze ich. Erstaunt stelle ich fest, wie schwach meine Stimme klingt.

»Kein Herzinfarkt, Leslie. Aber schwere Symptome Ihrer HCM. Manchmal kann das zu einer ventrikulären Fibrillation führen –«

Ich schieße ihm den giftigsten Blick zu, den ich gerade zustande bringe.

»– eine Herzrhythmusstörung, bei der die Herzkammer sich viel zu schnell und unkoordiniert kontrahiert – sie flattert. Wenn das passiert, wird meist kein oder kaum noch Blut in den Kreislauf gepumpt, und das kann sehr gefährlich werden, in manchen Fällen führt es sogar zum plötzlichen Herztod.«

Dieses Wort verstehe ich. *Tod.* Es scheint mich zu verfolgen.

»Mit anderen Worten: Wir sollten Ihre Operation so schnell wie möglich durchführen. Morgen früh wäre nicht übereilt.«

Ich lasse diese Informationen sacken, dann geht meinem Zeitlupen-Verstand auf, dass Reddick zu dieser späten Stunde eigentlich gar nicht hier sein sollte. »Woher wussten Sie, dass ich hier bin?«, frage ich.

Reddick lächelt. »Das Krankenhaus hat Ihren Verlobten verständigt, und er bestand darauf, dass ich sofort bei Ihnen vorbeischaue. Der Mann ist wirklich sehr hartnäckig. Von mir aus ist es nicht ganz so weit bis zum Krankenhaus, aber er sollte sicher jeden Moment hier sein.«

Ich will Brad unbedingt sehen. Allein der Gedanke an ihn treibt mir die Tränen in die Augen.

Auf einmal wird mir bewusst, dass ich dieses Mal einen unglaublichen Frieden bei dem Gedanken an die Operation empfinde. Teilweise mag das daran liegen, dass ich es leid bin, mich ständig krank und müde zu fühlen und um Atem ringen zu müssen. Teilweise liegt es daran, dass ich nie wieder erleben will, was ich heute Nacht durchmachen musste - zu wissen, dass ich hätte sterben können. Aber zum Teil liegt es auch daran, dass ich dieses Mal bereit bin. Gott hat mich auf wundersame Weise vor Anderson und Umberto gerettet. Da sollte eine solche Operation doch ein Klacks sein.

»Versuchen Sie, die Narbe so klein wie möglich hinzubekommen«, sage ich zu Reddick. »In ein paar Wochen stehe ich als Braut vor dem Altar.«

In diesem Moment stürmt Brad durch die Tür meines Zimmers. Er eilt an mein Bett und scheint überrascht zu sein, mich bei Bewusstsein anzutreffen. Wieder spüre ich die Tränen in mir hochsteigen, als er sanft meine Hand mit dem Infusionszugang nimmt.

»Vorsicht«, sage ich. »Ein Finger schmerzt ein wenig.«

»Ich liebe dich«, sagt Brad. Auch in seinen Augen sammeln sich Tränen.

Ich bin so froh, dass er hier ist. Eine Berührung von ihm reicht aus, dass es mir direkt etwas besser geht. Ich lächle ihn durch meine Tränen an.

»Ich bin so schnell gekommen, wie ich konnte«, sagt er.

»Ich weiß. Danke.« Und dann wird es mir bewusst - dies ist einer der wenigen Momente in meinem Leben, in denen ich mitbekommen habe, dass Brad Carson irgendwo genau zur richtigen Zeit auftaucht.

* * *

Der Rest des Tages schleicht vorbei. Brad teilt mir die wenigen Informationen mit, die er zu den Ereignissen in meinem Haus hat. Anderson ist tot. Die Polizei hält sich unglaublich bedeckt. Sie würden mich gerne befragen, aber Brad wird das frühestens nach der Operation zulassen.

Er sagt, meine Aufgabe sei es, zu schlafen und ein wenig zu Kräften zu kommen, bevor ich morgen früh um acht Uhr in den OP gerollt werde.

Als wäre das im Bereich des Möglichen.

91

Als die Narkose nachlässt, bin ich noch von dichtem Nebel umgeben. Mein Mund ist wie ausgetrocknet, und eigentlich sollte ich um etwas zu trinken bitten. Aber dann denke ich mir fast euphorisch, *wozu die Mühe*? Mein Kopf scheint auf die Größe von Texas angeschwollen zu sein und schwebt dennoch irgendwie dort oben herum, losgelöst von meinem Körper, und alles ist gut. *Richtig gut.*

Beim dritten oder vierten Mal, als ich wach werde, sind die Dinge nicht mehr so rosig. Die Narkose lässt immer weiter nach, und dieses Mal bitte ich um einen Schluck Wasser. Brad kommt durch den Nebel auf mich zu, um mir zu helfen. Sanft schiebt er eine Hand unter meinen Kopf und stützt mich, als sei ich aus Porzellan.

»Wie fühlst du dich?«, fragt er.

Ich stöhne auf.

»Dr. Reddick meint, die Operation sei erfolgreich verlaufen. Er sagt, dass die Schäden am Herzen minimal wären und er die Herzscheidewand chirurgisch verkleinern konnte. Seiner Aussage nach wirst du so gut wie neu sein. Eigentlich sogar besser. Das Atmen sollte dir jetzt leichter fallen und –«

Brad hält inne, als ich seine Hand drücke. Das ganze Gerede bringt mich ganz durcheinander und ermüdet mich. »Ein bisschen mehr?«, frage ich.

Vorsichtig gibt er mir noch etwas zu trinken. Ich atme jetzt viel entspannter, als wäre die Luft auf einmal leichter; meine Lungen dehnen sich mühelos mit jedem Atemzug aus. Dennoch bin ich furchtbar müde.

»Die Narbe ist sogar kleiner, als ich erwartet hätte«, meint er. »Dr. Reddick sagt –«

Ich drücke wieder seine Hand. »Können wir für den Moment einfach mal nicht reden?«, frage ich mit rauer Stimme.

»Aber sicher. Entschuldige.«

Er beugt sich zu mir runter und küsst mich auf die Stirn.

Gerade als ich im Begriff bin, wieder wegzudriften, reißt mich ein Gedanke ins Zimmer zurück. »Tara?«, frage ich.

»Der Richter hat das Verfahren für gescheitert erklärt«, sagt Brad. »Zu viel Publicity wegen Anderson und dir. Er hat die Neuverhandlung für September angesetzt.« Brad hält inne.

»Was noch?«, frage ich.

»Tara wollte, dass ich dir ihren Dank ausrichte«, sagt er. »Und dass es ihr leid tut.«

Ich schließe die Augen und nicke mit dem Kopf. Zumindest versuche ich zu nicken. Die moderne Medizin ist schon etwas Wunderbares.

* * *

Eine unbestimmte Zeit lang, an die ich mich nie wieder erinnern werde, drifte ich zwischen Bewusstsein und Bewusstlosigkeit hin und her. Schließlich öffne ich die Augen und kehre langsam in die Realität zurück. Dieses Mal schmerzt meine Brust von der Operation. Tatsächlich fühlt sich mein gesamter Körper an, als habe ich gerade fünfzehn Runden mit Mike Tyson absolviert. Und als wäre es mir dabei nicht sonderlich gut gelungen, die Deckung hochzuhalten, um meine Nase zu schützen.

Ich lasse meinen Blick über die sterilen hellgrünen Wände meines Zimmers und den Fernseher oben in der Ecke schweifen. Brad sitzt neben meinem Bett zurückgelehnt in einen Stuhl und schläft mit offenem Mund. Er trägt eine Anzughose und ein hellblaues Hemd, sein Jackett und seine Krawatte hat er über die Rückenlehne des Stuhls geworfen. Auf dem Nachtisch neben meinem Bett stehen Blumen und eine Karte von Bella. Die Sonne versucht sich ihren Weg durch die Rollos zu bahnen, also muss es wohl noch immer Tag sein.

Ich versuche mir den Zeitablauf zusammenzureimen. Der Überfall war gestern Nacht, Mittwochnacht, auch wenn es mir so vorkommt, als sei das schon Ewigkeiten her. Heute Morgen bin ich operiert worden, also muss es spät am Donnerstagnachmittag sein.

»Brad?«, sage ich, aber meine Stimme ist nur ein dünnes Flüstern. »Brad?«

Er fährt in seinem Stuhl hoch, lächelt mich an und kommt zu mir herüber. »Willst du ein bisschen Wasser?«, fragt er.

Ich nicke. »Und etwas gegen die Kopfschmerzen«, flüstere ich.

Ein paar Minuten lang umsorgt er mich, dann betritt eine freundliche Krankenschwester das Zimmer und verhätschelt mich noch etwas mehr. Als sie gegangen ist, erzählt mir Brad erneut, wie gut meine OP verlaufen ist.

»Ich weiß. Das hast du mir schon erzählt. Erinnerst du dich?«

Er lächelt verlegen. »Ich wusste nicht, ob *du* dich erinnern würdest. Und, oh, deine Nase ist auch nicht gebrochen.«

»Fühlt sich aber ganz danach an.«

Brad nimmt meine Hand und reibt mir liebevoll die Finger, doch das lässt mich zusammenzucken. »Tut mir leid. Hab ich vergessen.« Sanft streicht er mir ein paar Strähnen aus dem Gesicht. Ihn nur anzusehen löst in mir das Verlangen aus, meinen Tränen freien Lauf zu lassen. Ich bin immer noch ganz benommen, aber so weit wieder bei Verstand, um zu wissen, dass ich noch eine ganze Weile ein emotionales Wrack sein werde.

Ich werfe einen Blick auf die Blumen. »Ist Bella hier?«

»Ja. Schon den ganzen Tag schaut sie immer wieder rein.« Brad grinst. »Gerade legt sie eine Raucherpause ein. Sie wird sauer sein, weil sie nicht da war, als du aufgewacht bist.« Wir lassen ein paar Sekunden schweigend verstreichen, aber ich merke, dass er mir noch etwas zu sagen hat. Ich überlasse es ihm, wann er damit rausrücken will.

»Wenn du dich fit genug fühlst, musst du mit der Polizei reden«, sagt er schließlich.

»Okay.«

»Und Mitchell Taylor ist auch hier. Er meinte, dass er gerne als Erster mit dir sprechen würde.«

Mitchell Taylor? »Warum?«, frage ich.

»Vielleicht sollte er dir das am besten selbst erzählen«, meint Brad.

* * *

In Jackett und Krawatte betritt Mitchell das Zimmer. Warum überrascht mich das nicht? Er sieht erschöpft aus, seine Augen wirken ernst und traurig. Er tritt an mein Bett heran, während Brad sich auf der anderen Seite postiert hat.

»Danke, dass Sie mich empfangen«, sagt er.

»Natürlich.«

Die Atmosphäre im Raum ist angespannt, und ich bin entschlossen, nichts zu tun, um sie zu entspannen. Soweit es mich betrifft, ist dieser Mann, zumindest ein Stück weit, für die Ereignisse der letzten Nacht verantwortlich. In Virginia Beach herrscht eine Mitchell-Taylor-Mentalität, eine Gewinne-um-jeden-Preis-Einstellung, die sich durch alle Strafverfolgungsbehörden zieht. Sie verleiht Männern wie Anderson einen Gott-Komplex und bringt sie dazu, das Recht in die eigenen Hände zu nehmen.

»Als Erstes wollte ich Ihnen sagen, wie froh ich bin, dass Sie wieder auf die Beine kommen werden«, sagt Mitchell, »und mich bei Ihnen entschuldigen.« Er tritt unbehaglich von einem Fuß auf den anderen. Was man ihm anrechnen muss, ist, dass er mir dabei die ganze Zeit in die Augen sieht.

»Dieser Umberto hat mit uns ... mit mir ... zusammengearbeitet, um Anderson festzunageln. Selbst bevor Sie Ihre Beschwerde bei der Dienstaufsichtsbehörde eingereicht haben, hatten wir ihn im Verdacht. Deswegen wurde er auch von Taras Fall abgezogen. Er war in mehrere Fälle verwickelt, bei denen jemand auf mysteriöse Weise die Ermittlungen vermasselt hat. Dazu gehörte auch der Barker-Pornografie-Fall«, Brad und ich tauschen einen Blick aus, »und eine kürzlich abgehaltene Drogenrazzia, bei der Umberto hochgenommen wurde. Wir spürten Umberto auf, brachten ihn aufs Polizeirevier und quetschten ihn aus, um ihm dann einen sehr attraktiven Deal für seine Mithilfe bei den Ermittlungen gegen Anderson anzubieten. Wie sich rausstellt, war Umberto nicht begeistert von der Idee, unter einem von Andersons gefälschten Pässen in Europa leben zu müssen.«

Mitchell atmet einmal tief durch. Im Raum ist bis auf das Geräusch der Geräte, an die ich angeschlossen bin, kein Ton zu hören. Brad hat die Arme verschränkt. Mitchell kann froh sein, dass Bella nicht hier ist.

»Umberto informierte uns, dass Anderson angekündigt hatte, ihn gestern Abend wegen eines Auftrags zu kontaktieren. Niemand wusste, um was es dabei gehen würde, aber ich hatte den Verdacht, dass es etwas mit diesem Fall zu tun haben würde.« Mitchell sieht Brad an. »Ihr gestriges Kreuzverhör hat Andersons Karriere mehr oder weniger den Todesstoß versetzt.« Dann wendet er sich an mich. »Und Ihnen hatte er bereits gedroht, Sie aufgrund falscher Anschuldigungen zu verhaften, wenn Sie die Sache nicht ruhen ließen.«

Mitchell legt eine Pause ein und seufzt. »Wir dachten, Anderson würde Umberto benutzen, um irgendwelche Beweise zu fingieren oder so was, aber wir hatten keine Ahnung, dass es zu einer Gewalttat kommen würde. Eigentlich hatten wir nur vor, Andersons Telefonat aufzuzeichnen und ihn dann hochgehen zu lassen. Aber als er anrief, hatte er Sie bereits in seiner Gewalt. Da haben wir beschlossen, Umberto mit einem SWAT-Team zu Ihrem Haus zu schicken. Umberto sollte Sie aus der Gefahrenzone bringen und so schnell wie möglich aus der Reichweite von Anderson verschwinden, damit das SWAT-Team zuschlagen konnte.«

»Umberto braucht wohl noch etwas Übung«, sage ich.

Mein Kommentar scheint ein wenig von der Anspannung zu lösen. Mitchell schenkt mir ein dünnes Lächeln. »Wir hätten Polizeibeamte zu Ihrem und Brads Schutz abbestellen sollen, sobald wir wussten, dass Umberto gestern Abend einen Auftrag erhalten würde«, fährt er fort. Er blickt von Brad zu mir. »Das tut mir unendlich leid.«

Gerade jetzt, in meiner emotional erschöpften Verfassung, fange ich an, Mitleid mit Mitchell zu haben. Klar hat er sich während des gesamten Falls wie ein rücksichtsloser Strafverfolger - besser gesagt ein *Mistkerl* - aufgeführt. Aber er macht nur seinen Job.

»Ich habe Leute für weniger verklagt«, sagt Brad.

»Da bin ich mir sicher«, sagt Mitchell.

Dann verzieht sich Brads Mundwinkel zu einem kleinen Lächeln. »Sie haben getan, was Sie für richtig hielten. Und Leslie hat es überlebt. Und so, wie es klingt, schulden wir Umberto einen Riesengefallen.«

»Ich werde ihm Ihren Dank ausrichten«, sagt Mitchell.

»Was jetzt Taras Fall betrifft«, sagt Brad, der die Chance zum Feilschen und Handeln niemals verstreichen lassen kann und immer bereit ist zuzuschlagen, solange er im Vorteil ist. »Können wir nach alldem nicht einfach einen Deal für Tara nach Jugendstrafrecht aushandeln?«

Ich richte meine Aufmerksamkeit wieder auf Mitchell. »Eigentlich«, sagt er, »wollte ich selbst mit Ihnen über Tara sprechen. Passt es Ihnen denn gerade?«

Mitchell schaut mich an, aber Brad wartet meine Zustimmung gar nicht erst ab. »Wir können die Sache genauso gut jetzt hinter uns bringen«, meint er.

Mitchell holt erneut tief Luft. »Leslies Befragung von Tara war meisterhaft. Und sie brachte mich dazu, eine Möglichkeit zu erwägen, die ich nie zuvor in Betracht gezogen hatte. Was, wenn sie *wirklich* die Schuld für Jamie auf sich nimmt? Diese Theorie würde sich zumindest mit den wissenschaftlichen Beweisen decken.«

Ich spüre, wie mir ein aufgeregtes Kribbeln den Rücken hochfährt. Er sagte doch »meisterhaft«, nicht wahr? Brad für seinen Teil ist schlau genug, zu wissen, wann jeder Kommentar überflüssig ist. Also steht er nur mit überkreuzten Armen da und setzt seine finsterste Miene auf.

»Also beschloss ich, in meinem Kreuzverhör etwas auszutesten. Wie Sie wissen, habe ich Tara deutlich zu verstehen gegeben, dass ich ihren Bruder vor Gericht stellen würde, sollte sie aufgrund von Notwehr freigesprochen werden. Das war eigentlich nur mein kleiner Test, wie der König Salomons, als er die Mütter auf die Probe stellte, die sich um das Baby stritten.« Mitchell blickt zu Brad hinüber, der bei der Erwähnung Salomons verwirrt die Augenbrauen zusammengezogen hat. »Vergessen Sie's«, meint Mitchell.

»Es ging mir um Folgendes: Wenn Tara wirklich ihren Bruder schützen wollte, würde ihr klar werden, dass sie nicht länger auf Notwehr plädieren konnte. Wenn sie hingegen wirklich diejenige war, die ihren Stiefvater erschossen hatte und nicht unbedingt darauf aus war, ihren Bruder zu schützen, würde sie weiter an ihrer Notwehrgeschichte festhalten und ihn später allein auf sich gestellt lassen. Und tatsächlich ließ Tara auf sehr geschickte Weise ihre Notwehrbehauptung fallen. Sie hat wirklich das Zeug zur Schauspielerin.«

Mitchells Strategie war brillant. Auch wenn ich ihm das niemals sagen würde. Das ist alles so unwirklich, wie ich hier auf dem Rücken in einem Krankenhausbett liege, während der Ausgang meines ersten Mordfalls von zwei Männern ausgehandelt wird, die den Fall so beiläufig diskutieren wie zwei alte Damen, die sich bei einem Tässchen Tee unterhalten.

»Klingt mir ganz nach einer unschuldigen Angeklagten«, meint Brad. Seine Arme sind noch immer überkreuzt, aber ich wette, dass diese Arme von Gänsehaut überzogen sind. Meine sind es zumindest. »Also macht es keinen Sinn, sie erneut vor Gericht zu stellen.«

»Außer«, gibt Mitchell zu bedenken, »dass ich verpflichtet wäre, Jamie strafrechtlich zu belangen, wenn wir sie einfach so laufen lassen.« Ich ertrage es nicht länger, die Zuschauerin zu spielen. Schließlich ist das *mein* Fall. »Ein Jahr in einer Jugendstrafanstalt«, sage ich. »Tagsüber darf sie raus, um zur Schule zu gehen. Verurteilen Sie sie nach Jugendstrafrecht, damit sie mit achtzehn ein sauberes Strafregister bekommt.«

Mitchell lässt sich die Sache kurz durch den Kopf gehen. »Das könnte ich für Tara tun«, meint er. »Und wenn sie entschlossen ist, die Strafe für ihren Bruder auf sich zu nehmen, habe ich ehrlich gesagt nicht genug Beweise in der Hand, um sie davon abzuhalten und ihn zu verurteilen. Aber wenn Jamie wirklich diese Tat begangen hat – selbst wenn er es tat, um seine Mutter davor zu beschützen, als Sandsack missbraucht zu werden –, muss er dafür in irgendeiner Form die Verantwortung übernehmen. Außerdem braucht diese ganze Familie Hilfe.«

Brad runzelt angesichts dieser neuen Entwicklung die Stirn und geht sofort in den Diskussionsmodus über. »Sie können nicht beide anklagen. Und Jamie in eine Strafanstalt zu stecken, ist auch keine Lösung, Mitchell. In der Hinsicht hatte Tara recht.«

»Ich weiß«, erwidert Mitchell leise. »Ich war noch nicht fertig.«

Ich werfe Brad meinen besten Lass-den-Mann-ausreden-Blick zu, während Mitchell sich kurz sammelt.

»Die Aufgabe des Jugendgerichts ist es, zu rehabilitieren, nicht zu bestrafen«, sagt Mitchell. »Und das gilt besonders für die jüngsten Angeklagten.« Er stößt etwas Luft aus und schaut Brad direkt in die Augen. »Tara bekommt ein Jahr, so wie besprochen. Jamie bekennt sich der Strafvereitelung schuldig. Er bekommt drei Jahre auf Bewährung und muss einmal wöchentlich bei einem unserer härtesten Bewährungshelfer antreten. Die Bewährungsauflagen umfassen eine Familientherapie, sich in der Schule aus allem Ärger rauszuhalten und etwas gemeinnützige Arbeit im Rahmen unseres Freigänger-Programms.«

Brad zieht bei der letzten Bedingung eine Augenbraue hoch, aber wenig überraschend, zuckt Mitchell nicht mal mit der Wimper. »Ich glaube, dass ein wenig körperliche Arbeit dem Jungen nicht schaden würde«, fährt er fort.

Nimm den Deal!, würde ich am liebsten schreien und denke dabei hauptsächlich an Tara. Sie muss nicht mit ansehen, wie ihr Bruder ins Gefängnis wandert, bekommt mit achtzehn eine saubere Akte und in der Zwischenzeit eine Therapie.

Doch Brad reibt sich das Gesicht, was normalerweise ein gutes Zeichen ist, aber jetzt gerade können wir keinen cleveren oder sogar brillanten Einwand gebrauchen. Alles, was wir brauchen, ist der gesunde Menschenverstand, ein Supersonderangebot zu erkennen, wenn es uns begegnet.

»Brad«, sage ich. Er schaut mich an, und ich gebe ihm mit einer Geste meiner Hand zu verstehen, dass er sich zu mir herunterbeugen soll, damit ich ihm ins Ohr flüstern kann. »Wenn du willst, dass am Altar eine Ehefrau auf dich wartet, dann nehmen wir diesen Deal an.«

Er nickt und richtet sich wieder auf. »Meine Kollegin hat ganz recht«, sagt er zu Mitchell. »Da wir Jamie eigentlich nicht vertreten, müssten wir einen unabhängigen Rechtsbeistand für ihn bestellen, um den Deal auch von seiner Seite absegnen zu lassen.«

»Natürlich«, meint Mitchell, während ich Brad einen bösen Blick zuwerfe. »Wir müssten die Absprache außerdem auch vom Gericht genehmigen lassen. Was ich damit nur zum Ausdruck bringen wollte, ist, dass meine Bereitschaft, Tara mit einem Deal davonkommen zu lassen, von solchen Hilfsmaßnahmen für Jamie abhängt.«

»Wenn wir dann schon dabei sind, Paket-Deals abzuschließen«, sagt Brad, mein furioses Räuspern ignorierend, »lassen Sie uns doch mal über Keisha McFadden sprechen.«

Oh! Keisha hatte ich ganz vergessen! Ich stelle mein Räuspern ein. Vielleicht weiß Brad ja doch, was er tut. Auch wenn er eigentlich den Deal für den einen Mandanten nicht von dem eines anderen abhängig machen darf. Allerdings bin ich mir nicht sicher, ob diese Regel auch gilt, wenn es die Staatsanwaltschaft war, die die beiden zuerst miteinander verknüpft hat. Eigentlich bin ich mir sogar ziemlich sicher, dass überhaupt keine Regeln für Absprachen gelten, die in einem Krankenhauszimmer getroffen werden, während man sich gerade von den Auswirkungen eines Angriffs erholt, der vom Staatsanwalt hätte verhindert werden können.

»Wir hatten einen Deal für sie vereinbart, Mitchell«, fährt Brad fort. »Die Absprache wurde mit Keri Massey in gutem Glauben getroffen, und wir wollen, dass sie wieder gilt.«

Mitchell blickt zu Boden und scharrt verlegen mit den Füßen.

»Sie hat zwei kleine Jungs«, füge ich hinzu.

Brad und ich warten eine Weile schweigend ab, um den Druck noch etwas zu erhöhen. Meine Geräte piepsen und rauschen, was Mitchell hoffentlich daran erinnert, warum ich hier gelandet bin. Wie kann er Nein sagen nach allem, was *er* uns hat durchmachen lassen?

Schon bald erhalte ich meine Antwort: Er kann es nicht. »Das ist fair«, sagt er, und ich entspanne mich zum ersten Mal, seit Mitchell das Zimmer betreten hat.

»Wer hat den Champagner?«, frage ich schwach.

Es folgen einige Minuten, in denen wir die genauen Details der Absprachen diskutieren. Bevor Mitchell wieder geht, informiert er mich darüber, dass ein paar Detectives meine Aussage aufnehmen müssen. »Allerdings gibt es noch eine Frage, die ich Ihnen persönlich stellen wollte«, sagt er.

»Okay.«

»In der ganzen Zeit, in der Anderson Sie in seiner Gewalt hatte, hat er da jemals erwähnt, dass Fowler irgendwie an dieser Sache beteiligt war?«

Ich spule die Ereignisse der letzten Nacht noch einmal in meinem Kopf ab und durchforste mein Hirn nach dem kleinsten Hinweis, Fowler könne seine Finger im Spiel gehabt haben. Sofort wird mir klar, dass es in meiner Macht liegt, Fowler zu belasten, und Anderson nicht mehr in der Lage ist, meine Aussage zu bestreiten. Doch mein neuer Glaube gestattet mir solche hinterhältigen Winkelzüge nicht. Zumindest heute hat das Festhalten an der Wahrheit ein paar ziemlich unglaubliche Resultate hervorgebracht.

»Nein«, sage ich.

»Bist du dir sicher?«, fragt Brad.

»Ich bin mir sicher.«

Nachdem Mitchell gegangen ist, schließt Brad die Tür und schreitet mit feierlicher Miene auf mein Bett zu. Dann schmeißt er die Arme in die Luft. *»Jawoll!«* Was folgt, ist eine erbärmliche Imitation des Tanzes, der üblicherweise von Footballspielern nach einem Touchdown vollzogen wird. Der Anblick bringt mich zum Lachen, was höllisch schmerzt, also sage ich ihm, dass er aufhören soll.

In diesem Moment schneit Bella durch die Tür, umgeben von einer Zigarettenrauchwolke. »Hast du etwa Mitchell Taylor hier reingelassen?«, fragt sie Brad.

Er breitet die Handflächen aus: *schuldig.*

»Ich kann nicht fassen, dass dieser Mistkerl die Dreistigkeit hatte, hier aufzutauchen«, meint Bella.

»Er macht nur seinen Job«, sage ich. *Und das ziemlich gut.* Vielleicht habe ich Mitchell falsch eingeschätzt. Vielleicht ist das weiße Hemd unter diesem Jackett gar nicht so dreckig, zerrissen und blutbefleckt, wie ich angenommen habe. *»Der Mensch urteilt nach dem, was er sieht, doch der Herr sieht ins Herz.«*

Ich sehe ihr an, dass sie mir widersprechen will, aber selbst Bella bringt es nicht über sich, einen Streit mit jemandem vom Zaun zu brechen, der gerade eine Operation am offenen Herzen überstanden hat.

»Du siehst schrecklich aus«, sagt sie und beugt sich herüber, um mir einen Kuss aufzudrücken.

92

Ich liebe meine Mutter, aber es ist einfach unmöglich, sich zu erholen, wenn sie in der Nähe ist, selbst in einem Krankenhauszimmer. Schließlich überzeuge ich Brad, meine Mutter zu ihm nach Hause zu fahren, damit sie sich dort ein wenig ausruhen kann. Ich würde sie in meiner Doppelhaushälfte unterbringen, aber die ist für mein Empfinden einfach kein sicherer Ort mehr. Wo waren überhaupt meine Nachbarn?

Die Operation liegt nun anderthalb Tage zurück, und langsam fühle ich mich wieder wie ein Mensch. Nicht besser, nur eben wie ein Mensch. Meine Mutter hat mir beim Haarewaschen und Zähneputzen geholfen, sodass ich nicht mehr das Gefühl habe, jemand müsste an der Tür zu meinem Zimmer stehen und Gasmasken an die Besucher verteilen. Dr. Reddick ist mit den Ergebnissen seines Aufschneidens und Zunähens sehr zufrieden, und auch wenn er mir noch keinen Blick auf den Schnitt gewährt hat, versichert er mir, dass es eine der kleinsten Narben ist, die er jemals zustande gebracht hat.

Und es fühlt sich unglaublich gut an, wieder tief durchatmen zu können.

Nachdem er meine Mutter zu sich nach Hause verfrachtet hat, kehrt Brad am Freitagmorgen zurück. Ich hatte an diesem Morgen genügend Gesellschaft – Bella, Sarah, ein paar alte Freunde von der Uni, einige ehemalige Mandanten, selbst der Pastor von der First Baptist war da –, also schlafe ich, als Brad nach dem Mittagessen vorbeischaut. Er weckt mich mit dem üblichen »Guten Morgen, Schönheit.« Ein Kosename, den ich im Moment nicht verdiene, aber ich reagiere dennoch darauf.

»Hey«, sage ich.

»Wie fühlst du dich?«

»Als wäre ich am offenen Herzen operiert worden.«

»Früher oder später«, meint er, »wirst du diese lahme Ausrede aufgeben und dein Leben weiterleben müssen.«

Er hat Glück, dass mich noch alles zu sehr schmerzt, um den Arm auszustrecken und ihm eine zu verpassen.

»Tara ist hier«, sagt er. »Trish und Jamie treffen sich gerade mit D. J. Landers, der mir bereits versichert hat, dass Jamie den Deal annehmen wird.«

»Ich kann den Kerl nicht leiden.«

»Das macht nichts«, sagt Brad. »Er hat auch nichts für dich übrig.«

Ich bin zu müde, um zu lächeln, was Brad zu bemerken scheint. »Bist du dir sicher, dass du schon fit genug bist?«, fragt er.

»Meinst du etwa, ich lasse zu, dass du die Lorbeeren für diesen Deal alleine einstreichst?«

Brad lehnt sich zu mir herüber und küsst mich auf die Wange. Wir haben einen Weg gefunden, wie er bequem neben mir auf dem Bett sitzen kann, und so nimmt er seinen Platz ein. Er hält meine Hand. Und als ich zu ihm aufschaue, wird sein Gesicht von dem Fenster hinter ihm umrahmt, sodass es so aussieht, als würde das Sonnenlicht ihm einen Heiligenschein verleihen.

»Kann ich dir eine Frage stellen?«, fragt er.

»Natürlich.«

»Als du ... ähm ... als du deinen Glaubensschritt getan hast ... als du gebetet hast, bist du da ziemlich emotional geworden?«

Ich drehe meinen Kopf zu ihm und ziehe die Augenbrauen ein wenig zusammen. *Worauf will er hinaus?* »Brad, ich war mitten in einer Herz-OP, mir stand ein kontrollierter Herzinfarkt bevor. Ja, das war wohl ein ziemlich emotionaler Moment.«

»Aber glaubst du, dass es so sein muss?«, fragt er.

»Emotional, meinst du?«

»Ja.«

Ich drücke seine Hand. *Woher soll ich das wissen? Wer hat mich zum Experten ernannt?* »Ich denke, dass verschiedene Menschen auf verschiedene Weisen zu Christus finden«, sage ich. »Ich glaube, dass es nur darauf ankommt, dass man seine Sünden bereut, und ich weiß, dass Christus der einzige Weg ist, um Vergebung zu erlangen.«

Er lässt sich meine Worte eine Weile durch den Kopf gehen. Mein postoperatives Herz testet seine neu gewonnene Kraft aus – indem es angesichts der Auswirkungen, die hinter seiner Frage stecken könnten, schneller schlägt.

Schließlich halte ich es nicht länger aus. »Warum fragst du?«

»Nur so«, antwortet er.

* * *

Tara scheint dankbar für den Deal zu sein, den wir für sie ausgehandelt haben, auch wenn sie keinen Freudentanz aufführt wie Brad.

»Du wirkst ein wenig verhalten«, meint Brad. Er hat sich in eine Ecke des Zimmers zurückgezogen, während Tara neben meinem Bett steht, darauf bedacht, mich nicht zu berühren. »Das ist ein wirklich guter Deal, Tara. Und er schützt Jamie.«

»Ich weiß«, erwidert sie, »aber es ist trotzdem noch ein Jahr im Gefängnis.«

Da ist was Wahres dran. Trotzdem hat sie auf ihren Stiefvater geschossen, auch wenn er schon tot war, als sie abgedrückt hat.

»Wir müssen den Deal nicht annehmen«, sage ich, den bösen Blick ignorierend, den Brad mir zuwirft. »Wir können diesen Fall neu verhandeln. Aber selbst wenn wir gewinnen sollten, werden sie Jamie vor Gericht stellen.«

»Es ist ein guter Deal«, sagt Tara wenig überzeugend. »Ich muss mich wohl einfach an den Gedanken gewöhnen, das letzte Highschool-Jahr im Gefängnis zu verbringen.«

Während wir ihr erklären, was es mit dem Schulfreigänger-Programm genau auf sich hat, scheint sie sich für die Idee zu erwärmen. Dennoch weiß ich, dass sie unter der harten Fassade in Wirklichkeit ziemlich verängstigt ist.

»Werde ich zusammen mit älteren Frauen einsitzen?«, fragt sie.

»Nein«, sagt Brad. »Es handelt sich um eine Jugendstrafanstalt. Kein Insasse ist älter als achtzehn Jahre.«

»Aber einige der Mädchen sind ganz schön hart drauf, oder?«, fragt Tara. Ihre Stimme ist ganz leise geworden, während sie wieder zu dem kleinen Mädchen wird.

Brad kommt aus seiner Ecke und stellt sich an der Wand gegenüber von

Tara auf. Jetzt kann er die Angst in ihren Augen sehen. »Du bist eine toughe junge Dame«, sagt er. »Du wirst schon zurechtkommen.«

Tara schaut ihn mit feuchten Augen an. »Aber ich habe auch ziemlich große Angst.«

Ich hebe ein wenig die Hand, und sie ergreift sie vorsichtig. »Du wirst das schon schaffen«, sage ich. Aber die Worte klingen selbst in meinen Ohren hohl.

»Tara«, sagt Brad, »ich weiß nicht, wie du zu der Frage um den Glauben an Gott stehst. Aber für mich steht fest, dass jemand während dieser ganzen Sache eine schützende Hand über dich und Leslie gehalten hat, und damit wird er jetzt bestimmt nicht aufhören.«

Diese so sachlich vorgetragenen Worte scheinen genau das zu sein, was Tara hören musste. Aber ich weiß, dass sie nicht nur an Tara gerichtet waren. Die Erkenntnis, was Brad gerade damit sagt, treibt mir die Tränen in die Augen und lässt mein Herz aufgeregt wummern.

Und er ist noch lange nicht fertig.

»Das wirklich Coole an der Sache ist, Tara, dass du mir dabei geholfen hast, ein paar Einsichten über meinen eigenen Glauben zu gewinnen - oder besser gesagt, den Mangel daran.« Brad wirft mir einen schnellen Blick zu und schaut dann wieder Tara an. »Ich konnte dieser ganzen Christen-Nummer nichts abgewinnen - dass Gott verlangte, dass sein eigener Sohn an unserer Stelle sterben musste, obwohl Jesus nichts Falsches getan hatte. Ich dachte immer - inwiefern soll das Gerechtigkeit gewesen sein?«

Tara schaut Brad unverwandt an und ringt dabei offensichtlich mit den Tränen.

»Dann habe ich gesehen, was du für Jamie getan hast.« Brad senkt die Stimme und seine gewohnte Selbstsicherheit weicht einer einnehmenden Demut. »Das ließ mich zum allerersten Mal die Schönheit dessen erkennen, was Christus für uns am Kreuz tat, und die Liebe, die ihn dorthin brachte.«

Er zuckt mit den Schultern und kommt etwas näher. »Na ja, ich hatte nicht vor zu predigen.« Er hält inne, und ich werde Zeuge des außergewöhnlichen Anblicks eines Brad Carson, der um Worte ringt.

»Ich bin dein Anwalt, Tara, kein Priester. Es ist nur, dass ich gesehen habe, wie sich Leslie Christus zuwandte, um ein paar ziemlich schwere Zeiten zu überstehen. Jetzt verstehe ich warum.«

Sie presst die Lippen aufeinander, bleibt aber stumm. Sie schaut mich an, dann Brad. Ich drücke ihre Hand, und sie lässt los.

Während ich dabei zusehe, wie Tara versucht tapfer zu sein, werde ich von meinen Gefühlen überwältigt. Meine Sorge um sie, die Dankbarkeit für das, was gerade mit Brad passiert. Ich versuche mich zusammenzureißen und wahre die Fassung - ihr zuliebe.

»Lass es dir durch den Kopf gehen«, sage ich zu Tara. »Und wenn du darüber reden willst, sag mir einfach Bescheid.«

»Das werde ich«, verspricht sie.

»Tara«, sagt Brad mit belegter Stimme, als hätte er etwas im Hals stecken. »Jamie hat Glück, eine Schwester wie dich zu haben.«

93

Samstag, 12. August, sechs Wochen später

Wir haben alle hinters Licht geführt. Alle gehen davon aus, dass wir die Flitterwochen in Europa verbringen, aber in Wahrheit sind wir auf den Outer Banks in North Carolina, gerade mal 160 Kilometer von zu Hause entfernt. In der für ihn typisch übertriebenen Art hat Brad ein riesiges Strandhaus direkt am Meer gemietet, mit einem wunderschönen Pool und einer Sonnenterrasse hinter dem Haus, wo wir den Wellen zusehen können, wie sie am Strand branden. Es ist jetzt Samstagmorgen und das erste Mal in der ganzen Woche, dass ich früher als Brad aufgestanden bin.

Ich wünschte, wir könnten für immer in den Flitterwochen bleiben.

Leise steige ich aus meiner Seite des Bettes und tappe ins Badezimmer. Ich brauche nur ein paar Minuten, um mich ausgehfertig zu machen, mit Shorts, Sandalen und einem Tanktop. Draußen ist es noch dunkel, gerade mal ein paar Minuten vor Sonnenaufgang. Ich will unbedingt die Sonne über dem Meer aufgehen sehen.

Mein Plan lautet, zum örtlichen Supermarkt und dem Bagel-Laden zu fahren, die nur ein paar Minuten weiter die Straße hinunter liegen. Ich werde zwei Becher Kaffee kaufen und einen Bagel mit Frischkäse für Brad. Für mich hole ich dann einen Joghurt und eine Banane, zusammen mit der

Morgenzeitung. Jeden Morgen ist Brad bei Sonnenaufgang aufgestanden, laufen gegangen und dann zu dem Bagel-Laden und Supermarkt gefahren, bevor ich wach geworden bin. Heute, wo nur noch zwei Tage unserer Flitterwochen verbleiben, habe ich beschlossen, dass ich jetzt mal an der Reihe bin.

Ich fahre auf den Parkplatz des Bagel-Ladens, gerade als die Sonne über den Rand des Meeres lugt und den Himmel in eine atemberaubende Mischung aus Rot-, Orange- und Gelbtönen färbt. Ich springe zurück in den Jeep und fahre die nächste Straße hinunter, die zum Strand führt, wo ich parke und mit meiner Digitalkamera in der Hand aus dem Auto steige. Das muss Brad sehen!

Ich schieße zwei Fotos und bewundere meine Arbeit. Ich habe schon Postkarten gesehen, die schlimmer aussahen. Dann lehne ich mich auf die Haube des Jeeps zurück und sehe zu, wie die Sonne ihr sich ständig veränderndes Bild an den östlichen Horizont malt. Ich spreche ein Dankgebet, in der Erkenntnis, dass das Leben nicht viel besser als in diesem Moment werden kann.

Bevor ich die Kamera wieder wegpacke, scrolle ich durch die Bilder, die Bella aufgenommen hat, und lasse die Ereignisse des letzten Wochenendes zum hundertzehnten Mal aufleben. Da ist Brad, der vor den Türen der Bruton Parish steht und einfach umwerfend aussieht. Auf den Fotos ist kaum zu erkennen, dass es am Tag unserer Hochzeit geregnet hat. Da bin ich in meinem Oleg-Cassini-Kleid und mit meinem Strass-Diadem, bereit, den Gang hinunterzulaufen und den Bund der Ehe mit dem attraktivsten Mann der zivilisierten Welt zu schließen. Ich stelle fest, wie perfekt das Kleid meine Operationsnarbe verdeckt, die nebenbei bemerkt sehr gut verheilt, trotz der Sonne der Outer Banks. Langsam glaube ich, dass Brad wohl doch recht hatte – OP-Narben sind sexy.

Ich stelle außerdem fest, dass ich auf dem Bild lächele. Und ich bin mir ziemlich sicher, dass ich seitdem nicht mehr damit aufgehört habe.

Dann sind da noch ein paar Fotos von Freunden aus der Unizeit und meiner Mutter und Sarah und Trish. Selbst Nikki ist kurz aufgetaucht, auch wenn es Bella gelungen ist, sie aus allen Fotos rauszuhalten. Ich wünschte, Tara hätte da sein können. Jamie hat sich den ganzen Tag vorbildlich verhalten, auch wenn er es ebenfalls auf keins der Bilder geschafft hat. Es gibt auch keine Fotos von meinem Dad, der nicht aufgekreuzt ist, so wie ich es vorausgesehen hatte.

»Zumindest«, meinte meine Mutter, »hast du ihn eingeladen.«

Wer sich ebenfalls nicht blicken ließ, war Brandon Matthews. Wie sich herausstellte, hatte mich mein Bauchgefühl, was Brandon betraf, doch nicht getrogen. Etwa zwei Wochen nachdem der DMVN-Fall abgeschlossen war, brachte ein Konkurrenzblatt des *National Inquisitor* eine Titelgeschichte mit der Schlagzeile »Jewel enthüllt alles!«. Darin erklärte Jewel, dass die Macher der Sendung einige Versprechungen, die sie ihr gegenüber hinsichtlich zukünftiger Fernsehauftritte gemacht hatten, nicht nachgekommen seien, also würde sie jetzt alles auffliegen lassen. Ihr zufolge sei die gesamte erste Staffel von *Das Mädchen von nebenan* ein großer Betrug gewesen, der die Einschaltquote der Sendung im kommenden Jahr in die Höhe treiben sollte. Jewel behauptete, dass alles von vorne bis hinten inszeniert war – Brandons Entscheidung, die drei Finalistinnen für Jewel sausen zu lassen, Annies tränenreicher Auszug aus dem Haus und selbst die Klage, die dazu führte, dass Annie ihre eigene Sendung bekam, in der Brandon um ihre Gunst buhlen würde. Jewel gab bekannt, dass alle Beteiligten von Anfang an unter einer Decke gesteckt hatten, so auch Brandon und Annie. Um Jewels Behauptungen zu untermauern, druckte das Klatschblatt ein paar körnige Aufnahmen von Brandon und Annie ab, wie sie Hand in Hand an irgendeinem verlassenen Strand auf den Bahamas entlangspazierten.

Da gegen Brandon zum Zeitpunkt unserer Hochzeit wegen Meineides ermittelt wurde, nehme ich an, dass er es wohl für klüger hielt, sich bedeckt zu halten. Davon abgesehen bin ich mir ziemlich sicher, dass Brad ihn umgebracht hätte, wenn er sich hätte blicken lassen.

Ich drücke wieder auf den Knopf der Kamera, und mein Lieblingsfoto erscheint auf dem Display. Darauf sind Brad und ich zu sehen, wie wir in der Hummer-Limousine, die er gemietet hatte, die Party verlassen und beide aus dem Fenster spähen. Man kann all die Ballons und Girlanden sehen, mit denen die Partygäste das Innere der Limo dekoriert hatten, weil es außen dafür zu nass war. Und Brad hat dieses wundervoll durchtriebene Lächeln im Gesicht, als müsse er der klügste Anwalt der Welt sein, da er mich dazu überredet hat, ihn zu heiraten.

Aber in Wahrheit weiß ich, dass ich diejenige bin, die sich glücklich schätzen kann.

Ich lege die Kamera beiseite und steige wieder in den Jeep, besorge den Kaffee und den Bagel und fahre dann zum Supermarkt. Ich greife mir meinen Joghurt und eine Banane, wobei ich die ganze Zeit an meinem Kaffee nippe, und mache mich dann zum Zeitschriftenstand auf, bereit, mich einer der wenigen Entscheidungen zu stellen, die ich den lieben langen Tag treffen werde.

Die ganze Woche lang hat Brad jeden Tag entweder eine Ausgabe der *USA Today* oder unserer örtlichen Zeitung, des *Virginian-Pilot,* mitgebracht. Seine Entscheidung beruhte dabei immer darauf, ob der Laden bereits die aktuelle Ausgabe der jeweiligen Zeitung auf Lager hatte. Eines der Dinge, die wir an den Outer Banks so zu schätzen wissen, ist, dass hier die Uhren einfach langsamer laufen, ohne dass man sich um den Rest der Welt scheren würde. Da ist es durchaus nicht ungewöhnlich, wenn die Morgenausgaben der Zeitungen erst etwa zwischen neun und zehn Uhr angeliefert werden.

Da wir die Wochenendausgabe der *USA Today,* die freitags rauskommt, bereits gekauft haben, greife ich mit meiner freien Hand nach einem Exemplar des *Virginian-Pilot.* Auf der ersten Seite prangt das heutige Datum, womit meine größte Entscheidung des Tages getroffen wäre. In absehbarer Entfernung lauert die nächste monumentale Entscheidung - in welchem Restaurant wir heute zu Mittag essen werden.

Flitterwochen sind einfach super.

Während ich mich in der Schlange vor der Kasse anstelle, werfe ich einen Blick auf die Schlagzeile auf der Titelseite und hätte fast dem Kerl vor mir meinen Kaffee ins Genick gespuckt. Fassungslos überfliege ich den Artikel und habe dabei das Gefühl, mich kneifen zu müssen, um festzustellen, ob ich träume. »Unglaublich«, murmele ich.

»Entschuldigung«, sagt die Dame hinter mir. Die Kassiererin wartet bereits auf mich.

»Tut mir leid«, sage ich. »Gehen Sie ruhig vor.« Dann vertiefe ich mich wieder in den Artikel.

Der Bericht bereitet mir Gänsehaut und weckt eine Flut von Emotionen aus dem Bannister-Fall. Auf einmal habe ich das dringende Bedürfnis, diese Schlange hinter mir zu lassen und mit dem Artikel allein zu sein, um mich auf jedes Wort konzentrieren zu können. Ich bezahle meine Sachen und laufe in einem Mischmasch der Gefühle zum Jeep hinaus.

Noch während ich den Parkplatz überquere, lese ich so schnell ich kann. In dem Artikel werden eine Reihe von vertraulichen und unbenannten Quellen zitiert, sodass ich mich langsam frage, ob der Reporter auch wirklich seine Hausaufgaben gemacht hat. Aber das hier ist nicht der *National Inquisitor*! Bei einer so wichtigen Geschichte würde der *Virginian-Pilot* jeden Punkt doppelt und dreifach überprüfen, da es sonst Verleumdungsklagen hageln würde. Außerdem lese ich zumindest einen Satz, von dem ich mit Sicherheit weiß, dass er stimmt: »Mehrmalige Versuche, mit Leslie Connors, der Hauptanwältin von Tara Bannister, in Kontakt zu treten, blieben erfolglos.«

Brad und ich haben uns streng an die Flitterwochenregeln gehalten. Keine Handys und keine Computer. Keine Kommunikation mit der Außenwelt. Wir haben sogar das Fernsehen gestrichen, außer DVDs, die wir uns im örtlichen Videoverleih besorgen.

Doch jetzt hat die Außenwelt uns gefunden.

94

Die Zeitung zittert in meiner Hand, als ich im Jeep sitze und auf die riesige Schlagzeile der ersten Seite starre, die über dem Knick zu lesen ist: »Bezirksstaatsanwalt von Virginia Beach angeklagt«.

Ich merke, wie ich vor Aufregung die Luft anhalte. *Atme, Leslie. Entspann dich!* Ich zwinge mich langsamer zu lesen und wieder oben beim ersten Abschnitt anzufangen, sorgsam jedes Wort verschlingend.

> VIRGINIA BEACH, VA. – In einer dramatischen Wendung der Ereignisse erhob eine Sonder-Grand-Jury in Virginia Beach am Freitagnachmittag wegen versuchten Versicherungsbetrugs Anklage gegen den Bezirksstaatsanwalt Harlan Fowler. Ermittlungsnahen Quellen zufolge war die Anklage das Ergebnis monatelanger Ermittlungen die Aktivitäten Fowlers betreffend, der seit fast achtzehn Jahren das Amt des Bezirksstaatsanwalts von Virginia Beach innehat.

Die Anklage wurde im Rahmen einer kurzen Pressekonferenz bekannt gegeben, die von Fowlers Stellvertreter, Mitchell Taylor, einberufen wurde. Taylor beantwortete nur wenige Fragen der Presse und versprach weiterhin, »den Fakten zu folgen, wo auch immer sie hinführen mögen«.

In einer knapp gehaltenen Presseerklärung, die etwa eine Stunde später veröffentlicht wurde, bezeichnete Fowler die Anklage als einen »tragischen und fehlgeleiteten Versuch der Machtübernahme aus eigenen Reihen«. Er gelobte, seine Unschuld zu beweisen und seinen Ruf als »engagierter und gerechter Staatsanwalt« zu verteidigen.

Telefonische Anfragen von Reportern, die Mr Fowler um weitere Kommentare baten, blieben unerwidert.

Der Artikel fährt mit einer minutiösen Darstellung der »monatelangen Ermittlungen« gegen Fowler fort, die sich ursprünglich auf sein Verhalten während der Strafverfolgung des Kinderpornografie-Rings im Umfeld von Trainer Freddie Barker konzentrierten. Wie sich herausstellt, hatte Mack Strobel, der in dem Artikel unzählige Male zitiert wird, herausgefunden, dass sein Kanzleipartner Melvin Philips mehr als dreihunderttausend Dollar aus dem Treuhandfonds der Firma veruntreut hat. Philips gestand Strobel, dass er die Summe als Bestechungsgeld benutzt hatte, um der strafrechtlichen Verfolgung in Zusammenhang mit Barkers Pornografie-Ring zu entgehen. Strobel wandte sich mit diesen Informationen an Mitchell Taylor und handelte einen geheimen Deal für Philips aus, damit dieser mit einem milden Urteil bei der Veruntreuungsklage davonkommen würde, im Austausch für seine Kooperation und seine Aussage vor der Grand Jury.

Anscheinend hatte es die Grand Jury hauptsächlich auf Fowler abgesehen und sich als zweites Ziel Detective Anderson ausgesucht, den leitenden Ermittler im Barker-Fall. Doch die Grand Jury weigerte sich, Anklage zu erheben, als Philips keinen der beiden Männer direkt belasten konnte. Philips hatte das Geld an Barker gezahlt, der angeblich behauptete, in direktem Kontakt zu Fowler zu stehen. Aber als diese Informationen fast ein Jahr nach dem ursprünglichen Pornografie-Prozess ans Licht kamen, hatte Barker seine Haftstrafe bereits verbüßt und war untergetaucht. Alle Versuche seitens Mitchell Taylor, weitere Informationen von Barkers Anwalt D. J. Landers zu erhalten, wurden durch das Anwaltsgeheimnis vereitelt.

Infolgedessen löste sich die Sonder-Grand-Jury auf, ohne Anklage zu erheben.

Doch der Mann, der mir einst sagte: »Justitia ist eine geduldige Verehrerin«, hatte anscheinend beschlossen, dass sie manchmal etwas Unterstützung braucht, wenn es darum geht, einen schwer zu fassenden Mann in ihre Arme zu locken. Während ich mir den Bericht über Strobels ausgefeilten Plan weiter durchlese, komme ich mir benutzt vor, empfinde aber gleichzeitig auch Dankbarkeit. Ich blättere zu Seite 11 weiter, wo die Titelseiten-Story fortgesetzt wird. Wow! Strobel hatte vor nichts haltgemacht, um Fowler zu belasten, der das Recht in Virginia Beach kaufte und verkaufte, was Strobels Kanzlei fast dreihunderttausend Dollar kostete.

In unserem Interview erklärte Strobel, er habe schon immer vermutet, ein Teil des Schmiergelds, das aus dem Treuhandfonds der Firma gezahlt wurde, sei in Fowlers Taschen geflossen und vielleicht auch in Detective Andersons.

»Es ist uns nicht gelungen, die Sonder-Grand-Jury davon zu überzeugen«, sagte Strobel, »weil wir Barker nicht auftreiben konnten. Aber für mich besteht kein Zweifel, dass Barker in dieser Sache nicht allein gehandelt hat. Und das ist nicht alles. Ich glaube außerdem, dass Fowler sich mit James Bannister verschworen hatte, die Benefit Financial Insurance Company um Millionen von Dollars zu betrügen, indem sie Bannisters Tod vortäuschen wollten. Dieser Plan wurde durch den vorzeitigen und sehr realen Tod Bannisters zunichtegemacht, den er durch die Hand seiner sechzehnjährigen Stieftochter erlitt.«

Ironischerweise war es Bannisters Tod, der Strobel erneut die Chance bot, Fowler zu belasten. Strobel nutzte die Gunst der Stunde, und ihm gelang es, die Rechtsvertretung für Bannisters Lebensversicherungsgesellschaft zu übernehmen und sie davon zu überzeugen, Fowler nicht auszuzahlen, bis man den Fall sorgfältig untersucht hatte. Im Rahmen dieser Ermittlungen leitete Strobel genug Informationen an die Strafverteidiger von Tara Bannister weiter, um diese davon zu überzeugen, dass Fowler in irgendeiner Weise am Tod von James Bannister beteiligt gewesen war.

Mehrmalige Versuche, mit Leslie Connors, der Hauptanwältin von Tara Bannister, in Kontakt zu treten, blieben erfolglos. Kanzleisprecherin Bella Harper teilte uns mit, dass Connors außer Landes sei und »auf keinen Fall für eine Stellungnahme zur Verfügung steht«.

Kanzleisprecherin. Ich lächele, als ich den Titel lese, den sich Bella selbst verliehen hat, während Brad und ich »außer Landes« sind. Als ich weiterlese, drängt sich mir der Verdacht auf, dass die »Kanzleisprecherin« auch eine der »vertraulichen Quellen« ist, die der Zeitung geholfen hat, die Story aus den einzelnen Informationen und Fakten zusammenzufügen.

Gerichtsprotokolle belegen, dass Connors tatsächlich einen Antrag stellte, um Fowler und die Staatsanwälte seines Büros von der Verhandlung des Bannister-Falls aufgrund eines angeblich vorliegenden Interessenkonflikts ausschließen zu lassen. Auch wenn das mit dem Antrag einhergehende juristische Schriftstück unter Verschluss eingereicht wurde, werden vertraulichen Quellen zufolge Anschuldigungen gegen Fowler vorgebracht, an Bannisters Tod beteiligt gewesen zu sein.

Diesem Antrag folgte eine Woche massiven Drucks auf Fowler, der seine Karriere bedrohte. Nachdem die Verteidigung den Antrag eingereicht hatte, traf sich Strobel heimlich mit Fowler. Dieser informierte den Bezirksstaatsanwalt über seine Absicht, die Situation noch zu verschlimmern, indem er mit der Anschuldigung an die Öffentlichkeit gehen wollte, dass Fowler und Anderson auf indirektem Wege Bestechungsgelder im Kinderpornografie-Fall angenommen hatten. Strobel zufolge sprach sich Fowler von jeglichem Fehlverhalten frei, schien jedoch an einer möglichen Lösung interessiert zu sein, die Strobel anzubieten hatte.

»Ich sagte ihm, dass ich diesen ganzen Druck, der vor Gericht, aber auch in der Öffentlichkeit auf ihm lastete, von ihm nehmen könnte, indem ich Benefit Financial dazu bringen würde, die Ermittlungen einzustellen und ihm die volle Versicherungsleitung der Lebensversicherung auszuzahlen. Das könnte Harlan dann verwenden, um dem Gericht zu beweisen, dass es keinerlei Grundlage für die Behauptung gab, er sei an James Bannisters Tod beteiligt gewesen.«

Strobel erklärte, er habe angeboten, seinen Mandanten davon zu überzeugen, sich auf diesen Deal einzulassen, wenn Harlan Fowler sich dafür an eine entscheidende Bedingung hielt. Fowler sollte 200 000 Dollar der Versicherungssumme unter der Hand als Schmiergeld an

Strobel zahlen. Angeblich willigte Fowler in diese geheime Absprache ein, woraufhin Strobel Benefit Financial davon überzeugte, Fowlers Forderung zu begleichen, indem sie die volle Summe der Versicherungsleistung auszahlten.

Quellen zufolge informierte Strobel Mitchell Taylor heimlich über die Schmiergeldzahlung, die er mit Fowler vereinbart hatte, was Taylor veranlasste, die Sonder-Grand-Jury erneut einzuberufen. Am Freitagmorgen, nachdem er die gerichtliche Genehmigung für die Absprache und das Schmiergeld von Fowler erhalten hatte, trat Strobel vor die Grand Jury und sagte über Fowlers Beteiligung bei dem Versicherungsbetrug aus.

Am frühen Nachmittag hatte die Grand Jury die Anklageschrift gegen Fowler für den versuchten Versicherungsbetrug verfasst. Später am selben Tag reichte Strobel einen Antrag auf ein Feststellungsurteil ein, um seinen Mandanten, Benefit Financial, aufgrund des versuchten Versicherungsbetrugs von jeglichen Zahlungsverpflichtungen im Rahmen der Versicherungsvereinbarungen gegenüber Fowler zu entbinden. Nachdem er diesen Antrag eingereicht hatte, erklärte sich Strobel zu einem Interview mit dem *Virginian-Pilot* bereit, um die genauen Details der verdeckten Operation bekannt zu geben, die zu Fowlers Anklage führte.

»Das könnte glatt eine Seite aus dem Geschichtsbuch sein«, sagte Strobel. »Die Bundespolizei hatte nie genug Beweise in der Hand, um Al Capone für seine Aktivitäten innerhalb des organisierten Verbrechens zu verurteilen, also haben sie ihn wegen Steuerhinterziehung drangekriegt. Ich wusste, dass der Grand Jury nicht genug Beweise vorlagen, um Fowler mit dem Schmiergeld in Verbindung zu bringen, also half ich dabei, seine Beteiligung an einem Versicherungsbetrug aufzudecken.«

Die präzedenzlose Beschaffenheit des Falls wirft einige komplizierte ethische Fragen auf. Taylor gab bekannt, dass er das Bezirksgericht von Virginia Beach ersuchen wird, einen Sonderstaatsanwalt zu berufen, der den Fall von jetzt an übernehmen soll, um jeglichen angeblichen Interessenkonflikt seinerseits zu vermeiden. Fowler hat sich noch nicht dazu geäußert, ob er bis zur Eröffnung des Verfahrens sein Amt als Bezirksstaatsanwalt freiwillig niederlegen oder um seine Position kämpfen wird.

Auf die Mitteilung, Rechtsexperten wäre kein anderer Fall bekannt, bei dem ein amtierender Bezirksstaatsanwalt von einer Grand Jury angeklagt wurde, die von einem seiner eigenen Mitarbeiter einberufen worden ist, regierte Strobel philosophisch.

»Harlan hat sich immer sehr für Geschichte interessiert und wollte selbst ein wenig davon schreiben«, erklärte Strobel. »Aber ich glaube nicht, dass ihm das hier dabei vorschwebte.«

Mein Blick wandert vom Hauptartikel zu dem Kasten über Detective Anderson, in dem die Fakten aus vorangegangenen Artikeln über seinen Angriff auf mich und seinen daraus resultierenden Tod durch die Hände des SWAT-Teams wiedergegeben werden. Als ich alles gelesen habe, lege ich die Zeitung beiseite und versuche mir über meine zwiespältigen Gefühle klar zu werden. Mein Kaffee ist inzwischen kalt geworden, während ich den Artikel mit derselben emotionalen Intensität verschlungen habe, die ich auch während des Bannister-Verfahrens verspürte.

Erst jetzt wird mir richtig klar, warum Anderson und Fowler so darauf aus waren, Taras Fall zum Abschluss zu bringen. Sie wussten, dass Fowler einer der Begünstigten von Bannisters Lebensversicherung war. Sie wussten, dass Tara uns früher oder später von dem Übergriff in Vegas erzählen und uns Barkers Video zeigen würde. Sie wussten, dass wir die beiden Fälle in Verbindung bringen, herumschnüffeln und Fragen zu dem Barker-Fall stellen würden, vielleicht auch Fowlers Spielschulden und Melvin Philips' Schmiergeldzahlung aufdecken würden. Wie Kakerlaken, die versuchen, dem Licht zu entkommen, waren Anderson und Fowler darauf aus, einen schnellen Deal für Taras Fall auszuhandeln, damit ihre illegalen Aktivitäten im Barker-Fall nicht ans Licht der Öffentlichkeit geraten würden. Von dem Tag an, als Tara zum ersten Mal in mein Büro marschierte, hatten die beiden alle Hebel in Bewegung gesetzt, um genau das zu erreichen.

Aber ich hatte keine Ahnung, dass Mitchell Taylor und Mack Strobel sich hinter den Kulissen ebenfalls emsig für Gerechtigkeit einsetzten. Gab es an diesem Fall überhaupt irgendetwas, das so war, wie es schien? Wieder kommt mir Pastor Erics anschauliche Lektion in den Sinn. Einen Anwalt bewertet man nicht nach seinem Anzug, beschließe ich. Mitchell Taylor ist seinem Wort treu geblieben und hat der Gerechtigkeit Genüge getan, auch wenn er dafür seinen Mentor vor Gericht stellen musste. Vielleicht werde ich tatsächlich mal seinen Sonntagsschulkurs besuchen. Und Mack Strobel. Ich traue ihm immer noch nicht über den Weg, aber zumindest bin ich nicht die Einzige, mit der er ein doppeltes Spiel getrieben hat. Könnte sein, dass ich meinen Erzfeind anrufen werde und mich, nachdem ich einmal schwer geschluckt habe, bei ihm für seine Gerissenheit bedanken werde. Ist der Feind meines Feindes mein Freund?

Aber einen Anwalt gibt es, dem ich trauen kann: Brad Carson. Ich kann es nicht erwarten, seine Reaktion auf diesen Artikel zu sehen, dennoch melden sich sofort erste Zweifel. Unsere verbleibenden zwei Tage, die wir einfach nur die Flitterwochen genießen wollen, wären zerstört. Brad wird sofort ins Zentrum des Geschehens springen wollen, Telefonate tätigen und seine eigene Pressekonferenz abhalten. Das Recht, diese eifersüchtige Geliebte, wird erneut zuschlagen und meinen Ehemann fortlocken.

Es sei denn ...

Ich gehe in den Laden zurück, schnappe mir einen Einkaufswagen und schmeiße alle Exemplare des *Virginian-Pilot* hinein. Ich greife mir die aktuelle Ausgabe des *Charlotte Observer*, versichere mich, dass die Geschichte darin keine Erwähnung findet, und stelle mich an derselben Kasse wie beim ersten Mal an. Die Verkäuferin wirft einen Blick auf den Stapel von Zeitungen und zieht eine Augenbraue hoch.

»Da muss ja was ziemlich Interessantes drinstehen«, meint sie.

»Sie haben ja keine Ahnung.«

Ich finde einen abgelegenen Müllcontainer, in dem ich alle Exemplare des *Virginian-Pilot* entsorge, bis auf eine, die ich unter den Beifahrersitz schiebe. Diese Ablenkung braucht Brad die nächsten zwei Tage nicht. Und ich werde ihn den Rest des Wochenendes von allen Läden und Zeitungsständen fernhalten. Wenn wir uns am Montag von den Outer Banks auf den Weg nach Hause machen, werde ich die Zeitung hervorziehen und sie ihm als abschließendes Flitterwochengeschenk überreichen. Aber bis dahin darf sich selbst ein tatkräftiger Spitzenanwalt wie Brad ein wenig entspannen, etwas Zeit am Meer verbringen, windsurfen gehen und einen guten Roman lesen. Nein, bei all den Aktivitäten, die wir uns vorgenommen haben, bleibt tagsüber einfach nicht genug Zeit, um sich Gedanken über einen medienwirksamen Rechtsfall zu machen, der seine Aufmerksamkeit von seiner frischgebackenen Ehefrau und dem entspannten Urlaub ablenken würde.

Und unsere Nächte sind bereits anderweitig verplant.

Danksagung

Kein männlicher Autor, der noch bei klarem Verstand ist, würde sich daran versuchen, ein Buch aus der Ich-Perspektive seiner weiblichen Hauptfigur zu schreiben. Und so habe ich mich natürlich direkt ins kalte Wasser gestürzt und losgelegt. Ich hätte mich niemals an die Sache herangewagt ohne die Unterstützung eines großartigen Teams erfahrener Leserinnen, die mir geholfen haben, die schwer fassbaren Feinheiten der weiblichen Persona zu verstehen, und die mich voller Schadenfreude auf jene zahlreichen Fälle aufmerksam gemacht haben, bei denen sich meine männliche Voreingenommenheit eingeschlichen hatte. Mein Dank geht an Rhonda und Rosalyn Singer, Robin Pawling, Lyla Curtis, Cheryl Reccord, Karen Singer und Helen Spitler, weil sie mich in dieser Hinsicht auf Kurs gehalten haben. Darüber hinaus möchte ich mich bei Michael Garnier und Virginia VanValkenburg bedanken, die mit ihrem scharfen juristischen Verstand diese Geschichte bereichert und dafür gesorgt haben, dass meine fiktiven Anwälte den Bezug zur Realität behielten, und bei Mary Hartman, der unübertroffenen Detailfanatikerin und meiner kulturellen Lehrmeisterin, für alles, was mit Tidewater zu tun hat.

Ich habe in dieser Geschichte ein paar ziemlich heiße Eisen angefasst – Gewalt in der Familie, das Tourettesyndrom, Herzkrankheiten und das Vertreten schuldiger Mandanten. Ich bedanke mich bei allen, die mir ihre persönlichen Leidensgeschichten offenbart und mir von ihren persönlichen Herausforderungen erzählt haben, um mir dabei zu helfen, diese Themen (hoffentlich) mit der Glaubwürdigkeit und Einsicht zu behandeln, die sie verdienen. Ihr wisst, wer Ihr seid.

Und schließlich gebührt Gott mein Lob. Ich sehe es als meine Berufung an, »von der Weisheit Gottes zu reden, die im Geheimnis verborgen ist« (1. Korinther 2,7). Was könnte es Schöneres geben?

Randy Singer

Die Rache
Thriller

Paperback, 13,5 x 20,5 cm, 384 Seiten
Nr. 395.560, ISBN 978-3-7751-5560-1
Auch als E-Book

Das geht nicht mit rechten Dingen zu. Als sein Boss umgebracht wird, bekommt der junge Anwalt Landon Reed es mit der Angst zu tun. Hat das Attentat mit dem Fall um Börsenbetrug und Mord zu tun? Ist sein Leben in Gefahr? Kann er die Lage aufklären, bevor es zu spät ist?

Randy Singer

Der Klon
Thriller

Paperback, 13,5 x 20,5 cm, 432 Seiten
Nr. 395.540, ISBN 978-3-7751-5540-3
Auch als E-Book

Nur durch eine Leihmutter kann Cameron Brown sich ihren sehnlichen Kinderwunsch erfüllen. Als beim Baby Down-Syndrom diagnostiziert wird, will Cameron es abtreiben lassen. Der Anwalt Mitchell Taylor kämpft mit Leihmutter Maryna gegen die Abtreibung.

Bitte fragen Sie in Ihrer Buchhandlung nach diesen Büchern!
Oder schreiben Sie an: SCM Verlag, D-71087 Holzgerlingen;
E-Mail: info@scm-verlag.de; Internet: www.scmedien.de